中国古典文学名著丛书

# 七剑十三侠

## 上

[清] 唐芸洲 著

华夏出版社

HUAXIA PUBLISHING HOUSE

图书在版编目（CIP）数据

七剑十三侠／（清）唐芸洲著. —北京：华夏出版
社，2013.01（2024.09重印）
（中国古典文学名著丛书）
ISBN 978 - 7 - 5080 - 6336 - 2

Ⅰ. ①七… Ⅱ. ①唐… Ⅲ. ①章回小说 - 中国 - 清代
Ⅳ. ①I242.4

中国版本图书馆 CIP 数据核字（2011）第 074739 号

出版发行：华夏出版社
　　　　　（北京市东直门外香河园北里 4 号　邮编 100028）
经　　销：新华书店
印　　制：永清县晔盛亚胶印有限公司
版　　次：2013 年 01 月北京第 1 版
　　　　　2024 年 09 月北京第 2 次印刷
开　　本：670×970 1/16 开
印　　张：43.5
字　　数：659.2 千字
定　　价：50.00 元（上下）

# 前　　言

　　《七剑十三侠》又名《七子十三生》。作者是清末时姑苏人唐芸洲。号桃花馆主人，生平不详无从考据，后人只知其约在清光绪年间在世，遗世只存有《七剑十三侠》一书。

　　《七剑十三侠》，讲述的是明武宗正德年间的一段历史。主人公徐鹤（字鸣皋）等十二位英雄在乱世中聚义，各仗侠肝义胆和超凡武艺，除暴安良，匡扶正义。时逢宁王朱宸濠预谋篡位，手下聚集了大批官、匪、妖之能人，逞威一时，不可一世。明武宗派御史杨一清、王守仁平定叛乱。徐鹤等十二位英雄被招致麾下，后在七子十三生（即以"子"命名的七位仙道和以"生"命名的十三剑客）的大力帮助下，合舟共济、披肝沥胆、豪气冲天、势吞八荒、大智大勇、前仆后继，在与叛逆的血肉博杀中，上演了一出侠骨英雄共灭反贼的精彩大戏。小说中所讲述其明宁王、安化王作乱之事，与史实典故相符，只是小说人物大都是作者创作的。全书语言流畅颇具感染力，情节复杂跌宕，"笔墨之奇妙，惊人之怪事"令人读来手不释卷。书中对人物刻画生动细致的描绘，使之栩栩如生，读之感念不已。

　　《七剑十三侠》是晚清时期武侠小说的代表性作品，在中国武侠文学史上占有重要地位，称得上是一部武侠文字的经典之作。以《七剑十三侠》为代表，在清末明初之时，形成了一个武侠小说的新流派。《七剑十三侠》的作者唐芸洲，在书中所贯穿的惩恶扬善的传统侠义精神，如爱憎分明的铁血柔情交织在一起，在剑光侠影、亦真亦幻的精彩格斗中昭示了邪不压正、正必胜邪的鲜明主题。这种创作艺术不仅影响了同代人的创作，而且对其后中国文坛上新武侠小说的形成产生了直接的影响。20世纪50年代之后兴起的金庸、梁羽生等人的作品中，就可见到其深深的烙印。

　　《七剑十三侠》自问世后，立刻"风行海内，几至家置一编"，"脍炙人口，甚至有手不释卷者"，多次翻刻再版。直到20世纪二三十年代时，还再次风行,不仅成为市井坊间最受欢迎的评书,而且英美烟草公司还在此间发行了一套画技细腻、色彩鲜亮,中西画法结合的烟画,成为当时颇受欢迎的连环图画。

在这次再版中,我们约请了相关学者对原书进行了大量而精细的校勘补正和释义,对原书原来缺字的地方用□表示了出来,努力为读者扫除阅读障碍。由于时间仓促,水平有限,难免有疏漏之处,望各位专家学者予以指正。

编　者
2011 年 3 月

# 目　录

初　集

# 七剑十三侠

初　集

# 第 一 回
## 徐公子轻财好客　黎道人重义传徒

诗曰：

　　善似青松恶似花，青松冷淡不如花，

　　有朝一日浓霜降，只见青松不见花。

　　这首诗，乃昔人勉人为善之作。言人生世上，好比草木一般，生前虽有贵贱之分，死后同归入土，那眼前的快活，不足为奇，须要看他的收成结果。那为善之人，好比是棵松树，乃冷冷清清的，没甚好处；那作恶之人，好比是朵鲜花，却红红绿绿的，华丽非凡。如此说来，倒是作恶的好了不成？只是一件：有朝一日，到秋末冬初时候，天上降下浓霜来，那冷冷清清的松树依旧还在，那红红绿绿的鲜花就无影无踪，不知哪里去了。此言为善的虽则目前不见甚好处，到后来总有收成结果；作恶的眼前虽则荣华富贵，却不能长久，总要弄得一败涂地，劝人还是为善好的意思。所以国家治天下之道，亦是勉人为善。凡系忠臣孝子，节妇义士，以及乐善好施的，朝廷给与表扬旌奖，建牌坊、赐匾额的勉励他；若遇奸盗邪淫，忤逆不孝，以及凌虐善良的，朝廷分别治罪，或斩或绞、或充军或长监的警戒他。特地设立府县营汛等官员，给他俸禄，替百姓锄恶除奸。好让那良善之辈安逸，不放那凶恶之徒自在。朝廷待百姓的恩德，可为天高地厚。

　　只是世上有三等极恶之人，王法治他不得。看官你道是哪三等人，王法都治他不得？第一等是贪官污吏。他朝里有奸臣照应，上司不敢参他，下属谁敢倔强，由他颠倒黑白，刻剥小民。任你残黩①的官员，凶恶的莠民，只要银子结交，他就升迁你，亲近你；由你二袖清风，光明正直，只要心里不对径，他就参劾你，处治你。把政事弄得大坏，连皇帝都吃他大亏，你道厉害不厉害？第二等是势恶土豪。他交通官史，攘田夺地，横暴奸淫。或是假造伪券，霸占产业；或是强抢妇女，任意宣淫；吞侵钱粮，武断乡曲。

---

　　①　残黩(dú)——凶残暴虐。黩，通"嬻"，轻慢不敬，这里引申为滥施意。

你若当官去告他，他却有钱有势，衙门里的老爷、师爷，都是他的换帖，书吏、皂隶，都是他的好友，你道告得准是告不准？第三等是假仁假义。他诡谋毒计，暗箭伤人。面上一团和气，真是一个好人，心里千般恶毒，比强盗还狠三分。所以吃了他的亏，告诉别人，却不相信，都道他是好人。或者吃了亏，说不出来。并且他有本领，叫你吃了大亏，连你自己都不知道，还算他是好人，等到去感激他。你道急赖不急赖？所以天下有此三等极恶之人，王法治他不得，幸亏有那异人侠士剑客之流去收拾他。

这班剑客侠士，来去不定，出没无迹，吃饱了自己的饭，专替别人家干事。或代人报仇，或偷富济贫，或诛奸除暴，或锉恶扶良。别人并不去请他，他却自来迁就，当真要去求他，又无处可寻。若讲他们的本领，非同小可。有神出鬼没的手段，飞檐走壁的能为，口吐宝剑，来去如风。此等剑侠，世代不乏其人，只是他们韬形敛迹，不肯与世人往来罢了。如今待我来讲一段奇情异节，说来真个惊天动地！

话说那大明正德年间，江南扬州府有个富人，姓徐名鹤，字鸣皋，原系广东香山县人氏。他的父亲唤做徐槐，生下八子，那鸣皋最幼，人都叫他徐八爷。他家世代书香，却是一脉单传。至他父亲徐槐，弃儒学贾，到江南贸易，遂起家发业，一日好一日，发至百万家私，财丁两旺起来。那鸣皋天资颖慧，生就豪杰胸怀。童年进了黉门①，只是乡场不利，遂弃文习武，要想学那剑仙的本事。只是无师传授，也只得罢了。他心里总要想遍游四海，冀遇高人。到了二十多岁，生下二子。他父亲把家财分折，各立门户。他就在扬州东门外太平村，买田得地，建造住宅，共有一百余间。周围有护庄河，前后四座庄桥，墙墉②高峻，屋宇轩昂，盖造得十分气概。宅后又造一个花园，园中楼台、亭阁、假山、树木、花卉，各样俱全，只少一个荷花池。看官要晓得，花园里没有树木，好比一个绝色美人，却是癞痢③头；若是花园里没有了池沼，好比一个绝色美人，却是双目不明。所以花园里边，最要紧的是树木池沼。当时徐鸣皋见少了池沼，心中不悦，遂命人开挖起来。择日兴工，哪知开到一丈多深，只见下有石板。起开石板看

---

① 黉（hóng）门——古时学校。

② 墉（yōng）——城墙，高墙。

③ 癞（là）痢——黄癣。

时，一排都是大罋①，罋中雪霜也是的银子。鸣皋见了大喜，即唤家人扛抬进去，总共足有扛了七八十罋，顿时变了个维扬首富。遂起了个好客之心，要学那孟尝君的为人。从此开起典当来，就在东门内开爿②泉来当铺。数年之间，各处皆有，共开了二三十爿典当。那些寒士都去投奔他，他却来者不拒。无论文人武士，富贵贫贱，只要品行端方，性情相合，他便应酬结交。或遇无家可归的，就住在他宅上。后来来的人只管多了，乃在住宅二旁，造起数十间客房来，让他们居住。每日吃饭时，鸣锣为号。你道吃饭的人，多也不多？昔年孟尝君三千食客，分为上中下三等，他数目虽远不及孟尝君之多，只是一色相待，不分彼此。内中只有几个最知己的，结为异姓骨肉，这却照他自己一般的供给。终日聚在一处，或是谈论诗词歌赋，或是习演拳棒刀枪，或弹琴弈棋，或饮酒猜枚，或向街坊游玩，或在茶肆谈心。那鸣皋的为人做事，样样俱好，只是有一件毛病：若遇了暴横不仁之辈，他就如冤家一般，所以下回遭此祸害，几乎送了性命。

后来那食客到三百余人，其中虽有文才武勇，及各样技艺之人，但皆平常之辈。只有一个山西人，姓藜，没有名字，他别号叫做海鸥子，身上边道家装束，人都呼他藜道人③。他曾在河南少林寺习学过十年拳棒，后来他弃家访道，遂打扮全真模样，云游四海，遇见了多少高人异士，所以本领越发大了。闻得扬州东门外太平村，有个赛孟尝徐鸣皋，轻财好客，礼贤下士，结纳天下英雄豪杰，他就到来相访。鸣皋见他仙风道骨，年纪四旬光景，眉清目秀，三缕长须，举止风雅，头上边戴一顶扁折巾，身穿一件茧绸道袍，足上红鞋白袜，背上挂一口宝剑，手执拂尘，似书上的吕纯阳，只少一个葫芦，知他必有来历，心中大喜。遂即留在书房，敬如上宾，特命一个小童徐寿，服侍这道爷。闲来就与他饮酒谈心，知道他有超等武艺，无穷妙术，一心要他传授，所以如父母一般的待他。每逢说起传授剑术，他便推三阻四的不肯。那鸣皋是爽快的人，见他推托，说过二会，就再也不题。只是依旧如此款待，毫无怨悔之心。

过了半载有余，海鸥子见鸣皋存心仁义，为人忠信，到那一天，向鸣皋

---

①　罋(bèng)——大瓮，坛子。

②　爿(pán)——计数单位。

③　道人——旧时对道士的尊称。

说道:"贫道蒙公子厚情,青眼相看,一向爱慕剑术,未曾相传,不觉半载有余。如今贫道欲想去寻个道友,孤云野鹤,后会难期远近,故把些小术传与公子,不知公子心下如何?"鸣皋闻得肯传他剑术,心花齐放,即便倒身下拜,口称:"师父在上,弟子徐鸣皋若承师父传授剑术,没齿不忘大德!"海鸥子慌忙扶起,道:"公子何必如此!只是一件:贫道只可传授你拳棒刀枪,与那飞行之术。若讲到'剑术'二字,却是不能。并非贫道鄙吝①。若照公子为人,尽可传得;只因你是富贵中人,却非修仙学道之辈。那剑术一道,非是容易。先把名利二字,置诸度外,抛弃妻子家财,隐居深山岩谷,养性炼气,采取五金之精,练成龙虎灵丹,铸合成剑,此剑方才有用,已非一二年不可。"鸣皋听了,将信将疑。

不知海鸥子毕竟肯教他否,且听下回分解。

---

① 鄙吝——不仗义并吝啬。

# 第 二 回

## 海鸥子临别显才能　鹤阳楼英雄初出手

话说那藜道人说道:"炼成了宝剑,然后再学搓剑成丸之法,将那三尺龙泉,搓得成丸,如一粒弹子相仿。然后再学吞丸之法,不独口内可以出入,就是耳鼻七窍,皆可随心所欲,方才剑术成功。此非武艺,实是修仙之一道。只因欲成仙道,须行一千三百善事。你看那采阴补阳的左道旁门,妄想长生,到后来反不得善终,皆因未立为善根基,却去干那淫欲之事。欲想长生,恰是丧身。所以修仙之道,或炼黄白之丹,占铁成金,将来济世,或炼剑丸之术,锄恶扶良,救人危急;皆是要行善事,先立神仙根基。但是为善不可出名,若出了名,就不算了。若说修仙之道,今公子名闻四海,反是坏处了。若公子要学仙道,只要把家财暗行善事,何必学剑术,去荒山中受这六七年苦楚?你不但看历古以来的剑侠客仙,替人报怨,救人性命,皆不肯留名,又不肯受谢,他却贪着什么?"鸣皋闻言,豁然省悟,便道:"承蒙师父指教,使弟子闻所未闻,茅塞顿开。只求师父教我拳棒刀枪便了。"

自此以后,他二人认为师徒。那海鸥子把全身武艺传授与他,教他运学内工之法。日在花园耍拳弄棍,夜来在书房习练兵书战策。那鸣皋原系武艺精熟,秉性聪明,更兼一意专心,故此不上三个月,大略尽皆知晓。

这一日海鸥子说道:"贤契①,你的拳棒工夫,尽皆得着了门路,飞行诸术,亦略可去得,只须用心习练,自能成就。贫道即日便要动身,去寻访道友。只是你学成本事,凡事仔细,不可粗莽,伤人性命。况且世上高人甚多,不可自以为能,轻易出手。牢记我言为要!"鸣皋道:"师父何故如此要紧?且再住几时,待弟子少尽孝敬之心,亦可多受教益。"海鸥子道:"贤契有所不知。我们道友七人,皆是剑客侠士。平日各无定处,每年相聚一次,大家痛饮一回,再约后期,来年某月某日在某处聚首,从此又各分

① 贤契——旧时对弟子或朋友子侄辈的敬称。

散。到了约期之日,虽万里之遥,无有不到。聚首之后,再约来年,从无失信。如今约期已至,故此贫道必须要去。只自这小童徐寿,服侍我许久日子,待我携带他出去,也可教他些本领,未知贤契心下如何?"鸣皋道:"极好,这是他的有福。"随到里边,取出二套衣服,百两黄金,并一包零碎银子,一总打成一个衣包,命徐寿背了,亲自送了一程,约有十里之遥。海鸥子再三相辞,鸣皋只得拜了三拜,就此作别,看他二人向大路飘然而去。

见天色已晚,遂放开大步如飞,回转家中。一路思想:他在我家将近经年①,只见他的拳棒,从未见他剑术的工夫,莫非他此道未必精明? 及到了家中,走进书房,几个结义弟兄都在那里闲谈。走近书案前,只见案上有了一个纸包,包得方方的,分明是方才赠与海鸥子的十条金子。"难道我忘却放在衣包内不成?"取在手中一看,上面写有二行字,果是海鸥子的笔迹。上写道:"承蒙厚赐,衣服银两领收,黄金原璧。"便问众弟兄:"方才我师几时来的?"众人齐声道:"不知。我们在此闲谈了已久,并无一人到来。只是方才起了一阵怪风,把帘子都吹开。我们正在此谈论,外面门窗皆闭,此风从何而起? 莫非他就是这时候来的?"鸣皋道:"这是一定的了。"大家赞叹了一番。看官要晓得,剑术最高的手段,连风都没有。在日间经过,只有一道光,夜间连光都看不见,除非他们同道中,才能看见。海鸥子的本领,究竟算不得高,故此他们七弟兄之中,海鸥子乃是着末的一个,后首皆要出场。

那徐鸣皋习练拳棒,渐渐精熟,也能飞檐走壁,千人莫敌。光阴如箭,不觉又是一年。那时正是暮春天气,日长无事,与二个好友结为兄弟,胜如桃园之义。一个姓罗名德,字季芳,是个新科武进士;一个姓江名花,字梦笔,是个博古通今的孝廉。三人同到城中,游玩了一番,来到一座酒楼,是扬州有名的,叫做鹤阳楼。相传昔年曾有个神仙,在此饮酒,吃得大醉了,提了笔来,就在那粉壁之上画一个纯阳仙像。后来店主人见了,以为雪白的墙上,无缘无故画个吕纯阳,却不雅观,就叫匠人把白粉刷没了。那知今日刷白了,到明朝仍旧显出来,如未刷过一般。众人骇异,告知主人,再命匠人厚厚的再刷一层。那知到了明朝,依旧将显出来,方才醒悟:这个饮酒的,就是吕仙。因此把店号改鹤阳楼。那生意顿时兴旺起来,就

---

① 经年——很多年。

此四处闻名。直到如今,那楼上仙踪仍在。

当时鸣皋等三人走上楼来,拣副沿窗座头坐下。酒保问道:"徐大爷请点菜。"鸣皋让罗、江二人点过了,自己也点了几样。少顷酒保搬将上来,把了一台,无非上等佳肴,极品美酒。三人欢呼畅饮,说说笑笑。那罗季芳虽中了武进士,却是人呆子,生性粗莽,为人忠直。这江梦笔是个精细之人,温柔谨慎。所以他三人性情各别,却成了莫逆之交,结为异姓手足,情比桃园。那年季芳最长,俱称他大哥,鸣皋第二,梦笔最小。当时兄弟三人正吃得杯盘狼藉,有七八分酒意,忽听得楼下边一片声闹将起来,人声嘈杂,内有喊叫救命之声,却又娇娇滴滴,好似女子声音。那季芳听得,放下杯箸,早已跑下楼去。鸣皋推开楼窗一望,见街坊上面拥挤满了,一时看不清楚,遂向梦笔道:"三弟,你且坐待,待我下去看来,恐怕这呆子闯事。"言毕,飞步下楼而去。正是闭门休管他家事,热衷招揽是非多。

我且按下这边,再说南门外李家庄上,有一个李员外①,名叫李廷梁。他的父亲在日,官为兵部尚书,平生别无过恶,只是欢喜银子,所以积下了百万家私。单生这一子。廷梁少年公子,并未出仕过的,因他家财豪富,所以都称他员外。真个金银满库,米麦盈仓。只是美中不足,膝下无儿,到了四旬以外,那偏房卢氏一胎生下二个儿子。廷梁大喜。一个取名文忠,一个取名文孝。他兄弟二人,相貌各异,性情各别,只是那存心不正,相去不远。那文忠生得面如傅粉,唇若涂朱,武艺高强,广有谋略,外面温和,内里凶恶。他虽心中极怒,面上笑傲自若,只是生出计来,叫你知他厉害。扬州人与他起个绰号,叫做"玉面虎"。那文孝生得身长面黑,鼻大眉浓,二臂有千斤之力,性如烈火,专好使枪弄棒。那廷梁二个儿子,一般溺爱,一心要他成名,不惜重资,聘请名师,每日跑马射箭,耍拳弄棍。[文孝]到了十七岁上,得了个武秀才。靠了父亲宠爱,一味横行无忌,渐渐的奸淫妇女。人都怕他有财有势,亦与他起个混名,叫做"小霸王"。到了二十岁来,越发无法无天。强抢女子,打死人命,无所不为。连廷梁都禁他不得,只把银子结交官吏。俗语说得好:天大的官司,只要地大的银子,就没事了。所以那李文孝更加胆大,看得人命如儿戏,强抢如常事。

那一日同了一个门客,叫做花省三,是个详革秀才。虽有智谋,略知

---

① 员外——古时官职。

诗画琴棋,只是品行不端,胁肩谄笑①,年纪三十多岁,生得獐头鼠目,白面微须,在这李府中走动,奉承得这李文孝十分信他。当时二人出得门来,一路说说谈谈,不觉已进南关。文孝道:"老三,偌大一个扬州,怎的绝少美貌姑娘?前日去过的几家,都是平常,今日到那里去游玩?"省三道:"大教场张妈家姑娘最多,近日听得来了二个苏州妓女,一个叫做白菜心,一个叫做赛西施,都是才貌双全,我们何不去见识见识?"二人遂向东而行。不多一刻,早到了张妈家门首②。文孝抬头看时,只见好座房廊,上边写着"宜春院"三个大字。二人丢鞭下骑,早有外场迎接,道:"请二位爷里面奉茶。"遂将马牵去。二人进了院子。

不知后事如何,且听下回分解。

---

① 胁肩谄(chǎn)笑——耸起肩膀,装出笑脸。形容迎奉的丑态。
② 门首——门口。

# 第 三 回

## 伍天豹大闹宜春院　李文孝鞭打扑天雕

　　却说李文孝同着花省三走进院子，张妈出来迎接。问过了贵姓尊居，叙过了几句寒暄套语，小环送上香茗。那省三道："张妈多时不见，你的生意却怎的好？"张妈道："全仗爷们照顾。花大爷这许久不蹈贱地，想是怠慢了大爷。今日什么好风，吹送到此，定是挑挑我哩。"省三道："休得客套。这位李大爷闻得你家新来二个苏州姑娘，特来赏识。你可快叫他们出来相见。"张妈便叫小环去唤这二个妮子出来。

　　那小环去了好半歇，方才出来，对张妈道："这伍大爷只不放姑娘出来。"李文孝等了半歇，心内久已焦躁，只因要见美人，所以还耐性守着。听得不肯出来，不觉大怒起来。正待发作，那张妈走上前来赔着笑脸，千不是万不是的赔罪，道："大爷息怒。只因前天来了二个山东人，在此连住了几天。他们是远方人，不知李大爷到来，所以如此。请稍待片时，我去唤妮子出来赔罪便了。"那花省三也说了几句好话。文孝只得将一股怒气，重新按捺下去。张妈去了多时，只不见出来。文孝是个性急之人，哪里耐得住，就顿时大闹起来，大骂："大胆贱人，你敢瞧我老爷不起！哪里来的野王八，你敢到这里来装架子？"飞起脚来，把桌子翻身，天然几掀倒，花瓶插镜打个粉碎，提起椅子，使一个盘头，上面挂的八角琉璃灯，好似鹰雀一般，飞舞满堂。室中什物，打得雪片也似。花省三晓得劝他不住，只得由他。

　　那里面的山东客人，姓伍名天豹，是九龙山的强盗。他山上有三个弟兄，为首的姓徐名庆，善用一把单刀，端的飞檐走壁，武艺高强，兼且百步穿杨，百发百中，人都叫他神箭手。第二个就是伍天豹，绰号叫扑天雕，使得好一条铁棍，江湖上颇颇有名。第三个叫做伍天熊，乃伍天豹嫡亲兄弟，年纪虽小二岁，本事却胜着哥哥，善用二柄铜锤，生得唇红齿白，江湖上叫他赛元庆。这三位英雄，在九龙山聚集了三五千喽兵，专劫来往客商。那怕成群结队，他定要均分一半。你若倔（掘）强对垒，只是白送了性命。倒有一件好处：邻近村庄，不去借粮打劫；有那小本客人，单身经过，他却看不上眼，吩咐喽啰不许动。所以官兵未去征剿过他。这伍天豹闻得扬州城酒地花天，正值三春时候，柳绿桃红，带了一个伴当，来到扬州，在这宜春院寻乐。看见了赛西施、白菜心犹如月里嫦娥一般，他便着迷起来，住在院中半月有余，费了好几百两银子。忽闻要唤她二个出去陪客，怎肯放她们出去？张妈蜜语甘言，伶牙俐齿，再三恳求。

正在二难之际，忽听得外面打架之声。只见众丫环仆妇人等，流水一般的奔将进来，道："外面不好了！把厅堂上打得无一完全，如今要打进里边来也！"那伍天豹正在心中不悦，一闻此言，勃然大怒，扑地跳将出去。众姑娘欲想扯时，哪里来得及。

这李文孝正在打得兴头，忽见一个黄脸的长大汉子从里边抢将出来，知道是那山东客了，便把手中椅子劈头打去。伍天豹将身闪过，一边顺手扯得一只紫檀桌子脚，二人就在堂中打将起来。一来一往，约有十余回合，伍天豹渐渐的抵敌不住。他的伴当也是个小头目，上前来帮时，只是本事平常，二个打他一个。李文孝全不放在心上，在身边取出一条七节软鞭来，运动如风。他二人皆着了重伤，情知敌不过他，只得抽个落空，逃出门外去了。

文孝也不去追赶，只向里边打去。张妈慌了手足，便挽了赛西施、白菜心，一同跪在地下哀求，文孝方才住手。张妈连忙吩咐摆上酒席，引领文孝、省三到了内房，千招陪万招陪的奉承。那李文孝是何等横暴之人，却弄得心上过意不去，遂命花省三写了三十两银票，自己画了一个花押，付与张妈，道："我毁坏了你的东西，你可到南门内李源泰盐铺去领取便了。"张妈接了银票，千多万谢的叩谢了，又说了许多好听的话。所以世界上，唯有软的可以缚得硬的。俗语云：头发丝缚得老虎住，况且娼妓鸨儿①，口似饴糖心似刀，这张嘴何等厉害，把个如狼似虎的李文孝，弄得他良心发现，将银子赔偿她们。当日酒阑席散，那赛西施伴了李文孝，白菜

---

① 鸨（bǎo）儿——旧时开妓院的女人。也叫"鸨母"、"老鸨"。

心与花省三陪宿，同赴阳台①，终不过是那话儿罢了。

这李文孝原是个残暴不良之辈，生性厌旧喜新，哪晓得温柔缱绻。初见之时，好似饿鹰见食，恨不得一时把她连皮带骨囫囵吞下肚里；及至到了手时，他便平常得紧。一宵已过，到了来朝，各自起身，梳洗已毕，用过了茶点，便同花省三到街上游玩。

见那六街三市，热闹非常。来到城隍庙门首，只见一个女子，从里边袅袅婷婷走出庙前。文孝抬头一看，见她淡妆布服，生就那国色天姿。柳眉杏脸，樱口桃腮，身穿月白单衫，罩一件元色花绸的半臂，罗裙底下，微露那三寸不到的金莲。真个广寒仙子临凡，月里嫦娥降世。那文孝见了，魂灵儿飞在九霄云外去了，站在门旁，光着眼睛对她呆看。那女子出得门来，见李文孝面如涂炭，身上却穿的花蝴蝶一般，站在那里张着口，只对他看，不觉向李文孝嫣然一笑。这一笑实是千娇百媚，李文孝见了，恨不得便上前搂抱她才好。

这花省三早已明白，便道："二少爷，这个雌儿好么？"李文孝扭转头来道："我看美貌的女子，也见得多了，从来未有她的标致。若得与她睡这一夜，我就明日死了，也是情愿的。只不知她家住那里，何等样人家妻子？"省三道："她家就在庙后小弄内，名字叫做巧云。她的丈夫也是个秀才，姓方名国才，家中极其贫苦。门下与她相识。前日曾寄一个字条与我，托我举荐对门史家里的二个儿子，到她家去读书，现这字条完在我腰里。她有个哥，在这城隍庙里做香伙，方才谅来去看她哥哥借贷去的。"文孝道："老三，你可有什么计较②，想一个出来。若得与她成就美事，便谢你五十两银子。"省三道："这个容易。且回家中，包在我身上便了。"二人一路走一路说，早到宜春院子，便叫外场牵过马来，二人跨上鞍鞯，出了南关，加上几鞭，飞也似的回转家中。

走入书房坐定下来，文孝道："老三，你用什么计较？须要长久之计才好。"省三道："少爷且莫性急，我有道理在此。"就向身边摸出一张字条

---

① 阳台——宋玉《高唐赋》中云，先王游高唐，梦一妇人，幸之。妇人去而辞曰："妾在巫山之阳，高丘之阻，旦为朝云，暮为行雨，朝朝暮暮，阳台之下。"后因称男女合欢的处所为"阳台"。

② 计较——办法，主意。

来，道："这不是他的亲笔？待门下仿其笔迹，造一张借券，写上二三百两银子。明日送到府里，叫王太守追办，必然将方国才捉去，押在刑房。只消化费些银子，把他弄个有死无生，当夜进了一纸病呈，明日报了病故。然后听凭少爷，或央媒婆去说合，或设计骗她来家，便好与她成亲。你道好么？"文孝听了，只把头摇，道："不好。照你这样噜苏，少只十日半月，我却等不得。"省三道："也罢。索性走了这条路吧：少爷到了明日，一早带着十几个家丁，打一乘小轿，竟到方国才家，问他取讨银子。他若没有时，便把这巧云捉在轿内，吩咐家丁一直抬到家里，当夜就与少爷做亲。这方国才一个穷秀才罢了，只要王太守那里用些银子，堂断他五十两银子，叫他另娶一个。这条计好不好？"文孝大喜道："此计大妙！足见老三有些智谋。你快快造起借券来。"省三道："造借券容易的。只是一件：这票上须要个中人，却写谁人是好？"文孝道："这个中人除了花省三，还有哪个？"省三道："可又来，想我花省三承蒙少爷抬举，难道这个中人都不肯做？只是把个十几年的好朋友伤却了。"文孝道："老三不必做作，只要事成之后，谢你一百两银子便了。"省三道："银子小事，为少爷面上情义要紧，就做这一次罢了。"

　　不知害得方国才如何，且听下回分解。

# 第 四 回

## 赛孟尝怒打小霸王　　方国才避难走他乡

却说花省三当夜遂做成了假券,一到来日天明,文孝吩咐拣选二十个精壮家丁,备一乘小轿,便要起身。省三道:"且慢。那城中不比得乡下,究竟是个府城,若干这件事,须要审个万全,带几个教师①去,以防不虞。"文孝道:"也说得是。"遂命唤四个教师,一同随去。这四个教师,就是马忠、白胜、徐定标、曹文龙,都是轻装软扎,各带暗器。跟随了二十个家丁,一乘轿子。李文孝、花省三上马前行,一众人等在后,出得墙门,离李家庄向南门进发。一路无话。

少顷,进得南关,转弯抹角,径到城隍庙后街。二人下马,省三吩咐众人在门外伺候,自己便去方家叩门。那国才听得,出来开了门,一看见是花省三同了他的东家到来,便道:"花兄,许久不会,今日难得光降。"省三道:"方兄,今日非为别事,只因你去年借那李公子银款已久,本利全无,今公子亲自来取讨。"国才道:"花兄,你记错了,小弟从未向李公子借过分文,怎说什么银款?"李文孝喝道:"胡说! 你既未借银子,这三百两借券,可是你亲笔写的? 现有花老三的居间②,你想图赖不成?"便把借券交与省三,道:"老三,我只向你说话。"国才道:"不妨,有官长在彼,自有公论。你伪造假券,诬赖良民,还当了得!"说罢向里就走,却被李文孝一把扯住,省三假意上前劝解。

正在交结不开,那巧云听得丈夫被人扭打,慌忙走将出来。省三见了,对那四个教师把嘴一努。那马、白、徐、曹四个教师一起上前,便把巧云如鹞鹰捉小鸡一般提将出来,放在轿内。众家丁抬起轿子,拥着便走。那李文孝方才把国才放了,一跤跌倒在地,指着骂道:"你赖我银子,且把你妻子做押当,你只拿二百两银子来赎去便了。"说罢,与花省三一同上

①　教师——师傅。
②　居间——为双方当事人调解、说合。

马,追着轿子去了。那方国才只气得目定口呆,从地上爬得起来,一路追将上去喊叫:"反了!青天白日,在府城强抢秀才妻子,连王法都没有了!"一面喊一面追。

那巧云被他们抢在轿中,知道是昨日的缘故。只是如何是好?一路哭哭啼啼。来到鹤阳楼底下,听得丈夫在后面追喊上来,寻思无计,她没命地向轿门中撞将出来,跌一个金冠倒挂,跌得头上鲜血迸流。众家丁只把轿子停下,上前去扶她起来。那巧云大喊:"救命!"死也不肯起来。恰好方国才追到,见了妻子这般光景,便上前扯住了,痛哭起来。李文孝即命教师来扯开他们,哪知他二人拼命的抱住不放,随你打死,也分拆不开。此处最热闹的去处,一时间看的人塞满了街道,弄得花省三搔首摸耳,没个主意。

正在扰攘之间,惊动那鹤阳楼上罗季芳、徐鸣皋。下来见了这般形境,分明是强抢人家妻小。那鸣皋心中,早已把无明火提起。正是强中更有强中手,今日冤家遇对头。只因李文孝恃强欺弱,横行不法,今日撞着了这个太岁,管教你晦气星从屁眼里直钻进去,也是恶贯满盈。徐鸣皋走上前,把众教师解开,道:"且慢动手。你们是哪里来的,为着何事,把他这般难为?"那马忠认得他是个不好惹的,向众人丢个眼色,都放了手。马忠道:"徐大爷有所不知,只因这方秀才欠了我们主人二百两银子,图赖不还,所以把他妻子去做押当,却不干我们的事。"鸣皋道:"既是欠你主人银子,也好经官追缴,岂可强抢人家妻子做押当之理?"那方国才知道徐鸣皋是个仗义疏财、救困扶危的豪杰,便一五一十地告诉一遍。鸣皋便向马忠道:"你的主人是谁?"马忠道:"南关外李家庄李二公子。"鸣皋听了冷笑道:"我道是谁,却原来李文孝这王八。久知你是个横行不法、持势欺人的恶棍,如今索性青天白日在府城中强抢人家的妻子。天理难容,王法何在?"

李文孝见一桩事被他拦阻住了,心上大怒。要发作,只因有些畏惧他的本领,况且花省三在旁按住他,所以耐着性子,看他怎的。忽听得把他"王八"、"恶棍"的骂,只急得三尸神暴跳,七窍内生烟,从马背上跳将下来,推开众人,抢将过来,喝道:"簪娘贼!我讨银子,干你甚事?你却帮他图赖么?"举起拳头,照定徐鸣皋劈面打来。鸣皋想道:"我久闻小霸王的名气,不知他有多少实力,待我来称他一称。"便起左手一格,果然有七百余斤骁勇；一面把右手完敬他一拳。二人正在交手，那罗季芳蓦地跳将过来，把马、白、徐、曹四教师乱打。一时间，街坊上闲人纷纷躲避。

那方国才趁此机会，领了妻子在人丛中走了。回到家中，思想此事不得开交，目前虽是幸得徐公子救了，只是这恶贼输了，一定将我出气；若是恶贼胜了，依旧要来寻我，冤上加仇。他有钱有势，官吏都回护他的。左思右想，还是走的上着。遂同妻子，把衣裳被褥、细软东西，打成二个包裹，剩下些破台椅家伙，也不值几何，就丢在那里。夫妇二人，到庙中别过了舅舅，就此出了西门，雇一轮车子，到别处去投亲而去。

这里徐鸣皋把海鸥子传授的少林拳拿将出来，果然另有一家。只见他上一手金龙探爪，下一手猛虎出山林，左打黄莺圈掌，右打猴子献蟠桃，身轻如燕子，进退若猿猴。这一百零八手飞走罗汉拳，果是打尽天边无敌手。那闲人都远远的围着，人头济济，如围墙一般，在那里看他们厮打。见鸣皋拳法精通，犹如生龙活虎，打的李文孝只有招架，并无还手，便在腰间取出那七节鞭来。这条鞭用七段纯钢打就，每段有五寸长，各有铁环连络，可以束在腰间，如同带子一般，所以又名软鞭，乃暗兵中利器。那李文孝惯用此鞭，拿将出来，使得呵呵的风响。徐鸣皋有心要显本领，他便空拳抵敌，运动内功，遍身都成栗肉。此功名为禅骨功，与易筋经无二。运动此功，刀枪不入。故此七节鞭打在他臂上，好似打在那铁墩上一般，直掼转来。四围看的人同声喝彩道："徐八爷真好本领也！"

那鸣皋一面打，一面留心看那罗季芳与马、白、徐、曹对垒，渐渐抵敌不住。只因罗季芳膂力虽大，身子呆笨，所以吃亏，被他们打着了好几下，打得这季芳连连吼叫，手忙脚乱起来。鸣皋知道这呆子不济，他们四人之中，只有马忠这二条膊子直上直下的，最是勇猛，便觑个落空，做个鹞子翻身，扑将过去，照定马忠胸前飞起一腿，踢个正着，把马忠跌去二丈多远，身受重伤，口喷鲜血。白胜吃了一惊，手中慢的一慢，被罗季芳一拳打在面门之上，只打的鼻青嘴肿，眼睛如皮蛋一般，只得退将下去。呆子得了上风，分外高兴。徐定标与曹文龙心慌意乱，不防楼上有人暗算。那江梦笔在鹤阳楼上，倚着楼窗，看见季芳渐渐不济，将桌上边一把锡酒壶拿在手中，欲助他一臂。只他是个文人，不谙武艺，恐怕错打了季芳，因此踌躇。恰好曹文龙一个雀地龙之势，抢到鹤阳楼底下，江梦笔趁此把酒壶打下来,请他吃一壶绍兴①。那晓不偏不正,刚打在文龙的头。这把酒壶是放得三斤酒的大号锡壶——说话且慢,你这句是漏洞了。酒席面上,只用半斤壶一斤壶,从没有用三斤壶的。看官有所不知,只因他三人都洪量,这罗季芳喜用江缸②,吃酒爽快,若用小酒壶时,一壶只倒得半碗,却不耐烦,故要用此大壶——而且壶内满满的热酒,赛比铜锤一般,打得曹文龙一佛勿出世,嘴里豆腐喊勿出,只叫腐腐的,头上鲜血直流,身上淋淋漓漓洒满绍兴老酒。

未知后事如何,且听下回分解。

---

① 绍兴——此处指绍兴的酒。

② 江缸——原作"江冈",疑误,据文义改。

# 第 五 回

## 徐定标寻访一枝梅　伍天熊私下九龙山

话说徐定标见不妙,转身便走。那受伤的三个教师,是不必说。这些家丁,越发不济,被罗季芳追赶上,拳打脚踢,有得他施威,把他们打得火烛无星。那花省三知道不妙,带马头从西面大圈转,出了南门,飞马逃归回家,报信去了。这里单剩李文孝一人,与徐鸣皋打了三十余个照面,正在招架不住,如何加得起罗季芳上来相帮?心慌胆怯,早被鸣皋一手接住鞭梢,顺势只一拖,李文孝撞将过来,被鸣皋夹颈皮一把抓住,揪到在地,提起拳来便打。罗季芳见了,他便来凑现成,打死老虎起来,骂他一声王八,打他一下拳头。二人把个李文孝当做一块铁用,你一下,我一下,好似打铁一般。初起他还连连吼叫,后来只叫饶命。直打得李文孝上无气,下无屁,连饶命都喊不出来,方才住手。

上了楼来,重整杯盘,兄弟三人依旧饮酒。只见那保正走上楼来,叩了个头,便道:"徐大爷路见不平,拔刀相助,原是义举。只是他遍体重伤,气虽未绝,恐怕死了,却怎么处?"鸣皋道:"杀人偿命,大丈夫岂有怕死之理?我徐鸣皋顶天立地的男子汉,他若死了,我便自投出首,岂有带累旁人之理!"保正笑道:"小人晓得徐大爷是出名的好人,是个英雄豪杰,原不过说一声罢了。"又叩了个头,下楼去了。兄弟三人饮了一回,吩咐店小二把酒钱记明账上,下了鹤阳楼,出了东门,回转太平村而去。

且说花省三飞马回庄,直到里边,见了李文忠,只说二少爷看上了方秀才妻子,叫我伪造借券,要他妻子做偏房,如今被徐八强自出头,同罗呆子把教师打伤,二少爷抵拒不住,十分危急等情说了一遍。那李文忠告诉父亲,说兄弟是长是短,被徐八这狗才欺负,现下速去救应为要。李廷梁十分大怒,即命合府家丁各带家伙,跟大少爷速去救应。正要动身,只见前去的家丁报道:"二少爷回来了。"原来方才徐定标同众家丁人等躲在各处小街巷内探听,等到徐鸣皋去了,他们聚集拢来,把李文孝扶起,就坐在这小轿内,那三个受伤教师也到,遂一起簇拥着轿子,出了南关,一直抬到家中。众人上前，把李文孝扶入房中，自有他妻子接着，扶他床上去安睡。李廷梁见儿子被打得遍身鳞伤，口吐鲜血，把徐鸣皋恨如切齿。文忠便去安排伤药，看视兄弟，见他受伤虽重，幸得体质强壮，不致性命之忧，命弟妇①等好生服侍。思想虽是兄弟自己不好，只是徐八却不应该：与你无怨无仇，干你甚事，却下此毒手。若不与他报仇，上对不过老父，下对不过兄弟，我李家怎的在扬州做人？遂安慰了受伤的三位教师——他们自己皆会医治——便与徐定标商议报仇之策。

定标道："扬州府王文锦与府上交好，明日告他一状为富不仁、强霸行凶的罪名。"文忠道："这是不消说得。只是不过用数百两银子罢了，如何出得这口无穷怨气？必须要想个计较出来，收拾他的性命，方消我恨。"定标道："徐八本领甚高，某等皆非敌手。二少爷如此英雄，尚然失利，若刀枪交战，断难取胜。我有一个朋友，名叫一枝梅。他虽是梁上君子，却是偷富济贫的义贼。若是一千八百银子，他再也不来惊动，偷一回，非是整万便也数千。若遇贫苦之家，私自丢几锭银子进去。他若偷了，便在墙上画一枝梅花。做的案件重重叠叠，各府州县悬了赏格捉他，虽是当面看见，也是擒他不住。只因本领高强，来去如一道青光，他把城墙当做门槛一般，日夜能行千里。只是一件：他的性子有些古怪。若肯到来相助，那徐鸣皋的脑袋，如同放在囊中一般。"文忠听了大喜，道："既然如此，相烦师爷去请他到来，自当重谢。"定标道："请便去请。只是这个人极难寻得着的，不得限我日子。"文忠道："他是那里人氏，住居何处？"定标道："他是常州武进县人，便住在常州。"文忠道："既在常州，有何难寻？"定标道："大少爷有所未知。这一枝梅既无父母妻子，又无房屋东西，进出一个光身。偷了银子，藏在深山之内，高峰之上，鸟禽都飞不到的地方。他睡的所在，又不一定。或是客寓，或是寺院，或在人家卧房之中床顶上，或在厅堂之上匾额内。凉亭、山洞、树头、屋脊，在在都是他安身之处。曾记前年有一日，在常州城内吃了夜饭，天气甚热，他便到姑苏阊门城头上去乘凉。你道这个人难寻不难寻？"文忠道："既然如此，我不限你日子，只是拜托师父请他到来便了。"遂端正了八色聘礼，一百两银子盘费。到了来朝，那徐定标辞别动身，寻访一枝梅而去。我且慢表。

---

① 弟妇——弟媳。

　　再说那铁棒子伍天豹,自从那一日在宜春院身受重伤,同伴当逃出院来,口喷鲜血,走了一程,那伤血只管呕吐不止,晕倒在松林之内。这伴当也是带伤,背他不得,等了半刻,见了车辆经过,遂把他载在上面,市镇雇了一号舟船,赶到九龙山来。山上边徐庆得信,忙叫喽兵抬了一张藤榻,同伍天熊一同下山。到了船上,把伍天豹扶在榻上,喽兵抬到山寨。伍天熊见他哥哥受伤甚重,忙去准备医治。徐庆问那同去头目道:"你们去广陵游玩,因何弄得这般光景,被何等样人,打得如此重伤?"那伴当便把如何到宜春院游玩,狎二个苏州姑娘;如何的来了李文孝,要这姑娘出接;如何伍大王发怒,与他交手,被他打中一鞭;如何地逃走出院,雇船回来,细细说了一遍。徐庆看那伍天豹伤处,正在血海,十分沉重。天豹见了徐庆,便道:"大哥,小弟今番性命难保,只可恨李文孝这恶贼。大哥看结义之情,须要替我报仇。"言罢,大哭了几声,那伤血从口中涌将出来,如泉水一般,顿时呜呼哀哉死了。徐庆、天熊哭了一场,备棺成殓,全寨喽兵挂孝,请那僧道来做了几天道场。

　　埋葬已毕,伍天熊要下山与哥哥报仇。徐庆道:"贤弟,我闻得那小霸王李文孝本领高强,待愚兄亲去走遭,见机而行,方可报得这个冤仇。你的性子太躁,如何去得?"天熊道:"大哥几时下山去报仇雪恨?"徐庆道:"凡事须要仔细,不可性急。且过几日,愚兄便去。"那天熊少年性情,暗想:"此事只要到他门口,待他出来时,把他一锤打死,便走了回来,有何难处?谁耐烦等他去报仇!"算计已定,等到晚上,身旁带了些银两,把二柄铜锤插在腰间,头上边武生巾,身穿白绫箭干,脚上薄底骁靴,跨上一匹银鬃白马,便下山来。那守寨门的喽兵问道:"二大王到哪里去?"天熊道:"我奉哥哥将令,到山下去寻风。"喽兵信以为真,便开了寨门,放他下山而去。

　　到了来朝,徐庆不见天熊出来,到他房间内一看,又不在里头,便问服侍他的喽兵。喽兵道:"二大王昨夜出去了未回。"徐庆传问看守山寨的头目:"二大王可曾下山?"少顷守寨的头目回报:"二大王昨夜下山寻风,至今尚未回来。"徐庆听了吃了一惊,知道他到扬州去的,定要闯出事来。即便把山寨之事,交于一个宋头目代理,吩咐他们好生看守山寨,休得下山去做买卖,违令定按军法。自己装束武生打扮,佩了弓箭,挂了单刀,下得九龙山,发开二条飞毛腿,望扬州一路追来,那知影响全无。

　　那徐庆一日能行三百里,不多几日,已到扬州。进得城关,便投宜春院来。张妈妈相接,问过了尊姓大名,奉过香茗①。徐庆便说起伍天豹之事,问那李文孝的消息。

不知能否报得此仇,且听下回分解。

_____

① 茗——茶。

# 第 六 回

## 神箭手逆旅逢侠客　铁头陀行刺遇英豪

却说张妈听了徐庆一片言语，知是伍大爷的结义弟兄，便把李文孝强抢方国才妻子，被徐鸣皋路见不平，打得寸骨寸伤，现在家中养病，一五一十说了一遍，便唤赛西施出来，接到里边款待。徐庆便吩咐他们："打发小二到李家庄，暗暗探听近日可有人与他寻仇，有无动静，速来报我。"饮了几杯酒，摸出一锭十来两银子，偿了酒价，他便辞别出来——要知徐庆不贪女色，不喜欢寻花问柳——便在宜春院左近一家大客寓安歇，也是扬州城内有名的，叫做高升栈。过了二日，那宜春院的小二回来说道："李家庄并无动静，李文孝的伤痕渐渐痊愈了。"徐庆赏他五两银子，叫他时常去探听探听，有事便来报我。他便遍寻觅，只不见天熊下落，心中纳闷。

那徐庆原系是个宦家公子，乃唐朝徐勣①的后裔。他的父亲身立朝纲，为官清正。与那伍氏兄弟，乃姑表兄弟。只因天熊父母早亡，他父亲把二个外甥，抚养成人，所以自小同在一处。后被奸臣陷害，假传圣旨，把徐家满门抄斩。其时徐庆兄弟三人正在后园习武，哪知外面官兵团团围住，一门老幼，八十余口，同时被害，唯他兄弟三人杀出后园门逃走。从这九龙山经过，那山上边有二个毛贼，领着数百喽兵，在此打家劫舍，被他们杀盗发山，就此为安身之地，就把左近几个小山头火并了。所以兵多粮足，山寨中起造殿阁城垣，设立关隘，重重坚固，把守整严，顿时焕然一新，与前大不相同。若论他拳棒，虽不及徐鸣皋，只是轻身纵跳，却是超等。只因寻不见天熊兄弟，心中愁闷。那时正是五月中，天气炎热，翻来覆去，那里睡得，便到庭心纳凉。忽见那厢房上面，飞出一道青光，知是个飞行之人，他便将身跳上房屋。见这人遍身青服，紧紧扎束，背上插着雪亮的钢刀，在瓦房上面，身轻如鸟，一跃有三四丈之遥。只二三跃，已经不见。那时月明如昼，万里无云，徐庆连窜带纵，追将上去，只见静悄悄影迹无

---

① 勣——"绩"的异体字。徐勣即徐茂公，后被赐姓李。

踪。暗想:"此人本领胜我十倍,谅他住在对面厢房之内,明日过去访他,结识这个英雄豪杰。"下了瓦房,便去安睡。

一宵已过,到了来朝,梳洗已毕,便走过对面厢房。那人早已起身。见他年近三十,头上秀才巾,身穿宽袖蓝衫,足上边粉底乌靴,生得唇红齿白,目秀眉清,相貌斯文,举止风雅,心中诧异,暗道:"看他这般文弱书生,怎的有如此本领,莫非不是此人?"便抢步上前,深深一揖,道:"尊兄请了。"那人慌忙还礼,二人让逊坐下。徐庆问道:"仁兄尊姓大名?仙乡何处?"那人答道:"小弟复姓慕容,单名一个贞字,江南武进人氏。未知足下贵姓大名?"徐庆便道:"小弟世居山东,姓徐名庆。昨日初到广陵,并无相识,见君丰采,知是高明,意欲妄攀风雅,不识肯赐青眼否?"那慕容贞见徐庆生得修眉长目,鼻正口方,气象英雄,打扮虽是武生,出言倒也不俗,知他是个豪杰。常言道:英雄惜英雄,好汉惜好汉。故此气味相投,一见如故,不觉大喜道:"承蒙雅爱,是极好了。小弟也是客中无伴,若得仁兄不弃,实为幸甚。"二人说说谈谈,情投意合,讲及武艺,那慕容贞应答如流,十分精识,知道他一定是昨夜所见之人。从此或同行街坊,或在寓内闲谈,二人相见恨晚,遂结为兄弟。徐庆小他一岁,便把自己从小出身,被害落草,现欲报仇,寻弟而来,细细告诉与他。慕容贞道:"承蒙贤弟倾心吐胆,愚兄何敢隐瞒。我非别人,即江湖上所称一枝梅是也。"徐庆听了大喜道:"我久慕其名,恨不能得见,却不道就是哥哥!真是三生有幸。请问哥哥,现下四海之内,照样你的本事,只怕没有的了?"慕容贞道:"若说拳勇武艺,愚兄虽不能算头等,也还去得。若言剑侠之中,我的末等都没有位子。贤弟,自古到今的剑侠,从没有目下这般众盛。他们都是五遁俱全,口中吐剑,来去如风的技艺。"徐庆道:"此地东门外太平村,有个徐鹤,号鸣皋,轻财好客,是个英雄。哥哥可曾相识?"慕容贞道:"久闻其名,未见其人,我欲去访他。"徐庆大喜道:"明日一同前去。"

到了来朝,二人出了东门,到太平村来。见那庄子,约有二百来间房屋,周围环绕溪河。沿河一带,都是倒栽杨柳,清风习习。二人喝彩了一番,走过庄桥,来至门首。看门的进去通报了,鸣皋接进里边,分宾主坐下。彼此通过姓名,相见恨晚。徐鸣皋遂命摆酒款待。罗季芳、江梦笔都相见过了,欢呼畅饮,说得投机,五人从新摆起香案,结为弟兄。酒阑席散,鸣皋就留他二人在书房安歇。每日讲文论武,欢乐异常。只是徐庆心中要寻访兄弟,并且报这冤仇,每每要去。无奈鸣皋不放,因此只得住下。

我且搁起这边。再说那徐定标渡过长江,来到常州城内,寻访一枝梅。谁知他却到了扬州,哪里还有寻处? 寻了一月,不见影踪,弄得心灰意懒。一日来到天宁寺闲玩,见一个挂单①的头陀②,生得豹头环眼,相貌狰狞,身穿衲褾③,足登多耳麻鞋,肩挑担子,大踏步走上大雄宝殿,把担子放在一旁,自去佛前礼拜。定标看那挑担的这条镔铁禅杖,却有酒杯粗细。心中想道:这条禅杖,约有一百四五十斤沉重。这头陀有多少膂④力,用得如此的器械? 谅他的本领非常。想那一枝梅难以寻他,倒不如把这头陀请去,只怕倒可以胜徐鹤。转定念头,等他功课已毕,便走上前来,把手一拱,道:"师父请了。"那头陀完个稽首,道:"阿弥陀佛。"定标道:"弟子意欲请教师父几句话,未知可使么?"头陀道:"有何不可?"二人遂到廊下,同坐在一条石凳上。

定标问道:"请教师父的上下,何处名山修道?"头陀道:"俺福州人氏,在河南嵩山少林寺出家,法名静空,人皆唤做铁头陀。只因立愿朝山访道,一路来到此间。请问居士高姓大名,府居何处? 呼唤贫僧,有何见教?"定标道:"在下姓徐名定标,这里本地人氏,现在扬州城外一个富翁家里做个教师。现在要聘一位高手的名师,师父若肯去时,我家主人十分好客,必然重用。未知师父意下如何?"静空道:"贫僧在少林寺学成了一身武艺,未遇识货的人。既然居士肯荐引时,俺便跟你去便了。"定标大喜。当下出了天宁寺,同到寓处,把八色聘礼交与静空僧收了。遂渡过长江,回转扬州。

到了李家庄,定标先进去见了李文忠,把常州之事说了一遍:如今这头陀现在门外等候。文忠听了,即便出来,把静空僧接到书房坐,彼此通名。下人奉茶已毕,说起武艺。这铁头陀卖弄本事,指手拉架,说得天下无敌。文忠大喜。此时李文孝伤痕渐愈,听得请着了一位少林寺高僧与

---

① 挂单——行脚僧投寺院暂住之意。"单"指僧堂东西两序的名单,衣钵就挂在名单下面,故称。亦称"挂锡(锡杖)"、"挂搭"。

② 头陀——佛教名词,后亦称行脚乞食的僧人。

③ 衲褾——僧衣的代称。

④ 膂(lǚ)——脊骨。

他报仇,便到书房相见。当时开筵畅饮,席间说起徐鸣皋一事,原原本本告诉了静空一遍,便与他商议报仇之事。静空僧道:"檀越放心,在贫僧身上与你报仇雪恨便了。"花省三道:"此事须要定个主意。只可暗中行事,免得被他家人门客控告伸冤。虽不怕他怎的,只是既多跋涉,又费银子。"文忠道:"如今静空师初到,外人未知。只要趁早去干了,就远避他方,或者藏在庄内,吩咐家人不许张声,那边如何晓得是我家指使?"省三道:"师父还是明做,还是暗做?"静空道:"如何明做?"省三道:"若是你明日到他门上求见,或是化缘,或是投奔他,觑个落空,出其不意把他一刀结果,转身就跑,这不是明做? 若是你夜间到他门上,跳将进去,等他睡熟,便下去把他杀死,这就是暗做了。"

后来不知静空到底如何去法,且听下回分解。

# 第　七　回

## 一枝梅徐府杀头陀　慕容贞李庄完首级

　　却说静空僧听了花省三之言,便道:"大丈夫岂做暗事,到是明做的好。"文忠道:"使不得。那徐八何等厉害,岂能当面伤他! 即使侥幸成功,他家人门客①,呵气成云,内中不少有本领的,你想走得脱么? 这个一定使不得。"静空道:"如此说来,还是暗做罢。"文忠道:"师父替弟子报此仇了,定然重谢。就留师父在家,常年供给,亦好教习拳棒工夫。只是今夜就可去么?"静空道:"有何不可? 只是出家人没有宝刀在此。"文忠道:"这个不必费心。"随命家人取出一把刀来,真个削铁如泥,价值千金之宝。那静空僧把衲裰卸去,里边元色布密门纽扣的紧身,把头上金箍捺一捺紧,将刀倒插在背后腰内。文忠吩咐一个家丁引领师父到太平村去,遂筛了一大杯酒,双手奉与静空。静空道:"二位少爷请少待,俺去取了首级就来。"一面说一面把酒接来,一饮而尽。正要动身,花省三道:"且慢。师父,你可认得徐鸣皋么?"静空道:"从未会过。"省三道:"这却岂不要杀错了? 须要明日先去会过他面,然后夜间可去。"文忠笑道:"毕竟老三细心。只是一件:若然明日先去会他,这徐八的贼眼何等厉害,他看师父形容古怪,恐他夜间防备,那难下手了。"文孝道:"何必噜噜苏苏。你只到他家房屋上面,寻得他的卧房,他定与老婆同睡,把来一起杀了,岂有错误。"文忠道:"呆子,他不像你,夜夜同妻妾睡着。他却不喜女色。我闻得他每日同二个结义兄弟,在书房里安睡。"省三道:"有在这里了。师父,你只去到他家第四间房子,居中有一只大厅,在西首的一并排三间,就是他的书房。只要从那书房天井里下去,在窗眼里一张就见的。况且天井又大,又有树木假山,可以藏身。若说这徐八的面貌,有一个比众不同的见证:他生就一个白里带些紫棠的同字脸,二道剑眉比眼睛还长,鼻正口方,生得不长不短、不瘦不肥的身子。随他这一双眼睛,如闪电一般,已

---

　　①　门客——封建官僚贵族家里养的帮忙的人。

与别人二样。只是睡熟了,却分不出来。独有这二只耳朵,比别人要长出一半,真个二耳垂肩的异相,所以比众不同。师父只要依了我言,万无一失。"静空僧道:"贫僧晓得,俺便去也。"遂同着家丁出门而去。

这里李文忠弟兄同着省三与四位教师,重整杯盘,开怀畅饮,只等这头陀把徐鹤的首级提来。那徐定标十分得意,暗想:若得成就,我的功劳也不少。歇了一回,只见送去的家丁回来,众人急问道:"怎样了?"家丁道:"这个师父真好本领。看他身体虽是壮大,却比飞鸟还轻。我送他直到护庄河边上,指与他看了,他只一纵,那三丈阔的河面便过去了。再是一纵,已到屋上,犹如燕子一般。只二三跳,就望不见了。我恐怕他们巡更的看见了不便,故此先自跑回。谅来一定成功的。"众人听了大喜,都赞那头陀的本领。

我且说那静空僧上了瓦房,连窜带纵,来向里边。到了第四间大厅,果然西首有三间向南的书房。就跳在天井里面,轻轻走至窗边,向里张看。只见里边灯火明亮,二人正在那里弈棋。定睛细看,都是白面书生,相貌标致,生得斯文风雅,不像武夫。况且眼睛并不闪电,耳朵又不垂肩,与方才所说的不同。室中更无别人,中心疑惑。列位,你道这二个却是何人?原来徐鸣皋与徐庆、罗季芳三人,昨日动身到苏州去了。因为听得姑苏玄都观内,设立百日擂台,选拔天下英雄。只要胜得台主,官居极品,打得台主一拳,黄金一锭,踢得一脚,彩缎一端。现下遍贴传单,即日便要开台。徐鸣皋把家事托了江梦笔代管。那一枝梅不欲去,就托他在家照应。只因天气炎热,睡不着去,故此二人下一局棋消遣,正在相争一角。那一枝梅道:"江贤弟,屋上有人下落天井来也。"梦笔道:"并不听得声响。"一枝梅道:"我去看来。"

那静空听得此言,知道这人是个厉害的,心中早已惧怯。只见那穿青纱衫的立起身来,知道不好,便把身子向假山背后一躲。谁知一枝梅的眼黑夜能辨锱铢①,何况月明如昼?早被他看得分明,一个腾步,已到庭心。静空要想走了,被一枝梅起三个指头,夹背心一把擒拿,正拿在天颈骨上。那静空顿时遍体酥麻,双手举不起来,任你全身本领,只好束手待毙。梦

---

① 锱铢(zī zhū)——均为古代重量单位。锱,一两的四分之一,铢,一两的二十四分之一。喻微小。今有成语"锱铢必较"。

笔听得,走出来道:"果然有人么?"一枝梅道:"贤弟,却是个贼秃。身带利刀,非是偷盗,便是行刺。"静空道:"徐大爷饶命! 下次再不敢来!"一枝梅道:"你只实说,那里人,叫什么,来此则甚,我便放你。若有半句虚言,叫你一刀三段。"说罢,把他腰内插的宝刀,拔在手中。那静空僧吓得慌了,他便怎么长,那么短,一本实说。"现在他们等我回报,都是他们指使,不干我事。"一枝梅道:"当真实情?"静空道:"半句没虚,都是实说。"一枝梅道:"既然实情,却是饶你不得!"手起一刀,头已落地,鲜血直喷,那尸骸倒在一旁。把个江花唬得心里跳个不住,便道:"这却怎处? 你杀他作什么,何不把他送到当官,也好问他李家指使刺客,黄①行刺的罪名。"一枝梅道:"这些赃官同他一党,送去总然不济,还是一刀的干净。"梦笔道:"如今尸骸怎样安排? 李家不见这秃驴回去,定知是我们杀了。明日被他告发,倒却厉害。"一枝梅道:"贤弟但请放心,凡事有愚兄在此。"便向身边取出一个小小瓶儿,将指甲挑出些药末来,弹在那尸体颈上。说也稀奇,片刻之间,把个长大汉子消化得影迹无踪,只存一滩黄水。梦笔见了,唬得舌头伸了出来,缩不进去,便道:"大哥,你把这脑袋索性一起化掉了,还要放在此作什么?"一枝梅道:"我自有用处。"说罢,把衫衣裹得紧紧的,束了一条带子,足上脱去靴子,里面自有软鞋,就把这口刀插在腰间,一手提了头陀的首级,对梦笔道:"贤弟少待,愚兄去把这东西抛掉了就来。"梦笔欲待回言,只见他向屋上只一窜,快如电光一般的去了,暗想:"怪不得他名扬四海,果然剑客之流。他的飞行之术,胜我二兄多矣!"

我且按下他在书房等候,再说一枝梅出了太平村,竟到李家庄来。不多半刻,已到门首。他便跳上瓦房,寻到里边。只见花厅上灯烛辉煌,知道他们都在那里饮酒等候。那花厅对的上首,却有一只六角亭子,便将身跃到亭子上。上面把左足钩住亭顶上的葫芦,那身子斜挂下来,做个张飞卖肉之势。抬头观看。恰好正对花厅。见厅上边摆开二席,下首一席,坐着四个教师模样。那朝外的一个,认得是同乡徐定标。上首的一席,中间正位空着,朝西二人,都是公子模样,谅必李氏兄弟。朝东坐者,是秀才打

---

① 黤(yín)夜——深夜。

扮,知道就是花省三这篾片①。只见朝西坐那面黑的说道:"去了这好半歇,为何还不见来,敢是被他捉住了不成?"那个面白的道:"总是不能下手,故此在彼守候。"只见那堂下二旁站着七八个家人,内中有一个说道:"我方才见他上了瓦房,跃至里面,好似往下跳的光景。"那秀才打扮的接口道:"据门下看来,只怕有些不妙。"徐定标道:"花先生何以见得?"那人道:"凡做这件事,第一要精细灵巧,智勇二全,方为妥当。若靠了本领高强、力大,却粗莽大意,便不相干了。你看这静空僧粗心浮躁,是个莽和尚。去了这许久不回,虑他凶多吉少。"一枝梅听得清清楚楚,想道:"都是你这贼挑拨弄火,助纣为虐,今日请你吃个小苦。"便把那头陀的首级提将起来,大喝道:"徐鹤的脑袋来也!"照着花省三劈面打来。

　　不知可曾打中否,且听下回分解。

---

　　① 篾片——旧时称在豪富人家帮闲凑趣的人。

# 第 八 回

## 徐鸣皋弟兄观打擂　飞云子风鉴识英雄

话说那花省三只听得"徐鹤脑袋"四字,这"来"字还未听得完全,却脑袋已到。那静空的颈腔劈对省三面门,磕塌的一声,打个正着,弄得嘴里、鼻管里、眼睛里,满面的血臊。那脑袋跌将下来,恰好落在肴碗之中,满坐大惊,一起站起。李文忠暗道:"既取得徐鹤首级,还该好好提将下来,为何这般行为?"大家定睛一看,知是静空的首级。列位,若要讲这脑袋,头发散乱,淋血模糊,骤然亦难分辨何人首级。只是那灿烂焦黄的溜金箍显在头上,所以一望而知是头陀的首级。这一惊非小,比方才更加吃唬。个个牙战口噤,毛发倒竖起来。

那一枝梅掷完了他这脑袋,飞身上屋,连窜带纵,如掣电般回转徐家。梦笔见了便问:"大哥,那首级抛向何方去的?"一枝梅就将那到李家庄的话说了一遍。梦笔听了道:"大哥,你虽与他吃个惊唬,只是他们怎知是你干的? 一定疑到鸣皋身上,这冤仇越结深了。究不如与他个石沉大海、音息全无为妙。"一枝梅道:"如今的人欺软怕强,正要他知我厉害,使他不敢正眼相觑,显得我辈的威风。"二人谈论了一回,各自安寝。

再说李文忠等呆了半晌,同到庭中看视,早已去久。便叫家人把静空首级收拾开去,那肴馔都吃不得了,一并撤去,把水与省三洗去脸上血迹。大家都道:"那头陀一定被徐鹤杀了。"李文忠同花省三两个当夜写成状子,大略告他前次持强行凶,殴辱绅衿①,身受重伤,府差签提,胆敢抗不到案,目无国法已极;今又谋杀头陀,挟仇移尸图害等情。到了明日,命家人带了头陀首级,跟随花省三到扬州府王太尊那里控告,嘱他务要追捉凶身到案。

---

① 绅衿——绅,古代士大夫束在衣外的大带。衿,青衿,学中生员的服饰。旧时泛指地方绅士和在学的人。

这个知府叫做王锦文,是个捐班①出身,性极贪婪。他原籍山西汾州人,是个放印子钱②的,积得银子,捐了知县。所以盘剥小民,是他本等。为官糊涂贪赃,却有一般本事:黉③夜苞苴④,孝敬上司,遂被他升了扬州府知府。那李家银子,借过了不知多少。当时判了朱签,发二个原差,到太平村来捉凶身徐鹤。

梦笔埋怨一枝梅道:"都是你要显威风,如今不出我之所料。"一枝梅道:"贤弟放心,这赃官怕他作甚!我自有道理。你且出去回了差人。"梦笔走到外边,对差役道:"这里家主徐鹤,自从前日动身,往南海进香去了。"差人道:"胡说!他昨夜杀了人,到夜半还去移尸图害,怎说前日动身?"梦笔道:"你们不信,自去里边搜寻便了。"那保甲道:"这个却是有的,我也亲见他同二个朋友下船去的。"差人无奈,只得到手了些银子,回去禀复。

那扬州府王锦文最喜是杯中之物,当夜吃得酪酊大醉,到了夜半醒来,口中干渴,欲想坐起,遂唤丫环取茶。觉得颈边有件东西,把手一摸,却是一把锋利尖刀。那王锦文大吃一惊,再看那刀柄上有书一封。拆开观看,上面写着:"昨夜头陀,是我所杀。你这赃官,若敢听信土豪,屈害善人,即便取你首级!柜中银子三千,是我借用。"末后画上一枝梅花,笔力清健非常。王太守唬得面如土色,心中又怕又恼。哪晓得这夜李文忠那里,也是一把刀、一封书信。信中之言,大略相同,只是银子偷去了一万。到了明日早晨,那些穷苦之家到是造化,也有五两一锭的,也有十两一锭的,家家得着银子。那李家同扬州府,皆不敢追究,只得把此事松了下来。

话分两头。我且说徐鸣皋同了徐庆、罗季芳,从那一日下落舟船,一路来到苏州,把船停泊阊⑤门城外,离舟登岸游玩。六街三市,热闹非常。俗语说的:上有天堂,下有苏扬。那姑苏是个省会,商贾辐辏,人烟稠密,

---

① 捐班——指纳资得官。
② 印子钱——旧时的一种高利贷。亦称"折子钱"。
③ 黉(yín)——深。
④ 苞苴(jū)——蒲包,后指馈赠的礼物,又引申指贿赂。
⑤ 阊(chāng)——传说中的天门、宫门。

真个挥汗如雨，呵气成云。笙箫管弦之声，沿途相接。三人进了阊门，只见各店铺密排鳞比，街上行人挨肩擦背。只因擂台建搭完工，明日开台，那四方打擂英雄陆续来到，这些赶做买卖的，三教九流，人山人海，拥挤不开。三人来到一个道院，抬头一看，只见"福真观"三字。鸣皋道："这是有名的神仙庙，我们何不进去瞻仰瞻仰？"遂一同步入里边。只见那江湖上的巾、皮、驴、瓜，行行都有。无非是那小黑的拆字，八黑子算命，鞭汉的卖膏药，叹册的说评话，那哄当驴子在那里弄缸弄甓，那四平捻子在那医治毛病，那鞭瓜子在那里打拳头，那雨头子在那里画符咒。看一回都是平常之辈，无非是一派江湖诀罢了。

　　走到殿上，参过了神仙，左右观看。只见许多人围着一个相面先生，上边一幅白布招牌，上写"飞云子神相"。鸣皋道："这个相面先生口出大言，自夸神相。"徐庆道："江湖术士，大都如此，奈张大口，其实本事平常。"罗季芳道："我们叫相一相。若相得不准，把他招牌扯掉他。"鸣皋道："匹夫，他不过为糊口之计，由他夸奖，干你甚事？"徐庆道："我们叫相一相，试试他本事何妨？"三人挨进人丛，只见这先生有四十多岁年纪，三缕清须，神清目朗，相貌飘然。一见鸣皋等便站将起来，把手一拱，道："三位豪杰请了。"三人也完个礼。旁边有二条凳子，先前相过的见来了三个华服的少年，知道是贵家公子，便站将起来。鸣皋等坐下。

　　飞云子问过了三人姓名、居处。鸣皋道："久慕先生大名，不才等特来求救。"飞云子把他左手来一看，不觉拍案长叹一声，道："惜乎吓惜乎！"鸣皋道："敢是贱相不好么？"飞云子道："公子的尊相，少年靠荫下之福，中年有数百万之富，晚年享儿孙之福，名利二全。为人豪侠，仁义为怀。当生二子一女，早年发达，为国家栋梁。寿至期颐。一生虽有几次难星，皆得逢凶化吉，事到危急，自有高人相救。"鸣皋笑道："照先生这般说，不才就极知足、极侥幸的了，还有甚可惜？"飞云子道："照公子的相貌，若落在平等人家，无甚好处。便生厌世之心，弃家修道，虽不能白日飞升，做得上八洞的神仙，亦可做个地行仙，长生不老。十洲三岛，任你遨游，岂不胜那百年富贵，如顷刻泡影哉？"鸣皋道："不才颇愿学道，未知能否？"飞云子把手摇，道："难，难。公子岂肯抛却了天大家私、美妻爱子，却去深山受那凄凉的苦楚？虽则一时高兴，日后必然懊悔。这就叫道心难坚，是学道最忌的毛病。所以在下替公子可惜。"鸣皋点头道："把我师父也是这般说来。"飞云子问道:"尊师姓甚名谁?"鸣皋道:"我师道号叫做海鸥子。"那飞云子听了,拍手大笑,道:"吾道是谁,原来是我七弟的贤徒。那年他曾说过,在江南传一徒弟,我却未曾问及姓名,不道今日相会!"鸣皋道:"如此说来,是不才的师伯。"便深深作了一揖。飞云子道:"既是自家人,此地非说话之所。"遂向众人:"有慢列位,明日候教了。"那些闲人见他把招牌收了,也都散去。

飞云子收拾了东西,同了鸣皋等三人出了福真观。一路行来,见座大酒楼,装潢得十分气概,招牌上写着"雅仙楼"三字,乃一同走入里面,极是宽敞。店小二问过点菜,便摆上佳肴。四人饮酒谈心。飞云子把徐庆、罗季芳相了,说他二人福禄俱高,只不及鸣皋的好。鸣皋问起师父海鸥子:"一别多年,因何不见到来? 弟子十分记念。"飞云子道:"我们几个人,虽不同姓,情比同胞。每年一会,七人聚首,痛饮一日。那会的地方,却无一定之处,会的日子,亦非一定。这日都是上年相会之时预先约定,来年某月某日,在某处相会,虽路隔数千里,从无失信。会过之后,或二人一起,或独自一人,各各散去,遍游天下,无有定处。"看官,他们七个兄弟,不以年纪论大小,却以道术分次第。这飞云子却是老三,他的剑术非同小可。四人正在饮酒谈心,只见外面进来二人。一个年少书生,一个却是和尚。飞云子把手招道."二位兄长贤弟,我在这里。"

究竟这二个是何等之人,且听下回分解。

# 第 九 回

## 雅仙楼鸣皋遇师伯　玄都观严虎摆擂台

却说飞云子见他二人上来,便立起身来招呼。那二人见了,便走将过来。鸣皋等众人都站起来,招呼一同坐下,添了杯箸。飞云子问道:"你二人何处聚首?"和尚道:"也是不期而遇。"便问鸣皋上姓。飞云子道:"这便是七弟的贤徒,乃扬州赛孟尝徐鸣皋,是个当今豪杰。"二人听了大喜,道:"久慕大名,今日幸得相会!"飞云子指着和尚说道:"这位道号一尘子,便是我们的二哥。"又指着少年书生道:"这位叫做默存子,是我们的五弟。"鸣皋道:"二位师伯到来,弟子千万之幸。请众位师伯看过擂台,同往寒舍盘桓。"一尘子等三人齐道:"这却不必。我们孤闲成性,在此会后,便各适其所,不喜常聚一处。"六人欢呼畅饮,直饮到日落西山。酒阑散席,鸣皋问其寓处。飞云子道:"我等萍踪无定,随处安身。明日自到宝舟相访,不劳贤契贵步。"鸣皋等只得分别回舟。

到了明日,依旧进城,一径来到玄都观来,街上更加拥挤。进了玄都观,只见那擂台有一丈二尺的高,周围有五六丈开广。左旁有一小小副台,安着文案,知是挂号之所。右边有一看台,悬灯结彩,中间竖起一根旗杆,上扯一面黄旗,旗上写着"奉旨设立擂台"六个大字,随风飘荡。台上悬着长、吴二县的告示。擂台上居中柱上一副对联,上写"拳打九州豪杰,脚踢四海英雄"。上面一块匾额,上写"天子重英豪"五个大字。里边架上二大盘金银,二大盘绸缎。下面看的人已挨肩擦背,等看开台。

不多一会,听得副台上吹起号筒,三声炮响,锣鼓齐鸣。只见四个侍卫簇拥着擂主上台。那看台上监官也坐在上面。鸣皋抬头上看,认得是宁王千岁。只因他心怀叛(不比)逆,故此奏明天子,设立擂台,名为拔取英雄,实欲收罗心腹。这台主便是他的教师,名叫严正方,是有名师家,山中打得猛虎,水内斩蛟。少年时节,做过头等侍卫,随驾秋狩,空手搏杀人熊。一日虎牢内走了猛虎,京城内落乱纷纷,各武员侍卫人等分头追赶,恰好严正方遇见。虎向他当面扑来,他便将身一蹲,虎从头上蹿过,他便趁势一把,将虎尾扯住,随手掼将转来,把这虎掼成塌扁。宁王知他神勇,千方百计把他弄到府中,改名严虎,倚为心腹。今日保举他做个台主,暗中教他收罗草泽英雄,除却忠良之辈。只见正台上三吹三打,擂主踱出台来,向台下拱一拱手,通过姓名,说过一番打擂的话头。无非是奉旨建设擂台,原为拔取英才,无论军民人等,上台胜得我者,黄金绸缎若干,分别给与功名,有官官上加官,平民出仕为官,没有本领,不必上台枉送性命的老话头。

此时台下天下英雄豪杰到的不少,那班剑客侠士,也有多在人内。就是那一尘子、默存子、飞云子,只因玄都观设立擂台,所以都在此要看打擂台。只是他们不要那名利二字,不肯动手,但只看看世间英雄的手段罢了。说话的,你这句话自相矛盾了。他们既不要名利,为何在闹市丛中,挂出"飞云子"的招牌,相起面来。看官有所不知,这飞云子晓得自己弟兄必有几个到来看打擂台,因此挂出自己别号,好叫兄弟们得知他在此,便可大家聚首。不然,虽则同在苏州,人山人海,怎得聚首一处?况且剑客与侠士不同。若如一枝梅、徐鸣皋、徐庆等辈,总称为侠客。本领虽有高低,心肠却是一样,俱是轻财重义,助弱制强,路见不平,拔刀相助。若是他们七弟兄,皆是剑客,不贪名,不要利,只是锄恶扶良的心肠与侠客相同。所以剑侠二字相连。侠客修成得道,叫做剑仙。这部书专记剑客侠士的行踪。只因这个时候。天下剑侠甚多,叫做"七子十三坐"。这七子,就是飞云子等这七人。还有云阳生、独孤生、卧云生等十三人,结为朋党,也是遍游天下,后书是有交代。

当时徐鸣皋看见台主严虎说罢一番,便打一路拳头,却也十分了得。看的人大家喝彩。这严虎本领实是超等,只是心地不好,所以肯就宁王之聘。他到了王府,靠着宁王势力,自恃本领高强,目空一世,看得天下无有敌手,任性妄为。现今随了宁王来到苏城,建设擂台,他做了台主,越发心高气傲,在台上耀武扬威,口出大言。哪知台下人千人万,只有看的,没有打的。鸣皋等三人等了半日,看看日下西沉,却无一人上台,心上好不扫兴。那众人渐渐的散了,台主也自下台,鸣皋等只得回转船中安歇。

到了次日,再去观看,虽有几个上台交手,都是平常之辈,皆被严虎丢下台来,跌得鼻青嘴肿。不觉恼了一个英雄,乃是姑苏人氏,姓金名耀,是个忠良之后,为人豪爽,苏城有名的乐善公子,却是新科武举。他见严虎如此无礼,不觉怒发冲冠,便跳上台来,副台上记了花名簿。他与严虎交手,二人在台上拳来足去,打了二十余手。无如严虎拳法精通,渐渐抵敌不住。被严虎卖个破绽,金耀一拳打去,扑了一空。严虎忽地扭转身来,起二个指头,向他劈面点去——这个解数,名为双龙取珠之势——金耀躲避不及,正中眼睛,被严虎挖将出来。金耀大叫一声,跌下台来。下面看的人,发一声喊,都道这台主太觉无礼,不该伤人眼目,使人变为残疾。那金耀的一班同年举子,个个咬牙切齿,要与金耀报仇。一面金耀跟来的家人,扶他回去。

台下纷纷扰攘,恼了一个老教头,叫做方三爷,是常熟的第一个教师,就是金耀的师父。他见严虎将他徒弟弄得如此狼狈,心中大怒,跳上台来,通过姓名,上了花名簿,对了严虎骂道:"你这恶贼!朝廷设立擂台,原来拔取英雄豪杰。你敢伤人眼目,我也取你二只眼睛,与我徒弟报仇!"骂得严虎大怒,二人上手便打。那方三爷的本领,原是一等的名家。只是年纪大了,打到三十条手,气力不加,一臂有些酥麻。那严虎正在壮年,越打越有精神。方三爷一腿踢去,却被严虎接住,趁手提将起来,向台下掷去。跌个金冠倒挂,不料脑袋恰巧对着大言牌上碰去,顿时脑浆迸出,一命呜呼。台下众人齐叫:"台主打杀人也!"

那罗季芳见了,不觉怒从心上起,恶向胆边生,这股无名火哪里按捺得住,大叫:"反了!"他便分开众人,抢将过去。鸣皋看见,要想止住他,却哪里来得及。罗季芳早已上了擂台,通了姓名,大叫:"严虎儿子,快来领死!"也不管三七二十一,便是一拳打去。严虎见他是个莽夫,来势十分凶勇,便将身子偏过,只是腾挪躲闪。那季芳打了三二十拳,没有着他膊臂,弄得自己倒是费力。严虎见他渐渐不济,便运工夫,直上直下的,紧是一拳。那季芳只有招架,气喘汗流。鸣皋、徐庆见这呆子不好,欲想上台帮助,却又理上不合。正在二难,只见罗季芳被严虎打下台来,跌个仰面朝天。徐庆心中大怒,正欲上台,哪晓这台主早到里边去用膳歇息。时光已不早了,只得大家散去。

三人出了城关,回到舟中,便问:"罗兄可曾受伤?"季芳道:"这王八实在厉害。我只是跌得背上有些浮伤,并不妨事。明日老二你上去,把他打下台来!待我打他一顿出气!"鸣皋道:"这个自然。但是只怕我敌他不过,反被他打了下来。"徐庆道:"我今日本欲上去,只是他已逃进去。

明日让我上台,若是胜不得他时,你再上未迟。"鸣皋道:"我看严虎拳法甚高,他的工夫,也是少林一派,犹恐敌他不住,反吃亏了。不如我上去见机而行,或可侥幸。"当夜三人纷纷议论。

　　到了来日,正是第三日了。来到台前,只见严虎正在耀武扬威说道:"台下听着,你们自量有本领的上台,考取功名。没用的戎囊,休来送死!"

　　不知何人上台交手,且听下回分解。

# 第 十 回

## 赛孟尝拳打严虎　罗季芳扯倒擂台

　　却说严虎在台上夸张大口，口出狂言，徐庆听了，早将双足一蹬，飞身上台。他有飞毛腿的本领，身轻如燕，跳到台上，声息全无。副台上值台官便叫报名上册。徐庆道："俺乃山东徐庆的便是。"说罢，把二个指头指着严虎喝道："朝廷设立擂台，原为考取英雄。命你做了台主，应当尽忠报国，拔取真才，评定甲乙，方像个台主。你却口出狂言，只显自己能为，不问好歹，把人丢下台去，可恶已极。更加挖人眼目，伤人性命，竟是强盗不如！俺也不要功名，不贪富贵，今日上台，特来取你狗命！"

　　这一席话，把个严虎骂得暴跳如雷，勃然大怒，骂道："匹夫，你敢在钦命的擂台上撒野！且到爷爷手里来领死！"说罢，使个门户，叫做"童子捧银瓶"之势，等他入来。徐庆便使个黑虎偷心，照准严虎当心一拳打去。严虎将身一侧，起左手勾开他的拳头，将右手照定肩尖一掌打去。徐庆转身把左手帮在右臂，将他拳头让过，进步还拳。二人一来一往，打了五六十个照面，渐渐气力不加。若讲轻身纵跳，徐庆远胜那严虎，只拳法实力，却非严虎对手。打到八十余手，被严虎使个玉环步、鸳鸯腿，把徐庆踢下台来。

　　鸣皋见了勃然大怒，便扑的跳上擂台。二脚恰在台边，只立牢得一半，那身子连连摇摆，好似立不定的样子。台下众人倒替他吃惊，都道："这人要跌下来也。"那严虎见了，知道这个名叫"风摆荷花"，是少林的宗派，晓得此人是个劲敌，不比寻常。鸣皋走到副台，把手一拱道："生员姓徐名鹤，原籍广东，寄居江南，扬州人氏，特来考取功名，请上了名册。"那副台主姓狄名洪道，乃苏州人氏，他的表妹便是鸣皋的妻室。只是他二人未曾会过，彼此皆不认得。当时听得鸣皋报名上来，知是他的妹丈，只不便相认，遂把花名簿上了。

　　鸣皋走到台中，将严虎仔细一看时，见他身长九尺，生一张淡红脸面。额阔颧高，二道浓眉，一双虎眼。大鼻阔口，二耳招风。颔下连鬓钢须，好似铁线一般，根根倒抓。头上边扎巾钿额，身穿银红缎剪千，足登薄底骁靴，叉手立着。鸣皋施个半礼，道："台主请了。"严虎见他循规蹈矩，是个知礼的人，也还个半礼，道："壮士请了。"鸣皋道："生员略知拳棒，本领平常，妄想功名，还望台主容情一二。"严虎道："好说，请合手。"说罢，便立个门户，左脚曲起，右手挡在头顶，左手按在右腰。这个名为"寒鸡独步"之势。鸣皋将身子带偏，左手在胸，右手搭在左膊之上，腾身进步，将右手从后面圈转，阴泛阳的一拳。这叫做"叶底偷桃"，便是破他"寒鸡独步"的解数。严虎将身一侧，起左手掀开他拳，右手立他一下。鸣皋躲过他拳，使个"毒蛇出洞"，劈心点来。严虎看得分明，使个"王母献蟠桃"托将开来。鸣皋将身做一个鹞子翻身，扑转来，双手齐下，名为"黄莺圈掌"。严虎将身朝下一蹬，把头向一边偏过他的双掌，趁势使个"金刚掠地"，把右脚在台上旋转将来。鸣皋将身跳过，又使个"泰山压顶"，照严虎劈脑门打来。二人在擂台上，你来我往，脚去拳完，只打得眼花缭乱，好似蝴蝶穿花。正是棋逢敌手，将遇良才。足足打了一百余条手臂，不分胜败。

若论他二人的本领，一个半斤，一个八两，若放在天平内称来，没有轻重的。拳法鸣皋胜些，气力严虎大些，扯个正直。只是今日鸣皋有一件吃了亏，所以觉得渐渐下风了。你道为何？只因严虎穿的薄底骁靴，鸣皋爱穿高底皂靴，又厚又宽。他仗自己本领，不肯更换紧统薄底骁靴。恰逢了敌手，初起也还不觉，打了一个时辰，便觉不灵便起来。这严虎有一下煞手拳，名为"独劈华山"，乃是一劈手，十分厉害，是他师父秘授的看家拳。随你英雄豪杰，当不起这一劈手，凭尔功夫再好，也要打个筋断骨折。若功夫稍欠些的，便要打成齑粉。当时严虎用个"蜜蜂进洞"，将二拳向着鸣皋二太阳穴，直打过来。鸣皋使个"脱袍让位"的解数，将二手并在一处，从下泛将上来，向二边分去，把严虎的双手隔开，故他二手自上圈到腰间。那严虎借他分开之力，反手一劈，正对面门劈下，所以偏避不及，将手来格，也是不及。这下煞手拳，不知伤了多少英雄好汉！鸣皋叫声："不好！"知道难逃此厄。谁知严虎忽然眉头一皱，也是叫声："不好！"这一劈手，他竟不打下来，似乎呆一呆的光景。看官，你道这个时候，呆得一呆的么？说时迟，那时快，早被徐鸣皋一拳，正打在严虎的颔下。这拳名为"霸王敬酒"，把严虎一超，掼下台来，跌一个仰面朝天。

罗季芳看见，大笑道："这王八也会同我跌个一样！"便踏步上前，一脚踏住严虎的胸膛,提起拳头,一阵乱打。也算严虎晦气,打得鲜血直喷。徐庆也去加上几拳。鸣皋跳下了擂台,上前扯住道:"呆子,你们再打,便要打死了,不当稳便。"徐庆听得便住了手,只是罗季芳尚不肯罢休。正在交结,那宁王见台主跌下擂台,被他们如此攒打,心中十分大怒,便吩咐把他们一起拿下。那总兵黄得功、副将胡奎,同着参将、都司、游击、城守,领了护台军士,一并前来拿捉。鸣皋、徐庆听得要拿他们,一起大怒,道:"他们如此不讲情理,我们再打个落花流水!"便在威武架上,各人抢了一条棍子,在台前打将起来。

　　正打得落乱纷纷,看的人四散奔逃,哪晓得罗季芳把擂台柱子,用尽平生之力向前一扯,只听得哗啦啦的一声响亮,那只擂台连着副台,一起倒将下来。幸亏看打擂的众人纷纷躲避开了,只压死军民人等二十余人,受伤者不计其数。鸣皋见呆子闯了大祸,便同徐庆高叫:"罗大哥,快走!"那时各武员军士们等重重围裹上来。谁知这呆子不知厉害,还在那里厮打。不多一会。那兵马大元帅马天龙得信,引着飞虎军到来相助。鸣皋同徐庆见势头不好,也顾不得季芳,二人杀出玄都观来,飞身上瓦房,连窜带纵,逃出城来。这罗季芳被众军士围住,不得脱身。马天龙元戎已到,他是有名的第一口名刀,何等厉害,季芳如何抵敌得住?遂被众将擒下,绳穿索绑,押赴狱中。

　　且说严虎打得身受重伤,宁王吩咐官医疗治。将他衣服卸开,只见肩窝上,中一枝小小箭儿。那官医打将出来一看,却是二寸余长的一支吹箭,那箭上有一行蝇头小字。仔细看时,却是"默存子"三字,便呈与宁王观看。不知谁人暗施冷箭,遍问左右,可晓这默存子姓甚名谁,何等样人?众人妄想猜疑,并无知晓。因问严虎平日有无仇人,可知默存子为谁。严虎满腹思想,亦复茫然。大家多疑为徐鸣皋一党,只要拷打罗季芳,谅必知晓。

　　只见副台主狄洪道禀道:"这个默存子非是等闲之人,乃一个剑侠之士。昔年在雁荡山,与我师弈棋,曾见过一面,那时只十八九岁的少年书生。他的本领,口能吐剑丸,五行遁术。我曾求他试演剑术,他就坐中草堂并不起身,把口一张,口中飞出一道白光,直射庭中松树。这白光如活的一般,只拣着一棵大松树上下盘旋,犹如闪电掣行,寒光耀目,冷气逼人。不多片时刻工夫,把棵合抱的树桠枝,削得干干净净,单剩一段本身。

我师言他又善用吹箭,百发百中。若他用了药之时,却是见血封喉,立时毙命,比了国初何福的袖箭,更加厉害。严师爷中的,谅不是药箭,还算侥幸哩。"宁王听了将信将疑:难道世间有如此本领? 他与严虎何仇,却去损他作甚? 因问洪道:"你的师父叫做什么名字?"洪道说:"我也不知他姓名,但知道号叫做漱石生。"宁王吩咐府县,把罗季芳三敲六问,并无口供。只说徐鹤、徐庆俱不认识,亦不知什么放箭之人,只得仍旧监禁。

　　不知季芳性命如何,且听下回分解。

# 第十一回

## 救义兄反牢劫狱　换犯人李代桃僵

说话宁王把罗季芳收禁监牢，一面上表申奏朝廷，说有不法武生罗季芳等数人，暗施冷箭，射伤台主，毁坏圣旨，拖倒擂台，压毙军民无数等情。一面悬了赏，拿捉殴打台主的凶手徐鸣皋、徐庆、默存子三人，限长、吴二县，即日缉获凶手。我且按下不表。且说鸣皋、徐庆二人出了城关，来到船中，吩咐把一切灯笼记号尽行除去，倘有人查问，只说镇江武生，休说姓徐便了。

当夜，二人商议相救罗季芳计策。徐庆道："若去劫狱，救了罗大哥时，只是罪名重大。我却回转山头，他何处追寻，便可没事。只是你若躲避外方，定累家属。况且家业遍地，岂不要被他们封闭入官？"鸣皋道："为了朋友兄弟，这也何妨！只是恐其画虎不成，反为不美，我们须要想个万全之计。"徐庆道："若是官员那里，只要把银子买通上下，还有做手。只是那老奸心上恨了，除却劫狱一计，别无良策。"鸣皋道："也罢，为了弟兄，顾不得家私。你我明夜准去救他出来，若然迟了，恐怕误了季芳性命。"

二人商议已定。到了来朝，吩咐把船通到铁瓮关停泊。到了黄昏，二人轻装软扎，腰间各插一把钢刀，来至城下。二人俱会壁虎游墙，将身贴于城墙，手足伸开，运动功夫，如壁虎一般，瞬息已至城头之上。一路来到司监，飞身上屋，在监墙上向下望，只看不见里边那处是季芳的所在。只轻轻跳将下去。东张西看，犯人甚多，只寻不见季芳。正在张看，只见前面有更卒走来。徐庆便向门后一闪，鸣皋无处可躲，只得向上一跃，将三指摘住一根椽子，悬空挂在上面。巡更的狱卒击柝①而来，等待他走到面前，鸣皋从梁间蓦然来下，把巡卒擒住，将刀搁在他颈上，轻轻喝道："你叫一叫，我便杀你！"唬得巡卒缩做一团，连话都说不出来，单道："勿勿！"

---

① 柝（tuò）——打更用的梆子。

鸣皋道："你只说那拖倒擂台的罗季芳在那里,我便饶你性命。"巡卒道："爷爷,放了小人起来,告诉你,他在内监末号内。此地过去,要转五六个弯曲,从小门内进去,把门关上,回转身来,方才看见号门。"徐庆道："他的说话不真实,贤弟休要信他。"巡卒道："小人句句实话。"鸣皋道："你便引领我去!"抓住他先走,徐庆在后。

　　果然有五六个湾曲,来到一个小门。推开进去,却是一条狭弄。三人走进弄内,回身把门关闭,果有一个狭门户。原来方开门进来的时候,恰巧被门遮了,所以看不见这门户。钻进去看时,这季芳正在那里"王八狗肏"的骂。鸣皋道："罗大哥,小弟来也!"季芳听得是鸣皋声音,便道："老二快来,我被他吊得要死了。"徐庆上前看时,见他高高的吊在上边,便将他放了下来,割断了绳索镣铐,回转身把刀来杀那巡卒。鸣皋道："且慢,休要杀他。"便把季芳身上刑具与他上了,也把他照样捆缚,吊将起来。徐庆道："贤弟,胡不把东西塞了他口,我们去了,叫他不能喊叫。"鸣皋道："不妨。这个地方,由他喊破喉咙,却没人听见的。怕他作甚?"三人出了监门,由原路出来。徐庆踊身一跃,已上监墙。鸣皋晓得季芳跳不上的,便把他负在背上,运动功夫,在庭心内打个旋风,扑的跳上监墙。三人遂循旧路越城而出。真个人不知,鬼不觉,把个内监重犯盗了出去。

　　只是鸣皋不杀这巡卒,虽是仁心,究竟失着。谁知巡卒认得他们,因为打擂的时节,巡卒也在台下,所以认得他。那宁王知道他们党类都是本领高强,恐防劫狱,所以十分紧急,一夜五六次的察看。鸣皋等去不多时,早有狱官、差役人等,穿梭一般的查察。走到那里,看见地上一面更锣,一盏灯笼,知道出了毛病,慌忙赶到里边。进得号门,便听得喊叫"救命"之声。走上前去,脚底下踏着一件东西,将灯火提起照看,却是一个更柝。抬头看时,犯人依旧吊着,只是看不清楚,便问："你是何人?"上面的答道："我是狱卒王三,快快放我下来!"狱官在后听得大惊,忙叫放了下来,问那犯人哪里去了。那王三一五一十的说了一遍。狱官唬得魂不附体,问道："王三,你认得这二个究竟是谁?"王三道："小人昨日在台下,看得清清楚楚,正是打严师爷的扬州人。"狱官慌忙到宁王行宫报信,一面叫差役分头各衙门报信。

　　满城文武得了这个要犯越狱的信息,慌忙齐到王府行宫伺候。宁王知道果然劫狱,心中大怒,立时传出旨意,着地方官限二日内缉获。若第三日不见罗季芳、徐鹤、徐庆三人,将阖城文武一并治罪。一面吩咐副教头狄洪道带领二个徒弟,王能、李武,并五百御林军,会同马天龙,带领偏裨牙将,大小三军,沿途追赶,务在必获。满城文武得着旨意,弄得落乱纷纷,没做理会。恰好兵马大元帅马天龙到来,即与副教头狄洪道商议:谅他必回扬州。我们带领三军,合做一处,向官塘追去。这里吩咐府县挨户细查。计议已定,正要起行,只见一马飞来,到得王府门首,下得马匹,上前参见道:"小的是马快都头郭玉。今捕得扬州武生徐鹤等踪迹,特来见王爷,请兵拿捉。"马天龙道:"现在扬州徐鹤、徐庆在司监劫去要犯罗季芳,王爷传旨追捉,正没头绪。你既知晓,速速引领前去,不必去见王爷。你且说他存身何处?"郭玉道:"他有坐船在铁跌关。"马天龙吩咐众将官带领三军,向铁跌关拿捉劫狱强盗。一路人衔枚,马摘铃,灯球火把概用皮套,不许声张。大小三军一声答应,立刻起行。出了阊门,一路静悄悄朝铁跌关进发。正是并无人咳嗽,只有马蹄声。

这阊门到铁跌关,有十里之遥,我且按下慢表。再说徐鸣皋同了徐庆、罗季芳,一路回到铁跌关。下了舟船,却不见船中的四个家人。初时只道他们睡熟在后梢,不以为意,便向徐鹤道:"明日我们到哪里去好?这罗大哥的相貌,最是好认的;我同你上台打擂,俱被众人看见,这里断然不能存身。"徐庆道:"若是我与贤弟,随处可以潜身,只是罗大哥躲不过去。还是回转扬州,再作道理。"罗季芳道:"你们只管讲话,我的肚子却有些饿到背心上去了!"鸣皋笑道:"莫怪大哥饥饿,我也腹中饥了。"忙叫家人取酒馔来。叫了几声,无人答应。走到后梢看时,一个也不在船上。便道:"这也奇了。难道他们四人都上岸去,船上一个也不看守?"罗季芳道:"他们一定是赌钱去了。"徐庆道:"只怕未必。即使赌钱宿娼,断无一起皆去的道理。你听那关上已打五更,难道他们一个也不想回来?我看这事有些古怪。"他三人我猜你测,只想不出来。

我晓得看书的诸公,心里却倒明白:这一定是被捕快拿住了。只是怎样的看破机关,被他们拿住,晚生要交代明白出来。因为这只船,是徐府上自己打造的坐船,所以极其宽大华丽。停在阊门的时候,客船准千准万的拥挤,不开倒也不知。只因通到铁跌关,来往船只稀少,虽有二三十号商船,却不比得这只船金彩耀目。另有一工,也是徐鹤的失着,他小心了,反为坏事起来。那郭玉是个苏州的有名马快,别府各州各县有了难破案件,都来慕名请他去的,所以他的一双眼睛,何等厉害。当日得了宁王之命,限他侦缉扬州徐鹤、徐庆、默存子三个凶手,他就料定他们必走铁跌关这带路,带了一班做工的竟到铁跌关来。见了此船,有些疑心,便问:"你们是哪里来的?"那船上家人回道:"我们是镇江武生,来此看打擂的。"郭玉听了,早已料着六七分。

不知可曾被他拿获,且听下回分解。

# 第 十 二 回

## 铁跌关挑灯大战　救妹丈弃邪归正

话说那捕快郭玉，是个有名的好手，当时见了此船，知道有些来历，便同伙计在对面一家酒店楼上沿窗吃酒，吩咐伙计："你们留心这船舱的人上岸，我看起来，此船有七八分是了。"伙计道："怎见得？"郭玉道："你看这只船不是扬州的式样么？这船人的口音，又是扬州白，他偏偏说是镇江来的，这便是一样见证。若说他今日才得初到，就应该在西边来，为何又在东边而来？若说他前几日来的，今日回去了，却擂台还是昨日傍晚时扯倒，他既然路远迢迢来到此间，今日便要紧回去，这又是一个见证。他船停了好半日，不见坐船的上岸，这就越发可疑了。"伙计都道："足见老大好见识，我等实在拜服！"他们几个不离左右的侦探。到了黄昏人静，鸣皋同徐庆软扎轻装，扑的跳过对岸。这班做工的虽看不清楚，却知道是二个有本领的侠客，从船中飞过对岸去了。遂即告郭玉：这是一定的了。便下船把四个家人扯的扯，拖的拖，来到保甲家里，一顿吊打。这四个家人哪里经得起，便从头至尾，一本实说。郭玉便到驿栈上牵过马来，飞奔进城报信。

再说徐鸣皋等三人正在船中猜疑不出，忽听岸上边一声呐喊。三人知道不好，扯起船窗一望，只见二岸官军无数，火把照耀，如同白日。马上边兵马大元帅马天龙，顶盔贯甲，手提九环象鼻紫金刀，威风凛凛，带着总兵黄得功、副将胡奎，并那参将、游击、都司、守备等偏裨牙将，各执刀枪，只待交锋。那步下的副教师狄洪道："手执二根铁拐，英气勃然。旁边马快都头郭玉，手执三节连环棍，抡眉爆目。二个小教师王能、李武，各执镶铁齐眉棍，分开左右。并一班做工的，都是单刀、铁尺、钩连枪、留客住，排得整整齐齐，刀枪林立。"

徐庆便叫："哥哥，贤弟，快些杀上岸去，突围去吧！"鸣皋道："罗大哥，你与我背心贴着，不可离开。三哥先行开路。"此时若没有罗季芳在内，他二人纵跳如飞，谁人围得他住？只因要顾那季芳，所以就有许多碍手。当时徐庆手执单刀,飞身上岸。鸣皋也取了单刀,罗季芳扯出一支竹节钢鞭,二人背对背贴着,站在船头,要想上岸。那岸上的挠钩、留客住、钩连枪,如雨点一般的上来。幸亏鸣皋的这口刀,却是龟兹国进贡献来的宝刀,名叫"松纹",真个吹毛得过,削铁如泥。鸣皋知道他们的器械最是狡猾,若被着了一下,便是众钩齐着,那时任你英雄好汉,难于脱身。他便不慌不忙,把这口刀使个三花大盖顶,只听得叮叮当当地响,这些做工的手里,光剩着半段头的竹竿。鸣皋同了罗季芳,趁势上岸,将这些民壮马快,刀斩鞭打,犹如二只猛虎到了羊棚里面。这些做工的东逃西窜,那官军却是一声喊呐,团裹上来。马天龙同了黄得功、胡奎,并那参将、游击、都司、守备偏裨牙将,如走马灯一般,将他二人团团围住,三军擂鼓呐喊助威。鸣皋虽勇,只是顾恋了罗季芳,不能飞身跃跳,因此冲突不出。

且说那狄洪道看见徐庆飞身跳上岸来,心中想道:"我若不动手时,恐被他人看出有意放走了徐鹤;我若动手,我的娘姨面上怎说过去?不如待我把这徐庆战住了他,让我妹丈脱身而去。"他原是一片好心,知道这班官员哪里捉得徐鸣皋住。想定了主意,便把手中铁拐分开,叫声:"徒弟,随我来!"那王能、李武跟了洪道,一起来战徐庆。若论狄洪道的手段,与徐庆正是一个对手,只因加上了王能、李武这二个徒弟,徐庆便难对敌,更兼这五百御林军围将拢来,如何抵挡?见洪道劈面一拐打来,将刀架开铁拐,王能棍子从脚骨上扫将过来。方才跳过棍子,李武棍子早到。偏过李武的棍,洪道的双拐齐下,打得徐庆吼叫连连。休说顾那鸣皋、季芳,连自己也有些顾不周全,一面打,一面暗想:"他们如此凶勇!不知鸣皋、季芳如何样子?我若只管恋战,恐官军只管围将拢来,那时难以脱身。三十六着,走为上着。即使鸣皋等被他拿住,我发开飞毛腿,明日便可到扬州报信。叫我二哥一枝梅到来救取他们。若然二人一并被擒,岂不白送了性命?"想定主意,一路留心,望见前面便是吴山,沿山有一带楼房,离此不远。他便且战且走,渐渐近那楼房,得个空隙,踊身一跃,早上了楼房屋上。那时王能、李武跳不上去,单单只有狄洪道一个追上楼房。徐庆就在楼房上面且战且走,狄洪道一路追去,二人打到吴山上一个大松林内。徐庆走入林中,东穿西绕。狄洪道望去,满目青翠,竟寻不见了,想道:"此时妹丈谅已脱身,我在此追他作甚?"遂转身回到铁跤关来。

哪知徐鸣皋左冲右突,难出重围,正在危急。狄洪道听得关前喊杀连天，乃跃上瓦房一望，只见他们二个背对背贴着，在那里冲突不出，外面官军围得铁桶相似，暗道："我妹丈义重如山，不肯独自逃生，要带那罗季芳出来，故此被困。我若不去战住徐庆，他们却早已杀将出去。只因我顾了自己前程，反害了妹丈性命，上负母亲同胞姊妹，被天下英雄耻笑。况且宁王的所作所为，必不能成大事，又屈在严虎这无谋的匹夫之下。此等前程，要他作甚？不如待我救出了妹丈，隐姓埋名，到别处去安身立命。时候已经过午，看他二人今日再也杀不出去。况且半天未吃东西，若挨到晚来，必被拿住。此时不去救他，更待何时？"转定念头，飞步来到关前，运动双拐，冲入重围。众官军见了，只道他来助战，遂纷纷让开。

洪道到了里边，只见马天龙将徐鸣皋一刀劈去，便抢过来，将双拐把刀削去。只因用刀过猛，那马天龙又不提防，这口刀直掼过去，反把个副将胡奎劈死。马天龙虎口震开，刀也几乎脱手。洪道大叫："鸣皋妹丈快走！俺狄洪道与你开路也。"说着舞动双拐，冲围而出。只听得王能、李武叫道："师父哪里去？"洪道道："贤契，快随我来！"王能、李武使动铁棍，一同打将出来。鸣皋看得分明，正不知这副台主为何打起自己人来，忽听得叫他"妹丈"，又说"狄洪道开路"，心中顿然醒悟："我岳母有个姊姊姓狄，他有个儿子到陕西学习武艺，只未曾会过，谅来一定是他。"不觉心中大喜。便道："罗大哥，如今好了，快走罢！"二人胆也大了，力力加倍猛勇，跟了洪道杀开一条血路，冲出重围。

鸣皋道："多蒙狄兄救我二人出了龙潭虎穴。只是你不能回去的了，且同二位高徒到了我家，再作计较。"狄洪道寻思也只得如此，五人遂一路赶行。洪道说起徐庆走入松林："我们或者遇得见他。"一路谈些亲戚之事，在陕西投师学术，拜了漱石生为师，遇见多少剑客侠士的话头。鸣皋也把海鸥子传授本领，直说到扬州打擂台，彼此情投意合，只恨相见之晚。看官，三人到得扬州，徐庆已动身回去，却闯了一场大祸，弄到徐鸣皋身上，一枝梅也不在扬州的了，后书再表。

且说马天龙并众将，见反了狄洪道师徒三人，鸣皋、季芳又被走脱，只得虚张声势追了一程，把胡奎买棺成殓。马天龙与总兵黄得功商议：现今凶手逃逸，越狱重犯未获，如何回复王爷？大家商议了多时，皆道："不如一并推在狄洪道身上，我们可以卸这重担。"各官员将弁合同众口一词，随即收队进城。

　　到了王府,见过宁王,说:"我们将罗季芳、徐鸣皋、徐庆三人等一并擒住,交与副教师押解进城。不料狄洪道与徐鹤却是亲戚,他暗与徒弟串通,把三人放了,将副将胡奎杀死,伤了无数官兵,大叫'妹丈快走!'随时一同逃走。我等整队追赶三十余里,天已夜了,山路崎岖,无从追获。伏乞王爷恕罪。"

　　不知宁王怎生发落,且听下回分解。

# 第 十 三 回
## 警奸王剑仙呈绝技　杀土豪义士报冤仇

却说宁王听了马天龙、众将之言，大怒，喝退众人。来日与谋士商议，着府县严查关隘，画影图形，拿捉毁台伤人、劫狱重犯罗德、徐鹤、徐庆、默存子、狄洪道、王能、李武七人。唯默存子却不知年貌，其余六人，各注相貌年纪，并行文各处，一体严拿。府县奉命，随即移文关会各府州县，出千金重赏，拿捉凶身。

宁王思想：罗德、徐庆、狄洪道等，皆不知着落。只有徐鸣皋是个维扬首富，绰号赛孟尝，家财豪富，他住在东关外太平村上。若是拿不到他，却可寻他家属。晚上与谋士计议，宁王道："孤设立擂台，原为收罗豪杰。不料徐鹤羽党，暗放冷箭，打下严虎，那罗德又扯倒擂台。分明与孤作对，坏我大事，罪已该死。又敢反牢劫狱，盗出要犯，这都是徐鹤不好。孤想他有家属在扬州东门之外，家财甚富，各处当铺甚多，我欲把他家属收禁，抄掠了他家私，将他所开当铺，尽皆封闭。一来使他无存巢穴，二来亦可助我饷银。此乃一举二得，你道如何？"这谋士姓赵名子美，智多识广，极有谋略，绰号"小张良"，宁王倚为心腹。当时听了宁王之言，把头摇道："这个使不得。他颇有虚名，门下食客甚多，其中岂无异人奇士？前日这默存子放箭暗助，就是明证，若去收他家属资财，只怕这班人助纣为虐起来，即使成功，日后难免报复，来惊动千岁藩邸。"宁王道："我旨意下去，谁敢阻挠！这些狐群狗党，何足为虑？据你说来，倘徐鹤同这一班逆贼潜匿家中，也就不去拿他？"这二句话说得赵子美顿口无言。

恰好苏州府知府张弼到来。此人也是宁王心腹，却是个进士出身。生得相貌极好，方面大耳，三缕清须，一表非凡，生平最爱这须髯，却是个清中浊，善于迎合，因此宁王喜他。当时见了宁王，赐他坐在一旁。宁王说起这一席话来，张弼要奉承他，便道："此事只管好行千岁钧旨下去，谁敢抗违？落得用他数百万银子。他怎敢与千岁为难？只要明日千岁发下旨意，着扬州府王锦文，带同城守营，通班差役，将他妻子下在监牢，把他家财抄籍,房屋封闭。一面移文各府州县,只拣是泉来典当,都是他的,一并封没入官,看他有甚能为!赵先生太深虑了。"子美道了一个"是"字,便不做声。宁王心中大喜,便道:"他只书生之见。"

话犹未了,忽然间一人轻装软扎,背上插一把宝剑,跪在面前,口称"千岁"。宁王大吃一惊,仔细看时,却是一个和尚,口称:"千岁在上,衲①子特来拜求王爷。那徐鸣皋是个仁义之人,他为义气,救出罗德,虽有劫狱之罪,理应拿捉,只是妻子何罪,财产何干?衲子惯打天下不平之事,恳求千岁赦他妻孥之罪,免抄他的家财店业。至于捉拿他的正身,王法所该,衲子怎敢强预?"说罢把口一张,霍的吐出一粒银丸,如弹子模样的,悬在空中,晶莹夺目。转瞬之间,烁的一声,变成一道电光,飞绕满室,犹如电掣风行,映得眼花缭乱,好似近在耳目之际,觉得面上冷气凛然,使人寒噤。唬得遍室之人个个心惊胆碎,魂飞魄散。不多一会,这光华截然不见,那和尚也影踪全无,不知哪里去了。众人还呆着不敢少动,歇了一会,渐渐神定。

宁王道:"本藩从未见过这厉害,几乎唬杀。方才和尚莫非就是默存子这剑客?"子美道:"据臣下看来,非是默存子,必然另是一人。"宁王道:"你何以晓得?"子美道:"千岁不听得狄洪道说来,他见过默存子一面,是个年少书生,不是什么和尚?"正在说着,宁王看那知府,便道:"张卿,你的须髯怎的没了?"这张弼最爱惜的是须子,平时刻刻把手去捋他,只因在宁王面前,不敢失仪,故此忍了好半歇未去捋。听说没了,忙把手去捋时,颔下涓光的滑,却变了三五少年,如剃刀剃去的一般,心中夺夺的跳个不住,又怕又恼。便把宁王看时,长髯依然未动。但觉得眼上边光光的,遂伛着腰走近宁王一看,却是二道眉毛剃得一根不剩,忙道:"千岁怎得眉毛没了?莫非只容的待诏不经心,把来一并剃了?"宁王道:"呀,岂有此理!"遂把手摸时,果然剃得精光,骇道:"这和尚真好厉害!他若要害本藩,易如反掌。张卿方才抄籍徐鹤家小的话,只得罢了。只是太便宜他。你只移文各处,着严拿正凶六人便了,那个默存子,也不必提着。"张弼诺诺连声,告退回衙不提。

我且说这和尚,便是一尘子。自从那一日在酒楼会见鸣皋等三人,后

---

① 衲(nà)——老和尚指自己。

来看打擂台，默存子助了鸣皋一箭，罗季芳扯倒擂台，被官军捉住，知道必有一番跋涉。三人商议，把一尘子留在苏城，观其动静。若有万分为难之事，暗中相助一臂。那默存、飞云又到别处去了。一尘子径到藩邸，匿在花厅上匾额之中，所以宁王一切举动，无不周知。那晚听得他们用此毒谋，他便下来惊吓宁王，使他不敢下此手段。事毕之后，他也动身而去。

不料一尘子在厅上见那宁王的时节，却有一人伏在檐头，听得明明白白。后来看见他口吐剑丸，警戒奸王，飞身跃出，只一道黑光，去无影响。你道此人是谁？原来徐庆那日在松林内躲过了洪道，发开二条飞毛腿，径回扬州，来到徐府。见了一枝梅、江梦笔，把苏州之事从头说过。梦笔便道："二兄，此事全仗你扶持。赶紧到苏州，见机行事。"一枝梅立刻动身，当夜便到苏城。探知徐鹤、罗德幸亏狄洪道仗义救出重围，恐怕宁王别生枝节，他便在藩邸探听消息。恰遇一尘子在彼，知道此事瓦解的了。思想鸣皋必不居住家中，不知逃往何处，我今也不回扬州，且往别处去来。遂到金陵探友去了。

我将姑苏之事丢去不表，再说徐庆自一枝梅起身之后，他想起兄弟伍天熊不知在于何处，曾否回山，遂辞别了江花，到书房内取了自己的弓箭，动身回转九龙山，一路寻访兄弟。出了太平村，行不到十里，只见前面有许多人在那里射猎。将身隐在林木之中，仔细看时，却是冤家见面，分外眼红：正是冤家对头！原来这日李文孝带了家丁，在此逐走射飞。徐庆见了，暗叫一声："惭愧，我正要寻你，不道天网恢恢，他自来送死！"即使拈弓搭箭，觑定李文孝一箭射来。要知徐庆的箭百发百中，真个穿杨贯风，所以人称神箭。这一箭正中文孝咽喉，翻身落马。徐庆见他中了咽喉，谅无生理，他便飞步的走了。

这里李府家人听得弓弦响处，见主人落下马来，连忙上前扶起。只见喉中一箭，射个对穿。众家人慌得没有主意，又不知何人暗算，一面回家报信，一面背了李文孝，拥着回来。李文忠得了这信，连忙迎将上来，见了兄弟如此模样，眼见得不活的了，急忙告知父亲。那李廷梁舐犊之情，自然捶胸痛哭，只不知何人暗算：算非徐八所为？文忠将兄弟咽喉中这支箭拔将出来一看，那箭杆上只一个"徐"字。文忠道："这一定是徐八无疑了！"廷梁大骂："徐八恶贼，我李家与你何仇？打了我儿一顿，又杀死静空和尚，还不甘心，如今却来暗箭伤人，把我儿射死。我与你誓不二立！"

命花老三赴扬州府、江都县投词控告，一面去安排上号桫枋，治理丧事。不多一会，扬州府王锦文亲自同了江都县到来。李廷梁接见过了，便道："可恨徐鹤屡次欺辱我儿，如今料他射死。只是可怜死得惨伤，求老公祖亲看就是，但求免教件作检验，感德无涯！"王锦文连连答应道："这个自然。"李文忠将凶箭呈上，要求拿捉凶身，与弟伸冤。

　　不知王锦文可能查获否，且听下回分解。

# 第 十 四 回

## 扬州府严拿凶手　轩辕庙锤打夜叉

却说王锦文听了文忠之言，装做怒容满面，喝道："好大胆的徐鹤！你前次殴辱武生，移尸图害，匿迹尚未到案，如今白昼行凶，射死人命，还当了得！本府会同知县，立去拿捉凶身到案，按例重办，与你令弟伸冤便了。"说罢同了知县打道回衙而去。这里将文孝开丧入殓，是不必说了。

那知府着差役领了朱签，到太平村立提徐鹤。江梦笔回道："就是前时去看打擂，尚未回来，怎说射死李文孝？"来差人道："现有凶箭'徐'字为凭，还要推赖么？"梦笔道："天下姓徐只有徐鸣皋一人？这等捕风捉影，就好出朱签提人，扬州府可是李家设立的么？好混账的太守！"骂得差役面面相觑。保甲道："徐鸣皋端的姑苏去了未回，我近在咫尺，岂有不知。我前日亲见他下船去。你只看庄桥边这只坐船，平时总是停着在彼，如今见么？"差役无可奈何，只得回复。王太守不信，恰好苏州府的移文到来，说徐鹤某月某日在司监劫去重犯罗德，通同狄洪道第六人在逃，着各府州县画影图形，严拿务获，只不许惊动家属。所以徐鸣皋的家属、产业，始终未曾带累，全亏一尘之力。王锦文太守见了移文，方信鸣皋真个不在家中，遂发下文书，着二州六县，一体严查，十分紧急。李文忠暗发五六个家丁，在太平村前后左右，每日梭巡，探听鸣皋消息。徐府的门客探知缘故，告知江三爷，说李家如此的为隙。所以下回书中鸣皋回转扬州，存身不得，遂同了一班好友遍游天下，后书再提。

却说伍天熊从那夜下了九龙山，纵马前行，来到三岔路口，不知从哪条路走。天尚未明，又无人问信。想道："我由这大道走总是下扬州的大路。"不知恰巧错了一路，皆是山溪，行人稀少。到来日下午，不知不觉走了二百里路程。见一个市镇，有一爿酒店，觉得腹中饥饿，遂下马走入店中，敲着桌子大叫："快取上等酒肴来！"店小二慌忙上前问道："爷用什么菜，打多少酒？"天熊道："你拣好的取来就是。酒保打得二斤。"小二应声下去，不多时搬上一盘牛肉，一盘鸡子，一盘烧鸭，一壶酒，并那馍馍。

天熊狼餐虎咽,吃了一回,问道:"店家,这里到扬州可是怎么走?"小二道:"爷要到扬州去,却要缩转去一百多里,在三岔路口朝东南大路走去,过了宿迁、桃源、清和,就到扬州了。若贪近些,却从此向南转东,由夏邑穿过安徽地界,从洪泽河到扬州。只是山路难走。且近来夏邑县山内出了一个夜叉,不知伤了多少过客。所以往来客商,单身不敢行走,须要成群合队,方可走得。"天熊道:"原来如此。不知什么所在?"小二道:"此地乃河南省虞城县该管,叫做万家道。"天熊思想:"我既到此地,岂可走哪回头路? 不如就这山路近些。这夜叉不知何物,想是畜类罢了,怕他作甚!"吃得饱了,摸出一块银子,交与小二,算了酒价。小二道:"这银子完多哩。"天熊道:"多便赏你吧。"小二千万多谢的,牵过马来伺候。

天熊上马,一路前行,心中要紧飞加鞭。这匹马原是出等的良马,虽非千里龙驹,亦可日行二三百里。天熊只贪赶路,那知把宿头错过。来到荒山野路,天将黑了。立在山岗,遥望前面,并无村落。又行了一程,只见路旁一所寺院,四周皆是松树。走到寺前一看,门上一匾,却是朱红的,只旧得剥落的了,上有三个金字,依稀辨得出来,是"轩辕庙"三字。下了马,系在树上,步入里边。只见大殿上遍地青草,中间神像依然,只是灰尘堆积不堪。壁上挂着许多獐、熊、鹿腿膀,旁边也有锅灶柴薪。看那草上,好似有物睡卧的影子,仿佛其身甚大。走入里面房间内,床帐俱全,只是灰尘沾染,久无人住的样子。回到殿上,仔细思量:"莫非就是那夜叉巢穴? 说他无人居住,壁上的獐鹿何来? 说他有人居住,因何舍却床帐,卧在地上? 若说野兽巨蛇盘卧之所,要这锅薪何用?"越想越是。便把马牵入庭中,系在一棵槐树上,将庙门关上。却寻不见闩子,便把一条阶石闩住庙门,坐在拜台之上。少顷那一轮皓月高升,照见庭心墙角边堆着许多白骨。走近看时,都是虎狼人骨,骷髅不少,暗道:"方才小二之言果不错。今日他若来时,待我除了这一方之害。"想定了主意,坐在那里等待。

坐了一会,不见动静,有些疲倦起来。正要蒙眬睡去,只听忽起一阵怪风,犹如狮吼一般,正是那夜叉回来。提了一只死鹿,见庙门关着,勃然大怒,顿发狂吼,把头来撞庙门。震得屋瓦皆动,那沙泥都簌簌的落将下来。天熊知道夜叉来了,即忙提了铜锤,伏在门旁等候。从那门缝里张时,只见其形可怕:身长丈余,头大如斗,赤发獠牙,目如闪电,口似血盆,遍身蓝靛,虬筋纠结,爪如钢钩。身上别无衣服,单系一块豹皮,围着下体。跳怒腾掷,烁铁消金。把头又撞过来,阶石折为二段,庙门豁的齐开。那夜叉直跳进来。究竟畜类,只望前奔,不防天熊躲在旁边。待他跳进,便夹脑的一锤,这一锤用尽平生之力。要知他的锤每个有四十斤沉重,再加他的神力,这夜叉如何当得起?便大吼一声,跌倒在地。天熊恐他跳起,一连加上七八锤,把个夜叉脑袋打得稀烂,眼见得不活的了。重新把门关好,将断石闩了,放心安睡。

一觉醒来,已是日上三竿。遂开了庙门,把马牵将出来,跨上前行。行了十来里路,腹中饥甚,只无市镇买吃。望见附近一村人家,便纵马驰去。却是个小小村庄,共有数十家人家,都是姓佘,地名就叫佘村。只是没有酒坊旅店,只得下了马来,向一家人家,见个老人家,拱手道:"老丈请了。小可昨夜错过宿头,在荒寺住了一宵,因此腹中饥饿。贵处并无饭店,欲向老丈买饭一餐,奉偿饭价,未知使得否?"那老人道:"客官,你这时候从此路而来,昨夜住在哪里荒寺?"天熊道:"轩辕庙住的。"老人家听了,把他上下一看,笑道:"客官,看你年纪轻轻,却会说谎。"天熊道:"小可与老丈初次相逢,焉敢相欺。"老丈道:"我且问你,那轩辕庙内,可有什么东西?"天熊道:"有一个夜叉,被俺打死了。"老丈道:"当真么?"天熊道:"岂有假说。轩辕庙离此不远,可以去看的。"那老丈便把天熊请进家中坐了,自己赶将出去。

不多一会,村人都到他家,皆道:"我们被这孽畜害得好苦!只因田地皆在此山,这佘村五十余家,尽靠此山过活。自从出了这东西,我们茶也不敢采,漆也不敢去收,獐猫鹿兔,都不好去打。这孽畜刀枪不怕,力大无穷,看见了他,早已遍体酥麻,二足瘫软,连跑也跑不动的了。所以这村上的人,被他吃了不知多少苦!今日天赐英雄到来,除了此害。我们大家都有生路了。"随即你也拿酒来,我也取饭来,这个送肉,那个送鱼,请天熊吃。天熊少年性情,便心中大喜,一面吃,把昨夜如何到轩辕庙,如何的看出形迹,如何夜叉到来,如何的把他打死,指手画足,说了一遍。村人听了,个个把舌伸了出来,道:"看他小小年纪,却怎地英雄了得,这是我们之福也!"有的人到轩辕庙去看,有的留住天熊,叫他住几日去,待我们各家轮流款待,然后凑些银两相谢。伍天熊道:"这个都不必。小可有事在身,不能耽搁,今日便要动身。"无奈众人再三挽留,只得住下。那知到了晚上,这天熊遍身发烧,如火一般的寒热。到了明日,害起病来。常言道:

好汉只怕病来磨。把个猛虎般的赛元庆,弄得身不由主,好似在云雾里一般,哪里挣扎得起来。

不知伍天熊性命如何,且听下回分解。

# 第 十 五 回

## 赛元庆误落李家店　杨小舫大闹清风镇

　　话说伍天熊在佘村一场大病,幸亏这村上众人感他除了夜叉之害,如儿子般的待他,延医服药,服侍得十分周到。这一场伤寒症,病了一月有余,渐渐的好起来。众人又调养他,每日猎得鹿兔野鸡,只拣好的请他,养得身子复原,依旧精神抖擞。伍天熊十分感激,辞别了众人,跨上鞍鞯,向东南大道而行。

　　一路晓行夜宿,渴饮饥餐。过了冰城、灵壁,一路来到天长前,离扬州不远。行到下午时候,那里是扬州交界所在,有个市镇,到来恰好天色将晚。天熊看那市镇虽不甚大,店铺不多,倒有若大逆旅。好一所高大房屋,门前挑出招牌,上写着"李家店安寓客商"。天熊下了马时,早有店小二过来带去喂料。天熊走入店中,只见左边多少伙计在那里,煎熬炒爆的烹调,只烧得五香扑鼻。右边柜台里面,坐着一位俊俏佳人,年纪二十多岁,生得明眸皓齿,杏脸桃腮。只是二道修眉插鬓,那风韵之中,带些杀气。身穿月白单衫,头上簪着丹桂花儿,二旁插戴,都是赤金首饰,把乌云变做黄云模样,对着天熊细看。那柜台横头坐一个大汉,生得眉粗目大,一脸横肉,形容可怕,知道不是善良之辈。一路看着,早至里边,生意十分热闹。

　　天熊坐了下来,小二呈上菜板。天熊道:"不用点什么菜,只拣好的取来,我自完①钱。"小二应声下去,即时搬上美酒佳肴。天熊慢慢的饮酒。小二问道:"爷们喜欢楼上住,还是楼下住?"天熊道:"倒是楼上爽快。只的拣宽大的卧房便了。"小二道:"小店的房间都是极宽大的。那里面左首,一并连二间厢楼,最是浩畅,床帐被褥又干净,又华丽,而且房价一式。"天熊道:"就是那里便了。"饮了一回酒,用过晚膳,小二引到后面。上了楼梯一看,果然十分精雅。后面有个月洞,向外一张,却是靠山

―――――――――――――

①　完――付、还、结的意思。

造的,望望山景,心中甚喜。

　　到了黄昏时候,走到间壁一间房内张看,也是单身客人。见他举止行动,是个世家样子,年纪二十四五光景,二道剑眉,一双虎目,鼻正口方,紫棠色面皮,英气勃然,像个英雄,便上前作揖,问道:"仁兄尊姓大名? 府居何处?"那人即忙完礼,道:"小弟姓杨名濂,字小舫,世居姑苏人氏。敢问尊兄高姓大名?"伍天熊也把姓名家世说了。杨小舫道:"原是伍年伯的公子! 我家先父杨锦春,与令尊大人同朝好友。先君在日,常常提及伍年伯:'如此好人,却被奸贼所害! 幸得有四位公子,头角峥嵘,箕裘可绍。'未知我兄第几?"天熊道:"小弟最幼。"小舫道:"如今三位令兄可曾出仕?"伍天能听了,不觉垂下泪来,道:"不瞒仁兄说,大哥天龙,二哥天虎,皆死于奸贼之手,三兄天豹,今春游玩扬州,被扬州有个土豪叫做李文孝的打伤,回来即便身亡。小弟此行,正为要报三兄仇恨。"说罢泪流满面。小舫安慰了一番。天熊问起他现往何处公干,小舫道:"说也话长。小弟有二个好友,皆是姑苏人氏。一个姓管名寿,字驹良,是三国管宁之后裔;一个姓唐名肇,字香海,却是解元唐伯虎的族弟。他二人皆是当世奇士,胸怀磊落,风雅多情。一个博古通今,无所不晓;一个九流三教,无有不知。有了绝大本领,不求闻达,隐迹姑苏。只因他二人嘱我到河南代干一事,如今事毕回来,适与世兄相会,甚属有幸!"二人讲论起武艺,十分得意。说得投机,拜为兄弟。天熊只得一十八岁,称小舫为兄。

　　谈谈说说,已有二更时分。那天熊忽然腹痛起来,要去出恭①。急忙下得楼来,想道:"茅厕在着何处? 腹中痛得紧,不及去问小二。我方才望见后面靠着山岗,不如从这后门出去,到林子里出恭罢。"那知开门出去,却是三间矮屋,堆着些木柴煤炭,只没有门户出路。肚里头绞肠的痛起来,哪里忍得住,只得就在屋里墙角边蹲将下来,扯开底衣大便了,腹中顿觉平静。正在把些乱草揩着,一眼看见地板缝里,透出火光上来,暗道:"奇了,莫非这里还在楼上不成,怎的下面有起火光来?"随走到缝边,将身伏在地上,从这缝里往下一张。不看时万事全休,只一张,吃了一个大惊。原来下面凑在山坡上的石穴,也有两三间房屋的样子,却是个人肉的作坊。壁上蒙着三四张人皮,挂着二个人头,几条人腿。有三四个伙计在

――――――――

　　① 出恭――大便。

那里做事,一个把一大块人肉拿来剔骨,二人把个肥胖和尚在那里开剥,肚腹已经剖开,正在鲜血淋漓挖那五脏心肝出来。天熊看了,一身的肉都麻起来。暗道:"我虽做了强盗,杀人见过不少,却不曾这般剖腹开膛,把人当做猪羊。这店分明是爿黑店。"立起身来,飞奔上楼。

杨小舫道:"贤弟,你可晓得这里却是黑店?"天熊道:"哥哥怎见来?"小舫道:"你下楼去,我便看出破绽来。你看上面椽子都是铁的,这楼房四面都是风火山墙,那楼梯是活的,这里的一块楼板,也可扯得起来。一定到了更深夜静,他把楼梯移去,暗地里从这楼板中上来,害我们性命。"天熊便把出恭看见火光,张出人肉作坊的事说了,便道:"哥哥,我们杀出去罢?"小舫道:"贤弟不要忙,我们向前门杀去,他必有准备埋伏。你未知江湖上的勾当,往往门户上用倒钩网、绊脚索,出去便要吃亏。若是上屋,你看这墙有多高,怎生出?椽子又是铁的,一时难以踢开。你若从后面打墙而出,他墙内必有竹编。无论如何打不开来,即便出去,外面定有竹签陷坑、梅花桩,许多埋伏。况且山路崎岖,又不熟悉,反为不美。"天熊道:"这便怎处?"小舫道:"不妨。幸得我们二人在此,若是单身独自便难弄了。如今把灯火放在地下,将椅子横倒遮蔽了灯光,我与你各执器械,守在楼板旁边。待他上来一个,杀他一个,上来二个,杀他一双。然后跳下楼去,看他们走的地方,定无埋伏,我也走得,就此将出去,方为稳当。"天熊道:"足见哥哥见多识广,足智多谋。只不知何时上来?"小舫道:"他要上来,必先将楼梯移去。我们只看楼梯去了,便可准备杀人。"

天熊听了,便走出房来去看,楼梯却已经没有了,即忙抢进房来道:"哥哥,楼梯没了!"小舫便把灯光遮蔽了,从床头扯出一对雌雄宝剑,天熊手执二柄铜锤,兄弟二人在那活络楼板旁边左右守着。不多时,只见那楼板顶将起来。小舫看得清楚,等他脑袋探到楼板上面,将剑烁的削去。只听得当的一声,这颗头滚到天熊脚边。有的说道:杀头的声音,从无这个响法。列位不知,那上来的人,把刀护住咽喉,不料他的宝剑削铁如泥,所以连刀连头,一起砍断。那尸身倒将下去,这里楼下边,有四五个人,都是上等的伙计,皆有些本领。忽见云梯上的人倒将下来,还只道失足跌了。向地下一看,只见鲜血直射,脑袋不知去向。大家吃了一惊,便大叫:"走了风!"只一声喊,那外面涌进五六个人来。为首的便是那坐在柜台横头的大汉,手中提着一把牛耳泼风刀。背后几个伙计,各执刀枪,点着火把,直奔进来。天熊看得分明,就把这个人头,照准那大汉,从楼窗内掼将下来。恰成个面面相逢,头碰头,打个正着。打得那大汉怒发冲冠,一声大吼,骂道:"牛子快下来拿命!"吩咐伙家将火药包来,烧死这二个贼子。杨小舫听了,便道:"贤弟,随我下来!"说罢舞动双剑,从楼窗内跳将下去。天熊跟着下来。那大汉挥动泼风刀,前来抵敌,七八个伙计一起动手,在庭心中杀将起来。这大汉名叫李彪,也是宁王的心腹,善用五十四斤一把牛耳泼风刀,力大无穷,万人莫敌。那柜台里面的那个俊俏妇人,便是他的老婆,名叫鲍三娘,用二根短柄方天戟,重有六十余斤。他的本领,比丈夫更加厉害,善发七十二条裙里腿,十分骁勇。

　　不知伍、杨二人如何抵敌,且听下回分解。

# 第 十 六 回

## 除黑店兄弟相逢　明报应三娘再嫁

　　话说那李彪有个哥哥,名叫李龙,幼年在少林寺习学武艺工夫,后来称为少林第一名家。只因宁王心怀叛逆,不惜金银收罗豪杰,聘他兄弟二人。便叫李龙在镇江金山寺做方丈,只算代替宁王出家,暗中命他招兵买马,积草屯粮。有一千二百个僧人,个个本领高强,号为"罗汉兵"。偏裨牙将也不少,都是勇敌千人,力大如虎,但只皆是光头。这李彪仗了宁王之势,来此清风镇,名为开设客寓,实则比强盗还胜三分。遇了远方客人,看他衣服华丽,便领到后面这二间房内,夜间上来取了性命。劫去了银钱不算,还要将他身体当做牛肉卖钱,所以家财豪富。今日遇着了这二个七煞,也是恶贯满盈。饶你本领高强,怎敌得杨小舫、伍天熊这二个?虽有七八个伙计相帮,起初还可支持,杀到三十多个回合,渐渐抵挡不住。

　　那三娘知道丈夫抵敌不住,便提了家伙,引着四五个伙计,各执器械,要来帮助。李彪败将出来,小舫同了天熊追杀出来,正在堂子里接着。三娘娇声喝道:"牛子休得猖獗,老娘来也!"说着运动双戟,正是战锋如刺,水泼不进。李彪有了帮手,便奋力战斗。四人捉对儿厮杀,二旁十几伙计相助。杀了一刻,那人肉作坊里几个得了信,也上来相帮。小舫等见他们越杀越多,心中有些慌张。杨小舫战住李彪,还是个平手,只见他们有了帮助,便觉难以取胜。那伍天熊敌住三娘,已经勉力,更兼众伙计刀枪乱斩乱搠,渐渐气力不加,汗下如雨下。那三娘何等骁勇,把双戟紧紧逼来,杀得伍天熊连连吼叫,二臂酸麻。杨小舫见了,知道天熊吃紧,要想合半,却被李彪等众人如走马灯一般,哪得空闲。正在危急,只见那大门内又涌进十来个人来,手中皆是朴刀。你道这班人哪里来的?原来是都清风岭的响马,平日与李彪声气相通。李彪是个坐盗,只做送上门买卖,他们却是行盗,专劫行路的客商。只因李家店伙计去送了信,知道店中风紧,故来相助。伍天熊正在抵敌不住,被三娘等杀得只有招架,并无还手,忽见又来了十几个生力军,十分着急,大叫:"我命休矣!"

喊声未绝,只见店中楼上跳了一个客人来,全身扎服,穿着元色紧身,白丝绦扣绕着前胸,后背鬟边,插一个大红绒球,单手提刀,从楼窗上一个鹞子翻身,扑将下来,手起一刀,把李彪分为二段。众伙计一起叫苦道:"不好了,店主伤了!"那李彪正与杨小舫厮杀,不防楼上跳出一个人来,二脚尚未着地,一刀早已过来,因此杀得出其不意。伍天熊一眼看见,认得此人便是他的表兄徐庆,心中大喜,便叫:"大哥快来!"徐庆一个旋风,已到鲍三娘面前,将刀直劈过去。三娘左手的戟架开天熊的双锤,右手的戟隔开徐庆单刀,三人打个鼎足。杨小舫早把这些伙计小二,杀得七零八落,四散奔逃,并力来战三娘。那三娘加了一个徐庆,已经不能支持,二手虎口已开,杀得遍身香汗,娇喘吁吁。正把徐庆的刀一戟削去,不防小舫趱将过来,把双剑剪住戟耳,用力一扯。三娘"啊呀"一声,这支戟捏他不住,当的落在地上。心中一慌,那枝戟也被徐庆一手接住,趁势一拖,那三娘向前冲去,恰好与伍天熊撞个满怀。天熊丢了双锤,把三娘一把抱住。说也真巧,那三娘的双乳,正在天熊的胸前,面对面,口对口,成了一个"吕"字。天熊正在妙龄之际,现把个美人抱在怀中,岂不动心,便把她亲了个嘴。那三娘一来战得神魂颠倒,四肢乏力,二来要想活命,怎敢倔强?三来看见天熊青年美貌,心中合意,四来也是前缘,便由他戏弄,再不敢动。有的说道:"既然他二个面对了面,胸对着胸,不知下面怎样?这却连晚生也未知。列公明鉴,谅这伍天熊难免强头倔脑的,不安本分,只碍着几层衣服罢了。

徐庆同了小舫,将这些响马并伙计乱劈乱砍。这些人怎能抵挡?况且见李彪已死,三娘擒住,正是蛇无头而不行,心中慌了,各想逃生,哪里有心并力的厮杀?被二人如砍瓜切菜,杀个干净。徐庆把刀来杀鲍三娘,伍天熊大叫:"哥哥且慢伤她!"便把带子来,将她缚住了二手,绑在柱上。徐庆道:"这位何人,因何在此帮助与你?你却一向在于何处?愚兄日夜不安,只是找寻不见。"伍天熊道:"这位哥哥姓杨名濂,字小舫。"便把夜来遇见,约略说了。徐庆便向小舫作了一揖,道:"多蒙杨兄相助!"小舫还了一礼,道:"同船合命,理当如此。令弟英雄了得。"二人坐下了,大家细说根由,只恨相见之晚。只见天熊拾掇出一大盘酒肴来,三人围坐,饮酒谈心。天熊把下山已后错走路程,在河南山中轩辕庙打死夜叉,到夏邑县佘村害病,直到此地遇见小舫,后来看出形迹,直到动手,细细说了一遍。徐庆也将追下山来，遇见一枝梅，寻访徐鸣皋，同到苏州，遇见飞云子等三人，后来徐鸣皋打了严虎，罗季芳拖倒擂台，劫去监牢，官军追捉，被狄洪道追赶失散，回到扬州，射死李文孝，说了一遍。"一路寻你不着，想你莫非先到山头？今欲回转九龙山去，在此过宿。正在好睡。忽听得厮杀之声，梦中惊觉。跳将起来，恰听得贤弟极叫连连，我便跳下楼来，不道果然贤弟。如今除了此地一害。你把这贱人留她何用？快把他杀了！"天熊只不做声。杨小舫是个伶俐之人，早已窥知其意，便道："徐兄，我看这妇人虽是为非作歹，却是李彪的过恶。看她生得标致，兼且武艺超群，天熊贤弟尚没老婆，何不把她胡乱当为妻子？也可帮同镇守山头，却是一员大将。徐兄要想遍游天下，可以放心前去，岂不美哉？"那徐庆正要追寻鸣皋等去，这一句打动心坎，便道："只是怕她变心起来，却不害了兄弟。"小舫道："妇人水性杨花，见伍弟少年美貌，岂再想着这李彪？况他作恶多端，正该妻子出丑。徐兄不必过虑。"徐庆点头道："是。"便走到鲍三娘身旁问道："你今被擒，理当杀死。我今饶你一命，配与我兄弟为妻，你可愿否？"三娘听了此言，正中下怀，便满口应承，情愿做个妾媵①，决不变心，指天誓日发了个重咒。

那时东方渐渐发白，随命天熊把她放了，叫她速速收拾些金银珠宝，打了二个大包，价值万金，与天熊各背一个。天熊牵过马来，让三娘骑了，同杨小舫走出店门。徐庆取了几个火把，将前后门点着，大家向北而行，朝那清河县大路而来。行不到三里，回头望那清风镇上，烧得烈焰腾空，半天中映得绯红。

四人一路行来，过了一日，来到清和县地界。那鲍三娘同了天熊就在逆旅②中，作为洞房花烛，二人十分恩爱。徐庆暗想三娘决不变心，便对他二人说道："愚兄同了杨兄，要去追寻徐鹤。你二人好好回山镇守，休伤客商生命，守我成规。你们只从桃源、宿迁走去，便是山东地界。路上小心谨慎，不可闯祸。"天熊挽他不住，只得就此分手，与鲍三娘回转九龙山而去，我且丢过一边。

---

① 妾媵（yìng）——古时诸侯之女出嫁，从嫁的妹妹和侄女称为"妾媵"，后泛指妾。

② 逆旅——旅馆、客栈。

　　只说徐庆同了杨潆,转身仍由原路,来到扬州太平村来。见了江花,杨小舫通名道姓,彼此分宾主坐下。徐庆问起鸣皋,江花把李文孝被人射死的缘由,说了一遍。徐庆道:"这是小弟干的。"江花道:"我也料是你来。只你去后,鸣皋便到家中。狄洪道认了亲戚相救,一同到此。只因李家打发多少家丁在左右梭巡,因此存身不得,同了罗大哥,并狄洪道、王能、李武等,随即动身,一路向镇江、金陵、安徽、江西,欲到广东祖籍探问亲族,顺路游玩各处去了。"

　　不知后事如何,且听下回分解。

# 第 十 七 回

## 避冤仇四海远游　徐鸣皋一上金山

却说徐庆听了,遂辞别江花,与杨濂离了太平村,渡过长江,来到镇江府地界。徐庆道:"他们动身未久,或在此地游玩。我们且在此住上几天,把城外四乡、金山等处寻来。城关上悬着年貌形图,我想他们不在城中。"小舫道:"徐兄所见甚是。"二人就在客寓中住下。

且说徐鸣皋果然尚在此间。自从那日同了狄洪道、罗季芳、王能、李武,离了吴山,一路回转扬州到得家门,却是黄昏时候。众人走入里面,江梦笔接着,同至书房坐下。狄洪道师徒三人与梦笔见礼,问名已毕,问起姑苏打擂情由。鸣皋又说一遍。梦笔向狄洪道致谢道:"小弟自庆哥说及大哥二哥被困,虽有慕容兄往救,心上放不下来。幸得仁兄仗义多情!"鸣皋问起徐庆、一枝梅何往,梦笔道:"徐庆回转九龙山,一枝梅姑苏去了。只得那一日李文孝被人射死,箭上有个'徐'字,或者就是徐庆所为,他疑是二哥,又到扬州府告你。差役到来提人,被我骂了一顿。如今官司倒不打紧,虽是画影图形,悬赏拿捉,不过具文而已,并不严急。只是这李家十分用心,差了七八个家丁,终日在村庄前后穿梭也似的侦探。二哥须要商量个常便才好。"鸣皋道:"我本欲周游四海。况且自小来到江南,那广东的亲族久疏,原欲去探望他们。如今趁此机会,同着众位弟兄出去游玩,躲过几时,免得冤冤相报。"便对众人说道:"我们从镇江到金陵,由九江过安徽、江西,一路游山玩水,顺便访问高人奇士。入广东,哪里有多少名胜。不知众位兄长,意下如何?"众人齐声道好。鸣皋遂到里面,叮嘱了妻子一番闲话。当夜已过,便到来朝。众人起身,梳洗已毕,鸣皋便把家事托付了江花了,众弟兄随即动身。幸得李家未曾知觉。一路来到镇江,就在城外觅旅住了下来。

到了黄昏时候,众弟兄正在楼上饮酒,欢呼畅饮,忽听得间壁一家人家,在那里悲悲切切的啼哭。罗季芳听得不耐烦起来,便敲着桌子骂道:"哪个王八,齐齐嘈嘈的只管哭? 老子饮酒都不安逸!"鸣皋道:"匹夫,又要发呆闹事了！"那小二上前赔着笑脸道："爷们休怪，这是间壁一家人家。他们夫妇二人，年近花甲，膝下无儿，单生一个女儿，名叫林兰英，今年只得一十八岁。生得聪明伶俐，绝世姿容，描龙绣凤做得好一手针线。她的绣花，比别的价多一倍，又快又好。每日刺了二钱多银子，孝养双亲。她的父亲害病，许下愿心，后来病体痊愈，母亲陪着她到金山寺进香完愿。哪知到了里面观音殿上，转眼间却不见了。那老婆子向和尚问时，反被这贼秃打了一顿，赶下山来。如今一月有余，杳无信息，不知存亡生死。那二老无人赡养，又饥饿，又记念女儿，所以在彼啼哭，却惊动了爷们。"鸣皋道："原来如此。这也何妨，只是那二老实在可怜。"便向身边摸出一锭十两银子，交与小二，道："相烦你将去赠与他家，暂且过用。"小二连忙答应道："这位徐大爷真是软心肠的好人。"笑嘻嘻拿了银子过去。

不多时，小二同了林家老夫妇到来相谢。那开客寓店主人，叫做张善仁，也跟上楼来，道："这林达山夫妇二个被那贼秃取去女儿，不饿死，也要哭死。徐大爷真个天大好事也。"那达山夫妻叩头拜谢。鸣皋完个礼，叫他们一同坐下。林老儿把前情又细细说了一遍。

鸣皋道："你女儿莫非被妖怪摄去了？那金山寺乃坐香门头，是个敕赐的丛林，岂有骗匿人家闺女？"张善仁道："徐大爷有所不知。如今的金山寺，不比从前了。自从去年来了一个和尚，说是宁王的替身，把以前当家方丈，尽行驱逐了出去。把房屋重新改造得十分华丽，竟像王宫样子，一切规模，尽皆更换。寺内舞刀弄棍，仿着少林寺的式样。那方丈和尚，原是少林寺出身，宁王封他智圣禅师，自号非非和尚。他的本领，天下无对。有十八般工夫，拔山举鼎，刀枪不入。寺内共有千余僧人，个个精强力壮，如强盗一般。那监寺、监院、首座、维那、知客等师父，皆有万夫不当之勇。靠了宁王之势，妄自尊大，就自镇江府县文武官员，那个不去奉承他！近来百里之内，往往不见女子，那丹徒、丹阳、金檀、溧阳，四县里的状子，如山一般堆积，从无一件破过案的。人多疑心他寺内所为，只是无人眼见，没有凭据，不过猜疑罢了。如今林达山的女儿兰英小姐，却是明明白白的他们藏匿过了，林老儿到县里府里告过几次，只是不准，把状子丢将下来。徐大爷，这二个老夫妇靠这女儿过活，且要他顶替半子香烟，如今被他们取去，早晚二命难保。"

众弟兄听了张善仁这番言语，个个怒发冲冠。鸣皋道："林丈且请回府,待俺与你寻访女儿。或者寻得见时,完你父女团圆。寻不见时,你却休怪。"林达山闻了此言,磕头如捣蒜一般,谢了又谢,同婆子回转家中而去。鸣皋与张善仁说了一回,各自安寝。

到了明日,徐鸣皋同了众人用过早饭,便到金山寺来。上了金山,抬头一看,望见殿阁凌云,规模宏大。寺前二根旗杆,直接霄汉,上扯二面大黄旗,上写着"敕建金山禅寺"。自山下直到寺门,是五马并行的御道。到得寺前,有一百零八层阶梯。走上疆察,只见十三开间的蝴蝶墙垣,上有盘龙圣旨。二旁石狮分开左右。闬闳高峻。后进了头山门,二边塑着二三丈高的哼哈二将,居中一韦驮。众人转过山门,中间如箭道般的街路,左右一二百间房屋,皆是出檐廊,如朝房一般。约有二三百步,方是二山门到了。二旁塑着四大金刚,中间一尊弥勒佛。过了二山门,又升上十八层疆察,便是大雄宝殿。只见一并连十三开间,巍然崇峻,柱楹有二人合抱不来的粗细。中间佛龛内,供奉三世如来,也有二三丈高。旁边悬搁着薄牢鼍①鼓,殿上皆用朱红漆飞金,庄严得威仪宏大。

知客僧见是有人到来,便上前稽首了:"请檀越里面请坐,奉茶。"这知客僧名叫至刚僧。鸣皋道:"弟子姓王,扬州人氏。久闻宝刹庄严,今日路过贵处,特来瞻仰。"至刚道:"贫僧引道便了。"随即领了众人,一殿殿的游览。到了方丈内,见这非非僧坐在禅床之上,生得好个相貌:脸如同字,长眉修目,广额高颧,巨口筒鼻。头戴平天冠,身穿鹅黄缎团龙花海青,外罩一件大红绉纱嵌金线的祖衣。脚上大红缎僧鞋,宽统白袜。鸣皋看了,只觉得威风凛凛,目有神光。这一股杀气,令人可怕。心中暗想:"此人不是个良善,看来有些厉害。"他见了众人到来,也不抬头,兀自坐着,睬都不睬。鸣皋心中早已着恼。

转到里面,却是一只大殿,装点得十分华丽。雕梁画栋,镂嵌精工。中间塑一尊鱼篮观世音。那桌子椅子,都是紫檀镶嵌竹叶玛瑙做成。有一只百灵台,却是沉香做的。下边都是金漆地枰。鸣皋想道:"这里便是林兰英失去所在。闻得僧人往往私营地穴,踏着机关,便要陷身入去。"周围细细看来,并无痕迹,暗道:"我一时许了林老儿寻完他女儿,这寺有一藏房廊,计五千零四十八间,却何处去寻求。"一路思想,来到禅堂,见

_____

① 鼍(tuó)—即扬子鳄。

里面坐香的禅和子共二百余人。这唯那师生得面如蓝靛,倒眉虾目,二只短短獠牙,露在唇外,相貌凶恶。手拿香板,在堂内步来踱去。看官,他们真个在那里参禅? 却是运习功夫,炼成了就叫禅骨功。鸣皋是个在行,见了,知道这些贼秃并非在那里坐香。看了一会,回将出来,一路弯弯曲曲,仍到方丈里来,不知却着了他们的道儿,且听下回分解。

# 第 十 八 回
## 非非设计擒众杰　徐庆神箭射了凡

却说众弟兄来到方丈里面，只见那非非僧在禅床上立起身，上前向鸣皋稽首，吩咐侍者看茶，十分恭敬。鸣皋暗想："这和尚为何前倨后恭？"只见侍者摆上素斋。鸣皋等不以为意，只道和尚奉承施主，不过化缘而已，原是常事。不知吃过二杯酒，只见众人个个头重足轻。东倒西歪，一起醉倒。

那非非僧俗姓李，名龙，是宁王心腹。命他在金山暗备兵马，以待将来叛逆之用，故他胆大妄为。寺内造有十重地穴，这鱼篮观音殿，就是第一重地穴门的锁钥。美貌女子，不知骗了多少人。还叫徒弟们四出张罗，只拣标致女子，偷盗回来，藏在地穴中取乐。昨日接到宁王密札，叫他密拿凶身，倘有如此等人到来，便可拿下，解送行宫。当有图形相貌，合寺职事僧人，尽皆看过，所以至刚见了他们面貌，与画图相似，只少一人，到了方丈，便与非非僧做个眼色。恰巧那方丈侍者是认得狄洪道的，只因宁王到姑苏开台的时节，非非僧命了侍者送了礼物下苏州，所以见过他，晓得是副台主。那狄洪道却不留心。况他宁王聘来未久，怎晓得宁王暗备兵马埋伏在空门的事。方才鸣皋等到里面游玩，侍者说明缘故，非非僧大喜，暗想此一件却是大功。正是虎欲伤人，人欲捕虎，彼此各存机械之心。从来软的缚得硬的。今日鸣皋等众人只道他好意留饮，不过为化缘银钱起见，哪知着了道儿，被他蒙汗药酒把众人麻倒。鸣皋等虽则英雄，究竟不是老江湖，若遇了一枝梅、徐庆等辈，便无此事。

当时非非僧一声吆喝，里面赶出十来个和尚。都是短衣窄袖，手执麻绳，二个服侍一个，把众人背剪着，缚得紧紧实实。鸣皋等一众弟兄，个个口角流涎，四肢无力，睁着眼由他们消遣。非非僧吩咐把囚笼拘禁。不多一会，抬出五具囚笼，把他们提入里面。然后用解药灌醒了，把囚笼推到非非僧面前。那非非僧登高而坐，众职事僧人站立二旁，喝道："大胆的罗德、徐鹤，犯了弥天大罪，尚敢到这里来送死！分明天网恢恢，我主洪福

齐天,却来自投罗网。"把他们一个个审问。那众弟兄都是英雄情性,豪
杰胸襟,怎肯抵赖。只是罗季芳千秃驴万秃驴的骂个不了。非非僧见过
是这一凶手,便吩咐押到后面牢房看守。且慢,这里和尚寺里哪有牢房?
且这五具囚笼,完是当夜打造的不成?看官不知,那宁王蓄意谋反,这金
山寺名为丛林,实是他暗屯兵马之所。这非非僧名为方丈和尚,实是开国
元帅。所以如此胆大,做这无法无天之事。莫说囚笼牢房,就是营帐印
信,一切犯禁的东西,件件都有。只待兴隆起手,这金山便是大营。

话要烦絮,且说到了来日,非非僧吩咐监寺带了十个小和尚,把囚笼
押解下船,一路护送到姑苏,献与王爷发落。那监寺名叫了凡,生得面如
锅底,力大无穷,善用一条禅杖,有万夫不当之勇。当下领了方丈法旨,吩
咐小和尚抬了囚笼,提了禅杖,离得寺院,一路来到后山,便叫把囚笼先下
舟船。我且慢表。

再说徐庆同了杨小舫,来到镇江住下。寻了半日,不见鸣皋。与小舫
商议:"明日我们到金山寺上去游玩,或者他们也在那里安身,也未可
知。"这日二人上得金山,一路游览。望那江中银浪滔天,波涛滚滚,往来
船只不少。二人沿山信步行来,到了半山,转过山脚,却是一座凉亭。二
人走入亭中歇息,忽然远远的望见寺内十来个和尚,扛出四五具囚笼,下
山而去。暗道:"奇了,这寺院之中,安得有这个东西?"心上有些疑心,便
对小舫道:"我们同去看来,却是什么犯人?"二人走出凉亭,从斜刺里飞
步下山,躲在林子里面。徐庆跳到树上仔细观看。那些和尚抬了囚笼,从
那边大路上过去,后面跟着一个胖大的和尚,提了禅杖,雄纠纠押着下山。
那囚笼之中,正是鸣皋等众人在内。

徐庆看得亲切,叫声:"惭愧!"一手便向弓壶中取出这张弓来,抽一
条雕翎在手,扣上弓弦,觑定了后面的胖和尚,飕的一箭射去。端的百发
百中,这一箭正中心后,那和尚应弦而倒。徐庆跳下树来,同杨小舫各抽
单刀在手,飞奔过去。那扛抬的小和尚正在下船,忽见了凡跌倒在地,慌
忙看时,背上一箭,从胸前透出头来,唬得慌了手足。看见二个壮士提刀
赶来,遂弃了囚笼,各自逃命。徐庆等追上。杀了几个,先来劈开囚笼,把
鸣皋放出。一起动手,把众人尽皆救了出来,跳入船中,把舟人杀了。那
小舫还在追杀小和尚,无如他们东奔西窜,正在没追一头处,听得徐庆叫
喊,遂奔到船中,与众人相见了。鸣皋道:"多蒙杨兄相助三哥,救了兄

弟。只是快些开船，他们便要追来。"王能、李武便去解缆索，扯起帆来，直至北门。

　　七位英雄上岸，齐到张家客寓。鸣皋便叫摆上酒肴，与二兄接风。席上边各人把过后之事细说一遍，众人俱向徐庆、小舫相谢。徐庆深赞洪道义气，王能、李武的忠心："从今跳出火坑，免得遗臭万年，被天下英雄耻笑。况这奸王，怎得成其大事？"大家说说谈谈，开怀畅饮。鸣皋说起林兰英之事，如今一定无疑的了。"只我已许他们寻还他的女儿，岂可失信？况且这秃驴如此不法，岂可容得！还望众位弟兄相助兄弟，把这金山寺扫荡污秽，救得那些被陷女子得见天日，亦是一桩好事。"众人同声道好，个个高兴。杨小舫道："只是须要商议怎的进去？"罗秀芳道："我们只从大门一起杀将进去，见一个杀一个，见二个杀一双，有何难处！"狄洪道笑道："罗说得好甚容易，只怕不如你的意呢。"鸣皋道："他是呆头呆脑，凡事托大。你不见他的房屋都是铜墙铁壁，曲曲弯弯，进时容易，出时就难。他们既然为非作歹，屋内岂无埋伏？况且寺中共有千余和尚。你只看禅堂中这些贼秃，个个狰狞怪状，身长力大。那方丈和尚，看来真个厉害。我等须要谨慎为妙。"狄洪道道："今日我们被徐、杨二兄救出，寺中岂无准备。还是夜间越墙而进。"徐庆道："狄兄说得有理。只是一件：我们总共七人，还是一同进去，还是分头进去？须要斟酌。到了里面，在何处相聚？"季芳道："还是分头进去，有个救应。若聚在一处，倘中了奸计，一网打尽，连收尸的人都没有。"鸣皋怒道："匹夫，俗云说的好：上坑还讨个利市，却要你来放屁！"小舫道："罗兄的话虽是如此，却也有理。"鸣皋道："杨兄不知，这寺里共有一藏房屋，乃是五千零四十八间。我们只七个弟兄，入得里面，正如海内捞针。况且路径不熟，怎得约定何处聚会？总之一同下去也不好，分头进去也不好。据小弟看来，我们七个人到了屋上，寻到方丈里面，先下去二个把这非非僧杀了，使他们蛇无头而不行，便慌乱了。就此遂段杀去。倘然敌不过这恶僧，房上的人，或暗中相助，或下来助战，你道好么？"众人齐道："足见徐兄足智多谋，这个最妙之策。屋上屋下成之掎角之势，进退二便。"众人商议定了，约定明夜进去。

　　且说寺内的小和尚逃转寺中，报与方丈知道，说被二个武生模样的劫去囚笼，下船逃逸，了凡师中箭身亡。非非僧听了大怒，便问："可是山东口音？"小和尚道："一个山东口音，一个好像苏州口音。"非非僧大发雷霆,骂道:"我晓得是这二个孽畜! 前日清风镇兄弟那里,有人逃来报信,说被二个牛子将俺兄弟杀死,弟妇鲍三娘不知生死,纵火烧了房屋,一门杀个罄尽,此恨怎消?"正是:人防虎,虎防人。

不知此番胜败如何,且听下回分解。

# 第 十 九 回

## 徐义士二次上金山　众英雄一同陷地穴

却说非非僧听得囚车被二个牛子劫去，莫非就是杀我兄弟的仇人，大怒道："我欲寻他与我弟报仇，他却敢来行劫犯人，夺我大功。我与他誓不二立！"当时吩咐敲动云板，齐集职事人等，传令："各人用心把守。倘有风声，务要把他们生擒活捉。我料他们必然夜中要来行刺，你们须要小心！"众僧人齐声答应。故此十分严备。

鸣皋等到了明日黄昏，众人吃饱酒饭，个个轻装软扎。鸣皋对了王能、李武说道："你二人的家伙只利野战，不便巷战，若到里面，恐怕不能趁手。"洪道吩咐把棍子放在寓中，各人带了单刀。七位英雄，一起奔上金山。到了疆察，抬头一望，只见远远的一个和尚，前发齐眉，后发披肩，手拿一把钢叉，从山门前走将过去。众人伏在林中，等他过去，飞身抢上疆察。这一夜正是九月初三，轮着这位伏虎僧巡山。看官，那金山寺内有名的八个虎将，叫做降龙、伏虎、狮吼、象奔、催风、疾雷、烈火、闪电。这龙、虎、狮、象、风、雷、火、电八个头陀，十分厉害。那伏虎僧面如獬豸，身长九尺，善用五股托天叉，背上插着九把飞叉，百步之外，发无不中。

那徐庆上得疆察，即便拈弓搭箭，向头陀后心射去。哪晓得这一箭恰巧射在飞叉上面，当的一声，落在地下。伏虎僧回转头来，见有人暗算，随手一飞叉，向徐庆劈面飞来。这边鸣皋恰到，一手将叉接住。忽听得察琅的一声，又是一叉已到。说的迟，来时快，众英雄皆到上面。杨小舫便把雌雄剑将叉隔过。伏虎僧看见多人，皆是手段高强，正欲叫喊，不防狄洪道向豹皮囊中取出一件东西，照准伏虎僧嗤的飞来，却是一支飞镖。恰巧徐鸣皋接住飞叉，也要奉还他原主。那伏虎僧虽是厉害，难躲二件，镖叉齐到，措手不及，打个正着，一身受了二伤，立时殒命。鸣皋抢步过来一看，见这只镖头正中前心，那飞叉恰在太阳穴内，眼见得不活的了，便将他拖将过去，丢在松林里面。众弟兄拍手为号，一起跳上瓦房。只是苦了这罗季芳。体大身重，他的纵跳平常，这寺院房屋偏又高大，好不费力，故此他只落在后面。

众人依了前日的路径，竟到方丈里来。鸣皋把二脚勾住屋檐，做个倒挂金钩之势，将头向殿上看去。只见那非非僧坐在禅床，正在运用功夫，只听得必必剥剥的筋骨爆响。看他臂上面上的肉，好像皮里面有胡桃桂圆滚来滚去的样子，心中想道："这是什么功夫？看来却是厉害！张善仁之言不谬。如今怎的伤他？"正在迟疑，那知罗季芳在对照瓦上，看见方丈里面只有非非僧一个，连侍者都没有一个，他却不知厉害，不管好歹，即便跳将下来。鸣皋见了，恐他误事，只得做个杜鹃倒挂，也到下面。杨小舫飞身亦下。三人齐奔上前。非非僧只做不知。那季芳先到，便提起竹节钢鞭，照准这光头上面，用尽平生之力，一鞭打去。只打得和尚头上火星乱爆，那鞭直掼转来，几乎脱手。看这和尚，只做不知。季芳骂道："好个顽皮的贼秃，这头竟是石头做的，这等结实耐打？"鸣皋、小舫一起二口单刀齐下，砍在非非僧肩膊上面，只把衣服斩开，皮肉却伤他不得。二人大惊。鸣皋起三个指头，一把擒拿抓去，却在脉门上面。哪知好像捏了个油浸的石蛋，又滑又硬，哪里抓得住他？鸣皋知道不好，叫声："二兄走罢！"正要回身，那非非僧怎肯放你？一手扯了一枝一百四十斤的禅杖，就在禅床上如飞的一般凭空起，把去路拦住，大喝一声。那禅床背后跳出四个头陀，正是象奔、狮吼、烈火、闪电这四人，各举家伙，上前动手。

鸣皋等三人就在方丈里杀将起来。瓦上徐庆、狄洪道看见势头不好，也下来相助。非非僧让过二人，便大叫："徒弟何在？"只见禅床背后一连跳出十几个光头来。鸣皋想道："这禅床背后能有多大地方，却存得许多和尚？"只见手中都是刀棍锤斧，十分骁勇。鸣皋敌住烈火僧的双刀，闪电僧的降魔杵，三人战在一处。罗季芳战住狮吼僧的二柄板斧，杨小舫战住象奔僧的双锤，徐庆、狄洪道被十来个和尚战住。幸得方丈里所在宽大，由他们捉对儿厮杀。只杀得烟尘丢乱，灯火无光。若论他们本事，徐庆一把单刀神出鬼没一般，洪道二根铁拐犹如风卷残云，他二人战这十几个和尚，哪里放在心上，少不得渐渐消磨。徐鸣皋舞动这口刀，正如一团瑞雪，万道寒光，这烈火、闪电二个头陀要占便宜，万万不能。罗季芳敌住这狮吼僧，二柄板斧恰好半斤逢八两，完是季芳的上面。只有像奔僧二柄锤头，怎抵得杨小舫的雌雄剑，战到二十个回合，被小舫一剑，去了一条膊臂，负痛而逃。

非非僧见众和尚皆不能取胜，大叫一声，只见众头陀齐到门边，守住去路。非非僧舞起禅杖，使个满堂红的解数，一连十几个盘，只打得众弟兄没处存身。你把家伙去挡他，再也休提，好似蜻蜓撼石柱，不知他到底有多少气力。鸣皋知道不佳，看见那边门内便是鱼篮观世音殿，内中有个庭心，可以上屋，即便跳到里面。随后徐庆、罗季芳、狄洪道、杨小舫一起进去。到了鱼篮殿，便向庭中飞身上去。哪晓上面三层铁网，好似天罗地网一般。徐庆便道："啊呀，我们中了计也！"只得向前过去。却是送子观音殿，正是鱼篮殿对照。五位英雄刚到得殿上，只见非非僧已追到鱼篮殿上。他却并不过来。看他只将那百灵台轧轧的二转，只见二扇朱红门砰的齐关，足底下的房子团团的转将过来。顿觉光息全无，伸手不见五指。将手摸时，四面都是铜墙铁壁。五人慌得没了主意。正在慌张，哪晓得地上的地枰板块块都活起来，骨溜溜打个翻。网内早有二三十个和尚在此伺候，来一起四马蹄缚了。

再说王能、李武在屋上听了半歇，忽然声息全无，正在心中忐忑，未知吉凶如何，忽见二个头陀从方丈里跳出来。李武乖觉，知道不好，他便脚下明白，一溜烟的走了。王能呆得一呆，要待走时，那狮吼僧同了烈火僧已上瓦房，看见王能在瓦上行走，便赶上前来。二个猛将般的头陀服侍他一个，还有什么照面。被他们擒将下来，缚了丢在方丈里面。只见那边一群和尚把他五弟兄如猪羊一般，扛将出来，丢在地下。罗季芳看见王能也被捉住，便道："王能，你倒先在这里？李武小王八哪里去了？"王能道："只怕他倒走了。"季芳道："你可曾叮嘱他明日来收了尸去？"鸣皋道："匹夫，亏你还说这句话来！大丈夫视死如归，有何惧哉！"季芳道："哪个怕死？"鸣皋道："匹夫，你这话不是记那昨夜的事来？我们众弟兄死在一处，死也瞑目！"众人都道："好，再隔二十年，又是一个好汉。"

正在说着，只见非非僧坐在中央，二旁站立二三十个头陀和尚，吩咐把众人一个个推上来。看了便道："这四个便是前日来的。"看到徐庆、杨小舫这二个，旁边二个小和尚指着说道："这二个就是射死了凡师、劫去囚笼的强徒。"非非僧便叫传那清风镇的伙家来认，到底是也不是。只见里面走出一个人来，看了小舫，道："这个正是。"又看了徐庆，却道："这个有些不像。那日我见他年纪还要轻些，相貌比他标致。"非非僧便喝问徐庆："清风镇上李家店，可是你放火焚烧的么？"徐庆道："一点不错。李家店是老爷烧的，李彪、鲍三娘是老爷杀的，你便怎样？"

不知众人性命如何，且听下回分解。

# 第 二 十 回

## 一枝梅金山救兄弟　狄洪道千里请师尊

却说当时徐庆一起招扛在自己身上，非非僧道："好个汉子！"便吩咐手下："把他四人丢在旁边，即日打入囚车，待俺亲自押上苏州，解到王爷那里。今夜且把这二个孽畜剐出心肝来过酒，与吾弟夫妇并众伙家报仇。"一声令下，早有几个小和尚上前，把小舫、徐庆绑在柱上，将他二人胸前衣襟解开。二个和尚捧出二个大盆，摆在地下。又见一个小和尚托出一盘葱韭椒姜之类，安在非非僧面前。又一个和尚拿了一大壶热酒，一只大酒杯。又一个和尚捧一盆冷水来，又一个和尚拿了一把七寸长的剜肉尖刀。见他们一个个忙的不了，我且慢表。

却说李武在瓦上面连窜带纵，出了山门，跳到地下，一路飞奔地逃下山来，心中暗想："我虽逃得性命，料他们必定凶多吉少。如今叫我怎地？却到哪里去报个信来，设法来救他们？"一路奔到半山亭来，只见亭子上面烁的一道青光飞将过来，一人将他夹颈皮抓住。李武扭转身来骂道："贼秃！"便是一刀砍去。却被这人一手接住，把刀夺去，喝道："我却不是和尚！你只说姓甚名谁，哪里人氏，为着何事，黑夜逃往哪里？老实讲个明白，我便放你。若有半句虚言，一刀分为二段。"李武回转头来，定睛细看，却是个白面书生，果然不是和尚，便道："好汉，杀我不打紧，只误了我的大事！"那人道："你说什么大事？好好讲来！"李武道："你且放了手，我也不逃，便告诉你。"那人便把手放了，道："也不怕你逃去。"李武便把鸣皋初次上山起，见直到如今，六人陷在寺中，吉凶未卜。说到那里，那人便道："不用讲了。我对你说，我非别人，一枝梅便是。你快引我进去！"李武听得一枝梅三字，心中大喜。他时常听徐鸣皋说起他的本领，今日遇见此人，众人还有救星。

二人便重新上山。上了瓦屋，一路来到方丈。一枝梅往下一看，殿上窗隔一起关着，里面灯火明亮。便将二足挂在檐头，将身倒挂下去。在窗缝里张时，只见徐庆绑在柱上，旁边几个和尚手握尖刀，正要动手的光景。一枝梅见了吃其一惊，连忙身边取出一件东西。你道什么？却是三寸长的一根细竹管儿。将上面机关扳动，便有火点着，向那窗眼的碎明瓦内，吹将进去。只见一缕清烟，如线一般，到了里面散去。徐庆正在瞑目待死，忽闻一阵异香。他却知道这香味比众不同，心中早已料着三分。那些小和尚头陀，却闻着此香，个个骨软筋酥，比蒙汗药还要加倍的厉害。非非僧看见他们个个跌倒在地，知道不好，却自己也闻着了这香味。凭你非非僧十八般功夫，总归也要醉倒。这香俗名闷香，又名鸡鸣香，其实江湖上叫做夺命香，能夺去人的魂魄，你道厉害不厉害？有的说，用死人脑子合在香内，此乃小说家荒诞之词，其实并无此事，不过用十来样药料合成。晚生也晓得三样：一样是麝香，一样是龙涎香，一样是闹阳花。还有许多，却不晓得，所以不济事。若是晓得全了，也去做这勾当，谁来做这小说？总而言之，都是贵品药料，还有许多难觅的东西。所以用这夺魂香的，极其珍惜，直要不得已而用之，不肯浪费。

　　休得只管闲话，且归正传。那一枝梅的夺魂香，却又比众不同，药性分外迅速。一枝梅知道成功，便叫李武："随我下去。"二人到了庭心，一枝梅取出七八锭解药，交与李武。命他自己鼻内塞了一锭，其余每人一锭，塞在鼻中，便能苏醒。二人到了里面，一枝梅将各人绳索割断，李武如法把解药塞在众人鼻内。不多一刻，尽皆苏醒。徐庆咬牙切齿，提刀先把小和尚开刀。鸣皋道："我们先把首恶杀了。如今醉倒在彼，谅他工行散了，可以成功。"众人都道有理。各提刀正要来杀非非僧，忽听得总弄之内足声嘈杂，涌进十来个和尚头陀。为首的便是监院铁刚僧，手提四环泼风刀。第二个知客至刚僧，手执铁梭。随后监寺地灵僧、维那善禅僧、降龙僧、催风僧、疾雷僧、首座摩云僧，并执事僧人，各执长短家伙，个个都是超等本领，抢到方丈里面，一起动手。

　　鸣皋、一枝梅同了众弟兄急忙抵敌，混战一场，直杀到东方发白，胜负难分。只因众人被麻绳捆得手足麻木，更加闻了夺魂香，虽经解醒，究竟气力打了折扣。若云一枝梅的本领，果是超超等的。只是他身轻纵跳飞行之术，实不亚于剑客，若论拳棒工夫，却与鸣皋仿佛。今日遇着这班和尚，都是铜浇铁铸，力大无穷。这里八个人之中，只有六个好手，那王能、李武，还是平常。敌他们十七八个超等贼秃，是然难以取胜。一枝梅暗想："再挨一刻，药力退了，非非僧醒将转来，难以脱身。"便叫："众位兄弟，俺们只管厮杀作甚，不如走罢！"言毕飞身上瓦，提刀守在檐头，候众人一个个尽上瓦房。只见众僧人齐到庭心，知道他们必然追赶，一枝梅向身边摸出一件东西,向着庭心内众僧人的光头上面,丢将下去。只听得烘的一声,原来是个火药包儿,只烧得这些和尚焦头烂额,怎敢上屋追来!

众弟兄安然无事,一起回转张家客寓。张善仁接着,遂叫摆酒款待。林老儿知道了,十分过意不去,走过来叩头赔罪。鸣皋道:"林丈,不干你事。这等贼秃,岂可容留在世,陷害生灵?将来必且造反!"遂问一枝梅:"二哥,你怎的到此?"一枝梅道:"我到金陵访友回来,宿在半山亭上。"将看见李武的话,说了一遍。鸣皋便问破那金山寺之策。一枝梅道:"非非僧乃少林第一名师,他的工夫不传徒弟,比金钟罩、易筋经还要厉害,任你刀枪不入。此番虽中了夺魂香,此后必用解药防备,愚兄力难胜他。除非请得一位令师伯到来,便可成功。"鸣皋道:"他们孤云野鹤,浪迹萍飘,却到何处去寻他?"狄洪道听了,便道:"不若待小弟去寻见师父,或者有处寻访。"一枝梅道:"令师何人?"狄洪道道:"我师漱石生便是。"一枝梅道:"令师有个结义兄弟,叫做傀儡生,道术高妙。若请得此人到来,何愁非非僧不得成擒!"狄洪道道:"我师结义兄弟共有一十三人,个个本领高强,剑术精妙。虽则他们聚散无常,谅来终有几个遇见。"罗季芳道:"你的师父住在哪里?"洪道道:"在陕西长安城外大石山中。"鸣皋道:"既然如此,可好相烦大兄一行?不拘那位请得一人到来,便可除此大害,以救一方良善。"狄洪道慨然应允。徐庆道:"此地到长安,只须从上江至安徽寿州、六安,入河南宝丰、南阳过去,便是长安。屈指往来,亦须二月。"洪道道:"我叫王能同去作伴,路上免得寂寞。"鸣皋道:"如此甚好。我们只在此张善仁店中相候便了。"

到了来朝,洪道带了王能,相辞了众位弟兄,撒开大步,一路朝上江而去。这里徐鸣皋同了一枝梅等众兄弟,终日无事,东游西荡。一日回来,张善仁对了鸣皋说道:"徐大爷,今日你们出门的时节,有几个做公的对着你众人细看,后来到我店来查簿子看,幸亏我早已把爷们的贵姓大名都换过了。他们临出去时,还有些不信的光景。据我看来,顶好避开几日,免得他们查三问四。倘然盘检起来,不费油盐亦费柴的。"鸣皋道:"多承主人家关照。"便对了一枝梅道:"我本欲到句曲山寻访华阳洞,想那内兄陕西去了,归期尚远,我们何不一同到句曲山游玩?"众人道:"甚妙。"到了来日,相辞了张善仁,一同起身,往句曲山而来。要重阳登高,遇见异人如何,且听下回分解。

# 第二十一回

## 句曲山侠客遇高人　华阳洞众妖谈邪道

却说众英雄往句曲山来，在路无话，不两日便到了句曲山。来至高峰上面，望到山下，浓云密布，一望白茫茫无边无际。抬头看时，旭日当空。鸣皋道："云从地起，洵不虚语。这句曲山还算不得高，那云便在下面了。"不多一会，那轮红日渐渐升高，射入云中，分开好似一洞，望见山下树木田地。少顷，那云雾尽皆消灭，远望长江，正如一条衣带。那日恰是重阳，小舫道："我们今日到此，却好登高。"徐庆指着山下，对了小舫道："你说登高，那边登高的来也。"众人依着指头看时，远远的有三个人，从老虎背上走上山来——这句曲山有个山岭，名为老虎背，是顶险的所在——后面跟着一个小童，肩挑食盒，也到山顶而来。看他们在这壁陡高峰行走，如履平地，季芳便道："山里的人，真个走惯山路。我们有功夫的人，尚觉难走，看他们毫不费力。"鸣皋道："你的功夫也太高了些儿。我看他们却非寻常之辈。"

众人正在闲谈，这主仆四个已到山巅，就在一块大石之上，三人席地坐下。小童把食盒揭开，取出几碟菜，一壶酒，三只杯子，三双竹箸，摆在石上。三人举杯饮酒，谈笑自若，旁若无人。鸣皋看这三人，一个二十来岁，是秀才打扮，生得斯文一脉。一个四十光景，头带范阳毡笠，身穿淡黄一口钟，生得相貌威严。一个却是老者，年纪约有七十向外，童颜鹤发，须似银丝，头上扁折巾，身穿月白色的道袍，足蹬朱履，是个道家装束。个个举止飘然，仙风道骨，心中十分爱慕。徐庆同了季芳立在他们近身。

那罗季芳见了他们饮酒，馋得要死，叉着腰，张着口，只是呆看。鸣皋见了不雅，便道："三哥，你看这个山峰，却是哪里？"徐庆听了，便走过来。季芳见徐庆走去，也跟了过来。鸣皋道："呆子，你没有吃过酒的？做得好样子！"徐庆道："贤弟，他们三人说的话，我一句也不懂，不知打的什么市语。"鸣皋道："谅是外路人，所以言语各别。"徐庆道："除去外国的话，我却不知。若是中国，随你十三省，什么江湖切口，我都听得来。只是这三人的,连一句也听不出。"季芳道:"他们吃的东西,我也不识得。又不是鱼,又不是肉,又不像荤,又不像素,不知是些什么古董。"小舫听了,不觉好笑起来,便道:"四海之内,皆兄弟也。罗大哥便坐下饮一杯,这也何妨?"

小舫这句话说得低低的,原不过取笑他,却不道被他们听得。那秀才打扮的年少书生把手招着他们,说道:"好个四海之内皆兄弟! 便请过来饮一杯。"鸣皋等只得走将过去,向三人深深一揖,道:"三位尊兄仁丈请了。不才等萍水相逢,岂有相扰之理?"那中年的说道:"你这话便不像个豪杰了。"鸣皋只得坐下,罗季芳并不客气,也便坐下。杨小舫见他们坐了下去,也只得奉陪。一枝梅同了李武,却到三茅宫内随喜去了,故此不在旁边。独有徐庆看见鸣皋深深一揖,他们三人并不抬身,只把手一拱,心上有些不悦,暗道:"他们何等样人,这般托大?"无如鸣皋连连招呼,只得勉强坐下。看那年少的秀才生得十分标致,好似女子一般,将杯敬着他们,每人一杯,便逐一问过了他们姓名。鸣皋等一一说了,便还问他三人名姓。那少年秀才微微一笑,那老者默默无言,唯中年的开口说道:"我等山野村夫,何足挂齿。"鸣皋知是高人,便不再问。看那罗季芳,早已睡着的了,暗想:"我们只饮得一杯酒,怎的只觉有些醉了?"看看小舫、徐庆,也是要醉的光景,心中忖想:"莫非又是蒙汗药酒不成? 却是断无此理。"不多时,自己也睡着了。

一枝梅同了李武在三茅宫游玩多时,不见他们进来,便一同走到外面。只见四人睡熟在石上,便将他们叫醒。鸣皋睁眼看时,这三人连那童子已不知何往,只见一枝梅同了李武在旁问道:"你们四个,怎的一起这般好睡?"鸣皋便把饮酒的话告诉了他。罗季芳道:"我上好的阳河高粱,也吃得十来斤。方才的酒,咽喉里还没知道,怎的醉了?"一枝梅道:"这酒还算不得好。若是仙家百日酒,吃了一杯,便醉百日。饮了千日酒时,端的三年方醒哩。"各人猜疑不出这三个究是何等之人。看官不要性急,只要过得几回书,自然明白。不是晚生放刁,要试试列公的法眼,猜只一猜。

闲话休提。且说众弟兄来到后山,寻看华阳仙洞,相传三茅真君得道之所。却是洞口甚小,而且潮湿不堪。到是那边的毒蛇洞、仙人洞,好似两个城门相仿,又干燥,又平坦。只见那仙人洞口石上,凿着四字道:"内有毒蛇"。季芳道："这两个洞里，马也跑得进去，怎的有毒蛇？我们何不进去？"众人英雄性情，怕甚毒蛇，便一同进去。走了二三十步，只是黑得紧。鸣皋道："这个黑暗地狱一般，有何趣味。我们明日带了火把来方好。"众人都道有理。大家回出洞来，就在左边一只真人阁内，借间楼房住下，却也十分幽雅。众弟兄住在山中，把个偌大的句曲山方方数十里胜景，尽皆游遍，不觉时光已到小春。

这夜众人皆已睡熟，独有徐鸣皋再也睡不熟，便起来开了窗，望望山景。只见一轮皓月当空，万里无云，静悄悄好不有趣。看了一回，远远的望见一人彳亍而来。走到仙人洞畔，沿山坡转弯过去。看他虽是人形，却有猴头猴脑，身上着件单衫。暗想："如今天气寒凉，怎的他不怕冷？况且更深夜静，独行山中，又是这般嘴脸，莫非是个妖怪？"即便枕边扯了单刀，插在腰间，从楼窗内扑的跳到下面，连窜带纵，跟将过去。只见这人进了华阳洞对面有一间小楼上去了。鸣皋晓得这间楼墙坍壁倒，破败不堪，是没人住的，便跳到华阳洞旁边一棵大松树上，将身隐在松针之内。

看这楼上，早有二个女子在彼。一个穿元色花绸袄儿，一个穿件翠蓝花袄，外罩银红半臂，生得妖妖娆娆。见了这人，便道："袁师前几日到哪里去的，却这许多不见？"这人道："我到智真长老处去，问那火烧尾闾关一事。"正在说着，忽见毒蛇洞内走出两个人来，一个身穿墨褐色袍子，蓬着头，是个黑脸汉子。一个却是中年妇人，身上拖锦曳绣，遍体华服。那仙人洞内，也走出两个人来。一个长大汉子，身著黄衣。一个矮胖子，身穿灰布短袄。四人一路说着话，鱼贯上楼，与三人同坐着闲谈。那华服的中年妇人说道："袁师，你到智真长老那里，他却怎说？"袁师道："他说两句偈语道：'谨防朝夜孩儿至，大数三人未到来。'"众人听了，皆猜想不出。那黄衣的大汉说道："不妨不妨，大数还未到哩。"袁师道："且莫作太平语。我看起来，不是好消息，分明叫我们朝夜谨防。只不知什么孩儿，却是这等厉害？"那穿元色的女子说道："害我们的，必定是三个人，目下尚未到来。"这墨褐色袍子的说道："胡家姐姐，我们且寻欢乐。你的心上人儿，如今怎的了？"女子道："莫说这行子①。前日我去看望他，见他瘦骨支床，形同枯木，我还恋他作甚？"那灰布短袄的矮胖子说道："胡家姐姐

———————
① 行（háng）子——称不喜爱的人或东西。

太没良心。他与你如此恩爱,你见他这般,便要别换他人。"女子道:"蠢物,比得你这好心肠! 可记得春间,张家的女儿待你如此好法,你采了她的元精,弄得只存一息。你还趁她未死,把她脑髓都吸了!"那中年妇人说道:"你们休得争口,从今还宜改过自新。只因我等近年荒淫极矣! 古云:乐极生悲,莫待大难临头,悔之无及。"众人听了嗟叹不乐。

不知后事如何,且听下回分解。

# 第二十二回

## 徐鸣皋刀斩七怪　狄洪道路遇妖人

却说众人听了那中年妇人的话,有些警惕。那穿银红半臂女子道:"昨夜我得一不祥之梦,梦见我们皆在一处,忽然天上降下一个金甲神来,把我等七人一个个缚了,我便惊醒。想来定非吉兆。"众人纷纷议论。鸣皋听得明明白白,暗道:"这些皆非人类,定是妖魔精怪。留着总要害人,不如待我把来除了。况且听这什么智真长老偈语,分明说着今天,十月十日夜间亥子之交,正应着我徐姓的身上。谅来天意叫我剪除妖孽。"转定念头,将刀扎在手中,将脚在树上一踏,身子便朝楼中直蹿过去。手起一刀,先把这叫他袁师杀了,却是一只玉面的猿猴。众人惊得呆了。又一刀,把元色袄女子分为两段。这着银红半臂的飞也似的跳将出去,鸣皋跃将起来,一刀挥去,砍下一条臂膊。其余众人分头四窜。鸣皋抢步上前,将黄衣大汉胁下刺了一刀。遂追到楼下。那个中年华服妇人正要钻进洞去,鸣皋随后已到,夹背一刀。他吼了一声,逃了进去。鸣皋回转身来,追这墨褐色袍子的黑脸,见他向山坡上没命地奔逃,鸣皋风卷也似的追来。前面恰遇一条山涧,那黑脸被鸣皋追得昏了,一个失足跌入涧中,脑浆迸出。鸣皋想:"好似走了一个。"寻了一回不见,只得由他罢了。遂一手提刀,慢吞吞回转真人阁内。路过仙人洞口,只见那穿灰布短袄的矮胖子,恰正在那边跑来,走入仙人洞去。鸣皋一个腾步,扑地跳将过去,此人已进内。鸣皋一个雀地龙之势,趁手一刀刺去,却正中臀孔,大叫一声,向里直蹿进去。鸣皋想道:"凡事大数已定,再难挽回。他已经漏网,怎的仍旧难逃?"遂跳上楼中。一枝梅问道:"贤弟何处去来?"鸣皋遂把方才的事,细细说了一遍。

到得天明,众弟兄大家晓得,便一起来到华阳洞前看时,楼上杀死一猿一狐,又一只野鸡翅膊。那狐狸毛色纯黑,那猴子却是个通臂玉面猿猴,皆身首异处。洞旁一只野鸡,约有十四五斤,砍去了一翅,死在山坡之上。走到那边涧内看时,却是一只巨狼,跌得头骨粉碎而死。李武取了五六个火把到来,众弟兄一同走入仙人洞内。走不半里,只见一只野猪死在旁边,屁眼里中了一刀。一路过去,那地上的鲜血斑斑点点。到里边,一虎一豹枕藉而毙,身上皆着了刀伤。再走进去,折向右首前面,却不通了。转过来,却从毒蛇洞而出。原来二洞中间通的。杨小舫道:"山精野兽,得成人形,皆是修炼多年,取精不少。把来煮食了,定有补益。"众弟兄皆道有理。季芳听得十分高兴,他同李武二人动手,将来一个个开剥了,烧的烧,腌的腌。煮熟了时,其味甚佳。众弟兄足足吃了半月,果然觉得精神加倍。徐庆道:"狄洪道去了五十多天,谅来回归日近。我们何不回到镇江去等待?"鸣皋道:"三哥之言有理。"过了数日,众英雄回转镇江,仍到张善仁店内。岂知到了十一月将尽,只不见洪道回来。

原来狄洪道同了王能,自从那一日动身,一路过了安徽,来到河南汝州鲁山县地界,路过一处村庄,一带都是枫林。天色已晚,就在村中一家人家宿了。到得黄昏以后,只听得远远的有哀苦之声,顺着风,隐隐的若有若无,觉得惨切凄凉,便问王能道:"贤契可听得么?"王能道:"师父,我却听不出来。"洪道静心细听,越听越清,却又纷纷不一,若有数人号痛之声,暗道:"奇了。"遂悄悄地走至庭中。只见月明皎洁,万籁无声,侧着耳朵听时,这声从东南而来,心中想道:"这方是我来的所在。日间经过二十余里,并无村市,只有二三里外一所大宅,有百来间房子,好似乡村富户的光景。我怪他独自一家,并无邻舍,怎的不怕盗贼。这声音莫非此中来的?"越想越疑惑起来。这也是天数注定,恶贯满盈,故而鬼使神差,被狄洪道听得,动起疑来。回到里头,带了一把尺二长的匕首,插在腰间,把豹皮囊挂了,跳出墙来。一路依着声音,连窜带纵,来到这所大宅后边,果然声音从此中而出。

他便跃上瓦房,跟着声音寻去。只见里边有四五间矮屋,那声音在矮屋之中。洪道便在屋上,俯耳细听,这凄惨之声,令人不欲听闻。周围一看,却无下路,遂走向前边,有一只旱船模样,门前有个小小庭心,便跳将下去。在窗内看时,里头却有灯火,并无一人。轻轻推窗进去,左首有扇腰门,半开半掩。挨身出去,却是一条备弄。走到里边不多路,便是矮屋。就在门缝张看,只见一并连五间房子,点着一盏灯儿,半明半灭,觉得阴风惨惨,腥气难闻。两旁都是柱子,系着二十来个四体不全之人,在那里呼痛号楚。洪道定睛细看,只见这些人,有的少了一臂,有的缺了半腿,有的剜去两目,有的割去阳物,也有女子阴门上去了一片的,也有孩童没有了天灵盖,死在旁边的,也有腰间剜去一块,在那里挣命的,个个血污狼藉,腥秽难闻,暗道:"这个什么意思? 既把他们伤残五体,何不索性杀了,免得受这苦楚。为何弄得他们求生不得,求死不能,却是何故?"暗想:"待我回去,打听明白,再作计较。遂由原路上了瓦房,出得回墙,一路回转家中睡了。

　　等到来日天明,大家起身,梳洗已毕,用过早饭,便问居停主人道:"此去东南二三里路,有一所大宅,却是何等人家?"那居停主人姓苏名定方,是个走江湖的出身,做那买卖药的。所以走关东,闯关西,见多识广,真是个老江湖。如今年纪大了,同那儿子媳妇务农度日。当时听得狄洪道问及这大宅子何等人家,便道:"客官,你是远方过路之人,不妨对你说了。这家人家,是此间枫林村一带第一个富户。此人叫做皇甫良,是个大江湖。名为'皮行',实是'妖账',所以积下了巨万家私,算得鲁山的首富。"洪道道:"老先生,怎地叫做皮行,什么叫做妖账,小可①倒要请教。"苏定方笑道:"客官乃好人家子弟,不常出外,所以不晓得江湖上的勾当。凡在江湖做买卖的,总称八个字,叫做巾、皮、驴、瓜、风、火、时、妖。"洪道道:"这八个字怎样解法?"苏定方道:"那巾、皮、驴、瓜,是四样行当,都是当官当样,不犯法、不犯禁的。这风、火、时、妖,也是四样行当,却只都是犯法违条。若穿破了时,军也充得,头也杀得。他们是着了红衣裳过日子的。"洪道道:"这八样行当,却是什么生意?"苏定方道:"那巾行,便是相面测字、起课算命,一切动笔墨的生意,所以算第一行。那皮行,就是走方郎中、卖膏药的、祝由科辰州符,及一切卖药医病的,是第二行。那驴行,就是出戏法、玩把戏、弄缸甏、走绳索,一切吞刀吐火,是第三行。那瓜行,却是卖拳头、打对子、耍枪弄棍、跑马卖解的,就是第四行了。这四行所以不犯禁的。若是打闷棍、背娘舅、剪径、响马、一切水旱强盗,叫做'风账'。还有一等:身上十分体面,暗里一党四五个人,各自住开,专门设计,只用唬诈二字强取人的钱财,叫你自愿把银子送他,还要千多万谢,见他怕惧。说他强盗,却是没刀的;说他拐骗,却是自愿送他的。此等人叫做'火账'。至于剪绺、小贼、拐子、骗子,都叫'时账'。那着末一行,就是

---

①　小可——自称的谦词。

铁算盘、迷魂药、纸头人、樟柳神、夫阳法、看香头，一切驱使鬼神，妖言惑众的，都叫做'妖账'。他的罪名，重则斩绞，轻的军流，皆王法所禁。这等人形踪诡秘，鬼蜮行为。这些行当，出门人也要晓得一二。"狄洪道道："这皇甫良毕竟做的什么生意，却要如此伤天害理？"

　　不知苏定方说出什么话来，且听下回分解。

# 第二十三回

## 皇甫良杀人医病　狄洪道失陷王能

却说苏定方说道:"那皇甫良的生意,独创一家。他是鲁山县有名的良医,绰号叫做赛华陀。随你聋彭瞎子,直脚驼背,一切奇怪病症,皆会医治。凭你一只手斩掉了,一来他也能装得上去,一块肉剐去了,也能补得一块。只要讲定整千整百银子,死的都医得活来,所以都称他做活神仙。有的人说他差遣了人,到别处去拐骗人家男女,把来合药,所以如此灵验,只是没有凭据。他又有财有势,县里官员,个个是换帖好友。家中用着四个保家的拳师,四十个家将,长工用人,总共一百来人,哪个敢奈何他? 所以我说他名为皮行先生,实是妖账的凶徒。"洪道道:"原来如此。小可有个亲戚,生的怪症,远近医生都医治不好。此地既有这等良医,意欲求他疗治,在府耽搁二三日,一总奉上房金,未知使得否?"苏定方道:"客官只管住。只是粗茶淡饭,休嫌待慢。"洪道道:"好说。"

二人又闲谈了一会,遂同了王能来到皇甫良家去。一路都是枫树,经过了浓霜,一望朱红①,十分好看。到了门首,停着许多车马。房屋虽大,却不甚华丽。门上挂着小小招牌,上写"世医皇甫良善治一切疑难杂症"。过了两重门户,只见大厅上正中,悬一块朱红匾额,上写着"华陀再世"四个金字,汝州府知府王题赠。那里头左右的斋匾,不计其数,大约都是司道府县的款。侧首一间书房,便是治病之所,装潢得金碧辉煌。众人纷纷求治,那皇甫良坐在一张太史椅上。看他年纪约有花甲,神气壮强。生得一个长马面,紫棠色面皮,两道剑眉插鬓,一双虎目圆睁,杀光乱播,红丝绊满。大鼻泡,阔口,颔下五缕长髯,两旁炸开,如鱼尾一般,黑多白少。头上戴一顶医生巾,好大一块羊脂白玉。身穿沉香色海青,系一条元色丝绦。足上红鞋白袜。自有徒弟在彼开方诊脉,他却并不动手,但只坐着。吩咐用什么药,开什么方。旁边站立家僮,伺候他用点膳,吃参汤。

---

① 朱红——比较鲜艳的红色。

　　狄洪道看这皇甫良相貌凶恶,精神抖擞,知道有些厉害。走上前来,叫声:"先生,小可江南人氏。闻得大名,是个当世神仙,特来相求一事。只因有个亲戚,被坍墙压断了一条腿,欲求治医。可能换上一条好腿么?"皇甫良道:"好换好换。只是一千两银子。没有还价。我要把数百银子,觅得一个人来,要他自愿将腿割下来,与你接上。敷了灵丹,七日便能收功,包你行走如常,与自己的一般。"洪道道:"银子小事,那亲戚只多了银子。却是杀命养命,岂非罪过?"皇甫良道:"此乃自愿。他只贪数百两银子,一生吃着有了。况且我把驴子的腿,还要与他接好,一般可以走路,落得白用这银子。肯的人还多着,有甚罪过?"洪道道:"既如此,待小可回去,与他一同到来,相请医治。只是医治这七天,府上可以借住否?"皇甫良指着西边一带厢房道:"你看那里,不是病人居住的么?"狄洪道同了王能走过去看时,一并排十间,都是病房。里边床帐台椅,一切齐备。有几间有人在内住着,有几间尚是空闲。顺手转弯过去,一连又是五间楼房,都朝着南的,房屋更加精美。里边床帐华丽,被褥精美。壁上名人书画,台上琴棋闲书,一切全备,尽皆空着。望到里边,便不通了。

　　二人回身向外,也是相辞,竟慢慢的回到苏定方家中。对了王能说道:"我想这皇甫良拐骗人家男女,将来当做药用,造这等恶孽。世上的残忍,还有比得他来!我不知也罢,既然知了,若不除此妖孽,后来不知多少人遭此惨死。只是你我只有两人,他们人多手众,怎的下手?"王能道:"只有夜间行事,再没别法。"洪道道:"我看皇甫良定有手段,他们四个拳师不知本领如何,居在何处。"王能道:"此事只得见机而行。"洪道道:"虽然如此,也要定个计谋,方为妥当。"王能道:"师父,你不见他的五间楼房现在空着,我与你先在后面放起一把火来,然后进去,杀他一个落花流水。等他出来救火,我们藏在这楼房内前后,皆望得见他。师父只拣那要紧的几个,把飞镖来伤了,便可了事。或者出其不意,杀他个措手不及。若然尴尬,那边大枫林内,尽好藏身。你道如何?"洪道道:"也可使得。只是我同你预先要去,把里面曲折、皇甫良的住处、四个拳师的所在,须要探明,方可下手。"师徒二人,商议定了。哪知天不做美,到了晚上,彤云密布,降下一天大雪。始而洒盐飞絮,继而片片鹅毛,后来索性手掌大的一团团乱飘乱堕。屋上顿时七八寸厚。一连三日,街上堆积四五尺高,连门都开不来。看官,这等侠客,不怕风,不怕雨,唯有见了大雪,却是他的对头。随你本领高强,不能行事。除非险仙之辈,他莫说雪上能可行路,有的水面上都能行得。那狄洪道却没这本事。住在苏家，直到过了半月，方才这雪渐渐消融。

那一日黄昏，师徒二人用过了夜膳，全身扎束，来到皇甫家内探听虚实。上了屋面，细看这所房子，乃是十一开间九进，一颗印生成。居中有半亩之地，另筑高墙围住，宛似城垣相仿。东西南北，皆有门户。每门之外，各有拳师一位、家将十名把守。洪道道："这城墙之内，必是他的卧室。"踊身跃上墙垣。王能在外等候，岂知许久不见出来，心下疑惑。

且说这四门四个拳师，皆是响马出身，向在山东道上做卖买。自从九龙山徐庆兄弟三人占了山头，专一火并同类，所以他们存身不得，来到此间，投奔皇甫良，做了保家教师，手下各数十个家将。第一个叫符良，善用一把靴头刀。他有一样绝技，叫做飞抓，百步内拿人，百发百中。江湖上起他一个混名，叫做"催命鬼"，十分厉害。第二个姓常名恶，使得好连环棍，生得浑身黑肉，人都叫他"摸壁鬼"。第三个姓谭名江清，力大无穷。用一把石锁，重有七八十斤，绰号"活阎王"。第四个姓闵名安存，使两柄铁桨，水都泼不进去，诨名叫做"九头鸟"。这四人无恶不做，极其残毒，故此与皇甫良声气相投，助纣为虐。今日守这南门的，正是那催命鬼符良。睡了一回，起身到庭心小解，忽见月影照在地上，有个人头影像。抬起头来，看见一人伏在瓦上面，朝着里面墙垣，好似要想上去的光景。遂到屋内轻轻推醒众人，自己取了飞抓，众家将跟随来到庭中，将飞抓提在手中，向屋上发去。果然手段高强，恰好正把王能连肩搭背钩住。原来这飞抓有五个纯钢钩子，锋利非常，皆有绒绦贯串。发出来时，好似一只蒲扇大的手掌，五指揸开。落在身上，这五指一起抓将拢来，那钢钩抠入肉内。随你英雄上将，无不立时下马。当时王能被他将总索一扯，从屋上跌下庭中。众家将一起上前，将他缚住，便问可有羽党同来。王能随他们捶打，只不作声。符良跳上瓦房，周围巡视了一回，见并无人迹，也便下来，将他绑在柱上，等候天明，请主人发落。

却说狄洪道到了里边一看，四周皆是房屋，无从下去。中间只有一个庭心，上面用铁线网着，下边无数铜铃。若然将铁网惊动，那铃儿便要一起响将起来，因此没个理会。想了半刻，只得将屋瓦挖开，欲想从椽子内挨身下去。那知椽子下面，皆天花板蒙着。挖子好几处，都是如此。只得跳出围墙外来。哪知不见了王能。四面踪寻，杳无形迹。

不知狄洪道是否救出王能，且听下回分解。

# 第二十四回
## 草上飞踪寻表弟　狄洪道喜遇焦生

却说狄洪道不见王能,暗道:"奇了,又不听得声息,岂被他们捉去了不成?"看官,你道外面把王能拿住,难道没有声响?况且夜深人静,二三里外,尚然听见了哭声,如今近在咫尺,怎的他还未晓?其中有个缘故。只因围墙又高又厚,外面的声音,只能上达,却不能到了上边,从新回下来到里面。讲究声学的人,自然明白。不比前夜的哭声,顺风吹去,那是平行飘送,所以二三里外,尚能微辨。那声音一物,全仗空气传送。若气不通,虽在一二寸之地,亦不听得。列公倘然不信,只消将一间房子四围门缝固封严密,外面的人,把耳朵凑在玻璃窗上,听里边的人靠着玻璃说话,只见他嘴唇开合,却并不听得声响。只因风气不通,所以近只一层玻璃,尚且声息全无。

闲话少说。且讲狄洪道不见了王能,四周围寻了一回,不见形迹,疑他先回,或在枫林内等候,遂出了皇甫家。一路寻看,直到苏定方家内,并无下落,想道:"一定他下去窥探,着了道儿。这倒如何是好?"又想:"既然被擒,必定多在那矮屋之中,当做药料,害他成了残疾。"左思右想,一夜未曾合眼。

到了明日,苏定方问起高徒何往,只说一早出去,相邀亲戚到来医病。及至黄氏过后,又到皇甫家内,依着前路,到得矮屋之中。细细张看,并没王能在内,遂即推门进去。那里面的人一起叫起苦来,皆道:"今夜不知哪个晦气,又要来取什么东西也。"狄洪道忙把手摇着,道:"不要高声,我乃过路之人,只因听得你们叫苦之声,前夜进来看见了你们惨状。昨夜同了一个徒弟到来,欲想除此妖孽,救你们残生之命,却不道不见了徒弟,故此特来找寻。"众人都道:"没有见得。好汉,你不知道,这恶贼骗了人来,却不便到此间。起初藏在这高墙里面,名为紫禁城,内有一个小小地穴,约有一二间地步,四面石头砌成。里面倒也舒齐,床铺被褥,一应全备。每日三餐茶饭,也有荤吃,只是人肉罢了。将你养得肥胖,等到要用之时,方才动手。用过之后，便推到此间。若是死了，便杀来煮吃，当做牛肉用。幸而不死，他仍把你养着，留到后来再用。他的药都是人骨髓、人脑子、心肝五脏、疗子、阴门合成的，成以如此效验。今日天赐好汉到来，总望相救我们出去。若得回家，定当重谢。"洪道道："如此说来，那徒弟定在高墙里面地室之中，目下谅未伤残。只是俺独自一人，孤掌难鸣，怎好救他出来，杀了这恶贼，相救你们性命？"众人道："他的地室上面，却是一间书房。地下都是磨细方砖，并无痕迹。其中有一只榻床。只消将榻床上面搁几拿去。把榻面揭起，里头便有梯子，直到地室之中。这榻床就是门户。"洪道道："不相干。我们不能到得里边，怎的下去？你们且自放心，待我想法再来。"众人哀求不已，狄洪道也顾不得他们，遂即回身出去，幸喜无人知觉。上了瓦房，仍到苏家。一连几夜，毫无善策，想起镇江众弟兄在彼等候，又不能丢了王能而去，急得如热石上的蚂蚁一般，没个主意。

我且按下这边，且说湖北德安府应山县，有个豪杰，姓焦名大鹏，绰号叫做"草上飞"，是湖北有名的义贼。飞檐走壁，来去如风，有超等的本领。他要人的银钱，即是明取，不去暗偷。生得两眉如铁线竖起，双目圆睁，截筒鼻，四字口，面色微红。浑身元色紧身，密门纽扣。足上蓝布缠腿，穿一双爬得山、过得岭、鹞子翻身跌杀虎的快鞋。背上捶一口青锋宝剑。他只拣贪官污吏、世恶土豪，任你身居深闺密室，忽然间他跪在面前，口称借银若干，明日送到某处山中，或某家客寓，言毕将背上的宝剑扯在手中，将口嗤的一吹，连人连剑，影迹全无。所以人人怕惧，连忙如数送去。他过后便来取去，却不与你照面。你若不送去，包你脑袋不见。若论剑术之中，本领高的五遁俱全，能算袖里阴阳，赛过仙人一般，所以叫做剑仙。这草上飞焦大鹏，原与山中子一师门下，俱是玄贞子的徒弟。只因他剑术未学精明，却要做这义贼的勾当，玄贞子知他难以修炼成功，由他自去，所以不入他们七子的一党。方才说的就叫剑遁，若与寻常勇士比较起来，已经要算无敌的了。他自小死了父母，又无弟兄妻小，幸亏姑母抚养成人。

这姑母嫁一个生意人，姓窦名琏，开一爿米麦六陈行。年过半百，单生一个表弟，乳名叫做庆喜，年方一十六岁。生得面白唇红，温文尔雅，老夫妻十分钟爱。只因窦琏年老，每逢出外买货，带着庆喜官同去，一来路上陪伴，二来好教他见识生意之道。前月到宝丰买货回来，路过鲁山地界,忽然失去。四出招寻,杳无下落,老夫妻两个哭得死去活来。恰好焦大鹏探望姑母,得知其事,遂即到鲁山来寻访表弟。他久在江湖,知道枫林村有这妖人,本欲为民除害,暗想:"那庆喜官莫非被他取去?"

那一天到了鲁山,便朝枫林村而来。时候日落西山,黄昏月上。来到皇甫良家内,飞身上屋,只见斜刺里一人在瓦房上面连窜带纵,好似燕子一般,向里边而去,暗想:"必定我道中人。此人本领,也算得个高手,不知他为着何事?"遂即跟将过去。只见他从庭心下去,焦大鹏也下了庭心,一路随着,直到矮屋之中。要知草上飞的本领,远胜于他,正是棋高一着,缚手缚脚,所以跟在背后,狄洪道并未知晓。只见他进到里边,焦大鹏只道此中谅是藏银之地,便在门外偷看。却不道都是残体之人。狄洪道问这众人:"昨日可有姓王的到来?"众人道:"还没有来。只是好汉早些想个计策,救得我等性命,阴功不小,我等永不忘你恩德。"洪道道:"我想了三日,终少一个帮手。若是草草行事,一人难敌四手。况且他们准备甚严,里边定有埋伏。欲想赶到长安,找寻师父到来,又恐误了徒弟性命,所以进退两难。"那焦大鹏听得明明白白,暗道:"原来也是与我一路,也算巧算。"便烁的跳到里边。狄洪道吃了一惊,便把匕首出在手中。大鹏道:"慢着,我非别人,特来找寻表弟,壮士不必疑心。"洪道听了此言,将他上下身一看,果然像个外来之人。谅他有些本领,便彼此通过了名姓,略表在此的缘由。二人各自大喜。

草上飞便向众人逐一看了,并无表弟在内,便问道:"你们可曾知晓有个十五六岁的标致官人,可在此间?"内中一个应道:"可是一个姓窦的湖北人,自前月来的?"大鹏道:"正是。如今怎样了?"那人道:"还算恭喜,如今还没用过,亦在里边地室内,养得好好的在彼。"焦大鹏便问狄洪道:"你可到过里边?"洪道道:"他的高墙之内,名为紫禁城,端的严密,鸟都飞不进去。"遂把前夜之事说了一遍。大鹏道:"我们先把他羽党除了,看他怎的。若出来,便可擒住他。若紧守不出,我打门进去,你只在外梭巡,休得放他走了。"

正在说,忽听得备弄中一片声脚步响,好似一二十人赶进来模样。原来这矮屋唤做料房,每夜有人巡视二次。却是三更查过了,要过四更再查一遍,恐有走漏。狄洪道前几夜进来,却未逢着。今日正在三更时候,那巡夜家丁来到料房门口,忽听得里边有人说话,就在门外不敢进来,侧着耳朵听个明白,知道走了风声,慌忙走到看守紫禁城北门将军闵安存那里报信。闵安存得了这个消息,连忙取了双桨,带了一众家将,各执兵器,赶到料房而来。这巡夜家丁报过北门的信,又转到西、南、东三门各处报信,惊动得全府教师、家将个个出来,陆续到料房接应拿人。这里闵安存带了十个家将先到。

　　未知焦狄二位英雄如何抵敌,且听下回分解。

# 第二十五回

## 草上飞斩符常谭闵　狄洪道擒皇甫医生

却说草上飞焦大鹏听得备弄中脚步声响,即便刻转身来,抢出门外,把备弄截住。狄洪道随后也跳到备弄。大鹏向北,洪道向南,各挡一面。且说闵安存带领家将,来到料房门首,只见门内跳出二人,为首的身长八尺,头带元绉六楞英雄罗帽,额上一个英雄结,鬓边插一朵大红山茶花,身穿元色密门窄袖短袄,兜当扎裤,手提青锋宝剑,犹如猛虎一般,截住去路,遂大喝:"大胆强盗,敢到这里来送死!"舞动双桨,兜头便打。大鹏起剑撇开双桨,还手一剑劈来,连肩搭背,砍个斜分两半。众家将大惊,发一声喊,往后便退。却好西门守将活阎王谭江清提了石锁,带领众人兴匆匆到来。北门家将大叫:"谭将军快来,强盗厉害,闵将军没命了!"遂一起站在一旁,让江清上前。焦大鹏见他手提蛮笨家伙,知道此人有些气力,便不肯等他下手,托地跳将过来,一个旋风,夺圈圈转到江清面前。可怜这活阎王看也没有看清,早已脑袋落地,到那森罗殿上受实缺上任去了。焦大鹏遂即赶上前去,把众家将切葱切菜的追杀过去。

绕过西门,只见南门守将符良提刀杀到,见了焦大鹏,大叫:"强徒杀我兄弟,吃我一刀!"便劈面砍来。大鹏不慌不忙,把青锋宝剑向他刀上一挥,当的一声,符良的手中剩个刀柄,那刀头落在地下去了。只见草上飞的这口青锋剑,乃是他的师父玄贞子剑仙——七子之中第一个道行高妙的——送与他的,你道好也不好? 所以符良的刀遇着此剑,正如泥做一般,把刀头削去了一大半。符良吃了一惊,慢的一慢,被焦大鹏一剑穿个前胸通了后背,将剑往上一挑,把符良从头上直掼到后面去了。众家将没命奔逃,只恨爷娘少生了两条腿。后面焦大鹏犹如老鹰拿雀,追杀过去。

我一口难讲两处的话。这里动手的时节,那狄洪道向南抄到东门,恰好常恶踏出门来,舞动连环棍就打。洪道早将双拐袖在手中,两个在庭心中厮杀。这十名家将围绕助战,正打得乱纷纷,难以取胜。若论狄洪道,乃漱石生的徒弟,究竟也是剑侠传授,何以不如草上飞甚远? 其中有个道理。只因洪道未学剑术，草上飞剑术虽则未精，究竟学过。若论二人本领武艺，相去不远。只是草上飞轻身术妙，宝剑厉害，再加一边在备弄内，个对个交手，一边在庭心中宽阔所在，加上十个家将，虽则终能胜得他们，只是一时难以骤胜。常恶正在手臂渐渐酥麻，被狄洪道二根拐滚将进来，脚骨上着了一下，哪里站立得住，扑的跌将转来。却好草上飞正到，趁手一剑，叫他快些追上三人，一同到鬼门关做摸壁鬼去。众家将见拳师已死。惊慌逃窜，被焦、狄二人追上去，打的打，砍的砍，杀得七零八落。

　　却说皇甫良早有家丁报信，但知道料房内走风，岂知拳师家将已被伤残若此，提了一把板斧，将紫禁城开放，赶出城来。他只道料房失事，出的北门，却不见一人，遂一路转向西门抄去。只见备弄中满地尸骸，闵安存、谭江清、符良，尽皆丧命，急得心慌意乱。不知何等样人，谅必前夜强徒一党。将到东门，但见几个家将没命地逃来，口称："强盗厉害，四位将军尽皆伤命了！"皇甫良心中大惊。前面一位英雄，头上胖顶六楞罗帽，耳旁一个大红绒球，浑身紧装扎缚，足登薄底骁靴，手中舞动两根镔铁李公拐，似风卷也似的追来。皇甫良见来势凶勇，举起板斧，向着狄洪道头上劈个朝天切菜。洪道将身偏过，一拐打来，二人一来一往，斧来拐挡，拐去斧迎，战了十几个回合。皇甫良哪里是洪道对手，只见他使发了双拐，宛如一个绣球，滚来滚去。皇甫良觉得虎口有些震开，暗想："今朝家破人亡，断难抵敌，不如三十六着，走为上着。"得个空闲，转身便走。洪道口喝："妖贼，你狼心狗肺，残害良民，今日恶贯满盈，还想逃往何处！"随向豹皮囊中摸出一支金镖，照准他后心打去。皇甫良一路奔逃，侧着脸，把眼稍顾着后面。见他把手一抬，烁的一件东西到来，连忙将身一侧。那镖却打在肩窝，顿时这右臂筋断骨折，大叫一声，那板斧当啷的堕在地上。洪道飞步上前，将皇甫良擒住。背后焦大鹏也到，手起一剑，挥为两段。便道："这等妖人，问他作甚？"二人抢进城中，见一个杀一个，把他妻妾子女，丫环仆妇，不问老幼男女，一门良贱三十余人，杀得干干净净。

　　便寻得这间地穴门户的房间，将榻床揭起，取过灯火一照，下面共有三人。焦大鹏跳将下去看时，见表弟窦庆喜毫无损伤，心中大喜。便叫："表弟，愚兄特来救你，今日且喜无恙，快随我出去。"那庆喜官见了大鹏，两泪交流，牵衣痛哭。只听得洪道在上面叫道："王能贤契可在么？"王能正卧着，从睡梦里惊醒，听得师父声音，情知大事成功，便道："徒弟在这里!"大鹏看见王能被他们将大铁链锁着,便把剑来割断了。王能道:"多承好汉同我师相救!"大鹏看还有个后生,问道:"你姓甚名谁,怎得到此?"便叫王能带着他上去,自己同了表弟也出了地室,叫王能一同先到外面医室中等候地。却同了狄洪道到楼上去,把皇甫良积下的金银珠宝,只拣贵重,打了六个包儿,一把提着。赶到后面矮屋中,放了这班残疾之人,叫他们你挽我扶,狼狼狈狈的,来到外边大路上枫林之间坐着,等候天明,见有车马过时,便可附载回家。将一包金银打开,分派与众人收了。众人欢天喜地,感恩不尽。

然后二人回到皇甫家中,问起后生家住哪里。那后生道:"二位恩公在上,难弟乃余姚人氏,姓王名介生,今年二十三岁。父亲早故,只有个叔叔,名叫王守仁,官为兵部主事。我在家中教读,前月忽有人来聘请我做个西席,许我百两纹银一载,先付十两聘金。因此辞别家人,同他一路而来,便到此地。若非二位恩公搭救,定遭毒手。"便问过众人姓名。大鹏道:"既是忠良之后,且同我到了河南应山县去,待我把表弟交与姑母,便相送你到府。"介生又向大鹏拜谢了。洪道道:"你叔父是个穷官。"一面说,一面提过一包金银过来,道:"这包你拿去,也可过度日用。"介生拜谢收了。

狄洪道与焦大鹏恋恋不舍,二人便结为兄弟,当天跪将下来,撮土焚香,拜了四拜。然后各人起身,各自把包裹结在腰内,出得门来,分道而行。

焦大鹏同了窦庆喜、王能到了应山。那窦琏见儿子回来,喜得个了不得。姑母见了庆喜,母子二人抱头痛哭。就把王能留住,与焦大鹏住了十多天。能同了庆喜,本是患难的朋友,如今感激他表兄相救,越加亲热,也结为八拜之交。他二人日后也都出仕为官,书中不表。后来焦大鹏送他到余姚县去,我也一言交代。枫林内这些残疾之人,只要有了金银,等到天明,自然陆续有车马带回家乡而去。皇甫良家内,自有地方保甲禀知鲁山县相验收尸,追捉凶手。只好在没有苦主陈告,也渐渐的罢了。

书中单表狄洪道同了王能,回到苏定方家,恰好定方起来开门。狄洪道到了里边,便把一锭银子谢了。定方推辞一回,也便收了。狄洪道便把衣包收拾,师徒二人别了苏定方,撒开大步,一路朝长安进发。

有话则长,无话则短。不一日到了长安,径至大石山中,来寻师父。

恰好漱石生到四川去了。寻那傀儡生，也不见面，暗想："此间除此二人，只有三师伯云阳生居住后山，未知他可肯出去？"便同了王能，径到后山而来。

不知遇见云阳生否，且听下回分解。

# 第二十六回

## 云阳生仗义下江南　王守仁惧祸投钱塘

　　却说狄洪道同了王能,翻山过岭,来到大石山背后。正走之间,只见山坡上松树底下一人叫道:"狄道兄,许久不见你,今到哪里去?"洪道回转头来一看,认得是云阳生的徒弟,叫做包行恭,乃苏州吴县人氏,便道:"包贤弟,你一向好?今日令师在家么?"行恭道:"他在那里炼丹药。道兄要寻他时,小弟同你去便去。"洪道道:"多承贤弟。"一路说着闲话,早到茅庐门首。

　　行恭先进去通报了,请洪道入内。洪道见了云阳生,拜见过了,叫王能也来拜见。云阳生问道:"贤侄,闻你依附宸①濠,求取富贵,今到此间作甚?"洪道道:"弟子愚昧无知,误就其聘。后来窥见他所为不善,今已出了陷阱。"便把到姑苏起直至金山寺一席,说了一遍。"特来求请师伯下山相助,以救一方良民百姓。"云阳生道:"宸濠久后必反。今去其羽党,自是正理。但我丹药未成,不得抽身,奈何?"洪道再四苦求,云阳生方才依允。便吩咐行恭好生看守丹炉,俟其火候到了,便可停熄。遂到里边更换行装。与洪道等正要动身,只见来了一个女子,身穿淡红袄儿,生得态度娉婷,丰姿绝世。云阳生道:"贤妹来此何事?"女子道:"道兄,我昨到都中,那王守仁只因保奏戴铣一疏,被西厂太监刘瑾假传圣旨,将他廷杖五十,打得死而复苏,现谪他做个贵州龙场的驿丞。这也罢了,那刘瑾打发心腹家人,送信与宁王宸濠,叫他命刺客沿途伺候,务把王守仁结果性命。你道这刘瑾心肠狠么?"云阳生道:"你便怎的?"女子道:"我欲暗中护送于他。"云阳生就把前事说了,"我今要到江南,何不一同而去?"女子道:"这也甚好。"洪道道:"师伯,这位却是何人?"云阳生道:"你不闻陕西五女侠么?便是那红衣娘、紫绡儿、碧裳仙子、元衣女、白牡丹这五

---

　　① 宸(chén)——姓。又作"屋宇"解;也指帝王住的地方,由此引申为王位、帝王的代称。

个，都是聂隐娘一流人物。此位就是红衣妹子。她道术还胜令师许多。"四人遂同出了大石山，雇了四乘牲口，一路由河南、安徽下江南而来，还须时日。

话分两头。却说这兵部主事王守仁，有经天纬地之才，智谋足备，秉性忠直，不附奸党。那时武宗正德皇帝，有个得宠太监，叫做刘瑾，执掌营务，威权甚大。他与宁王一党，欲谋不轨，家藏戈甲，外养力士。只因要害戴铣，被王守仁保奏，所以怀恨，将他降作贵州龙场驿丞。王守仁出了京都，一路来到金陵，来见父亲。他的父亲名叫王华，现为南京侍郎。见了王华，告诉一番都中之事，带了两个家人，雇一乘车辆，来到镇江。欲想叫船，从长江钱塘一路而走，只是天色已晚，就在北门外张家客寓过宿。心中闷闷不乐，吩咐家人取了一壶酒来，自斟自酌。听得隔壁房内欢呼畅饮，就在壁缝中张看。只见六个人在那里吃酒，都是英雄豪杰的样子，心中想道：这一班何等之人，看来皆是非常之辈。内中一个武生打扮的，尤觉威风凛凛，相貌非凡。便走将过来，惊动他们一起立起招呼。问了尊姓、府居，便对鸣皋道："贵处有个赛孟尝君徐鸣皋，却是足下何人？"鸣皋道："这个便是同姓不同宗的。"守仁见他应答支吾，早已瞧着几分。众弟兄你也一杯，我也一杯，大家说说谈谈，十分得意。王守仁说起目今宦寺专权，奸臣当道，英雄豪杰，不知埋没了许多。这班位高爵重的，都是庸流，只知阿附权阉，深为浩叹。"我看公等皆是当世英雄，只可惜无进身之地。"大家叹惜了一回。

守仁回到房中安卧，众人也都寝息。只有鸣皋睡不着去，一眼看见房门外一个人影烁的过去。鸣皋扑地跳将起来，趱出门外。只见一人遍体黑色，腰间一把雪亮的鱼肠，正在隔壁房门外偷窥。鸣皋起三个指头，在此人肩胛上一把擒拿抓住。那人便叫："好汉饶命！"王守仁听得，即便起来看视。只见一人身材短小，相貌凶恶，浑身元布紧身，腰内雪霜也似的一把匕首，被鸣皋擒住在彼。

鸣皋喝道："你这厮要死呢，还是要活？"那人只叫"饶命"。鸣皋道："你哪里人，叫什么，来此作甚？叫记了，我便饶你。"那人道："好汉，小人只为饥寒两字。家有八十三岁的老母，三日没米，故此情急了，想来偷盗东西。"鸣皋道："呸，一派胡言！你只不到三十岁模样，却有八十三岁老母？既有此飞身本领，不去富户大墙门偷盗，却来这个地方，明明是来行刺。却是何人指使？从实供来！"便把指上用一用功夫。这人连叫饶命，情愿供了："好汉，不干我事。只因我家王爷奉了都中刘太监之命，叫我来行刺降职兵部主事王守仁老爷。我从姑苏一路迎上来，要到南京。今日见王老爷到此店内，故而要来动手。"鸣皋道："你叫甚名字，你家王爷是谁？"那人道："小人姓周名纪，江西人氏。我主人便是宁王千岁。"守仁道："你主人单命你一人到来，还有别人？"周纪道："王爷共命三人，分头伺你。打听得老爷在金陵，故而都在这条路上。"

正在说着，那众弟兄尽皆起身。一枝梅道："贤弟，这等东西，留他不得，杀了免害他人。"鸣皋道："大哥说得是。"遂将他腰内匕首抽将出来，只一挥，头已落地。一枝梅取出些些药末，弹在颈内，立刻把周纪尸首化成一滩黄水。

守仁知道这一班弟兄都是剑侠之辈，便向鸣皋作揖谢道："若非壮士相救，我王某定遭毒手。"鸣皋等方知此人便是王守仁。"因何到此？"守仁便把刘瑾作对的话，说了一遍。鸣皋道："我等一路相送老爷，以防奸人暗算。"守仁道："承蒙仗义，实铭肺腑。只是路途遥远，不胜其防，奈何？"众人商议一回，没个良法。鸣皋道："我有一计在此，明日王老爷雇船动身，我们众弟兄也雇一船，一路相送。到了前途①，只消如此如此，便可无事。"守仁同众人（人曰）齐拍手道："好计。"守仁便向众人细问各人根底，大家从实说个从头。守仁大喜道："我且四福齐天，得这班豪杰，暗中替国家办事。这些朝臣岂不愧死？实在可敬！"遂劝鸣皋等出仕为官，博个封妻荫子，青史垂名。鸣皋等谢道："某等屡恶宁王，他岂肯相容？况且天生野性，难就拘束，只得罢休。"守仁叹惜一番，与众人结为兄弟。

到了天明，叫了两号舟船。众弟兄先到船中等候。少顷守仁带领家人也下船中，一路向钱塘行去。到了晚上，停泊在船多地方。守仁暗自把帽子、靴子，丢在江中，自己跨到鸣皋船上。罗季芳掇一块大石，向江中抛去，只听得唠咚一声。季芳大叫："救人！"那两个家人假意大惊起来，大喊："快些救人！王老爷投江死了！"吓得舟人魂不附体。大家点起火把，一起来救。惊动众邻船大家忙乱，相帮捞救，哪里有个影子？两个家人停船在那里，一面吩咐打捞尸首，一面到杭州府衙门投告。

① 前途——前方。

　　那杭州知府姓杨名孟焕,却与守仁同年好友,得了这个信息,十分悲悼,连忙来到船中勘视。见守仁有遗书遗禀,并有绝命诗一首,内有句云"百年臣子悲何极,夜夜江涛泣子胥"之句。杨孟焕信以为真,大哭悲伤,亲自做了一篇祭文,在江边哭奠一番。回到省中,申告上司,出奏朝廷,说贵州龙场驿丞王守仁坠江身亡。那家人回到家中,将真情告诉一番。介生已到家中,拈魂立座,成服挂孝不提。

　　且说王守仁同了众弟兄慢慢的回转余姚,那一日停舟宿夜,旁边一只大船,扯起一面黄旗,旗上大书:"钦命江南巡抚部院俞"。守仁知道是故人俞谦,是个足智多谋、忠心赤胆之人。便叫舟人递过名帖,上船拜见,将以前之事细细说了一遍。俞谦大喜,便亲自同了守仁来到舟中,与众弟兄相见。逐一问过姓名,便向鸣皋致谢,赞其智勇双全,对众英雄说出一桩事来,且听下回分解。

# 第二十七回

## 红衣娘单身入地穴　徐鸣皋三次上金山

却说俞谦对了鸣皋等说道："我今到江南巡抚任上，只是宸濠意图叛逆，结连宦寺刘瑾，各处暗置兵马，羽党甚多，十分周密。我虽察得许多，力难制止。公等英豪，义侠为怀，欲望仰体朝廷宵旰之忧，俯怜万民水火之苦，将奸藩羽翼，次第剪除。下官注存案册，后日上达天听。公等虽不望功名富贵，亦可史馆立传，千载芳名。唯是务①要察听明白，切莫误伤良善。"王守仁以手加额。鸣皋同了众弟兄一起拜领宪命。俞谦遂将各人名姓籍贯，注在册上。徐鸣皋道："还有内兄狄洪道，并徒弟王能，即日将到，亦望预录。"俞谦遂赠他们八块银牌，牌上刻有"除奸锄恶"四字，便道："这就是我的暗号。"各人拜谢过了，俞谦吩咐摆酒款待。席间谈起韬略武艺，鸣皋等对答如流。俞谦大悦，又勉励了众人一番。鸣皋拜别回舟，自到镇江而去。王守仁从此改名换姓，隐居在俞谦衙内。所以鸣皋等破了金山寺，宸濠痛恨入骨，俞谦名为各处行文拿捉，其实虚行故事而已，因此众弟兄得能逍遥自在。后来到江西三探宁王藩府，王守仁擒获宸濠，皆鸣皋等之力也，此自后话。

且说鸣皋等一路回转镇江，离舟登岸，到张家旅店，只见张善仁迎着，道："徐大爷，昨夜狄大爷同了一位爷们，一位女客，皆到小店，现在里面。"鸣皋大喜。恰好王能从里面走出来，遂一并进内。鸣皋抢步上前，见了云阳生，纳头便拜，并与红衣娘相见。众弟兄各各见礼坐下。狄洪道把动身以后之事，细细说了一遍。鸣皋等也把游句曲与王守仁、俞谦的事告诉他们，便把银牌交付洪道、王能，又向云阳生、红衣慰劳拜谢。

云阳生道："徐兄，我们到金山寺去，也须定个章程，设个计策，方可进得。"鸣皋道："全仗师父台命，弟子奉命而行。"云阳生道："彼众我寡，任你一可当百，也须有个照会。务要里应外合，一起动手，方可破得。若

---

① 是务——事务。

是一路杀到里边,莫说他里面机关甚多,路途迷失。到了无用武之地,被他用起火攻,岂不一起送命!况且房屋众多,虽是胜他,或失去一二弟兄,如何是好?我与你落了单不打紧,若是稍为工行浅些,就有性命之虞。"一枝梅道:"待小弟到里边作应如何?"云阳生踌躇道:"慕容兄若论工行,尽可当得此任。只是一件:你去只能私进,不能公然走入。若得一个熟悉里面机关的人,到里边做个细作最妙。"红衣道:"待我假作烧香,来到里边,探听地室中的众女人,或者晓得也未可知。纵使不知详细,定能得个大略。"云阳生道:"也可使得。既如此,我们一准明日清晨,一同上山。你便先进,我们随后,约定午时三刻,里外动手。"遂将众弟兄逐一安排走去的道路,各人依计而行。

当日徐鸣皋备酒接风,细看那云阳生,年纪约有三十向开,白面无须,循循儒雅,头带扁折巾,身穿淡黄袍子,宽长潦倒,好似个不第秀才。看他有甚本领,那十三人之中,却在第三人?便问道:"尊师一十三人,各人以'生'字为名;家师七弟兄,皆以'子'字为号。不知世间除了七子十三生二十人之外,可有会那剑术之人否?"云阳生道:"有多哩。江南藜杖叟、碧桃仙子,江西有器器和尚,河南韦士奇,浙江有空空儿,广西履冰道长,湖北有东郭居士,粤东有野鹤禅师,还有番僧跋罗难陀,种种奇人,不胜枚举,何止二三十人?只是隐居玩世,不肯使人知道,那凡夫肉眼,怎么识得?"鸣皋听了,不觉脸上泛起红来。大家说着饮酒,直到更阑席散,各自安息。

到了来日,各人扎束停当,一起出了旅店,来到金山。云阳生同了众人在山下饮酒,红衣娘独自一人,先上金山。进了寺门,走到大雄宝殿,早有知客僧至刚引领,一殿殿佛前礼拜。红衣道:"这里可有观音么?"至刚想道:"我见他生得端正,正要引你进去,却问起观音来?"便道:"娘娘,你看那边不是观音殿么?"便引着来到里边殿上。红衣一看,正与鸣皋说的一般。佛龛内塑一尊立像观音,手中提一只鱼篮。至刚道:"对面送子观音,最是有灵感的。城中多少缙绅人家太太们,都来许愿求子,千求千应。前日王侍郎的夫人生了儿子,到来装金还愿。"红衣道:"既如此,我也去烧一支香来。"遂走过对照殿上,眼梢留心着这百灵台。那至刚等他走入门中,便把百灵台轧轧的只两推。红衣睁眼一看,叫声:"奇吓!"分明见他立在台边,把台推着,怎的一会儿把个知客僧不见了?那百灵台依然在彼,望过去,殿上清清楚楚只有一尊观音站着,神龛①之中,并无半个人影。再看自己立的送子观音殿,依然门户开着。两边也有门户,四通八达,地枰板并不活动,与鸣皋说的,全然不对。暗想:房子果然转动,却又门户依然,与未动一般,只不见了知客的,奇怪。满腹疑猜,再想不出,哪知已到地穴之中。

这非非僧用尽心机,造得十分奇巧。那鱼篮殿是地穴的锁钥,这送子殿便是地穴的门户。若遇凶人到了,送了殿上把百灵台向左推动,那门户都转到墙壁之处。那地枰板恰在木档之中,所以光息全无。地板一起活动,人便跌到下面网内。若遇美貌女子,到了送子殿上,便将百灵台向右推动,这送子便旋转一个身来,本则朝南的,却变了朝北。这一转,便转入内室之中,与外不通。那里边也有鱼篮殿,却与外面的鱼篮殿一般无二。你若从原路要想出去,恰巧越朝里去。过一处,低两三层阶石,只消四五重门走过,便是地穴。若要出来,徐非外面的人把百灵台倒推转来。那林兰英也是这般不见的。当时红衣娘走到鱼篮殿上,向方才进来的门内一看,却与前不对了。走出门来,却是一条弯弯曲曲的狭弄。转过一弯,低二层阶石。过了八九个鹅颈弯,只见一只大殿,上面一块匾额,写着"温柔乡"三字,俗名就叫聚美堂了。

红衣心中明白,竟上堂来。只见有四五个美貌女子在彼游戏,见了红衣,一起叫道:"姊妹们快来,今日又新来一位美娘!"不多时,又陆陆续续走出七八十个妇人,都打扮得妖妖娆娆,前来动问。红衣只做不知,问道:"此间什么所在,你们在此作甚?"众女人笑道:"你还不知,这里便是地穴,里边的聚美堂。我们都是和尚的老婆。到了少停,少不得你也与我们一般。"红衣道:"我且问你,哪和尚可在此间?"众美娘道:"大和尚过了午时,便下地穴。现在虽有别的和尚,却不到此间来的。"红衣道:"我且问你,你们来到此间,可想出去,各自回转家中?"众美娘听了,大家都笑起来,说道:"你这位姐姐真是呆的。哪个肯做和尚老婆?谁不想回转家中,母女夫妇,骨肉团圆?只是怎的能够!"红衣道:"我老实对你们说,我今日特地来破这金山寺,相救众位出去,重见天日。只待午时三刻,里应外合。现有无数英雄,已到山上。只是此间进出的路,却是怎样走的?"

---

① 龛(kān)——佛龛。

众美娘听了个个大喜，便道："你来的这条路，若是外面无人开时，再也不得出去。那和尚却从后面一路出进。只是此间聚美堂到外面，要经过五只大殿，有五个关隘，处处有和尚把守。这关隘做就机关，不知底细的，便要送了性命。"红衣道："不妨，有我在此，你们少顷指引我出去，包管无事。只你们内中，可有一个林兰英么？"众美娘道："有一个姓林的，还是七月三十烧地藏香进来的。大和尚当夜便要成亲，岂知那女子不肯，只是啼哭。和尚大怒，便要处死她。幸得众姊妹说情，限三日内解劝她依从。不料忽然生出一身浓窠疮来，至今未愈，因此尚未成亲，在房内养病。"红衣吩咐叫了出来，与兰英说明其事。兰英大喜。

　　不知怎的出去，且听下回分解。

# 第二十八回

## 大雄殿众杰逞威能　地穴门侠女显绝技

　　却说山下众英雄在酒店中饮酒,云阳生道:"今日我们大模大样进去,报前日之仇为名,就此动手。这寺内的人,唯非非僧一个,公等奈何他不得。我且与众位约定:见这非非僧时,自有小弟对付他。只是别个和尚,全仗众位弟兄之力。"众人道:"我师何必太谦。"云阳生道:"不然。只因为我师有五戒甚严。第一戒奸淫妇女,第二不忠不孝,第三就是杀害生灵,第四助恶为非,第五偷盗银钱。虽云锄恶扶良,实伤天地好生之德,还望众位原谅。"众人齐言:"遵命。"说了一回,时将巳末,大家出了店门,竟到金山寺来。

　　进得山门,来到大雄宝殿。至刚见了众人,吃了一惊。鸣皋道:"我等特来拿你这班秃驴。快叫非非僧这贼秃早来领死!"至刚便把云板丁丁的乱敲乱打。众英雄各出兵器在手,至刚僧抽身便走。徐庆道:"秃驴休走!"便一个腾步跳将来,举刀便砍。至刚僧就在旁边扯条禅杖招架,就在大雄宝殿动起手来。杨小舫舞动双剑,正要上前,只见里边赶出几个和尚来。为头的便是监寺地灵僧,手提一条熟铜短棍,向小舫头上打去。杨小舫将剑架过,二人也杀将起来。随后监院铁刚手举泼风刀来助战,这里罗季芳舞动竹节钢鞭敌住。那里首座摩云僧舞动月牙铲杀上殿来,徐鸣皋举刀敌住。少顷,降龙、疾雷、烈火、闪电、催风、狮吼,各执刀枪锤棍,一起杀到,众弟兄在大雄殿上混战起来。早有维那僧善禅和尚,指挥众光头把大殿重重围住,呐喊助威,只杀得天昏地暗,日色无光。内中只有云阳生坐在大殿对照瓦檐之上,看他们厮杀,只不动手。看看来到午时三刻,便向身边取出一个信炮来,点着向半天中丢去。只听得哗啦啦一声响亮,好似青天里起个霹雳,震得屋瓦都动。

　　红衣在地穴之中听得,知道上面已经动手。便对众美娘道:"你们听得这个就是信炮,那上面众人已经杀将进来,我也就此杀出去接应。"说罢,便向衣底扯出一把刀来,向里边杀去。出了聚美堂,便是狭弄。上了七层阶石,转过一弯,又下七层阶石,便是第一殿。那守殿和尚唤做托天僧,年纪有七十向外,正坐在禅床,听了这个信炮,心中猜疑。忽见有人出来,便在禅床扯出一条禅杖,大叫:"美娘往哪里走!"跳起身来拦住去路。红衣道:"你这般年纪,也要来讨死? 也罢,我就送你上西方而去!"便将身跳到中央,举刀便砍。托天僧年纪虽老,筋力甚好,两臂也还有五六百斤力气,见刀劈而砍来,便起禅杖招架。二人战了五六个会合,红衣想道:"这地穴内共有五殿五关,若是这等战时,杀到几时出去?"便把一件东西,对着托天僧喉咙里烁的射去。原来红衣她姓何,乃是开国功臣何福的曾孙女,传授得祖上的袖箭,习学得胜如高祖何福,真个百发百中,赛过阎王帖子。这一箭正贯在托天僧喉内,立时跌倒在地,便上前将脑袋砍下。招呼了林兰英同众美娘,到了殿上,吩咐她们:"我过一门,你们出一步,我破一殿,你们随后出一段,跟我一同出去。"说罢,便到门上看时,两扇红门紧闭,便要来扯那铜环。只见美娘之中,有一个叫做薛素贞,年纪却有三十光景,她是最先进来的,所以有些晓得。便道:"红姐姐,这门开不得,上面有闸刀下来。"红衣道:"他们怎的进出?"素贞道:"我闻得什么有个旋子,只消把一旋,那门就自开了。这闸刀却不下来。"红衣道:"若不破掉,终要害人。"便把铜环向内用力一扯,身子向内一跳。那两扇门砰的齐开,上面果有一把闸刀,与门户一样大小,插的闸将下来,好似一个铁门槛一般。众美娘看见,把舌头都伸出来。红衣便把闸刀取了下来,丢在旁边。

　　一同出外,又是狭弄。上了七层阶石,转过一个鹅颈弯,又是七层阶石,便是第二殿。只听得里边呼呼的风响,那守殿的和尚,叫做慧空僧,正在那里舞使双刀。红衣大喝:"秃驴,死在临头,尚敢逞能!"便杀出殿来。慧空见了,便直奔过来,大叫:"美娘,擅敢无礼!"两下交手便战。原来这五重关隘,唤做"金屋藏春色"。慧空一头战,一头想:"这个婆娘好厉害!怎的到此春门上来? 那色门上怎么被他漏网到此。莫非托天老和尚伤了不成?"正在猜想,哪知一箭已来,正中心窝,大叫一声,立时倒地。红衣正要开门,只见里边有个和尚,生得好似夜叉一般,青面赤发,头上带一金箍,手提一柄铜锤,从背后悄步赶来。红衣只做不知。将近来旁,便是一锤打下。红衣将身一闪,旋转来一刀砍去,正中右臂,连锤连手,一并砍了下来。再一刀,结果了性命。将他看时,原来只有独臂,被他砍去,两臂俱无,就是像奔头陀。只因伤了一手,非非僧叫他到春门上来做个安静差使,却伤在红衣之手。

一群美娘,齐到二殿。红衣将这春门开时,再也开不开来。想道:"又没门闩,莫非外面锁了不成?"便回身来问薛素贞:"此门怎的开法?"素贞道:"这却不知。我平常听那方丈和尚的口音,好像有一重门的机关,却在庭心中地上,有什么石珠的,不知可是此间。"红衣向庭中一看,那中央一块石板,凿的二龙抢珠。细看这粒珠,当真像个活动的,便将三指撮住这粒珠,只一旋。但听得插插的两响,那两扇门一起开放,心中大喜。原来门内有七根铁条,只消将珠左旋,这铁条便自互相贯穿,任你千斤之力,休想开得。只要将珠右旋,自能缩入门内。

红衣引领众美娘,来到藏门殿上,也是上七层阶石,转过一鹅颈弯,又下七层阶石,便是殿旁侧门。原来这殿却是藏经之处。两旁十具经橱,砌在墙内,藏着五千零四十八卷藏经。那守殿僧人名唤妙禅,却是维那善禅僧的师兄,年已半百。他的本领,寺中算得二等之尖。只因近来害了疟疾,尚未痊愈。自古道老来怕疟,今日正在发抖,听得人声嘈杂,知道地穴中必然失事。"那众美娘怎生到此?"要想挣扎起来,正是英雄只怕病来磨,两脚颤个不定。勉强支撑,下得禅床,哪知红衣已到面前,喝声:"狗秃驴,看刀!"妙禅将身闪过。他折转来一刀,拦腰削来。妙禅头昏眼暗,哪里躲得及?手中又无寸铁,可怜空有一身武艺,死在一个妇人之手。那红衣娘杀了妙禅,正要夺门而出,叫声:"啊呀!"却到了尽头之处。原来这殿,只有进来的一个门户,并无出去的,殿周围都是石壁。便对了众美娘道:"为何没有出的门户?"薛素贞也不知晓。红衣着了急,想出一个主意来,道:"我闻得僧人私营巢穴,往往门户暗藏佛像背后,并壁橱之内。此间并无佛像,只有十具经橱,莫非机关在此?只不知那具橱中,却是门户?"众美娘争相开看,只见皆是合欢橱门,捧寿字花纹,四周皆是蝙蝠。中间每橱分为十格,按着"天地玄黄"千字文的号头。其中尽是经文,放得急急实实。众美娘道:"这个里头怎生走得人过?"红衣仔细看去,看到第三具经橱两旁,似乎有缝的样子。看别具橱的周围与墙壁交界之处,皆有一线微尘,唯有此橱的周围,并无丝毫尘迹,便大喜,叫道:"门在这里了!"众美娘走过来看,红衣指着说道:"你们细瞧此橱,四围交界之处,并无尘痕,明系时常开启之故。只是不知怎的开法?"看官,其实只有一个暗闩,只须把上面刻的一只蝙蝠旋转,其门自开。红衣哪里知晓? 便把刀来劈开经橱。却早经动门闩脱去,那具橱便呀的开了,开来好似一扇尺许厚的金漆门儿。众人跟了红衣,出了藏门殿,又是上下七层阶石,转过一弯,前边便是屋门殿到了。远远的先听得兵刃相接之声,叮叮当当,喊叫连连。不知为着何事,莫非他们已杀入地穴而来? 且听下回分解。

# 第二十九回

## 云阳生斩非非和尚　赛孟尝破金山禅寺

却说这金山寺的地穴,非非僧用尽心机,造得十分周密,曲折弯环,左旋右转,随你英灵,哪里知晓东西南北,连前后左右的大略,都没分处。他过一殿,就有两个鹅颈弯,左弯右曲,忽上忽下,我先交代明白。那屋门过去,便是金门,为地穴中的出入之所。这金门的上面,便是方丈里头禅房之内,房内的禅床,就是金门殿的门户。

当时红衣娘来到屋门殿前,听得厮杀之声,轻轻走到门边张看,却是两个和尚,在那大殿上比较刀枪。一个年近三十,生得紫脸高颧,眼如虾目,凸出眶外边,身长九尺,手执一条鸭舌点钢枪,十分骁勇;那个黑脸和尚,生得阔口短鼻,眉眼都是倒挂,身才八尺向开,手执一柄板刀,有六七寸阔,三尺多长,约摸也有五六十斤。两个正在你一刀,我一枪,杀得高兴。这使枪的,名唤天灵僧;那用刀的,叫做云雁。都是非非僧的同乡,倚为心腹。故此命他二人镇守屋门关大殿。殿上供一尊达摩祖师,两旁列着威武架,插着十八般兵器。地穴中的殿,除了聚美堂,要算这殿顶大,是非非僧闲来无事,来此操演武艺的所在。红衣暗想:"这两个恶僧,有些厉害,不若先伤去一个,省得许多气力。"便觑定那使枪的,飕的一箭,正中咽喉。云雁见天灵僧忽然倒地,吓了一跳!早见一个女子遍体绛红,手执单刀,已至殿上。大喝:"大胆婆娘,擅敢漏网,到老爷殿上暗算师兄,我与你势不两立!"大踏步赶将过来,恶狠狠举起那柄小门也似的板刀劈来。红衣躲过一旁,还刀便刺。一僧一女,在殿上往来厮杀。战有十来个回合,红衣暗想:"不宜久战,恐他有帮助到来。"便得空闲,又将那箭儿发去,正中云雁的肩窝。那柄板刀,便捏他不住,红衣赶上一刀,送往西方极乐世界去了。

红衣娘要寻出路,却又是没有门户的,暗想必在佛像里头,便将那尊达摩祖师推时,却又推不动的。薛素贞道:"莫非不是这里?"红衣道:"除了神龛之外,周围都是石壁,那里去寻出路?"林兰英道:"姐姐何不连这神龛推推看。"红衣道："说得有理。"便将神龛用力推去,动也不动,遂顺手向里一扯,却呀的一声,那龛子旋将转来,现出宽宽的一个门户。众人大喜,一起出了屋门关。

转过弯来,又是七上七下的阶石,兜过了鹅颈弯儿,望见前边"金门"两字,那镇守金门殿的和尚,名叫觉空,绰号叫做金头陀。他是少林寺出身,当初少林寺有名五个头陀,乃是金、银、铜、铁、锡。前时徐定标聘请的铁头陀净空,便是他的师弟。这五人之中,算这觉空僧最高。生得身长一丈,头大如斗,脸黄似蜡,眼若铜铃,善用一根铁方梁,有百斤沉重。正在殿上打坐,忽然心惊肉跳,坐立不安,正想起来,使一路拳头活活血脉。忽见殿门内一个美娘进来,身穿绛服,单手提刀,柳眉上竖,杏眼圆睁,大喝:"秃驴,认得长安红衣女否! 今日尔等巢穴已破,恶贯满盈,快些自把脑袋取下献来,免得老娘动手。"觉空僧听了大怒,暴跳如雷,喝道:"好个大胆婆娘,擅敢漏网到此,犯我金门宝殿,可知老爷厉害。"便托地跳将起来,掉了那根百斤重的铁方梁在手,抢步过来,当头一下,好似泰山压顶。红衣见来势凶恶,将身偏过,觉空的铁方梁,十分快捷,早已折转来,兜心点去。红衣将刀一隔,趁势闪过一旁,还手一刀,刺个毒蛇进洞之势,觉空僧大叫:"慢来!"把铁方梁叮的分开。二人战了数个回合,红衣知道难以力胜,卖个破绽,跳出圈外,将袖中的小小箭儿,朝他心窝射去,只听得嚓的一声,把个觉空僧做了个穿胸国和尚。那支七寸长袖箭,贯在当胸,前后都露出梢头。说也稀奇,好个狠天狠地少林寺有名的金头陀,胸前只多了这箸子般的东西,便立脚不定,大叫一声,嘴里的血直喷出来,一跤跌倒在殿上,两只脚好像播鼓一般的乱掼,便伸直了,动也不动。红衣见了,知他仍到来的地方去了,便招呼林兰英等一众美娘齐到殿上,自己便去寻那门户时,只就在面前,却要转过一个弯曲,是一条曲尺式的狭弄,两扇朱门,铜环齐备。素贞道:"姊姊,这里出去,谅来就是外面了?"红衣心中甚喜,却未晓这门的机窍,也是寿数注定,从来好箭的都伤在箭上。今日红衣一时粗心,要紧想出此门,便把铜环扯住,向内拉时,其门甚紧。遂用力一扯,那两扇门砰的一声,一起开了,不防门中飕的一箭,射将出来,红衣叫声:"啊呀!"要想躲时,奈何地方甚狭,也是做就的,再也躲不过的,况且那箭应门而出,所以这箭正中在右胁之上,把内肾射伤,红衣娘强忍了跳出门来。我且按下。

正所谓一口难言两处。这里红衣娘在内动手，一殿殿一门门破将出来的时节，那外面徐鸣皋同了众弟兄，在大雄宝殿，与众和尚厮杀。鸣皋见那和尚越杀越多，一层层围裹上来。这些小和尚被众弟兄也杀死了无数，只是这几个上等的职事僧人，难以伤他。想着红衣在里头，不知怎样了，我们岂可只管混战，遂奋起神威，大吼一声，把降龙僧一刀劈去半个天灵，死在一旁。一枝梅把摩云杀死，众僧人全无惧怯，越发拼命的并力。正在杀得难解难分，忽见非非和尚提了禅杖，走上殿来，众英雄尽皆胆怯。非非僧大叫："强徒休得猖獗，俺来送你们往西方而去。"便把手内禅杖一举，正要动手，鸣皋偷看，那云阳生忽然鼻孔内射出两道白光，宛然矫龙掣电，直射到非非僧面前。合殿僧俗之人，无不惊呆，骇然寒噤。这白光一亮之后，便无影无踪。看那非非和尚，却没了六阳魁首。却又作怪，那尸端仍旧立而不倒。这支禅杖依然在手，只少一个脑袋，众僧尽皆失色，众英雄个个气粗胆壮。

看官，凡事只在一个风头。莫说厮杀，就是人的运道，商贾的生意，也在一个风头。若然店内亏本，弄得人也没了兴头，转出来的念头，件件反背，店内时常不到，倒去碰和输钱，就越弄越不好起来。只要风头一顺，做着一桩好生意，就此扯起顺风篷来，人也高兴了，精神也好了，转出来的念头都是十料九着。连那来的人，都加意的尊重他了。就此兴隆发达，只在这一个风头。就是读书的功名，天时的风云雷雨，大都如此。看官不信，但看那碰和、着棋、猜谜、划拳，这些游戏之事，都有风头。今日金山寺里的和尚，初起锐气正盛，后来一见非非僧忽然脑袋不见，便都心惊胆裂。这边众英雄见首恶已除，其余的便不怕他了，所以精神倍加，本事也大了许多，一起并力向前。狄洪道飞镖伤了烈火头陀，一枝梅刀斩了催风和尚，徐庆劈杀疾雷僧，罗季芳鞭打狮吼，杨小舫剑砍了闪电僧，徐鸣皋杀死地灵僧、铁钢僧两个；王能、李武把小和尚乱敲乱打，这些光头怎当得铁棍，打得个个脑浆迸出。众英雄一起动刀斩剑砍，鞭打拐敲，杀得众和尚向内四散奔逃，众英雄分头追赶。

其中只说徐鸣皋、罗季芳二人，杀入方丈而来，善禅僧回身，又杀一阵，哪里能抵他两个，也被鸣皋杀死。便赶到禅房里面，却并无一人，摆设甚是精雅，朝外一只紫檀禅床，桌椅皆象牙镶嵌，上挂名人书画，台上供着许多古玩。鸣皋道："大哥，这里一定是非非的卧室，你看他如此的陈设，我虽枉为维扬首富,却不及这贼秃。"弟兄二人正在看视,忽见那禅床上面顶板自己活动起来,向下面落将下去。鸣皋道:"这也奇了。"便将双手把顶板托住,往下一看,叫声:"大哥快来!"

不知下面是什么东西,且听下回分解。

# 第 三 十 回

## 徐鸣皋焚烧淫窟　林兰英父女团圆

　　却说徐鸣皋托住顶板，往下看时，下面透出亮光来，看见一个门户，只见红衣从里面跳将出来，心中大喜，便叫声："红衣姐姐，小弟在此。"罗季芳听得，便把禅床周围的铁柱毁断，鸣皋便把顶板哗啦啦扯将下来，抛在旁边，那床面便落到底下去了。原来这两扇门与禅床通连的，非非僧每要到地穴中去，便坐在禅床上面，一手转动机关，这床面往下沉落下去，这两扇门便自开放。那上面的顶板落在禅床面上，依旧一只好好的禅床。顶板之上，也有席子铺着，所以全看不出破绽。他要出来时，便坐床上，下面也有机关转动，这床便自升将起来，那两扇门也自关好，人便已到上面禅房之内。今日红衣不知这个道理，硬开了门，所以有箭出来着了道儿，却惊动了机关，那禅床便落下来，恰巧鸣皋看见。也是天数，不然虽是开门，仍难出来，鸣皋等再也寻不着地穴的门户，除非把这寺院尽行拆毁，方能得见，其中岂非鬼使神差。

　　当时红衣见了鸣皋，只叫声："徐英雄，地穴尽皆破了，众女人都在这里，我却身受致命重伤，与公等来生再会的了！"说罢，把箭扯将出来，鲜血直冒，呜呼！数千里跋涉，来到江南，成此一件大功，可怜死在此箭。

　　鸣皋跳到下面，见红衣已死，十分悲悼，不觉流下几点英雄泪来。遂到里头，唤此众美娘，问："内中可有林兰英么？"兰英听得，便应声而出。鸣皋将林达山夫妻记念的话头说了，兰英十分感激，拜叩了几头。便把红衣下来如何一层层破出，亦亏薛素贞指点，细细告诉了一遍。鸣皋便问众美娘："尔等共有几人？"薛素贞道："总共八十三人，幸得英雄相救，若能回转家中，定当厚报！"鸣皋便叫："罗大哥，你可寻一张梯子来，好让他们上来。"季芳暗想道："哪里去寻梯子？且得出来东张西望，看见左首一只斗母阁，便跑进把一张木扶梯硬扳下来，拖到里面。大喊："老二，梯子来了。"就照准禅床的孔内直竖下去，鸣皋倒唬了一跳。说也真巧，这扶梯不长不短不阔不狭，配在这里，恰巧正好。鸣皋便叫众美娘陆续上去。季芳看见众女子鱼贯直上,连络不断,禅房内挤不下,都到方丈里去,便大笑起来道:"这和尚却有这许多老婆,怎的应酬得及?"众女人听了,面上都红了。鸣皋下面听得,骂道:"匹夫休得啰唣,快取个火来。"季芳便到方丈里琉璃灯内,把挂的单条在油内蘸着,点得旺亮,赶到地穴中来。鸣皋便与他两人就在里面聚美堂起,把火点着,一重重都放起火来,连众美娘的房头总共点着。其中只可惜许多东西,尽皆付之一炬。

二人过一殿烧一殿,直到外面,把红衣娘尸首抬了上来,便把扶梯推了下去,将床顶板盖好了禅床,由他下面去烧。恰巧众兄弟把和尚杀得十去七八,逃的逃了,死的死了,寺内并无一个光头。众英雄都到方丈里来。云阳生亦到,见红衣身死,大家悲伤不已。云阳生道:"且慢,你们休学那儿女态,可知官兵便要到,你们可晓得哪个知客僧,早已逃得出去,岂不往镇江府里击鼓?为今之计,快些叫众美人各自回家,这寺内寄的上好棺木也不少,拿一具来安殓了何家妹妹,我便带了她回转长安而去,你们也好就此走了。"鸣皋道:"红衣为我而死,我当亲自送到长安,岂可有累老师。"云阳生道:"你又来了。你若空身,尽可去得,若带了棺木,倘有人查问起来,你还是让他们捉住,还是撇了棺材而去?"鸣皋道:"万一有人看破,我情愿一死。"云阳生把手摇着道:"此话休题,此所为轻如鸿毛,大丈夫一死当如泰山。徐兄究竟未能免俗。"鸣皋被他说得无言可答,反觉惭愧起来,便道:"敬遵师命。"云阳生便叫王能、李武,拣好取了一具上等杉枋,把红衣安殓。就命他二人扛着来到江边,叫了一号舟船,安放船上。便与众人作别,下了舟船,自回长安而去。丢过不提。

再说徐鸣皋吩咐众美娘,各自回家而去。若是远的,只到外面去等候官府到来,自有章程送你回去。众美娘千多万谢,向众人叩头拜谢了。众英雄单单带了林兰英在山下雇了一乘小轿,吩咐抬到北门外张善仁旅店。轿夫答应,抬了兰英去了。众弟兄也自动身,回到寓处。我且慢表。

却说这知客僧至刚,见云阳生鼻中冲出白光来,非非僧头已落地,他便知道今日寺院难保,我们都是刀头之鬼。他就在这个机会,一溜烟逃出山门,走到镇江府报信。只说:"画影图形拿捉不到的罗德、徐鹤,这一班凶身,屡次到寺中寻闹。今日不知哪里去聘请了白莲教余党妖人,一同到来,白昼行凶,杀死僧人无数。方丈大和尚被妖人所杀,如今十分危急,求大老爷作速会同官军,前去救护僧人,捉拿凶手。我便要下姑苏报与王爷知晓。"哪知到了苏城，那宁王恰巧三日前返驾江西，造离宫去了。至刚回转镇江，知金山寺已破，地穴尽皆烧毁，凶手在逃之事，遂一路上江西，报与宁王知晓。

这里镇江府莫太守，却是俞谦的门生。当日慢吞吞移文总镇衙门，调起五营四哨，来到金山，天色已晚，只见寺前无数美娘，到里边看时满寺的死和尚，并无一个活人。只得出来，带了这班女人，回转衙门。审明居处，行文各处，着家人来领。一面吩咐把寺院打扫，死和尚俱依佛法，一概火葬了结。一面备了文书，把以上之事，申明抚院；一面着追究凶身，却不过敷衍而已。并不十分紧急。那金山寺后来有个戒行僧智能和尚来持住了寺院，重新改造，从此变为清静道场。直到如今，代出高僧，为天下闻名的座香门头，此是后话。

再说徐鸣皋同了众弟兄，回转张家店中，林老丈过来拜谢了救命之恩。鸣皋题起红衣娘中箭身亡，大家嗟叹了一回。到了来日，一枝梅要告别众人，到北京访友，叮嘱鸣皋不宜在此居住，作速往别处而去。鸣皋等再三挽留不住，只得治酒饯行，洒泪而别。一枝梅去后，众弟兄也即动身，辞了张善仁，一路由南京入安徽而去。

路上无话，总不过渴饮饥餐，朝行夜宿，到了一处好山好水，便留恋不去，住只十日半月；或热闹所在，耽搁一月两月，皆不一定，只以锄恶扶良为念。所以行了半载，尚在宁国府地方。其时正值七月天气，甚是晚热。那一日来到太平县城。这太平县知县姓房名明图，是个无赖出身，与太监刘瑾贫贱之交。那刘瑾本姓孙，也是个无赖赌棍，故此认识。后来刘瑾输得走投无路，自己悔恨起来，把鸡巴割去，却不曾送命，投奔刘太监名下，遂冒姓了刘。这刘瑾心情狡猾，善于谄佞，武宗宠任了他，他便弄权起来。宁王宸濠，知他有权，遂与之交结。那明图走此门路，做了一个太平县知县。岂知不到一年，刘瑾事败磔死。只因有个忠心太监，叫做张永，皇上也信任他的，命他征讨叛逆。得胜班师，遂与御史杨一清设计，密奏武宗，说刘瑾通同反叛。皇上准奏，奉旨抄家，金银珠宝，富并王侯，家中私藏铁甲五千副，刀枪火器不计其数，还有八爪金龙蟒袍。武宗大怒，遂命分裂其身。其实与宸濠私通，却是有的，所以明图没了靠山，心中大惧。此是宸濠反踪尚未明露，遂走宁王门路，乃得保住前程。当时接到宁王密旨，嘱他查拿杀死替僧，毁灭敕赐丛林一班大盗徐鸣皋等八人，还有不识姓名一人,皆有图画年貌。房知县一心要奉承宁王,派出通班马快、心腹家人,不惜重金,购取眼线,在各门各处要隘地方,严查细察,倘有到来,务在必获。恰巧鸣皋等弟兄到此,几乎没了性命。

要知后事如何,且听下回分解。

# 第三十一回
## 太平县弟兄失散　石埭镇故友相逢

　　却说徐鸣皋同了众弟兄,由江南一路而来,甚是太平无事。只因苏州巡抚俞谦、镇江府莫太守、南京侍郎王华,都是忠良一党,名为查察,实是具文。常言道:上头不紧,下头就松了。所以众英雄自由自在。哪知到了安徽地界,就渐渐的紧起来。今日太平县里,非比平常,十分紧急。出进的个个要挂号,给付执照,方可出入。那些招商饭店,皆要查明来历,日夜有人巡查。一切庵堂寺观,民户人家,若招就不明来历之人,罪同窝盗一般。众弟兄哪里知道。一日来到太平城北门之外,寻了一家客寓住下,当夜就有人来查问。见了众弟兄,有些疑心。到了明日清早,遂暗暗招呼做公的,带了眼线,在对门一爿点心店内等候。鸣皋等走出门来,早已认明,果是这班凶手。到了晚上,房知县亲自带了民壮马快、城守官兵,共有二三百人,各执长短家伙:软鞭、铁尺、钩连枪、留客住。右营城守老爷常德保带同部曲牙将,手提大刀,坐在马上,先命军士把寓所团团围住。房知县坐在店门外面,两边护卫弓上弦、刀出鞘保着,吩咐众公人马快,协同牙将,悄悄来到店中。

　　这客寓乃是楼房,鸣皋等弟兄都在后面楼上。当时正值二更以后,众弟兄睡的睡了,只有王能、李武两个在那里着棋,徐庆立在旁边观局。徐庆最是细心的人,听得街前街后,好似有马蹄之声,正在疑心,忽听得楼下一派脚步声响,便在楼窗内一看,但见拥进数十个公人马快,知道不妙,便到里边叫声:“弟兄们快走,有人来捉我等!”王能、李武推去棋盘,众弟兄一起惊起。那民壮马快,已抢上扶梯,一片声喊:“拿强盗!”把钩连枪、留客住乱钩乱搭。众人着了慌,无心抵敌,只朝着楼窗内直窜出去。到了屋上,又见外面官军团团围着,手中都是弓箭,向楼房屋上雨点般的射来。众弟兄在睡梦中惊醒,故此心慌意乱,便顾不得他人,各自朝着四面窜逃。一时间闹得从百姓个个惊慌,人声鼎沸。

　　那民壮马快抢到客房里来,只见他们如燕子般向楼窗内飞出,一起拥上前来,只拿得三人,其余的都走了。将他们绳穿索绑,带下楼来。房知县见众强人上屋逃遁,指挥官军马快,分头追捉,闹了半夜,只是无影无迹。只得带了三人,并店主人等。

回转衙门,立刻升坐大堂,将三犯推上来,喝令供招。那三人是谁?一个是罗季芳,一个便是王能,俱各直认不讳。那一个却是隔壁房间里的客人。其时正要安睡,听得许多人赶上楼来,他便出来观看,所以一并拿了。及至带转衙门,坐堂审问,弄得昏头昏脑,不知为着何事。房知县教他供招,只得说道:“小人姓王,家住婺源,向在南京质库内做伙。今春回家娶妇,过了三月,如今到店中去做生理。昨日住在寓中,听得人声热闹,只道是强盗打劫,急忙出来一看,即被拿住,带到此间。这都是情实,只不知小的犯着何罪?”房知县情知错拿,便唤开客寓的上去,问:“这姓王的,可同这班强盗一起来的,还是独自一人?”那开客寓的吓得战战兢兢,忙道:“不是不是。他们一总七个,是前日来的。这姓王的客人,是昨日来的。”房知县吩咐交保释放,将罗王二人收禁监牢。开客寓的窝藏强盗,将客寓封闭。一面行文宁国府温太守,奏知藩邸。

且说众弟兄四散奔逃,从此分开,直要到后回书中,在江西相会。

就中且说徐鸣皋逃出天罗地网,不见了众人,独自一个,也不知东南西北,一路行来。到了天明,望见前面都是高山峻岭。向山走去,有个市镇。到来只见市梢头,一爿小小酒店,腹中有些饥饿,便到里边坐下。看那柜台里坐着一个妇人,抱着一个孩子,在那里哺乳。虽是荆钗布服,生得美丽非常,却有些面善。酒保搬上酒菜,鸣皋一头吃,一头便问酒保:“此地唤做什么地名?”酒保道:“前面的这高山叫做石埭山,这里就唤做石埭镇。”那妇人听了,便一双眼只对着鸣皋上下身的看。鸣皋吃了一回,腹中饱了。只是天气甚热,赤日当空,好似火一般,暗道:“如今往哪里去好? 又不知众弟兄在于何处,不知可曾被他们拿住。别的还可,只是这罗呆子放心不下。”一头想,一头伸手向便袋中摸时,叫声“啊呀!”银两都在寓中,身旁并没分文,身上只有一件贴肉的单衫。便向酒保道:“我来时要紧,忘带银两。别的物件都没有,单带得这把单刀,又要做防身器具。没奈何,权且记在账上,我回来还你。”酒保道:“咦,我又不认得你姓张名李,家住哪里,知你几时回来? 一顿酒菜,吃了三钱多银子,若个个像你,我们只好把店门关将起来。”鸣皋是个财主性情,从来不曾听过这等的话，便道："依你便怎样？"酒保道："没有银子，只消押头就是。"鸣皋道："也罢，我把这口刀放在你处，回时要取。"酒保把手摇道："不行，不行，这把白铁刀不值一钱银子，我要他作甚？你却不把身上纺绸短衫权且摆一摆，明日就要来赎去。过了三天不来，我们小本经纪，要卖了进货的。"鸣皋听了又惭又恼。正是龙逢浅水遭虾戏，虎落平阳被犬欺。弄得进退两难。只见那妇人开言问道："客官府上哪里，高姓大名？"鸣皋道："在下姓王，乃维扬人氏。只因与个朋友同往江西，银两都在他身旁。昨日朋友走失了路，故此没有在身。"酒保哂道："方才你说来时匆忙忘记带了，如今又说在朋友身边，分明想白吃东西！"鸣皋见他只管冷语相侵，不觉着恼起来，把手掌在桌子上敲了一下，那碗盏都跳将起来，喝道："我却来白吃你的！"顺手一个巴掌，打得酒保牙齿都落了两个，捧着脸朝外就跑。

恰好一个人走进店来，酒保道："开店的来了！这个人白吃了东西，还要动手打人。"那人听了，一直走进里边。见了鸣皋，纳头便拜，口称："徐恩公，几时到此？"鸣皋细看此人，认得是扬州城隍庙后街的方秀才，喜道："你却怎的在此？"那方国才便叫："阿大的娘，为何你连这恩公都不认识？快来拜见！"巧云早走到里边，向鸣皋拜了三拜，说道："方才见伯伯进来，原说有些面善。后来听他口音，却像扬州口气，心上原疑是恩公。只是身上服色不对。我想想的到此地来？及问起姓名，又是姓王。你若晚来一步，几乎当面错过。"方国才吩咐酒保快些端整酒饭，只拣好的多买几样赶紧烧起来，自己便去烫了一大壶酒，切了一大盘牛肉，来伴鸣皋饮酒。巧云也在横头坐下，夫妻二人殷勤相劝，便问："恩公怎生到此？"鸣皋便把上手打李文孝以后之事，直说到昨夜寓在太平城北门的旅店，露了风声，半夜拿捉，以致众弟兄失散，独自一个来到此地，细细说了一遍。

那酒保已把肴馔烧好，无非鱼肉鸡鸭之类，搬了一台。鸣皋问起方国才："你却怎的在此间开起酒店来？方才看见尊嫂，有些面善，再也想不到是你。"国才道："自从那一日蒙恩公搭救，回到家中，恐怕李家见害，夫妻二个逃出维扬。想起有个从堂叔叔，在此石埭镇开这酒店，遂投奔到此。我叔叔单只夫妇二人，并无子女，见了十分欢喜，故此安心住下。不料今春老夫妇相继而亡，我就替顶了他的香烟，抱头送终，安殓成礼。就开了这爿酒店，到尚有些生意。去年十月，又生了一子。皆出恩公所赐。"

三人说了一回，用过了饭。方国才吩咐酒保好生做生意，不可出口伤人，冒犯主顾。便陪了鸣皋到石埭镇东西游玩。这石埭镇虽是乡村，却也热闹。一边靠着高山，一边面临溪水，清风习习，流水汤汤。走了半日，只见前边一座酒楼，十分气概。鸣皋道："此地却有若大酒楼。"方国才挽着鸣皋的手，走上楼去，不道弄出什么事来，且听下回分解。

# 第三十二回
## 石埭山强徒作窟　望山楼义士施威

　　却说这爿酒馆叫做"望山楼"，却是三开间三进楼房，共有十八间房子，盖造得雕梁画栋，金碧辉煌。方国才同了鸣皋走到里边，只见左边柜台内坐着一个汉子，生得豹头虎项，像条好汉。右边十几个伙家，烧的烧，切的切，烹调得五香扑鼻。上了楼来，只见座头清雅，桌椅皆是椐木紫檀。壁上名人书画，檐应挂着出级排须六角红纱灯儿。二人就在沿窗坐下，国才便叫摆一席上等酒肴上来。跑堂的答应下去，不多时搬一席酒来。杯盘碗盏，都是瓜楞五彩人物，箸子都用象牙。肴馔海陆全备，十分齐整。鸣皋问道："此间一个乡镇，怎的有些大酒楼？"国才道："恩公有所不知。这爿望山楼，不是平民百姓开的。"鸣皋道："莫非官长开设？"国才把眼梢四面一瞧，轻轻说道："也非官长所开，却是这里的绿林大盗开此酒馆，以为往来歇息之所，并且探听各路事情。"鸣皋道："如此说来，竟是黑店了？"国才道："也非黑店。酒菜倒也公道，并不难为主顾。有时山寨里出去做了买卖回来，就在此间犒赏啰喽头目，楼上楼下坐得满满的。若遇百姓们到来饮酒宴客，并不来啰唣。"鸣皋道："这强盗倒还义气。"国才道："也不是义气。这石埭山东南西北，方圆数百里，山中有四位大王，都是力敌万人，带领着七八千喽兵，在此行劫过往客商，或出去打劫。不论府城县城，路远路近，只要打听有几家大富户，就发出头目喽兵，在此望山楼聚齐，扮作百姓模样，出去行动。只有一件好处，唯这里石埭镇却不惊动，这山周围乡村，倒也安静。住的人家，也没有富户，所以倒不听得打劫。若是到山中去打柴射生，都不妨事，只是山寨里不能进去罢了。"

　　鸣皋道："如此大盗，官府何不剿除？"国才道："那个官员不认得他四个？都是如兄若弟。只愿他不来寻事就够了，还敢剿除他？"鸣皋道："天下有这等事！真是猫儿怕鼠，扫尽威风，阎罗怕鬼，暗无天日的了。"国才道："恩公不知，这强盗脚力甚大，朝中串连权要。前时也有清梗的官员，定要剿灭山寨。上司都不理他，他便自己带了官军到来。打又打他不过。

不料未满一月，立时削职，永不署用。那识时务的，都只当不知，落得私下
与他往来，还你前程安稳。"鸣皋道："我想朝中大老，岂肯与强盗往来，听
他指使？"国才道："恩公又来了，当初蔡京、童贯与宋江往来，不是权臣与
强盗交结么？我还听得有人传说，这四位大王，都是江西藩邸的心腹。那
宁王宸濠，心怀叛逆，叫他在此石堞山招兵买马，积草屯粮，以便将来行
事。闻得宸濠如今建造离官，改银銮为金銮，改令旨为圣旨，交通太监朱
宁、张锐，用妖道李自然为军师，各处暗伏军马，实欲意图不轨。恩公所破
的金山寺，就是明证。我想来或者此话不虚。"鸣皋听了，不觉长叹一声，
遂有去探藩邸之心。

　　二人正在说着，忽听得一片扶梯响亮声，一连串奔上十几个人来。为
首的一个大汉，身长九尺，橘皮脸，竖眉毛，豹目鹰鼻，年纪不到三十，头戴
月白纺绸夹里凉帽，身穿元色大袖纱衫，下着锦文生丝花罗裤儿，脚上薄
底靴。径到前楼，靠窗坐了两三席。国才指着橘皮脸的大汉，把指头蘸着
酒，在桌上写"二大王"三字。只听得楼下边人声扰攘，那大汉对了楼下
喝叫："把这牛子绑在树上，少停带回寨中，听大哥发落！"鸣皋站起身来，
向楼下一看，只见十几个人，把一个瘦小后生，缚在一株大杨树上。众人
便也上楼来饮酒。

　　你道这后生是谁？原来却是李武。鸣皋吃了一惊，并不做声，心中转
定念头，便对方国才道："蒙你相待，足见高情。只是你先回去，少停我自
回来。倘不来时，亦未可知。你却休来寻我。"国才道："恩公说哪里话
来！小弟一家仰蒙再造之恩，尚未报答，今日天赐相逢，来到这里，且住一
年半载。此间好得一样：再没公差到来查究，请恩公只管放心，何故却要
便去？"鸣皋道："人各有心，不能说与兄知道。你若看做我是个朋友，就
此先请回府，后会有期。不然，休怪小弟放肆。"国才知道他是豪杰胸怀，
与人不同，即便应允，就向身边取出一锭五两银子，说道："恩公少停千万
过来！倘果有要事，前途聊为路费。"鸣皋道："这却使得，只是你自己也
要使用。"国才道："家叔在此多年，故此略有积蓄，恩公只管放心。"那方
国才恋恋不舍，被鸣皋催促起身，只得深深作了一揖，说道："小弟在家等
待。"鸣皋还礼，把头点道："晓得。"方国才下得楼来，会①过酒钞，走出店

---

① 会——付。

门。看那树上的后生，又不像江南人，心中好生疑虑，暗想："莫非恩公与此人朋友，如今要来相救，恐怕连累与我，故此打发我开去？"便远远的立着，观望动静。

我把方国才丢过一边，书中单说徐鸣皋见国才去了，饮过数杯，把银锭揣在怀中，立起身来，竟下扶梯，来到杨树边旁，向腰间扯出单刀，把索子一起割断。李武看见鸣皋，心中大喜。只见那柜台里的大汉喝道："你是什么人，敢来放他！"便叫："孩子们，快来拿人！"只一声喊，扶梯上拥下一二十个人来，都向身边拔取家伙，赶上前来。鸣皋叫声："贤侄仔细！"那先到的一个，将刀便向鸣皋当头劈来。鸣皋将身一侧，趁势将刀夺住，飞起一腿。那喽兵哪里经得起，便直掼出去。说时迟，那时快，鸣皋夺过刀来，一手授与李武。二人杀将起来，把这些喽兵头目，切葱切菜一般。柜台里的大汉见势头不好，就柜台里扯了一条铁棍，托地跳到街心。楼上的橘皮脸二大王，在楼窗上望见这些小头目不是他们对手，旁边拿了一把朴刀，从楼上跳将下来。鸣皋知他凶勇，便来敌住，让李武去抵挡柜内的汉子，四个人分为两对儿厮杀。那些喽兵头目不敢上前，只在旁边呐喊助威。战到十几个回合，那二大王一刀砍去，鸣皋卖个破绽，将身做个雀地龙之势，那刀落了个空，趁势侧身进步，把手中刀一个盘头旋转来，正中二大王腰内，削开胁肋，连肚肠肝肺都落了出来，死在旁边。柜内的大汉见了，知道不佳，便虚晃一棍，跳出圈子，向西市梢一溜烟走了。李武提刀追赶，被鸣皋叫住。那些喽兵头目四散奔逃，店中的伙家，都往里边乱钻乱躲。

鸣皋便问李武："你怎的却被他们拿住？腹中饥否？可知众兄弟怎样了？"李武道："一言难尽！肚中实是饿得紧，天又晚了，如今到哪里去好？"鸣皋道："我们且上楼去饮酒。"李武道："只怕那班强人少停大队到来。"鸣皋道："我正要剿灭这班贼子，他若来时，省却我到山寨里去。"二人便复进店中。李武自去动手，掇了一大盘酒馔到楼上，坐下饮酒。鸣皋道："你见季芳可曾出来？"李武道："虽不曾见得清楚，大约众位师伯师父都出来的。只是东西乱窜，大家失散罢了。"鸣皋听了，心中略宽，便问："你在哪里被擒？"李武道："小侄逃出重围，不知东南西北，一路乱走。直到天色将明，看见前面都是高山。走也走得乏了，沿山过去，见一所枯庙，里面东坍东倒，并没人影，遂到里边歇息，不觉睡熟了。及至醒来，已被缚住。只见十几个强人,将我身上搜索,被他搜出俞大人的银牌。众强人正要把我解上山寨,行不多路,逢着那橘皮脸的带了十几个强人到来。众人都叫他二大王,便把银牌与他看了。他说:'这俞谦与王守仁一路,都是我王爷的对头。他专派人在外陷害我们,此人定是羽党,须要听大哥审问发落。'遂把我带到此地。"鸣皋道:"如今银牌哪里去了?"李武连忙下楼,在那二大王身边取了,拿上楼来。二人饮了一回,正要商议行止,只听得人喊马嘶,果然大队强人到来。

　　不知鸣皋同李武怎生抵敌,且听下回分解。

# 第三十三回

## 徐鸣皋力斩五虎将　飞龙岭火炸五雷峰

　　却说这石埭山里有个峻岭，叫做飞龙岭，就是强人的巢穴。周围都是坚垒，共有四十二个墩煌。里边宛子城、忠义堂，竖起"替天行道"的大黄旗，尽学梁山泊宋江的行为故事。为首的叫做飞天虎马天宝，他的大父从过朱亮祖，学得鼍龙枪法，世代传流。至马天定，把这条镔铁鼍枪使得出神入化，强爹胜祖，有万夫不当之勇。第二个叫做斑斓虎马天寿，是天宝胞弟。使一把朴刀，虽不及乃兄，也是一员上将，便是在望山楼杀死的橘皮脸汉子。第三个最是厉害，力大无穷。姓张名大力，手拿四齿虎头钩，好似海船上的大铁锚相仿。使发了，凭你千军万马，他只管冲出冲进。只是一件：但有蛮力，毫无智谋。生得黑脸身长，呆头呆脑，人都叫他疯魔虎，好比老虎发了疯，无人制得他的意思。那第四个叫白额虎卜英，因他生过白癜风的症候，恰巧额角上一大圈皮肉，雪霜也似白的，故有这个混名，善用金背大砍刀。这四个头领，拥着七八千喽兵，数十个头目，在石埭山飞龙岭招兵买马，打家劫舍。他们结义弟兄共有五人，那一个就是望山楼的掌柜，名叫两脚虎朱锦春。在石埭镇开设酒馆，为山寨中耳目，探听一切事务，亦便山寨中憩息之所。这五个歹人，都是宁藩府中李军师密访收罗，命他们在石埭山中暗伏军马，以便将来举事。所以这般胆大妄为，大弄大做起来。也是正德皇帝福大，宸濠不能成事，恰巧遇着这个太岁，一朝斩尽灭绝，岂非天数。

　　当时两脚虎朱锦春，同了几个败残喽兵、小头目等，逃回飞龙岭来，正值三位兄长在忠义堂饮酒用夜膳，慌忙上前告知前事。小头目也把山神庙中拿住俞奸官羽党一名，名叫李武，身旁有银牌为证，后来便接着朱锦春的话头。那飞天虎马天宝听了，勃然大怒，料想劫李武之人便是徐鹤。锦春道："我也这般疑心。看他面貌，正与画图仿佛，口音又像扬州，谅来正是此人。"张大力站起身来，道："我们快去与二哥报仇！"马天宝咬牙切齿，白额虎卜英摩拳擦掌。那马天宝便叫："孩子们只拣精壮奋勇，点一千人马随行,其余命各头目各守疆界,镇守寨栅。如有奸细到来,坚守休出,只把乱箭射去。"吩咐已毕,各人带家伙上马,引着一千马队,飞也似赶来。出了山寨,马天宝传令,叫张大力同了卜英从西山路抄去,自己同了朱锦春却从东山路而来,两面夹攻,各分五百人马。吩咐众喽兵一路小心,恐他漏网。火把亮子,照耀如同白昼,好似飞雷掣电的驰来。

徐鸣皋在望山楼,听得远远人马之声,向楼窗内一望,只见左右如二条火龙,在东西两市梢挤将过来。便叫:"贤侄,你只跟定了我,与他们混战,不可捉对儿厮杀。"李武应声:"晓得。"鸣皋把灯火吹灭,二人扯刀在手,暗伏楼窗里面。不多时,那西边的人马先到。为首一条好汉,坐在马上,手举四齿虎头钩,面如锅底,身穿黑甲,好似一座冲天炉一般。来到楼下,大叫:"孩子们,上楼搜检!"那喽兵跳下马来,争先上楼。鸣皋想,这黑厮手中的家伙,约来二百多斤,料想此人力大无穷,若不先除了他,倒难措手。想定主意,从楼窗内朝那黑厮马后,烁的跳将下来。脚尖尚未着地,手起一刀,把张大力连肩夹背砍为两段。众喽兵大叫:"三大王被伤!"卜英在后看得分明,挥动大刀来战鸣皋。李武也从楼窗窜到街心,众喽兵并力上前。只是街道不宽,怎的一起动手,不过虚张声势。

正在交手,东边人马也到。马天宝听得张大力身亡,好似火上浇油,怒气填满胸膛。把马一拎,直冲上来,举起鼍龙枪,向鸣皋胸心便刺。鸣皋起刀招架,觉得十分沉重,暗想这个又是劲敌。那两脚虎也到,五人在望山楼前一场恶战,只杀得天昏地暗,星月无光。直杀到四更天气,个个汗流脊背,尚无胜败。只是李武渐渐的支持不来。鸣皋见他刀法渐乱,心中想道:若不先伤一个,断难取胜。便向身边摸出一件法宝。看官,你道徐鸣皋有甚法宝?他生平正大光明,暗器都从来不用,有什么法宝?今日事逢尴尬,想出一个计较。杀到其间,那马天宝一枪刺来,鸣皋将身向杨树后一闪,便把方才方国才送的那锭银子拿在手中,照准马天宝劈面打来。马天宝一枪刺了个空,几乎搿牢在杨树之上,慢得一慢,那锭银子扑的正中面门。打得眼前黑暗,疼痛难当。正要兜转马头,徐鸣皋的手段何等快捷,跳起来一刀已到,前心通了后背,尸端倒下马来。李武见鸣皋得手,气力倍加。

卜英与朱锦春见大哥身亡,心慌意乱,欲想逃遁,却被自己马军阻住。只得喊声:"孩子们,捎开队伍!"鸣皋听得,知他要逃走,哪里还肯放你?

奋起神威，大叫一声，把朱锦春砍去一腿。那两脚虎变了独脚虎，坐不稳鞍鞒，撞下马来。被鸣皋一脚踹在胸前，实因力气太猛，人字骨踹得粉碎，把心肺都踏了出来，口中鲜血直喷，死于地下。卜英吃了一惊，架开李武单刀，把马一拎，向对河窜去。哪知这溪河甚阔，马已战乏，那里跳得过去？只听得扑通一声，连人带马跌入溪河。鸣皋恐他赴水脱逃，抢过鼍龙枪来，等卜英冒将起来，照准脑袋丢去，好似捉鱼人的鱼叉射鱼。恰巧贯在胸前，鲜血冒出水面，泛起红来。众头目喽兵见寨主尽伤，谁敢抵敌。逃的逃了，有逃不及的，下马跪倒在地，叩头乞命。鸣皋喝叫："要性命的，丢去刀枪，下马俯伏，方饶你等性命！"即问山寨中还有多少强人。喽兵道："不瞒好汉说，寨主都死尽的了，山寨里只有六七千喽兵罢了。"鸣皋吩咐引导，与李武骑了马天宝、张大力的两匹好马，一路来到飞龙岭，天色已经明亮。

那喽兵招呼守寨之人："快些开了寨门！大王们尽皆伤了，如今投戈解甲者免死！"那守寨的头目听得自己人喊叫大王已死，正是蛇无头而行，乱纷纷传遍全寨。喽兵投戈卸甲，大开寨门，跪在两旁，口称："愿听新大王号令。"鸣皋乘马进寨，来到忠义堂上，坐在居中，李武按刀站立旁边。吩咐传全寨喽兵头目，不多时纷纷跪在堂下。鸣皋吩咐把库内金银粮食，尽行照册拿将出来。先把粮米装在马匹之上，上插一面旗儿，写着"赈济贫民"四字，限今日完备，作速驱下山岗，由马自走而去。把银两分派各喽兵，好生各自回去，改行换业，做个良民百姓，若再犯前愆，尽杀不赦。众喽兵欢天喜地，诺诺连声。自己也取了些金珠，与李武各带了路费。一面吩咐取肴馔过来充饥。那全寨喽兵忙个不了，纷纷动手，至日落西山，诸事定当。这马匹共有二千余骑，各驮粮米，运出山来，自有村民取去。方国才那里，也叫李武寻去，送些金银与他。并传言山寨剿平，粮马叫百姓取了，我一言丢过。

这里鸣皋见诸事定妥，吩咐山寨里放起火来。霎时间红了半天，岭前岭后，一起烧着。哪知惹出了一件祸事。寨中喽兵，陆续打发下山，只存一百余个小头目，替鸣皋纵火。从寨前烧起，一直退到后边，却是一片平阳。纵横二里之地，前接山寨，后靠峭壁，四围无路可通，只有左边一个高峰，可以盘到山前。鸣皋见寨中尽皆烧着，时过三更，露水甚浓，便同李武并百余小头目，到前边峭壁之下林子里站着。暗想："好片操场，哪怕一万八千人马在内操演，外面毫无知觉，好似天生就与强盗用的。"正在观看，忽听山崩海啸、震天震地的一声响亮，只见左边的那个高峰，骤然炸裂。众人吃了一惊。要知霓裳子到来与否，救得他们性命如何，且听下回分解。

# 第三十四回

## 霓裳仙救鸣皋李武　山中子劫罗德王能

话说左边这个高峰卓然独立,好似一个人形,上有五个"雷"字,高接青云。这字约摸有丈许见方,凿得笔力刚劲,龙蛇飞舞,人力焉能及此?因此唤做五雷峰,俗又叫丈人峰。峰旁绕着有路可通外面。马天宝每操毕兵马,自己弟兄并扈从人等,从后寨门而进,众喽兵都由五雷峰畔绕道出来。今日前后寨门一起烧得火焰一般,哪知忽然青天里起个霹雳,随后好似天坍地塌一声响亮,那座五雷峰炸裂开来。只见万道火星,向半天直烘上去,震得众人耳都聋了。幸亏山石都向上飞去,还未伤人。只见把这出路陷成一个窟窿,兀自火焰飞腾,乱喷乱射。鸣皋等正在心惊胆裂,只道强人暗藏地雷,今日烧着了药线,故有此灾。哪知又是一声响亮,陷中飞出一件怪东西来,身长二三十丈,粗似城门大小,似龙非龙,浑身火焰,夭矫空中,盘旋腾掷,势若翻江搅海,到处石裂山崩,树木尽皆烧着,左滚右绞,忽见鸣皋等人马,一声长吟,张牙舞爪,向峭壁下直滚过来。鸣皋大叫:"今番吾命休矣!"有几个头目立在前面的,身上衣服已经烧着,都朝林子里乱撺进去,哪知树头上青烟直冒,几几乎烧着。

正在十分危急、毫不容发之间,众人自问必死,忽见峭壁上面飞下一个人来,却是美貌佳人,遍体雪素,好似个白衣观音。下面金莲三寸,瘦不盈指,头上挽一个朝天髻。一手叉在腰间,一手指着怪东西,喝道:"孽畜擅敢伤人!"说罢,口中吐出一道银光,犹如金线掣电,向着怪东西头上直射过去。霎时间哗啦啦一声响,那银光忽然不见,这怪东西落在陷中去了。顿时风也静了,火星也没了,只闻山寨中劈劈啪啪的烧着。望那陷中,尚有青烟火焰向上窜燎。众人都呆了,皆以为神灵相助。

只听那女子旋转身来,向林子里叫道:"内中可有维扬赛孟尝君徐侠士在否?"鸣皋听得,连忙走出林来跪下,连声:"不敢,扬州徐鹤蒙圣神救护,尚望留下尊号,弟子终身敬礼,难报万一。"李武同了众头目也一起跪在后边,个个叩头不迭。那女子哧然一笑,叫道:"鸣皋贤侄,你还认得我么?"鸣皋抬起头,殊昧生平,暗想:"我并无年轻姑母。"便道:"鲰生①愚昧,未测高深,还望明示。"女子笑道:"你不记得去年九日登高,句曲山饮酒事乎?海鸥子是我义弟。"鸣皋恍然大悟,便道:"莫非霓裳师伯姑么?今日到来相救弟子,恩德如山。"心中明白,就是那日句曲山颠这个标致书生,忙问道:"那日还有二位,却是何人,尚求指示。"霓裳道:"那年老的便是你大师伯玄贞子,这中年带范阳毡笠的,就是六弟山中子也。"鸣皋道:"现今二位师伯何往?"霓裳道:"大哥还是去年分手,六弟自二月往终南山采药,要修合坎离龙虎丹,至今都未会过。"鸣皋道:"此丹可是九转回丹,服之便可白日飞升?"霓裳道:"非也。这龙虎丹,只能炼剑成丸,吞吐自如,久之功高道进,也可长生不死。自古神仙,有七十二修真之法,要皆千艰万苦,岂靠此一粒丹丸,便可得道成仙,谈何容易?我苦修四十余年,尚是个凡夫俗子。像我大哥的功行,庶几乎与地行仙相似。"

鸣皋道:"师伯怎知弟子遭厄,特来相救?莫非袖里阴阳算定?"霓裳子道:"过去未来之事,只有大哥知晓。我方才从六安州经过此山,看见漱石生的徒孙李武,匹马到方家酒店,我随后跟到里边,他们不曾见我,我却听得明明白白。知道你除了大害,为朝廷万民出力。后来望见五雷峰炸裂,知道这孽龙定出伤人,故此到来除了。"鸣皋道:"这强盗在此多年,怎的不去伤他?"霓裳道:"你不见这五雷峰上五个'雷'字,人工可能凿的?当初有个恶人,死后变成僵尸,僵尸变为旱魃②,旱魃再变为火犼,火犼化成了这条孽龙,浑身火焰,到处庐舍荡然,居民遭厄,田禾树木焚烧殆尽。上帝大怒,命三条乌龙,兴云布雨,雹泡冰牌,战于空中。又伤了无数人民、禾稼。岂知这孽龙厉害,那乌龙战死二条,其一逃归东海。恰遇仙官经过看见,遂生了上替天心、下救百姓之心,念动真言,命黄金力士擒住此龙,镇在丈人峰下,上画了五雷符印,所以这孽畜不得出头。今日却遇了火年火月火日火时,外面凡火感动了雷火、石中火、这孽龙本身的火,与空中火合成一气,一起发作。符神逸去,山峰炸裂,这孽畜乘机而出。今日除了此害,又解师侄之厄,一举两得,不亦快哉!"言毕,说声:"后会有期,前途保重。"平空而去。鸣皋站起来,十分感叹。

---

①　鲰(zōu)生——谦辞,称自己。鲰,小鱼。也形容少。
②　旱魃(bá)——传说中引起灾害的怪物。

看看天色已明，火尚未熄，却从哪里出去？有几个头目说道："右面要到寨外，只隔一只城角。今已烧得七零八落，只消拆塌数丈，垫了下去，就好接脚出去。若要等火熄灭，恐怕还要一周时哩。"鸣皋道："有理，快些与我动手。"众喽兵头目七手八脚一起上，不多一会，把火焰垫灭了一长条。大家越过了这火焰山来，鸣皋吩咐喽兵头目人等，从此各安生业，切勿再做强人。众人叩首谢了，各自分路下山。鸣皋、李武二人，也不回石埭镇，便一路向江西而去。后来众侠会江西，方才说起。

如今先表罗季芳、王能两个。那日在太平城外旅店之中，听得官军到来拿捉，王能见众人向楼窗出去，正要跟着走，却被一个挠钩钩住。众公人钩连枪、留客住一起上，把来捉住。那时罗季芳尚未出得房门，那外面的人如潮水般的进来，挠钩好似竹排能的伸来。季芳慌了手脚，又见众弟兄皆去，要想将鞭招架，哪里来得及，也被众公人拿了。房知县带转衙门，审问明白，收禁监中。过了几日，接到宁王旨意，说罗德乃启衅肇事第一个要犯，务要解上江西藩邸。路上却要机密。因他们党类甚多，恐防劫夺。房明图接了旨意，十分担心，把罗德、王能打入二具囚车，吩咐右营城守带领部曲牙将，叫了二号大船，二百官军，扮作商人模样，在四更时分，悄悄的将囚车押解下船。"一路当心护送，若是太平无事，此功非小。"果然人不知，鬼不觉，一路安然。

那一天将近鄱阳湖畔，时光尚在未末申初。也是季芳、王能命不该绝，忽然发起风来。舟人禀道："常将军，这样大风，前面鄱阳到来，不能行走。"常德保吩咐，停在热闹所在泊了。他是小心之故，恐怕荒野之所，有人来劫。哪知恰巧撞着这个七煞。这罗季芳虽被拘禁囚车，他却要长要短，大呼小叫。看守他的几个军士，也算晦气，被他"乌龟王八"不离口的骂。又是要犯，不敢难为，只得将就依顺他些。哪知季芳蒸在船中，许多人围着，热不过，要吃起西瓜来。军士笑道："这里却没买处，只好河水将就些罢。"季芳大怒，狂吼起来，将身一跳，连囚笼都几乎拼开，吓得军士们落乱。常城守恐怕攘事，非同小可，连忙亲自过来，低声赔笑说："好汉，西瓜实是没有。我去买些酒菜请你，慢慢的独酌，可好？"季芳只怕的软工，他就发不出火来。

哪知一番扰攘，早惊动旁边一只小舟。舟中有人听得这声音，好似罗季芳这呆子，便向船窗内望去。见囚车中二个犯人，一个正是季芳，一个后生,却不认得。暗想:"我不救他,谁人来救? 想他们一定解上江西,我自有道理。"一宵已过,来日五更,常城守吩咐开船,来到鄱阳湖中。忽见斜刺里一只小船,扳动双桨,飞也似过来。船头上立着一个英雄,头戴卷边草帽,身穿大袖黄罗衫子,下面元色兜裆叉裤,蓝布缠腿,足蹬一双丝穿线扎、翻山过岭薄底棕鞋,腰悬龙泉宝剑,大喝:"赃官,留下犯人,放你过去!"看官,这个便是徐鸣皋师伯山中子,从各处名山采药回来,昨夜听得罗季芳被擒,特来相救。

不知如何动手,且听下回分解。

# 第三十五回

## 朱宸濠献美人巧计　唐子畏绘十美图容

话说太平县右营城守常德保,解着罗德、王能,来到鄱阳湖。忽然军士禀报说有强人拦阻,连忙走出船头一望。只见上首里一叶扁舟,飞也似赶来。船头上立一个大汉,年纪约有四旬,生得修眉凤目,相貌威武,三缕清须,飘扬脑后,口中只叫:"收篷!"常德保暗想:"此人真好胆大,谅你独自一人,纵有本领,也不惧你。"吩咐扯足风帆,命手下部将弓上弦,刀出鞘,准备抵敌。霎时间,各将校齐至船头,两船并着,枪刀密布。

山中子见了大怒,腰间扯出剑来,向空中一撩。只见化成一道长虹,在半天盘旋,好似有灵性的一般,朝着官军船上直落下来。吓得大小将校兵丁,个个亡魂丧胆,俯伏下来。但听得哗啦一声,把二支桅樯连帆一起砍去。这两只船在湖中滴溜溜旋转,那些舟人都吓得向舱底下乱攒。常德保目定口呆,只是发抖。山中子大叫:"要性命者,把犯人好好送过船来! 若是迟了,你们的脑袋照帆樯一样。"常德保回顾左右道:"你们把来放快些!"部将等诺诺连声,忙将囚车打开,将罗德、王能送到船头。常德保道:"请二位好汉过船去。"那罗季芳同了王能,只道鸣皋等前来劫取,那知只见一只小船,离开三丈之遥,船头上立着一个英雄,其余只有两个舟子,并无他人,弄得全然不解。仔细看他,似乎曾经见过,只是再想不出何处会来。正在迟疑,那小船已到船边。那人便叫:"呆子,认得我么? 快些过来!"季芳同了王能逃到小船,那人指着城守说道:"今日饶了你们性命,叫你寄信奸藩:从此休害忠良百姓。若不改过,早晚取他首级!"一面说,一面船已去了。

常德保见船已去远,吩咐船人快把舟船进港。船人连忙钻出来,下桨摇橹,进了港内,停歇下来。德保道:"如今怎的了? 莫说功名丢掉,而且性命难保。不如回转太平,再作道理。"内有一个牙将说道:"老爷又来了。房太爷早已详文府里,八百里加紧申奏宁藩。况且已入江西地界。俗云:丑媳妇少不得见公婆。还是到王府据情实奏,或能末减。现在李自然执掌重权,王爷宠任,我们到了江西,先见军师,打算千金礼物,求他在王爷面前说句好话,或有挽回。若是回转太平,一定请入囚车,原船奉送江西。"常德保道:"说得有理。我也吓得昏了。准定依你行事。"遂即整理帆樯。停了一日,来到南昌,谒见李自然,把以上之事,说明原委。先送二百两银子,只因事出意外,未曾多带银两,若能保得前程,一准补送千金寿礼。李自然原系个江湖术士,岂有不贪财物,当时一口应承,叫他后日进见,我自有道理。德保谢了出来,在左近住下等候。

且说那宁王久怀篡夺之心,又见武宗是个英明之主,故此不敢明露。不过假行仁义,收罗谋勇。命了心腹之人,各处广招英雄好汉,暗暗招兵买马,积草屯粮,分布各省。自从那年到了姑苏,回转得了李自然,纵谈一日,宸濠大悦。知他深通谋略,熟读兵书,精晓天文地理,能知祸福阴阳,以为诸葛重生,刘基再世,封他为军师之职。自然相他有龙凤之姿,天日之表,将来可以效学那太宗燕王的故事。又叫他建造离宫一座,按定乾坤八卦,定能身登九五。宸濠无不听从。又使心腹之人,各省侦探机密,声势逐渐扩大。

宁王每虑正德皇帝英明,不比建文君懦弱迂儒。李自然献上二计。宁王问那两条计策,自然道:"第一条,拣选十名才美双全、天姿国色的女子,命乐师教习歌舞,礼生教习礼貌,又命老妓教习勾引媚态,眼角传情,吐词风雅,打扮得浓妆淡抹,俊俏风流。又命丹青妙手,绘成图像,送进京都。武宗见了,定然收入宫中。预嘱这十个女子,务要蛊惑圣聪,耽无酒色。此乃范蠡献西施计也。"宁王道:"朝臣谏阻,不纳美人,奈何?"自然道:"所以还有第二条在此。自从刘瑾败事,如今内宫只有朱宁、张锐二人邀宠。他两个又与千岁往来。如今各送厚礼,嘱他们从中吹拂。又叫他婉转引诱君皇,务使深居宫内,与朝臣隔绝。或有兵警饥荒,尽行撤起,只说太平无事。或有刚愎朝臣,暗中设计中伤。日亲日近,日远日疏。三国时刘玄德如此英雄,到了东吴,也忘却了江山大事。此乃蔽明锢聪之计也。"

宁王大悦,遂命各处广选美色。千中选百,百中选十,十中选一。始而各府州县选了若干,到司道处,十中止选取二三;再到大臣处,十中又选取二三;再经内官选,十中又取二三。最后宁王亲选,共只百人。各赐筵席,逐一细看,试其才能体态,一切中动。拣了十个美人,个个尽是天姿国色,倾城倾国。一面命教习歌舞礼貌、风流体态,一面命内官孙进到姑苏,征召名士唐寅绘十美图容。那唐寅是个有名解元,字伯虎,号子畏,别号六如居士。丹青妙手,七步成章。为人放诞风流,不修边幅,日与管驹良、唐香海、祝枝山、张梦晋等一班名士,隐于诗酒,疏狂玩世。癖性偏爱桃花,居处遍种满栽,到三月时,花红如锦绣丛中,遂名其居里为桃花坞。那日奉了宁王征召,同了内官孙进来到江西南昌府藩邸。把十美容貌,临摹得维妙维肖,个个如生,只少一口气,便是活的。后人遂附会唐伯虎的画幅,人物能走动,禽鸟能飞去,皆是无稽之谈。不过是写生妙手,名重一时,实有曹吴之技。宁王大悦,欲想留住唐寅,许他高官显爵。哪知他不羁成性,到了王宫,犹如鸟入樊笼,把那锦天绣地,当做剑树刀山,哪里肯为官出仕。宁王无奈,只得赐了他金银缎匹,放他回转家乡。

李自然趁此机会,来见宁王。把犯人罗德、王能在鄱阳湖被同党劫去,现有太平县右营城守常德保,到来请罪。呈上银牌两块。原来却是江南巡抚俞谦所写。上有各人姓名,并"除奸锄恶"四字。分明这俞谦广罗忘命之徒,分布海内,专与千岁作对,实须防备。况且王守仁前称死于江中,哪知也是俞谦之计,把守仁藏在衙中,诈传投江而死。及至刘瑾事败,他就保举王守仁复任,反加升赏。岂非都是他的人谋奸诈。宁王听了,咬牙切齿,大骂俞谦:"我与你何仇,你只是与我作对!若不杀你,势不两立!"那常德保,却得侥幸无事,回转太平,一言丢过。这里宁王又得着了石埭山被灭的消息,越发愤恨俞谦。

过了两月,十美人教习完毕。遂命宫人装饰得花团锦簇,翠绕珠围,拣了一百名美丽宫娥,整备二十四号大船,停在南昌城外,选了吉日启程,遍绕南昌城内外,夸耀游行。预先半月,各府州县领发令旨,准合省军民人等纵观一日。轰动江西百姓,男男女女,老老少少,那个不要看绝世美人?船的船,车的车,远远近近,都到南昌城一广眼界。预先两日,已竟热闹非常,街上挨挤不开。那些江湖做小生意的人,尽来趁此贸易。各店家门前,都做了档木,恐防挤坏柜台。到了那一日,南昌城里城外,六街三市,各店铺悬灯结彩。茶坊酒肆,客寓饭店,家家拥挤不开。九流三教,走江湖、赶会场的,自不必说。真个行者摩肩,立者并足,呼气成云,挥汗若雨,好不兴头!宁王身坐凌霄阁上,众嫔妃陪着,宫娥宦官侍立两旁,传旨太监侍卫,保护十美出宫。排齐全副銮架,乐工、执事人等。那十位美人,坐在龙凤沉香辇上,前行二千五百御林军,最后二百四十骑乘骁尉殿后。看的人听得远远号筒吹起,个个伸着颈遥望。

　　要知后事如何,且听下回分解。

# 第三十六回

## 杨小舫穷途逢义友　周湘帆好侠结金兰

却说江西城内有个侠士,姓周名仿,字湘帆。祖上也是功臣之后,到了湘帆手里,他就学做商贾,在西门外开张瓷器铺。只是癖爱武术拳棒,小时便喜枪使棒。他父亲在日,见他年纪虽小,膂力过人,便邀请名家,教他武艺。湘帆生性聪明,一学便会。到了弱冠之年,从七八位有名大教习,学得一身武艺。纵跳如飞,拳法精通,十八般军器,件件皆能。尤善用飞刀,腰间常系一个飞鱼袋,内藏十八把柳叶刀。无论飞禽走兽,逢着了他,也算晦气,只消随手丢去,百发百中。最喜结交江湖上好汉。故此父母去世,幸亏兄弟周宠善于持筹握算,买卖精明,湘帆就把店事家事一切和盘托出,都是兄弟执管。他却做个清闲无事赛神仙,终日游玩。遇见不平之事,便要硬出头。人都惧他武艺高强,为人义气,因此方圆一带,颇有声名。只是外面少些阅历,未经遇着异人,闻人讲起剑客,心怀倾慕。苦得无处寻踪,因些时刻放在心上,到处留意。

那一日,在一家古董店中闲坐,忽见一人走入店来。生得相貌魁梧,像个英雄模样,只是衣衫颇形潦倒。开口叫:"店主人,小可有一口宝剑求售。"便在腰间扯将出来,放在柜上。那掌柜的接来一看,仍旧放下,道:"客官,这是雌雄剑,两把插在一鞘内,故有阴阳面的。你若单有一口,却没人要。"那人道:"小可只为失散了同伴,故欲寻访朋友,没了盘费。剑是果有一对,欲留下一口防身。如今没奈何,只得一起售了。"掌柜的道:"不妨,你若要防身家伙,小店里尽有。只要拣一把寻常佩剑,那种一两八钱的,也可用得的了。"一面说着,那人已把那一口剑,连这镀金嵌宝的鞘子,一并取下来。掌柜的细细看过,便问:"客官,这剑要卖多少银子?"那人道:"这是我家传之物,不知价值。闻得先君说起,值银百两。如今减去二十两,售你八十两银子。"掌柜的把剑插在鞘内,双手放在柜上,说道:"来不及,来不及。却要倒一个头来,与你二十两足纹,厘毫没得加增。"那人听了,面有难色。

　　湘帆站在旁边，听他们交易，心中暗想："此剑非是寻常。就来鞘子看来，镂嵌得何等精工。谅来是个旧家子弟。此人纵非剑客，定是一条好汉，如今流落异乡。我何不结识他，做个朋友？常言道：恩爱的夫妻，患难的朋友。大凡英雄豪杰在落劫之时，容易相与；若到风云际会，鱼龙得水，就难寻着他了。今日不可当面错过。忙开口问道："仁兄高姓大名，贵乡何处？"那人道："小弟姓柳名叶舟，姑苏人氏。"也问了湘帆姓名居址。湘帆说道："仁兄莫非嫌其亏价？"那人道："非嫌价小，实因可惜。"湘帆道："仁兄何不当铺中质了几两银子，后日便可赎取？"那人道："无如这兵器不要的，所以踌躇。"湘帆道："既然如此，小弟借兄十两银子，未知可足使用么？"那人道："十两尽足敷用。只是萍水相逢，怎好领受高情？"湘帆道："四海之内，皆是兄弟，区区何足挂齿？但是小弟却未带在身边，有劳贵步，到寒舍奉上。"那人大喜道："多承美意。"湘帆同他辞别了店主，一路说着闲话，来到家中。

　　二人进了书斋坐下，家人送过香茗，湘帆便吩咐备酒。那人再三坚辞。湘帆道："柳兄何必过谦。常言：出外一时难。秦琼卖马，子胥吹箫，自古英雄，也曾困乏。小弟生平最爱的朋友，柳兄若要寻访同伴，不嫌亵渎，就在舍下盘桓。"二人说着，家人搬出酒肴来，你斟我酌，说得投机。讲起武艺拳勇，一切江湖上事情，大家合意。湘帆心中大喜，知他是侠客。后来问起宁王作为，湘帆说他作恶多端，收罗勇士，暗伏军兵，自从得了李自然为军师，反情更露。私建离宫凌云阁，宠任一个禁军总教头，叫做铁昂，仗势欺人无恶不做。那王府里头，变成会试的武场，天下的勇士，被他收罗了不知多少，岂有不想造反的道理。将来正德皇帝有些危险。闻得江南有徐鸣皋、罗季芳等一班豪杰，暗助朝廷，剪除他的羽翼，十分了得。这老奸恨如切齿，却有恐怕他们的剑术，里外防备，十分严戒。如今又广选美人进贡，无非蛊惑君心，想谋计江山天下。"吾兄江南人氏，定知这班豪杰的详细，可好说与小弟听听？"

　　那人道："蒙兄萍水相逢，如此错爱，小弟何敢深隐。我实姓杨名濂，字小舫，与徐鸣皋金兰结义弟兄。实因宁王各处画影图形拿捉，故此相欺，望兄休怪。"湘帆听了，喜得如获异宝，连忙踢开椅子，翻身便拜。小舫还礼不迭。湘帆便叫把残肴收了，快到兴隆馆中挑一席上等官馔来。小舫道："承兄见爱。只是尊管们还须守口，不然又恐有累仁兄。"湘帆道:"杨兄只管放心。小弟有句不知进退的话,敢说么?"小舫道:"仁兄休谦,但说无妨。"湘帆道:"弟意欲鸦随彩凤,与兄结为手足,将来附于骥尾,情愿执鞭随镫。"小舫道:"兄说哪里话来,承蒙不弃,是极妙了!"湘帆连忙吩咐摆上香案,就此结为昆季。湘帆年小,叫小舫为兄。

少顷重摆酒席,二人饮酒谈心。小舫把自己出身,后来遇见徐庆、鸣皋,到苏州,还扬州,并鸣皋、季芳一切初起的事,后来到镇江茅山破金山寺,直到太平县众弟兄失散,独自一人逃了出来,身边银两无多,早已用尽,东寻西访,一月有余,却一个都没有看见,又恐被他们拿住,所以来到此间暗暗打听,闻得捉住两个,在鄱阳湖被人劫救,故此略略放心。湘帆听了,喜得手舞叫之。说道:"兄长见过剑仙,却是何等样子? 小弟想慕已久,可能得见?"小舫道:"也与常人一般。不过他剑术厉害,为人义侠,也是凡人。直要将来修成正果,方为剑仙。却又不肯来管凡间之事,那就真个寻他不见了。如今贤弟要见剑客,只要弟兄们常聚一处,总有面见之时。"湘帆道:"小弟原是闲身,久欲遍游天下,只恨无伴。今得兄长到,真乃天赐与我。就此居住我家,朝夕可以聚首,同你寻访各位长兄到来,即便一同出去,相助兄等一臂。"杨小舫正在进退维谷之时,遇见了湘帆如此好客,知他武艺高强,飞刀绝技,心中甚喜又得了一个帮手。就此住在他家。

光阴荏苒,不觉冬没春初。闻得那一日,宁王十美游街,哄动江西各府州县,南昌城内外,人千人万,料想众弟兄总有在此。到了这日,小舫同了湘帆,一早便到西门外一座大酒楼,叫做兴隆馆,遂到楼上,沿街靠楼窗,摆了一席酒,浅斟慢酌,打算吃到黄昏。看那街上时,晨光虽早,行人已是潮水一般,拥来拥去,好不热闹。酒馆内的吃客,渐渐多起来。忽见上来一群人,几个武官模样。为首的一人,生得梭眉暴目,相貌凶恶。头戴六楞绣花英雄罗帽,身穿元缎密门短袄,英雄跷包,足上豹皮靴子,外罩大红绉纱一口钟,腰悬宝剑。其余都是雄赳赳,气昂昂。来到前楼,座中早摆着两席上等官菜。众人坐将下来,湘帆指着披一口钟的对小舫低低说道:"兄长,你看此人便是王府中的值殿将军,叫做雷大春。宁王命他护送十美进京,这几日同僚替他饯行,连日在此饮酒。"小舫便问起王府中有多少能人,可有无敌勇士? 湘帆道:"莫说通士,那王府里三教九流,智勇奇术,不计其数。只说顶顶好、超超等,共有八人。一个叫郏天庆,一个叫波罗僧,是个和尚,一个叫铁背道人,是个道士,一叫铁昂,一叫殷飞红,连方才的雷大春,这六个都是拔山举鼎,万夫莫敌。那邺天庆与波罗僧,更加厉害,刀枪不入,铁骨铜筋。还有两上最厉害的兄妹二人,一个叫余半仙,他的妹子余秀英,都是白莲教的头脑。能飞剑伤人,撒豆成兵,种种妖法,变化无穷。"正在说着,忽见扶梯上跑上一个人来,小舫直立起来。

不知却是谁人,且听下回分解。

# 第三十七回

## 王守仁谏纳美人　包行恭遵师下山

　　却说杨小舫举目一看,不是别人,正是神箭手徐庆,心中大喜,叫道:
"徐二哥,小弟在此!"徐庆看见小舫,便走过来,与湘帆见过礼,各人坐
下。小舫道:"周贤弟,这位便是徐庆兄长。"湘帆立起身来,又作了一揖,
道:"原来徐英雄到此,小弟久慕大名,无缘得见。今日天赐相逢,实为幸
甚!"徐庆动问湘帆名姓,小舫把失散之后,各处找寻弟兄,遇见湘帆,蒙
他仗义相留,结为兄弟,细细底底说了一遍,便问徐庆几时到此。徐庆道:
"自从太平城逃了出来,再也寻不见你们,身边又没银两。一路来到乐平
地界,资斧用尽,只得暂理旧业。前月来至万年县城,看见宁王谕示,今日
十美游街,轰动江西全省州县,我想弟兄们定然见到,或者看见。不意果
与贤弟相会。"三人一面谈心,一面饮酒,大家说得投机,十分得意。只见
一个将校奔上楼来叫道:"王爷旨意下来,召将军押队起行。"那雷大春同
了一班将校纷纷下楼而去。

　　不多一会,街上人声鼎沸,喊道:"头队执事已在前面来了!"只听得
远远锣声响亮,号筒悠扬。三人凭窗而望,但见远远的旌旗飘荡,刀枪耀
目。为头一匹马上,坐着一个武将,生得状貌怕人。两条倒挂浓眉,一双
三角眼,短鼻阔口,露出两只獠牙。脸上一路青,一路黄,黑不黑,白不白,
颔下乱糟糟短短黄须,顶盔贯甲。手执一面大红旗,足有一丈见方,中间
栲栳大乌绒的"清道"两字。那将官把旗麾动,向前旋卷而来。小舫道:
"此人膂力不小。"徐庆道:"没有六七百斤气力,也掌不得这旗子。"湘帆
道:"此人便是殷飞红。闻得他也是一个藩王手下的先锋,后来张永太监
讨平之后,他投奔到此。"只见随后五百马队,马队过了,又是一个押队将
军。骑一匹快马,独角虎爪,毛色赤灰一般。此人身长丈外,生一张长马
面。脸如重枣,目如闪电,三缕须髯,金装披挂,手拿方天画戟,足有碗口
粗细,威风凛凛。湘帆道:"二位兄长,这个就叫郯天庆。乃王府中第一
个力士,称为无敌大将军。他后面骑白马的黑厮,便是他的徒弟,叫做铁

昂，现为禁军总教头。这厮最是可恶，仗了师父势头，宁王宠信，在外边奸淫妇女，仗势欺人。一言不合，就一脚一拳，伤人性命，百姓受害不浅。"只见随后二千军兵，都是明盔亮甲，个个山东山西的长大汉子。

兵马过了，只见全副銮架，执事人等。随后一扛扛，都是进贡的宝玩，两旁侍尉保护着，约有数十扛。无非金珠古玩，奇技淫巧，名人书画，绸绫缎匹，山珍海味等类。随后粗乐细乐，童男童女，扮就戏名故事。随后数十个带刀侍卫。只见又是一班宫娥，一路奏着音乐。随后俱是内宫太监，提炉对对，香烟缭缭，龙凤旌旗。随后十乘凤辇中，坐着十位美人，花团锦簇，翠绕珠围，异香氤氲①，光彩夺目，好似瑶台仙子临凡，月殿嫦娥下降，果然个个倾国倾城，丰姿绝世。真个环肥燕瘦，各擅其美，淡妆浓抹，各极其妙，说什么沉鱼落雁，闭月羞花。

看的人同声喝彩。杨小舫等三人道："果然端的好。"只见十美人过后，那香车上都是宫娥。宫娥过后，只见雷大春乘马昂然，手提笔捻揸，领着二百四十骁骑殿后。后面跟的百姓，犹如潮水一般。只见人头涌动，何止千万。却不见弟兄们在内。

三人饮过数杯，湘帆付了酒钞，一同下楼，来到王府前游玩一番。遥望前边一所高阁，上接云霄。湘帆道："这便是新造离宫内的，唤做凌霄阁。你看盖造得沉香为柱，玳瑁为梁。玛瑙为砌，碧玉为墙，珊瑚宝石，镶嵌珍珠，不知费了几千百万银子！我想纣王的鹿台，也不过如是。"徐庆道："此皆民脂民膏，却苦了百姓？"湘帆道："我看奸藩心怀篡逆，欲效太宗故事。近来李军师用事，言听计从。就是十美进贡，岂不是范蠡献西施之计么？就是这凌霄阁内，闻说机关甚巧，埋伏重重，宫内戒严得禽鸟也难飞进。"小舫道："我们出城去看十美人下船，如何？"徐庆、湘帆都道："甚好。"一起回转身来，出得城关。但见码头拥挤得人千人万。听说雷将军带同骁骑、太监、宫娥，护送十美，已下舟船。只听得三声号炮，一棒锣，二十四号龙舟开放。那前面的百姓，纷纷让开，传说无敌大将军同了殷先锋、铁教头，带领兵马回城。

徐庆道："时候不早，我们明日再会罢。"湘帆道："徐兄说哪里话来。到了此地，难道小弟家中，只多兄长一个，还叫你居住客寓？"小舫道："二

---

①　氤氲(yīn yūn)——形容烟或气很盛。亦作"絪缊"。

哥何必客套。周贤弟也是我道中人，竟是一同住他府上，却得朝夕相叙。"徐庆即便应承。三人回转家中，每日讲论文韬武略，演习刀枪拳棒。湘帆试演飞刀，徐庆试演弓箭。杨小舫也有一样绝技，只是未曾出过手。你道什么？却是一个流星锤。他的索子用羊肠做成，有二十四步长短。无论手抛脚踢，臂膝肩头，皆能发出，在二十四步之内，百发百中，也算一件绝技。然而比了湘帆的飞刀，徐庆的神箭，却相去远了。徐杨二人，就此住在周家耽搁，直到后来，徐鸣皋要三探宁王府，天下英雄侠士大会江西，方才提起。

那雷大春护送十美人开船动身，路上无话。到了北京，先见了东厂太监朱宁、张锐，呈上宁王书信礼物。朱宁拆开书信一观，却是要他二人在武宗面前周旋好话，务要把十美收进宫中。朱宁只道此事必定成功，遂一口应承，把礼物收下。在天子面前，奏知宁王恭敬朝廷，得了江西绝色美人，不敢自享，进贡来京，又添上许多好话。武宗大悦。

岂知各大臣知晓。到了明日早朝，雷大春俯伏金阶，呈上宁王奏章，并十美图容册子。武宗正待观看，却被御史王守仁奏上一本，说自古帝王，宠纳美妃，便是国家祸害。如夏之妹喜，商之妲己，周之褒姒，吴之夷光，皆前车可鉴。宁王身受国恩，不思报效，却来进献美人，蛊惑圣聪，罪安可逃！伏望圣明乾断，将十美发回江西，处宁王以应得之罪，臣惶恐待罪等语。那武宗正德皇帝原是英明之主，听了王守仁一片忠言，顿然醒悟。当时降下旨意，着雷大春将十美人带回江西，俾各人父母领去。宁王却未去罪他，还算便宜。雷大春一场扫兴，只得带领美人回转南昌，一一奏知宁王。宁王虽恨守仁，只是没奈何他，心中忧虑。从此叛逆之心愈急，日与李自然商议兴隆起手，我且丢过一边。

书中却说云阳生，自从金山带了红衣娘灵柩，不辞数千里跋涉，回到长安，将红衣棺木安葬了，回到山中。那徒弟包行恭迎接师父，说丹炉火候已至。云阳生将江南之事，说与包和恭知晓，叫他下山去帮助鸣皋等一班义侠，做些锄恶扶良的事业，得个一官半职，显扬亲名，流芳后世。或者回转山中，再学仙道。若不体念上苍好生之德，行那济困扶危之事，岂得成其正果。包行恭道："弟子本领平常，只恐干不得事情。"云阳生就在炉内取了少许丹药，叫他吃了。不多一会，顿觉精神焕发，身子轻了许多。云阳生道："你的技艺，也可去得。如今吃了飞燕丹，城墙可以上下的了。

只是牢记一件:切勿误伤好人,并贪那财色二字。今日却是黄道吉日,就此下山去罢!"包行恭遵了师命,回到自己卧室,把衣服等类打成一个小小包儿,拜别了师父动身。

行不到半里,只见前面一人叫道:"小包到哪里去?"行恭一看,却是师叔傀儡生,便放了包裹,对他拜了三拜,说道:"师叔,今日师父命我下山,去干功立业,不知何日再与师叔相会?"傀儡生道:"本该如此。"一面说,一面把行恭看了一回,便向身旁摸出一粒丹丸,说道:"小包,你把此丸藏好了。后首若有危急,性命须臾之际,把来吃了,可以免得灾难。"

不知包行恭此去如何,且听下回分解。

# 第三十八回

## 孙寄安为财轻离别　沈醴泉设计抛钱银

　　话说这傀儡生道术玄通，别承一派，能知前因后果，法术奇妙，只须兵解方能成道。一切作为，于人迥异，谈论亦多异端。不知者以为旁门左道，而不知仙家自有此一脉传流。当时见行恭下山，知他将来有难，故此赠他一粒丹丸。后来包行恭被陷藩邸，幸亏此丹，得救性命，此是后话。

　　且说行恭拜谢过师叔，背上包裹，一径下山。思想到江南何处去踪寻这班豪杰？既是师父吩咐，谅来自能会见。想起襄阳城内，有个结义哥哥，姓孙名寄安，自幼相交，情同手足，他住县前街上。今相别多年，何不竟到湖北寻访寄安，再作道理。一路晓行夜宿，不一日到了襄阳。进得城关，径到县前访问，哪知数年不见，人事全非。问来问去，并不知寄安下落，只得就在县前一所客寓住下。

　　那孙寄安原系是富户，幼年跟他父亲在苏城开张药材行生意。他的母亲，却是苏州人氏。寄安生在苏城，与行恭对门居住，自小同塾，遂结为生死之交。后来药材生意亏本，他父亲收了店铺，携回湖北，包行恭也出外从师学艺，就此分离。不料寄安跟着父母，回转襄阳，不上一年，父母相继而亡。寄安年幼懦弱，那族中伯叔弟兄诸人欺他年幼，又是初到襄阳，毫无知交帮助，把传下家产，瓜分夺取。寄安不敢较量，故此数年以来，渐渐拮据。妻室苏氏，小字月娥，也是苏州人氏。生得十分美丽。因劝寄安："如今坐吃山空，还是继着父亲旧业，贩些药材到江南销售。"遂把住宅售与他人，东拼西凑，共得数百两银子，就在东门外租两间房子，安顿了家眷，遂自贩了药材，到江南贸易，却也有些占润。

　　这日包行恭正在东门闲走，恰巧寄安卖货回来相遇。二人大喜，寄安便邀到家中，吩咐苏氏同仆妇王妈妈准备酒肴，与行恭接风。弟兄二人，细说别后景况，行恭不胜感叹。寄安道："贤弟何必跋涉远途，不如就在舍下盘桓，亦可代愚兄照应家庭。我意入川买货，不过月余便回。那时同弟共往江南，一来途中有伴，二来弟兄相聚，你道好么？"行恭道："哥哥说得是,小弟遵命便了。"过了几日,寄安带了银两,整理行装,吩咐妻子苏氏好生款待叔叔,遂与行恭作别,到四川贩买药材去了。

那苏氏月娥见行恭生得眉清目秀,少年英俊,时常眼角传情,言语之间,双关风话。岂知行恭是个侠士,不贪女色,岂肯作此兽行,只当她嫡亲嫂子一般。见她如此行为,暗想:"寄安是个懦弱的好人,怎地遇这淫妇?若然照此终年出外营生,将来难免弄出事来。声名还是小事,只怕要有谋害事来。我且只做不知,等待寄安回来,劝他到了江南,把以前往来账目收清,从此在家,别求锝口之计,休到外边卖买。"主意已定,便由她勾引,假作痴呆。终日到城中游玩,晚上回到家中,便早安睡。光阴如箭,其时将近岁底,还不见寄安回来。那一日行恭早上起身,梳洗已毕,用过点膳,便到外边去了。

那襄阳城内有个恶棍,姓沈名醴泉,原系个官家之子,只是门景已旧。为人狡猾刁诈,最喜渔色,结交官吏,包揽讼事,强占家产,无所不为,人都叫他沈三爷。年纪约有三十,相貌本只平常,他却善于修饰,扭捏出十二分风流。若见了有些姿色的妇人,便千方百计,务要引诱到手。襄阳人与他起个混名,叫做"钻洞狗子"。

那一日也是合当①有事。这沈三到东门外寻个相识,正从孙家门首经过,恰遇苏氏立在门前。沈三一见,便立住了脚,把他上下身细看。那苏氏原是个小户人家出身,乃见惯司空。见沈三立定了看她,她却并不羞涩,反把秋波送俏,笑眯眯对着沈三的眼风,与他射个正对,好似唿的一声,那魂灵早已扑到苏氏身上去了。正在出神的时候,只见王妈从里边出来,呼唤苏氏进去。沈三想道:"这婆子谅来是他佣妇,我自有道理。"遂去了相识,回转家中,一夜没有睡着。到了明日,便至东门外孙家左右,细细打听。知为孙某之妻,她丈夫出外做生意,家中只有一个仆妇,别无他人。沈三就在左近茶坊酒肆闲耍。

一日正在茶肆啜茗,见王妈妈买了些食物走过。沈三立起身来,把手招着,叫声:"妈妈,进来坐一坐去。"那婆子认得他襄阳城内有名的钻洞狗,心中早瞧着三分,便走到茶肆里来,道:"大官人在此吃茶,呼唤老身,有何贵干?"沈三道:"妈妈请坐了,用一杯茶。"便叫茶博士泡一壶茶来。

———————————

① 合当——正巧。

王妈妈谢了坐下。沈三道："妈妈,你家主人寄安兄在家么?"王妈道:"主人到四川买货去了,一月有余,尚未回来。"沈三道:"妈妈,你每月可有多少工钱?"王妈道:"不过三钱多银子,甚是清苦。"沈三道:"真个辛苦工。只是他家人口不多,只服侍一位娘娘,倒还省力。"王妈道:"我原为贪她没有小孩子,单只夫妇两个,况且男人终年出外贸易,故此将就。近来虽多了个外客,是主人的义弟,叫做包行恭,不日要跟主人到江南去的。"沈三道:"妈妈,我家中也用你得着。不消做得别事,只要服侍房下一人。现在的婆子,我嫌他龙钟太老。明年妈妈可肯来时,每月给你一两银子。"王妈道:"多蒙大官人抬举,老身感恩不浅。"沈三便向身旁摸出七八钱一块银子,塞在王妈手内,说道:"你去买些点膳吃。"王妈道:"啊呀,常言道无功不受禄,怎好领受大官人赏赐?"沈三笑道:"你只管收了,我自有相烦你处。"

那王妈妈自幼在勾栏中出身,后来年老色衰,沦落无靠,遂为人佣仆,是个察言观色、眼睛都会说话的。见沈三甜言蜜语,又送银子与她,心中早已五六分猜着,便把那块银子递还沈三,说道:"大官人,请说明了,方可受领。"沈三把四围一看,见别的茶客还隔开几张桌子,乃轻轻地说道:"妈妈,我老实对你说了。只为前日瞧见你家大娘子,生得千娇百媚,他只对我笑眯眯的,眼梢上送情,引得我神魂飘荡。这两日连饭都吃不下去,日夜只是想她。妈妈怎地想个计策,使我与她一会,便重重地谢你。这些银子,只算请你吃杯茶的。"仍旧把银子放在她手内。王妈笑道:"一杯茶,要不了许多。"沈三笑道:"就算请你吃杯酒,也是一样。"王妈笑道:"承蒙大官人好意。可惜老身吃了糯米汤,都要醉的。"一面说,一面把银子放沈三面前,立起身来要走。沈三一把扯住了,道:"妈妈休得取笑。你若嫌轻时,我明日先送你二两银子,此事只要求你做成。"王妈道:"大官人,我老实对你说了。这件事,你只丢开了,到省却许多空念头!据老身看来,再也不得成功。"沈三道:"妈妈何以见得此事不成?"王妈道:"她是好人家的女儿,不比得章台柳,路旁花,费了一两八钱银子,就好着身。要干这事,第一要拼得用银子,又要耐得住性。慢慢买服了她的心,然后寻个机会,我从中帮衬,方可到手。我晓得你银子虽多,只是量小,舍不得用的,所以说你再也不成。"沈三听了,明知这婆子作难,遂向身旁摸出一锭三两来往一只圆丝锭来,递与王妈,道:"今日委实没有多带,我的性情,最是慷慨的。只要此事成就,一准谢你十两银子,决不上楼拔梯,过桥拔桅的。"王妈道:"大官人,我今日拿了你这锭银子,把你二人勾搭上了,莫说有朝一日主人回来,泄漏机关,把条老性命送掉。就是现在这个结拜叔叔,被他看破出来,他腰里挂的那把剑,好不锋利,削起铜铁来,好像切豆腐干一般,好不厉害!想我这条老命,就卖这几两银子不成?大官人请收好了,我那大娘子在家等吃点心,再不去时,把她饿坏了。"说罢立起身来便走。

不知沈醴泉是否得到手,且听下回分解。

# 第三十九回

## 睹娇容沈三思恶意　用奸谋苏氏入牢笼

却说沈三见王妈要走，一把拖住衣袖，说道："妈妈休要难我，我只理会得，决不负你。只是我心上熬不过去，求你设法成此美事，明日我谢你五两银子，事成之后，再谢你十两。明日午后，我原在这里，听你回音。"说着把那块另碎银子连圆丝锭，一并塞在王妈手里。王妈见他情急，只得接了银子，说道："大官人，我干只与你干，但是性急不来，却要慢慢的想法。这银子我权且收下。你有便到此吃茶，我自会进来，你却不要喊叫，被别人看见了生疑。若有路道，我便送你喜信。若是性急，只得原物奉还。"沈三道："依你，依你，总求你竭力便了。"王妈把头点着出门去了，沈三也自回家。

看官，那王妈原是老奸巨猾的虔婆①，这些拉马做撮合山的勾当，是她本事。当时得了沈三银子，暗想："这宗财饷，落得受用。沈三这行子是个悭吝之徒，待我慢慢的收拾他，不怕不赚他二三十两银子。把来买个十三四岁的丫头，只消教养这一年半载，送去院子里，或是做伙计，或是借房间，若得个大老官与他上了头，便好发一主大财，总不然，赚些夜合资。我下半世也好靠他结果。"一路胡思乱想，已到家门来。

至里边，月娥问道："王妈怎的去了许久？"王妈在提篮内取出点膳，放在月娥面前，笑道："大娘且请用起点膳来，告诉你一桩笑话。"月娥道："什么笑话？"王妈笑道："我方才买了点膳回来，走到山河轩茶馆门首，听得茶馆里有人唤我。你道是她一个？"月娥道："我又不是仙人，怎晓得他是谁？"王妈道："说来大娘也曾见过此人。住在东门内北街上，竹丝墙门内，也是大官人家的公子，叫做沈三爷。就是前一日旁午时候，我出来叫大娘用饭，他恰巧走过，那个穿百蝶绣花湖色海青的标致后生。对我说道：湖北襄阳的标致妇人，也见过几千几百，他只不在心上。自从那一日

①　虔（qián）婆——旧时开设妓院的妇女。

看见了大娘子，便着起迷来。当日回去，就饭都吃不下，睡都睡不着，好似落了魂的样子，梦里都梦见大娘子的了。只怕就此害了相思病，要想杀这狗才。我听了他这般放肆的说话，本该打他三个嘴巴，只为他是个官家公子，况且是我旧主人，只得啐了他一口，就跑回来。倒被他耽搁了半日，累得大娘等来心焦。那癞蛤蟆想吃天鹅，叫花子想起皇后来，你道好笑么？"

月娥听了微微一哂，道："原来如此。"王妈一头说，一头看着苏氏的面色，见她也不动怒，也不喜欢，倒弄得拿她不定，心中想道："她若无心，就此把这话丢开，看来此事难成，那锭银子，还算不得姓王；他若提起此事来问我时，春心已动，便可用条妙计，把他们牵合拢来。"

不言王妈妈心中之事，且说沈三到了来日，一早便出东门，在孙家门前走了过去，又走了转来，好似热锅上的蚂蚁。走了四五遍，自觉难以为情，遂到山河轩茶坊里边泡盏茶吃。坐了一会，又不见王妈妈出来。付了茶钞，又走过去，到东首酒店里吃了一碗酒。仍旧走过来，到山河轩吃茶。一连三次。那走堂的茶博士笑道："三爷可是等朋友么？"沈三道："正是，正是。今日想她失约的了。我明日再来等她。"付了茶钞，走出门来。其时正是年尽之时，日子又短，看看红日西沉，只得回去。明日又来，有时看见王妈妈走过，沈三连连咳嗽，王妈妈对他看了一看就走，只不进来。他又叮嘱过不要叫喊，只得忍着，心中好难过。一连三日，弄得沈三昏头昏脑，好似失去三魂七魄。

且说王妈见苏氏并不提起此话，心中纳闷，只把闲话远兜转，说到沈三身上，说他为人温柔软款，器宽量洪，许多好处。那苏氏本则无心，被王妈这张利嘴敲东击西，说得沈三这样好那样好，时时把风流话儿挑动她芳心，竟被她引惑起来。

一日吃过晚膳，包行恭自去安睡，她们主仆两个关好门户，上了楼头，在房中床坐。月娥问道："王妈，你说在沈三家中，服侍的妻子，姓沈的待你这般好法，你却为何歇了出来？"王妈道："大娘子有所不知。说出来，却不好看。幸得我与你都是女身，别无他人听得，说与大娘笑笑。"月娥笑道："你这婆子说话，偏有许多批解。难道他来强奸你不成？"王妈笑道："他肯来强奸我时，我也不歇了。他的妻子生得娇娇滴滴，也与大娘一般的标致，只是没有大娘的风流。他就不像意，倒肯要我五十岁婆子？

看他是个瘦怯的书生，哪晓得干起这件事来，就像生龙活虎一般。夫妻二人上起床来，不是弄到天亮，少只亦要到四更。我在他家的时节，正是讨亲相帮喜事。这位娘娘第一夜开荤，就像杀猪也似叫起来。第二第三夜，还是喊爹喊娘当不起。你道这沈三东西厉害么？"月娥笑道："你倒亲见过来？"王妈妈道："虽没眼见，听却听得清清楚楚。我的卧房，正在他新房的背后，我的床铺，贴准靠着他们的新床，只隔一层薄板。这位娘娘经过了几夜，就吃着滋味，卖尽田地起来。嘴里娇声浪语，心肝宝贝，一总搬将出来，只是唧唧哝哝地哼叫。夹着那云雨之声，床壁摇动声，帐勾叮当声，宛似唱曲子，加入和琴琶琵鼓板一般。莫说这娘娘快活，连我五十来岁的人，也动起兴起来，翻来覆去，那里困得着去？好不难受。只得咬紧牙关，把棉被来紧紧抱住，熬到天明。他们也完事了，我也睡熟。等得一觉醒来，被上边湿透了一大滩。到了明夜，又是照式一样。一连一个多月，夜夜如此。他们倒不知不觉，我却当不起来。实在夜夜听出这许多淫水，精液枯耗，弄得筋酥力软，浑身无力。大娘娘，若是我再挨下去，连这条老命都是送掉，故此就歇了出来。"

月娥笑道："婆子到会说谎，不信世间有这般的男子。"王妈妈道："大娘正是好人家女儿，不知外面的事。常言道：人有几等人，佛有几等佛。世间的男子，种种不同。我自小在门户人外出身，也不知经过多少。也有好的，也有歹的，也有大的，也有小的，强的强，弱的弱，有的经战，有的不济，有的知趣识巧，有的一味蛮弄，其中大有分别，岂可一例而论。只是像沈三爷这般精力、才貌两兼，实是千中选一。"月娥笑道："你的话我终不信。据你说，听得他们声音，尚且几乎成了病，难道他们夫妻两个是铁打的不成？"王妈妈拍手笑道："大娘娘究竟年轻，未知这个讲究。大凡男女交媾，乃是周公之礼，仙人注就的，阴阳调和，血脉流通，所以不甚损血。空有那孤眠无伴，独宿无郎，欲火上升，按捺不下，以致暗泄真阴，本元亏耗，却最是厉害。"月娥笑道："你这般说起，世上的青春寡妇，年少尼姑，花前月下，枕冷衾寒，未免芳心感动，难道尽成了痨怯症么？"王妈听了大笑起来，说道："那寡妇尼姑，有的不正经的，便偷汉子；有的正经女人，却有个极妙的法儿。比了偷汉子还胜十倍，比那有男人的还快活，怎会成病？"月娥笑道："这事也有什么妙法？"王妈妈道："这个法儿，大娘娘谅没晓得，却是外洋来的，名叫'人事'。我自三十岁嫁了人，不上一年，那男人故世，直到今日，做了二十多年寡妇，从没偷过汉子，幸亏得这件东西消遣那长夜的凄凉。"月娥道："我不信。"王妈道："大娘若不信时，我侄女那里，有一件在此。明日我去拿来与大娘试一试，你就知道我不是说谎。"月娥面上倒红了一边，便道："试却不要试，我只看一看是件什么。"王妈道："这却使不得。那件东西有些古怪，试倒尽管试用，却是看不得的。若是看了，一定要害赤眼风毛病。所以用的时候，先要把灯光吹灭，方才在匣子内拿出来。"月娥不知是计，上了王妈的圈套，以致坏了名节，且听下回分解。

# 第 四 十 回

## 老虔婆设金蝉巧计　沈三郎蹈杀身危机

　　却说那王妈原系是个虔婆,把苏氏说得春心引动,脸泛桃花,暗想:"我只道世间男子,都是一般,岂知却有这许多好处。据婆子说,那姓沈的本领,却胜如丈夫十倍? 若得与他春风一度,倒也未为不可。想我丈夫时常出外经营,我怎挨得这孤单长夜。王妈既有此妙物,就试他一试何妨。若果然奇妙,亦可借此行乐。"便道:"王妈,你说的那件古董,却怎的试用?"王妈道:"这件东西一人不能用,却要两个女人更替落换。我明日去拿了回来,等到夜里,灭了灯火,在匣内请出来,上面有二条带子,把来束在我腰内,此物恰好在两腿中间,与男人的一般。大娘若不嫌我身上龌龊,我就与大娘同衾共枕,你只当做我是男子,便与你行事,还你胜如真的十倍。"苏氏只道当真有此妙物,心中想道:"我往常听得人说,尼姑们常用一件东西,拿来当做男人,杀杀欲火,叫什么角先生,谅来就是此物。却不道这般好法。且等她拿来一试便知。"当夜主仆二人说笑了一回,各自安寝。

　　到了明日午牌时候,王妈妈出来买物,走到山河轩门前,早望见沈三伸着头颈,在那里张望。见了王妈走进茶肆,好似天上落了宝贝下来,连忙问道:"成就么? 这两天等得我好苦。"王妈道:"休说休说,此事再也不成! 你的银子,只好原物奉还。我只露得半句,被她足足骂了一夜。大官人,你休起了念头罢!"沈三听了,好似一桶冷水在头上淋下。呆了半响,皱着眉头说道:"妈妈怎的与我想法,哪怕与她会只一会,我就感恩不尽。"王妈妈笑道:"大官人,你且说一声看,若然成就,毕竟肯谢我多少?"沈三道:"你若干得成功,一准谢你十五两银子,十足十兑,厘毫不少便了。"王妈道:"倘有失信如何?"沈三道:"我若失信,死了脑袋都没下落。"当时沈三这厮随口说了一句,哪知出口有愿。莫道无神却有神,后来果然脑袋没有下落,应了此言,也是他奸淫之报。晚生奉劝列位,切勿淫人妻女,做那偷香窃玉之事。你只看历古以来,无论稗官正史,所言淫欲之徒,哪个有得善终？即使漏网，终不免妻女出丑，子孙落魄，弄得做了鬼还没羹饭吃。所以昔人有副对联说道：

　　　妓女之祖宗，尽是贪花浪子；

　　　绝嗣之坟墓，无非好色狂徒。

　　且说王妈见沈三立了重誓，谅不失信，便笑着说道："计是有一条在此，你只要依我行事。"沈三道："全凭妈妈调度，我终依你。"王妈就把昨夜之事，一是一，二是二，从头说了一遍。沈三大喜。王妈道："少停到了黄昏后，你只悄悄来到我家楼门口。你只看后门上面，有一个镇风水八卦的，就在此等候。我安排停当，便来开你进来，领你到我房内，卧在我的床上。我去灭了她的灯火，只推忘携了东西，便出来换你进去。你只不要开口，使上床去干事。这叫做金蝉脱壳之计。你道好么？三十两银子，值也不值？"沈三大喜道："好计好计，日后重重谢你。只是那姓包的，防他露眼。"王妈道："这个不妨。他一到家里，就在厢房内睡了。莫说不到内里，连客堂都坐不定的。只是月明皎洁的天气，有时黄昏过后，在院内使剑，老身自来关照。"说罢出门去了。

　　沈三巴不得红日西沉，用过晚膳，便到孙家后门首来。抬头一看，果然户上钉着一个八卦。便侧着耳朵，向门缝内听时，里头并无声息，哪知门内还隔开一片空地，故此听不出来。这个时苏氏正在用夜膳，包行恭方才回来。苏氏道："王妈，安排叔叔用夜膳。"行恭道："多谢嫂嫂费心。"行恭吃了夜饭，便到厢房内安睡。那王妈服侍苏氏用过夜膳，先上楼去，她把碗盏收拾停当，暗暗来到后边，把后门轻轻开了。只见沈三钻了进来，依旧关好后门，引领了沈三，来到扶梯旁边，低低说道："大官人，把鞋子脱了，提在手中，轻轻随我上楼。"婆子在前，沈三在后跟着，蹑手蹑脚，走上楼来。王妈把嘴向左边门内一歪，沈三会意，便直钻进去。见里面一张榻床，一条半桌，便轻轻坐在榻上，把帐子下了等着。

　　那王妈来到苏氏房内，说了几句闲话，便道："大娘娘，我方才到侄女那里，拿下这件宝贝在此，今夜野鸭来陪伴鸳鸯哩。"月娥道："这个却不羞么？"王妈道："你我都是女人，有什么羞？目今的时世，哪个女人不偷汉子！趁着青春年少，不干些风流事，到老来懊悔嫌迟。"二人说着，大家解衣就寝。王妈有意迟延，等苏氏先入衾中，一口把灯吹灭，轻轻说道："大娘，你先睡着，我去取了那活儿来。"即便来到自己房中，对沈三低低说道："你把衣服解开了，进了房门，靠右边摸去，便是卧床。她眠在西边一头。你不要开口，只上去行事。倘事决裂，我自来周旋。不要忘了我今日之功！"

沈三依她言语，来到苏氏房中，把衣服脱下，放在床边机上，赤条条跨上床来。掀开绣被，便把苏氏搂抱在怀，觉得肌肤凝脂，兰麝喷溢，欲火那里按捺得住。即便腾身而上，云雨起来。那苏氏起初还道王妈，说道："婆子，这些年纪，身上怎的滑腻？"沈三只不做声，竭力奉承。苏氏觉得有异，暗想怎的竟与男人一般？把手摸时，却是天然生就的东西，并非外洋到来的宝贝，便道："你是何人，这般大胆，串通了婆子来勾引奴家？若不说明，我便叫喊起来，把你送到当官治罪！"沈三跪在床头，把自己想慕她美貌，与王妈设下这计，从直说了，"只求娘子垂怜！"那月娥身已被污，正是生米煮成熟饭。况且丈夫常常出外，结识了他，倒也正用得着。便一手搂着沈三道："如今身已被你玷污，只是休要负心，切勿泄漏他人！"沈三指天说地，誓不忘恩。二人你贪我爱，再上巫山，重整旗鼓，直到晓鸡叠唱，方才雨散云收。沈三着衣下床，月娥叮嘱晚上早来。那王妈便来送了沈三下楼，出了后门，说道："大官人许我的银子，晚上千万带来。"沈三点着头，一溜烟出巷去了。王妈关好后门，见时候太早，再去睡了。

自此以后，沈三一到天晚，便到孙家与苏氏行奸。月娥备了酒馔，在房中饮酒行乐，俨如夫妇。二人打得火一般的滚热。沈三买得仇十洲的春意图来，按谱行云，照图作雨。月娥记了王妈之言，问道："沈郎，王妈说你怎的好本领，如今只怕不及来前时？"沈三知道王妈的谎话，只是要博月娥欢喜，不惜重资，购取春方媚药。又买得一套淫具，共有十件家伙，装在楠木匣内。这十件家伙，有硬有软。有的银子打成的，或是套在此物外面，或是挖耳等类，可以在女人的里面搅弄。有的是鱼脬做成，亦是套在阳具上的，行起事来，隔了一层，便能久战不泄，名叫如意袋。有的用鹅毛做成一个圆圈，带在龟头上，行起事来，周围着力，便能格外爽快，名叫鹅毛圈。种种都是奇技淫巧，各有名目，不能枚举。沈三同苏月娥二人，今日用这件，明日用那件，只管取乐。后来逐渐胆大，索性留在高楼，省得夜来朝去，只图日夜宣淫。

光阴迅速，冬尽春来。正在正月半边，那一日包行恭饮酒回来，暗想："哥哥去了两月有余，不见回来。这里襄阳城又无相识，独自一个，好不乏兴。"睡了一回,再也睡不去,便跳起身,抽了一把宝剑,趁此月明如昼,到后面舞弄一回。只是门户关闭,怎好惊动他们,即便飞身上屋,意欲越进里边。哪知跳上瓦,房中忽听得一声咳嗽,暗道:"奇了,这声气不似女人,像个男子声音。莫非兄长回来?"便留住了脚,在窗外一听。不听时万事全休,只一听时,不知弄出什么事来,且听下回分解。

# 第四十一回

## 除奸淫夜斩沈三郎　包行恭大闹杏花村

却说包行恭是个精细之人，听得这声咳嗽不像女子，就在窗外一听。刚听得一个男子声音，只说得"嫂嫂"两字，忽闻苏氏惊骇起来，道："啊呀，窗外好似人影。"行恭知道失于检点，即便飞身跳上楼屋，俯伏倾听。只闻苏氏"呀"的推开楼窗，道："没有什么。"一个男子声音的说道："我说是狸奴，你只不信。那遮檐板上怎的立得人么？"苏氏将窗带转，说道："沈郎，你不知包叔叔学过剑术的人，是个有本领的。"行恭听了，心中早已明白，随即依旧回到厢房，暗想："哥哥如此好人，不道遇此淫妇。我不知也罢，既然知了，怎好袖手旁观？将来难免被奸夫淫妇所算。若待寄安回来，告知此事，却有许多不便，这个断断使不得，反要害他性命。又要周全他脸面，却便如何是好？"想了一会，不觉自己失笑道："我却怎的愚笨！只要如此，便是万全之计。此人姓沈，不知叫甚名字。只是我认不得他，少停待我等他出来，认定面相，方可行事。"到了四更过后，包行恭跳上瓦房，来到后门对面一株女贞子树上，坐在丫枝内等待。哪知却不见出来。看看东方已白，红日将升，只得回到厢房，暗想："怎的不见出来？难道大门内出去不成？莫非这厮整日匿在楼头？"哪知沈三连住三日。

那一天乃是正月十七，行恭到了四更时候，又到树上坐着。忽听得启户之声。只见王妈妈送一个后生来，便关了门进去。那后生低着头，向西而去。包行恭跳将下来，一路跟去。来到离城半里之遥，有一条塘岸，一面沿着官塘，一面却是松林，地名叫做南塘，却是旷野无人之处。行恭在松林内抄到前面，等待这后生经过，便从林子里窜将出来，只一把，行似鹞鹰抓住小鸡。直提到林子里边。沈三见他浑身黑色，紧装扎束，腰间一把宝剑，还道是个断路的歹人，便道："好汉，你要银子，只管拿去便了，不要伤我性命。"包行恭道："我却不要银子，只要你的性命！"说罢，把宝剑扯在手中。沈三吓得魂飞天外，跪了下来。只求饶命。行恭道："饶你不难，你只把姓什么，叫什么，家住哪里，与孙寄安妻子几时私通，一一说明，我便放你。"沈三战战兢兢的说道："小人姓沈，名醴泉，排行第三。与那苏氏交往，未满一月。可怜我世代单传，下无子息，妻尚年轻，家中还有八十三岁一个老母，望好汉饶我一条狗命，以后再不敢到她家的了。"包行恭道："我也对你说了，我乃姓包，名行恭，江南苏州人氏，与孙寄安八拜之交。本当放你回家，只是我这口宝剑，采五金之精英，合龙虎之灵药，炼之三年，方能成就。虽云锋利，实未试过。今日有缘，得遇仁兄，难为你发一个利市！"说罢，手起剑落，把沈三分为两段。看那剑上血不留滞，果然锋利。一手把沈三首级提将起来，朝着塘河内骨冬一声丢去。在他身上割下一块衣角，蘸着血，在大襟上写了八字，道："奸淫妇女，云阳生斩。"把剑插在鞘内，即便回转孙家，心中好不没趣。寄安又不知何日回来，那嫂子这般淫贱，我住在此间作甚？便写了一封书信，书中辞别他，先到江南，劝他在本地营生，休再离乡背井，到远方贸易，免得家中没人照应等语，把来封好了，交与苏氏，辞别了要走。苏氏挽留不住，只得由他自去。

后来有人传说，南塘松林内有个无头尸首，身上穿的绣百蝶湖色海青，大襟上写着血书，说是云阳生所杀。王妈听得这个消息，报知苏氏，正在疑心，莫非却是沈三？又听得说沈三家人已去认看，果是沈三。只寻不见脑袋，现在襄阳县出城相验了。苏氏吃了一惊，心中好不悲伤，暗暗哭了一会。忽然醒悟道："沈三却是被包行恭所杀，怪不得他要紧脱身而去。"王妈妈道："大娘子怎见得是包大爷所杀？"苏氏道："他的师父，不是叫云阳生么？一定是他知了风声，将沈郎杀死，却推在师父身上，使那县官不敢追究。"原来陕西、湖北一带，十三生的名声浩大，谁不惧怕。果然襄阳县见了是云阳生所杀，不敢穷追。只当具文故事，名为缉访凶身，实是遮人耳目罢了。直到寄安回家，行恭去已半月。见了留别的书信，寄安就在襄阳开了爿生药铺，从此不到远方做客。

我把襄阳之事一笔扫开，单说包行恭辞别苏氏，离了襄阳，向东大路而行。过了荆门、武昌，由兴国、九江到漳泽，雇一辆车子，朝行夜宿。此路到江南，要经过饶州、休宁、广信、开化等处，一路江西、安徽交界，犬牙相错。在路行了半月有余，那一日来到兴安县地界，乃是江西该管。正值仲春时候，融和天气暴暖。行到午牌时候，望见前面树林中，挑出一面蓝布的酒帘。包行恭顾问车夫："前面什么地方？"车夫道："大爷，前面过去二三里，有个大市镇来了，唤做张家堡，乃东西往来孔道。那里车马辐辏，人烟稠密，妓馆青楼，鳞次栉比。爷若喜欢玩耍，在此住几日去。此地的店铺，不亚与南昌。城内尽有大客寓，房屋宽敞。晚上有行妓到来，任客选择。有几家大酒馆,出名的好酒菜,而且价钱公道。"包行恭道:"一个乡镇罢了,怎的这般热闹?靠那过往客商,倒有如此生意。"车夫道:"爷们不知。这张家堡,出名的叫做小景德镇。堡上方圆一带,有数十家窑户,专做上细瓷器。各处客商不到景德镇时,都来此地进货。每只碗窑上,一年要做好几万银子生意。故此各店家卖买甚好。若单靠过往客商,怎立得起偌大市面么?"包行恭道:"原来如此。"

一路讲讲说说,已到镇上。只见一片茶肆,甚是浩敞。包行恭道:"我们口渴得紧,在此吃杯茶再作道理。"便跳下车来,就在沿街桌子泡了一壶茶,坐将下来。看那对门,却是一家酒肆,那蓝布帘上,写着"杏花村"三字。门面虽只一间,望到里边坐头,却也不少饮酒的人,出出进进,甚是闹热。面前系着一匹白马,鞍鞯踏凳,装饰得甚是华丽。正在看时,只见店中走出一个后生来,年纪二十左右,却是有些面善,从那里见过的样子。那后生见了行恭,将他上下身看了一看,走到东面去了。不多时,依旧走入酒店,进门的时候,回转头来把行恭一看,也像认得的光景。行恭想了一会,再也想不出来。车夫道:"大爷,对门的高粱酒是有名的,爷若用酒的,何不过去吃一杯?"包行恭道:"你若喜欢饮酒,我就同你去吃一杯。"车夫听了大喜。

二人立起身来,正要走到对门,忽听得酒店里边一片声扰嚷起来。叮叮啴啴,乒乒乓乓,好似碗盏壶瓶、台机桌凳尽行翻身的样子。望到里边,人头挤挤,只打得烟尘丢乱,落乱纷纷。有几个人飞奔出来,一路向东而去,好似唤人的模样。二人便立定了,看不多时,来了四五十个大汉,手中短棍的短棍,铁尺的铁尺,一拥而进。车夫道:"这班人都是窑上的做工,最喜打架。他们齐心得狠,若吃了亏时,一呼百应。今日这两个过客惹了他们,终没便宜。"只听得里边厮打之声,只少得房屋翻身。外面的只管陆续进去。车夫道:"只五六间房,只怕挤得满了。"隔了一刻,里面的人纷纷回出来,外面的人还要进去,两下挤住。只见一个黑脸大汉,手执二条台脚,横七竖八,一路直打出来。那些人挡他不住,口里只叫:"不要被他走了!"包行恭正要回到茶坊里去,不料那黑大汉已到面前,不分皂白,举起台脚向行恭夹背打来。行恭方才旋转身躯要走,不防他打,故此打个正着,觉得十分沉重,不觉大怒起来。

要知二人交手情形如何,且听下分回解。

# 第四十二回

## 张家堡厮打成相识　英雄馆举鼎遇故人

　　却说包行恭回身要走，不防他夹背打来。虽不大碍，却也受着微伤，心中大怒起来。旋转身躯，正待发作，他却又是一下打来。行恭将身偏过，暗道："此人好生无礼！怪不得动了众怒，便去众人手内夺过一条棍子，就在街上对垒起来。众人团团围住了吆喝，却倒不敢上前。二人一来一往，打了二三十个回合，那黑大汉渐渐的气力不加，招架不来。行恭见他只是发喘，越发逼紧上来。打到四十来回合，行恭卖个破绽，让他打过门来，将身闪过一边，飞起一脚，把黑汉踢倒在地。赶上一步，将夹背心抓住，把铁尺丢去，提起拳头便打。一连打了二十来下，只打得这黑大汉吼叫连连。行恭道："你会叫时，老爷偏要打！"

　　提起拳头，正要打下，只见一位英雄，分开众人，大叫："包贤弟，打不得，都是自家人！"行恭听了这声音好熟，扭转头来一看，原来却是狄洪道，连忙住手，道："狄道兄，这位是谁？"洪道早已走到面前，附耳说道："贤弟，这就是罗季芳。你们怎的打将起来？"罗季芳脱得身时，跳将起来，看见狄洪道到了，便道："老狄，这厮打得我好苦，我不与他甘休！"洪道道："呆子，都是自己弟兄，快些别处去饮酒！"包行恭忙向季芳作揖，道："小弟有眼不识泰山，冒犯大哥，罪该万死！还望大哥恕我。"季芳弄得难为情起来，便道："罢了罢了。"对了洪道道："老狄，你的令高徒，还在酒店里被众人围困着。"洪道道："既然如此，何不早说？"便同了行恭一起来到店中。

　　只见王能被众人围住，正在脱身不得，连忙大叫："各人住手！"那外面的窑上众人，跟进喝叫住手："他们有人来此，评理便了！"众人遂住了手。洪道便问王能："你二人因何与他们厮打？"王能道："我们在此经过，罗师伯把他们的碗料碰翻了。我便问他们该值几何，如数赔偿便了。哪知此地的人不讲道理，只是不允。遂到这里酒店内请他们吃酒，问他到底要赔多少？他们只是无价，倒说：'杀了人要抵命，倒是容易，碰坏了我们的碗料,是没价的。'你道天下有人理么?"那些窑上人众口一词,大叫:"我这里定下规矩,不独张家堡如此。你们不信,各处言问。就景德镇,也是一例。别的都有价的,唯有碗料没价,谁叫不让。你们若把烧好的瓷器碰碎了,有一只赔一只,不要诈你一文。只那碗料,却是没价的。"狄洪道对罗季芳道:"大哥,你未出过远门,不知外边之事。他们实有这个规矩。只怪你自不小心。"便向众人说道:"他在哪里碰坏你的碗料?"众人道:"就在东边三四家门首。"洪道道:"既然在这里碰坏的,此地茶坊只有对门最近。请众位吃茶。"便先走到茶坊内,吩咐店家,每一张桌子上泡八壶茶,总共多少银子? 店家道:"小店里二十张桌子,总共一百六十壶茶。每壶十个大钱。"洪道向身边取出银子,算清茶价,向众人拱一拱手道:"难为众位,小弟赔罪了!"众人面面相觑,都不做声。

洪道便同了行恭、季芳、王能一起走了。行恭把些银子给了车夫,便问道:"狄道兄,他们初起这般不得了,怎的吃了一茶,便就没事?"狄洪道笑道:"碗窑上规矩如此。每逢捐了碗料,便横冲直撞。你若略为碰了一碰,他便把肩上一板碗料丢在地上诈人,再也不得了。懂了他的法子,只要就近的茶馆内,合堂付了茶钱,叫做满堂红,就没事了。碗料却不消作价。罗兄与小徒不知这个规矩,被他们拉到酒店里去,就不得开交,要诈你个不了。"

四人说道着,走了半里多路,只见一座酒楼,招牌上写着"英雄馆"三字。包行恭道:"这个店号取得别致。还是英雄卖酒,还是英雄饮酒?"狄洪道笑道:"自然饮酒的是英雄,岂有开馆自称英雄之理? 我们就暂做一刻英雄吧。"大家笑着上楼坐定,下楼酒保问过点菜,搬上美酒佳肴,四弟兄饮酒谈心。王能道:"方才我看见包师叔好生面熟,一时想不起来。"洪道道:"亏你前年冬间会过,难道就忘了?"包行恭道:"道兄,休说他不记得,那时只会得一刻工夫,遂即分手,又隔了年余。我也见了他,但觉面善,只是记不得那里会来。"便问起徐鸣皋众人消息。狄洪道把前事一一说了,直到太平县失散之后,独自一人,再也寻他们不见,如今欲上南昌访寻,来此经过,见众人围着厮打,听得吼叫之声,好似罗大哥,故此进来一看,却不道与贤弟交手。便问:"罗大哥怎的到此? 鸣皋、小舫、李武,可曾见否?"季芳道:"我与王能两个被他们拿住了,解上江西,幸亏山中子救到他的船上,把我摇到一座高山。山上有个石洞,洞内有个老道士,却是那年在句曲山会过的。那老头儿就叫做玄贞子。留住我们，直到如今。终日吃些蔬菜，又没酒吃，捱得我要死。几次要想同王能逃下山来，这老儿会起卦的，他就预先说破了。后来决意私下走了，哪知走了一夜，仍在山头上面，再也寻不到下山道路来。直到前日，他叫我下山：'一路到江西南昌，众弟兄皆在那里候你。'那晓走得不到两日，便果然就逢着了你。"包行恭把自己下山以后之事，也说了一遍。洪道道："我们如今同到南昌，再作道理。"众人都道："甚好。"大家开怀畅饮。

酒保添上酒来，狄洪道道："小二哥，你家的店号英雄馆三字，要算不通。若说开店是英雄，太觉夸口了；若说饮酒的是英雄，倘然不是英雄，难道不卖他吃？若说奉承主顾，何不称了状元馆、高升馆、集贤馆、迎仙馆，皆可取得，偏偏用这'英雄'两字，好像强盗开的声气。"酒保笑指着里面阁子里道："爷们不要问，这店号的缘故，只到阁子里去看了便知。"众人听了，一起立起身来，同到阁子里时，上面几上供着一只古鼎，约有千斤之重。上有一块匾额，写着"临潼遗事"四字。中间一张桌子，朝外摆一把独坐。右边挂一牌，牌上写得明明白白：不论军民人等，能举起此鼎者，任吃不要钱。右边也挂一牌，牌上空着，只有起头四字道："勇士芳名"，却并无人名写着，讲来没发过利市。

狄洪道便问酒保："你家店主人姓甚名谁？此鼎谅是他设法在此，可曾有人举过否？"酒保道："不瞒爷们说，我家店主人，不知他姓什么，只晓得是湖北人。我们都称呼他姑老爷。这里店主娘娘姓王，店号叫做醉仙楼。去年招了那位姑老爷来，改了英雄馆，就设下这鼎来，至今七八个月了，举过的人不知几千几百，从没有举得起的。近来人人都晓得拿他不动，所以来举鼎的人稀少了。"

包行恭道："你家姑老爷可举得起么？"酒保道："这倒不知道。"狄洪道道："他既设此，岂有举不起之理？"罗季芳道："谅这个小小鼎儿有多重，难道就没人拿得起来？"一面说，一面卷起双袖，两手执定鼎足，用力向上抬去。哪知好似苍蝇撼石柱，动也不动。洪道道："这个小小鼎儿，怎的倒重起来？"季芳道："老狄不要取笑，看你来！"洪道道："我却举他不得。"王能道："罗师伯，把鼎盖去了，便好举了。"季芳道："这个自然。"王能便替他去提鼎盖，那知连盖都拿不起来。王能涨红了脸道："怎的沉重？"包行恭道："贤侄，据我看，这鼎盖也有五百来斤，总共约有壹千二三百斤，如何举得起来？"王能道："包师叔，你来。"包行恭道："只怕举他不起，被人笑话。"狄洪道道："都是自己弟兄在此，这又何妨。"

包行恭也把衣袖卷起，双手执定鼎足，把全身功夫运在两膊之上，用尽平生之力，喝一声"起！"便将这鼎高高举起。将身行动几步，便依旧放下。众人都喝声彩道："好大力量！"行恭道："狄兄，你来。"洪道正要上前，只听得酒保同了外面吃客叫道："开店的来也！"众弟兄看那边一位英雄上来。

不知来的何等人，且听下回分解。

# 第四十三回

## 南昌府群英聚首　兴隆楼兄弟重逢

却说众弟兄闻得店主人上楼，向外看时，只见一位英雄，头上蓝绸扎巾，身穿元缎褶子，英雄跷包，足上薄底乌缎骁靴，腰间悬一口宝刀，生得英气勃勃，威风凛凛。走到阁子里来，对着众弟兄唱个大喏，道："不知列位英雄到，有失迎迓！"狄洪道仔细一看，大喜道："吾道是谁，原来焦大哥！"那人见了洪道，失声："啊呀，我说何方豪杰到此，岂知洪道兄弟驾临！"洪道便向季芳、王能道："大哥，贤契，认得此位否？便是湖北侠士焦大鹏哥哥。"当时季芳、行恭、王能连忙见礼，各通姓名。大鹏大喜，忙叫店伙换一席上等酒肴，与众位英雄接风。席间说起平日仰慕之心，大家欢喜。

大鹏问起洪道别后事情。洪道细说一遍，大鹏道："小弟别后，相送王介生到了余姚，回到姑母家中住了几时，便到这里闲游。此地堡上有个教头王伟如，单生一个女儿，名唤凤姑。却是女中豪杰，武艺高强。誓配英雄豪杰，因此高低难就，年纪二十三岁，尚未受聘。在此设立擂台，暗选婚配。小弟不知就里，上台比试，被我胜了她。他父亲将我留住，说明缘故，要招我为婿。小弟再三推辞，他父亲哪里肯放。我推辞不得，就赘在此间。因欲结识一班豪杰，故此改换店号，叫做英雄馆，打动过往英雄之意。里边设立此鼎，引诱豪杰出手，不意今日巧遇大哥与众位英雄，真乃天赐相逢，实为万幸！"

当日传杯弄盏，宾主尽欢而散。到了黄昏时，大鹏留住众弟兄，同到家中。离店不远，房屋十分气概。呼唤妻子王凤姑与众人相见过了。当夜结为异姓骨肉，每日陪了众人各处游玩，丰盛酒肴相待，一连住了十余日。狄洪道等要到南昌寻访弟兄，焦大鹏设席饯行，又赠了各人盘费。临行时说道："众位兄长先到南昌，小弟也要到来，亦未可知。"众人辞别了大鹏、凤姑，出了张家堡，朝南昌进发。一路花红似锦，草碧如茵。雇了四骑牲口，弟兄们说说笑笑，颇不寂寞。

有话则长，无话则短。不一日来到南昌，打发赶牲口的回去，就在客寓中安歇，每日在热闹处去游览，不见弟兄们下落。那一日清早起，各人梳洗已毕，店主人道："今日四月十四，祖师诞日，这里卫道观中十分热闹，九流三教，都有到来。爷们何不随喜随喜？"季芳道："老狄，我们就去逛逛。"洪道、行恭都道甚妙，兄弟们倘有在此，或者碰见也未可知。随同了王能，出得寓所，一路径往卫道观而来。只见街坊上面，进香的红男绿女，挤挤挨挨。到了观前，看那卫道观起造得规模宏大，殿阁崇峻。里边赶做买卖的，九流三教，好不热闹。也有茶篷酒篷，买食物的，买果子的，纷纷扰嚷。各处游玩了一番，回到观门口。只是熟识的，一个都不见面。包行恭道："今日天气颇热，挨在人丛内，口渴得紧，我们买碗茶吃了去。"罗季芳道："何不吃碗冷酒，却不胜这滚热的泡茶？"包行恭笑道："罗大哥说得是，倒是冷酒解渴。"狄洪道指着道："就是那个篷子里好么？"

正要走去，忽听得背后一人叫道："师父却在这里！"洪道回转头来一看，却是李武，大喜道："你几时来的？且一同去吃酒。"五人进了篷子，打了五斤瓮头春来，点了几样下酒菜。洪道便问李武别后之事。李武便将太平县逃出，以后遇见鸣皋，石埭村遇见方国才，大闹望山楼，力斩五虎，剿灭石埭山强盗，焚烧山寨烧出一条火龙，几乎一起送命，幸得霓裳子相救，斩了孽龙。"就同师叔二人，向南昌而来。那师叔性爱山水，见了好山好水，再也不肯走，就在山村住下。每日翻山爬岭，探异搜奇，一路东耽西搁，直到正月元宵，方至安义山中。二人正在行走，忽起一阵怪风，刮得尘土冲天，眼都睁不开来。及至风过，那师叔不知哪里去了，四面瞭望，影踪全无。我又不敢走开，恐师叔来时寻我不见，故此坐在树下等了好半歇，只是不见。我就借住山村，各处打听，杳无下落。只得一路走，一路寻，直到三月初头，方才到此南昌。每日出来，寻访鸣皋，及各位师伯。至今又是月余，却一个都没见。如今幸遇师父与罗师伯在此，就好商酌了。"洪道就命李武见过了包师叔，李武向行恭叩了个头，立起来。

大家又饮了，一面付过酒钞，出了卫道观，一路行来。洪道道："如今妹丈不知下落，吉凶未卜，如何是好？"罗季芳道："待我到安义山寻他。"李武道："师伯又来了。这安义山数百里，周围山连山，山套山，你又知他走的那一条路？小侄同行的人，眼见一时失去的，尚且没有寻处，师伯却从何处去寻觅？据我看来，这阵风甚是奇怪，只怕被妖魔摄去。"王能道：

"敢是大虫拖去?"洪道道:"胡说,他却怕了大虫?"行恭道:"深山穷谷,何所不有。最厉害的东西,名为飞天夜叉,来去只一阵怪风,任你英雄好汉,都被他连皮带骨吃了。今照李武所言,有些相像。"众人听了,都呆着。那罗季芳大哭起来,便要李武领去安义山中,好歹寻个下落。洪道道:"大哥休得如此。这里什么所在,惹出事来,非同儿戏。我想夜叉也伤他不得。前年夏邑山中有个夜叉,被伍天熊也吃他一锤打死,何况妹丈英雄。"遂将徐庆说起的轩辕庙之事,说了一遍。行恭道:"这却不同。夜叉亦分等类,这是寻常的夜叉罢了,只好当他畜类。若说飞天夜叉,乃神通广大,变化无穷。能变美妇孩童,昆虫鸟兽。非但可以隐形,并可门缝墙壁出入无碍,天神天将尚且捉他不得。亦能呼风唤雨,雷电相随。只是有件好处:他虽凶恶,却讲情理,无缘无故,不来吃你。他必变做绝色美女,引你调戏他,若然淫污了他,方才吃你。那徐兄谅不致此。"罗季芳道:"我家老二生平不贪女色的。"行恭道:"罗兄放心。吉人天相,少不得安然无事,过几日就会见。"洪道道:"但愿你兄之言。"

一路闲谈,只见有座大酒楼到来。沿窗坐着一个书生模样,轻摇纸扇,背窗而坐。李武指着对洪道道:"师父,你看此人可像慕容师伯否?"洪道抬起头来一看,便道:"果然。我们一同上去,若不是他,我们就在此用些酒饭,省得寓所去吃。"众人都一起上楼来,一看,只见一枝梅、徐庆、杨小舫都在那里,还有一人却认不得。一枝梅等看见罗季芳同着一班兄弟上来,便一起站起将来相接,大家欢喜,一同入席。周湘帆吩咐跑堂的添上杯箸,加上肴馔酒来。

狄洪道便问这豪杰姓名,并问他们几时相聚到此。一枝梅便把别后到了京都,留住几月,后来游到此地,遇徐庆、小舫,说起蒙这位周湘帆兄义气相投,结为兄弟,居在他家之事,细细说了一遍。徐庆请教包行恭姓名。洪道道:"此位是我师弟,便是云阳生师伯的高徒包行恭便是。"就把行恭奉师命下山到襄阳一席话,直说到张家堡一并相会,又遇草上飞也在堡上开店做买卖,并英雄馆之事,对众人说。一枝梅等都道:"久慕包兄大名,今日幸得相逢,实慰生平!"行恭谦逊一会。那罗季芳说起鸣皋一事,众人惊问情由。李武把前事告诉一遍,众人疑惑不定,都道多凶少吉。本则弟兄相会,又添了二位英雄兄弟,十分大喜,只为了鸣皋之事,变喜为忧,大家没兴。周湘帆只得慰解道:"事已如此,且莫着忙。如今众位且请到舍,兄弟们聚在一处,再做商量。城市居住不得,恐怕露眼不便。"狄洪道等谢了湘帆,便叫王能到寓所,取了衣包物件到了。

众人直吃到日落西山,共到湘帆家中。湘帆吩咐备酒,与五位接风。席间议论鸣皋之事,一枝梅道:"兄等休慌,明日小弟去安义山中走遭。上天入地,好歹寻个下落。"众人大喜。

不知寻见与否,且听下回分解。

# 第四十四回

## 一枝梅安义山寻友　徐鸣皋元宵节遇妖

却说周湘帆大开筵席,与狄洪道等接风,众弟兄欢呼畅饮,虽则热闹,只因不见了鸣皋,觉得乏兴。一枝梅暗想:"新添了二个豪杰兄弟,旧时的人,个个齐集。单单少个鸣皋,就像军中没有了主将的样子。为义气上,我去找寻,比别人容易些。"当时便对众弟道:"我明日到安义山中寻访鸣皋,务要得个下落回来。"徐庆道:"慕容兄去时,可要李武同往?"一枝梅道:"不必。他若同去,反觉累随,倒是独自去的好。"众兄弟心中略慰。当夜尽欢而散。到了来朝,一枝梅轻装软扎,背插钢刀,辞别了众人,便向安义山而去。众弟兄同在周府盘桓,等候鸣皋消息。每日在家讲讲时事,比比武艺,或是看着棋,或是吃吃酒,颇不寂寞。

我且让他们耽搁下去,如今再说那徐鸣皋,自从剿灭飞龙岭,与李武向江西而来,一路游山玩水,过了漳泽、新都,渡过鄱阳湖,来到安义山中,离南昌不过数日路程。那一日正是元宵佳节,行到一处地方,群峰围绕,树木甚多,赞道:"好个所在! 你看沿溪一带,都是倒垂杨柳,溪涧中山水澄清,游鳞可数。山坡上碧草如茵,兰香阵阵。树间鸟语钩輈,春风拂拂。"二人缓步而行,观之不足。忽然间树林里卷起一阵怪风,刮得飞沙走石,霎时间天昏地暗。这阵风团团旋将起来,便觉身不由主,如在云雾之中,不知东西南北。一会儿风定,抬头一看,依然旭日当空。回转头来,不见了李武。暗想:"这又奇了,难道被风二中不成?"遂即四处抄寻,哪里有个影子。寻了一回,只见金乌西坠,玉兔东升,只得向前而行。

沿溪弯弯曲曲,前面有一所高大房廊。心中想道:天色已晚,腹中又饿,不如就此借宿一宵。走上前来,只见朱门铜环,双扉紧闭,暗想:"深山之中,却有阀阅之家。谅是朝内公卿,退归林下,爱那山明水秀,隐居在此。"便去敲门。里边走出一个门公开了门,便问:"相公从哪里来,到此何事?"鸣皋道:"在下乃江南人氏,路迷贵处。天色已晚,欲求府上借宿一宵,明日早行。"门公道:"既然如此,且请少待,我去禀过主人可否,回复与你。"鸣皋道："有劳你了。"

那门公去不多时，出来道："相公，我家主人相请。"鸣皋走进里边，来到厅上。主人立在堂中相候。却是个美貌妇人，年约二十多岁，生得体态风流。头上挽起朝天髻，鬓边簪着几朵兰花，珠环金饰，翠羽明珰。身穿月白绣五彩花袄儿，系一条鹅黄带子。湘裙底下，微露三寸弓鞋，好似红菱相仿。鸣皋抢步上前，深深作了一揖，道："小生路经贵府，天色已晚，欲求借宿一宵，感恩非浅。"那妇人启齿嫣然笑道："我家并无男子，本则不便相留。今见君是个风雅之辈，怎好推却？"鸣皋谢过了，分宾坐下。妇人便唤桂香送茶。只见一个十三四岁的丫环，捧出一盏茶来。那妇人道："郎君江南那一州县，高姓大名？"鸣皋道："小生姓徐名鹤，表字鸣皋，家住扬州府江都县太平村上。"妇人听了大喜，道："莫非就就小孟尝君徐八爷么？久慕大名，今日幸得相逢！"忙叫桂香快去端整酒馔来，与八爷晚膳。鸣皋谢道："承蒙留宿，感德难忘，怎好相扰，敢问尊府贵姓？"妇人道："我家姓白。公公在日，位立朝纲。妾身常氏，名唤芳兰。丈夫已死，亲族全无，只剩苍头白贵，使女桂香。幸有山田数亩，仅免冻馁，几间屋宇，聊避风雨而已。"说话之间，桂香捧出酒肴来，芳兰亲自陪侍，殷切相劝。鸣皋细看芳兰，生得千娇百媚，分外妖娆。桂香在旁斟酒，你一杯，我一杯。芳兰言语之间，挑动鸣皋，时把秋波送情。鸣皋如此一个顶天立地的豪杰，竟然拿不定主意起来。

却是为何？原来这妇人并非人类，乃是千年修炼的妖精。要迷死三百六十五个男子，便可位列仙班，成其正果。今已迷死三百五十五人，恰巧鸣皋到来。那妖精知道他十世童男转凡，精神元气，与众不同。只要迷死了他，可以代得十人，立时白日飞升。故此作法起来，一阵妖风将他摄来。方才酒内已下了迷药，所以徐鸣皋心中昏乱，迷失本来。

当时酒阑席散，携手入房，成其美事。从此中了妖毒，把众兄弟等置之度外，每日与芳兰调笑。过了十来天，渐觉身子疲软，精神恍惚。那芳兰日夜嬲①战不已。每逢欢乐之际，觉那妇人阴道中，有如吸取之状，则阳精大泄，身子便不胜其惫。鸣皋心虽渐厌，尚不忍拒却。到了半月，竟而卧床不起。口吐鲜血，饮食不思。一日桂香送一杯茶来，鸣皋接在手中

① 嬲（niǎo）——戏弄、纠缠。

欲吃,忽见杯中影子,照见面容憔悴,脸肉尽削,连自己都认不得了。心中大惊,暗想:"我来此只有半月,怎的便就如此?"暗想芳兰有些蹊跷。

俗语说得好:天下无难事,只要有心人。世上的妖精迷人,与娼妓迷客一般。起初溺爱之时,随你当面说他是妖精迷,娼妓是假情假意,再也劝不醒。及至自己醒悟,便能看出妖精的形踪诡秘,娼妓的口是心非来了。然而等到这个地步,却是迟了。如今徐鸣皋见芳兰一味淫欲,全无怜惜之心。那调笑殷勤,都非真意,一切举动行为,皆与常人有异,疑他主仆非人,越看越像,心中虽是惧怕,面上不敢露出来。欲想得空逃走,却又挣扎不起,暗想:"我徐某难道死在这里?"过了几日,病势日增,耳中虚鸣,眼目昏花,那夜芳兰又要与他交接,鸣皋力不从心,一意拒绝。芳兰嬲之不已,鸣皋正色道:"你若如此,真个要我死否?"芳兰听了此言,恼羞成怒,立起身来,放下了脸道:"你还想活命么?"说罢,走出房外去了。

鸣皋明知是个妖精,只是无可奈何。少顷,蒙眬睡去,梦见芳兰上床来交媾,四肢无力,拒她不得。醒来困乏不堪,暗想:"今番我命难保。别的不打紧,只是妻子朋友,没个见面,我死了无人知晓,尸骨不得还乡。想我一生如此为人,自命豪杰,枉称赛孟尝君,却丧在一个妇人之手!"想到其间,不觉流下几点英雄泪来。举目看时,芳兰主婢不知哪里去了。台上银盘点着,知道天已夜了。侧耳倾听,并无声息,暗道:"此时主婢都不在此,若能逃了出去,还可活命。我学了一身武艺,如此工夫难道就挣扎不起? 待我来运动了全身工行,强整精神,若能上得瓦房,便可出去。"主意已定,勉强爬得起来,把衣服紧紧扎束,挎了单刀,运动蛇腹功,欲向楼窗内跳出。谁知一个头晕,依然倒在床上,叹道:"英雄只怕病来磨,今日方才相信。我生平如此本领,却到哪里去了? 我若从楼梯而下,必然遇见芳兰主婢,怎肯放我出去。又不知她什么妖精,休被他发恼起来,把我吃了,连个全尸都不能了。还是与他好好商量,死后将我埋葬,或者肯从,亦未可知。"

那徐鸣皋胡思乱想,好不凄凉,哪知救星来了,忽见楼窗内烁的一闪,鸣皋知是飞行之辈。定睛一看,只见一人浑身黑色,小小身材,头上一个英雄结,身穿密门纽扣窄袖短袄,下面兜当叉裤,足上踢杀虎快鞋,腰间雪亮的钢刀,从楼窗内飞身进来。见了鸣皋,跪在地下道:"大爷莫非扬州徐八爷么?"鸣皋将他一看,却认不得了。"快只主在我背上,待我来负你出来,若被妖精知觉,便难脱身。"鸣皋大喜,暗道:"谢天谢地,徐氏祖宗有灵,来此异人相救! 连忙爬在那人背上。那人取下一条衣带,把鸣皋斜肩缚住,正欲跳上楼房,忽听得楼梯上弓鞋琐碎之声,噔噔连属,知道芳兰主婢上来。

不知那人能否救出徐鸣皋,且听下回分解。

# 第四十五回

## 安义山主仆重逢　梅村道弟兄聚会

却说那位侠客把鸣皋背负停当,听得楼梯上有人上来,便向楼窗内飞身而出,在瓦房上两三跃,已至外面。在路上如飞一般,不多时,来到山坡之下,把鸣皋放了下来,在石上坐定,跪将下去,对鸣皋拜了三拜,道:"八爷认得我么?"鸣皋愕然道:"随蒙相救,实不认得,请教贵姓大名?"那人道:"小人非别,乃向系服侍八爷的。"鸣皋仔细看时,却依稀有些相像,猛然省悟,便道:"你莫非徐寿么?"那人道:"小人正是徐寿。"鸣皋道:"你跟了师父一去数年,如今再认不得。今日怎知我有难,却来救我?"徐寿道:"自从那年奉了主人之命,跟随师父,学得上身武艺。此时众师伯在此安义山聚会,奉了玄贞大师伯之命,特来相救主人。"鸣皋道:"如今众位师伯在哪里?"徐寿道:"师父同了众师伯各各分手,往别处云游去了,只有玄贞师伯在岭上候着主人。"鸣皋道:"我身子疲乏,上不得山岭,你背我去见师伯。"

徐寿便依旧背负了鸣皋,上了山岗。在树林深处,一个山洞之中,内有一片空场,遥见玄贞子在树下趺膝而坐。徐寿把鸣皋放在石上,走去参见了玄贞子,禀称:"奉命相请主人,现已在此。"玄贞子便命鸣皋相见。鸣皋参见已毕,细看玄贞子相貌,果然就是那年在句曲山登高所见的老道长,便叩谢了相救之恩。玄贞子道:"贤契,你所遇之人,乃千载蟒蛇。今虽救得出来,你身受毒气,若不早治,仍难活命。"鸣皋长跪求救。玄贞子便向葫芦内倒出三粒丹丸,命徐寿取些泉水,与鸣皋吞下。不多时腹中作痛,雷鸣也似响了一会,泻出斗余黑血,顿觉神气舒展,身子爽利。

谢过了师伯,便问:"弟子此去江西,可能与众兄弟相会?宁王气数如何?望师伯指教。"玄贞子道:"宁王早晚终当伏法。目今时候未到,你只尽心竭力,为民除害,暗助王家,剪除奸恶,便是修道一般。现在众兄弟都在南昌候你,你师父亦可会见。"便对徐寿道:"你好好跟了主人同到南昌,会见众英豪,建功立业,也不枉你师父教导一场。你主人病根虽拔,身体虚弱，一路好生服侍。到前途雇乘车儿，径到南昌去吧。"又对鸣皋道："贤契，前途保重，后会有期。我今要到雁荡山访友，你好生去吧。"鸣皋恋恋不舍。只见玄贞子站起身来，将大袖一举，化作一阵清风而去。

鸣皋呆了半晌，叹道："我徐鸣皋没福。若能跟随了玄贞师伯学道名山，要这百万家私何用？"徐寿道："主人不必愁恼。只要善行圆满，少不得也成仙道。如今待我背负主人前去，寻觅车辆。"鸣皋依言。徐寿便背了主人，翻过山岭，来到村市之间，雇下一辆车子。吩咐推车的慢慢而行，每天只行目下多里就歇了，在路调养鸣皋。因此直到五月，方才到得南昌。看官，鸣皋这一日到南昌府时，一枝梅去已半月有余，二人在路上错过，未曾遇见的。

鸣皋到了南昌地界，离城还有七八里之遥，地名叫做梅村，却并没梅花，又无村落。一条弯弯曲曲的官道，两旁尽是枣树，遮得日影全无，清风习习，好不凉快。主仆二人在车上谈说前情，忽见一只兔儿向车中窜过，钻入草中。抬头见有一只老雕，觑定草中，在半天里盘旋，要想吃这兔子。徐寿笑道："八爷，你看这老鹰一心要吃兔儿，待我来赏他一箭。"鸣皋道："他吃兔儿，干你甚事？却去伤它性命。"徐寿笑道："虽则杀命养命，也算是除暴安良。"鸣皋听了不觉失笑。原来那徐寿炼就一件利器，却是百步穿杨的弩箭。他的弩箭不用铁做，乃将坚竹削成，锋利异常，一管内能安十支，可以连续发出，端的百发百中，略如袖剑相仿，只消拨动机关，其弩便出。说时迟，那时快，鸣皋见他把手一招，那只老雕在半天中骨碌碌连打几个翻身，落在草中。那车夫也是个少年好事，一见大喜，道："好呀！"说着把车子歇下，赶到那边，将老雕连弩取将过来，笑道："爷们真好眼力，这支箭不偏不倚，恰巧射在鸟头上。怪道偌大一只老雕，吃了一箭就动也不动的了。"

徐寿正把手来接，只听得树林里有人喝道："好大胆的贼徒，你敢射死我的猎雕，管叫将你来偿命！"鸣皋抬头一看，只见树林里赶出一个少年，背后跟着两个家人，拿着鸟枪铁叉，挂着些雉儿野味。那少年年纪二十光景，生得唇红齿白，衣服丽都，手执弓，背插箭，满面怒容。徐寿听他出言不逊，早已大怒，便跳下车来，道："我便射死了你猎雕，却待怎地，你就出口伤人？惹得小爷性起，休说一只鸟，连你这小杂种也射死了，看你小爷可来偿命？"那少年听了，正如三昧火冒穿了顶梁门，大叫："罢了罢了!"便抢步过来,劈面一拳。鸣皋连忙喝住,哪知徐寿一把早将少年拳头接住,扯将过来,提起拳头便打。鸣皋慌忙跳下车来分开,早被徐寿打下七八下,打得鼻青嘴肿。徐寿松了手时,便同了两个跟人,一溜烟逃进树林中去了。鸣皋把徐寿埋怨了一会,看了这只猎雕,对徐寿道:"这只鹰头上有角,名为角雕,端的要值一二十两银子。被你射死了,岂不可惜?"

正在责备徐寿,只见方才的少年,同了两个汉子,在后面大路上如飞也似的赶来,大叫:"还我活雕,放你们过去!"鸣皋正待分辩,那为首的一个已到面前,大喝道:"大胆匹夫,射死我们角雕,还敢痛打我家兄弟,你也吃我一拳!"鸣皋道:"大哥有话好说。"言还未毕,那徐寿早已钻将过去,朝那人打个毒龙探爪。那人大怒,也不答话,上手便打。鸣皋上前劝解,谁知后面那汉只道他相帮动手,便一个腾步跳过来,两劈手向鸣皋肩上打下。鸣皋只得招架。四个人就在当路厮打起来。那少年立在旁边看打,只不敢上前相帮。

四人打了五六十个照面,鸣皋虽则病后,到底本领高强,徐寿正是初出山的老虎,分外精神,故此这两人渐渐拳法不佳。忽听得后面有许多人赶来,大叫:"兄弟休慌,我等来也!"鸣皋听却吃了一惊,暗想这两个已经作够对垒,今若再有本事高的到来帮助,如之奈何? 远远望去,约有五六位好汉,看起来都不是寻常之辈,心内正在着慌,那班好汉已到面前,一起大叫道:"你们快些住手,都是自家弟兄!"鸣皋等四人便一同住手,将那来人一看,叫声:"啊呀!"正是踏破铁鞋无觅处,得来全不费工夫。

你道来的一班是何等之人? 原来就是季芳、徐庆、狄洪道、杨小舫、王能、李武。先前同徐寿交手的,便是周湘帆,同鸣皋交手的,便是包行恭。那时射猎的少年,乃周湘帆堂弟,名叫周莲卿。当周湘帆、包行恭知道这位就是徐鸣皋,好似半天中落下了一件宝贝,连忙过来谢罪,拜倒在地。鸣皋连忙还礼。周莲卿也是久慕鸣皋,慌忙过来相见赔罪,便问:"此位是谁,却如此英雄了得?"鸣皋道:"这是小弟的家僮徐寿,十分无状,射死尊雕,礼当重责。"莲卿道:"小事小事,一个鸟儿罢了,值得什么?"徐寿也向莲卿赔罪。湘帆道:"寿哥何必介意!"莲卿道:"小弟浮伤罢了,都是自己弟兄,休得挂怀。"众弟兄个个大喜。湘帆道:"寒舍就在前面不远,徐兄同到舍下坐谈。"鸣皋谢了,就打发车夫回转。众弟兄大家步行,一路说说谈谈,不多时已到周家厅上坐。湘帆忙叫快备上等肴馔来,与鸣皋兄接风。堂中摆开盛筵,各人就席。罗季芳等问起鸣皋别后事情,鸣皋一一说了。又把众弟兄离合情由,个个细述一遍。这日重新结义,欢喜非常。

　　不知后事如何,且听下回分解。

# 第四十六回

## 黄三保狐假虎威　徐鸣皋为朋雪耻

却说众弟兄今日大总，结义大会，只少一枝梅一人。个个跪将下去，祷告通诚：有难同当，有福共享，一人有难，众人救之，众人俱有难，虽独力亦须设法相救。拜毕论定年齿，乃罗季芳、一枝梅、徐庆、徐鸣皋、杨小舫、狄洪道、包行恭、周湘帆、王能、李武、徐寿，共十一位英雄。各人写了一张三代履历、籍贯，并众弟兄年月日时。徐庆道："我家伍天熊兄弟虽不在此间，与我情同骨肉。况他英雄了得，现与弟妇鲍三娘镇守九龙山，也把他写在上面。"众人都道甚好。论他年纪，与李武同庚，只小一个月，却比徐寿大三载，将他排在李武之下，徐寿之上，共成十二位豪杰。后来宁王造反，王守仁拜师，奉旨征讨叛逆，众弟兄在山东大败下来，被郏天庆追得上天无路，入地无门，幸亏伍天熊夫妇相救，此是后话。

且说众弟兄快乐异常，吃得大醉方休。从此同住湘帆家内。过了半月，不见一枝梅回来。鸣皋暗想："他为我而去，不要也遇了此妖，伤了性命。"心上过意不去。那一日众弟兄都在家内，只见周莲卿同了一个家人奔到里边，却被人打得不成样子，身上衣衫，扯得粉碎，遍体打得寸骨寸伤，只叫："小弟今日被黄三保打死了，兄长要替我报仇！"湘帆细问那跟去的家人，家人道："今日五爷在韦云娘家玩耍，不料黄三保这厮，也到云娘家来寻欢。韦妈妈回他有客在此，叫他明日请来。那厮暴跳如雷，就把韦妈一记巴掌，骂道：'什么大客人，哪里来的野贼，黄老爷到来都不让！快叫这乌龟滚蛋，若是迟了，叫他认得黄三保的厉害！'韦妈再三赔礼，说道：'这位是周公子，乃周大爷的兄弟，非比他人，望黄大爷看顾婆子的，请明日来罢。'岂知那厮十分无礼，还大怒起来，骂道：'周湘帆一个窑户罢了，你就把他来压倒我！我本要寻他的事，他若到来，我就打得他来得去不得！'还有噜噜嗦嗦，许多不好听的话，一准要把五爷立时赶出门去。五爷听得实在过不去，回了他几句，哪知这厮便赶到里边，将五爷难为，打得遍体鳞伤。幸得韦云娘竭力劝止，方才得脱性命，不然真个要被他打死。"

众英雄听了一起大怒，道："这黄三保是何等之人，就如此强梁，这等无礼！"湘帆道："众位兄长，说也惭愧。这黄三保原是本地人，向系在南昌府充当贱役，做一个马快。他与我贴壁邻舍，小弟见他贫苦，时常周济他银钱。后来宁王见了有些本领，提拔他做了都头，他就搬进城去。近来宁王立了八虎将名目，内有一个禁军总教头，叫做铁昂，十分宠任。三保就拜他为师，现在保举他做了副教头。正是小人得福便轻狂，把本来面目全然忘却，却来恩将仇报。今日把五弟打得身受重伤，若不与他报此冤仇，有何面目立于人世！况且先伯父所生五子，单存兄弟一人，今日被他打得如此模样，我何颜对答他父亲于冥冥之中。"

鸣皋道："八弟休得烦恼，愚兄与你报仇！"便叫徐庆与莲卿医伤，一面唤家人："引领我去！"湘帆恐怕鸣皋把他打死了，弄出来事，便道："四兄，小弟同你前去便了。"季芳等众人都要去。鸣皋道："他只一个人，我们去这许多，却不被他耻笑，只说我们靠着人多？"湘帆道："四兄言之有理。"众人只得住了。

湘帆同了鸣皋，竟到韦云娘家来。原来韦妈的勾栏却是私窝子，并无多少粉头，只有个亲女云娘。今年一十九岁，生得风流俊俏，书画琴棋，件件都能。住在兴隆馆间壁，门前扬州式矮阆门，并没堂名，却像住家一般。湘帆便去敲门，里边黄三保正在大碗饮酒，吃得七八分酒意。韦妈听得叩门，连忙亲自出来开，看见了湘帆，轻轻说道："周大爷，这厮还没去哩，大爷莫非要向他说话？还望等他出来吧。"湘帆道："妈妈放心，我只问他一声。倘然损坏家伙，照数赔偿。天大事情，我周某决不累你。"韦妈笑道："我怕不晓得，大爷是个江西豪杰。只是且等一等，待我送个信与这厮，免得他怪怨我。"鸣皋道："也说得在理。你且先去，我们随后就来。"

韦妈慌慌张张回到房中，喊道："黄大爷，快些避开了吧，周大爷亲自来问罪了。"黄三保听了大怒，道："我怕他不成！"韦妈假意扯住，道："周大爷不是好惹的，你须仔细着。"三保越发大怒，把韦妈推开，一脚踢开椅子，跳出房来，恰好鸣皋已到。

三保见不是湘帆，到呆了一呆，被鸣皋一掌打来，正着在肩上，身子倒退了三四步，几乎跌了，暗想："这厮好气力！倒要当心与他。"便旋转身来，起两个拳头，使个蜜蜂进洞之势，向鸣皋两太阳穴打来。鸣皋使个童子拜观音,两条手向上分去,变成个脱袍让位之势。三保收回拳头,向中三路直插进来,名为御带围腰之势。鸣皋将两手落下来,向左右隔开,唤做黄莺圈掌。二人一来一往,打上十来条手臂,那黄三保怎敌得徐鸣皋的神勇。三保使个浪子踢球,一脚飞来,却被鸣皋起三个指头接住,逞势一扯,那黄三保跌个倒垂莲,被鸣皋上下身排了一顿,也把他打得遍体鳞伤,衣衫扯得粉碎。周湘帆恐怕打死了,便道:"四兄,看我份上,再打了二下,饶了他罢。"鸣皋道:"他会出口伤人,我叫你骂不出来!"便向三保嘴上一拳,打得黄三保满口鲜血,落下了四个门牙。鸣皋把手一松,三保便一骨碌扒将起来,向外便走,指着湘帆道:"周大,你好,我只叫你不要忙!"湘帆道:"我偏怕你!明日在此等你,看你使出什么手段来?"三保道:"不来不算好汉!"说着一溜烟走了。

　　时候已晚,湘帆安慰了韦妈,便同鸣皋回转家中。众人忙问:"今日会见三保怎样?"鸣皋把方才的事说了。徐庆道:"既然八弟应许明日等他,若不去时,却不输了锐气。只不知这黄三保有甚能为?"湘帆道:"他不过靠一个铁昂罢了,别的有甚能为?"鸣皋道:"这铁昂本领如何?"湘帆道:"铁昂的师父就是王府里第一个勇士,叫郯天庆。不过这厮蛮力甚大,宁王府前的大石狮,他双手擎来擎去,如搬台椅一般。目今宁王宠爱他,提拔他做了禁军都教头之职,列他在八虎将之内,故此那厮骄横非凡。这黄三保拜他为师,靠他威势,胆大妄为。"杨小舫道:"我们要去,也须定个计策。众兄弟陆续而上,方有呼应。宛比用兵一般,有了伏兵救应,虽少可以胜多。"鸣皋道:"五弟之言有理。那韦妈的勾栏院,正在兴隆楼酒馆间隔。我们到了明日,众弟兄在楼上饮酒,分开两处坐开。命家人探听得那厮到来,有多少人,见机行事。先去几位交起手来,若胜不得他,再添几个接应。留王能、李武,在兴隆楼打听消息。"众人都道:"如此甚好。"

　　不说这里准备来朝厮打,再说黄三保回进城中,一直赶到铁昂公馆中来。铁昂看见大惊,忙问:"徒弟,为何弄得如此狼狈?同谁厮打?"黄三保把周湘帆打他的事,一五一十哭诉了一遍,把自己不是处隐过了,只说他们许多不是。铁昂问道:"那个动手之人,却是何等之人,你吃他打得如此?"三保道:"他们都是窑上做工的乡下人罢了,有些蛮力而已。今日徒弟酒也醉了,双拳难敌他四手。我临走说出师父的大名来,岂知哪些人全然不怕,丁到把师父大骂一场。并且说明日在那里等候师父,到要把来抽筋剥皮,故此徒弟特来告禀师父得知。师父若是怕他们时,还是不去的好,省得为我徒弟面上,被他们当真剥了皮去。"那铁昂原是个莽夫,听了三保之言,顿时大怒起来,大骂周湘帆:"我与你风马无关,你却这般欺我徒弟!我有伤药在此,快些吃了,明日同你报仇。若不打死湘帆,非为人也!"

不知明日胜败如何,且听下回分解。

# 第四十七回

## 众义士大闹勾栏院　徐鸣皋痛打铁教头

却说那铁教头是个有勇无谋之辈，听了黄三保之言，信以为真。到了来日，用过午饭，同了三保来到韦云娘勾栏中来。三保吩咐摆开酒筵，款待铁昂师徒二人。你一杯，我一盏，只等周湘帆到来，要报昨日之仇。

再说周家众位英雄，个个摩拳擦掌。一到来日天明，各人梳洗已毕，湘帆吩咐莲卿好生在家静养，自己同了罗季芳、徐庆、徐鸣皋、杨小舫、狄洪道、包行恭、王能、李武、徐寿共十位弟兄，带了两个家人，一路来到兴隆楼上。湘帆吩咐酒保摆上两席佳肴，众弟兄入席饮酒。这日天气炎热，汗出如雨，众弟兄多不耐烦。鸣皋道："常言夏不登楼，你看栏杆上手都把不上去。"罗季芳道："老二，何不移到下面厅上去？"周湘帆道："还是楼上有些风吹。若到厅上，风息全无，更加气闷。"杨小舫指着楼下道："罗大哥，你看店门对面杨树底下，倒十分爽快。风又好，日光又没。"季芳走到沿窗一看，拍手道："我们都是呆子，舍了这仙界所在，倒来火箱里烘逼。"大叫："酒保过来，把两席酒肴都搬到杨树底下去！"鸣皋道："你自只管搬去，我们就在此饮几杯儿，不用你费心。"湘帆吩咐酒保，把这一席搬到下面树荫底下。罗季芳扯着众人道："老二是怕风的，我们快去乘凉吃酒！"东扯西曳，拖了六七个，乃是杨小舫、包行恭、徐庆、徐寿、王能、李武，一同下楼，在杨树下团团一桌。周家二个家人，也溜了下来。众弟兄觉得凉快许多，大家高兴，猜拳行令，吃得杯盘狼藉，不觉日已衔山。

众人都有七八分酒意，徐庆道："不知这厮因何不来，莫非已在里头？"湘帆的家人听得，便去韦妈家门首张头探脑。恰好韦妈开门出来，家人问道："妈妈，昨日姓黄的来么？"韦妈伸着二个指头，向里面指了一指，便关门进去。家人慌忙报知众人。徐庆道："谅来今日有二个人在里面，那一个约来就是铁昂了。"罗季芳道："庆兄弟，我们何不进去，把他们扯下来打他一顿，省得老二动手。"徐庆道："你休性急，且与四弟商议了进去。"季芳哪里肯听，立起身就走。众人恐他弄坏了事，一起赶过来时，罗季芳早已一脚，将门踢去，直奔到里面去了。众弟兄只得跟他进去。

　　那呆子也不知厉害,竟一直赶到厅上。只见一席酒上坐着三人,朝外的一个黑大汉,上首里一个紫脸汉子,下首陪着一个女子,旁边站着一个婆子,二个丫头。那婆子叫道:"啊呀,什么人打进来了!"那女子见了,连忙同丫头逃向里边去了。季芳不管好歹,直奔上来。那铁昂看见一个长大黑汉,直抢过来,声势十分凶勇,只道必然厉害,便飞起一腿,将一席酒菜,连台连碗,向季芳直打过去。季芳见台子飞来,将手一隔,那桌子掼向一边去了。只是那肴馔共酒,汤汤水水,淋得季芳一身,越发大怒,向铁昂一拳打来。铁昂将手隔开拳头,趁势一掌打在季芳下颔之上,把个罗季芳好似稻草一般,向右首里直掼出去。恰好右边一个小小天井,两面是墙,两面是半窗,所以并无门户的。平日倾倒汤水的所在,总共只有一席之地,下面都是淤泥。说只好笑,那呆子照准了这个里头,直掼下去,跌一个仰面朝天,好似元宝一般,跌得十十足足一天井,没些空隙。季芳双手没个用力之处:哪里挣得起来。

　　这里众人赶到里边,季芳恰好跌去。随后王能大怒,抢过来照准三保一拳。不料铁昂飞起一腿,把王能与季芳一般,说也真巧,也向着那小天井内跌将下去。季芳双手向下揿着,要想跳起来,怎奈四五寸厚的烂淤泥,如何用力?正在没法,忽见王能滴溜溜在墙角里落下来,大叫:"不要来,这里没空!"那王能也是仰面一跤,跌在季芳上面。一手揿去,恰在季芳颈边,觉得滑腻腻的,连忙缩起来,恰巧把淤泥抹在季芳的胡子上。季芳道:"你这小王八,却把这东西我吃!"说着便抓了一大把臭淤泥,向王能嘴上只一挼,道:"叫你也上上口。"那王能正在张着口,要挣扎起来,不提防他这一挼,只挼得满口淤泥,连忙吐时,那里吐得干净。思量把手指去抠时,自己两手也是淤泥,不觉已咽下许多,其味难受,其臭难闻,心头作恶起来,把方才吃的东西都呕了出来。那罗季芳却在下面大笑。王能大怒道:"我是无心的,你却有意消遣我!"一阵恶心,腹中的酒菜又要奔出来。王能盛怒之下,也不管你师伯不师伯,便向季芳的面上吐去,吐得罗季芳满头满脸,淋淋漓漓,都是还料酒馔。不知酒馔这件东西,吃下去的时候,果然五香扑鼻,到了吐出来时,都是奇臭难闻。那罗呆子也大怒,二人就在淤泥中打将起来。季芳虽然力大,却是压在下面的吃亏,所以倒被王能着实打了好几下。

　　不说二人在那里混打,再说众弟兄同王能一拥而进的,我只因说了这边,故而丢下了那边。徐庆、小舫见这黑厮厉害,把季芳、王能二个,照面全无,如稻草般的丢将出去,便奋勇而上。背后包行恭、徐寿、李武一起上。铁昂虽勇,怎经得这五只猛虎,不比得方才两个呆子,都是拳若铜锤,臂如钢条,手指似铁钩一般,直上直下,雨点般的进来。铁昂暗想道:"我上徒弟的当了。他说窑上做工的乡下人,却怎的厉害? 看起来,个个都是定做的结实家伙。"那徐寿学了数年本事,未经用过。俗语云:新出猫儿凶似虎。包行恭初次聚首,亦然要显自己本领。那徐庆、小舫,都是老江湖,何等仔细。内中只有李武稍低,却人生得乖觉,身子便利。所以铁昂任你英雄,终难招架,早被他们打着了好几下。要知这几个人的拳头,不是好受用的。幸亏他功夫好,身坯强壮,若换了别个,早已筋断骨折。只打得铁教头吼叫连连,大叫:"徒弟,好乡下人!"黄三保明知今日坏事的了,不知周大这厮哪里去请来的五道七煞,个个这般厉害。想道:"周大同那昨日打我的还未到来,倘然再加几个,我二人性命难保!"便将背心与铁昂背对背贴着,叫道:"师父,你在前,我在后,与你快些打出去吧!"师徒二人拨开四条手臂,左勾右打,使动拳法,一路向外打来。

徐庆小舫等倒也阻他们不住,一步步已到二门左近,正遇鸣皋同了湘帆、洪道进来。方才众人打进门来的时候,周府家人在外看了一会,只见里边打得烟雾腾腾,连忙赶到兴隆楼上报信。鸣皋等听得呆子已经进去,众弟兄随后齐上,便同了湘帆、洪道飞奔过来。只见铁昂同黄三保背对背贴着,一路打将出来,恐他到了街上,被他走了,又恐别人看见,进城去报信,不当稳便,要想关门,门已打坏,那二门口,已拥挤住了,见铁昂两条膊子,使得呼呼的风响,徐庆等阻他不住,知道这厮厉害,便叫:"二位贤弟,紧守大门!"湘帆、洪道好似石狮子一般,又似两扇肉门,守得铁桶一般。鸣皋一个腾步,已到铁昂面前,劈手就是一拳,正对他小腹上打来。那铁昂原系打得只有招架,难以还手,只因要想逃命,所以努力向前,怎经得加上一个超超等的生力军来。见他来得迅速,连忙将手向下面劈去。哪知鸣皋拳法精通,早已收转,却起左手两个指头,向面门直取眼目,名为二龙抢珠。铁昂叫声:"且慢!"便把右臂向上一拦。不防背后这位令高徒,已被包行恭一把拖进里边。徐寿见铁昂后门大开,便向尾闾穴只一拳。铁昂直撞出来,鸣皋随后一把擒拿,抓住铁昂的天颈骨上,向下直揪下去。铁昂已打了半日,怎经得鸣皋的神力? 被他揪倒在地。

不知铁昂性命如何,且听下回分解。

# 第四十八回
## 军师府铁昂求计　郑元龙走马报信

　　却说禁军都教头铁昂被徐鸣皋揪住,知道今日性命难保,便将双手护住了前心两胁,咬紧牙关,运动全身功夫,尽他们捶打,并不还手。鸣皋提起拳头,结结实实的痛打一顿,再加徐寿、李武两个加上些饶头儿,打得铁昂口喷鲜血。再说黄三保被包行恭拖翻在地,也打得七死八活。众英雄见街上看的人拥挤满了,有许多不便,眼见这两个也打得够了,再打定然性命不保,便放了手,由他们逃生而去。

　　杨小舫走到里头,听得罗季芳声音在那里骂人,只是看不见他躲在哪里。走到半窗边一看,只见两个呆子在淤泥内厮打,滚得一身臭泥浆,连忙喝住。王能、季芳还不肯放手,却好鸣皋等进来,见了这般光景,又好气,又好笑,骂道:“匹夫,好一个大师伯! 还像什么样子? 你们倒自己人先要厮打。”狄洪道把王能畜生长畜生短骂了一场,那二人方才爬起来。罗季芳自觉难以为情,丁到笑将起来。王能看看季芳,看看自己,都是泥乌龟一般,忍不住也笑起来,众弟兄无不绝倒。湘帆便叫家人到里边唤出韦妈来。韦妈见两个教师已去,心中忐忐忑忑,恐怕铁昂吃了亏,明日迁怒与他,听得湘帆叫唤,便道:“周大爷,今日把他二个打了,明日倘来寻着我们,却是怎处?”湘帆道:“你只管放心,天塌下来,有我姓周的顶着。你快去端整浴盆,取二套衣服过来,与二位大爷洗澡换衣服。”韦妈道:“周大爷要浴盆洗澡,容易得很,要衣服却是没有。我们只有女人衣裙,却没男子的衣衫。”湘帆道:“既如此,你只端整他二位洗澡就是。”韦妈连忙吩咐用人,引领季芳、王能到里边洗浴。湘帆取出四五两银子,叫家人到衣铺里买二套配身衣服,与他二人穿了。又与了韦妈十两银子,赔偿他打坏东西门户。时已将晚,众英雄回转周家而去。

　　且说铁昂同了黄三保逃得性命,回到公馆之中,忙取上等伤药吃了,换了一身衣服,二人来到郇天庆府中。那郇天庆乃铁昂的师父,他的拳棒功夫,称为天下第一条好汉。宁王收为心腹,封他为无敌大将军,总管兵马都元帅,绰号叫做飞天燕,实有万夫不当之勇。而且轻身纵跳、马上战工,件件皆精。宁王曾夸口:外有非非僧,内有郏天庆,何愁大事不成! 可想而知,这郏天庆的本事,不在非非僧之下。今日铁昂同三保到来,见了天庆,哭诉其事,商量要奏知宁王,陷害湘帆性命。哪知郏天庆听了铁昂一番言语,勃然大怒,骂道:"好个禁军都教头! 被乡下做工人打了,羞也不羞,将来还好出去冲锋打仗,身临大敌? 大丈夫在百万军中,也要杀出杀进,却遇几个烧窑的,就吃这大亏,亏你有脸来告诉我! 若被王爷知晓,莫说你没有脸面,连我也少威光,快些与我闭了嘴吧!"骂得铁昂、三保二人一佛勿出世,只得喏喏连声,退将出来。

回到公馆之中,好不气闷,埋怨三保道:"都是你不好。什么乡下人,看他们的样子,可像做工的人? 个个拳法精通,工夫甚高,不知哪里来的这班强盗。"三保道:"周大是个生意人,虽然爱弄拳棒,他一时那里去聘请许多拳教师来?"铁昂道:"我怎知他? 只是须要想条计策,如何方可出这口无穷的怨气?"三保道:"师父休要烦恼,我想李军师神机妙算,我们何不与他商量,必有妙计,以报昨日之仇。"铁昂道:"倘然他不肯,反把此事告知王爷,说我们如此没用,反为不美。"三保道:"只要送些银子与他就是了。待徒弟去准备礼物,明日与师父同往。"铁昂应允。

三保回转自己家中,备了一份厚礼,明日同了师父,来到军师府内。李自然把礼物收了,就请书房中相见。铁昂同三保拜见已毕,家人送上香茗①。自然开言问道:"今日二位教头光临,蒙赐厚礼,贫道怎好无功受禄。未知二位教头有何见教?"铁昂道:"些些薄礼,何足挂齿。今日特来叩请大安,并有一事相商。"自然道:"请问何事?"铁昂便将黄三保之事,从头至尾说了一遍。自然道:"你可听得他口音是哪里人?"三保道:"口音不一。也有江南人,也有山东人,陕西、苏州,都有在内,只是江南人多。"自然道:"容貌如何?"铁昂道:"有的像武生,有的像强盗,有的像读书人,都有在内。"自然道:"本领如何?"铁昂道:"若没本事的,我们也不吃他打得这样了。"自然只把头摇,道:"吾看此事,必须禀与王爷知晓。"铁昂把眼看着三保。三保道:"军师,这个却使不得。王爷知道我们被做工人打伤,必然责我们没用,枉做禁军都教头,将来怎好打仗?"自然哈哈

---

① 茗——茶。

大笑道："你二位真是呆子。口是活的,谁叫你依直说了？据贫道看来,这班人有些来历,莫非就是俞谦手下这一班凶徒？"铁昂道："军师怎样晓得？"自然道："王爷前年在苏州把设擂台,把扬州徐鹤将严虎打伤,就此得病而亡。罗德拖倒擂台,副台主造反,投入他一伙。后来金山寺杀死非非和尚,伤了多少大将。去年在太平县拿住二名,后在鄱阳湖被劫。又在石埭山伤了五虎将。他们一意与王爷作对,由江南一路上来。计算他们的心思,岂有不来这里之理？况且口音、形貌、本领,又皆符合。谅他们到此已久,那周湘帆是个好客之人,与他们气味相投,定然入了伙伴。若不奏明千岁,设计拿住杀却,将来为祸不小！请二位放心便了。"铁昂谢过了军师,与黄三保各自回转自己府中而去。

李自然随到离宫,来见宁王,奏明其事。宁王道："军师所见,定然无错。本藩正恨他们入骨,如今天网恢恢,却自来送死。只是这班强盗十分厉害,军师须要用心,休被他们漏纲。"自然道："千岁放心,贫道自有安排,管教一网打尽,以除后患。"宁王拔了一枝金批御令交与自然,道："全凭军师妙计,诸将任你遣调便了。"李自然接过令箭,辞过宁王,出得宫来,天色已晚,准备来日行事。

且说李自然有个家人,姓郑名元龙,江西浮梁县人氏。自小随母来这南昌城外,在周湘帆家做乳娘,湘帆把他另眼相看。后来母亲死了,湘帆一力营葬,时常照应他。前年酒后误伤人命,又是湘帆买上买下,费了几十两银子,遂得问了个监禁一年的罪名。狱官见他为人能干,叫他做了长随,到去年荐到军师府来。当日听了李自然之言,暗想："周湘帆是我的恩公,如今军师进宫去了奏知了宁王,一定要去拿捉。我不救他,谁人相救？趁着此时军师未回,待我送个信去。"遂对同伴只说去送个亲戚,少时就来,悄悄的来到后槽,牵了一匹马,出了后门。跨上鞍鞯,慢慢的出了城关,加上两鞭,飞也似赶到周湘帆家内,跳下马来,一直闯进书房。却好周湘帆同着鸣皋、徐庆在那里闲谈,只见郑元龙汗流满面,气色惊慌,湘帆心内别的一跳,忙道："贤弟,何事这等惊慌？"元龙把鸣皋、徐庆看了一看,对湘帆道："周大爷,祸事到了！只因昨日打了铁教头,今日与军师商议。军师料着江南一班侠客,都在大爷府上。如今去见宁王,只怕早晚要来拿人。大爷可有此事么？"湘帆道："承蒙贤弟耽着天大的干系,特来救我,岂敢相瞒？"指着鸣皋、徐庆道："这位便是扬州赛孟尝徐鸣皋,这位便是山东神箭手徐庆。"郑元龙便向二人作一揖,道:"久慕大名,幸得相会!但我恐军师回来查问,不得与义士相叙。"鸣皋、徐庆连忙还礼,道:"多蒙仗义,大德难忘。"那元龙对湘帆道:"大爷作速安备,他们来时快的。我们后会了。"说罢匆匆出门,跨上马背,把手一拱,加鞭飞马而去。周湘帆同了鸣皋、徐庆回到里边,会齐了众人商议。

不知如何准备,且听下回分解。

# 第四十九回

## 徐鸣皋智料奸谋　李自然发兵遣将

话说郑元龙去后，众英雄商议如何准备。罗季芳道："你们不要忙。等他来捉拿时，杀他个片甲不回，索性杀进城去，把宁王杀了，大家走他娘！"鸣皋道："匹夫，不用你多言，却看如此容易。无论王府之中，也有一班勇士，非比寻常，难以必胜；目今奸王反情虽露，朝廷未知，杀了县令，尚且屠城，何况他王亲国戚，怕你逃到哪里去？就算我与你都走了，却不有累八弟？"徐庆道："只须你我三人并狄贤弟师徒避开，其余他们未见过面，都不认识的，将来不过一场相打官司罢了。"

湘帆正恐他们一起去了，便道："三兄之言有理。此去东南十里，地名马家村上，有个教师马金标，为人仗义疏财，小弟幼年曾拜他为师过的。他也有些家业，而且房屋宽大，尽可盘桓。江湖上的九流三教，跑马卖解，耍拳弄棍的，来到江西，无不先去投奔他，因此他府上常有诸色人等出入。大哥们住在那里，十分安稳。待小弟写信一封，命家僮相送大哥等去，且住半月十日，再作道理。杨兄、包弟、徐寿，在此相伴小弟的寂寞。如此可好？"鸣皋道："也好。但据我看来，万一事机决裂，有累周贤弟，如何是好？"湘帆道："这也天命，何必过虑？"鸣皋道："不然，常言人定胜天，又云谋事在人，岂可知而不备乎？"遂叮嘱湘帆几句言语，湘帆点头道是。即时赶到自己店铺中，见了胞弟，把以上情节说明了。立刻叫漆匠当夜赶做招牌、图章，改换别姓店号，店内往来账簿，一起换了。只说半月之前，盘与别人顶替。湘帆回到家中，把细软重价物件，装了十余只大皮箱，当夜收拾停当。一到天明，雇了几乘车子，送妻子到岳母家中去了。然后鸣皋同了季芳、徐庆、洪道、王能、李武，一行六位众英雄起身。湘帆即命家僮带了书信，相送徐大爷等到马家村金标家中而去。我且丢过一边。

话分两头。再说郑元龙一马进城时，已日落西山，依旧进了后门，把马系好。走到外边，恰好李自然回府，便叫元龙到各武将衙门，发下传单，明日一早到军师府听令。

　　到了来朝,军师府大开辕门,大堂上打起三通聚将鼓来。那一班武将个个顶盔贯甲,一起都到大堂上伺候。只听得点子三声,李自然升帐,诸将个个上前参见,站立两旁。自然道:"郏将军,贵门生铁教头与黄三保,被周湘帆聘来江南人所辱,贫道细问形踪,料想必是俞谦收下一班凶徒,一定无差。昨日奏明王爷,奉旨掩捕。将军带领一千人马,并眼线人等,人衔枚,马摘铃,悄悄然将周家围住。将军从前门而进,拿捉凶徒,务在必获。"即命钱玉、佟环协助。郏天庆领命,随同钱、佟二将去准备兵马去了。自然又命雷大春引领五百人马,去守住周家后门。倘有强徒逃出,勿得放过一人。即命徐定标、曹文龙协助。雷大春领命,同了徐、曹二将去了。乃这徐、曹二将,昔年在扬州李家做过教师,近来投到王府,做个偏将。自然又命殷飞红带领五百人马,并眼线人等,去周家东南上二里之遥,地名三岔口,三路往来要道,埋伏树林之内。强徒如有漏网,必从此路而走,切勿放过一人。即命董天鹏、薛大庆协助。殷飞红领命,同了董、薛二将去了。自然又命铁昂、黄三保二人,把周家店铺家业,一并封锁钞袭,不得有误。铁、黄二人得了这个美差,欣然而去。李自然分拨已毕,自以为手到擒拿,坐待逸获,随即退到里边,众将各回府第。

　　且说郏天庆在教场点齐兵马,会同众将,悄然起行。路上旗幡招展,甲胄鲜明,队伍整严,刀枪耀目。不多时已到周家,各依将令行事。殷飞红同了董天鹏、薛大庆,领着五百步兵,先去三岔口埋伏。雷大鹏与徐定标、曹文龙,把五百军兵屯扎后门外,守得水泄不通。郏天庆同钱玉、佟环到了周家门首,吩咐将房屋团团围住。一声令下,众三军发一声喊,把周家围得铁桶一般,便叫:"徒弟们,随我进去!"铁昂、三保先进门来,大叫:"周湘帆,出来见我!"

　　湘帆早已得信,知晓官兵果然来了,也不慌忙,从容走到外边,喝道:"我姓周的在此,你却待怎的?"郏天庆走上前来,道:"周湘帆,我们今日非为别事而来,只因奉了军师将令,特查访昔年江南一班越狱脱逃的凶手。只要经动府上查看一过,若言昨日厮打之事,再也休提。只要没得奸细,万事罢了;若有奸细时,可早早献出,还可恕你不知之罪。若待搜了出来,悔之晚矣。"湘帆见郏天庆循循有理,便道:"郏大将军说哪里话来,想周某怎敢容留匪人?若说江南人,虽有一个施客人,却是苏州城内开张碗店的东家,乃十多年的主顾了,其余连江南人多没有,怎说奸细?"随同了郏天庆、铁昂、黄三保、钱玉、佟环一班武将，一路来到里边，逐人盘问，多是家人仆妇。直到书房，杨小舫、包行恭二人坐在里边。看官，包行恭虽是江南人，只因在长安数年，变成一口陕西说话。徐寿亦是江南人，他十三岁跟了海鸥子遍游天下，各处说话都能讲得。方才杂在家僮里面，因此更加查问不出。郏天庆盘问杨小舫根底，小舫道："在下姓施，名子卿，一向碗业为生，小店开设苏州城内。与湘帆交往久年，今来结算账目，并且要定烧货物。"说得有凭有据。郏天庆暗想："军师原系臆料之事，又无凭据，真乃捕风捉影，虚动干戈，你看有甚奸细在此？"

正欲同众人回转，只见部下副将钱玉，指着这位姓施的喝道："你这厮明明是杨小舫，正是徐鹤、罗德的一党，还要抵赖么？"湘帆、行恭、小舫听了，俱皆吃了一惊。小舫细看此人，有些面善。你道这钱玉是谁？却原来就是金山寺知客僧至刚。他俗家名姓原叫钱玉，后来破了金山寺，宁王留在手下，叫他还俗的，所以他认得小舫。小舫心中暗想："这厮声音面貌，莫非金山寺的知客，那时被他漏网？"只是口内不肯应承。正在强辩，郏天庆道："你也不必争论，见了王爷，面奏虚实便了。"吩咐手下，把湘帆家主仆人等一起拿下。湘帆道："我有何罪，将我全家拿了？"郏天庆道："你无罪时，王爷自然放你。俺们奉旨而来，你须怪我不得。"手下的部曲牙将，把家僮等一一捆绑，钱玉、佟环、铁昂、三保，一起上前来拿他三人。

包行恭早已大怒，到此时哪里按捺得下，把腰内宝剑扯在手中。杨小舫也把雌雄剑出匣。周湘帆见他二人已出兵器，料想今日只得动手，亦将军刀拔出鞘来。三人一起上前迎敌。郏天庆哈哈大笑道："你们想拒敌么？今日任你英雄，插翅也飞不出天罗地网！"提着朴刀，正要动手，忽见一个家僮模样，浑身黑服，手执单刀，从里边窜将出来，如一道黑光，一刃已到。天庆何等眼明手快，便把手中朴刀，向上撩去。那人趁他势力，飞身已上瓦房。郏天庆便叫："钱玉、佟环，快上去擒他下来！"钱、佟二将应声而上，三人在屋面上厮杀。郏天庆因为铁昂、三保身上有伤，叫他们把守大门，自己独战三人。

包行恭暗想："我等三个杀他一个，难道伤他不得？"哪知郏天庆的功夫与众不同。你若气力平常，他也不过如此；你的气力越大，他对付你越厉害。故此他有耐战之功，能战几日几夜身不疲乏的本领。湘帆与行恭、小舫如走马灯一般，把郏天庆围在庭心，各人拼命厮杀。哪知他不慌不忙,越战越勇,一刀紧一刀,一刀快一刀。杀到后来十个回合之外,犹如风卷残云,但觉一团白光,呼呼风响,好似几百把朴刀一起砍来,使人没处招架。杀得三人汗流脊背,莫说要想还手,连存身之地都没有,只得东蹿西跳,躲避不遑。包行恭知道不佳,觑个空闲,将身向大门内窜将出去,犹如一个流星,在铁昂头上而过。

　　不知能否出去,且听下回分解。

# 第五十回

## 小侠客箭射至刚僧　邺将军力擒三勇士

　　却说包行恭飞身逸出，大叫："二哥，走吧！"铁昂恐其暗算，将头一偏，行恭已到门外。我一口难说两处。这里与邺天庆交战的时候，屋面上徐寿与钱玉、佟环，也在上边厮杀。徐寿见二人勇猛，难以取胜，暗想："我随师数年，学成如此本领，以为天下无两。哪知世上英雄，如此之多。这两个偏将，怎这等厉害？今日他们三人只怕难以脱身，不如待杀出重围，到主人处送个信息，再作商量。"想定主意，卖个破绽，跳出圈子外来，觑定这说破杨小舫的那厮烁的一弩，果然矢无虚发，一弩正贯咽喉，钱玉翻身下屋。

　　这里包行恭逃出门来的时候，恰巧钱玉跌下庭心，王府众将吃了一惊。包行恭趁势杀出重围而去。邺天庆见伤了钱玉，心中大怒，大吼一声，把杨小舫擒下。湘帆随后窜上瓦房。恰巧雷大春守住后门，闻报众贼在前门厮杀，吩咐徐定标、曹文龙谨守后门，自己跳上瓦房，依着杀声，直到前边。正遇湘帆上屋，不防雷大春到来，出其不意，一把拿住，掷下庭心，喝叫众军士缚了。

　　且说徐寿一弩射翻了钱玉，跳下瓦房，把众兵丁砍瓜切菜，杀出重围去了。佟环怕他暗箭，不敢穷追，虚张声势追了一程，也就罢了。行恭、徐寿二人，虽然杀了出来，无如这里只有一条官道，一面是进城的路，一面便是往三岔口的。徐寿初到这里，不识路径，却向进城的一头逃去。走了一程，方知错了，便向横里东转西抹，一阵兜抄，倒被他走了。那包行恭却望三岔口而走，正是到马家村的道路。无奈前有埋伏，行恭哪里知道。行不到二里，前面一派松林，岔生歧路，一面向梅村去的，一面到马家村去的。

　　行恭正在踌躇，林内跳出一员大将，手提九环泼风刀，大叫："先锋大将殷飞红在此，奸细往哪里走！"当头一切砍来。行恭叫声："不好，此处有了伏兵，我命难保！"慌忙将宝剑架开，觉得十分沉重，虎口有些震痛。暗恐此人不比方才屋上的可比，若与对垒，定被拿了，不如走为上着。转定念头,便向殷飞红虚晃一剑,正待要走,不防树林中伸出二三十只挠钩,将行恭拖翻在地。众军士发一声喊,一起上前,将他缚了。殷飞红大喜,便叫众军兵回城缴令。行不到半里,只见郐天庆同了雷大春、佟环、徐定标、曹文龙,并偏裨牙将,追赶前来。见殷飞红拿下了一个奸细,便道:"草草只走了家僮,我们也可回城缴令的了。"随吩咐把钱玉尸首,买棺成殓,带了众将三军,回城而去。

铁昂同黄三保把周家房屋封锁了,便到他瓷器店中,却招牌已换了别人家的店号。查问情由,已于半月之前,盘与姓张的开了。铁昂将店内账簿拿来一看,果然不差,便问:"周湘帆何故盘于他人?"那掌柜的禀道:"教头不知,湘帆平日不肯经理生意,只喜结交朋友,费用甚大。连年来暗中亏耗,外人哪里知道。故而将田房产业,尽皆赔偿他人,只留自己这一所住宅。"铁昂听了,无可如何,只得将言回复军师不表。

且说郐天庆回进城中,直到军师府内,把周家众家人,并三名奸细缴令。李自然记了众将功劳,众三军皆有犒赏。遂即奏明宁王。宁王亲自提审。湘帆、小舫、行恭三人,俱各认了,但家僮辈无罪,求恩赦了他们。宁王将家人细细审过,皆系江西小民,便一起放了,单把三名要犯,喝叫推出午门斩了。李自然奏道:"请千岁暂息雷霆之怒。想凶徒已落陷阱,插翅也难飞去。依臣愚见,不如收禁天牢,等待拿住罗德、徐鹤等为首正犯,一面申奏朝廷,将活口与俞谦对质过了,然后开刀,好问俞谦个谋害王亲的罪名。"宁王准奏,吩咐将三犯禁在牢中末字号内,发十名骁尉看守。

要知这个监牢,在王府中最弯曲的所在,四面铜墙铁壁,一路埋伏重重,连飞鸟也难出进。他三人命犯牢狱之灾,此时收禁了进去,直要到后书徐鸣皋三探宁王府,七子十三生大会江西,徐鸣皋请了五位剑侠大闹离宫,伤了王府多少上将,方才把三人救出天罗地网,此是后话。

我且按下藩邸一边,再说徐寿逃了出来,一路大圈转,来到马家村地方。原来好个所在。山清水秀,绿柳成行,一村有三五百家人家,做舍华好,路径十分曲折。这马家村俗名叫做八阵图,外方人初到此间,必要迷途。徐寿走到里边,行了好半歇,却仍到了原处。走了数遍,穿来穿去,多是树林。但闻隐隐的鸡犬之声,如在东边,向东走,又在西边,总摸不着人村的路径。暗道:"这也奇了,世间岂有这等所在。"就向林子里坐着,歇息一回,等有人来问个信儿。

方才坐定，只见一个乡人，挑着两只筐篮，篮内都是零星物件，暗想此人必定村里居人，进城去买东西回来的，便立起身，上前把手一拱，叫声："大哥请了，在下要到马家村马教师家里，望大哥指引。"那乡人道："你要到马金标家去么？只跟了我走就是。"徐寿谢了一声，就跟着他一路走去。转过树林，却朝了来的方向倒兜转来。徐寿道："大哥如此走法，却是倒退回去了。"那乡人笑道："这里的路，要进先退，要退却进。你若顺弯倒弯，一路向前，今年走到明年，也只仍在这里。此地乃开国功臣刘基军师隐居之所，俗名叫做八阵图，就是这个意思。"一路讲讲说说，不多一会，已到村中。只见房屋高大，鳞次栉比，地虽无多，布置得弯环曲折。徐寿心中大喜，喝彩道："好个所在，真乃别有洞天！"走过了二村，来到一处四面竹园，环抱中间一村房屋，约摸数十余家。那乡人指着前面高墙之内说："小客官，那家便是马金标家里。"说着挑了担子，唱着山歌，向右首转弯去了。

徐寿谢了乡人，走到马家门首。只见里边走出一个大汉，原来正是罗季芳，便道："罗大爷，我主人可在里边？"季芳道："阿寿，你来做甚？老二在里头。"徐寿也不回言，一直走到厅上，见马金标同着徐鸣皋、徐庆、狄洪道、王能、李武齐齐坐着。那马金标年纪五十光景，生得相貌堂堂，三缕长髯，半已花白，身穿葛布箭干，足蹬紧统骁靴，正与众人说话。徐寿抢步上前，见了鸣皋与众英雄，兜了一个总揖。鸣皋道："徐寿，见过了马师爷。"徐寿忙又作了一揖。马金标还礼道："原来就是徐寿兄弟，果然好一表人物。"鸣皋忙问："周家怎样了？"徐寿把方才的事，细说一遍。"现在三人尚未脱身。只是这班奸党好生厉害，看来凶多吉少。"

罗季芳也跟到里边，听了徐寿之言，便叫："老二，我们何不杀到周家，把这班奸贼杀了！"鸣皋道："呆子，你只这般容易！只怕此时他三人已被拿进城关的了。这是我的不是，不该把小舫留在那里，岂不是我害了他三人性命！"徐庆道："此事也难怪他，谁晓得这贼秃，当日被他漏网？"马金标道："事已如此，据我看来，还是差人去城中打听消息，再作道理。"鸣皋道："教师说得是。但叫谁人去好？"马金标道："待我去探来。"鸣皋道："只是有劳教师。"金标道："说什么话。况且小徒份上，理当如此。"说罢抽身便走。众弟兄惶惶惑惑，坐立不安。

到了黄昏时候，金标回来。众人忙问怎样了。金标道："还好，尚是不幸中之幸。周湘帆一家儿,并包行恭、杨小舫一起拿进城关,那家僮人等,多好了出来。宁王要把他三人斩首,倒是李军师说了下来,如今拘禁天牢,要等拿了众人,一起开刀。我们且慢慢地想法劫救出来。只是一件难处,王府里的牢监,极其秘密,外人寻都寻不到的。"鸣皋听了金标之言,知他三人未伤性命,心中略定,便要单身私探王府牢监,且听下回分解。

# 第五十一回
## 徐鸣皋一探宁王府　朱宸濠疏劾俞巡抚

却说徐鸣皋闻得杨小舫、周湘帆等被擒，禁在王府监牢，暗想："周湘帆好好一家人家，都是我们连累与他，如今拘在牢中，如何不去相救？前年在苏州司监之内，人不知，鬼不觉，把罗季芳劫救了出来，如今何不私进王府之中，岂有寻不见监牢之理。待我见机行事，先去探他一探。若然戒备果严，再与徐庆同去。"思前想后，只得如此。

当夜到了三更时分，周身扎束停当，插了单刀，出了房门，飞身上屋。但见明月如昼，万里无云，暗想："此村路途盘曲。虽问过马金标，他说休管道路阔狭进退，但记有冬青树，即不迷失。"随向前下了房廊，一路前行。果然五步一株，十步一株，出村在右，进村在左。到了转弯之处，但朝前边冬青在右面，便是出路。依法而行，不多时出了八阵图来，放开大步，连窜带纵，快如飞鸟。

到了城垣，越城而进，竟到王府之中。上得瓦房，静悄悄寂无声息。在瓦面上四面兜抄，但见房廊鳞次，殿阁重重，哪里去寻得牢监？遥望最高之处，上接青云，暗想此必凌霄宝阁，那边便是离宫，飞身跳到其间。只见一殿之中，灯光分外明亮。将身伏在檐头，把头倒垂下去，只见二位大夫、几个内官，正同着宁王出外，由东廊冉冉行来，一路说着闲话，只是听不清楚。过了回廊，二位大夫躬身立住，内官掌了红灯，同宁王进离宫而去。二位大夫从东角门转到外边去了。

鸣皋见殿上无人，跳下瓦房，入到里边。见左首三间密室，上有金匾"军机处"三字。走得军机房内，见桌上排着文房四宝，砚池内磨墨未干。旁边一具十景橱中有奏折，扯开一看，吃了一惊。只见奏折之中，夹一个大红柬帖，原来正是周湘帆结义的帖儿，十二个弟兄姓名籍贯、三代履历，齐齐排列。将奏折从头一看，乃是奏明天子，参劾江南巡抚俞谦谋为不轨，收罗亡命罗德、慕容贞、徐庆、徐鹤、杨小舫、狄洪道、包行恭、周湘帆、王能、李武、伍天熊、徐寿等一十二人，谋刺亲王，意图叛逆。前年打毁奉旨擂台,杀伤百姓无数,烧掠金山禅寺,杀死藩王替僧,共伤禅客僧人一千余人,即是此一班泼贼。太平县知风拿获二名,罗德、王能,具有银牌为证,显系俞谦指使。后来被羽党沿途劫夺,无法无天,藐视国法。目今胆大如天,竟敢干犯臣宫,左右俱受重伤。臣命将校拿获三名叛逆凶徒杨小舫、包行恭、周湘帆,现在收禁牢中,候旨发落。内中周湘帆乃本地土豪,为富不仁,窝留匪类,搜出结义凭据,开载十二凶徒在上。内有患难相扶、同享富贵等语,显得效学十三太保故事,非谋叛造反而何?今将银牌伪帖,一并呈上龙案,祈圣上将俞谦拿问,交刑部从严治罪。一面速发御旨,拿捉逆党罗德等九名,着各州各府,严拿务获,切勿听其漏网,颁行天下,以清妖孽而肃官方等语。鸣皋看毕,只见旁边又有信札一封,乃宁王寄与朱宁、张锐的信札,内有黄金二百两托朱、张二个太监,要在天子面前,叫他将俞谦害死,并捉拿九位弟兄等情。

鸣皋想道:奏章上说有银牌,银牌总在这里。将橱中翻看一回,果然在内。鸣皋一并取了,塞在怀中。出得军机房,上了瓦屋,再到里边,来寻监牢所在。东寻西看,哪有影子。暗想房屋数千余间,到哪一方去寻好?谅必居中定是奸王的宫院,监牢断不在此;四周外近于外边,又不秘密,亦断不在此。约来总在御花园的左近。那里的地,最是秘密所在。想定主意,竟到御花园内。但见楼台殿阁,画栋雕梁,装饰得神仙境界一般。荷池内画舫龙舟,彩画鲜明,假山叠叠,堆得玲珑绝巧,树木蓊翳,回廊曲折,奇花异草,怪兽珍禽,无所不有。鸣皋无心玩景,来到一只亭子之中,憩坐片刻,上有“翠薇亭”三字。坐了一会,倚在栏杆,望那左首一只旱船之中,有二人在此干那不端之事。你道何等之人?原来一个花儿匠,引着个小太监,在旱船中榻床上鸡奸。月明之下,鸣皋看得清楚。少顷,二人毕事,小太监由那边去了,这花儿匠回身转来,正从翠薇亭旁走过。鸣皋蓦然跃出,将花儿匠一把拿住,喝道:“不要叫,叫便吃刀!”那花儿匠被他夹颈皮抓住,扭转头来,见他手中雪亮的钢刀,吓得魂不附体,叫道:“爷爷饶命,今日头一回,下次再不敢了!”鸣皋道:“那不来管你。你只说监牢在哪里,我便饶你性命。若有半句虚言,一刀两段!”那花儿匠战战兢兢的说道:“爷爷,监牢就在那边。出了花园,向东转去,只一箭之遥,进了月洞门,顺手转弯,见一带屋宇,中间的墙壁是假的,可以推得开来,进去就是了。”鸣皋道:“可有谎言?”花儿匠道:“我若说谎,不得好死!”鸣皋道:"你要好死,我便送你西方极乐世界去罢!"手起一刀,分为两段,将尸首提到假山僻处,塞在山孔之中。只因王府花园浩大,人迹走不到处,后来尸首烂在假山洞内,无人知晓,也是他的恶报,我一言丢过。

再说徐鸣皋依了他的言语,出了御花园,向东转过几处殿阁,果有月洞门。进得里边,右手过去,走到中间一间屋内,将墙推时,哪里推得开来?左右东西,四面推来,都推不开来。正在踌躇,忽听得人语嘈杂而来。鸣皋一个腾步,已到外边,飞身跳上对面一只六角亭上,将身伏在亭子上面。只见有五六个人走来,内有三四个骁尉模样,二个家人打扮,提着灯火食阁,一路说话而来。进得屋内,在柱间扭动机关,那一垛墙垣呀的开了,二个家人走将进去。鸣皋思想:"不如待我抢进里边,探个消息。"正欲跳下亭来,只见那门内烁的一道黑影,直扑到亭后而去。鸣皋吃了一惊,道:此乃我道中人,莫非三人之中,逃了一个出来?又想这三人没有这般工夫。遂即旋转身来,只见那人已到亭上,被他夹背一把拿住,轻轻喝道:"你好大胆,敢到这里窥探形踪,意欲反牢劫狱!我且拿你去见宁王。"鸣皋吃了一惊,定睛一看,原来却是一枝梅,心中大喜,便道:"二哥,你怎的却在这里,几时到此?"一枝梅道:"此地非是说话之所,且到那边坐正。"

二人同下亭子,来到方才望见的旱船中。此处最是幽僻,人走不到之所。二人坐下,鸣皋问道:"二哥去寻小弟,可曾遇见谁来,今日怎地在此?既到里面,亦见三位兄弟否?"一枝梅道:"前事一言难尽,无暇告诉。今日回转南昌,见湘帆家门上贴着十字封条,心中惊骇,谅必弟兄们弄出事来。随向市中探听,闻说杨小舫、包行恭、周湘帆三个捉入王府,拘在天牢,其余尽皆走脱,又不知避居何处。到了黄昏,来到此间,恰遇一班看守监牢骁尉经过,我便跟到里边。谁知重重埋伏,鸟雀难以进去,若欲相救他们,除非令师等来到。直候至如今,有人开门,方能脱身出外。贤弟切勿轻进。此中门户重重,有的只能外开,有的只能里开,若到中间之处,插翅也难飞出。而且其中埋伏机关,比金山寺十倍厉害。众弟兄现在何处?"鸣皋把以前之事告诉一遍,现在众人俱在马家村暂避。又把方才私入军机房之事说了,怀中取出奏折、信札、黄金、银牌,与一枝梅看了。一枝梅道:"此地不宜久留,我们且到马家村再商。"

二人上了瓦房,一路连窜带纵,来到一处,望见灯光明亮,隐隐闻得喧嚷之声。二人心疑，立住了细听，却又听不清楚。鸣皋道："二哥，莫非三位兄弟，被他们捞掠否?"一枝梅道："我们且去看来。"二人遂即飞步前往，向下面窥探。

　　不知果系何人，且听下回分解。

# 第五十二回

## 王府戒严防刺客 村店谈心遇异人

却说一枝梅同了徐鸣皋二人,来到前面,伏在瓦上,窥见对面一只大厅之上,排开数席酒肴,约有二三十人在那里饮酒。原来这日仍余半仙的生日,那同僚官员,都在那里吃寿酒,尚未散席。两旁站着众家丁伺候。居中坐的,正是军师李自然。上首郏天庆、殷飞红、雷大春、铁昂、波罗僧、铁背道人。下首余半仙同着妹子余秀英,并一班徒弟,还有几个得宠的太监,并几个武将。只吃得杯盘狼藉,欢呼畅饮。鸣皋道:"二哥,这上首坐的,便是郏天庆,最是厉害。若能除了此人,其余就不妨事了。"一枝梅道:"众人都在那里,不便下手。况且余半仙兄妹妖法厉害,你我下去,定遭不测。也罢,待我赏他一弹。"遂向身边袋内摸出一个弹子,照准郏天庆劈面打来。那天庆正在饮酒,不提防有人暗算,方欲举杯就口,忽地一弹飞来,忙将头偏躲,已来不及,中在眼梢之上。幸亏天庆(工)夫到家,只打眼前金光乱射,大叫一声:"有奸细!"霎时间众人各出刀剑在手,一起跳到庭心。众家丁忙将灯火擎起,哪知时交四更,月已西沉,亮处望到暗处,却不清楚,不知瓦房上有多少奸细,故此不敢上屋。正在扰攘,呼的又是一弹飞来。波罗僧眼明手快,扯将手中戒刀一隔,那弹正打在刀上,当的一响,打得火星直爆。郏天庆大怒,他的眼睛黑夜能辨锱铢,虽然左眼中弹,右眼依然无恙,见众人不敢上去,便提了一柄朴刀,飞身上瓦。铁昂见老师上去,也便跳上瓦房。雷大春、殷飞红、铁背道人,一起跟梢而上。只有波罗僧同余家兄妹,以及几个不善飞行的,守在下边。

且说一枝梅见郏天庆提刀出来,便道:"贤弟,走吧!"二人旋转身来,向外便走。鸣皋回头一看,见有四五人追赶,知道都是铆做的好手,难以抵敌,遂跟定一枝梅飞奔而走。出了王宫,在民房上面,不管东西南北,向前而去。前逃的是疾雷掣电,后赶的是风卷残云。赶了一程,郏天庆回头一看,见背后四人追赶不上,相离甚远,只得独自一人追赶。看看赶上,却被一枝梅又发一弹,天庆急闪,那弹从耳边擦过。天庆暗想:"眼上疼痛难当,众人又落在后边,这二个也非善良之辈,不如回去,再作道理。"转定念头,旋身回转,遂同铁昂等到了王宫。

　天已黎明,一同奏知宁王。早有军机房报称夜来失去奏章、信札、黄金、银牌之事。宁王大怒道:"这班逆贼,竟如此大胆! 竟敢私入王宫,意图行刺,偷盗奏章等物,弹伤无敌大将。"吩咐再写表章,申奏朝廷,备下金珠礼物,差黄三保星夜赶进京都,先见了朱宁、张税,务要将俞谦拿问定罪,发诏拿捉羽党,颁行天下。一面吩咐大小将官及侍尉人等,严为防备。命雷大春、铁昂、殷飞红、铁背道人各领御林军,每夜轮流在王宫内外终夜棱巡,离宫内安排埋伏。又选八十个头等侍尉,弓上弦、刀出鞘保护。又命余秀英带领一百名女兵,保卫宫中嫔妃。又命余半仙封为副军师之职,帮同李自然、波罗僧,将精兵十万,绕扎王宫之外。郗天庆镇守宫门,总理内外。把一座藩王宫殿,变做了剑树刀山,旗幡招展,戈戟如麻,戒备得鸟雀也难飞人。那黄三保领了宁王主意,背上黄布包囊,带了一个伴当,两骑马日夜赶路,向北京而去。

　且说马家村众弟兄早上起身,不见了鸣皋,料想他私入王宫,探听三人消息。至今不见回来,定然凶多吉少。罗季芳欲进城去打听,徐庆止住道:"你却去不得,待我去探个下落。"当下徐庆独自进城而去。城门上十分紧急,徐庆不敢进城,就在城外打听。闻得茶坊酒肆三三两两传说昨夜有二个奸细私入王宫,行刺未成,盗去金珠无数,郗大将军亦被打伤,后来追赶未获。今日王宫外屯扎十万雄兵,内外如何严备,各城门如何紧急,客寓内如何严查,若有容留奸细者,一体同罪。故而今日城中移兵统众,热闹纷纷。徐庆道:"我也这般想。或者传言之讹,少不得就要回来,便知端的。"

　不说马家村众人猜疑不定,且说一枝梅、徐鸣皋见后面追兵已去,天色渐明,遂缓缓而行。不知不觉,这一回儿,直奔了七八十里。前面却是山路。二人迤逦前行,只见三岔路口树林上挂一面尖角小旗。鸣皋道:"二哥,这条路内有酒店在此,我们腹中饥饿,且去饮一杯酒儿。"一枝梅道:"甚好。"二人便转弯进去。约有半里,果见一排草屋,门前挑出酒帘。走到里边一看,却是三间茅屋,虽则山居,倒也收拾得清洁,竹台竹椅,宽大轩豁。里边饮酒之人,先两席在彼。二人拣了一副座头坐下,酒保摆上二只杯子,二双竹箸。鸣皋道:"先打两壶上好汾酒来。可有什么下酒?"

酒保道:"我们出名的好酱牛肉、白斩鸡、腌鸭子,还有肥大葱椒田鸡,也有蔬菜。"一枝梅道:"每样切一盘来,有薄饼拿几十张来。"酒保应声:"晓得。"便去搬上一桌,摆了七八样。

二人饮了数杯,见那旁边一只台上坐着一人,在此独酌。生得形容古怪,相貌威严,高颧阔额,络腮胡子,头戴逍遥巾,身穿元色道袍,台上放着一口宝剑,将大盏自斟自饮。一枝梅道:"贤弟,此人有些异相,必非等闲之辈。"鸣皋点头道是,便问:"二哥,你说寻我,究竟怎地?"一枝梅道:"那日我依了李武之言,到了安义山中,四处找寻。一连数日,全无踪迹。忽见一个丽人,与我同行,渐通言语,说是家在前边不远。我想深山之内,安得有此艳妆女子,心中早已疑惑。走到前边,果有一所高大房屋。她便邀我入内,献茶,眉来眼去,迷惑于我。我便假意周全,问她阀阅①。她说父亲在日,官居极品,告老林泉,住居此地。单生她一女,小字芳兰,后来父亲去世,家道陵夷。如今存个使女知伙,一个仓头应门,其馆别无他人,遂要我入赘为婿。我想世间岂有如此易事? 心中有些明白,知她莫非山精妖魅。将她面容细看,虽则美丽,却有一股杀气。我便将计就计,应允了她。引到楼上,房中陈设华丽异常。少顷主婢二人下楼去备酒肴,我四面观看,忽见床头挂着一条带子,知是贤弟之物,吃了一惊,暗想此女一定妖精,想你莫非亦被她吃了? 只不知什么精怪。常言道:先下手为强,慢下手遭殃。想定主意,守在房门背后,拔刀伺候。少顷女子进来,被我一刀杀了。只听哗啦一声,好似天翻地覆,楼房立时塌倒。我便跳将出来,原来一条极大的蟒蛇,早已身首异处。那婢女、仓头逃遁去了。细看那房子,却是一座坟茔。我便放起一把火,连房屋一并烧了。后来又寻了两日,毫无踪迹。我想你衣履不见,或者未被这妖精伤害,遂即回到南昌。只见周家房屋封闭,细细打听,方知他三人被禁王府牢中,你们不知去向。故而昨欲去探望他们,设法相救,亦可问你下落。哪知难以进去,却会见了你。你却究竟在于何处?"

鸣皋把遇见芳兰,与李武失散,被她迷得几乎伤命,后来幸得师伯玄贞子到来,命小童徐寿相救的话,细细说了一遍。又唤酒保添上两壶酒来,你一杯,我一杯。讲起宁王之事,今后必然严备,如何救三位兄弟? 一

---

① 阀阅——经历。

枝梅道："邬天庆本领高强，余半仙妖法厉害，更兼铁昂、雷大春等辈相助，看来断难再去。若要救得三人性命，除非令师等到来。"鸣皋道："只是没处去寻他，奈何？"

二人正在说着，忽见旁边桌上饮酒的胡子忽然站起身来，将一枝梅、鸣皋二人一把一个，夹颈皮拿住，大笑道："好，宁王出了万金重赏，拿捉你们，原来却在这里！"鸣皋等吓得魂不附体。

不知性命如何，且听下回分解。

# 第五十三回

## 宁藩府禁军为盗　赵王庄歃血练兵

　　却说弟兄二人在山村酒家对酌谈心,忽被那人抓住,吃惊非小。要待挣扎,却觉四体来麻,不能用力。鸣皋道:"你当我们是谁?"那个笑道:"你乃各处严拿不到的扬州徐鸣皋,他是积案如山的常州一枝梅,想来瞒过我么?"鸣皋料想隐瞒不过,便把双眉直竖,虎目圆睁,说道:"你当真要拿我们?"那人把手放了,笑道:"我来拿你做什么?"二人俱向那人作揖道:"请问豪杰高姓大名,贵乡何处?"那人道:"老夫到处为家,久忘姓氏,如鹪鹩①之寄于一枝,就叫做鹪寄生。"二人听了,纳头便拜,道:"久闻老师大名,如雷贯耳,今日得拜尊颜,实为万幸!"鹪寄生双手扶起,道:"前日遇尊师,因他兄弟们南海有事,不得便来,故此叮嘱老夫相助贤契们一臂。"鸣皋听了,喜出望外,便问:"师父师伯,可要到此?"鹪寄生道:"不过迟早之间,必然一同到此。"

　　鸣皋说起前事:"众人避居马家村马金标家内,现有杨小舫、包行恭、周湘帆三位兄弟陷于藩邸,小侄欲想劫救,昨夜私入王府,哪知准备甚严,无从入内,只盗得奏疏书信在此。后被郈贼追赶至此,却与老师相会。"鹪寄生道:"宁藩凶焰未衰,气数未绝,一时不能下手。小舫等虽被拘囚,谅无妨碍。余七妖术厉害,须待四兄到来,方可收服他们。"鸣皋道:"余七何人?"鹪寄生道:"人称他余半仙,乃白莲教之首,有撒豆成兵之术,移山倒海之能。他有个妹子叫做余秀英,尤其厉害,能咒诅伤人之法,又将秽物炼成百万钢针,名万弩阵,随你道术高妙,遇即伤身,神仙也都害怕,故此我等所虑者在此。若待四兄傀儡生到来,他有旋转乾坤之力,挽回造化之能,正能克邪,方可成就。"看官,后来宁王造反,王守仁执掌总制三边都御史,拜帅征剿,余半仙兄妹二人,用钉头七箭书之遗法,要拜死王守仁。幸得草上飞焦大鹏盗出

────────────

　　① 鹪鹩(jiāo liáo)——鸟的一种,亦称"巧妇鸟"。

草人，保了性命，此是后话。

当时徐鸣皋听了鹩寄生之言，呆了半晌，说道："他们有如此邪术，如何救得三家兄弟出来？"鹩寄生道："吉人自有天相，你且放心。你的大师伯玄贞子他精通数术，能知未来之事。前日同令师海鸥子到南海去，与我路遇，叙谈半日，言及你们十二侠士义结金兰，后来剿灭宸濠，全仗你十二人之力。如此看来，他三人绝无妨碍。"鸣皋、一枝梅听了，方才放心。三人重新并在一桌上，开怀畅饮。徐鸣皋讲起前事，鹩寄生十分器重，赞叹一回。

一枝梅唤过酒保，会了钱钞，三人缓缓而行，一路上讲那豪杰的做事，朝马家村来。却又不走原路，大圈转要绕去南昌城而走，约有百余里路程。方才出店门时节，已有申牌时候，走不上三十里，只见金乌西坠，玉兔东升。鸣皋道："若得哪里借宿一宵也好。"一枝梅指着道："这边不是村庄来了？"鸣皋定睛一看，远远望见一带树林里头缕缕炊烟，便道："果然那里是个村落。"三人兜弯曲折，来到那里，却是个大大的村庄，约有二三百家人家。也有许多乡店、茶坊、酒肆，颇形热闹，房舍亦甚好，像个殷富的所在。只是每家门前，各插一面白旗，并刀枪之类，排列两旁。店内的人都是短衣窄袖，好似等待厮杀的模样。三人看了，心中疑惑，暗想地近省城，况且藩邸重兵屯扎，岂有强盗到来，却如此防备？便到一家酒店里来。

鸣皋便叫酒保到来，说道："我们路过此地，欲在宝店借宿一宵。先把酒饭来吃，明日一并偿价。"酒保道："小店尽有洁净床榻，上好的汾酒，各样小吃全备，客官只管点菜便了。"鹩寄生道："不用点菜，把好的拿来，做些薄饼黄黄充饥。"酒保答应一声，不多时搬到桌上，便与他们斟下三大杯酒。一枝梅道："你们这里准备那旗帜刀枪何用？"酒保道："客官，你们是远方人，不知这里的缘故。我们这个村庄，唤做赵王庄，共有三百余家人家，二千有余人口，却只王赵二姓。当初只有两家人家，一姓赵，一姓王。那姓王的无后，遂过继了赵家之子。此地风水极好，财丁两旺，子孙茂盛，至今遂成了大村庄。故此村中两姓，尚且赵王一族，向来太平无事。不料近年来出了一班强盗，闻得村中殷富，时常黑夜抢劫，骚扰居民。因此全庄商议，准备器械刀枪，提防盗贼。若有强徒到来，鸣金为号，齐心杀贼。一处有警，全村救应，协力同心。大家歃血为盟，也有七百余个壮丁。

近来请了二位教师，一个叫做独眼龙杨挺，善用一条铁棍，曾把那山角嘴打下一大块来。他专教人练硬工夫，癞团经、龙吞工，厉害不过的。一个叫做双刀将殷寿，善用两把柳叶双刀，使发了水都泼不进去。他专练的是内功。二人时常比试耍子，那独眼龙虽勇，却每每输在他手里。那二人是江湖上有名的殷杨二将，这里村中的族长是赵员外聘请了来，保护村庄，并教习村内壮丁武艺，因此近来军威大盛，整顿得如火如锦。前月一班强盗到来，被我们杀得片甲不回，如今安静得多了，谅他们不敢再来的了。"

鸣皋道："岂有此理。这里地近省垣，况有宁藩军兵屯扎，如何容那强盗猖獗？你们不会去禀报的么？"酒保道："嗳，就是这个不好。"正要说下去，只见那柜台里坐着个老者，喝住道："你不去照顾生意，只管噜里噜哒什么？"那酒保含着羞脸去了。

鸣皋等饮了一回酒，用了面饭，见时候不早，遂到里边厢房内来。酒保拿了三床被辱，铺置停当，三人坐在榻上说说谈谈，正要安睡，忽听得一片锣声响亮。门外一匹马飞跑而过，口内只叫："强盗大伙到来报仇，在西山路进来，离村只有三里了，大家并力杀贼！"一霎时人声鼎沸，遍处锣声。三人忙到庭心，跳上瓦房观看，月明之下，望见远远的一支兵马，沿山迤逦而来。约有四五百人，走的走，马的马，人衔枚，马摘铃，灯火全无，悄悄然过来。那赵王庄上，众壮丁纷纷站立门外，手中各执刀枪火把，照耀得白日一般。只见两个教头手提家伙，指挥赵员外二个儿子赵文、赵武，并王仁祖、王仁义弟兄二人，各引壮丁二百，在庄前树林中埋伏，等待强盗杀入村中，过了一半，截住厮杀，前后夹攻。务要并力向前，不得有误。众人齐声答应，分门埋伏去了。那杨挺、殷寿，带领三百余壮丁，迎上前去。恰好强徒到来，将火把上竹筒抽去，一霎时照耀如同白日，发一声喊，冲将过来。

鸣皋等在屋上看得分明，对一枝梅道："二哥，你看这支人马，不像那乌合的强盗，却是有纪律之王师。我想那酒保说话有因，莫非是老奸的军兵作此不肖？"一枝梅道："贤弟之言不错。但是官军私出为盗，不过数人或数十人而已，岂有公然成队而来，与开仗一般。难道带兵官也是有分的？今有一营多兵马出来，那主将岂有不知之理？"正在谈论，那杨、殷二教师领了三百余壮丁，已与强盗的头队接着，在村外一片空地上厮杀起来。那为首的强盗头上扎巾，身穿软甲，手执方天戟，坐下战马，直冲过来,这里殷寿舞动双刀,接住厮杀。第二个强盗浑身紧装扎束,却是步下,使一对双股剑,上前助战,恰好杨挺上前敌住。四人分做两对儿厮杀,两旁壮丁罗兵呐喊助威,战了二三十个回合,不分胜败。忽见罗兵队伍让开,一将飞马上前,头带兽头盔,身穿鱼鳞甲,手提笔捻锤,好似番将一般,冲上前来助战,十分骁勇。杨挺、殷寿抵敌不住,败进村来。那三员贼将顺热冲进村庄,口中只叫:"拿捉王宫行刺的奸细!"鸣皋听得吃了一惊,到得近来一看,那三将却都认识的,正是雷大春同那徐定标、曹文龙两员副将。弄得徐鸣皋同一枝梅好似丈二的和尚摸不着头脑起来。要激怒三人下来,杀退军兵,且听下回分解。

# 第五十四回

## 一枝梅弹打铁教头　三侠士大战邺天庆

却说徐鸣皋同鹞寄生、一枝梅在瓦房上面，看见杨挺、殷寿败进村来，那雷大春同了徐、曹二副将，指挥军兵一拥冲来，口中只叫："休走了刺客奸细！"鸣皋吃了一惊，回顾二人道："我等方才到此，他们怎生晓得？这里村民，断无进王宫行刺之理，莫非余半仙能算阴阳？"一枝梅道："他若能算阴阳，却不算了马家村去？其中定有别情。"鸣皋道："我看他带着徐定标、曹文龙二人，竟是拿捉我们之意。这多休论，他只是强盗，就是官兵，官兵就做强盗，却一定无疑。我们何不下去杀他一阵？"

正在商议，只见雷大春带领军兵，追入村口。两旁树林中伏兵齐出，一声吃喝，将军马截做两段。独眼龙杨挺同了双刀将殷寿，回身杀转，树林中火光照耀，喊声大震。雷大春吃了一惊，不知村中多少壮丁。林中乱箭如飞蝗般射来，兵士自相践踏甚多。徐定标臂上中了一箭，几乎跌下马来。雷大春无心恋战，将手中笔捻锤挡开二将家伙，圈转马头，冲出村来。杨、殷二教师，带领赵文、赵武、王仁德、王仁义，并七百余壮丁，一起追赶出村。不到二里，只听得山坡下一声炮响，转出一彪军马，约有一千余人。为首一员大将，头戴八宝紫金盔，身穿锁子黄金甲，足蹬虎头战靴，坐下逐电脑脂马，手挺画杆方天戟，面如重枣，目若朗星，三缕清须，飘扬脑后，左悬弓，右插矢，腰悬龙泉宝剑，大喝："强徒不得猖獗，俺无敌大将邺天庆来也！"那王仁德不知厉害，大喝："强盗慢来。"举起大刀向天庆砍来。天庆大笑道："鼠辈敢来送死！"将手中方天戟向刀盘上一逼。王仁德哪里经得起，只觉两臂发麻，虎口震开，叫声"啊呀"，那把大刀好似生了双翅，向旁边树林中飞去。邺天庆趁手一戟，把王仁德刺死。

王仁义见刺死了他哥哥，咬牙切齿，舞动梅花枪，奋勇上前。杨挺举起铁棍，殷寿分开双刀，赵文、赵武各挺手中枪，一起上前，来战邺天庆。无奈他力大无穷，戟锋如雨点一般，哪里抵挡得住？渐渐败进村来。那雷大春同着徐、曹二将，把众壮丁砍瓜切菜，杀得叫苦连天。那众军兵进了村窝,四散乱窜,打入人家门内,杀人劫物,搜抢银财。霎时间,但闻男啼女哭之声。

那瓦房上面三位侠客,见了这般光景,哪里忍耐得住?鸣皋大叫:"反了!"烁的抽出钢刀,向前奋身跃去五六丈之远,正在天庆马前。那郏天庆正把殷寿分心一戟,殷寿躲避不及,只得咬紧牙关,将双刀来剪。幸得杨挺铁棍也到,二人用尽平生之力,要想挡开他戟。郏天庆朝下一沉,那二人怎经得,只震得四臂酸麻,浑身发抖。

正在性命呼吸之间,恰好鸣皋下来,心中想道:"只闻郏天庆的声名,未曾交手,不知他究竟多少膂力?"遂起个雀地龙之势,攒身而进,起这把单刀,运动全身功夫,向戟上奋力一抬。一来天庆未防,二来有殷、杨二人拼命的招架,故此竟把这支画戟直荡开来。鸣皋见戟荡开,何等快捷,便跃上劈面一刀砍去。郏天庆见半天中忽然飞下一人,十分骁勇,刀已进门,躲避不及,便把额角向他刀上迎去,大喝一声道:"好!"鸣皋这口刀竟反激过来,心中大惊道:"这厮的脑袋怎地结实?"连忙跳出圈子外来。恰遇曹文龙骤马过来,鸣皋使一个旋风,滴溜溜快疾如风,把曹文龙连肩搭肘,砍下马来。一枝梅见鸣皋去战天庆,恐怕他有失,早把单刀抽出,随后下来协助。

鸒寄生知他二人难敌天庆一个,况有雷大春在此,断难取胜,忙把宝剑向下一撩。郏天庆,雷大春正在混战之际,忽见一道白光,从瓦房上飞将下来。那雷大春前曾落草时候,被山中子一剑,把头上包巾削去,头发都去了大半,尝过剑术的滋味。今日又见白光来了,正是惊弓之鸟,唬得面如土色,拖了笔捻锤,挑转葵花镫,便一溜烟走了。

那郏天庆乃是学过剑术之人,虽不能施用,却还可以拒得,便将左手执戟,与众人力战,右手抽出剑来,挡那飞剑。只听得"叮叮当当",左来左隔,右来右拦,鸒寄生飞剑虽佳,却也伤他不得。说也稀奇,那剑好似活的一般,只在郏天庆马前马后、马左马右的盘绕,却不伤自己之人。鸣皋等四人奋力上前攻杀。那天庆虽则英雄,要把实力挡他的空刀,只不过挡住他罢了,岂有占得他便宜。况且左手那支画戟,又要战这两只猛虎,究竟难以招架,渐渐败将下去。赵文、赵武领着壮丁,从树林中抄出前边,将军兵乱杀。王仁义亦领了二百余个壮丁,在村中四面兜抄,将抢劫财物、奸淫妇女的这些军兵,杀一个畅快。

那郏天庆败出村来,却有了救星到来。你道是谁?原来他们共发三员上将,二千人马,分作三队而来。头上边雷大春,带领五百为先锋。中间郏天庆,带领一千为中军。那后面还有铁昂,带领五百为断后的伏兵,离赵王庄二里之遥西山足下守候漏网,且为救应。早有探子报知铁昂,说郏大将军渐渐败阵下来。铁昂大怒,吩咐众三军上前接应,舞动一对八角紫金锤,飞马而来。

鸣皋看见铁昂头上镔铁盔,身穿乌油铠,坐下银鬃马,举起双锤,磕马而来,好似乌云盖雪,便道:"二哥,贼将救应来了!"一枝梅早已瞧见,知道铁昂骁勇,暗想被他上来帮助了天庆不当稳,暗取一个铁弹在手,等他马近,劈面一弹打去。铁昂不曾防备,正中面门,打得鼻青嘴肿,折了二个门牙,几乎坠下马来。郏天庆见铁昂受伤,料想难以取胜,只得圈转马来,落荒而走。雷大春、徐定标见天庆已走,顺水推船,各带军兵而走。铁昂疼痛难当,也把葵花镫挑转,飞马而回,倒把自己兵丁冲倒了不少。徐鸣皋、一枝梅趁势追赶,杨挺、殷寿、赵文、赵武、王仁义等引领壮丁,嗯哨一声,冲杀上去,把军兵杀伤无数。鷟寄生见天庆已走,早把宝剑收回,跳下房廊。鸣皋等追杀了一阵,见军兵去远,各自回转赵王庄,同了一枝梅回到酒家,谢了鷟寄生相助之恩。

赵员外闻知有过路侠士仗义相助,此番幸亏他杀退了强盗。保全村庄,便带了赵文、赵武、王仁义并杨、殷二教师,同到店中,与鸣皋等相见。村中闻说到了三个侠士拔刀相助,个个要来观看,一起拥挤进来。当时天色渐明,赵员外吩咐杀牛宰马,犒赏民丁。一面端整丰盛酒肴,与三位义士接风。赵文等检点壮丁,前后被伤二十余人,吩咐买棺成殓;杀死强盗一百五十余人,掘土埋葬。

赵员外款待三人,动问三位义士高姓大名。鸣皋道:"晚生姓徐名鹤,字鸣皋。这位老师鷟寄生的便是。那位哥哥复姓慕容,单名贞字,绰号唤做一枝梅。"赵员外听了,同着二个儿子,并王仁义、杨挺、殷寿等,一起拜倒在地,道:"久闻二位大名,乃天下义侠,为民除害,恨不一见。鷟老师当世神仙,今日何幸,一起来到敝地! 此乃小庄众百姓之福。"鸣皋等连忙还礼,大家坐下,争来把盏。赵员外道:"老汉姓赵名琰,生有二个小儿,唤做赵文、赵武,自小喜学武艺,与王仁义贤昆季一班儿,延请名师教习,只是本领平常。近因奸藩暴横,招兵买马,意欲叛逆,那些贼兵贼将,大半都是强盗出身,狼子野心,时常出来骚扰村庄。那个禁军教头铁昂,原是个无赖出身,先时也曾做过响马。他手下带的部兵最是可恶,闻得这里有些积蓄,每每扮作强盗,前来抢劫。因此请了杨、殷二位教师,团练、壮丁,众人歃血①为盟,誓共杀贼。往常不过三五十个到来,几次被我们杀死大半。想他们怀恨在心,所以昨夜大队来报仇。但如此整队而来,难道老奸不知? 岂有身为亲藩,纵容手下兵将公然为盗之理!"

　　要知怎的,且听下回分解。

---

① 歃(shà)血——旧时举行盟会,嘴唇涂上牲畜的血,以表诚意。歃,用嘴吸取。

# 第五十五回

## 鷾寄生逼走邺天庆　徐鸣皋相会焦大鹏

却说赵员外意欲留住三人保护他们,便道:"徐英雄今欲何往? 若不嫌待慢,有亵三位义士在敝庄盘桓几时,救护一村百姓。料想他们早晚必来报复。未知肯俯允否?"鸣皋道:"并非晚生无情,我们若在此间,非唯无益,反要害了一村性命。"赵员外道:"徐英雄说哪里话来。别的休说,只昨夜,若非三位在此,只怕此时全村变作丘墟的了!"鸣皋道:"员外有所不知,那老奸恨我入骨。前日有三位兄弟,陷在王府牢内,前夜私进王宫,意欲劫救,不料被他们知觉,追赶一程,因此绕道经此。昨夜听得贼将叫喊,声声拿捉行刺王宫的奸细,不知怎的晓得我们在此,谅必他们猜疑罢了。若然留在此间,岂不是弄假成真,以虚成实,老奸怎肯甘休? 必然大队而来,将村庄团团围住。那时进退两难,势难抵敌,岂非害了一村人的身家性命? 若是我们去了,虚则虚,实则实,你们只有保护闾阎格杀强盗之功,并无藏匿奸细、拒敌王师之罪,到官尚可辩白。"

正在说着,那王仁义大哭起来,道:"吾兄死得惨伤,我们岂肯束手就缚! 若到官分辩,再也休提。那班赃官都是一党,严刑酷罚,不怕你不诬服? 如今江西全省并无天日的了,我们情愿战死沙场,不愿刑杀公堂。只要杀得他们一个,就到了本钱;杀了两个,就是对本对利。"众人同声附和。

鸣皋见他们如此义气,到弄得进退两难,便向鷾寄生道:"老师尊意,如何处置?"鷾寄生道:"我观此村,后靠高山,右临岩峪,只有两面受兵。左边林树深密,山路曲折,尽可埋伏。只有前面难守。若得筑起土城,便可拒敌。正是一人把关,万夫莫开。但只少几员大将。既然赵员外求助,众人义气,我们只得帮他一臂。只是战斗兵机,顷刻万变,除了伊、吕、诸葛的大才,谁能料其必胜。倘有疏虞,休要怪怨我们。"赵员外同王仁义、赵文、赵武并众壮丁、村人等,齐声答应:"我等情愿死守,遵听号令,决无反悔!"鷾寄生道:"你们众意既坚,为今之计,第一要事,先筑土城,准备

预敌。我料贼兵非明即后，便来报复。员外速命全村人众，无论男女老
少，赶紧筑起一道土城，限一日夜完备。先把门户关闭，方可拒敌。"赵琰
随命赵文、赵武，去叫众人行事，务要竭力赶紧。赵文、赵武奉命而去。鹞
寄生对一枝梅道："慕容兄，相烦到马家村一行，相请众英雄到来帮助。"
一枝梅道："小侄随即便去。"乃别了众人，立刻往马家村去了。赵员外吩
咐准备筵席，等候众位英雄到来。我且慢表。

却说那铁昂的浑家姓姜，乃本地南昌人氏，是个寡居的孀妇，颇有几
分姿色，铁昂宠爱异常。那姜氏有个哥哥，叫做姜玉林，最爱赌博，也是个
无赖。祖上传下家产，被他输得精光，在前头的妹丈处，借贷银钱，到手便
完。一而再，再而三，弄得自己不好上门。后来相交了一班响马强盗，常
常去做那没本的买卖。后来妹丈亡故，妹子嫁了铁昂，时常要来借贷。及
至铁昂做了宁王手下禁军都教头，那姜氏在丈夫面前，要他提拔哥哥。那
时宁王正在招兵之际，铁昂便叫姜玉林去招了一班响马强盗，在宁王面前
保举，提拔他做了一个千总之职。

那姜玉林一旦做了官，正是小人得福便轻狂，有了银钱，就整日整夜
的在营内与众弟兄赌钱。所得俸禄饷银，哪里够用？他心生一计，便与手
下弟兄商议，夜间私自出营，扮了强盗，到各处村庄打劫，民间受累无穷。
有的晓得他们乃营内的官军，到南昌府告状，反被官府责打，当做诬良为
盗。铁昂虽然晓得，亦是眼开眼闭，由他所为。故此姜玉林越发胆大。后
来知道赵王庄日产千金——你道什么出产？原来江西出的白垩①，要算
赵王庄产的为第一。颜色又白，泥性又细。要烧上好瓷器，须用那处的白
垩。又有一种颜料，看去好似黑土一般，拿来画在碗上，在窑内烧好了，却
成上好的蓝色，乃碗盏上要用之物，亦是此处的最好。相传柴窑的雨过天
青，就是用此处的白垩颜料做的。所以这颜料极贵。当时有句俗语，叫做
一两黄金一两泥。虽则盛言之下，然而其贵重可想而知。所以这赵王庄
十分豪富。哪知道他们早已听得各处村庄被劫，聘请教师，团练壮丁，十
分严备，所以屡次被他们杀败，伤了多少兵丁。姜玉林怀恨在心，与妹丈
商议报仇，要来扫荡村庄，亦可掳掠许多财物。铁昂却不敢动手。恰好徐
鸣皋私探王宫，铁昂心生一计，便奏知宁王，只说徐鸣皋一班逆党，藏匿在

①　垩(è)——白色土。

赵王庄上,宁王信以为真,便命郏天庆带领二千军马,同了铁昂、雷大春,连夜到赵王庄,拿捉逆党。不料事有凑巧,恰正鸣皋等三人在那里借宿,弄假成真,吃了败仗。

当夜郏天庆同了雷、铁二人,带了败残军马,回进南昌,只道奸细当真尽在赵王庄上。铁昂的奸计,被他瞒过了。天庆见了王宁,说这班奸细果在赵王庄上,而且内有剑客相助。把昨夜战事,起初得胜,后遇飞剑到来,因此致败,细细说了一遍。

宁王大怒,吩咐李自然亲自带兵前往,着余半仙相助,务把众贼擒来,将村庄扫做白地。李自然道:"他们既有剑仙相助,不可力敌,只可智取。第一谨防他侵犯主公。余秀英法术虽高,究竟女子,况要保护后妃。千岁驾前,须要余半仙步步相随,岂可离开。倘有疏虞,如之奈何?待贫道略施小计,管教一网打尽。明日十四,是五黄日,后日与月建冲犯,不利用兵。须待十八日,大吉大利,一战成功。"宁王道:"军师用何妙计?"李自然走到近身,向宁王耳边说了几句。宁王大喜,拍掌道:"妙计妙计!随你剑仙侠客,看你怎的逃生?一准依计而行便了。"

不说藩邸安排战事,只待十八日晚间出兵,要来扫荡赵王庄,再说赵员外得了三位剑侠,十分欢喜,全村的人,个个摩拳擦掌,精神十倍。到了来日,正在款待鹪寄生、徐鸣皋二人,商议御兵之事,忽报一枝梅引领了一班豪杰到来。鸣皋抬头一看,正是徐庆、罗季芳、狄洪道、徐寿、王能、李武同一枝梅七人。内中却多了一个好汉,却不认识。只见他身长九尺,相貌堂堂,头上英雄结,身穿元缎褶子,内衬密门战袄,足上薄底骁靴,腰悬宝剑,一起走上厅来。鸣皋同了鹪寄生、赵员外等起身迎接,各各施礼相见,通过姓名。原来此人便是草上飞焦大鹏。鸣皋大喜。赵员外叫把残肴收去,重整杯盘,大厅上摆开盛筵,款待众人。鸣皋道:"久慕焦大哥英雄豪杰,恨未拜见。今日天赐相逢,实乃万幸!"大鹏道:"徐兄名扬四海,那个不知?焦某是个粗莽之夫,休得过誉!"鸣皋道:"不知焦大哥几时到此南昌,怎的与众弟兄相遇?"大鹏道:"小弟自与狄兄等别后,闻得老奸把包兄等拿进城中,禁在牢内,小弟思念众位弟兄,故此来到南昌。寻了一日,再也寻不见一个,意欲往马金标处耽搁,细细访寻,哪知恰巧相遇。方才坐定,只见一枝梅兄到来,说起徐兄与鹪老师在此,故即趋来拜候。"

赵员外见了许多豪杰,欢喜不尽。赵文、赵武说土城皆已完备,筑得十分坚固。大家讲论御敌之计。鹞寄生道:"御兵利器,第一是箭,不知员外庄存有多少?"赵员外道:"现有七八千,未知足用否?"鹞寄生道:"现在还可应用。日后我有个御敌的利器,待我画出图形,只须照样打造。此物虽不及箭之远,却有几样好处。第一价廉,第二易办,第三省人。若用箭时,一人只射一人,此器一人可伤数百人。凭他十万雄兵,我这里只消数十余人,分匀守住,管教他一个也不能进来。而且箭有射完之时,此却用之不竭。"众人听了大喜。鹞寄生不慌不忙,把图形画将出来。

不知什么利器,且听下回分解。

# 第五十六回

## 备御敌造奇法炮箭　结同盟合佐玉良才

却说鹯寄生把机器图形画出，却有二式。众人看了，不知是件什么东西。鸣皋问道："鹯老师，此器何名？如何用法？"鹯寄生手指那图形道："这名为飞雷炮。将坚木照样造成，装了轮轴，如车辆一般，可以推动。把石片石块，敲成手掌大小，在上面倒将下去，只消一人将转柄摇动，那石块从前面口内直飞出，亦有百步之远，宛如天降冰牌。虽不能伤他性命，亦打得他们头破血淋。这名没羽箭，里面的膛子及管子，皆用铜铁打成，其余的机关，亦只消坚硬木头做成。装在车上，那下面用个火炉，内烧煤炭，须要猛烈。膛子内装满药水，上有漏斗，可以随时添水。等得药水沸腾，将柄摇动，那药水从铜管内直喷出去。初出宛如一线，到了数十步远，那水四散分开，好似大雨一般。这药水经了火烧沸，着人身上，比滚油还厉害，而且毒不可言，立时溃烂，其痛难当。所以二器相辅而行，远者炮打，近者箭射，随你老奸兵多将广，叫你来发个大大的利市！"

众人听了，无不叫好。赵员外即命两个儿子连唤工匠来，照图打造。赵文道："请问老师要造多少？"鹯寄生道："不须多造，每样赶紧造五十具，只是那中间机关，须要照样活灵。那水中的药料，此物这里甚多。你那山上出的草，有一种细叶红花的，名为乌龙刺，叫壮丁去多取下来，预先煎成浓汁，用时将少许掺和入清水内，再将石灰加入。此草见了石灰，却是对头，其水立变血色，毒极非常。若是冷的，其性还缓，若烧滚了，着在身上，比刀箭还要厉害。只是一件：那些运机的壮丁，皆要预备皮套，将头面遮蔽，两目之上，嵌二块玻璃，二手亦用皮套，恐有药水误溅自己。"赵文、赵武领命，自去赶办。

众人酒阑席罢，一同来到庄前观看土城，果然筑得坚固。鸣皋道："员外的二位令郎十分能干，只看这土城，筑得大有道理，将来定是国家栋梁之器。"员外道："徐大爷休得奖誉。若能众位豪杰常常聚首，教导小儿，却是受益非浅。"众人四面看过了形势，回转赵员外家内，早有差去城中探听的庄丁回来报说：今日不见动静，谅来不发兵马的了。鸣皋道："鷿老师，他们不即发兵到来，却是何故？"鷿寄生道："这却猜想不出。我闻得宸濠最信阴阳风水，那贼军帅原是个江湖术士，今日是五黄月忌，不利出兵，莫非为此？"鸣皋道："别的不打紧，只怕他们叫余半仙来，如之奈何？"焦大鹏道："不妨。我们整备猪羊狗血放在箭上，他若用妖法，便将这箭射去，便好破他。"鷿寄生道："好虽是好，只是他的妖法变化无穷，知道他用何法来算计我们？"焦大鹏道："还有一件好东西，破妖法最灵。"众人忙问何物，大鹏笑道："说出来却不雅相。"一枝梅接口道："我知道的了，一定是妇人的月秽。"大鹏道："一些不差。当年梁山泊宋江，曾用此物破了高廉的妖法。"罗季芳道："这些妖法怕他作甚，不过纸人纸马罢了！只要杀上前去，岂能伤人？常言道邪不胜正，有何惧哉！"鸣皋道："罗大哥，你既知邪不胜正，妖法虚妄，亦知这个正字颇不容易。若非大圣大贤，谁人当得这正字？你我有何德行，却能胜伏邪妖？"鷿寄生道："此事再作计较。目今先拨壮丁，分头谨守险要。挑选强壮者五百人，准备埋伏厮杀，其余准备强弓硬矢，镇守土城。城上多设灰瓶石炮，土城外开掘壕沟。等待箭炮机器造成，在城上开两个门户，以通车路。夜间添设远近巡丁，马探步探。南昌城内外，亦须多遣谍者，侦察军情。"着王仁义安排调处。

　　鸣皋虑其兵马太少，若欲与老奸拒敌，恐此数百人难以久持。他若各府调动军兵到来，不下百万，区区七百余人，如何抵挡？况两军相对，肉薄相战，安保无损伤之虞？若再少了，连队伍都整顿不来，怎能抗此大敌。还当及早招聚义兵，联合左近村庄相为救援，而成掎角之势。鷿寄生点头道："此言深合我意。"赵员外道："此去东南十里，有一座刘家庄，庄上共有四五百家人家。内有个刘佐玉，家财豪富，为人仗义疏财，颇有名望，全村的人无不敬服。近来屡被官军劫掠，恨入骨髓，闻得我庄团聚民兵，亦欲练兵防御。若去纠合他们，无有不成之理，只须老汉去走一遭。"众人听了大喜，立刻命庄丁备了马匹，就叫杨教师相陪同去。到了黄昏时节，赵员外回来，说刘佐玉闻得江南众豪杰在此，喜出望外，满口应承。他明日特来拜会，就此歃血为盟，同心杀贼。众人大喜。

　　当晚已过，到了来朝一早，外面庄丁通报："刘家庄刘大官人，同了郑大爷要见。"员外赵琰连忙接进里边，与众人相见，无非各通名姓，说些客套的话头,不必烦述。那个姓郑的,名叫良才,原系是个参将。只因素性忠直,不肯结交上司,因此罢职归家,与刘佐玉邻居,彼此情投意合,成为莫逆之交。几次军兵打劫,亏得他拼命格杀,庄上保全不少,全村无不感激他。当日赵员外大开筵席,宾主十分欢喜。刘、郑二人与鸣皋叙谈江南之事,二人心倾意服。

宴罢之后,赵琰早备牛羊祭礼,敬过神灵,便请鹬寄生主盟。鹬寄生道:"老夫闲云野鹤,岂有反为盟主之理?"刘佐玉道:"不然。此乃老师大仁大义,救此一方百姓,非比等闲的盟主。神人同鉴,全仗老师,以成此事。"众人同声附和。鹬寄生推辞不得,只得应允。众人歃血为盟,各饮了一杯齐心酒。然后重整杯盘,开怀畅饮。鹬寄生道:"既蒙员外及众英雄相委老夫作为盟主,但弄兵一事,全仗军令,若不严明赏罚,焉能拒敌?未知众位意下如何?"众人齐声:"愿听号令!"当时便命鸣皋写了五十四斩军令,挂于门外。刘、郑二人相辞了众人,回转刘家庄,立刻聚集众人,共有千余人丁,置备刀枪弓箭、衣甲器械,以便互为救应。我且慢表。

且说赵王庄上到了十八日午牌过后,早有城中细作飞马回来,报说南昌城内调动军兵,忙忙碌碌,只怕今夜要来侵犯我村的光景。一连几次报来。赵员外慌忙与鹬寄生、鸣皋等商议。鸣皋道:"今晚必定大队而来,老师当用何策拒之?"鹬寄生道:"我料敌兵今夜到来,决不走马冲阵,必定围住村庄,扎定浮营,然后两面攻打。我们只宜坚守土城一面。那左边离庄二里之处沿山转弯的所在,只有二马并行之阔,可在那里山坡树林里面埋伏。火攻下面,掘下一丈深、三丈宽的陷坑,坑内预藏火药,上面堆积木柴、松香、硫磺之类。"命徐庆带领五十壮丁埋伏山上,听得信炮为号,点燃药线,将他人马截住,使彼首尾不能相顾。随唤殷寿过来,吩咐带二百名庄丁,速去安排掘坑,限黄昏交令。要一切齐备,违者按军法从事。殷寿领命而去。

只见赵文、赵武进来,道:"启禀老师,所造飞雷炮、没羽箭,机器、药水尽皆齐备,现在排列在土城之内。一面已吩咐在土城上开出左右二门,以通车路。"鹬寄生大喜道:"二位公子实在能干。"便同了鸣皋等一众英雄,来到庄前观看。

只见五十架飞雷炮,五十架没羽箭,整整齐齐排列车上。鹬寄生将机关看过无差,便先将飞雷炮演放。命五十人执掌摇柄,五十人管理加石,其余运石之人,虽妇人女子,亦可相帮。只听得一声梆子响,那五十个加石的,一起将石片倒入机内,那五十个执掌摇柄的,一起奋力转动,但见这石片石块,如乌鸦般从土城上飞出足有一百步之外,只闻呼呼风响,倒也十分好看。众人见了无不喜欢。又听得一声锣响,飞雷炮一起停了。鹫寄生又命将没羽箭演试。

　　不知后事如何,且听下回分解。

# 第五十七回

## 李自然狠心施毒计　邬天庆再打赵王庄

却说鷮寄生令演放没羽箭,只用清水,不必下药。亦然五十人摇柄,五十人加水,但两手并头面皆用皮套。只用铴锣为号,当的一声,五十架机关齐发,其水从管中飞出,直射数十步外,宛如匹练横空,长虹飞堕。所到之处,若狂风催急雨,势如奔马一般。虽则水中无药,犹能令人立足不定,透气不得。员外同众人齐声喝彩。焦寄生道:"前面土城一带有此利器,不必用重兵把守,但须一员超等上将管领。"焦大鹏道:"弟子愿当此职,不知可胜任否?"鷮寄生道:"焦英雄肯领此任,最妙的了。"赵文、赵武、王能、李武四人为副,叮嘱小心防守,不可擅离。倘有贼兵到来,等他兵临城下,然后用炮箭隔城攻打。倘贼兵败走,然后开了城门,将炮箭车推出追杀。如已去远,切勿穷追。众人领命。

鷮寄生同了鸣皋等一班豪杰,回转赵家厅上。命狄洪道、一枝梅各领二百壮丁,为左右翼,在庄外左右埋伏。自己同鸣皋、罗季芳带领二百壮丁为中军。分拨已定,时将天晚,只见殷寿回来交令,说火坑埋伏,一应齐备。鷮寄生便命徐庆带领五十名火兵,往西山上面密林中埋伏,若见兵马到来,由他进来。只听号炮,即便纵火燃放地雷,不得有误。徐庆引命而去。

到了黄昏时候,一连几次报到,禀称城中兵马已发,约有二万光景。李自然亲自同了邬天庆带领中军,铁昂为副,殷飞红带前军,雷大春、铁背道人为左右二军,波罗僧带后军,共分五路而来,现今头队已出城关。不多时报说前队离庄三里,停住不进。

鷮寄生等齐上望台,远望官军陆续连接而来,宛如一条火龙。看到后队走得甚慢,旗幡攒聚一处,好似保护着贵重东西一般,暗忖道:"这却作怪,岂非宁藩亲来不成? 即使亲来,岂有居在后队? 此事有些蹊跷。"望了一回,说与鸣皋、员外,大家测摸不出。罗季芳道:"那后军想是老弱之兵,所以行缓,何足为怪。"鸣皋喝道:"匹夫,他十万之中挑此二万,岂有老弱在内?"正在猜疑,探子报说官军左右两队与前队扎住西山足下,那中军、后队俱向庄前大道而来。鷩寄生道:"徐兄,你同罗季芳二人拒敌左边。既他中军、后队俱向庄前,其中必然大敌。待老夫相助大鹏。不可轻忽!"鸣皋领命,同罗季芳带领一百壮丁,到庄左去迎敌。鷩寄生带领徐寿、王仁义、杨挺、殷寿,并二百壮丁,齐到土城上观望。只见官军一字排开阵势,遥望后队,尚未到来。鷩寄生道:"我料他们这后队之中,必有厉害。看他光景,分明等那后队到来,一起动手。"徐寿道:"他们若用妖法,我们现有猪羊血箭在此,亦不惧他。"

　　不说这里准备厮杀,只说李自然发军二万,分为五队,自与邺天庆、铁昂带领中军,却命波罗僧保护着一尊崩山倒海九节哄天红衣大炮,要将赵王庄打为平地,鸡犬不留。若说这尊大炮,非同小可。长有数丈,炮中可以走得人,其重数十万斤。因此分为九节,各有螺纹相接,用九辆炮车装载,临时拼合起来。那车上各有机关转动,其炮自能拼接成一。每车一辆,用二百军兵,前拖后推。发出能有十余里之远。莫说土城不在他心上,就是小小的山头,也被他打去了。只因宁王阴图谋逆,所以铸此凶器。今日李自然知道江南豪杰尽在此间,他便起这狠心,下此毒手,意欲一网打尽,免了后患。哪知天意难违,造物好生,自有高人相救。当时李自然等得炮队到来,吩咐将旗幡遮蔽,休被敌人望见,将九节大炮接连起来。不多一会,一切火药炮弹,尽皆齐备,中军帐内,发起一声号炮,庄前庄左,一起攻打。

　　我却一口难言两处。彼时一起动手,我只先说庄左殷飞红听得进军号炮,吩咐三军冲进村庄。众兵一声叱咤,由西山足下飞奔而来。及至前队到庄,那雷大春的左军已进山角嘴一半。鸣皋在瓦房上面望见,便发起一个信炮,带领罗季芳、一百壮丁,在庄口要道之所截住。殷飞红一马当先,冲至庄口,只见一个好汉单手提刀,拦住去路,大喝:"狗强盗,通名领死!"鸣皋道:"老爷行不更名,坐不改姓,扬州徐鸣皋的便是!贼奴帮助奸王,可惜污我宝刀。"殷飞红大怒道:"强盗,正要拿你,敢自来送死!"说罢,举起那八十斤龙环泼风刀,照准鸣皋当头砍下。鸣皋将身一侧,起单刀向上迎来。看官,大凡名将遇着名将,皆要称他一称有多少份量。只听得当的一声,觉得十分沉重。殷飞红见他力大无穷,也用尽平生之力,压将下来。鸣皋狠命抬将起来。二人气力相等,那两件兵器,好似生根一般，上也不得上，下也不得下。各人用力，只见两把刀当当的震响，皆觉臂膊上有些酸麻。那只马在地上圈团的转来。只是殷飞红占的在上面，易于用力，徐鸣皋在下面吃亏。若讲二人实力，还让鸣皋的先手。鸣皋想道：他们人马众多，不可只管较力，便将刀探出。殷飞红圈转马来，再打照面。

这里罗季芳大叫："罗德在此，吃我一鞭！"提起那支十三节四方钢鞭，向殷飞红打来。飞红将刀架开，那边鸣皋的单刀又到。飞红暗想："也是我的晦气，偏偏遇着这两个定头货，看来难以取胜。"只听得背后雷大春飞马而来，大叫："殷先锋，俺来助你擒这两个逆贼！"正要上前，不防一枝梅从树林中跳将出来，提起单刀，向大春便砍。大春忙起笔捻抓招架，二人又杀在一堆。忽然听得西山足下震天震地的一声响亮，霎时间火光冲天。后面官军齐声叫苦，三军大乱。殷、雷二将知道又中了奸计，只得喝令三军向前死战，回去无路的了。哪知狄洪道舞动双拐，带领众壮丁，将官军砍瓜切菜。

且说铁背道人正催军前进，忽见前面一声震响，地雷轰天而起。一时间山上树木尽皆烧着，把山路烧断，火坑内烈焰飞腾。官军死了无数，只得按住兵马。这里徐庆杀下山来，逢人便砍，五十名壮丁跟着他的威势，也觉得人人好汉，个个英雄，一路杀将进来。官军四散逃命。殷、雷二将见官军渐渐消磨，又加上一个徐庆到来，却抵敌不过，只得忘命死战。

且说鯗寄生见官军一拥上前，攻打土城，一起下得城来。一声梆子，那五十架飞雷炮，一起转动机关，石块石片如雨点般飞出城来，打得官军头破血淋，鼻青嘴肿。欲待退后，那军中战鼓紧催，那偏俾牙将各拔兵器在手，退后立时斩首，只得没命向前。及至城濠边首，正欲奋跃过来，忽见一阵滚汤浇来，如急雨一般，着在身上，疼痛难当。有的站立不住，跌入濠内，有的自相践踏。一时间齐退下来，哪里止当得住。这里大开城门，赵文、赵武喝令将百辆机器炮箭，一起推出城来追赶。随后焦大鹏、徐寿、王能、李武、杨挺、殷寿，一起杀出，官军大败。鯗寄生在土城上观望，看那官军败去百步之外，就命炮箭停止。那六位英雄带领二百壮丁，追杀上去，逢人便砍，杀得尸横遍野，血流成渠。

且说李自然见他们用此器具，把官军打退，吩咐邺天庆休得上前，只朝两边退下，抄入炮队后面。一霎时官军尽向两边兜转居中，远远的露出后队,整整齐齐。焦大鹏、徐寿等正要杀上前去,只见后队旗幡展动,也向两边分去,望见那尊烘天大炮,后面炮兵手内火把高举,正要燃放,只唬得魂不附体,没做理会。鹞寄生在土城远望,看见中军向左右退去,正在疑心,忽然望见这尊大炮,吃了一惊,暗道:"我原说这后队作怪,如今如何是好?"只见数百炮兵,手中皆是火把,一声锣响,那炮兵举起火把,向炮门上便点。

不知赵王庄上众英雄性命如何,且听下回分解。

# 第五十八回

## 霓裳子独救赵王庄　邺天庆枪挑草上飞

却说焦大鹏、徐寿、王能、李武、赵文、赵武、杨挺、殷寿,并土城上鹪寄生,与城上城外众壮丁,一时望见这尊大炮,那炮兵将火把要燃放,个个吓得魂飞天外,魄散九霄。连鹪寄生剑术之人,也只束手待毙。这炮离城有二里之遥,随你飞身纵跳,哪里来得及过去,止住他点火,只得对了众壮丁说一声:"快快跳下,卧倒地上!"一时间都似鸭蛋般的往土城下乱滚。阵上焦大鹏大叫:"快卧地上!"那城外的众英雄与壮丁们,乱纷纷困在地上,闭了眼睛,咬紧牙关等死。

且说那管领炮台的主将波罗僧,见前面敌军相近,自己的人马已向两边卸开,吩咐炮兵头目举火开炮。这个炮手正要点火,忽见那旁边一株大树上飞下一道光华,那点火的脑袋向着炮门上直滚下去。众三军一起大惊,瞥见一个女子,手执宝剑,左右一挥,人头乱滚。一时间官军大乱,四散奔逃。波罗僧见了大怒,提了月牙铲,恶狠狠正要上前,只见那女子就地上拔起一面旗来,将根上的铁钻子向着炮门内直插下去,把手中剑一剑削平。波罗僧赶到面前相近,原来却认得的,失声道:"啊呀,原来是她!"回转身来,没命的飞跑而去。这波罗僧乃龟兹国人氏,前在广西山中落草,与绿林魁首大盗陈大刀、李金牛打劫一宗大镖买卖,恰遇霓裳子路见不平,将陈大刀、李金牛杀死,救了一班客商性命银两。波罗僧漏网脱逃。所以今日见了,宛如鼠子见猫儿一般。

却说邺天庆在后面远远望见,大怒道:"俺偏不怕你剑术!"分开兵卒,骤马追来。那霓裳子已进土城去了。那焦大鹏等不见炮响,抬起头来,望见一个女子已将炮兵杀退,便人人胆大,跳起身来,杀上前去,刚遇邺天庆马到,二人即便厮杀。徐寿见大鹏战住天庆,便指挥众人,并一百架机器炮箭,风卷也似的过来。铁昂舞动双锤,拍马迎来,大呼:"休冲俺的阵脚!"恰遇王能、李武二人接住相杀。随后殷寿也到,见王李二人战不住这黑贼,便舞动双刀,上来助战。三人走马灯的战住了铁昂。那徐寿早已杀入中军阵内。他这把刀何等厉害，只见人头滚滚，血肉横飞。李自然见来势凶勇，早已逃至队后。波罗僧见霓裳子去了，望见一个小将杀入军中，如入无人之境，他便舞动月牙铲来战徐寿。若说波罗僧的本领，却比徐寿之上，幸得徐寿纵跳如飞，身轻如鸟，善于巧战，所以还能敌得。那杨挺同赵文、赵武见众英雄敌住三将，分作三堆儿厮杀，便喝壮丁推动飞雷炮、没羽箭，直冲过去。官军站脚不住，朝后退败。李自然恐其三将有失，吩咐鸣金，一路向南昌而走。郧天庆、铁昂、波罗僧本则无心恋战，听得本队鸣金，也便回身退转。众英雄哪里肯休，随后如飞赶来。

且说鹞寄生遇见了霓裳子，知道已将炮门钉了，便一同在土城上瞭望。见官军退去，众英雄追赶上前，暗想这三员敌将非是等闲，倘若追远了，炮箭发完，这里望不见、救不及，若有伤损，如何是好？即忙传命，也鸣金收队。徐寿等听得锣声，同了王能、李武、杨殷二将、赵氏弟兄，推转炮箭车辆，回转庄上交令。只有焦大鹏不肯回身，走又走得快，如飞赶将上去。郧天庆暗想："你的本领，我岂惧你？只是纵跳厉害，少不得结果了你。若在此处相恃，他有剑客相帮，不如待我诈败下去。"且战且走，转过前面山坡，却不走进城大路，从东边山路落荒而走。焦大鹏不知好歹，果然中了奸计，看看追入山凹，约有十里之遥。郧天庆回转马来，奋起神威，举戟便刺。焦大鹏将刀相迎。战到三十余合，那焦大鹏本领虽高，怎敌得天庆的神勇，渐渐气力不加，两臂酸麻，刀柄发烫，虎口震痛。一个失手，被郧天庆一戟正中前心，死于地下。天庆割了首级，回转城中去了。

再说铁背道人在于西山足下，欲进不能，正在迟疑。那时已交四更，斜月东升，遥望山下一个步行贼将，如风雷掣电一般，追赶一员马将。月光之下，看得分明，那马上将官，正是殷先锋部将薛大庆。看看赶上，那铁背道人将马一夹，双刀一摆，从壁陡山坡上直竖下来，真像一道电光。眨眼之顷，举起日月钢刀，照着那贼将便砍。这追赶薛大庆的，正是徐庆，不防高山上忽然半腰中驰下一人，先吃了一惊。况且铁背道人的本领还高他一着。当时急把身子一偏，那刀从肩胛边上劈过，砍去一大片衣服，将缠胸索子斩断，衣服松散，拖挂下来，舒展十分不便。薛大庆回马转来，两下夹攻。徐庆勉强支持五六个回合，只得朝西落荒而走。背后二马紧紧追来。

看官，此处并非山路，那铁背道人屯兵之处，被火烧断的地方，方是正路。徐庆埋伏的去处,还在正路的上面。他从山顶上下来,纵火烧断了山路,见官军四散往山脚下逃命,他又从那里再赶下山来,正是三层房子,已到着底。故而此处都是荒坟野树,地下高高低低,约三里之遥。徐庆心慌意乱,那衣服被一株断树上带住。徐庆奋力一扯,不防前面却是一条沟渠,便向沟内咕通的跌将下去。背后铁背道人的马已到,便举起刀来,一个白龙取水之势,从马背磕将下来,向着徐庆便砍。徐庆正跌个合仆沟中,头在水底,两脚在于岸上。正欲跳起身来,无奈不识水性,身在水底,手臂不能用力,哪知后面刀已下来。薛大庆在后面看得清楚,心中大喜,暗想:"你这贼好厉害,赶得这般紧急,定要杀我,却也有今日!"

正在喜欣,忽一道白光,从东南上飞射下来,宛如电光一亮。那铁背道人齐腰两段,溜缰马跌入沟中。薛大庆吃了一惊,扭转头来,向东南上望去,只见南面大路的山上,一个和尚生得品貌端方,宛如阿难降世,指着薛大庆喝道:"从奸贼将,休得逞能,俺一尘子在此!"薛大庆听了,圈转马来便走。徐庆也从沟内爬将起来,见铁背道人死在岸边,拦腰杀死,抬头看见山上有人,听得"一尘子"三字,大呼:"师父,弟子徐庆在此!"一尘子便从山上下来,道:"贫僧看见足下跌入沟渠,贼将要待行凶,故此把他杀了。我与霓裳子同为相助你们,见他分军两路进兵,我与霓裳子约定分路,跟着他们兵马。霓裳从南路,刻下谅也到庄。我从西路,在此对山上看望多时。见你们出奇制胜,杀得官军大败,料想必定成功,无须贫僧动手,故此站立此间观望。忽见你被这两个追赶,故此相助一臂。"徐庆谢过了救命之恩,说道:"此人乃宁王手下的大将,八虎将中之一,名唤铁背道人。幸被师父除此大害。"当下二人寻路回庄。那时官军西路尽退,那雷大春、殷飞红同偏俾牙将等,亦皆败回,四散落荒而去。只见落地尸首,兵枪旌帜,抛弃无数。

二人进了庄门,与鷁寄生、徐鸣皋等相会,大家喜欢不尽。一尘子道:"鸣皋贤侄,你师父同六师伯、五师伯即日也到。"鸣皋称谢。霓裳子说起:"李自然如此狠心,用此大炮。我一路跟随到来,见他们要想燃放,被我杀退众兵将,炮门钉丁。如今可速命人将炮运到庄上,将他镇守庄前,使他不敢从南路进兵,我们便好专诚西路了。"众人齐声:"有理。"赵员外道:"今日若非仙姑到来,全村早成灰烬。"众人皆来拜谢霓裳子救命大恩。

鹞寄生吩咐赵文、赵武带领庄丁,先将大炮推运到了土城,镇守南面庄前。一面命杨挺、殷寿带领庄丁掩埋尸首,拾取刀枪,清理战场一切。又命一枝梅寻探焦大鹏下落。不多时回报:焦大鹏被敌将刺死在十里外东山凹内,恰遇刘家庄上巡丁看见,告知刘佐玉,已命棺枋成殓,明日差人送往张家堡而去。众人听了,感伤不已。从此二庄兴旺,焕然改变规模,且听下回分解。

# 第五十九回

## 余半仙祭炼招魂法　霓裳子金殿显奇能

却说赵王庄自从一尘子、霓裳子到来,鹞寄生便把兵事让与一尘子执掌。将庄前土城改为石城,居中架着九节烘天红衣大炮。西山一带,连造墩煌营垒,一路梅花桩、铁藜蒺、鹿角之类,密密层层。庄上竖起招聚义兵的大旗,厚给饷银。一面命徐鸣皋、一枝梅二人同往马家村,嘱托马金标暗招各路民兵。庄上建造十三层的瞭远台。那刘家庄上,刘佐玉、郑良才来告:焦大鹏的尸首,用上号椴枋成殓,已送往张家堡去。现下共招本庄义兵一千五百,还有外来的也不少。不数日,马金标处指引来的民兵,陆续到了二千余人,各有金标信票为凭。一尘子便命赵文、赵武、杨挺、殷寿,从庄前石城南首,直接刘家庄十里外,联络八座营垒,十二所墩煌。过了几日,默存子、山中子也到,众英雄设宴大会,两庄之人,无不高兴十倍。一尘子命刘佐玉铸造军装,一切刀枪、弓箭、旗帜、攻守器具。看那庄南一带,十里路的营垒、墩煌,联成一气。

又过几日,忽有探子报说:二千余人马,各执军器,整队而来,在庄前扎住。有一个妇人,满身缟素,口称要见狄、徐二位大爷。鸣皋与洪道到石城上答话。狄洪道一见,大喜道:"这是焦大鹏的妻子孙大娘到来,必定要替丈夫报仇。"忙即开城,接孙氏与众英雄见过了,大哭悲伤,誓报夫仇,今带二千义兵,特来相助。一尘子吩咐狄洪道将人马检点,编入队伍。自此赵王庄上军威日甚,与前大不相同。共有一万人马。而且庄上极富,各处远近村庄义助粮饷,因此兵多将广,粮草堆积如山,与刘家庄连成一气。鸣皋每每想起杨小舫等,要一尘子设法相救。一尘子道:"且等大哥玄贞子或傀儡生到来,方可进得王宫。"

且说那宁王如何不来攻打!内中有个缘故:自从那日李自然、邝天庆等回转城中,检点人马,少了七百余人。虽则杀了焦大鹏,却伤去一个铁背道人,并这尊九节烘天红衣大炮。宁王十分可惜,埋怨李、邝二人。余半仙道:"千岁休怪他们,只因赵王庄究竟不知有多少剑侠在彼,先生法力无边,此等人实难力敌。"宁王道:"相烦先生带兵前去,将村庄扫成平地,杀他个鸡犬不留。"余半仙道:"不必如此。如今他们将大炮镇守南方,那西面山路险峻,他又重重营垒、墩煌、层层鹿角、梅花桩。我军若去,反中奸计。若向庄前,势必开放大炮。我有一计,只消百日工夫,管叫他们死得一个无存。"

宁王问用何计,余半仙道:"此乃我师传授,极厉害的妙法,名为招魂就戮大法。只消命雕刻匠用柳木刻成一寸三分长的小木人一万余个,在御教场内,结一个极大的金顶莲花的茅篷,周围做成三百六十个门户,外用鹿角埋伏之类,中间设立法坛,将木人一起放在坛内。我便日日作法,只要百日完满,将这些木人丢在水中,他们全庄之人,同时淹死;可抛入火内,他们个个满身焦烂而死;或将木人的头切下,他们应时头断。任你剑仙,也不中用了。如非脱了凡胎的死他不得,若是血肉之躯,终难活命。"宁王听了大喜,道:"妙极妙极!只是须要兵马保护。恐怕他们得了风声,前来抢劫。"余半仙笑道:"不必保护,谅他也不敢来,他若来时,却最妙了。我这妙法比八阵图还妙三分。看看数百门户,户户通连,人若进去了,休说要到坛内,就是立时退出,也退不出去,今年走到明年,还是仍在门户内穿来穿去。况且一进门户,立时昏迷,还能抢劫么?"宁王大喜道:"孤得先生,乃天赐我成功大事也!"遂命李自然速传令雕刻一万五千个柳树人,要一寸三分长,限七日完成。一面命天庆连连建搭金顶莲花茅篷,余半仙亲自监督。我且丢过一边。

再说赵王庄上,一日兴旺一日。又过了几天,徐鸣皋说起宁王参奏俞谦并十二弟兄之事,霓裳子道:"此事极易,只消我去如此如此,便不妨事了。"鸣皋听了大喜道:"若得如此,极妙的了!"一尘、默存、山中子、鷾寄生齐道:"此计甚妙,相烦霓裳走一遭吧。"霓裳应允。到了明日,辞了众英雄,往京都而去。看官,自此赵王庄上军威壮盛,戒备精严,南昌城内并不前来攻打,只不过各自暗里算计,所以两下相安无事。我且一并搁起。

书中单表黄三保自从那一日奉了宁王旨意,送那表章进京,要求朱宁、张锐从中帮助,带了四个家将,晓行夜宿,路上非止一日。那一天到了都城,在张仪门内高升店住下,先要去见朱宁、张锐。那朱宁本来姓钱,因为正德皇帝宠爱与他,赐了朱姓。他有个兄弟叫做钱安,在良乡县做知县。这两日他告假往良乡去探望兄弟,故此不在京城,只有张锐在于西厂。黄三保打听明白,命家将携了金珠礼物,将宁王书信带在身旁,遂到西厂而来。那三保初次来京,人路不熟,见一个老者过来,便令家将问张锐张公公家在那里。老者用手指一所大宅道:"这不是张公公家么?"黄三保便依着他走去。守门的进去通报。哪知这位太监虽则姓张,却不是张锐,就是昔年扳倒刘瑾的张永。为人忠心耿耿,做事细心,正德天子亦十分宠爱,现今执掌东厂。当时闻得江西宸濠差官到来,暗想咱家素不与他来往,其中必有缘故,便命请到里边。黄三保乃是个卤夫,便将书信呈上,并将金珠礼物一并排列桌上,将宁王嘱咐他在天子面前要陷害俞谦,并罗德、鸣皋等十二弟兄,一五一十地说了一遍。张永以差就差,假意满口应承,吩咐手下人把礼物照数收入,立刻摆出酒肴款待三保。那四个家将在外面,亦然赏赐酒食。张永饮酒之间,探听宁王动静。黄三保只当他是张锐,便把宁王的反迹,尽情倾吐。张永留住了三保在家,暗暗吩咐家人,不许放他一人出外。自己亦推去见天子,少顷定有好音。黄三保不知是计,满心欢喜,以为此次功劳不小。

那张永带了宁王书信,一直进宫,来见天子,把黄三保错认张锐、误投书信之事,一一奏明,将宁王书信呈上。正德天子龙颜大怒,道:"老贼擅敢如此!朕躬待你不薄,你却贪心不足,只想谋逆。怪不得众大臣皆奏宸濠蓄意造反,俞谦、王守仁连上数表,说他早晚必定兴兵。如此看来,尚有何疑?"立刻传旨,命廷尉同了张永到家中,将黄三保并四个家将一起拿下,收禁天牢。待等来日早朝,着张永同刑部严刑审问。张锐得了这信,吓得魂不附体,立刻命人请回朱宁商议。随即差人到江西宁王处送信,将上项事细细写明。朱宁听了此信,连夜赶来,打听消息。

那正德天子到了来日五更,驾幸太和宝殿。抬起头来,忽见居中正梁上粘着一幅红纸,约有一尺余宽,五尺多长,好似贴的镇宅符一般。纸上蝇头小楷,只不知写的什么东西。天子见了,吃了一惊,道:"这事奇了。此殿正梁,足足有九丈余高,四围无丝毫立足之处,除了仙人,哪个能上去粘贴此纸?"立召值殿官查问。值殿官奏称:昨夜并不见有人到此。古语说得好:聪明莫如天子。况这正德皇帝是个英明之主,心中早已明白,莫非就是这班侠客所为。即命侍尉将桌子叠起,爬将上去,万万难难的将红纸扯下。扯下招来一看,那上面粘处的浆糊尚未干燥,不觉心中凛凛。看那写的是一尘子、霓裳子、默存子、山中子、鶹寄生、徐鸣皋、一枝梅、罗季芳、徐庆、狄洪道、徐寿、王能、李武、一十三人同奏宁王恶迹,从姑苏打擂起,直至现在赵王庄上,一桩桩、一件件,细细写明,要求天子赦众人之罪,将宁王早早剿除的话。不知正德天子如何发落,且听下回分解。

# 第 六 十 回

## 徐鸣皋二探宁王府　朱宸濠叛逆动刀兵

却说正德天子观罢这篇一十三人联名公表，心中知晓宸濠必在早晚兴兵叛逆。随命东厂太监张永将黄三保发刑部三法司审问。黄三保知事机败坏，倒不如实言招认，免受刑罚，随把宸濠劣迹，一一招将出来：如何私造离宫金殿，如何僭越天子仪仗，如何招兵买马，如何积草屯粮，如何交通内监，如何暴虐良民，封某为军师，封某为八虎将，某处暗通山贼，某处结连海盗，朝廷官员，半是宁王耳目，各省疆臣，尽是宸濠心腹。张永得了口供，仍将黄三保收禁天牢，回宫复旨。天子大怒，便要亲统六军，前往问罪，遂自封为总督天下兵马神威天府大将军之职。当有三边总制都御史杨一清奏道："陛下乃万乘之尊，岂可亲临戎幕。况宁藩反迹虽露，尚未明目张胆，兴兵犯界，是宜密为预备，各处戒严。待他反情明见，然后命王守仁、俞谦，足可制之。"早有朱宁、张锐得知此事，又差人到江西报信。

宁王连接朱宁、张锐来书，知黄三保失事，并有侠客在太和殿私贴表章，天子又知底细，慌忙与李军师商议。自然道："既然如此，我们就此兴隆起手。只是余半仙的招魂就戮大法日期未满。若得先除这班恶党，然后兴兵，便可长驱直入，免了许多掣肘。"宁王道："他们不过负隅自保，谅亦不敢出来阻扰我军。"李自然择于三月初三兴兵起手，大事必成。一面向各处征调兵马粮饷，准备军装一切，连连操演人马。

早有探子报到赵王庄上，说连日各处有兵马到来，城中忙乱异常，莫非早晚要来侵犯我庄。一尘子闻报，吩咐众人小心把守。探马途中相接，一连半月，叠报陆续共到二十余万。在瞭远台上将瞭远镜看去，那南昌城内城外的营盘，扎得密密层层，营中日夜操演军马。一尘子看到教场之内，就把瞭远镜递与鸣皋，道："徐贤侄，你看奇么，他各处营中俱皆在那里操演，偏偏教场中不操，却扎个莲花大营，这是何意?"鸣皋接了瞭远镜，看了一会，道："二师伯，这不是营帐，却是个茅篷。四围不用旗帜刀枪，尽插皂幡，而且周围千门万户，望去愁云密布，杀气腾空，莫非炼什么妖法的阵图?"一尘子道："果然，我也这般想。又是余七在那里不知捣什么鬼,待我今夜去探他一探。"鸣皋道:"二师伯去时,小侄同去。"一尘子点首道:"只是须要小心,不可使他知觉。"

各人下得台时,只见霓裳子到来。一尘子道:"贤妹因何今日方回,其事如何?"霓裳子把京中之事细说了一遍。"后来绕道南海,今与七弟同来。玄贞子兄不久也要到此。途中又遇见了河海生,现今皆在厅上。"一尘子领了一班豪杰同来相见,徐鸣皋与徐寿先拜见了海鸥子,又与河海生相见。见他生得修眉长目,方面大耳,三绺清须,仪表非俗。赵员外摆酒接风,众豪杰雄谈阔论,传盏交杯。徐鸣皋自与海鸥子叙阔别之情,霓裳子讲说私进王宫太和殿粘贴表章之事。及至酒阑席散,天色已晚,各人皆谨守职司。

到了二更时候,一尘子同徐鸣皋束扎停当,皆是短衣窄袖,软底骁靴,一个带了宝剑,一个插着单刀,径到南昌城来。只见城外尽是营盘,周围有二里之远。一尘子道:"贤侄营帐上面行得么?"鸣皋道:"小侄本事底微,虽则勉强走得,只恐惊觉他们,不如从民房上走了吧。"二人遂转到北门外大街,上了屋房,连窜带纵,越城而进。鸣皋在后面看那一尘子,宛似点水蜻蜓,一跃十余丈,正如一道青光,莫说声息全无,风都没有,难辨人形。一尘子频频等待,鸣皋尚要竭力追随,暗暗喝彩道:"好个健和尚,名不虚传!"

转眼间已到教场。一尘子同了鸣皋伏在敌楼之上,向下面望去,只见中间一个极大茅篷,扎得馒头形式,约有五亩之地。上插三百六十五面皂幡,点着一百零八盏绿色的幽魂灯。茅篷周围立着似人非人、似鬼非鬼的,约有二三十个,都是黑衣红帽,动也不动,亦不开口,觉得阴气逼人。一尘子也不敢下去。望到茅篷里面,千门万户,弯环曲折,时见火光闪亮,不知中间是些什么古董。二人猜疑了一会,觉得胆寒起来,遂悄悄的出得教场。见那街上边巡夜兵丁,马的马,走的走,一队来,一队去,防严得十分紧急。

鸣皋暗想:今夜有他在此,何不进宫去一探小舫。遂向一尘子说明心事。一尘子道:"进去何难,只恐无益。"鸣皋道:"我们见机而行,小心在意便了。"二人就在瓦房上面进得王宫,一路朝御花园来。经过妃子宫院,望去那院内灯火辉煌。二人俯身张看,只见一个女子,年纪不过二十左右,生得十分俊俏。桌上铺着一张画图,鸣皋眼力仔细,看那图上画的都是屋面。那女子忽然将画图凝神细看,好似惊讶的光景。鸣皋依着女子看的所在望去,见画图上的屋上,却有二人伏着。内中一个头带武生巾,一个却是光头。鸣皋本性聪明,心中便就疑惑,有意将头摇了几摇。只见那画图上带武生巾的,也在那纸上摇动,不觉吃了一惊。这一尘子早已知觉,将鸣皋一扯,轻轻说一声:"快走!"说时迟,彼时快,但见那女子伸手下去抓一把不知什么东西,着向庭心便撩。一尘子见势头不好,一手扯着鸣皋便走。只见庭心中飞起一片黑烟,到了半空忽然散开好似撒网一般,从背后直搭过来。幸而走得快,只将徐鸣皋的一顶武生巾卷去。

二人亡魂丧胆而逃,出了城关,到了郊野之所。一尘子道:"好厉害,这个什么妖法?幸我这一跃足有十五六丈,还只相去得半步。若然这一跃近了一尺之地,我二人皆被拿住矣!"鸣皋道:"他只看了这纸,那屋面上的动静,尽皆得知,此是何法?"一尘子道:"总之皆是法术。若非会道术的人来,断难抵敌。你看方才的光景,险也不险?只须玄贞大哥到来,方可破得他们。"

二人一路回转赵王庄上,天将明亮,众英雄起身,皆来问候。一尘子把昨夜之事说了一遍。鸣皋问道:"玄贞大师伯的道术,比着傀儡生如何?"一尘子道:"各有所长。若讲剑术精明,玄机参悟,掐算阴阳,预知凶吉,乃玄贞独臻其妙;至于呼风唤雨,撒豆成兵,却让傀儡生为第一。"鸣皋道:"我看老奸的行为,即日便要兴兵造反。不然如何各处调那兵马到来,目下约有四十余万光景,日夜操演,其势十分紧急。岂有为了此处村庄,如此兴兵动众之理?"众人都道有理。"我们等他出兵,打他一个出军不利。我们也须操演军马,准备厮杀。"赵王庄、刘家庄,遂皆日日教演兵马。一切军需粮饷,皆调度舒齐。但等宁王起反,便要杀个下马威儿。岂知他们却要收拾完了你们的性命,然后出兵,众豪杰哪里知道。

不觉光阴如箭,已到了二月初头。余半仙祭炼招魂就戮大法,已到了九十日。这些柳树刻成的木人,手足都会弯动起来。只少十天工夫,便能一霎时尽杀二庄一万余人性命。谁知天不从人,却好来了玄贞子、飞云子、凌云生、御风生、云阳生、傀儡生、独孤生、卧云生、罗浮生、一瓢生、梦觉生、漱石生、自全生到来相救,破他招魂就戮大法。徐鸣皋要三人宁王府内,救出小舫等三人。这就是十二侠士与七子十三生大会江西的故事。余半仙兄妹要与傀儡生大赛道术,天翻地覆的一番大斗。宁王兴兵造反,杨一清拜帅,兵败而回。

# 七剑十三侠

## 二　集

# 第六十一回

## 朱宸濠传檄江南　玄贞子投书海外

话说宁王宸濠与军师李自然议定,择于三月初三日兴兵,却还有一个月时候。各处调来军马,陆续已到,不下二十余万。屯积粮饷,准备军装,十分忙碌。那副军师余半仙,祭炼招魂就戮大法,已到九十日上了,这些柳树刻成的木人,手足都弯动起来。再过十日,好将赵王庄、刘家庄两处一万多人的魂灵杀尽。这一日宁王亲自操演,大会军士,有军师李自然献计道:"二庄中聚集的剑客侠士,都是俞谦一党,全仗余军师妙法斩草除根。出兵的时候,便好一意向前,没有后顾之忧了。还有一件要紧的事。黄天保前日收禁天牢,机关已破,朝中杨一清、王守仁等辈,必请昏君旨意,叫各省发兵来战。千岁要先下手为强,写一道檄文传谕江南等处,说皇帝荒淫无道,千岁是先帝爱子,宜登龙位。从前汉朝七国兴兵,以诛晁错为名,千岁亦依此法,要斩除朝中杨一清、王守仁一班奸党。各处地方官员,有许多是向来顺从千岁的,叫他预先准备,协助兵饷,其余见了檄文来归附的,定然不少。然后邬将军率领众将,统带雄兵,先取苏州、南京两处,杀了巡抚俞谦、侍郎王华。那南京应天府是太祖洪武皇帝创立根基之地,能将此地先取,再兴大兵直取北京,便势如破竹了。"

宁王听了大喜道:"此计大妙。孤家若登龙位,李军师是开国元勋,当为首相;余军师仙法成功,当封国师;余军师令妹保护王宫,仙法无边,当封副国师;无敌大将军邬天庆当为天下兵马都元帅。众将立功,都有重赏,现在悉听军师调度,不可有违。但檄文要写得好,何人能写?"李自然道:"贫道保举一人能写檄文,是谋士赵子美,绰号小张良。"宁王道:"军师保举的不差。此人前在苏州,为扯倒擂台打死严虎一案,孤要查钞徐鹤家属,他说使不得,果应其言,颇有见识,就叫他写檄文。"

赵子美答应,依了二人之意,一挥而就,呈上宁王。宁王接在手中,仔细看道:

为传檄事:本藩乃先皇帝第八子也,蒙先皇太后爱怜,衣带遗诏,入承大统。讵意正德违诏自立,日肆荒淫,生民涂炭。天下者,高皇帝之天下也,建文昏弱,成祖有靖难之兵;正统失位,景帝有监国之典。今朝廷无道,过于建文,惧再见正统失位之祸;本藩威德,同符成祖,敢追修景帝监国之仪。爰统雄师,以清君侧,谋臣如雨,猛将如云,凡尔官司有守土之职者,宜速望风景附,佐集大勋,裂土封侯,懋膺爵赏,毋观望徘徊,致干天讨,须至檄者。

宁王看完大喜,便发抄手抄了许多,传到江南各处府县。有苏州府张弼、扬州府王文锦、宁国府温仁、太平县房明图等,皆是宁王党羽,接到檄文,预作准备。别处也有惧怕宁王势大望风归附的,也有忠心竭力保守城池的。

苏州巡抚俞谦见了檄文,勃然大怒,请幕友大家商议道:"逆藩竟如此明目张胆的做了,我却不可怠慢。苏州府张弼是他心腹,若不先行拿下,要做内应。"即差家人传见苏州府。不多时,家人进来通报,却是镇江府到省禀见。俞谦叫快进见。莫太守进来禀道:"门生来见老师,只为宸濠传檄江南,显为不轨,未识老师如何防备,敢求明示。"俞谦道:"我先拿下张弼,除了内应,苏州城池可无虑了。一面写告急本章,请皇上下旨,拜帅出兵,直捣江西。只怕他先发制人,你守这镇江府冲要之地,须要格外小心。一面通信南京王侍郎,联络声势,互相犄角。"莫太守道:"老师所见极是。门生尚有一策,逆藩倘出兵直扑南京,江西南昌府必然空虚,听见徐鸣皋等义侠都在赵王庄,只要通信叫他乘虚而入,破其巢穴,逆藩可擒矣。"俞谦笑道:"贤契所见亦是,但逆藩谋士极多,岂不知肘腋之患?他敢大胆出兵,不顾其后,内中必有缘故。待我着人探听,好做计较。"问何人到赵王庄去,只见座中一书生应道:"小侄愿往。"原来此人是王守仁之侄,名叫介生,向在幕中,当下对俞谦说道:"小侄前在河南遇难,幸得侠士焦大鹏救出性命。今听见他战死赵王庄,小侄要去哭奠一场,顺便探听消息。"俞谦欢喜,即将书信盘川交付王介生,即日动身去了。莫太守亦告辞动身,忽见家人进来回禀:"苏州府托病不来。"俞谦听了眉头一皱,想了一想,向太守耳边说了几句,莫太守就到苏州府衙门来。

却说苏州张弼,从前迎合宁王,要抄籍徐鸣皋家产,被一尘子当面用剑术削去他的长须,后来遇一相面道人,说他方面大耳,一表非凡,将来封侯拜相,不终于黄堂太守的,可惜胡子削得绢光滴滑,恐有晦气,不免牢狱之灾。此时接了宁王檄文,想道:他做了皇帝,我封侯拜相是有分的,不应了道人之言么?却要暗作准备,等他兵来,便为内应。忽俞谦差人传见,吃了一唬,想俞抚台是宁王对头,传我何意?吉凶难卜,暂推有病,着人去道听他的意见。但是何人可去道听,正在踌躇,忽家人禀说:“镇江府来拜。”喜道:“镇江府是抚台门生,此事可托他了。”叫家人连忙请见。莫太守进来,先开口道:“抚台传见老兄,何以不去?抚台意见曾向小弟说过,因为见了宁王檄文,方知宁王是先皇太后欲立的,名正言顺,欲将江南全省归附宁王,知老兄是宁王器重的人,请去商议,使老兄成就大功。”张弼道:“原来如此,小弟一时想不到。”便同莫太守来见俞谦。俞谦见张弼到了,喝左右拿下。张弼大叫:“卑府无罪。”俞谦道:“你既无罪,请在监牢权住几日,等宁王登了龙位,放你不迟。”于是不由分说,将张弼收进监牢,叫莫太守回镇江去谨慎防守。按下不表。

且说王介生带了俞谦书信,直到江西,已近省城,走到赵王庄南面,天色昏黑,跨进村前一个酒店中,将行李卸下,投宿一宵。此店正是鹱寄生与徐鸣皋、一枝梅三人初到时投宿之处。王介生进来,却遇着一个熟人。你道是谁?原来是患难中八拜之交,姓窦,名庆喜,前在河南鲁山县枫林村皇甫良家中,同受灾难,幸得焦大鹏、狄洪道救出。此时在这地方相见,倒也出于意外。王介生问道:“贤弟怎的来此?”庆喜垂泪云:“弟在家听见焦表兄死于郏天庆之手,不能报他救命之恩了。未知棺木现在何处,特来探视。”王介生也惨然道:“愚兄亦为此而来。”

二人宿了一夜,天明起来,望见村口红衣大炮,有兵把守,刀枪旗帜,异样森严。正要问路进去,忽来一老人,仙风道骨,举止飘然,叫:“二位若要到赵王庄去,此地却非进路,要兜转西面方得进去。恐路上遇着宁王兵将,身边搜出俞谦的信,性命不保。快随我去,将行李暂寄店中。”二人料是仙长,不敢不听。老人两手将着两人,叫他们闭目,忽听耳边呼呼的风声,身子起在空中。顷刻落地,张眼一看,落在一处大厅阶前。厅中人一起来迎,当先两个人,王介生、庆喜认得一个是狄洪道,一个不认得,却正是徐鸣皋,下阶来拜见老人,说道:“大师伯今日方到,众人望眼穿了。两位是大师伯带来徒弟么?”玄贞子道:“非我徒弟,乃是为我徒弟而来。狄贤契认得他,可领他拜见众位。”

玄贞子走上厅来,与一尘子、霓裳子、默存子、山中子、海鸥子、鹱寄生、河海生相见，罗季芳、徐庆、一枝梅、王能、李武、徐寿、赵员外、赵文、赵武、王仁义、殷寿、杨挺、刘佐玉、郑良才、孙大娘，都来拜见过了。听玄贞子说道："贫道与徐贤契安义山别后，去游雁荡山，近来与众友南海相会，他们又到海外去了。我料余七妖术厉害，众位大祸将临，特同傀儡生前来相救。又有一事托傀儡生，故他要迟一步到。现在事不宜迟，修书一封，邀请海外众友齐来破此妖法。"玄贞子当下写好一信，朝空投去，口中吐出白光，一同飞卷而上，倏忽不见。片时白光飞回，玄贞子接在手中，化为一剑，上插回信数封。递把众人观看，知是凌云生、御风生、云阳生、独孤生、卧云生、罗浮生、一瓢生、梦觉生、漱石生、自全生都在海外，回信说不日就来，飞云子却在湖北，转眼就到。此正是仙家妙法，名为飞剑投书，比电报简捷多了。因为玄贞子是第一剑仙，预知未来，凡道友现在何方，都能晓得，书信投去，即得回音，若是剑术差些的便不能了。众人将回信看完，半空中飞下两人。玄贞子见了大喜道："果然不负我所托。"众人看前面一个是傀儡生，下阶拜见，又见后面一个，不觉大吃一惊。王介生、庆喜便上前执他的手，孙大娘两手抱住那人，放声大哭。

　　未知这人是谁，且听下回分解。

# 第六十二回

## 傀儡生度脱凡胎　飞云子斩除淫恶

却说傀儡生从空飞下来，后面还有一个。玄贞子喜道："徒弟来了。"王介生、庆喜走下阶来，两人执住两手，孙大娘抱住那人，大哭起来，众人都吃一惊。你道是谁？原来是草上飞焦大鹏。众人疑鬼疑神的，都道："焦大哥阵亡，已将灵柩送张家堡去。今日从天而降，莫非前日原不曾死么？"

看官看到此处，亦要疑心。不知后来宁王造反，与王守仁对敌，余半仙兄妹二人用钉头七箭书之法，要拜死王守仁，幸得草上飞盗出草人，保了性命。前书五十三回中，早已先提。玄贞子知未来之事，知草上飞要成此大功，但余七妖法厉害，凡胎肉骨，都不能进去破他，须要脱了凡胎，方能进去。前日草上飞死于邺天庆之手，玄贞子原先知道，却不去救，反请傀儡生来度他魂灵，兵解成仙。你道怎的兵解成仙？仙家有一派流传，要度脱凡人成仙，必要此人死于刀兵，可脱凡胎，这就名为兵解，并非是旁门左道，不过是个外功，与玄贞子内功一道，略有分别。内功是凡胎肉骨亦可飞升，外功必须脱了凡胎方能成道，两者虽有内外之分，并无高低之别。那傀儡生受了玄贞子之托，到焦大鹏阵亡的时候，将他魂灵度去，回山炼魂，七日成了仙道，同到赵王庄来。

方才落下阶前，见妻子孙大娘双手抱住，焦大鹏道："快放手。"孙大娘流泪不肯。焦大鹏朝上一腾，孙大娘怀中虚无所有。这孙大娘神力无穷，若人身被偷抱住。一时万不能挣脱，因是魂灵，却抱不牢的。当时腾空又落下来，与各人相见，又向庆喜说："表弟难得到此，姑母好么？"庆喜道："自从表兄凶信传到家中，母亲哭泣，弟念表兄救命之恩，更觉伤心，特来祭奠。路上遇着结义王介生兄，一同到此。如今表兄已成仙道，可否同弟回去一行，安慰母亲。"焦大鹏道："这使不得。我随师父在此救众人之难，要事毕之后，来见姑母，请表弟先回去安慰便了。"

焦大鹏走上厅来，拜师父玄贞子。玄贞子扶起来，谢了傀儡生，将焦大鹏之事，细告众人。徐鸣皋等听了，方知仙家妙用，敬慕非常。徐鸣皋向傀儡生、玄贞子纳头下拜道："二位光降，妖法不愁不灭，但是周湘帆、杨小舫、包行恭三兄弟受灾日久，恐伤性命，还望速赐解救。"傀儡生笑道："这可不虑。师侄包行恭下山时候，我在路上送他一粒丹丸，防备急难。他三人在一处，都保得性命。至于破余七妖法，有你大师伯在此，我有何能。"玄贞子道："休得大谦，这事全仗先生。焦敝徒从前在我处学剑未成，要做义侠的勾当，不能修炼，今已蒙先生度脱成道，我当带回山去，教他剑术，三日后即来听候调度。妖法虽厉害，尚有四五日工夫，请先生布置，一切拜托。"说罢，与焦大鹏师徒二人，向徐鸣皋等辞别。焦大鹏又向王介生、庆喜执手言别，又向孙大娘说："你在此出力相助，不日王凤姑将到，她是张家堡英雄馆招赘我的，亦是女中义侠。你姊妹二人从未会面，可在此相会，我三日后即来。"说罢，随玄贞子下阶，一阵清风，两人都不见了。

一尘子让傀儡生主张一切，傀儡生再三推让而后受之。徐鸣皋留王介生、庆喜住了一夜，送王介生回苏，将一切情形告知俞谦，又送庆喜回河南去。

看官不可性急，晚生把赵王庄紧急之事暂且束之高阁，倒要闲情别致，将窦庆喜回去路上的事表一表。窦庆喜同王介生一路来到南村，将昨日店中寄放行李等件，各人取了，分手而别。庆喜行了一日，尚未出南昌府地界，走差了路，到一小村。天色晚了，错过宿店，天边一轮皓月推上来了。此时正是二月十五夜，月光圆满，照着半里之外有一堆茅舍，急忙走过去敲门借宿。只听呀的一声，柴扉开了，走出一个美妇人来，问："何人敲门？"庆喜道："我远方来的，错过宿店，没处安身，要求借宿一夜，不知尊府的男子在家么？"那妇人在月光之下将他一看，唇红齿白，好一个标致的官人，便说："我家没有男子在家，客官寄宿不妨。"庆喜一想道，这却不便，宁可走了一夜。看官你想他，真是正人君子的行为，若是贪淫之人，遇着此等地方，正中下怀，岂有不愿意的，哪里想得到一霎时性命不保的时候，并且没人来救了。当下庆喜回身便走，那妇人连忙跨出柴扉，将他扯住道："客官前过去的地方，没有人家，你却何处安身？我看你文弱书生，万不能长走夜路，不嫌茅庐草榻，将就一夜罢。"庆喜走不脱了，又恐夜深力倦，真不能走路，姑且从权。又想了一想，此处四顾无居人，莫非是妖精变化么？也顾不得许多，我曾经过灾难，有焦表兄来救，死生有命，只要心正无邪，不必害怕。于是放心大胆跟妇人进来。妇人将柴扉关好，笑容可掬的领他到里面。

茅舍两间，一间却无灯火，月光穿漏进来，见堆积的柴草，想是灶间，一间灯火明亮，旁有一榻，榻上铺设甚好，不像是茅舍中人，心里疑惑。那妇人却笑眯眯地酾①一杯茶，双手递与他，请他坐在榻上，自己斜倚灯边，问道："客官住在何处？家中还有何人？怎样独一个跑许多路？"庆喜答道："我住在河南，上有父母，向做生意，出门买货，独自一个惯了。今来江西探亲，路不大熟，却来打扰尊处，好心中不安。"那妇人道："好说。请问客官青春多少？家中大娘必定标致的。"庆喜道："在下虚度廿岁，尚未娶妻。"妇人听了大喜，走近身来，在榻上并肩坐下道："官人如此青春美貌，还未娶妻，今夜相逢，真是前身缘分。若不嫌妾身丑陋，明日同到尊府，情愿叠被铺床。"庆喜听她说话之时，有千娇百媚的身段，那美丽之中露出十分妖冶来，心中摇摇欲动，急急收敛，想道："此人即非妖精，亦是极邪淫的妇女，不可被她迷惑。"端坐凝神，并不回言。

妇人见他不答，竟将全身偎靠在他身上，将粉面贴他的脸，说："如此月明良夜，不可虚度，我和你早些睡吧。"竟将纤纤玉手来解他衣服。庆喜闻得一阵脂粉气，又是口香喷射，心猿意马，哪里按捺得定，便将双手搂住香颈，问道："此处四无人居，你怎的一人在此？"妇人道："我家在襄阳，因丈夫死了，所有店产被伙计亏空已尽。遇着了一个孽缘，将些首饰铺盖好的物件，卷逃到此。此地本有一老人，前日见我两人来了，他逃走了。我将铺盖安放，住得一夜。同来的人到南昌府投宁王去，叫我在此相等。我一个人冷清清地，好不惧怕，谁知意外奇缘，遇着了你冤家。今夜睡了一夜，明日决意跟随你去。你既无妻子，却不可弃了我。"那妇人带说带笑的，两手解扣松衣，几句话完的时候，已将庆喜同自己上下衣服都脱完了。将灯一吹，两两相抱到绣被中。

庆喜正在心荡神迷之际，忽见月光从暗处穿入，眼中一亮，忽然想道："不可不可，我先入门时候拿定主意，为何又迷惑起来？闻得徐鸣皋在安义山中被蛇妖迷住，若非玄贞子相救，性命不保。我已经过大难，若今日

---

①　酾(shī)——斟。

贪淫丧命,虽有剑仙经过,说我应该死的了,岂肯相救?此女就非妖精,我亦不可做此禽兽之事,况此女一见男子,如此贪淫,如何可娶为妻?况他同来之人去投宁王,决非善类,岂可惹她。"想到此处,如冷水直浇,那淫情欲念一些都没了,即忙钻出被窝,将衣服一抓,下床奔出,拨开柴门,披衣逃走。那妇人出其不意,如同方才得了奇珍异味,正要饱餐大嚼,被一个人在口中夺了去一样,叫道:"我的心肝,你怎的去了?"那妇人也不怕冷,下床要扯他转去。忽见中间暗处,月光一大块漏下来,那茅屋上面揭去一大片,月光中有一个披发头陀,带刀在屋上直窜下了。那妇人见了,唬得倒在地上,缩做一块。庆喜已在门外,见头陀提刀追出,吓得魂胆逍遥,逃不几步,头陀追上,一把抓住,大喝道:"你是何方野种,敢来弄老爷的人?老爷将她安放在这冷僻的所在,还有你这野种敢来相惹,斩你千刀万段,才消我气。"将刀直劈下来,庆喜闭目待死。忽见一道白光下来,月光中分外明亮。那头陀刀未劈下,自己首身已经两段,却是飞云子来救了庆喜的性命。

要知头陀是谁,那妇人怎生下落,且听下回分解。

# 第六十三回

## 王妈妈谋利亡身　苏月娥贪淫自缢

　　却说飞云子所杀的披头发陀,叫做锡头陀。他师兄师弟共有五人,最大的叫做金头陀,前在金山寺,徐鸣皋破寺,金头陀死在红衣女之手。最小的叫做铁头陀,扬州李文孝请去行刺徐鸣皋,被一枝梅杀死。他五个少林寺出身,剩了三个,在寺里说道:"师兄师弟害在徐鸣皋手里,与他冤仇不小。徐鸣皋与宁王做对头,我等去助宁王,杀了他报仇雪恨。"当下银头陀、铜头陀、锡头陀先后下山,到江西来。这锡头陀头带锡箍,披发齐肩,手提戒刀,一路行来,并不带一文盘川,沿途硬行抄化,不怕人家不布施他。

　　一日到湖北襄阳府城中抄化,到一片药铺,正是包行恭的结义兄孙寄安开的。这日孙寄安不在店里,伙计王铁腿道:"我这里一文不布施的,你到别家去。"锡头陀当柜台面前盘膝坐下,闭目不动。这些买药的人走不扰来,街上看的人拥住了。王铁腿大怒,从柜台里面跳出来,飞起右腿,当锡头陀左胁,尽力一脚踢去。他是有名的铁腿,这一踢非同小可,差不多的好汉也当不起。忽听大叫一声阿唷,一个跌在地上。众人看跌倒的不是头陀,却是王铁腿。原来一脚踢去的时候,如同踢在一块石板上,痛彻骨髓,不能动弹。看锡头陀仍然闭目打坐,众人无法可施。惊动了里面孙寄安的家小,苏月娥和王妈出来,问外面甚事嘈杂,众人如此这般告知。王妈看儿子在地叫痛,扶了到柜台里去。苏氏也没法,取了三百铜钱,打发他去。锡头陀接在手中,口眼齐开,立起身看苏氏说道:"多谢。"又看了苏氏两眼,到别家店铺去了。

　　苏氏问王妈:"你儿子怎么了?"王妈说:"他痛不可当,怕要成废疾。该死的头陀,把他来千刀万剐,方消我恨。"只见孙寄安回店来了,苏氏告知他。孙寄安道:"我在路上看这头陀,不知从何处来,非常狠恶,定要一千二千的抄化,你把他三百还算少的。叫王妈送王妈儿子回去,将息好了来做生意。这两日我辛苦些罢,却要日夜照应店里,不到里面陪你了。"

苏氏道："你常常住在外面,几时肯陪我,说这话怎的?"苏氏到里面去了。原来这妇人淫荡非常,前年丈夫远出,王妈引了沈三与她通奸。沈三被包行恭杀死,孙寄安回来看了包兄弟的留信,劝他休出远门。以后在家开药店,却专心在生意上用工夫,一年不到十次宿在内房,苏氏熬耐不住,时常想起沈三的滋味。

这日王妈送儿子家去,转来晚了,服侍苏氏吃了夜膳,点灯上楼。正要安睡,忽一声响,楼窗豁开,跳进一个人来,正是日里所见的头陀,手里又多了一把戒刀。王妈吓得躲在床下。苏氏逃避不及,头陀笑眯眯抱在怀中说道："方才看你面上,不多计较,不然怎肯就去? 今夜特来谢你布施,与你有缘,传授秘法,同到极乐世界去。"将衣服脱光,抱在床上。苏氏一则贪生怕死,一则是淫欲的妇人,且看头陀如何摆布。

谁知锡头陀是有真本领的,不比沈三花巧工夫,全仗各种淫具来帮忙。苏氏初则害怕,后来得着甜头,非常快活,不但不怕,而且巴不得多弄一刻。锡头陀知她是一员战将,放出本领来一直弄到天明。

苏氏心满意足,十分酣畅,抱住他娇声问道："师父在何处寺里的,今夜可能再来?"锡头陀道："我河南来,到江西去,喜欢了你,要多耽搁几天。你丈夫怎的不见,就是伤腿的这个么?"苏氏道："非也。丈夫宿在外面,不进来的。"锡头陀道："如此便饶了他,不然将他一刀两段,他敢怎样。"苏氏道："他怎敢和师父较量,但他有一个结义兄弟,是剑仙徒弟。"锡头陀听了剑仙有些害怕,便道："他兄弟可在这里?"苏氏道："不在这里。"锡头陀道："这便不妨。他兄弟来时,我避他罢了。"苏氏道："我一个心腹王妈,你把他儿子伤了,又吓得他在床下躲了一夜,你要常来,看我面上好待她些。"锡头陀便下床,叫王妈出来,身边摸出许多抄化来的银子,递与她道："你拿去调养儿子。"王妈是极贪财的,见了许多银子,叩头不迭道："师父是个极好的人,我儿子没有眼睛,应该吃苦,请师父夜里早些来。"锡头陀起身跳出楼窗,忽然不见。

王妈赞道："师父好本领。"又向苏氏笑道："我先在床下吓得不敢出来,后来听他行事,这样本领,天下少有。"苏氏笑道："你从前说沈三的本领,都是假话,这头陀强多哩。他若常来,恐丈夫知道,要去寻包叔叔来,这头陀不敢来了。"王妈想了一想道："大娘若爱他,要终身受用,叫他蓄发还俗,住在家里,先将这没用的男子做掉了他。"苏氏道："怎样做法?"

王妈道："谋害的法子很多,若要不露形迹,只用巴豆一味,店铺内现成有的,吃死了一无形迹,包大爷来也不怕他。店铺生意,我儿子料理得来,大娘可快乐过日子了。"苏氏就依他办法。看官看到此处,谁不怒发冲冠?她二人一个贪淫,一个贪利,做出这伤天害理的事来了。

过了一日,王铁腿伤痛略好,来做生意。王妈母子二个安排计策,孙寄安忽患腹泻,一日要屙数十遍,自己寻两味止泻的药,叫王妈煎了。那知越吃越泻,三日后呜呼死了。邻舍都来吊丧,外面王铁腿料理,苏氏假意啼哭,抽空便上楼去。即锡头陀这几日夜来早去,都从楼屋上跳下来,孙寄安死后,他日里也在楼上,做那极乐世界的勾当。

谁知乐极生悲,苏氏也患腹泻,狼狈不堪,疑心是报应到了,丈夫要来索命,这一夜马桶上坐了好几遍。锡头陀也有些腹痛,跳出墙外空阔地方去大便,转来从店铺瓦上走过,听得有人未睡,瓦缝中望见灯火明亮,王妈母子二人,正在向火煎什么药。王铁腿说道:"巴豆用完了,不知还要添多少?"王妈低声道:"明日别家店中买些添添就够了,不要多说,恐楼上听见。"锡头陀疑惑,来问苏氏道:"你铺中熬什么巴豆膏?"苏氏道:"从没听见有巴豆膏。"锡头陀将所见的告知苏氏,苏氏猛然省悟道:"是了,他母子又要谋死你我二人了。"便将自己听了王妈谋死丈夫的计,告知锡头陀:"如今她汤水中下了巴豆,要谋我,好得这些店产。"锡头陀道:"既是这般,你跟我到江西去,我师兄必等久了,不可再迟。她母子连我都要谋死,不可饶她,你快将细软物件包捆起来,我下去便来背你同走。"说罢,提了戒刀,从楼窗跳下天井,朝前面店铺中来。

王妈大吃一惊,王铁腿伤未痊愈,逃不来,锡头陀一刀分为两段,回身来杀王妈。王妈跪在地下哀求:"师父饶命。"锡头陀道:"饶你不得。"又一刀杀了,上楼来见苏氏。金银首饰捆一大包,锡头陀随手将床上一条绣被,连人连物扎在背上,跳出楼窗,上屋飞走,一霎时出了襄阳府城。

一路晓行夜宿,不日同到江西南昌府界地。锡头陀对苏氏道:"我寻个僻静地方,请你暂住,我去投了宁王,再来安顿。"望见前村有茅屋一堆,走到门前跨进去,只有一老人,七八十岁,坐草榻上念佛。见了锡头陀手提戒刀,惧怕逃走了。苏氏把绣被铺在草榻上,二人宿了一宵。天明,锡头陀独自进城。

苏氏等了两夜,不见转来,正在忧闷,柴扉声响,忙开门出来,遇着庆喜。见庆喜十分美貌,坚要留住一夜,同了逃走。庆喜初则动了心,已脱衣上床,忽一转念,披衣逃出。谁知锡头陀转来了,手推柴扉,是关好的,跳上茅屋,揭起一片,跳入去,见苏氏赤体下榻,追赶一个美貌少年。锡头陀大怒,追出来,先要杀庆喜。不料飞云子一剑斩了锡头陀,救了庆喜性命,在地上扶起道:"跟我进去看来。"再进柴扉,只见妇人自缢死了。庆喜跪谢飞云子救命之恩,问:"是何处仙长,来救小子?"飞云子不慌不忙,说出一番话来。

　　要知是说什么话,且听下回分解。

# 第六十四回

## 飞云子名言劝世　玄贞子妙术传徒

却说庆喜随了飞云子，走进茅屋，倒身下拜道："何处仙长，来救小子性命？"飞云子扶起道："我先问你从何处来？"庆喜将一切告知飞云子。飞云子道："原来是徐鸣皋那里来的，并且见过我大兄玄贞子，我便是飞云子，在葛岭接到大兄的飞剑传书，动身来到此地。先见你要到茅屋中投宿，我前年走过此地，记得里面有一个念佛老人。不料开门出来的是一个妇人，满面邪淫之色。我最喜风鉴观人的行为，看你貌虽美秀，却是心正无邪，但既进了茅屋里去，我定要察看怎样行事。我便隐身随你进去，看那妇人百般勾引，你只是不动心，我在暗赞叹。后来不知不觉，你竟被她勾引动了，解衣上床，我深以为可惜，原来见色不学，是最难之事。不料你一上床，即便下床，任那人呼唤，竟不转来，此是悬崖勒马的大本领，实是难得。那头陀满面凶恶邪淫，他要来害你，我怎肯不救？"庆喜道："想起来心中凛凛，若不是转念得快，已被那头陀杀死在床上，老师怎肯救我？想来好不怕人。"飞云子道："正是。你若迷恋一刻，不下床来，那头陀一到，就在床上杀死二人，我便不来救你。等头陀杀了二人之后，我再杀头陀不迟。只为你能够悬崖勒马，所以救你。我辈剑客，不是妄杀人的，亦不是妄救人的。这就是这妇人，他料头陀转来必定杀她，故先自缢死了，省得污我宝剑。此等邪淫，岂可留在世上的么？总而言之，万恶以淫为首，讲道术的第一要戒淫。天下古今许多英雄好汉，都为这一字看不破，没有好好的收成结果。其实想破了毫无意味，你看这妇人缢死，再几日尸身臭烂，人皆掩鼻而过了，她生前的如花美貌尚在么？我有四句诗劝化世人道：

> 生前原是美如花，死后何人再看她？
> 随你娇容生得好，骷髅总要肉来遮。

这四句诗，你去传说与人。只要想破了，天姿国色，不过是带肉骷髅，何必要终身迷恋？你这悬崖勒马的本领，非有根器的人不能如此，如要学道，倒是容易,可惜尚是富贵功名中人。我前在苏州初次会见徐鸣皋,相他终身,亦是这几句说。但现在他专心为国家出力,剿除叛逆,亦是功德,与学道无二。事成之后,享受功名富贵,后来仍可成仙。你亦要记我今日之言,终身行善,将来受过功名富贵,亦可学道成仙了。"庆喜拜谢领受。

二人说话之间,月落西山,天渐明了,分手而别。庆喜自回河南家中,告知母亲,说表兄死后,傀儡生度成仙道,见他无异生时,日后来见姑母。庆喜又说遇见了许多剑仙侠客,他母亲听了欢喜,按下不提。

且说飞云子与庆喜别后,要到赵王村来,将身腾起空中,御风而行,约有一里之遥,看下面有古庙一座,天井中坐一老人,向阳念佛。飞云子见了,将身落地,向古庙面前进去,叫老人道:"你可回家去了。你一生好善修行,天赐你金银物件,放在你茅屋里,快回去罢。"老人听了,起身来正要拜问,一阵清风,已不见了。

不说飞云子到赵王庄去,且说老人疑心是仙家指点,想必不错。前日见披发头陀带一妇人到他茅屋里来,手提戒刀,怕要杀他,逃到这古庙中来。此时扶了拐杖,一步一步走回去,只见门前披发头陀死在地下,仔细一看,原来头不连在头上,是杀死的。进门一看,一个妇人挂在壁上,是缢死的。你道这两个尸身,为何飞云子不用剑去消化了他?因为要寻老人来,用他的金银物件,故留这善举叫老人做。当下老人进屋里仔细查看,见剩下白米比前少了些,柴草亦少了些,榻上多一条绣被,枕头边一大包金银首饰,喜道:"方才仙人所言果然不错,我老运亨通了。但两个尸身,要把他埋了方好。"寻了一把铁锄,在空地掘了两处,将床上绣被包了妇人尸身埋了,又将头陀尸身埋了,收拾干净。后来将金银首饰兑换铜钱,又买了一个农家儿子,娶一个媳妇,买两亩田,耕种度日,倒也安闲自在。老人过了几年死了,儿子媳妇收成结果的十分周到。这是良善的报应,不在话下。

如今要说玄贞子带走了徒弟草上飞焦大鹏去学剑法,两人在空中御风而行,从南昌府西边飞过大江,看了西山,山色苍翠可爱。玄贞子道:"徒弟,这西山好一个修道所在,仙家古迹不少,我二人在此住上三天吧。"焦大鹏随师父到西山最高的岭上。玄贞子道:"这山是道家第十二洞天,在南昌府西边,名为西山。这最高的岭,名为鹤岭,仙家王子乔跨鹤到此,现在留得仙迹,夜里月光照起来,如有鹤影。下面梅岭,是仙家梅福学道的地方。前面山冈，名为鸾冈，古时的洪崖先生，乘一青鸾到此留停。左边两峰，名为大萧峰、小萧峰，仙人萧史时尝到此游玩。后面还有葛仙岭，下有葛仙源，是葛仙翁住过的。这山中仙迹最多，我们就在鹤岭上亭子歇息。"焦大鹏见亭子上石刻"舞鹤"两字，方知就是舞鹤亭。

到了夜间，月光照进来，果然有鹤影在亭中飞舞，这仙迹真是奇妙。玄贞子在月光之下，将剑法传授焦大鹏。焦大鹏生前学过的，这时脱了凡胎，他魂灵又是傀儡生妙法炼过的，与仙无异，所以三日就成功了。一样吐剑成丸，可与七子仿佛。只有一事最难，凡练成剑术的人，先把富贵功名、贪嗔痴爱，俱看得绝淡方好，略有一念未消，剑术仍不能成功。所以第三日焦大鹏圆满之时，玄贞子吩咐道："今日须要小心。你功将圆满，必有魔道来试心的。若心一有不定，剑术不能成功了，切须小心。"

这一夜正是二月十七，月到中天，已半夜后了，岭上光明如昼，万籁无声。看那玄贞子坐在亭中，如老僧入定，鼻息俱无，这名为龟息，乃仙家吐纳长生之法。大凡剑仙到得至精至妙的地步，便与真仙无异了。焦大鹏在月光中习练剑术，口吐白光，飞入月中，又从月中吸入口内。这鹤岭本来是极高的所在，焦大鹏觉得身子渐渐的高起来，那天上明月渐渐的低下来了，心知有异，口中只是一吐一吸。忽然明月已在头顶，仰看一看，把丸剑吸一吸，霍的一声，连一轮明月都吸到喉中去了。一霎时面前黑暗，伸手不辨五指，想必是魔要来了，心中一定，不以为奇，觉得眼中一闪，大放光明，一轮明月依然在天。仰首望一望，原是高不可攀的天。自己身子立在一块平阳大地，四面并无一人。正要移步去寻师父，忽见前面来了一人，大叫道："焦大哥原来在这里，快同我去朝见天子，我们众兄弟都封了官爵，快去享用这功名富贵。"焦大鹏看这人，正是徐鸣皋，便对他说："我先前还有功名富贵的心，如今脱了凡胎，是没有的了，我不同你们去。"焦大鹏话未说完，徐鸣皋已不见了。四面搜寻，远远的一匹马飞来，马上将军挺戟直刺，原来是邝天庆，大叫道："你是我手下败军之将，已做了无头之鬼，敢在这里出见么？"焦大鹏听了，不由心中大怒，忽地一想，此是魔来相试，不与计较，闭目坐在地下，耳边并无人声。张眼一看，邝天庆不知几时去了，远远的又是两匹马来，行近看时，是两位女将军走到面前，一个正是妻子孙大娘，一个是张家堡招亲的王凤姑。孙大娘道："我与贤妹合兵一处，杀败邝天庆，他独自一马逃走了，这里可走过么？"焦大鹏道："方才走过,不知哪里去了。"王凤姑道:"我姊妹两个要杀了他,以报夫仇,如今寻着了丈夫,不必追他了。"两姊妹在焦大鹏左右坐下。孙大娘道:"丈夫可回去了。你我青年尚无子女,难道要学剑术,不顾后代么?"王凤姑道:"况且我父亲招赘你来,原为我终身之靠,难道你如今弃我不顾了?"两个人你一句,我一句,左倚右偎,温柔香腻,兰麝熏心,焦大鹏不觉心动,连忙定一定心,立起身喝道:"你两个休来缠我。"口吐剑丸要去斩她们,两人忽已不见了。只听得耳边大笑道:"好了好了,功行圆满,不负我一番教导之功也。"

要知何人说话,且听下回分解。

# 第六十五回

## 焦大鹏独救苏州城　徐鸣皋三探宁王府

话说焦大鹏剑术将成，有魔道几回来试他，心绝不动，忽听耳边有人大笑，正是师父玄贞子。焦大鹏看自己身子原是在舞鹤亭中，当下向师父拜问方才之事，玄贞子道："此所谓富贵功名、贪嗔痴爱，都是人生的魔障，若将此等事缠绕于心，不能看破，剑术就不得成了。可喜你心绝不动念，此刻功已圆满，明日可到徐鸣皋师侄处，助傀儡生老师破余七妖法。他妖法已到九十九日上，不宜再迟。"焦大鹏道："师父自然同去。"玄贞子道："余七命不该绝，傀儡生只能破其法，不能伤其命。待约速他的死期到了，我去诛他不迟，今且暂缓。"焦大鹏点头领训。

不多时天已明了，叩别师父，离了西山，御风而行。过了大江，将近南昌府城，下面望去，只见两个披发头陀从城里出来。焦大鹏料他是宁王打发出来的，且看他作何勾当，跟在他后面，听他一路说话。一个带银箍的道："三师弟，我知你在少林寺动身，已在四弟之后，到是我二人先来投宁王，不想他迟了好几日方到。"一个带铜箍的道："二师兄原来不知。我盘问四师弟，他在襄阳府城中得了一个美妇，不但容貌十分艳丽，且枕席上的功夫极好。四师弟带她来，寄在村中。昨日天尚未明，他说去带了来同到苏州，不知何以至今尚未转来，我与你去寻他。"那带银箍的又道："原来如此。我们到苏州去助宁王成了功劳，那苏州美女甚多，多取几个受用，有何不可？"那带铜箍的又道："李军师果然是妙计。我弟兄三人到苏州做了内应，等无敌大将军带兵到来，破了苏州城，救出知府，叫那知府选城中美女来供奉，岂不甚妙。"

原来苏州知府张弼被俞谦拿了，下在狱中，写了一封书信密投宁王。宁王接到了，请军师李自然商议，忽有两人来投见，一个是银头陀，一个是铜头陀。宁王叫他进见，一个头带银箍，一个头带铜箍，两个都是披发齐眉，虬须豹眼，相貌凶恶。二人说出来意道："贫僧兄弟五人，大兄、五弟都为徐鸣皋所害，与他冤仇不小。特来投千岁帐下，愿效犬马之劳。还有师弟锡头陀,不日就到。"李自然道:"既然如此,贫道有一妙策。千岁就叫他三人先到苏州,做了内应,再叫邺天庆带一千人马,假扮各种生意人,暗藏兵器,到苏州城一并杀入,俞谦可擒,张弼可救,苏州城唾手可得了。"宁王大喜,便对银头陀、铜头陀说道:"等你师弟到了,三人同到苏州,照军师妙计行事。功成之后,孤自有重谢。"当下二人住在城中。过了几日,锡头陀来了,见过宁王,三人一同行事。锡头陀对铜头陀说道:"三师兄,请二师兄城中再住一夜,我今夜要到村中取了美人来,明日同往苏州。"锡头陀便将美人来历告知铜头陀。铜头陀依他,与银头陀在城中等了一日,竟不见他转来。次日二人出城,来到城中寻锡头陀。不料一路言语被焦大鹏听见了,想道:只厮竟是宁王党羽,他用诡计袭取苏州,我若不救,不但俞谦性命难保,并且苏州百姓被他掳杀奸淫,不堪设想了。于是立在二人前面,拦住去路,大喝道:"贼头陀,你敢助了叛逆,行施诡计,方才我听得明白了,快快拿命。"银头陀、铜头陀大怒,各举戒刀,刀头砍来,焦大鹏拔剑相迎。若论头陀本领,都与焦大鹏相等,两个杀一个,焦大鹏本是敌不住的。只见焦大鹏口吐白光一道,忽的两颗带箍的头同坠于地。

　　焦大鹏用剑法两段尸身消化,提了两颗头,飞入城中,掼在宁王殿上。宁王见了,大惊失色,连忙问军师:"这是何故?"李自然道:"想必是遇着剑客了。如今邺将军且慢出兵,余军师大法明日已是一百日,杀尽赵王庄中剑侠等辈,千岁出兵取了南京,苏州在掌握之中了。张知府在监不至于死,不妨缓缓去救。"按下不提。

　　且说焦大鹏无意中救了苏州一城人性命,来到赵王庄,徐鸣皋与赵员外等一起迎接。焦大鹏拜见了傀儡生,又拜见一尘子、飞云子、霓裳子、默存子、山中子、海鸥子六位师叔,当下众人问:"玄贞子何以不来?"焦大鹏恐泄漏天机,含糊答应。傀儡生道:"我日内一切安排已定,等你来了同去探听,便可下手。"徐鸣皋道:"老师妙术无穷,可带我同去一探消息。"傀儡生道:"你要同去亦可,我用袖里乾坤的法术,你藏在我袖子里,可避妖法,尽可同去了。"事不宜迟,立刻起身。原来傀儡生三日内炼成撒豆成兵的妙法,散布空中,可抵十万雄兵。请六子往来救应,却不可到妖人里面去着他的道儿,请鹪寄生领着罗德、徐寿、赵文、赵武、殷寿、杨挺、王仁义守住赵王庄,请河海生领着一枝梅、狄洪道、王能、李武、刘佐玉、郑良才、马金标、孙大娘去守马家庄。两处分兵都有三千多人马，防守谨严。当下傀儡生起身来，并不结束，将左手大袖向徐鸣皋一举，徐鸣皋已躲在他袖子里面，安稳无忧。便叫："焦大鹏随我来。"二人起在空中，御风而行。

　　看官，你道怎么御风而行？这乃是剑术至精的本领，与仙人无异，只有玄贞子与傀儡生有此本领。他能乘风到东到西，无不可去，若一尘子以下就不能了。任你一跃千余丈，总不如御风而行的快，而且脚步不踏在实处，能在虚空行路，所以余半仙妖法虽极厉害，仍为其所破。至于焦大鹏自脱了凡胎，炼成剑术，任是天罗地网不能遮住他。他本是无影无形的，因傀儡生把他魂灵炼煞，要现形便与凡人无异。他剑术并非高于一尘子数人之上，因是脱了凡胎，所以不怕妖法。傀儡生不带别人，只带他去，也是为这缘故。徐鸣皋一定要去，躲在袖子里方保无害。

　　且说傀儡生和焦大鹏到了城中，望下一看，一个极大茅篷扎得馒头形式，约有五亩之地，上插三百六十五面皂幡，点着一百零八盏绿色幽魂灯。茅篷周围立着似人非人、似鬼非鬼的，约有二三千个，都是黑衣红帽，动也不动，也不开口，觉得阴气逼人。傀儡生不去惊他，叫焦大鹏："随我到茅篷里面去看。"果然进去千门万户，弯环曲折。若是他人便无从寻路，傀儡生有升天入地的本领，门户不能阻挡，同焦大鹏走到中间，只见有一万多个柳树削成的木人，每人面前一盏灯，火光绿色，这就是招魂灯。余半仙要把一万多人的魂灵招入木人身上，便把木人或杀或烧，一万多个人都要死的。焦大鹏道："这妖人如此可恶，不知他在何处？"傀儡生道："他还在下面作法，不可惊他。且叫徐鸣皋出来一看，倒也难得看的。"傀儡生将左边袍袖一抖，徐鸣皋出来，看了许多木人，手足都为活动，一万盏绿色的灯阴惨可怕，徐鸣皋汗毛直竖起来。傀儡生道："到了明日，妖人都要动手，将一万个木人投在水火，我们两庄的人都没命了。待我来破了他的法。"傀儡生将右边的袍袖一拂，一万盏灯都吹熄了，将一万多个柳树人都收在右手袖中，这正是袖里乾坤的妙法，任你多少人物都可收在袖中。又叫徐鸣皋："仍旧到我左边袍袖里，我带你到宁王府去救出了三个兄弟。"傀儡生将左手一拂，徐鸣皋进去了。焦大鹏随了傀儡生出来。傀儡生道："你且在茅篷上面，妨着妖人出来，我到前面去了。"

　　要知余半仙怎样出来，且听下回分解。

# 第六十六回

## 傀儡生救万人性命　徐鸣皋遇十世姻缘

却说余半仙在下面作法将要圆满，瞥眼见上一层灯光齐灭，大惊起来，叫两个披发童子手执大蜡烛，走上一层来，四面照看。一万多个柳树人，一个都不见了，大骇道："谁人敢来盗去，有这般大胆的么？"将宝剑提在手中，出茅篷来查看。只见焦大鹏守在上边，待余半仙出来，举剑便砍。余半仙见了大怒，提剑相迎。

不说两人在此斗剑，且说傀儡生到宁王宫望下去，见余半仙之妹余秀英在此把守，看着那一幅画图，任你剑仙侠客，要到宫中来行刺，他画图上能现出形迹来，他手中将天罗地网向上一掷，被她擒去，逃也逃不及。前徐鸣皋二探王府之时，与一尘子同去，险些儿被他擒去，幸亏走得快，徐鸣皋一顶武士巾被她卷去了。此时徐鸣皋在傀儡生袖中，万无一失。傀儡生将身子一隐，那画图上并无形迹，走进宫中，余秀英看不见。

过了这个关口，里面更无大害。傀儡生将左边袍袖一抖，徐鸣皋从袖中出来，跟着傀儡生，一路寻着天牢所在。傀儡生将剑一挥，牢门大开。二人走进去，只见黑洞洞深远无底。徐鸣皋寻在一处，只见包行恭、周湘帆、杨小舫三人连锁一堆。原来三人进了天牢之后，幸亏包行恭身边有一粒丹丸，是从前下山时路遇傀儡生，送他防备急难，三人分吃了，肚中永不饥饿，身上亦无痛苦。三人不知不觉过了多时，当下看见徐鸣皋，大喜道："大哥怎的进来，快救我们性命。"徐鸣皋道："我跟了傀儡老师来的，兄弟们不要心急，老师来救了。"即见傀儡生将手中剑一指，三人锁链都落在地下。傀儡生将左手袍袖一举，三人藏在袖中。

徐鸣皋跟了傀儡生，出了天牢，走进宫门。傀儡生叫徐鸣皋仍旧躲在袖内，说你走不出宫门，恐着余秀英的道儿。不料傀儡生略迟一迟，余秀英已到面前，大喝："何人大胆，敢到宫中来？且看我的法宝。"手中一抛，一股黑气喷来。徐鸣皋逃避不及，被她天罗地网罩住。傀儡生起在空中，看徐鸣皋被余秀英擒住了，要下去救他起来，心中一想道，他二人有姻缘之分,不如将计就计,收服了余秀英,那余七就容易除了。傀儡生隐身而下,在徐鸣皋耳朵边说了几句,便出宫来,到茅篷上面。

那焦大鹏与余半仙斗了半日,不能取胜,渐渐败将下来。海鸥子在远处看见,口吐白光飞到余半仙头顶。余半仙不慌不忙,把手中剑吹一口气,化成一口剑抵住白光,盘旋飞舞,手中剑仍与焦大鹏对敌。那山中子、默存子远远的又是两道白光飞来,余半仙又吹两口气,化成两口剑,朝前迎敌。三口剑在空中迎住三道白光,生龙活虎的交头,煞是好看。焦大鹏要乘他手势一乱,好把剑削进去,那晓余半仙剑法一无破绽。又斗一会,那一尘子、飞云子、霓裳子又是三道白光飞来,余半仙连忙吹了三吹,三把剑向上迎住,空中共有六把剑、六道白光,斗个不停。余半仙渐渐有些招架不住,口中念念有词,那茅篷上许多似人非人似鬼非鬼的一起上来,一霎时黑气冲天,神嗥鬼哭。傀儡生先看焦大鹏与六子共斗余半仙不能取胜,晓得余半仙命不该绝,故而玄贞子不到。忽见余半仙作起邪法,一阵鬼兵杀上前来,傀儡生连忙将剑一指,那空中的撒豆成兵,上前来一场大战。到底邪不胜正,将余半仙的鬼兵杀得一个不留。余半仙逃入宁王宫中,要引他剑客追上来,好叫妹子余秀英的天罗地网来拿。谁知傀儡生败兵而去,不中他的诡计。此时破了招魂妖法,两庄的万人性命保牢,又救出了三人,得胜而回。虽徐鸣皋被余秀英擒去,却是故意留在他处,大有作用的。

傀儡生与焦大鹏、一尘子、飞云子、霓裳子、默存子、山中子、海鸥子同回赵王庄内。傀儡生收了豆兵,又将袍袖一抖,左边走出三个人来。众人看明这是包行恭、周湘帆、杨小舫三人,右边许多柳树削成的木人,袍袖中倾倒不绝,在阶下堆积如山,共有一万多个。傀儡生告众人道:"余七费了一百日心力,害人不成,徒然作恶。"众人道:"这妖人心太狠恶,亏得老师相救,未知妖人可擒否?"傀儡生笑道:"妖人终有一日被诛,此时尚未。"焦大鹏道:"妖人剑术却是厉害,若非六位师叔一起相救,小侄必遭他毒手。如今虽败,必来报复,我且去探听消息,他作何妖法。"傀儡生道:"我正要差你去,如此甚好,你快去打听来。"众人都道:"徐大哥未知生死,亦要焦大哥去打听来。"傀儡生道:"众位放心,万无一失也。"焦大鹏起身御风而行,到城里王宫来,将身一隐,进宫来寻徐鸣皋。

且说徐鸣皋被余秀英天罗地网罩住,丢在宫中,叫服侍宫女两名,拿索子将徐鸣皋两手反绑,然后将网解开。宫女推上徐鸣皋,到余秀英面前跪下。徐鸣皋大喝道："我是顶天立地的大丈夫,怎肯来跪你的贱人。"余秀英俏眼将鸣皋一看,好一个英雄气概,相貌非凡,不觉看中了意。你道为何? 余秀英虽是妖法邪术,她本事还在哥子余半仙之上,却并非是贪淫的人。她是十世童女转身,徐鸣皋是十世童男转世,两人前世前生结了姻缘,都不曾嫁娶,修行成道,十世之中,都是如此。他二人是十世的夫妻,却不曾合卺①。所以余秀英一见徐鸣皋,心中不由得不欢喜爱的。凡人前世前缘,不过一世罢了,哪里有十世的? 他既有十世缘分,而且不能了结,今生必定要了结了。余秀英见徐鸣皋直立不跪,反笑起来道："你既不跪,不来勉强你。但你既被我拿住,不如从了宁王,共享功名富贵,我和你同在一处,决不亏待你,你可依我么?"徐鸣皋已受了傀儡生耳边吩咐几句说话,心中有了主意,便道："你休说顺从宁王的话。宁王是叛逆之人,我万不能从他。你拿了我不杀,反有爱惜之心,我感激你情义,我情愿在此效力,但不去见宁王的。"余秀英想道："既在我这里,待我慢慢的劝他投降不迟。"

正在寻思,忽见余半仙走来,余秀英上前迎接,告知他拿住徐鸣皋之事。余半仙道："你尚不知我的招魂就戮大法,被他们剑客破了,废我百日功夫。"余秀英问是怎的,余半仙将前事说了一遍,如今败了一阵,要求妹子法术帮助。余秀英道："哥哥放心,待妹子用天罗地网,明日将他剑客共罩住,看他有何破法。"余半仙道："全仗妹子法力。如今徐鸣皋已经擒来,他是首恶,其余皆容易除也,妹子何不解送宁王?"余秀英道："此人是英雄豪杰,此时解送宁王,未必肯投降,宁王若加诛戮,岂不可惜。待我劝他投降,然后解送,哥哥意下如何?"余半仙道："此话甚是有理,且慢解送,你小心把守宫门,我去见宁王,商议报仇之事。"

当下余半仙辞了妹子,来至殿上。宁王正与李自然商议,见余半仙来,起身迎接。余半仙将此事告知宁王,宁王大惊道："军师妙法尚且被他破了,尚有何计可施?"只见阶下一人上前奏道："千岁休要长他人志气,灭自己威风。他剑客虽多,害不得我,愿千岁差小将领兵前去,要杀他庄中一人不留,报前次败兵之恨。"宁王看此人是谁,且听下回分解。

———————

① 合卺(jǐn)——卺,即瓢。将匏瓜剖成两个瓢,新郎新娘各拿一个,用来饮酒,这是旧时成婚时的一种仪式。合卺,即完婚。

# 第六十七回

## 徐鸣皋了结宿世缘　余半仙摆设迷魂阵

却说宁王正与军师李自然、副军师余半仙商议破赵王庄之法，阶下一人上来说道："千岁休要长他人志气，灭自己威风，待小将领兵前去破他。"宁王看是无敌大将军郫天庆，便道："将军虽是英勇，但他许多剑客相助，难以取胜。"余半仙道："郫将军领兵前去挑战，诱他出来，贫道在城下摆一阵图，名为迷魂阵。他若走入阵中，任是剑客，束手就缚。郫将军挑战，若遇剑客，只退入城中，任他追来，把剑客都擒住，赵王庄不难破矣。"宁王听了大喜道："余军师请出城，快把阵图摆好，郫将军领兵去战，再请李军师分拨兵将。"李自然答应，分拨兵马："郫将军带五千人马攻打赵王庄，黄天雕、薛大庆随后接应；殷先锋带五千人马攻打马家庄，常德保、铁昂随后接应；波罗僧、雷大春、徐定标、佟环防守四面城池，余秀英仍久防守王宫，不可离开，怕剑客入宫行刺。请千岁出城亲督战将，余半仙同在阵中，以便保护。"当下分拨已定。

到了次日，余半仙要摆迷魂阵，来问妹子余秀英借天罗地网法宝，作阵中拿人之用。清晨来到宫门，那余秀英有防守宫门之职，住在宫门内三间高屋，此时睡未起来。她卧房在右边一间，左边一间两个丫环住的，中间是闲坐之地。当下余半仙问两个丫环道："你小姐向来起早，怎今日还未起来，想是连日防守辛苦了。我特来借天罗地网一用，你快通报。"两个丫环，一名拿云，一名捉月，答应道："等小姐起来，即送来请用，此时不便惊动小姐了。"余半仙道："也罢，你送来就是了。"余半仙回身而去。

且说焦大鹏奉了傀儡生之令，到王宫来寻探徐鸣皋，只见徐鸣皋在余秀英处，未曾解到宁王殿上。余秀英三番五次劝他投降宁王，他只不应。秀英心中想道："待我与他成了好事，再劝他投顺宁王。"定了主意，叫拿云、捉月送徐鸣皋到右边卧房来，叫他如此如此。拿云、捉月都有十分本领，而且也有些妖法，是小姐传授的。二人管住徐鸣皋，不能逃脱，况且傀儡生叫徐鸣皋将计就计，此时也不想逃脱了。

徐鸣皋到了余秀英卧房,清香扑鼻,如在仙人洞府,绣床上挂两支青锋宝剑,青光闪烁,摆设一切物件,还有挂在壁上的东西,都不识得。一个黑色的网巾在镜台上,丫环指道:"这是小姐的法宝,名为天罗地网,徐大爷是这个网巾网来的。"说罢大笑。徐鸣皋道:"这小小网巾岂能网人,我只不信。"丫环笑道:"你莫嫌他小,随你多少人,都能网住,神仙见了也怕。这是小姐最厉害的法宝,其余这些摆设的,壁上挂的法宝,都不及他。我小姐道术无边,从小学道,不肯嫁人,今年二十岁,任你英雄好汉来说婚姻,都不愿意。今遇着徐大爷,心中爱慕,愿订终身,着我二人来此说明,徐大爷不可推托。"徐鸣皋道:"既然你小姐错爱,我岂肯推托。但是一件,要小姐依我方好。"丫环问:"是哪一件?"徐鸣皋道:"你小姐五次三番劝我降顺宁王,我不听他,恐成了夫妻,再要劝我,请你先说明了,我决不降宁王的。"

当下拿云陪着徐鸣皋在房中,捉月来告知余秀英。余秀英笑道:"且依他再说吧。"捉月到房中来道:"小姐依你了,还有何说?"徐鸣皋点头不语。两人忙忙碌碌,在中间房中点大蜡烛一对,扶了二人交拜,进房中来吃合卺酒。两人是结了十世婚姻未成夫妇,今生方得成就,与平常不同,开怀畅饮,你欢我乐,我说你笑,毫无庸夫俗子之态。说笑到夜深了,脱衣上床,丫环服侍吹灯而去。焦大鹏隐身在内,人不看见。见他二人要睡了,在徐鸣皋耳边说道:"我来了半日,要去了,你须要小心,她有妖法厉害的。"徐鸣皋知是焦大鹏,不好答应,恐怕他尚未去,倒觉得羞愧起来,在床中如道学先生,不敢放肆。余秀英却无羞缩之态,反先开口低声说道:"我修道十年,学了许多法术,原想今生不破色戒,怎的遇见了你,情不自禁,必是前生姻缘,你休要负了我。"徐鸣皋道:"我是个好汉,不贪美色。今小姐情义如此,我岂肯负你?将来同立功勋,流芳千古,方不枉了你一生本领。"徐鸣皋想此时焦大鹏必定去了,又是余秀英温香暖玉的近就他,徐鸣皋不能却她美意,二人如鱼得水,快乐欢娱,无须说得。

次日天明,尚未起来,直待日高三丈,拿云、捉月进房来服侍起身,说知余半仙来借天罗地网,早已来过,不敢惊动小姐,此时可否拿去借他。余秀英道:"拿去借他便了,我法宝甚多。"徐鸣皋听了,向秀英道:"闻得此件法宝最厉害,若令兄拿了去,此处宫门若有剑客来。如何防备?"余秀英道:"也罢,你将红沙法宝拿去,天罗地网我自己要用。"丫环拿了红沙法宝,送交余半仙,说知小姐之意。余半仙道:"你小姐防宫亦是要紧之事,红沙法宝虽不及天罗地网,也好用了。"你道红沙法宝是什么东西,原来是月秽炼成的细沙,打在身上,随你神仙也要丧命,虽不能如天罗地网一网打尽,却亦是恶毒之物了。余半仙得了法宝,出城来摆迷魂阵。炼成的纸人一足鸟不计其数,阵中愁云惨惨,毒雾漫漫,煞是怕人。李自然陪宁王在阵边高处观看,前面郏天庆带五千人马,先到赵王庄来挑战。

且说傀儡生集赵王庄、马家庄两处将士商议,焦大鹏回来,说徐鸣皋之事,众人都在面前。那呆子罗季芳向狄洪道说道:"你妹夫娶了妖人,将来搬回家中,与令妹如何同住过得日子,我替你令妹担心。"狄洪道说道:"呆子休得胡说,你听老师商议大事。"傀儡生道:"可喜徐鸣皋依我嘱咐,将计就计,他二人本是前缘,将来余秀英必为我们所用,余半仙容易制了。"

众人正在谈论,忽报庄前郏天庆挑战。傀儡生道:"今日马家庄亦必有兵来战,河海生贤弟领着狄洪道等仍到马家庄,鷾寄生贤弟领着罗季芳等迎敌郏天庆,请六子往来救应。"傀儡生撒豆成兵,以防妖法。当下罗季芳出庄,一马当先,黄天雕接住。战不数个回合,罗季芳败阵下来,黄天雕追上,挺枪直刺。徐庆见了,忙向腰间取出弓来,抽箭在手,扣上弓弦,飕的一声疾射去,正中黄天雕咽喉,翻身落马。薛大庆大叫:"匹夫休放冷箭!"纵马上前,举刀来砍徐庆。徐庆提刀相迎,战十余个回合,薛大庆招架不住,被徐庆一刀,死于马下。郏天庆大怒,提戟上前来刺徐庆。徐寿、殷寿、杨挺三马各出,四人战郏天庆。郏天庆奋起神勇,四人哪里招架得住,渐渐要败下来。鷾寄生见了,举剑一掷,郏天庆见一道白光飞来,把左手举起方天戟力敌四将,右手拔出腰下宝剑,迎住白光,且战且退,诱他到迷魂阵来。鷾寄生见郏天庆败走,指定宝剑,朝后追来,四人亦紧紧相随。

已到南昌府城下,只见郏天庆走入阵中,回头大喝道:"众辈敢来破我阵么?"四人不知就里,纵马进去,不觉一阵头脑昏晕,坠于马下。鷾寄生望他阵中妖气冲天,连忙回转,忽的阵中飞起尘沙,红光闪烁,鷾寄生身上着了一点,不觉力疲筋软,倒在地上。余半仙大喜,将五人背缚两手,送入城中。

败兵回赵王庄报知,傀儡生大惊道:"这又是何妖法,如此厉害?"叫焦大鹏进去打探,并将一粒丹丸暗送鹞寄生,叫他吃了,便无大害①焦大鹏得令而去。忽半空中来了许多人,傀儡生下阶迎接,众人欢喜,亦皆下阶相迎。

要知何人来到,且听下回分解。

---

① 害——此处当碍讲。

# 第六十八回

## 孙大娘错斗王凤姑　狄洪道打死常德保

却说傀儡生在赵王庄与众人谈论,空中来了十人,傀儡生下阶迎接,众人欢喜,上前拜见。你道十人是谁?原来是凌云生、御风生、云阳生、独孤生、卧云生、罗浮生、一瓢生、梦觉生、漱石生、自全生,一起来了,向众人说道:"我等在海外接了玄贞子的飞剑传书,本是早要来的,因有事迟延,望乞勿罪。目下战事如何?"傀儡生道:"余七炼招魂妖法,虽已被我破了,如今摆设迷魂阵,鹥寄生被他擒去,庄中义士又擒去四个。迷魂阵尚不打紧,内中还有别物,已派焦大鹏打听去了。"众人正在与十生相见,忽焦大鹏同了鹥寄生回来。傀儡生大喜问讯,鹥寄生道:"妖法果然厉害,若非兄的丹丸,我性命几乎不保,幸亏焦英雄送丹丸来吃了,毫无痛苦。他这红沙不知是何物件,腥秽不堪,着了身上,毒入骨髓。"傀儡生道:"此必是余七借妹子的法宝。此物不及天罗地网厉害,只要小心避开,便不妨事。明日我们兄弟十三人同破迷魂阵,我用云锦幢遮住,等他红沙撒尽,便无害了。"众人问徐寿、徐庆、殷寿、杨挺四人性命如何,鹥寄生道:"他四人不是打着红沙,是在迷魂阵中昏迷不醒,被他们拿了城里去。性命今虽无害,但急要救出方好。"傀儡生叫焦大鹏进城探听四人消息,一面差人到马家庄请河海生来,明日一同破阵。

且说马家庄前,殷飞红同铁昂、常德保带领五千人马,第一日挑战,狄洪道带同王能、李武迎敌,战十余个回合,铁昂出阵助战。河海生指道:"这厮是郏天庆徒弟,都是他起的祸根,以致屡动刀兵,庄中不得安静,谁去杀死这厮?"孙大娘道:"郏天庆与我有杀夫之仇,待我杀他徒弟,聊以报仇。"舞动双刀,骤马出阵。铁昂抵敌不住,大败而逃。殷飞红力敌三将,兀自不退。孙大娘上前挥刀砍入,殷飞红忙忙招架,措手不及,被孙大娘一刀伤了左手中指,败逃回阵。两军混战一场,殷飞红折了好些人马,马家庄兵众略有伤损。

到了次日,殷飞红伤痛不出,铁昂跃马上前,大叫:"昨日婆娘快来拿命。"孙大娘大怒,纵马出阵,挥刀大骂:"该死的叛党,今日定取你狗命,决不让你逃去了。"铁昂道:"你丈夫被我师父杀了,已做刀头之鬼,我劝你投降了宁王,我收你做小,安享富贵,岂不好么?"孙大娘咬牙切齿,挥舞双刀,接连七八刀,杀得铁昂只有招架,并无回手,败下去。铁昂要诱孙大娘入迷魂阵,不想追赶得紧,铁昂心慌意乱,错了路头,落荒而走。

追到三里之外,前面来了一支人马,为首一员女将。孙大娘远远望见,恐是埋伏兵马。不料那女将飕的一箭,向铁昂射来,正中咽喉,翻身落马。孙大娘割取首级,提在手中。可怜铁昂一生倚势作威,今日死于两位女将军之手。

且说那女将见孙大娘割取首级,骤马过来喝道:"这是我射死的,你敢来取首级去?"孙大娘本要好言相问,听她开口全不客气,亦怒道:"我取他首级,你敢怎样?"那女将手挺双枪直刺过来,孙大娘举刀相迎,二人双刀双枪,一来一往,正是棋逢敌手,胜负难分。忽空中飞下一人来,孙大娘一看,正是焦大鹏。那女将见了大惊流泪,双手将双枪架住孙大娘的双刀,大叫:"我不与你斗了,我的丈夫来了,原来不曾遭难。"焦大鹏落下来喝道:"你二人不要杀,都是自家人。"原来那女将就是王凤姑,前在张家堡招赘焦大鹏,开设英雄馆的,接了丈夫灵柩,埋葬已毕,在村中招集三五百人,领了来要报杀夫之恨,不想遇着丈夫,忙问道:"你不曾遭难么。前送来灵柩,又是怎的?"焦大鹏一一将缘故告诉道:"你二人合兵一处,可到庄中效力,剿灭叛党。我奉傀儡老师之命,到城中救四位英雄去了。"焦大鹏说罢,腾空去了。王凤姑与孙大娘见礼,彼此告罪,互相爱悦,就下马拜天立誓,结为姊妹。孙大娘年长为姊,王凤姑为妹。二人带了铁昂首级,回到马家庄来。

却说河海生见孙大娘追铁昂去,殷飞红手伤又不出战,叫狄洪道到他营前挑战。狄洪道出马到殷飞红营前挑战,殷飞红叫常德保迎敌。那常德保却不济事,前在太平县做城守,因为太平县知县房明图捉了罗季芳、王能二人,叫他解送到宁王处,路上遇了山中子,将二人救去。常德保不能销差,用银二百两送与李自然,李自然收他银子,代他在宁王面前搪塞过了。常德保回到太平县,哪知县房明图捉了二人,送与宁王,想得好处,加官进俸,不想被他路中失误,把功劳化为乌有,心中大与他不合,在上司前中伤他。常德保情知不能安于其位,告了假来到江西,求李自然荐在宁王帐下,做个裨将,这时候拨在殷飞红麾下。

你想他平日做城守,只晓得克扣军粮,别无本领。头一日来到马家庄，有殷飞红、铁昂上前，他躲在后。第二日殷飞红手伤不能出战，铁昂被孙大娘杀败逃走，营前又有狄洪道讨战，殷飞红叫常德保出马，勉勉强强拖枪而出。狄洪道举起铁拐，朝前打来，常德保连忙招架，竭尽平生之力，招架得两拐，第三拐打来，坐不牢了，翻身落马。狄洪道大笑道："这样没用家伙，也来送死。"一铁拐在地下打成肉饼。可怜常德保一命归阴，也是平日克扣军粮之报。众兵见将官死了，纷纷逃散。殷飞红拔营逃回城里，求李自然添请救兵，暂且按下。

　　且说马家庄连胜两日，人人欢喜。忽见孙大娘回来，将铁昂首级献功，后面又有一员女将，下马与众人相见。又有赵王庄傀儡生差人到来，约定明日同破迷魂阵妖法。河海生答应，叫众人："守住庄口，休要轻动，我到赵王庄去。"马金标与众人相送出庄，河海生到赵王庄与众兄弟相见。这时候十三生已经齐集，七子中只少一个玄贞子。大家议定明日破阵之事，只见焦大鹏回来，傀儡生与众人急问徐庆、徐寿、杨挺、殷寿四人，焦大鹏道："今已下在王府天牢，宫门有余秀英守把厉害，我能进去，他四人却不能出来，须要老师的袖里乾坤手段方能救他。"包行恭在旁说道："师叔妙法无边，我三人前在袖里，并不觉得他地方小，未知师叔袖中有多少人可住？"傀儡生笑道："也不计多少，一万多个柳树人在内，也不觉地方小。闲话休提，我想他四人在天牢有性命之忧，不比包师侄先前吃了丹丸，所以能住多日，我即去救他四人。"傀儡生说罢，腾空而起，御风而行。

　　到城内王府中，进了天牢，将袍袖一拂，将徐庆、徐寿、殷寿、杨挺四人卷入袖里，走出宫门。此时余秀英却不看见，只见徐鸣皋一人独坐在门内屋中，傀儡生笑道："徐英雄在此两日，觉得有些儿女之情么？"徐鸣皋道："老师休要取笑，我几次要逃出去，不知她用何法宝系在我脚上，看了并无物件，若是我逃出去，无论远近，总被她拉转去，请老师救我一救。"傀儡生道："此名为红线系足，也是余秀英炼成的法宝。我虽可以破她救你出去，但明日要你伴住她，勿使她出来帮助余七。等我破了余七的迷魂阵，同你回去。那余七事到急迫，必要请妹子相救。你在此伴住余秀英，功劳不小。将来你建功立业，尚要余秀英帮助，不可轻待了她。"

　　二人正在说话，余秀英忽然回来，大喝："何人在此，莫非也是刺客么？"手中抛起天罗地网，将傀儡生当头罩住。未知傀儡生逃得脱否，且听下回分解。

# 第六十九回

## 十三生大破迷魂阵　众剑客齐会赵王庄

却说傀儡生被余秀英天罗地网罩住，徐鸣皋在旁大吃一惊，只见一道金光冲天而去，余秀英手中抓住一个空网，内中空空无物，大惊道："我这个法宝拿人，从来没有逃走的，这是何人，如此厉害？"见徐鸣皋微微含笑，余秀英道："想必你认识此人。"徐鸣皋道："怎的不认识，他道术无边，你们虽有妖法，总是邪不胜正，哪里拿得住他。他也识得你红丝系足的法宝，明日要来破的。"余秀英一想不好了，此人不怕天罗地网，又识得我红丝系足的法宝，明日真个来破了，徐鸣皋被他救去，我岂不是一场空？打定主意，说道："我不离开，守住你，看他怎样来破我的法宝？"徐鸣皋笑道："你不离开，他自然不能破。你若离开一步，他便来救了我去，今日已与我约好了。明日令兄来请你助阵，你怎的不离开？"余秀英道："我在此守住宫门，紧防刺客，亦是重大之事，不去助阵也不妨。"徐鸣皋想她已中了我们之计，且等明日看是如何，按下不表。

且说傀儡生回转赵王庄，将袍袖一抖，徐寿、徐庆、殷寿、杨挺四人出来，拜谢老师救命之恩。众人大喜相见。傀儡生道："余秀英实在厉害。"将方才之事说与众人听，都道："她妖法不能胜老师正法，何足惧哉！"傀儡生道："总要小心为是。"到了次日，傀儡生叫众人守住庄门，不可出战，自己带了一队天兵。你道什么天兵，就是那撒豆成兵的大法，以正用之，谓之天兵。那余半仙亦能撒豆成兵，以邪用之，谓之妖法了。傀儡生带了天兵，同十二位弟兄都到余半仙的阵前。只见余半仙出阵来，左右两个披发童子，一个捧宝剑，一个捧葫芦。云阳生鼻孔中飞出白光一道，向余半仙头上直下。余半仙掷剑空中，迎住白光，盘旋飞舞，如二龙抢珠，斗个不了。河海生口中、鸊寄生口中吐出白光，两道光又朝余半仙头上直下来。余半仙不慌不忙，向空中吹气两口，他一支剑空中分为三支，抵住三道白光，紧紧交斗，全无半点懈怠。他有这吹剑之法，虽是妖术，却也厉害。只见凌云生、御风生、独孤生、卧云生、罗浮生、一瓢生、梦觉生、漱石生、自全生一起吐剑，九道白光望空直下。余半仙连连吹气，三支剑又化出九支剑来，共是十二支剑。抵住十二道白光，空中交斗，忽如群龙戏海，忽如众虎争峰，忽如一阵苍鹰击于殿上，忽如两山猛兽奔向岩前。宁王此时同了军师李自然登高观看，看得称奇喝彩，忘记了战阵交斗，如观戏一般。邬天庆手下一班将士并城上守城的兵士，没有不喝采的。那余半仙曾经敌过六子，此时又敌住十二生，也算得第一等好手。后人有诗称赞他的本领道：

余七妖法是天生，能敌六子十二生。

何人能使余七怕？除非是玄贞子与傀儡生。

且说傀儡生在空中看十二兄弟大斗余七妖人，防他妖法厉害，不敢粗忽。忽见余半仙回头向两个披发童子递眼色，一个童子进城中去了，一个童子将手中葫芦朝空一倒，一霎时尘沙迷目，红光冲天，知是红沙法宝。傀儡生预备好了，将云锦幛朝上一抛，将十二个兄弟围遮住。那飞来的红沙近不得云锦幛，都落向别处，无影无踪的不见了。傀儡生知余半仙的红沙放尽，别无厉害的法宝，那一个童子去请余秀英求助，已有徐鸣皋用计留住，不得出来，随将云锦幛收起。十二生大奋神威，举手齐向白光指定，直落到余半仙顶上。余半仙大叫不好，躲入迷魂阵中。傀儡生将天兵一招，杀入阵中，阵中无非纸人纸马，杀得一个不留，纷纷落地。

此时阵已破了，只见地下都是些碎纸。邬天庆保护宁王逃入城中。傀儡生与十二个兄弟团团围住余半仙，不能逃走。余半仙口中吐出黑气一道，一霎时大雾迷天，伸手不见五指。傀儡生吃了一惊，只听见十二个弟兄齐声叫苦，大叫："罢了，罢了，收起剑术，莫要错杀了自家弟兄。"傀儡生大叫："不妨。"将袍袖向天一拂，一霎时天气清朗，大雾都不见了。十三生围将拢来，剑光齐下。不料余半仙不在圈子里，原来黑雾之中已逃走了。傀儡生空中一望，见余半仙不逃在城里，反向西边过大江而去。傀儡生举剑招十二兄弟一同追去。

看看追上，只见大江西边山顶上飞下一人，向余半仙劈面而来，让余半仙过去，飞过江来，迎住十三生。傀儡生看来者正是玄贞子，笑道："你来应该助我们杀这妖人，如何反救他性命？"玄贞子笑道："你难道不知道他命不该绝么，还要故意来问我。"十二生齐向玄贞子拜问道："妖人此去如何？"玄贞子道："他现在去投师父徐鸿儒。那徐鸿儒是白莲邪教中之首，古往今来，无比厉害。我要杀余七甚是容易，现在不杀，正要他请出徐鸿儒来，助宁王反叛，伤害百姓，应了注定的数，然后将他师徒二人骈首就戮,绝了白莲教邪种,以后便无妖邪之辈,可以永享太平世界了。我若此时杀死余七,徐鸿儒尚无大罪,不能就戮,反使传教千万,长留于世,非是我辈之用心也。"傀儡生兄弟十三人听了玄贞子之言,无不佩服。

大众回到赵王庄来,赵员外与众人迎接拜见了玄贞子,都以为余半仙必定杀了。及听见玄贞子放走余半仙,都以为奇事,玄贞子将道理告诉他,方才叹服。忽见十三生中少了一个傀儡生,赵员外道:"想是他功成身退,不到庄上来。"玄贞子道:"非也,他即刻就来。"众人方说了几句话,只见傀儡生从天而降,大笑将袍袖一抖,走出徐鸣皋来,大家欢喜迎见。那呆子罗季芳笑向徐鸣皋道:"好兄弟同妖人住了几日恐要惹了妖气来。"徐鸣皋道:"大哥休得取笑。"玄贞子笑道:"此番成功,虽是傀儡老师第一功劳,第二要算徐英雄了。若非他款住余秀英,余七有了好帮手,却还不能胜他。"傀儡生道:"徐英雄实是第一功劳,我还不及。但是你莫说无功,反是有罪,怎的将妖人放走,我心中虽是佩服,口里总要取笑。"玄贞子笑道:"你的罪却也不小,将好好一个徐英雄,怎的将他送到妖人处,遇了妖气来。幸而破了余七的招魂妖法,又破迷魂阵,只好算将功折罪罢了。"傀儡生又笑道:"怎的玄贞子老师说话,同罗呆子一鼻孔出气了?"众人听了大笑。

不说玄贞子与傀儡生说笑。却说赵员外见七子十三生都已齐集,余半仙妖法已破了,宁王逃走入城,琼一时不敢出来,于是差人到马家庄请马员外,同了众英雄来聚会饮酒,做了一个剑侠大会。不多时,马员外同了一枝梅、狄洪道、王能、李武、刘佐玉、郑良才、孙大娘、王凤姑都到赵王庄来,众人相见。七子十三生要辞别众人,各处云游。赵员外设席款待,一则为是贺功,一则为是饯行。请玄贞子、一尘子、飞云子、霓裳子、默存子、山中子、海鸥子、凌云生、御风生、云阳生、傀儡生、独孤生、卧云生、罗浮生、一瓢生、梦觉生、漱石生、鹪寄生、河海生、自全生坐了客位,徐鸣皋、焦大鹏、徐庆、罗季芳、一枝梅、狄洪道、王能、李武、杨小舫、包行恭、周湘帆、徐寿十二位英雄,又有两位女英雄孙大娘、王凤姑做了陪客,赵员外、马员外、刘佐玉、郑良才、殷寿、杨挺、王仁义、赵文、赵武坐了主位。看官,你道这一席筵会,也是千年难遇的。许多剑侠英雄聚在一处,将前面六十几回书总结一结,以下便要分散各处,再做许多惊天动地之事来。

要知后事如何,且听下回分解。

# 第七十回
## 约后会玄贞子回山　传圣旨张太监遇盗

却说赵员外等请七子、十三生、十二英雄、两位女英雄吃酒，徐鸣皋开言问玄贞子道："我等多人今日大会，师伯师父众位老师都在此，真是难得。我十二弟兄，只少一个伍天熊兄弟，添上一个焦大哥，仍满十二人之数。还有两位大嫂，又难得两位员外及两庄众英雄曲尽主人之礼，也算古今所无的盛会了。未知后日再会要过多少时候，请大师伯示知。"玄贞子道："这也不难，等十二英雄大功告成，宁王诛灭，其时我等恰在一处，仍作无遮大会。此等原可预先约定，至于或来或去，我等未必齐集，那就不能一一告知你了。"徐鸣皋便不再问。

玄贞子向大鹏说道："我有一言相告。明日我们兄弟各处去了，回山的回山，云游的云游，并无一定的所在，你不必跟我去。你虽为剑客，脱了凡胎，功名富贵原不放在心上，但有一件，你父母望你回去，不孝有三，无后为大，你命中该有二子。明日同了两个妻子回家，各生一子，家中暂住几时，再助徐英雄建立大功。"焦大鹏道："徒弟要随师父去，不回家了。"那呆子罗季芳坐在旁边，插口说道："焦大哥，这断乎使不得。记得从前山中老师救我，送到你师父山中，与王能兄弟两个住了几时，没有酒吃，终日吃些蔬菜，饿得我要死。几次要同王能逃下山来，你师父会起卦的，他就预先说破了。后来决意私下走了，哪知走了一夜，仍在山头，再也寻不着下山的路来，直到你师父自己叫我两个下山，方得下来。如今想起这事来，头脑也生疼的，你如何要跟他去？"众人听了，都大笑起来。徐鸣皋喝住："休说呆话。"只听玄贞子向焦大鹏说道："你不回家，这是大不该的。古来剑仙侠客，哪一个不从忠孝节义上做起？你父母年老，并无后代，你若不去，使他绝嗣，便为不孝之子。你两妻远到此地，都无儿女，你不同他回去，便为不义之夫。不孝不义之人。我岂肯收留门下？"焦大鹏听了一番正言责备，如梦初醒，连连称是。看官，你道剑侠一流岂容易做得么，必有圣贤的学问，豪杰的心肠，方能成就。

这一日众人尽欢而散。次日七子十三生一起告别,徐鸣皋等依依不舍,步行送到庄口。七子十三生也恋恋不已,直到庄外,方显出剑客法术,一阵清风,都不见了。回头一看,少一个焦大鹏,徐鸣皋惊疑道:“莫非他随了师父去?”一枝梅道:“我料他决不去的。他们都朝西行,我追上去寻。”一枝梅如飞跳去。

且说焦大鹏见七子十三生御风而去,他急忙追上。原来七子十三生之中有几个不能御风的,因为同在一堆,亦能趁势随去。玄贞子见徒弟来了,问道:“昨日一番劝你之言,难道还不听么?”焦大鹏道:“徒弟怎敢不听。因舍不得师父,又忘不得傀儡老师度脱之恩,故来远送一程。”玄贞子道:“既然如此,我们到西山顶上舞鹤亭流连一会,徒弟就此回转。我们要宿一宵,观玩月夜好景,明日各自云散。”说罢,众人渡过大江,飞奔山顶。

到舞鹤亭上,这就是焦大鹏学剑的地方,想起剑术将成之时,各种魔障来试心,今日剑术已成,却要回家生子,这是各有道理,并不自相矛盾的。玄贞子略坐一回,叫焦大鹏回去。

焦大鹏拜辞九位,缓缓下山,渡过江来,正与一枝梅撞见。二人携手同回,到了赵王庄前,见徐鸣皋众人还在庄前久等。二人相见,方要进庄,只见庄前一彪人来,簇拥着一个锦衣花帽的太监,骑着一匹五花马,高声问道:“此地是赵王庄么?”赵员外答应道:“正是。”那太监道:“咱从北京来,奉万岁爷的圣旨,召取十二英雄,快快叫他来迎接圣旨。”

原来是江苏巡抚俞谦,自从差了王介生到赵王庄打探消息,不日回来,王介生将赵王庄一切布置情形,又有剑客高人相助,一一告知俞谦说:“那宁王虽想攻破赵王庄,除了肘腋之患,起兵来犯江南。现在赵王庄万不能破,他决不敢来犯江南了。”俞谦道:“贤侄你有所不知,宁王既已谋反,倒要他速反为妙。速则祸小,迟则祸大。我思得一计,叫徐鸣皋等十二英雄暂离赵王庄,使他出兵直犯江南,南昌府空虚,然后王师遏其前,义兵攻其后,逆藩可擒矣。我拜本进京,保举十二英雄,请万岁召见一番,以赏其功,以坚其志,使他专心为国家出力,有何不可?”于是连夜写好本章,次日叫王介生同了拜本差官,速速进京。到京中在通政司衙门递了本章。正德皇帝看了俞谦本章,正要下旨,只见右都御史杨一清奏道:“今有安化王蜫顈举兵造反,杀死甘肃巡抚,甚是猖獗,万岁宜速下旨,发兵前往征讨,以救甘肃百姓。"正德皇帝道:"既有此事,朕拜卿为三边总制之职,提十万天兵,前往讨贼。即日召取赵王庄徐鸣皋等十二英雄前来,交与卿带去出征效力,卿等以为如何?"只见兵部侍郎王守仁出班奏道:"那十二英雄,臣见过几个,都是可用之才,徐鸣皋更加忠心义胆,果然当世英雄。臣敢保举,万岁召见不妨。"正德皇帝道:"既是王卿保举,朕即日下旨召取前来,交杨卿带去立功。"随即下旨一道,叫东厂太监张永带十二副官诰,封十二人为十二指挥之职,即日到赵王庄去。

张永奉了万岁旨意,晓行夜宿,来到江西。这日到赵王庄前,正见一众英雄都在庄前。听说圣旨下来,大家跪接,请张太监到庄中。赵员外在正厅上排了香案,大众跪在下面,听张太监宣读圣旨道:

奉天承运皇帝诏曰:朕闻赳赳武夫,公侯腹心,桓桓祈父,王之爪士。咨尔徐鹤、罗德、焦大鹏、徐庆、慕容贞、狄洪道、杨濂、周仿、包行恭、徐寿、王能、李武等十有二人,勇猛可嘉,忠心不二,即授指挥之职,速行前来,随右都御史臣杨一清出征叛王宸镭。立功之日,懋膺重赏,朕有厚望焉。

当下众人听了圣旨,个个欢喜,向十二英雄道贺。只有焦大鹏俯伏在地,说道:"要请老公公代我在万岁前叩辞,臣已脱凡胎,如野鹤闲云,久无功名之贪了。"张太监道:"这却不能,十二指挥怎好缺了一个。"徐庆道:"我兄弟伍天熊在九龙山落草,亦是可用之才,我去招来为国家出力。"徐鸣皋道:"这是大妙,我等十二兄弟,只有伍兄弟不在面前,若同为官职,岂不是好极了。焦大哥已成大道,我等不当以兄弟之礼相待,当奉为老师。这不过心中之意,口却不改,仍叫大哥。大哥不愿功名,不可相强,请老公公在万岁面前代辞,可否以伍天熊代其官职,我等召见时候,亦要奏明。"于是定了行止。张永留宿一宵,款待恭敬。

次日,徐鸣皋、罗季芳、徐庆、一枝梅、狄洪道、杨小舫、周湘帆、包行恭、徐寿、王能、李武十一人,同了张永,动身进京。赵员外等相送出庄,依依不舍。徐鸣皋叫他小心防守赵王庄,又叫马金标小心防守马家庄,若有大事,我等兄弟仍可帮助。又与焦大鹏执手而别,焦大鹏自同孙大娘、王凤姑回家去了不提。

且说徐鸣皋等离了赵王庄,同了张永一路行来,到鄱阳湖有官船迎接。张永对徐鸣皋道:"我有个表弟陆松年,在湖东面陆家湾。他有个儿子,是我的干儿,久不见了。今日不远,我坐小船去看他,众位英雄先下大船,暂停一夜,我明日就回。"于是带一个小太监,一个小箱,箱中有一千两银子,还有一副荫袭官诰,带去送干儿的。叫了一小瓜皮艇,二人上了小艇,划艇子的一路划去。

　　不知不觉,天已晚了,只见转弯抹角都是小港,一望树木无际,两岸都是荒僻所在,心中惊疑,向划船的道:"闻说陆家湾离大船泊处不过十五里,怎还未到?"那划船的把划锹一放,走里面来,笑道:"今日路已三十里了,怎说十五里? 此地离陆家湾远了,你既到此地,却要听我老爷制度。"在坐板底下摸出一把板刀来,张太监吓得魂不附体。

　　要知性命如何,而听下回分解。

# 第七十一回

## 张太监落水庆重生　陆松年设筵款良友

　　话说张永同徐鸣皋等一众英雄到了鄱阳湖，他要顺拢陆家湾陆松年家，看他干儿，不料遇见盗船，将他划至僻静所在。张永见不是路径，疑惑起来，便问那船户道："怎么还不到陆家湾么？"那船户道："此地离陆家湾远了，你既在我船上，却要听我的制度。"说着，就在舱底下拿出一把板刀，恶狠狠的向张太监说道："我这里有个规矩，凡有人上得我船，都算是他晦气。所有金银，自不必说都是要存下来做孝敬的，不论他官绅士贾，除非不上我这船，既上我这船，任他插翅也难飞去。但不过我亦有几等制度，在我船上的人，那乖巧的送了我的孝敬，我便请他吃顿馄饨，那不乖巧的，我便请他吃板刀面。这两件却是听人拣的，我不勉强人。"说着，便将板刀在张永面上一晃道："你说拣哪一件去吃罢？"

　　张永与那小太监，此时已是吓得魂不附体，只得战战兢兢跪在那里哀求道："大王爷若要银子，我这小箱子内还有一千两，大王尽管拿去，只求饶我两个活命就是了。"那船户道："饶你性命，可是没有这个规矩，也从没有这等便当。既然是你哀求，我便给你讨个便宜，请你吃顿馄饨罢。"张永听了，不知这馄饨是个什么法儿。你道这馄饨的名色，究竟是怎样呢？原来是凡强盗船上，都有板刀面、馄饨两件名目。那板刀面，就将人砍成几块，抛在水内，这就唤作板刀面。馄饨是留你一个整尸首，将你绑缚起来，抛下水去，这就唤作馄饨。当下张永不知所以，便问道："怎么唤作馄饨？"那船户道："我实告诉你，将你整个儿绑缚起来，抛下水去，便唤作馄饨，可是太便宜你了。"张永听说，这一吓已是昏了过去，那个小太监更加害怕，只在那里跪求饶命。那船户哪里肯听，便取了两根绳索，先将张永绑缚起来，向水内一丢，又来将这小太监绑起，也向水内一放。他便将那只小箱子收藏起来，欸乃一声，登时将船开往别处去了。我且不表。

　　再说张永与那小太监自下了水，不知不觉，直往下流淌下来。也是张永命不该绝，徐鸣皋等人的大船却泊在下流头。那船户却在上流将他放下水去,张永在水内就顺着下流,一路淌了下来。直至天明,又淌至徐鸣皋等人泊船的所在。却好一枝梅在船头上小溺,忽见上流淌下一个人来,一枝梅便喊船户道:"艄公,你们快起来,上流淌下一个人来了,你们快将他捞起,看看是活的还是死的。如果还救得活,赶紧取些姜汤,将他救过来。如果死的,也可买具棺材收殓他。"船户听说,立刻都爬起来,七手八脚,在湖里将那人捞起,湿淋淋的放在船头上。

一枝梅近前一看,忽然哎呀一声:"这是怎么说?为何张老公公被人家绑缚住了,抛下水去,难道那陆家湾那个陆松年将他害了不成?"复又想道,这断不是陆松年害的,一定那只小瓜皮艇是个强盗船了。当下便命船户将绳索解下,立刻煨了些姜汤来,灌了下去,又将他翻转身来,在船帮子上担了一回。好一会,只见他吐了许多水出来,人也慢慢苏醒。此时徐鸣皋早已起来,大家见张永已是苏醒,便将他扶至中舱,徐徐睡下,又命船户取了些姜汤,给他自饮。

又过了一会,只见他两眼微睁,喘了一口气道:"咱家怎么到这里来,莫非与诸位英雄是魂灵相会么?"徐鸣皋道:"老公公请自保重,停一会儿再讲吧。"张永又道:"咱家究竟是人是鬼,请诸位英雄告知明白,好给咱家得知。"徐鸣皋道:"不瞒老公公说,方才从水内捞起来的。"张永听说道:"如此说了,咱家还是个人,不是个鬼了。"于是张永便将以上情形说了一遍,只见罗季芳大声怒道:"如此世界,好大胆的狗强盗,敢劫掠老公公的财物,又害老公公的性命,我等即将他拿来碎尸万段。"徐鸣皋道:"好匹夫,那强盗如此胆大,自然要去寻他。但据你这等说法,你可知他姓名么?"罗季芳被徐鸣皋这句话问得他口不能开,只是呆立在一旁暗暗作恼。只见张永又道:"咱家承诸位英雄将咱家性命救活,只可怜我那小使不知生死如何了。"徐鸣皋道:"老公公不必烦恼,或者尊管命不该绝,也还可以活命的。为今之计,老公公可还要去令亲家么?"张永道:"咱家再也不去了。"一枝梅道:"不然,我等正是还要老公公去走一趟,借此可以访那强盗的下落。"张永道:"英雄此言差矣,咱家就便访到他下落,也还是将性命送在他手内,这是何必呢。"一枝梅道:"老公公尽管前去,我等暗暗的保护老公公就是了。"张永听罢大喜道:"难得诸位英雄有此美意,咱家更加感激了。"

此时张永已觉得身体舒畅,于是吃了点饭食,徐鸣皋便叫徐寿扮作小太监,随着张永下了船,仍到昨日雇船到陆家湾的那个所在。张永先四面一看,并不见昨日那只船,因即另雇了一只,言明船价,同徐寿二人上了船,便往陆家湾而去。不过十五里,不到半日已至陆家湾。张永当下付了船钱,便同徐寿上岸,转弯抹角不到一里路,已望见村庄。张永便指与徐寿看道:"徐将军,你看对面那一丛树林中间一所高大房屋,便是陆松年家了。"徐寿答应。

　　二人又走了片刻,不觉已到。张永便走入庄上,却好有两个庄丁站在庄门口,张永上前,向那庄丁说道:"你进去说一声,就说北京管理东厂事务那个姓张的,顺道来此相访,你家主人就知道了。"那庄丁听说,赶着答道:"你老人家莫非张老公公么?"张永道:"咱家便是。"那庄丁道:"你老人家请里面坐吧。"说着领了张永、徐寿二人,到了里面厅上。二人坐下,那庄丁便进去通报。少刻陆松年出来,向着张永说道:"老哥哥,两年不见,正是渴想得极。今日难得到此,是因何事来南呢?"张永道:"一言难尽,慢慢叙谈便了。但是我不能耽搁,今日在你这里住一宿,明日就要走的。我那阿保干儿子现在哪里,我是很记念他的。"陆松年道:"他现在书房内读书,少停我叫人去唤他出来便了。"说着,一面命人摆酒,一面命人去唤阿保,又与徐寿通了名姓。此时庄丁早已献上茶来,张永正要提起奉旨来召十二位英雄的话,阿保已走了出来,陆松年便叫他给张永请安。阿保走到张永跟前,先喊了一声干爷,随即请了安,站立一旁。张永便望着他,笑嘻嘻地说道:"我的儿两年不见,你长得这样大了,今年可是十六岁了么?"阿保道:"是。"陆松年道:"老哥哥,你怎样记得这清楚?"张永道:"连干儿子年岁都忘了,这还算个人么?"说着,那边酒席已摆出来,于是张永便邀徐寿去坐首席。徐寿再三推让,还是张永坐了首席,徐寿对陪,陆松年坐了主位。

　　饮酒之间,张永便先将奉旨召取十二英雄的话说了一遍,又指着徐寿,向陆松年说道:"这位英雄,就是第十二位。"陆松年便向徐寿道:"久仰诸位英名,今得相见,实是万幸。"徐寿又谦逊了一回。张永又将遇盗的情况说了一遍,陆松年听罢大怒道:"哪里有这等事情。这个强盗。可算得是无法无天了,连老哥哥的财物他都敢劫掠起来,还要害老哥哥的性命,这还了得。待小弟明日就到县里去报,勒令该管地方官缉获,务要拿获人赃。"张永道:"这就烦老弟明日去走一趟。愚兄所失的财物不过一千两银子,再有我干儿子一付袭荫①还是小事,倒是留着这只盗船,贻害客商,甚是不浅。"陆松年正要答应,忽见有个庄丁向陆松年耳畔说了两句话,陆松年不觉诧异起来。

　　欲知那庄丁说出什么话来,且听下回分解。

---

　　① 袭荫——在中国封建社会,官职可以继承。这里指官职继承的文告。

# 第七十二回

## 陆家湾庄汉说前因　葫芦套英雄诛众寇

话说陆松年正要答应张永的话,只见有个庄丁向着耳畔低低说道:"小的们近来耳里闻得传说,那个强盗船害的人不少了,也有人去县里投告,县里只是不准。听说那强盗是宁王府里什么邬大将军邬天庆手下徒弟派的人,专在各处私自劫掠。县里也有风闻,所以不敢缉获,就是有人告了,只是不准而已。小的看起来,张老公公这件事,多数也是那起人了。"陆松年听罢大怒道:"岂有此理。"张永也就追问起来,陆松年便将庄丁说的话告诉了一遍。张永道:"如此说来,一定不差了。老弟也不必去县里令他缉获,他也没法的,还是愚兄再作道理吧。"陆松年道:"老哥如此说,难道就算了不成? 知县为一县的父母,有这等事他不去管,有谁管来?"张永道:"老弟有所不知,如今宸濠势恶滔天,不久便有反意。如那一个小小县官,怎么吃得住那一班如狼似虎的恶贼? 所以知县官亦迫于势之无可奈何,只得多事不如省事,就便他为民心切,任意问起来,又从哪里去捉强盗呢? 但有一件,不知这强盗船窝藏哪里,为首是谁,只要知道他窝聚的地方,便可易于下手了。"

正说之间,又见那庄丁说道:"老公公若问那强盗船窝藏的所在,小的倒也闻人说起,就在鄱阳湖对面葫芦套里,为首的唤作褚大胆,却不知果否的确。"徐寿在旁说道:"但不知这葫芦套还是全个儿水路,还是有旱路可通?"那庄丁道:"水路近些,旱路要过鄱阳湖对岸绕鹅颈项湾去,远五六里地面,才到那里呢。"徐寿听说,暗记在心。只见张永说道:"既知他窝聚在那里,咱家自有拿他的法子了。"陆松年便问道:"老哥哥是怎么样儿去拿他呢?"张永道:"现放着十二位英雄在此,仗着愚兄老面皮,随便请两位去走一趟,还怕那些草寇不手到受缚么?"陆松年听说也道:"如果请他们一班英雄内去几个人,那伙强盗定然是束手待缚的。"不觉大悦起来,于是三人痛饮,直饮到三更时分,这才席散。陆松年便请张永在内书房安歇,徐寿在外书房安歇,一宿无话。

　　次日清早起来,梳洗已毕,用了早点,张永就要起身。陆松年还要留他再住一日,张永道:"非是愚兄如此决绝,只因要赴京复旨,若日期多了,恐怕圣上见罪。而况葫芦套尚要耽搁一半日,如此算来,是万万不能久待了。咱们后会有期,我干儿子袭荫的,俟我进京后再代他弄一付便了。"陆松年不敢勉强,只得相送出庄,揖别而散。

　　张永同徐寿仍走到陆家湾口,雇了船只回去。时将日午,已到了大船停泊的所在,张永就上了大船,徐寿也一同上去。当时开发了船钱,那小船自然开去。张永就将陆松年家庄丁所说的话谈了一遍,因道:"这事据咱家看来,还得仰仗诸位辛苦一趟才好,不然遗害于人甚是不浅。"当下徐鸣皋说道:"老公公放心,我等众弟兄当前去一走,将这伙贼擒来,请老公公自办便了。"徐庆道:"但是我们如何去办呢?"一枝梅道:"我却有个计策,只须将这只大船放到那葫芦套口,我们大家却都不要在船上,恐怕他看见不来,反而躲到别处去了。我们都上岸去,只叫徐寿兄弟一人坐在舱内,老公公也不要坐在前舱,去到里面不露眼的地方。那里既是盗薮,必有巡船往来,一见我们这只大船停在那里,他必定以为是宗好买卖,我不去寻他,他必来寻我,我们便可以逸待劳,将他一网打尽。恐怕他未必全行上来,我们可分派四人,去他套里搜捉,包管他没处藏躲。"大家听了皆道:"如此极好。"张永亦极其佩服。于是即刻将船户喊来,告诉明白,又再三吩咐船户不可泄漏风声。船户答应出来,也就立刻开船,朝葫芦套进发。

　　却好到了那里,正在天晚,船户便将船停泊下来。徐鸣皋等人先至船头四面一看,见无船只,并无行人来往。又将那葫芦套看了一遍,只见那套里芦苇丛杂,好个僻静所在,不必说藏那盗船,便埋伏一两万兵马,外面也绝不知道。当下徐鸣皋等十人,便一个个跳上岸去,只留徐寿一人坐在船内。徐鸣皋等十人到了岸上,各在芦苇深处藏躲起来。看看到了二更时分,并无动静。我且按下再说。

　　那劫掠张永银两并害他性命的那个船户,原来就是这葫芦套里一起的人,而且的确是宸濠那里的无敌大将军邬天庆手下的徒子徒孙,邬天庆却不知道,全是殷飞红派来的。现在殷飞红虽然被焦大鹏的妻子孙大娘、王凤姑杀死,他们这一起人还在这里断劫客商。为首的一个头目,唤作褚十二,绰号褚大胆,一起共有二十只小瓜皮艇,专在湖上劫害过客。只要有人上了船,便将他荡到这里动手,就是张永也在这套里被劫的,不过他那时吓昏了，未曾看得明白，所以记不清楚在什么地方。徐鸣皋等十人看看等到二更以外，仍然毫无动静，大家暗思，难道这个套内并非窝盗之所，不然何以到了这时，还不见一些动静？正自大家疑惑，忽闻隐隐有划桨之声从套里出来，徐鸣皋等见了，还不急急动手。

只见那只船又慢慢的划出港口，泊到大船旁边。忽见跳出一人，手执板刀，上了大船，也不喊叫，只往中舱而去。到了中舱，朝着徐寿迎面一刀砍去，徐寿亦不喊叫，赶着将身子一偏，趁势飞起一腿，将那人踢倒在舱板以上，复一进步，将他手中刀抢夺过来，便认定他脑袋就是一刀，顿时那人已送了性命。外面小船上那个划桨的，正在那里探头探脑，向舱里望，忽见舱里一个已被人砍死，他便急急地将船放开，摇着桨，如飞箭一般直向套内划去。徐鸣皋等看了，知是进套去喊人，众英雄也不追去，只在岸上静等。

不一刻果然划出一阵船来，徐鸣皋等人在那里看得真切，便代他一只一只数过去，却整整二十只。一会儿，这二十只划船皆荡出套口，一声呐喊，团团的齐将大船围住，复一声呐喊，只见划船上跳出有十几个人来，个个手执板刀，蜂拥上了大船，口中大声喝道："哪里来的牛子，胆敢伤俺褚爷爷手下头目。"说着一声，舞动板刀，直向徐寿砍去。徐寿一见这许多人上船，也就将自己的刀取了出来，大声怒喝道："好大胆的草寇，胆敢劫掠客商，图财害命，尔这一伙毛贼认得老爷么？"说着便舞动钢刀，向那一伙贼砍去。

那一伙贼一面接着厮杀，一面便想去到后舱搜寻财物。徐鸣皋等此时也就跳上船来。只听扑扑一阵声响。手起刀落，立刻就砍倒了几个。于是大家大喝一声："尔这一伙毛贼，可知江南徐鸣皋等一众英雄么？尔等胆敢前来劫我等的船只。"说着，只见各人手上的刀如旋风般飞来飞去，那一伙强盗哪里抵挡得住，不到片刻，已砍得七零八落，倒在舱内，褚十二也被砍倒在舱。外面那些小船还围绕在那里，一只都未开去。你道这是为何呢？原来徐庆与一枝梅两个，已将那小船上的人个个杀了。大家进得中舱，见强盗都已捉住，一个不曾逃脱，便将张永请出舱来，使他相认。张永逐一看过，即指出一人，这人正是褚十二。徐鸣皋便笑说道："你请人家吃一顿东西，我却要请你先吃板刀面，后吃馄饨。"褚十二听说，还在那里哀求，徐鸣皋也不答应，即以其人之道，还治其人之身，不一刻已收拾得清清楚楚。

欲知后事如何，且听下回分解。

# 第七十三回

## 宁寿宫垂询往事　武英殿召见英雄

　　话说众英雄将葫芦套的水寇全引杀尽,也就请他吃了些板刀面、馄饨,收拾干干净净,大家痛快非常。张永叩谢道:"若非众英雄之力,此贼如何擒获。今日此举,咱家虽报了前仇,却是代往来客商除了一件大害,众位英雄可也积德不浅了。"徐鸣皋等谦让道:"锄恶除奸。此是我等份内之事,何足挂齿。"此时天已明亮,即吩咐船户开船,直朝京城而去。不一日到了湖北,大家就舍舟登岸,遵陆北上。行有半月光景,已到北通州,当有官员迎接出来。张永就命本地方官备了车马夫役人等,一路趱赶前进,走了三日,已抵北京。张永便请徐鸣皋等十一位英雄先在馆驿安歇,他便当日进宫复命。

　　武宗见张永已回,即着于宁寿宫召对。张永闻武宗召见,哪敢怠慢,就在内宫先行了礼。复命已毕,当下奏道:"奴才奉万岁旨意,前往江西赵王庄,召取徐鸣皋等十二位英雄,奴才现已召至,皆在馆驿安歇。唯内有焦大鹏一人,因他自己已脱凡胎,不愿恋情官爵,苦苦乞休,当时奴才未敢遽允,后经徐鸣皋等一再代告,并允以焦大鹏之义弟伍天熊,现在九龙山,情愿招取前来,令他代职。奴才见他诚心不愿官爵,只得允诺。该壮士又命奴才于万岁前代为转奏,上达天厅。现在徐鸣皋等计有十一人在此,伏乞圣上示下。"武宗闻奏,便问道:"据你说那焦大鹏已脱凡胎,这是怎么讲,难道他成了仙不成?"张永又将焦大鹏如何被宁王面前无敌大将军郏天庆杀死,如何以后被傀儡生救活,如何焦大鹏帮助七子十三生大破迷魂阵的话,前后细细奏了一遍。武宗闻奏,这才知道,因道:"既是如此,人各有志,不能勉强而行,也只好随他独行其是便了。"张永又奏道:"焦大鹏虽说无志官爵,他临行时也曾言及,如朝廷有需用之处,他还出来帮助,并不置身事外,不过但不受官爵而已。"武宗大喜道:"这更难得了,到底英雄立志与众不同的。"因又问道:"现在宸濠究竟是怎样了?"张永又将各节奏了一遍。武宗当下传谕所有应召之江南壮士,现授指挥之职之徐鸣皋等共十一人,着于明早在武英殿召见,不得有误。此旨当由内阁传了出去,徐鸣皋等十一人奉到这道圣旨,个个预备召见,自不必说。张永当日也奉旨先回东厂去了。

一宿无话,到了次日,天才黎明,徐鸣皋等十一人已穿了朝服,在朝房内候召。不一会,只听静鞭三响,武宗临朝,百官朝参已毕,当有值殿官喊道:"各官有事奏事,无事退朝。"但见张永出班,俯伏金阶奏道:"所有奉召特授指挥徐鸣皋等十一人,昨奉传旨召见,现在朝房候旨,请万岁示下。"武宗闻奏,便传旨着辰初三刻,在武英殿召见,所有总制军务、右都御史杨一清,着即一同前往。说毕退朝,各官朝散。

张永下了殿,便同杨一清同到朝房,知会徐鸣皋等人。徐鸣皋等见张永前来,大家皆站起来行礼。张永还礼已毕,便指着杨一清向众人说道:"这便是总制军务、右都御史杨大人。"徐鸣皋等闻言,各各行了礼。杨一清又各问了名姓,然后分次序坐下。杨一清首先说道:"久仰英名,无由相见。今幸为同朝之士,将来建立功业,锄恶除奸,前程未可限量。所望一心为国,不失为忠义之臣。"徐鸣皋道:"蒙大人汲引之恩,承圣上不次之擢,某等当竭力图报,上答高厚鸿慈于万一。不日均隶麾下,其有不谙之事,尚求遇事垂教,以期仰副大德,则是某等大幸。"杨一清闻言,见他们这一班人虽是赳赳武夫,吐属甚是文雅,心中大喜。张永又将在葫芦套遇盗,多亏徐鸣皋等将那班水寇全行诛戮的话,说了一遍,杨一清更加喜悦,因道:"鲲颖现已造反,连日叠据甘肃所属飞驰奏章,请兵剿灭。宸濠固为心腹之患,但此时尚未显露反情,不便遽加征伐。光景圣意,先去剿灭鲲颖,俟宸濠反情大露,再行征伐。今得诸位同行,某亦可得资臂助了。"徐鸣皋道:"某等识见浅短,幸而成功,皆圣上之福与大人之威望,某等亦何敢妄逞己能。"

大家正在那里谈论,忽见两个小太监飞跑而来,高声喊道:"圣上已临殿,特召张老公公、杨御史及十二位指挥,速去武英殿听候召见。"张永等闻召,哪敢怠慢,当即与杨一清率同徐鸣皋等十一位英雄而去。

不半刻已到,但见宫阙巍峨,香烟缥缈,说不尽那种富丽端严,真个是咫尺天威,令人不严而肃。张永、杨一清二人先至金阶俯伏,三呼已毕,只听武宗在上问道:"那新授十二个指挥,都在这里么?"张永奏道:"已敬谨前来,听候宣召。"武宗道:"着即宣他们上殿。"当有值殿官传宣下来道:

"旨意下,特召新授指挥徐鹤等上殿。"徐鸣皋等闻召,便一起随着传宣
官,到了殿上,俯伏金阶,口称:"臣徐鹤、徐庆、罗季芳、慕容真、狄洪道、
王能、李武、杨小舫、包行恭、周湘帆、徐寿,愿吾皇万岁万万岁。"三呼已
毕,跪在地下不敢抬头。武宗在上闪开龙目,望下观看,但见他们个个皆
是仪表非俗,相貌魁梧,他日必为栋梁之器,龙颜大悦,因道:"诸卿均赐
平身。"徐鸣皋等又磕头谢了恩,然后站立一旁。

武宗又将各人打量了一回,因向张永、杨一清道:"这十二个指挥,若
非俞谦密保,朕几为宸濠所误。"因又问徐鸣皋道:"卿等久在江西一带,
宸濠所作之事,卿等可细细据实奏来。"徐鸣皋当下出班跪奏道:"臣等罪
该万死,因宁王所为皆非正道,因此臣等欲为朝廷保护起见,以致狂妄胡
为。"武宗道:"此正卿等忠义可嘉,何罪之有。究竟宸濠所为有什么大逆
不道呢?"徐鸣皋不敢隐瞒,于是将一切情形,如何金山寺假做替身,暗自
招兵买马,如何私造离宫,如何计献美女,如何潜养死士,谗害忠良,如何
不称谕令,敢称谕旨,以及纵掠赵王庄,毒设迷魂阵,以往之事奏了一遍。

武宗听罢,龙颜大怒,当下说道:"逆濠叛迹已彰,罪在不赦。朕本即
派兵前往,声讨问罪,奈叠据甘肃所属飞驰表章,奏称安化王鋐頴刻已谋
叛,擅杀甘肃巡抚,已据有庆阳、秦州各府州县,势甚猖獗,若不速为声讨,
必致生灵涂炭,势成蔓延。卿等皆具有赤胆忠心,为民为国,今特遣右都
御史杨一清,带领十万人马前往该处声罪征讨,卿等即着派入杨一清部
下,随营差遣,务期各奋天良,竭忠尽志,一俟奏捷,朕定再加封官爵,以酬
勋劳。所有一切事宜,均归右都御史杨一清遣派,卿等不得稍有贻误。"
徐鸣皋磕头谢恩,其余十位英雄也就叩头谢恩,已毕,站立一旁。武宗又
向杨一清道:"鋐頴猖獗异常,昨又据阶州驰奏前来,奏称该州危急异常,
请速发天兵声讨。卿可即于三日后带领兵马十万,随带新授指挥徐鸣皋
等克日前进,务速讨平,毋负朕望。朕再加派张永随卿前往,以为监军之
任,如有要事,可同张永和衷共济,总期早为平定,即日班师,论功授爵。"

杨一清也出班跪下,叩头谢恩道:"臣夙荷天恩,敢不竭忠报效,唯期
叛王早日平定,上慰宵旰之勤,下免生灵之苦。臣遵即于三日后亲带兵
马,率同十二指挥,星夜驰往。所有一切军务,臣自敬谨与张永和衷共济。
断不敢任意独断,上负天恩,亦不敢贻误军情,有负重任。唯臣才疏识浅,
恐不能胜,伏乞圣上再于各大臣之中加派一人,与臣同往,臣既可得其臂

肋,又觉事半功倍,臣不胜幸甚。"武宗道:"朕意已决,有卿前往,足能克敌,再加十二指挥听卿调遣,何患逆颍不平? 卿但勉矢公忠,毋得渎请。"杨一清遵旨,不敢再奏,只得退下。武宗亦即回宫,各官朝散。杨一清便令徐鸣皋等仍回馆驿,一面传檄各营,着令于明日亲赴教场,听候挑选出征。

　　毕竟后事如何,且听下回分解。

# 第七十四回
## 挂帅印杨御史讨贼　拒叛逆毕知府出征

　　话说杨一清奉了武宗之旨,挂帅出征安化王蜈颖,当下退朝出来,即传檄各营所有将弁兵马,均着于次日齐赴教场,听候挑选。各营得了这个檄文,哪敢怠慢,果然次日天甫黎明,俱已齐集教场。徐鸣皋等十一位英雄,也换了指挥服式,到教场等候,等了一会,杨一清与张永二人俱骑坐马匹,前呼后拥,簇拥着一路而来,到了演武厅下马。此时兵部已将兵符将令恭送前来,杨一清先拜印绶,望阙谢恩,然后升入公座。诸将参见已毕,侍立两旁。杨一清这才查点三军,发出令箭一支,命徐鸣皋为先锋,慕容贞为行军运粮使,徐庆、狄洪道为中军左右羽翼,包行恭、罗季芳为随营指挥,王能、李武、周湘帆、徐寿为随营参将,并传谕三军,择定九月初三拔队启程。吩咐已毕,杨一清与张永便率领徐鸣皋等入朝谢恩,并奏报开军日期,武宗又温谕了一番,然后各回私第馆驿。

　　到了第三日,正是九月初三,甫交黎明,随征诸将以及大小三军,俱各顶盔贯甲。齐奔教场而来。到了教场,各按队伍排列两旁,真个旗幡鲜明,刀枪闪烁,说不尽军容之盛,如火如荼。徐鸣皋等亦各按本职,鹄立演武厅下。不一时,杨一清与张永连辔而来,直至演武厅下马升座。诸将参见已毕,杨一清便按随征花名册,点名已毕,即命升炮祭旗,杨一清率领诸将祭拜大纛①。诸事已毕,即命先锋官督队先行。徐鸣皋便带了周湘帆、徐寿二人,为左右羽翼,督率三千兵马,上马前行。杨一清也就拔营,只听三声大炮,声震云霄,十万英雄,一起列队,扬威耀武,真不愧讨贼王师,直朝甘肃进发,我且按下。

　　再说蜈颖自据了秦州、兰州、庆阳等各府州县,势甚猖獗。这日又率领贼将进攻巩昌,这巩昌知府姓毕,名唤云龙,原系山西大同人氏,由军功保举知府,身长七尺相开,黑漆漆面庞,颔下一部胡须,惯使一柄金背大砍

———————————

　　①　纛(dào)——旧时军队里的大旗。

刀,有万夫不当之勇,更是性如烈火,颇有忠心,只可惜他有勇无谋,不免那粗劣二字。城中还有一位参将,姓郝名忠,也系山西太原人氏,与毕知府同乡。这郝参将系武举出身,亦生得臂阔肩开,身躯雄壮,一双环眼,两道浓眉,紫巍巍一副面庞,乱糟糟满肋胡须,年有四十余岁,也是性情刚烈,惯使一杆双钩连枪,却与毕知府最为相契。

这日毕知府正在书房清理公牍,忽见有个当差的慌慌忙忙进来禀道:"今有探子探得,逆贼鲲颖杀死本省巡抚,随据了秦州、兰州、庆阳、阶州各府州县,所到皆望风而降。现在又亲率贼兵三万,克日进攻巩昌,离城不过六十里了,因此飞报前来,请令定夺。"毕知府一闻此言,只气得三尸冒火,七孔生烟,大喝一声,骂道:"你这大胆的逆贼,朝廷不曾薄待于你,不思忠心报国,反敢造反,杀死封疆大臣,夺据城池,还敢进攻巩昌,须放着本府不死,你若到来,俺把你这叛逆拿住,碎尸万段,以代朝廷除一大害。"说着,一面就着探子再去探听,一面亲自骑马,直朝参将郝忠衙门而来。郝参将也得知了鲲颖的乱耗,二人便商议写了本章,飞驰进京告急,一面预备御敌各事,又即刻传令调齐守城兵马,准备开战不表。

再说鲲颖自据了兰州等四座州县,便思进取巩昌。他手下有十数员猛将,皆是能征惯战之辈。这日带领三万人马,直朝巩昌府而来。不一日已离巩昌府不远,当令放炮安营,休息一日。

次日鲲颖全身披挂,头带黄金盔,身穿一副盘龙锁子黄金甲,脚下花脑头战靴,手执一杆丈八长矛,坐下一匹黄骠马,后有人掌着一面大纛,旗中间写着一个斗大的王字,两排随着前军都指挥王文龙、后军都指挥杨立武、参将左天成、吴方杰、温世保、薛文耀、游击魏光达、高铭、孙康、刘杰,还有许多裨将,各各皆是顶盔贯甲,胯下皆骑着马匹。只听一声炮响,率领人马,直朝巩昌而来。离城不远,但见城头上旌旗飘荡,鲲颖知城中已有准备,便催开坐马,飞到吊桥口,大喝一声:"尔等听着,快报尔主将知道,叫他速速献城。倘有半字不行,俺王爷便蹦进城了。"话犹未毕,只见城门开处,拥出一员大将出来,头带铁盔,身穿铁叶甲,手执一杆双钩连枪,坐下一匹乌骓马,见了鲲颖,大声骂道:"大胆的逆贼,你不思叨祖宗之余荫,为国家尽忠,反敢潜谋不轨,忍心背叛,天良何在,朝廷何曾薄待你来?你如悔过投诚,早早下马受缚,将来朝廷或可念尔宗室,赦以不死,留尔余生。倘若执迷不悟,尽背天良,待俺郝老爷杀尔这不忠不孝之徒,上为朝廷诛一叛臣，下为百姓免那生灵之苦，尔却有何话说，早早答来。"

鲲颖闻言，亦大怒道："现在朝廷荒淫无度，巡幸不时，任用奸邪，不理政事，眼见得大明江山为人夺去。本藩上念祖宗创造艰难，不忍将锦绣江山为他姓所取，因此本藩替天行道，上受祖宗之基业，下为百姓造福，正是天与人归之候，何叛之有？尔不过一小小参将，敢拒本藩王师，封疆大臣，本藩尚将他置之死地，何况尔乎？若知进退，快将城池献出，将来不乏封侯之位，本藩自然另眼看待。倘执迷不悟，须知王师所指，谅你这巩昌一城，亦难作负隅之势，一经打破，便是玉石俱焚，那时尔等悔之晚矣。"郝忠听罢，不觉怒发冲冠，大吼一声："待俺老爷将尔这叛贼拿住，碎尸万段。"说着催开坐马，朝着鲲颖，迎面就是一枪刺来。鲲颖鞭梢一指，早见贼队中飞出一骑马来，上坐一员大将，手执开山大斧，大喝一声："勿得有伤我主，俺老爷来取你的狗命。"话犹未毕，那骑马已飞到郝忠面前，举起开山大斧，朝着郝忠就劈。郝忠急将长枪架住，喝道："好大胆的逆贼，皆是你等这一班狗头助纣为虐，待俺老爷先将你这狗头杀了，然后再与叛首说话。但俺老爷枪下不挑无名之将，你可通报名姓过来。"只见贼将高声喝道："你须听着，俺老爷乃安化王驾前前军都指挥王文龙是也，尔也须通过名姓。"郝忠也喝道："逆贼坐稳了，俺乃大明正德驾前特授巩昌营参将郝忠便是，你可闻得老爷的威名么？"王文龙一听，哈哈大笑道："吾道是谁，原来是个小小参将，也要在此夸耀。俺老爷这柄开山大斧，人是杀得不少了，还不曾杀过这样一个小小官儿，今日既遇见了你，也说不得污我的大斧了。"说着，又是一斧砍来，郝忠急架相迎，一来一往，大杀一阵，两边鸣金收军。

次日，鲲颖又带领贼将挑战，城内毕知府也领了人马，大开城门，出得城来，排成阵势。毕云龙在马上一见鲲颖，高声大骂道："逆贼鲲颖，早至军前受死，尔可认得毕老爷在此么？"话犹未毕，只见贼阵中飞出一骑马来，手握两柄八角铜锤，高声大呼道："待俺后军都指挥杨立武老爷取你的首级。"说着，把马一拍，直飞过来，手舞铜锤，认定毕知府当头打下。毕知府就急举起金背大砍刀，急架相迎，一面架开铜锤，一面暗道："这厮好生厉害，膂力不在我之下。"正自暗想，杨立武又一锤打来，毕知府又赶紧架开，趁势一刀砍到，杨立武也急急招架。二马过门，毕知府赶着兜转马头，手举大刀，连肩带背，向杨立武砍去，杨立武将铜锤架住。于是一来一往，大战起来，只杀得鼓角齐鸣，喊声大震。

战了有十数个回合，毕知府暗暗想道："这厮勇猛过人，若不用拖刀计擒他，断难取胜。"心中想罢，又战了两合，便卖个破绽，拖刀拍马就走。杨立武急急追来，看看追得切近，毕知府忽将马头一带，一转身抡开大刀，出其不意，向定杨立武一刀砍去。杨立武猝不及备，顿时斩于马下。小军取了首级，即命打得胜鼓回城，当将首级悬挂城头示众。鲲颖见杨立武丧命，当时即挥动全军并力攻打。走到城下，只见城头上檑木炮石直打下来，军士不能前进，只得鸣金收军。

欲知能否攻破巩昌，且听下回分解。

# 第七十五回

## 知府尽忠参戎死节　将军建议元帅分兵

话说鲲颖见毕知府杀死后军都指挥,当即率众攻城。怎奈城上檑木炮石如雨点般打下,不能前进,只得鸣金收军。回至贼营,当有谋士李智诚劝道:"主公不必性急,胜败乃兵家常事,谅此小小城池,还怕攻打不下么!"鲲颖便对众将怒道:"本藩自出兵以来,战无不胜,攻无不克,今日提兵到此,竟败在这一个小小知府手内,又折了我一员大将,明日不破巩昌,誓不回营。"

到了次日,鲲颖又挥动大军,去攻巩昌。日夜攻打,一连攻打了三日,只是难破。鲲颖也无法可想,只得传令各军,猛力围攻,他便回营与众人商议道:"似此一座小小城池,竟攻打不下,旷日持久,为之奈何?"谋士李智诚说道:"毕云龙守御甚固,更兼他勇猛非常,若以力攻,此城恐一时难下。据参谋愚见,不若密传号令,使各军假装疲惫情状,以作诱敌之计。毕云龙本有勇无谋之辈,一见我军疲惫,必然统率全军杀出,我便且战且走。王将军可带三千人马,预先在城东埋伏,等彼出城追杀,可急急去袭巩昌,断彼路,再将号炮放起,我便回军掩杀,如此则毕云龙可擒,巩昌可唾手而得矣。"鲲颖听罢大喜,当将号令密传出去,各兵丁就渐渐的有些懈怠之状。过了两日,只见旌旗错乱,队伍不齐,弃甲抛戈,七零八落,真现出那种疲惫样子出来。

且说巩昌自被鲲颖攻打之后,毕知府与郝参将率领着守城兵士,真是日夜梭巡,毫不疏忽。这日忽见贼兵渐渐的有些懈怠,又过两日,只见贼兵大半倒戈卸甲,军气不扬,或坐或卧,甚是疲惫。毕知府见此光景,心中大喜,便与郝参将说道:"贼兵如此疲惫,正是我等得手之时,何不乘此机会挥兵出城,以精锐之师而攻疲惫之卒,且可攻其无备,杀他个片甲不留。不识将军意下何如?"郝参将闻说,并不思议,便大喜道:"太尊之言正合鄙意。"于是二人大喜,便传齐兵卒,披挂上马,一声炮响,冲出城来。只听喊杀之声震动山谷,那些诱敌贼兵俱各且战且走。

毕知府与郝参将正与贼将酣杀之际,忽听城中一声炮响,毕知府吃了一惊,暗道:"此时城中谁人放炮,莫非有什么变动么?"正自疑惑,只听贼兵齐声大呼道:"我等奉了王爷之命,前来诱敌,知尔等有勇无谋,一见疲惫情形,必然挥军出城,攻我无备,那时便乘势袭取巩昌,以断尔等归路。此时巩昌已被我家前军都指挥王将军袭取多时了,尔等何尚不省,仍欲追杀么?依我等主意,不如早早下马投降,尚可免其诛戮,若再执迷不悟,定然玉石俱焚,那时悔之晚矣。"毕知府一闻此言,心中大惊,口内仍自骂道:"俺老爷误中尔等诡计,若不将逆贼擒住,碎尸万段,誓不为人。"说着抡刀乱砍。鲲颍在军中看见,一见如此光景,便将令旗一挥,那些贼兵将即一起掩杀过来,将毕知府、郝参将二人团团围住,猛力厮杀。此时毕知府与郝参将也就拼命乱杀起来,左冲右突,但见刀起处人人丧命,枪到时个个身亡,好一场恶战,只杀得日月无光,旌旗减色,由辰牌杀至申刻,毕知府与郝参将看看抵敌不住,正思奋力冲出重围,落荒而走,再作计议,忽有贼将左天成,蓦在郝忠背后举起镔铁钢鞭,出其不意一鞭打下,将郝参将连人带马打成肉泥。

毕知府正与吴方杰死战,忽见郝忠被鞭打死,心中一慌,手中的刀一慢,早被吴方杰一枪刺中咽喉,挑于马下,当时取了首级。可怜两个忠臣,俱死于贼将之手。后人有赞毕云龙力战身亡,捐躯报国诗云:

卓尔巩昌守,危城独力持。

刀芒挥贼将,马革裹残尸。

血战捐躯日,孤忠报国时。

可怜千古后,肝胆有谁知?

又有诗赞郝忠云:

大战沙场胆气寒,半生血肉染征衫。

忠魂到此犹遗恨,误失孤城属逆藩。

话说鲲颍袭了巩昌,便率同众将入城,大摆筵宴,犒赏三军。次日又盘查仓库,追拿毕云龙、郝忠的家小。所幸毕知府与郝参将二家眷属,早已逃出城去,不为鲲颍所获。鲲颍犒军三日,又与李智诚议道:"孤闻宁远、西和两县,为巩昌根本之地,钱粮杂税,以该县为最富,若得此两县,巩昌便固若金汤。孤意分兵两支,以左天成攻取西和,吴方杰攻取宁远。此二城一下,其余会宁、伏羌、安定、通渭、岷州,皆不战可得矣。军师之意以为如何?"李智诚道:"主公卓识,正合参谋鄙意,可急分兵取之。"蜫颖当即命左天成带领兵马三千,往攻西和;吴方杰带领兵马三千,往攻宁远。左天成、吴方杰当下领兵分头而去,暂且不表。

再说杨一清大兵这日行至半途,忽有探马报道:"现在蜫颖围困巩昌府,甚是危急,巩昌府知府已坚守半月,城中人心慌慌,若再救兵不到,巩昌就支持不住了。"杨一清闻报,一面饬探赶紧再探,一面饬令先锋徐鸣皋趱赶前行。走了一日,又见探子飞马前来,高声报道:"探得巩昌府被围甚急,不过日内即不能守了。"说罢,飞身上马而去。过了一日,又见探马报来说:"巩昌府已被蜫颖用诱敌之计暗暗袭取了,巩昌知府毕云龙、参将郝忠俱已尽难,现在蜫颖已盘踞巩昌,后又分兵往攻宁远、西和两县去了。"说罢,仍自飞马而去。

杨一清闻报好生着急,便与张永及诸将议道:"现在巩昌已失,宁远、西和又分兵往攻,若此两县再为逆贼所得,其势更觉浩大。本帅之意,拟一面分兵进救宁远、西和,一面自统大军直取巩昌,使逆贼不能兼顾,或者西和、宁远两县可保,而巩昌亦易于克复,不知诸位意下如何?"徐庆道:"元帅之计,妙是妙极了,末将以为与其分兵进救宁远、西和,不若分兵间道进取安化。彼处是蜫颖根本之地,所有资财家属尽在彼处,闻安化游击仇铖本无心思背叛,以迫于势,不得已,故暂随之。现在蜫颖攻取各府州县,仇铖并未随征,推其意名为镇守安化,实则待兵援救,一俟大兵前去,他必开城献纳。今元帅若急分兵进取安化,只要安化一复,蜫颖必以为根本既失,大势已去,那时蜫颖可擒,巩昌可复,及已失之各府州县,也可不战而复得矣。不知元帅意下何如?"杨一清闻言,甚觉有理,当下说道:"徐将军之言甚合吾意,但安化之行,谁可任为己任?"徐庆道:"末将不才,愿当此任。"杨一清大喜,即刻拨兵三千,以罗季芳副之,便令徐庆去攻安化。徐庆得令,即便挑了三千人马,随同罗季芳间道趱赶前进。杨一清又飞令徐鸣皋改道进援宁远。此时一枝梅运粮已到,即命一枝梅带兵三千,随同王能进援西和,一枝梅也就领兵即刻前进。杨一清便自统大兵,率领狄洪道、李武、包行恭、杨小舫暨偏裨牙将等人,再朝巩昌进发。暂且不表。

再说宁远县知县郭汝曾,这日闻报巩昌府已经失守,在城各官俱已尽难,他便与城守营守备赵尔锐议道:"叛王蜫颖势甚猖獗,巩昌既失,他必分兵来取宁远。在将军之意，战守之策，当以何策为先？"赵守备道："以愚意万不可战，今逆王其势方张，又以战胜之兵，来攻此县，若与交战，势必难敌。不若一面死守，一面飞章入告，请速发救兵来援。况宁远一城钱粮甚富，以粮草而论，虽周年可守也。未识尊意若何？"郭知县闻言大喜道："高论甚合鄙意。"二人正在谈论，忽见探马进来报道："叛王鲲颖今又派令参将左天成，带领三千人马，来攻宁远，离城不远了。"郭知县闻言，即刻与赵守备商议守城之策。

欲知宁远果①守得住否，且听下回分解。

———————

① 果——结果。

# 第七十六回

## 郭汝曾议守宁远县　徐鸣皋伏兵土耳墩

　　话说宁远县知县郭汝曾与守备赵尔锐,正在那里议论守城之策,忽见探马来报:"逆藩蜫颖既据巩昌,现又分兵,派令参将左天成来攻宁远。"郭知县与赵守备闻报,即督率兵丁,将各城门所有檑木炮石均安置停当,准备死守,一面又写了文书暨表章,分头求救告急。忽一日,又有探马来报说:"朝廷已钦派右都御史杨一清,督领精兵十万,猛将多员,限日进剿逆贼。现在大兵已到宁夏了。"赵守备与郭知县闻报,心下略觉稍宽,因彼此商议道:"现有天兵到此,何不赶修文书,前赴大营求救,或可分兵前来救援,亦未可定。"彼此都道甚好。于是又修了求救文书,差人星夜驰往杨一清大营,投递告急。

　　差官去后,不到一日,又有探马来报:"杨元帅在宁夏闻报逆藩分兵攻取西和、宁远,刻也分兵遣将,派令先锋徐鸣皋、指挥周湘帆、徐寿,带领精兵三千,间道进援宁远;行军运粮指挥慕容贞,指挥王能,带领精兵三千,进援西和,不日即可抵境了。"郭知县、赵守备闻报大喜,于是更加督率在城兵士,竭力御守。

　　这日天将晌午,忽听一声炮响,鼓角齐鸣,郭知县与赵守备正欲着人探听,忽见探子报道:"贼将左天成带领兵卒,已在城外挑战,请令定夺。"知县闻报,即刻飞马上城,向城外一望,只见左天成在马上大声喝道:"尔等守城官听者,现在朝廷荒淫无度,安化王应天顺人,特举精兵拯救生灵,所到之处,皆望风归顺。兹特派本参将前来,谕尔等知悉,速速献出城池,将来不患加官进禄;若执迷不悟,本参将即率领精兵攻打城池了,少不得玉石俱焚,那时悔之晚矣。"郭知县骂道:"逆贼胆敢如此,朝廷不曾薄待汝等,何敢造反!眼见天兵到此,尔等皆要身首异处了。"说罢,即命将檑木炮石放下。左天成也即督率贼兵奋力攻城。只听一声梆子响,城头上檑木炮石尽放下来,贼兵不能前进,只得鸣金收兵。次日又去攻打。这且按下。

再说徐鸣皋率领三千人马，正朝宁远趱赶前行，忽见一骑马如旋风般跑来，走到军前，跳下马高声报道："探得宁远县已被贼将左天成督率贼兵三千，攻打甚急，已将该城围得水泄不通了，请令定夺。"说罢，跳上马如飞而去。徐鸣皋闻报立刻传令三军，星夜趱赶前进。不一日，有向导官报道："前面已离宁远不远，只有六十里了。"徐鸣皋当即传令，再走四十里安营。不到半日，四十里已走下来，当即放炮安营立寨。休息片刻，徐鸣皋即带同徐寿、周湘帆及合营兵马，直朝宁远城下而来。

不一刻已离城不远，只听喊杀之声震动天地。徐鸣皋知是左天成在那里攻城，当即传令三军奋勇杀上前去。三军得令，便呐一声喊，直朝贼兵队里冲杀过来。左天成正在攻打宁远，忽见探子报道："救兵已到，离城只有二十里，已立扎营寨，现在已冲杀过来了。"左天成闻报，急传令众将发兵一半攻打城池，一半准备御敌，即刻以后队为前队，列成阵势。徐鸣皋一见贼将已有准备，也就传令三军列成阵势。

一声炮响，徐鸣皋已飞出阵来，大声喝道："贼将何在，速来答话。"左天成就飞马走出阵来，怒道："本参将系奉安化王谕旨，只因朝廷荒淫无道，不理朝纲，安化王应天顺人，救民水火，故特提大兵到此，以救生灵。尔是何人，敢来逆天行事么？快通名来，好待本参将取尔的首级。"徐鸣皋喝道："无知逆贼，大胆匹夫，尔死在目前，尚不知觉，还敢口出妄言，自取灭亡之祸，若问我老爷大名，乃总制军务右都御史杨元帅麾下先锋官，随营都指挥徐鹤是也。尔系何人，亦通下名来，我老爷枪下不挑无名之卒。"左天成道："俺老爷乃安化王驾前随营参将左天成是也。徐鹤尔这匹夫，胆敢口出狂言，违背天意，待俺老爷取尔的狗命。"说着举起大砍刀，向徐鸣皋当头劈来，徐鸣皋急将烂银枪架开。二马过门，徐鸣皋兜转马头，向左天成肋下就是一枪刺到，左天成也就急急将枪隔在一旁，翻起一刀，连肩带背向徐鸣皋砍下。徐鸣皋将枪向上一架，只听啪的一声，将大砍刀掀开，拨回枪就认定左天成当胸刺去，左天成急架相近。二人一来一往，约战了二十几个回合，不分胜负。两边的金鼓之声，真是震动山岳。又战了十数回合，两边鸣金收军。

当下郭知县早在敌楼上看得真切，见两军也已收兵，也就下了城头，回至县署，将守备赵尔锐请来商议道："吾观两军对敌，贼兵势甚勇猛，恐大军急切不能得手。若令旷日持久，设使贼兵再有接应，其势更不可当。

莫若今晚驰书前赴大营,暗约徐将军里外夹击,庶几事半功倍,不识尊意为何如?"赵守备道:"便是某也有此意,且看明日胜负如何,再作计议便了。"当下赵守备退出。到了晚间,又与郭知县轮流上城巡视,一夜无话。

次日徐鸣皋又与左天成战了一阵,仍是不分胜负。徐鸣皋好生着急,便与周湘帆、徐寿说道:"贼将左天成武艺精通,兵机娴熟,急切尚难取胜。在两位贤弟有何妙策,可解宁远之围? 若不急急救了此城,万一贼将再添兵接应,其势更不易敌了。"

周湘帆道:"在小弟之意,莫若今晚便去偷营,使他猝不及备,或者可以杀他个片甲不留。"徐鸣皋道:"贤弟岂不闻兵法有云:'知己知彼,百战百胜。'今左天成非一勇武夫可比,智谋勇略,不在我辈之下。若去劫寨,非速取效之道也,万万不可。我却有一计在此,拟于明日以诱敌之计擒之。"周湘帆道:"如何诱法?"徐鸣皋道:"我明日诈败,二位贤弟可预先带领校刀手五百名,离此东南五里土耳墩埋伏。俟贼将追赶到此,出其不意,并力截出,我再掩杀过来,如此贼将可擒,宁远之围亦可解矣。"周湘帆、徐寿二人听罢大喜,随即挑选了五百校刀手,连夜出了营门,暗暗的向土耳墩埋伏去了。

到了次日,左天成一面传令各军仍然并力攻打,自己到大营挑战。徐鸣皋也就披挂出来,两阵对圆,更不打话,便自交战。自辰至午,约战了有百十余合,仍是不分胜负。徐鸣皋即卖了个破绽,虚刺一枪,拨马便走。左天成见徐鸣皋败下,暗道他枪法并无破绽,何以败了下去,其中必然有诈,且自追去,再看光景便了。一面想,一面提着大砍刀,紧紧追来。只见徐鸣皋等他追得切近,拨转马头,战不数个回合,复又败走。左天成看见暗道:"这明明是诱敌之计,瞒骗谁来? 我若不追,他必笑我胆怯,莫若追去,等到那时再议便了。"左天成复又追杀下来,徐鸣皋接着又战,看看已至土耳墩,徐鸣皋将马头一拨,直朝东南角上跑去。左天成在后看见,但见东南角上有座土岗,徐鸣皋只向那里败下。左天成见此光景,早知道那土岗内有了埋伏,不敢前进,便将坐马勒定,高声笑道:"徐鸣皋不要走了,你的诡计,我老爷早知道了。我劝你早早回营,明日再与老爷决一死战罢,俺去也。"说着拨转马头,回营而去。徐鸣皋在前面马上,听了左天成这话,心下大惊道:"此人见识优长,早料到此间有了埋伏,此计不成,当另寻别法擒他便了。"心中想罢,便在马上飞令小军前往土耳墩,将周湘帆、徐寿并五百校刀手调回,合兵一处,回了大寨不表。

且说宁远县郭汝曾、守备赵尔锐在城上,看见徐鸣皋败了下去,好生着急,又见左天成赶杀下去,更加着急,一会子见左天成独自回来,心中暗道:"不知徐将军胜负如何,若再败于他手,贼将更觉猖獗了。"欲充小军出城探听,又因各城门困得个水泄不通,不便出入,只得暗暗焦虑。到了晚间,仍然上城加意巡视。忽见城外射进一支箭来,郭汝曾即命小军拾起,接过来一看,只见箭上绑着一封信。

欲知这书信何人射来,且听下回分解。

# 第七十七回
## 投密约射矢遣书　慢军心设计骄敌

话说郭汝曾正在城上巡视,忽见城外射进一支箭来,当命小军拾来观看。但见箭头上绑着一封书信,当下将书解下,就灯火下先将信面一看,原来是徐鸣皋的书。即将信囊抽出,从头至尾看了一遍,见上面写道:

总制军务右都御史杨部下行军指挥前部先锋徐鹤,谨致书于汝曾郭大令足下:

某不才,奉主帅将令,以逆贼真镭分兵围攻宁远,遣某督率前部飞驰进援,比来已数日矣。对阵数次,皆难取胜。昨日某诱敌之计,逆料贼将能为我所诱,便可借此成擒,以解尊处之困。不图计未成而敌已识破,枉劳无功,用是深惜。今者尊处之围不解,某固不敢撤队,且窃虑逆贼,以该贼将旷日持久攻打不下,势必加兵前来,现在左天成已勇猛难敌,若再加兵接应,则该贼将兵力更厚,欲败其势,更有倍难于今时者。

为今之计,利在速战,盖速战既不需时日,且可使贼将胆寒。故特驰书奉达,请约明夜三更,某当率全军直捣城下,与贼将死战。足下务督守城诸将士,开城突围,里外夹击,使该贼将腹背受敌,某再分兵于紧要处所埋伏以待,则贼将庶几可擒,而尊处之围亦可解矣。是否有当,立盼回书,不禁延颈待命迫切之至。

徐鹤谨上

郭汝曾将书看毕,大喜,随即下城,亲往守备署内,与赵尔锐商议道:"顷者徐鸣皋遣书前来,暗约我等明夜三更时分,督率守城兵卒突围力战,里外夹击,使贼将腹背受敌,则贼将可擒,而此城之围可解矣。某意似觉可行,合里外两处兵力夹攻贼将,虽贼势甚固,恐亦难支持得住。不识尊意以为何如?"赵尔锐道:"某愚见所及,早有此意,今徐鸣皋既有书前来暗约,此举真不可失之机会也,何不立即回书,便约明夜合力举事,俾得早解此围,早擒贼将,以免阖城生灵涂炭之苦。"郭汝曾闻言大喜,立即写了回书,密差心腹小军,暗暗偷出城去,驰往徐营投递。

四更将近,投书的小军已至徐营,正欲投递进去,当被巡夜小军捉住,随即报与徐鸣皋道:"小军们正在巡夜,忽见营外混进一个奸细,现已被小军们捉住,请令定夺。"徐鸣皋即令带进帐来审问,小军答应,即刻将下书的人带进大帐,跪在那里。徐鸣皋道:"尔是哪里来的奸细,胆敢窥探本先锋的大营,究系何人所使,快讲!"只见那下书的禀道:"小的不是奸细,是我家太爷差小的前来下书,说是有机密禀报。"徐鸣皋闻言,便问道:"你家太爷既令你下书,这书在哪里,可呈上来。"那个小军即将衣服解开,贴肉取出一封书信,呈递上去。徐鸣皋先将封面看过,然后将信囊抽出,但见上写着:

宁远县知县郭汝曾顿首再拜,谨上覆于鸣皋将军麾下:

顷奉手书,备聆一是。某以樗栎之才,守此危卵之城,正虑弗克保全,乃蒙雄师遥临,以救生灵涂炭,某感愧何似。今者贼将势甚猖獗,若不急速扑灭,恐覆巢之完卵难期,与其坐失危城,不若与决死战,此正某有志而未敢遽行也。乃诲我谆谆,实深感佩,敢不如约,以副雅望。倘能一战胜齐,则危城幸甚,大局幸甚。仓促作复,书不尽言。

汝曾顿首

徐鸣皋看罢大喜,随即命人赏了来使,又与那下书的说道:"你回去上复你家太爷,就说书中所言,我已知道,届时如约以往,断不误事,请他也速速预备便了。"那下书的答应,当即磕了头,退出帐来,急急的仍然回城而去。徐鸣皋也就与周湘帆、徐寿二人说道:"周贤弟明日可带领五百校刀手,离此西南十里青草岗埋伏。那里是往巩昌必由之路,明日巳牌时分左天成败后,必走此处前往巩昌,贤弟可截杀一阵。彼时左天成定然疲倦,贤弟可力擒之。若过巳牌不到,贤弟即可收军掩杀回来,如途遇左天成,也须奋力擒获。万一不能途遇,可急急前来接应,不可有误。"周湘帆答应。

徐鸣皋又与徐寿说道:"你明日在阵上,我与左天成交战时,你务要生擒两个贼兵过来,回到营中,立刻将他斩首,随将他号衣剥下。你便穿了他的号衣,再令心腹小军一名,也将号衣给他穿上,各带防身兵刃,暗藏火种,仍自杂入贼兵队里,混入贼营,于二更三点在贼营内各处放火,但听信号一响,即便奋杀出来。如遇左天成得便下手,即将他生擒过来,或将他杀死,务要割取首级带回,不得有误。”徐寿答应。徐鸣皋又密令合营兵丁,明日上阵,务要假装疲惫,不可奋勇争先;三更时分却要并力死战,如有退后者立斩。合营兵丁俱已得令。徐鸣皋吩咐已毕,便至后帐安歇。

次日一早,左天成又来索战,徐鸣皋当即披挂上马,两阵对圆,更不答话,即便刀枪并举,两人奋勇争斗。酣杀之际,左天成留神观看,但见官兵虽然排成阵势,个个皆不上前,颇有退缩之意。左天成看罢,心中暗道:“军气不扬,任主将勇猛过人,也是不能成事,眼见早晚敌军必溃了。”心下甚是喜悦。徐鸣皋故作不知,只是奋力死战,自辰牌时分直战至申初,方各鸣金收军。

此时周湘帆早已带了五百校刀手,暗往青草岗去了。徐寿也将贼兵捉住两个,带回营中,随即将贼兵杀了,把他的号衣脱了下来,自己换上,又将那一件密令一个心腹的小军穿好,各人暗藏了火种,无非硫磺焰硝之类,又带了兵器,即刻出了营门,一起杂入贼兵队里,混进敌营而去。徐鸣皋回营之后,饱餐了一顿饮食,进入后帐歇息了一会。到了初更时分,复又密令合营各兵,即刻造饭饱餐,于三更时分并力杀至敌营,如有一人退缩,定按军法立斩。各兵得令,哪敢怠慢,也就即令造起饭来,大家饱餐,只待三更时分出战,按下不表。

再说城中郭知县与赵守备,当日也密令守城兵卒于二更造饭饱餐,三更奋勇开城突围杀出,留郭知县仍然守城,赵守备督队前往。贼将左天成自阵上见了官兵那般退缩的光景,回到营中,暗自说道:“今日敌军甚是退缩不前,如此看来,军心已是不振。再过数日,敌军必然溃败,吾当于彼时乘其溃败掩杀过去,徐鸣皋可擒,而此城亦唾手可得矣。”暗自想罢,不觉大喜,因此就有些不甚防备。各军见主将如此,也就有些懈怠起来。看到了三更,忽见小军进帐报道:“后营火起。”左天成闻报,即刻派人去救。尚未移时,又有人报道:“营中各处皆有了火了,请速定夺。”左天成一听,知道不妙,也立刻上马出帐观看。才出得帐来,忽听炮声响处,四面八方大兵杀来。

欲知左天成性命如何,且听下回分解。

# 第七十八回

## 徐鸣皋活捉左天成　一枝梅计败吴方杰

话说左天成正在帐中安歇，忽见一连数起来报，营中各处火起。左天成知道有变，即刻披挂上马，才走出帐外，又听一声炮响，只见巡营小军飞奔前来，高声喊道："前面城中各军杀到，后路敌营全军杀来，请速速预备厮杀。"左天成一闻此言，只惊得手慌脚乱，也赶着传令合营兵卒奋勇死战。哪里晓得各兵丁见主将已经疏忽，他们也就松懈起来，一闻此令，又见各路大兵杀到，前后夹击，真个是个个人不及甲，马不及鞍，手忙脚乱，哪里能够御敌。左天成见此光景，知道不能取胜，便思逃走。正自暗想，忽见一人从背后杀到，左天成赶紧拨转马招架。你道这人是谁？原来就是徐寿。他在营内各处放了火，一听炮声响亮，他便杀进帐去，砍倒几个小卒，搜寻左天成不见，他又杀出帐来，却好遇见左天成骑在马上，指挥兵丁奋勇厮杀，他便从左天成背后杀来。

两人正战得难解难分，忽见徐鸣皋杀到，徐寿便舍了左天成，去往各处赶杀兵卒。可怜那些兵卒，只杀得如砍瓜切菜一般，个个怕死，皆情愿归降。徐寿正杀得高兴，又遇见宁远县守备赵尔锐杀来，当下便合兵一处，大刀阔斧，不分皂白，各处乱杀起来。徐鸣皋力战左天成，竭力厮杀，两个在那里战到有四十余合，不分胜负。徐鸣皋急将枪杆一挥，只见全军团团围拥上来，将左天成困在核心，拼力死战。左天成也是死斗，左冲右突，不能杀出重围，看看抵敌不住，因暗道："我若再不杀出，便要束手待缚了。"遂大喊一声，刀这一起，一连杀死数个。只听呐喊一声，杀开一条血路，把马一拍，跳出重围，出得营门，便思落荒而逃。

哪里晓得才出营门，却好徐寿从后营杀出，才到前营，正欲再杀进去，偏又遇见左天成逃出营来，他便截住又杀。一个马上，一个步下，徐寿身躯灵便，只见他那把刀，只在左天成前前后后左左右右砍杀进来，又兼他窜跳进纵，灵便已极，左天成稍一大意，坐下的马腿已被徐寿砍去一只。那马倒下，左天成也就跌下马来，小军一见，立刻拥上前去。左天成大喝一声,也就立刻扒起来,刀这一起,一连又杀了几个小军。那些小军不敢上前,左天成趁此正欲逃脱,徐寿又赶杀上来,接着徐鸣皋又复杀到,三个人又大战起来。左天成抖擞雄威,力战二将,毫无破绽,徐鸣皋暗暗喝彩。左天成仍是死战。

彼此又混战了一会,杀得徐鸣皋兴起,遂大吼一声,一枪刺去,左天成急将大砍刀架开,趁势复进一刀,用了枯树盘根,认定徐鸣皋两腿砍来。徐鸣皋即将身子一偏,跳出圈外。左天成一刀砍空,又因他用力太猛,便向前一倾。徐鸣皋眼尖手快,左手的枪出其不意在左天成右膊上这一点,左天成正欲还刀招架,徐鸣皋已转身进来,便将枪杆用力在左天成的手腕上一击。左天成不曾躲闪得及,正中手腕,手这一松,只听当啷一声,一把金背大砍刀掷落在地。徐鸣皋乘势伸开猿臂,将左天成的勒甲绦抓住,轻轻提过马来,望地下一掷,喝令小军绑了。当时小军奋勇上前,将左天成按定,绑缚起来,收军回营。

徐寿仍在贼营内逢人便杀,宛如入无人之境,那些贼兵只恨爹娘少生了两腿。徐鸣皋见徐寿仍在那里乱杀,当即传令:"贼将也经擒获,尔等各兵丁如愿归降者,本先锋体上天好生之德,准其一并归降,如不愿降者听便。"此令一出,哪个不愿归降,贼兵三千,除自相践踏以及杀死的不计外,归降者倒有一千余人,其余不过数百人逃走去了。徐鸣皋当即鸣金收军,赵尔锐也收兵回城而去。所有贼营中器械旗帜,皆由降军送入大营收纳。徐鸣皋又传令降军另在一处屯扎,即命徐寿、周湘帆二人暂行管带。此时已过巳牌时分,周湘帆在青草岗等候贼将未到,所以也就回营缴令,与徐寿合在一处,暂行管带降军。

当日休息一日,次日宁远县知县郭汝曾、守备赵尔锐又前来过谢,并抬了许多牛马,到营内犒赏。徐鸣皋又至城中回拜了一次,这才传令合营三日后拔队,望巩昌前进。这且按下。

再说一枝梅随同王能带领三千人马,去救西和。及至县界,西和已经失守,当下便离城二十里扎寨。吴方杰见有援兵前来,一面差人到巩昌飞报,请加兵接应,一面准备对敌。

一枝梅安营已毕,次日即带同王能并合营兵士,前去攻城。吴方杰也就开城出来接战。两边排成阵势,吴方杰在马上喝道:"何来小卒,胆敢到此攻城?若是识时务的,早早下马投降,将来安化王登了宝位,尔亦不患无官禄荣身。若执迷不悟,本将军这枪下可是容情不得的。"一枝梅听罢,哈哈大笑道:"逆贼毫不知耻,甘心助逆,为天下耻笑,尔尚洋洋得意。尔之祖宗不知作了几世孽,生出尔这不忠不孝的儿子来。还在大言不惭,抗敌天兵,毫不知悔。尔可知死期已至,何尚茫茫无知耶?"吴方杰听罢大怒,喝道:"毋得多言,尔可通报名来,与我决战。"一枝梅道:"逆贼尔且听了,我乃总制军务、右都御使杨元帅麾下行军运粮使、特授指挥慕容贞是也。逆贼尔亦通报名来,俾俺老爷刀下不斩无名之辈。"吴方杰也说道:"尔不过一名小卒,敢自口出大言?既要老爷通名,尔可在马上坐稳了,不要跌下马来。我乃安化王驾前参将吴方杰是也。"说着,即手起一枪,直杀过来。一枝梅即将镔铁点钢刀架住,两人搭上手便大战起来。一个是钢刀起处犹如出海蛟龙,一个是枪杀过来好似归山猛虎,只杀得两边喊声大振,金鼓齐鸣。足足战了有五十余个回合,忽被一枝梅翻起一刀,正中吴方杰马腿,吴方杰败回城中去了。一枝梅见他败走,当即将鞭梢一挥,全军皆追杀过来。赶到城下,吊桥已经拽起,不能过去,只得鸣金收军。

　　次日又去挑战,吴方杰不出,只将檑木炮石放下,军士不能前进,仍然收军。次日又去挑战,吴方杰仍然不出来。一枝梅便令各军大骂,吴方杰还是不理。一枝梅便密令各军席地坐骂,一连骂三日,各军渐渐有些怠惰起来。接着又骂了一日,到第四、五日,各军或坐或卧,抛戈弃甲,在那里休息,并无骂声。吴方杰在城上看见如此光景,以为各军疲惫,当即传令开城,将所部三千人马一起杀出。一枝梅见城中有了举动,也就密令所部准备厮杀。

　　忽听城中一声炮响,城门开处,只见贼兵蜂拥出来。一枝梅看得真切,等贼兵来得切近,忽然一声梆子响,那些或坐或卧的兵卒,一个个直立起来,出其不意截住就杀,而且奋勇争先,以一当十。贼兵猝不及备,自相践踏,纷纷望后退下。一枝梅早已抄出贼兵之后,一见贼兵退了下来,即大喝一声,举起刀来,如砍瓜切菜般拦杀上去。吴方杰知道中计,也就飞马上前,敌住一枝梅大杀。二人一往一来,又杀了有二十个回合,吴方杰看看抵敌不住,却待要走,王能又带了一支兵拥杀上来。吴方杰力敌二人,又勉强战了十数个回合,实在抵敌不住,只得手舞长枪,刺中两个小军,夺路而走,一枝梅、王能在后紧紧相追。

　　不知吴方杰可能逃得回城,且听下回分解。

# 第七十九回
## 西和城慕容行刺　安化县徐庆进兵

话说吴方杰被一枝梅用了骄敌之计，杀得大败，接着王能又带了一支兵将吴方杰团团围住，吴方杰枪挑了几个小军，夺路向城中逃走，一枝梅与王能随后紧紧追来。到得城下，吴方杰已过了吊桥，随将吊桥拽起。一枝梅等不能前进，只得收军回营。次日又去攻城，吴方杰但令小军坚守，并将檑木炮石打下，一枝梅督率军丁一连攻了数次，只是不能前进，只得仍然收军。

回至营中，密与王能议道："你今夜可小心守营，我去城中一走。如果得手，但听城中连珠炮响，你即率兵前来攻城，我便出城接应，里应外合，便可攻克此城。但万万不可泄漏，要紧要紧。"王能答应。一枝梅挨到二更，即脱去外衣，换了夜行衣裳，提了宝剑，暗暗的出了大营，直往城中而去。

不一刻到了城下，越过护城河，走到城脚下黑处，将身子伏定。等到三更时分，他便使出壁虎游墙的手段，由城脚下一溜烟游上城头，先将头伸在城墙垛子空穴处，四面探了一遍，见有两个小军在那里手敲更锣，是个守夜的样子，其实是一面敲锣，一面打盹。一枝梅一见，也不惊动，即将身子向上一缩，便由那城墙垛子缺处上了城头，还在那个守更的小军头上拍了一下。那小军被他一拍，惊醒过来，回头一看，并不见人，还疑惑是同伴的拿他取笑，哪里知道是一枝梅已经进城。那小军既不曾看见有个人影儿，也觉罢了，还在那里将更锣敲了起来。

一枝梅下得城去，便各处探听了一会，打听吴方杰的大帐。哪知吴方杰并不在营内居住，却在西和县衙门里。一枝梅打听清楚，往西和县署而去。不一会到了那里，四面一看，见县署里外防备甚严。一枝梅便溜到西和县衙后垣墙外，由那里窜上屋去，一路穿屋越脊，到了里面，侧耳静听，但闻敲锣击柝之声不绝于耳。

一枝梅伏在屋上观看，忽见二堂旁边夹巷内，有个更夫敲着锣，提着

灯笼,頋頋而来。一枝梅等他来得切近,他从屋上便轻轻往下一跳,将手
中宝剑即在那更夫脸上一晃,口中说道:"你叫我便一剑送你的性命。"那
更夫正低着头向前走,忽见迎面从屋上跳下一人,又拿着宝剑在自己脸上
一晃,只吓得魂飞天外,赶紧跪在地下,哀求说道:"求大王饶命。"一枝梅
道:"我非大王,你不要怕,且不许高声。我只问你这县内太爷现在何处?
你实告诉我,便饶你性命,不然即将你砍为两段。"那更夫低低哀求道:
"你老不要问俺家太爷了。可怜俺家太爷已被贼将吴方杰攻破城池,将
他杀死,他现在住在这里。"一枝梅道:"这吴方杰现住何处,你亦须从实
说来?"那更夫道:"现在上房居住。那上房共计五间,他住在上首末了一
间,其余皆是他的护卫居住。现在还不曾睡觉,在那里议论,明日要差人
去往巩昌,求反王的救兵呢。"一枝梅听说,复道:"你这话可真么?"那更
夫道:"小的何敢撒谎。"一枝梅道:"既不撒谎,我便留你一条狗命,等我
办过事再来放你。"说着,便将更夫背绑起来,用宝剑在他身上割下一块
衣襟,塞在他口内,又将他拖到一个僻静处所,抛在那里。

　　一枝梅照着更夫的话,一路穿房越屋,寻到上房,朝下一看,果是一顺
五间。他便蹑足潜踪,走到上首末了一间屋上,一伏身从檐口倒垂下来,
两只脚挂在屋上,身子倒垂下来,从风窗外面望了进去。只见里面灯光犹
明,尚未熄灭,隐约间有人坐在一张交椅上打盹。一枝梅再凝神一看,正
是吴方杰,并未卸掉铠甲,坐在那里打盹。一枝梅望得真切,赶紧将窗格
轻轻拨开,真是他本领高强,拨了一会窗格,总不曾将吴方杰惊醒,连个声
息儿都没有。

　　他见窗格已经拨开,又赶紧轻轻的跳下屋来,就使了个燕子穿帘的架
式,从窗外穿进房间,噗一声先将房内灯火吹灭,然后提着宝剑,直朝吴方
杰刺来。走到吴方杰面前,便喝了一声道:"逆贼醒了,俺慕容将军前来
结果你性命。"说着按定宝剑,直对吴方杰胸膛。此时吴方杰被一枝梅喊
醒,他便急急的要站起身来,提刀对敌。哪知一枝梅的宝剑早已按定,何
能容他还手,说时迟,那时快,就在吴方杰惊醒要站起来的那点工夫,一枝
梅的宝剑已刺入吴方杰胸膛内去了。可怜吴方杰连哎呀一声都不曾喊
出,就一命呜呼,见阎罗天子去了。

　　一枝梅见吴方杰已死,当即削了首级。此时已经天明,一枝梅就带了
首级,出得县署,飞跑到城头上,将连珠炮放起。那些守城贼兵,到了这个

时刻,俱已打盹的打盹,疲倦的疲倦,一听连珠炮响,个个都惊慌起来。一枝梅提着吴方杰的首级,大声喝道:"尔等听着,尔家主将已被我老爷取了首级,现已身亡,尔等如要性命,速速开了城门,将老爷的兵马迎接进来,归降在老爷麾下,饶尔等的性命。倘若不然,少时大兵到来,将尔等全行诛戮,那时可悔之晚矣。"话犹未完,只见有几个不怕死的,拿着刀奋勇抢杀过来。一枝梅便大喝一声道:"好不识好歹的狗头,我老爷格外加恩,不取尔等性命,尔等反要抢杀过来,这可不要怪老爷心毒了。"说着宝剑一挥,登时砍死了几个。内中就有那怕死的,见了如此光景,主将已被他杀了,我们这些人还有什么本领可以与他对敌,不如早早归降,尚可保全首颅,因此就有急急跑下城头去开城门的,有的情愿归降的。一枝梅此时也就住手不杀。

只听城外一声炮响,瞥眼间遥见本营内刀矛耀日,旌旗蔽空,王能督着三千精兵抢杀过来。一枝梅急急下了城头,走到城门口,命人将吊桥放下,自己便飞跑过去,止住所部精兵不要进城,就在城外依城屯扎。各兵得令,当即安下营寨。一枝梅又将归降的贼兵不足一千余人,编入自己队伍以内,又命所部各兵两人监察一人。又命王能就在城外驻扎,督率新旧兵卒,恐防滋事。他便暂假县署居住,将吴方杰尸首叫人掩埋起来,又着人将那个更夫放去,命人将吴方杰的头用木笼装好,提着木笼,在城内大街小巷知照居民,安抚百姓。差人投往大营报捷,并请委知县前来印事,以便自己撤队回营。还命人将已故被杀知县的尸首搜寻出来,用棺木盛殓,掩埋标记,随后招取家属来领,并事后请恤,以慰忠魂。

诸事已毕,那满城百姓见一枝梅攻克了此城,无不欢呼载道。一枝梅在西和专等杨元帅派委知县前来接手,他便拔队起程。所有部下新旧各兵,皆经一枝梅严加约束,真个是军令禁严,所到之处秋毫无犯,百姓无不欢喜。等了有十日光景,已奉到杨元帅的大令,调往巩昌,合兵攻打,所有西和遗缺,着于在籍绅士中公举一人,暂行代理,候请旨简放新任到来,再行交卸。一枝梅奉了这件公事,当即将在城绅士请来,说明此话,由绅士大家公举去了,这就不必细说。一枝梅也就传令拔队起程,朝巩昌进发。暂且按下。

再说徐庆同罗季芳带领三千人马,到了安化,安营已毕,即日排成阵势,便去攻城。徐庆骑在马上,到城下大声喊道:"尔等守城官听者,可速报你家主将游击仇钺出来答话。"守城兵卒便急急地去报仇钺知道。仇钺一闻此言，随即披挂上马，飞出城来。一见徐庆，喝声骂道："此乃安化王根本之地，何来小卒，胆敢前来侵犯城池？"徐庆也骂道："好大胆的逆贼，敢助叛王造反么？俺乃总督兵马、右都御史杨元帅麾下指挥官是也，特来擒你。"仇钺听罢，不觉大怒，飞舞开山大斧直杀过来。徐庆赶将方天画戟接住，二人好一场大杀。战到有二十余合，仇钺虚砍一斧，拨马落荒而走，徐庆紧紧追下。

　　欲知后事如何，且听下回分解。

# 第 八 十 回

## 仇游击暗地说前情　杨元帅督兵攻逆贼

话说仇钺虚砍一斧,拍马落荒而走,徐庆在后紧紧追来,大叫:"逆贼休走。"仇钺哪里答应,没命的催马前奔。看看追下有二十余里,前面有座高山,山下有座古庙,仇钺到了那里,四面一看,见无人行走,即跳下马,高声往后喊道:"徐将军休得穷追,某有话奉禀。"徐庆闻言,也就跳下马来,走到仇钺面前,将手一拱说道:"有何见教,某当洗耳恭听。"仇钺道:"此庙无人,颇堪说话,某等且到里面叙谈便了。"徐庆答应。

当下二人将马牵入庙内一旁拴好,二人重新见礼已毕,席地坐下。仇钺首先说道:"某方才有犯虎威,出言不逊,尚乞原谅。"徐庆道:"彼此彼此。"仇钺道:"将军以某为真助反王谋叛耶?"徐庆道:"将军忠义素著,某亦闻名久矣。今者如此,岂迫于势不得已,姑为牵就,以待将来,不知将军之心是否如此耶?"

仇钺道:"将军之言,是真得某之本心矣。某所以姑为牵就者,欲待其时,以报恩于主上也。某自高曾以至今日,世受国恩,虽粉骨碎身,不足报朝廷于万一。岂以安化王谋叛,某便忍心害理,不顾朝廷累代之恩,但思目前富贵,某虽不才,断不忍而处此。而况此等富贵,名不正,言不顺,即使官居极品,独不怕万世遗臭,为人唾骂,某又何忍忘厥本来,致祖宗饮恨于黄泉,某留骂名于万世乎?某当叛王谋逆之时,即拟拼着一死上报国恩,然一再思维,与其徒死于国家无益,不如忍辱苟活或可报恩于国主耳。区区之心,实本于此。今将军雄师直抵,某不难壶浆箪食,以迎王师,第叛王耳目甚多,若疾遽为之,恐画虎不成,反受其害。故仍不得不暂为隐忍,以待叛王其势之衰。区区之心,想将军当亦可以曲谅。为今之计,叛王现据巩昌,杨元帅大兵已直达彼处,某昨闻宁远、西和已经攻克。叛王虽现据巩昌,不久当亦为杨元帅所破。即使负隅死守,叛王知某部下尚有兵数千,必来召调,那时某阳为奉调,阴实进攻,蠢尔叛王,当于彼处擒之。那时将军可一面急急分兵来取安化,此城可唾手而得矣。不识将军以为然否？若以某为不谬,则某固大幸,亦国家之大幸。倘不以为然,或以某为虚谎之辞、搪塞之语,某请明心迹于将军之前,使将军知某非偷生之辈、畏死之人也。"说罢,即将所佩宝剑掣出,便欲自刎。

徐庆赶紧止道:"将军忠义,神人共鉴,顷蒙见教,亦皆金石之言,幸勿轻生,某当遵命便了。"仇钺听说,便收回佩剑,复向徐庆说道:"既蒙洞鉴,铭感难忘,某还有一言,愿呈尊听,幸将军俯而纳之。将军此回可诈称受伤不出,一面急遣心腹,星夜前赴杨元帅大营,将某所呈各节密禀元帅,仍请元帅檄调将军回赴巩昌,并力进攻逆贼。叛王一至危急,势必前来调取,那里某当暗助将军成功便了。"徐庆大喜。

二人说毕,出了庙门,飞身上马。徐庆故作受伤之状,在前狂奔,仇钺在后紧紧追赶。徐庆走到离营不远,在马上大叫道:"俺误中逆贼利斧,大败而回,速来救我。"各官一闻此言,蜂拥上前,将徐庆救回本营去了。仇钺也就回城,两边也就各自罢兵。

次日,仇钺出城索战,徐庆吩咐坚守营门,不许出战,须俟创伤稍愈,再与交锋。仇钺一连攻打了几日,只是攻打不下,也就各自按兵不动。徐庆自那日回营,诈称受伤不出,却急急暗差心腹,写了书信,星夜驰往巩昌,将仇钺所言各节禀告元帅,暂且不表。

再说杨元帅统率大兵,离巩昌府三十里下寨。安营已毕,即命杨小舫带领三千人马,前去城下挑战。鲲颖正在城中与李智诚说道:"宁远、西和两县,迄已多日,为何总不见报捷,难道哪两处有什么变卦么?"李智诚道:"宁远知县郭汝曾、守备赵尔锐,皆肝胆忠义之士。所虑他预有准备,死守不战,而且城中粮饷丰足,若坚守不出,虽周年亦难攻破,但愿他急急出战,则宁远可唾手而得矣。至于西和,主公倒不必虑。闻得西和县令暗弱无能,虽守城官稍有智谋,亦卑不足道。得吴将军前去,其破必矣。所虑者杨一清已统大兵前来,万一中途闻知宁远、西和两处皆有兵攻取,他便分兵驰往救援,急切就难必得了。"鲲颖道:"便是孤亦虑及于此。宁远、西和离此不过百里,何以胜败绝无音信,孤甚属不解。"

正在那里谈论,忽见巡门官进来报道:"今有宁远县逃回小军,报称敌将徐鸣皋,暗约宁远县令里应外合,夹击大营,全军覆没,现在左将军已被敌将徐鸣皋生擒活捉去了。"鲲颖闻报大惊,即令巡门官将逃回小军唤来问话。巡门官答应出去,即刻将逃回小军带进大帐,跪在下面,鲲颖问道："左将军如何被敌将捉去，你可细细奏来。"那小军便将宁远县如何坚守，左天成如何攻打，后来徐鸣皋如何头次诱敌，左天成如何识破，徐鸣皋又如何暗约宁远县令合兵夹击，左天成不曾防备，如何被捉，细细说了一遍。鲲颖又问道："你知这徐鸣皋是何官职？"那小军道："闻说是杨一清部下的先锋。"鲲颖听说，便大骂道："杨一清呀，孤与你向无仇隙，尔何得败孤大事，使徐鸣皋生擒孤家的大将，孤与你势不两立了。"说罢，便令小军退下，鲲颖犹痛骂不已。

李智诚道："参谋之意，左将军既已被擒，亦无法可想，唯虑西和兵力太单。宁远一城，杨一清既分兵驰救，西和亦必分兵前往救援，若再如宁远里外夹击，如之奈何？主公宜急加兵星夜驰往，以厚兵力，方觉妥当。"鲲颖闻言，甚觉有理，因道："孤现在部下大将不过数员，还要防备杨一清统兵到此，但此去谁可胜任呢？"正在疑虑，又见巡门官进来报道："今有探马来报，西和县城已被吴将军攻破，县令亦已阵亡。现在吴将军已将所部兵丁，移驻城内去了。"鲲颖闻言大喜，便令巡门官退出，又与李智诚道："吴方杰既得西和，可不必加兵前往。"李智诚未及答言，又见巡门官匆匆进来报道："今有探马来报，杨一清自统大军十万前来攻取，已离巩昌只有六十里路了。"鲲颖闻言，即令探马再探。

不到半日，又有探马来报："探得杨一清所统大军十万，已离城外三十里扎寨了。"鲲颖闻言大惊，便与李智诚道："似此如之奈何？"李智诚道："主公勿虑，自古兵来将挡，水来土掩，此一定不移之道。可即传令各营火速出城，乘其初到安营未定，奋勇攻击，虽不能伤他的大将，也可先挫他锐气，然后徐徐图之。以逸待劳，断无不胜之理。"鲲颖闻言大喜："军师之言，正合孤意。"遂即传令各营奋勇迎击。

各军得令，正在预备出城，忽见守城官飞马来报："敌军已离城下不远，请令定夺。"鲲颖闻报，即刻披挂上马，率同后军都指挥王文龙、参将温世保、薛文耀、游击魏光达、高铭、孙康、刘杰，并裨将等众，带领三千兵马，飞出城来，早见敌军已列成阵势，在那里挑战。鲲颖便顾左右问道："那位将军前去交战？"只听答应一声："末将愿往。"鲲颖视之，乃游击高铭也。鲲颖道："将军此去，务要猛力挫败他的锐气才好。"高铭一声得令，手举八角铜锤冲出阵来。杨小舫一见，也就提刀飞马杀到。

毕竟胜负如何，且听下回分解。

# 第八十一回

## 高铭智败杨小舫　刘杰弹打周湘帆

话说高铭手提八角铜锤飞出阵来,直往敌军冲杀过去。杨小舫一见,也就提刀飞到阵上,大喝一声:"逆贼休得猖獗,待俺老爷前来擒你。"高铭当即将马勒定,高声问道:"来者何人,快通下名来,俺老爷锤下不击无名之辈。"杨小舫喝道:"逆贼听了,俺乃总督兵马杨元帅麾下随营指挥杨小舫是也,你亦须通报名来。"高铭也喝道:"俺乃安化王驾前行军游击高铭是也。"杨小舫当下骂道:"朝廷不曾薄待尔等,有恩不报,胆敢助纣为虐,今日天兵到此,也该及早归降,或者可免一死,乃不思悔悟,仍敢口出狂言。安化王造反,皆尔等怂恿而成,若不先将尔等碎尸万段,何以扫除叛王。逆贼休得狂言,看老爷的刀罢。"说着舞动大刀,如泰山压顶般直朝高铭砍下。

高铭一见,说声:"来得好。"即将左手的锤向上架住,抡动左手锤向杨小舫击来。杨小舫赶着抽回大刀,将高铭左手锤拨开,顺势一刀背,直朝高铭背心打下。高铭急将马头一领,跳在一旁,认定杨小舫肩头一锤打下。杨小舫赶紧让过,也就乘势复一刀砍来。二人一来一往,只杀得旌旗减色,日月无光,两边喊杀之声震动天地。彼此战了有三四十个回合。杨小舫正在酣战之际,忽听贼兵队里鸣起金来。高铭一闻金声,当即虚击一锤,跑回本阵。

杨小舫也不追赶,亦令鸣金收军,回到大营缴令,杨元帅便命他偏帐休息。

高铭回至本营,缴令已毕,便与安化王说道:"末将正与敌人酣战,眼见敌人要败下去,何以王爷鸣金收军?"安化王道:"孤见敌将甚为骁勇,恐怕将军有失,因此鸣金收军,且待明日上阵再擒他便了。"高铭道:"末将却有一计,明日阵上,等末将与敌军酣战之时,王爷可吩咐如此如此,敌将包可擒矣。"鲲颖闻言大喜,当下收军回城不表。

次日一早,杨小舫便又提兵前去索战。鲲颖吩咐放下吊桥,率领大队到了阵上,排成阵势。高铭当先出马,两人一见,更不打话,即交战起来,两边的鼓声果真震动天地。彼此又战了二三十合。忽闻贼军中又鸣起金来,杨小舫不知是计,只以为又如昨日那般光景,也就预备喝令鸣金收军。哪知高铭就在这个工夫,先把马一拍,故意往本阵退去。杨小舫见他退回本阵,便抢杀过来。只听一片金声,响得震耳,杨小舫也就不赶,退回本阵过来。哪知高铭出其不意兜转马头,飞奔杀到杨小舫背后,举起双锤,连肩带背打下。杨小舫说声不好,幸亏杨小舫功夫纯熟,急将坐下马一夹,略带偏缰,让了过去。此时杨小舫杀得兴起,复兜转马头,往贼队中冲杀过来。

高铭接着杨小舫,且战且走,看看到了本阵,忽听鼓声一起,一声呐喊,贼兵团团的围拥上来,将杨小舫困在核心,四面拥杀。杨小舫自知中计,当下便抖擞精神,飞动大刀,左冲右突。那些贼兵,被杨小舫的大刀如砍瓜切菜般,杀的实在不少,无如贼兵太多,杀了一层,还有一层,只是不能杀出重围。又听贼兵四面八方齐声喊道:“不要放走敌人,务要将他捉住,以报我家左将军之仇呀。”杨小舫看看抵敌不住,正在十分危急,忽见东南角上贼兵纷纷倒退,外面一支兵杀到,当先马上坐着一人,高声喊道:“杨贤弟勿惧,我来助你。”说着长枪一摆,只见那些贼兵抵挡不住,立刻让出一条路来。徐鸣皋杀进重围,正欲与杨小舫并力杀出,忽见高铭手执铜锤,又杀进来。徐鸣皋一见,也不打话,当即从刺斜里手起一枪,直朝高铭刺去。高铭只顾抢杀,不提防斜刺里一枪刺到,高铭闪躲不及,正中大腿,不敢恋战,负痛走出阵外去了。杨小舫趁此与徐鸣皋二人也就杀了出来,回归本阵。

即此一阵,杨小舫虽然被困,徐鸣皋救出重围,却不曾受一点微伤,倒反将贼兵杀死数百,又刺中高铭一枪,还算大胜。杨小舫便令军中,掌起得胜鼓回营缴令。你道徐鸣皋如何晓得来救杨小舫? 只因他从宁远得胜回来,走此经过,闻得杨小舫被困,他便急急前去解围。

当下二人进了大营,杨元帅一见徐鸣皋回来,甚是大喜,因将宁远情形问了一遍,徐鸣皋也细细说明。杨元帅将他慰劳一番,便令于偏帐安歇。徐鸣皋复又说道:“贼将左天成,已被末将生擒过来,打入囚车带回。现在末将军中,候元帅示下。”杨元帅便命削首,号令辕门。徐鸣皋这才退下。当即回至本营,将囚车打开,拖出左天成,即在军中斩了首级,又将首级带进大帐,请杨元帅验过,这才号令出去。徐鸣皋回到本营,暂且安歇。少时,众兄弟也就前来探问,徐鸣皋接着,大家叙谈了一番,然后各回本帐安歇。一宿无话。

次日正预备出战,忽见小军报道:"慕容真与王能已从西和回来,现在营外候令。"杨元帅当即传见,问了一遍,大加慰劳,遂命将吴方杰的首级号令营门。

此时早有细作报入城中,鲲颖一听,不禁大怒,随即统率全军,奋勇杀出城来,到大营讨战。杨元帅闻报,也就亲统大军,出了营门。两边排成阵势,各射住阵脚,只听贼兵队中鼓声响处,鲲颖早在门旗内飞马出来,大叫:"杨一清前来会话。"杨元帅也就飞马来到阵上,不等鲲颖开口,便先大声骂道:"逆贼鲲颖,尔系藩王,受恩深重,虽肝脑涂地,不足上报朝廷,乃敢潜蓄异志,图谋不轨,今本帅奉旨帅师,特来问罪,尔应该痛悔前愆,自缚请罪,才是道理,还敢拒敌王师,实属不法已极。负恩的逆贼,该死的匹夫,有何面目见先人于地下乎?"说着,向左右一呼:"哪位将军代我将这逆贼擒来问罪?"话犹未毕,早见周湘帆一声答应:"末将愿往。"说着手执长枪,飞马出来。

鲲颖被杨元帅大骂了一顿,只见他怒目圆睁,咬牙切齿,也向杨元帅骂道:"杨一清,你休得狂言,孤便谋反,是夺取姓朱的天下,与你何干?你站稳了,待孤前来擒你,将你碎尸万段。"正欲自己出马,早见刘杰飞马出来,大声说道:"此等无名小卒,何须王爷动手,待末将擒来便了。"一面说着,已经飞马到了阵前。却好周湘帆已到,彼此通了名姓,刘杰也是用的枪,二人搭上手,便大战起来。只见两杆枪犹如两条蛟龙,在那里乱舞,一来一往,足足斗了有二十余个回合,彼此不分胜负。我军队里却恼了一枝梅,立刻舞动镔铁点钢刀,飞马杀至阵上助战。贼兵队里见有人助战,王文龙手执丈八长矛,也就飞马出来,敌住一枝梅接战。两对儿刀枪并举,煞是好看。

这一场恶战,只杀得旌旗蔽日,尘土冲天,好不厉害。看看刘杰抵敌不住,要败下去,周湘帆哪里肯让他逃走,枪这一紧,将刘杰紧紧裹住,不能分身。此时刘杰欲走不能,欲战不得,只有招架之力,并无还枪之功,只杀得气喘吁吁,汗流浃背,再战一会,一定要送性命了,万万不能再战下去,只得拼命将周湘帆的枪急急架开,两腿把马一夹,虚刺一枪,逃下阵来。周湘帆见刘杰败走,哪里肯舍,也就紧紧追赶下去。刘杰此时见周湘帆赶下,忽然急中生智,暗道:"我何不如此如此,虽然不能将他擒过马来,也叫他知道我的厉害。"主意已定,随将手中的枪按在鞍鞯上面,即在腰间掏出个弹子,觑定周湘帆来得切近,出其不意,反身一弹打来,正中面门。周湘帆哎呀一声,跌于马下。

毕竟周湘帆有无性命,且听下回分解。

# 第八十二回

## 周湘帆中弹昏沉　鹤寄生送药解救

话说周湘帆追赶刘杰,被刘杰掏出弹子打中面门,周湘帆登时跌于马下。刘杰回马来抢,早被我军救回去了。一枝梅见周湘帆受伤,不禁大怒,当下大叫一声,举起大刀,竭力向王文龙砍去。王文龙赶着躲闪,坐下马已被一枝梅砍了一刀,那马负痛狂奔去了。一枝梅仍欲追赶,杨元帅在门旗下看得真切,急令鸣金收军,两军各自回营。

一枝梅回到营中,急去周湘帆帐内看视,只见他卧在铺上,呻吟不已。一枝梅又仔细将他面门受伤处看了一回,但见不红不肿,只现紫黑色。一枝梅看罢,知道是中了药弹,随取丹药给他敷上,以为必有效验。哪里知刘杰这个药弹却与众不同,是用毒药煅炼而成,平时不肯轻用,若遇万分危急,才将此弹发出。只要打中人,并不红肿,只发紫黑色,人即昏迷不醒,到了七日,就要一命呜呼了,所以那些平常丹药解救不得的。一枝梅将丹药给他敷上,命众弟兄轮流看视。

到了第二日,一枝梅以为都要轻松少许,哪里晓得仍然如此。一枝梅等心下着急,正欲设法解救,忽见小军来报:"营外贼将王文龙,指名将军出马交战。元帅令下,令将军即刻出马。"一枝梅听说,顾不得周湘帆,当下就披挂全齐,提刀上马,出营而去。这里徐鸣皋等也就吩咐小军小心服侍,一起上马出营观阵去了。

到得营外,早见两边立成阵势,王文龙坐在马上,耀武扬威,只索一枝梅出战。一枝梅听说,哪里耐得住,即刻手举大刀,一马飞出,直向王文龙,连肩带背,如泰山压顶,一刀砍下。王文龙见来势甚猛,赶着将丈八长矛架住。两人搭上手,就大战起来,一个似归山猛虎,一个似出海怒蛟,两边鼓角之声,震撼得山摇地动。这一场大战,只杀得飞沙扑面,尘土冲天。二人一来一往,战了有四十个回合,只是不分胜负。我军队里却恼了徐鸣皋,大叫一声:"贼将休得猖獗,我来取你的狗命。"说着手执银枪,飞马过来,举枪便刺。贼队中见有人助战,参将温世保也就飞舞钢叉,直杀过来,接住徐鸣皋厮杀。徐鸣皋奋勇争先，不遗余力，杀到有十数个回合，忽然大叫一声，一枪刺去，正中温世保马头，那马登时壁立起来，将温世保掀于马下。徐鸣皋急急赶上一枪，正要结果他性命，忽见迎面一个黑影儿飞到，徐鸣皋知道有暗器，赶着将头一偏，躲避过去，不曾遭打。就在这个闪电穿针的工夫，温世保已被贼队中抢了过去。

你道徐鸣皋看见那个黑影子，是什么暗器呢？在徐鸣皋固然知道，就是我做书的也知道，恐怕看书的不甚清楚，与其令看书的掩卷猜详，何如我作书的直截了当说出来，使看书的早为明白。却原来这个黑影子，就是刘杰打周湘帆的那个弹子。刘杰在门旗之下，见温世保的马被徐鸣皋一枪刺中马头，温世保从马上跌下，他便一马飞出来救，又恐赶救不及，被徐鸣皋结果性命，因此急急的掏出弹子，直朝徐鸣皋打来，实指望徐鸣皋也如周湘帆那样，被他打中一弹。哪知徐鸣皋眼快让过，就在这个工夫，刘杰一马冲出，将温世保救回本阵去了。徐鸣皋见温世保已被人救回本阵，复转身来助战王文龙，那王文龙可是鲲颖面前第一个猛将，虽有一枝梅、徐鸣皋二人夹战，他却毫无惧怯，那一枝丈八长矛不亚当年长坂坡张桓侯的厉害，只见他架开刀，隔开枪，不但招架，还要复刺。三个人在那战场上，只杀得团团乱转，两边小军齐声呐喊助威。

杨一清在门旗下，看见王文龙如此猛勇，也甚是暗暗喝彩。自辰至午，战了有两个时辰，不分胜负。王文龙见不能取胜，杀得兴起，遂大叫一声，先将一枝梅的刀急急架开，顺手就是一矛，直朝徐鸣皋刺到。徐鸣皋冷不提防，躲让不及，大腿上中了一矛。徐鸣皋拨转马头，负着痛并不回营，也趁王文龙出其不意，刺他一枪，中他的肩膊。王文龙不敢恋战，拨马逃回本阵去了。这里徐鸣皋也鸣金收军，与一枝梅回归本阵。

徐鸣皋回至本帐，将铠甲卸下，用敷药将腿上的创伤敷好，又用旧绢扎缚起来，幸喜受伤不重。杨元帅便命徐鸣皋好生养息，等创伤全好，再行出战。徐鸣皋等却不放心周湘帆弹伤如何，便一起来到湘帆帐内。但见周湘帆仍睡在那里，昏迷不醒，日渐沉重。

看看已有了三日，徐鸣皋等好生着急，知道这弹伤非平常丹药可治，杨元帅也焦急非常，不知用何丹药可治。大家正在忧虑，无所措手，忽见有个小军到大帐内报道："启元帅，现在营门外有个道士装束，叫什么鸜寄生，要见徐先锋，有要紧话说。他已经进了营门，小的们恐他是个奸细，不准他进来,现在营外候示,请令定夺。"杨元帅闻言,即命将徐先锋传来,有差官答应,即刻将徐鸣皋传进大帐。

杨元帅问道:"现在营外有个什么鹤寄生,要面会将军,有要话说,不知将军可认得此人否?"徐鸣皋一听大喜,当即禀道:"禀元帅,这鹤寄生是末将的师伯,他乃七剑十三侠中的道友,惯使飞剑,能在十里之外取人首级,前者赵王庄大破迷魂阵,也有他在哪里。今特来此,必有用意,还求元帅请他进来,或者就因周指挥面受弹伤,势甚沉重,特来医治,亦未可料。"杨元帅听说,即命请他进来。差官一面去请,杨元帅就一面下帐迎接。

少刻鹤寄生进来,杨元帅将他上下一看,果然生得仙风道骨,满面的剑侠之气。杨元帅当即迎上,拱手说道:"不知高士远临,有失迎迓,尚望勿罪。"鹤寄生也就拱手答道:"山野村夫,怎敢劳元帅的虎驾。"说着,杨元帅就将他迎入帐内,分宾主坐下。徐鸣皋等一众英雄都上来见过礼,鹤寄生便对杨元帅说道:"久仰元帅威名,如雷贯耳,今幸得见,实慰平生。"杨元帅也让道:"本帅尸位素餐,毫无建立,今者奉旨提兵到此,全赖诸位将军帮助之力,为朝廷锄恶除奸。前者闻得高士在赵王庄,因宁王潜谋不轨,特遣妖人摆设迷魂阵,幸赖高士等仗义除妖,大破迷魂毒阵,使宁王丧胆寒心,不敢遽行起事,则皆高士等上为朝廷,下为百姓,本帅实深钦佩,久与徐将军谈及,亟思一见姿颜,旋据徐将军言及,高士遨游四海,无所定踪,至今犹以未见颜面为憾。今幸惠临,实慰平生之愿了。"

鹤寄生谦让了一回,因问道:"周湘帆现在哪里,为何不见前来?"杨元帅道:"周将军昨为贼将刘杰弹子打伤面门,日来颇觉沉重,虽经敷药,毫无效验,现在人事颇觉昏迷。本帅正虑无所措手,今蒙高士远临,不识高士尚有灵丹可治否?"鹤寄生道:"便是贫道也为周湘帆中弹而来。昨在天台,偶尔与傀儡生对弈,忽见玄贞子飞剑驰书,详称周湘帆被贼将刘杰用药弹打伤面门,此弹非寻常丹药可治,他这药弹用毒药煅炼而成,只要打伤皮肤,并不红肿,只发紫黑色,只要七日,毒气攻心,虽神仙也不可治。玄贞子特命贫道用仙露明珠丹解救,故此贫道奉了玄贞子之命,特地赶来。现在既已昏沉,必须赶治才是,就烦元帅差徐将军,同贫道前去一看如何?"杨元帅闻言大喜道:"难得高士可以解救,非特周将军之幸,亦国家之幸也,本帅就陪高士一行。"鹤寄生道:"徐将军带领贫道前往足矣,何敢劳元帅玉趾。"杨元帅笑道:"高士尚能不远千里而来,本帅不能奉陪么? 断无此理。"说着便站起身来,向鹡寄生道:"当得领道。"一面说,一面就抄在前面,领着鹡寄生,到周湘帆帐内而去。

不一会已到,杨元帅将鹡寄生让进。鹡寄生走至周湘帆卧处,先将他面色一看,只见满脸发青,额角上有钱大一块紫黑色的伤痕,又见他两目紧闭,人事昏迷。鹡寄生便在身旁取出一个小葫芦来,将塞子拔出,倒出一粒丸丹,约有红豆大小,掐在手中,命人取一杯盏开水,将丹丸研开,给周湘帆徐徐灌下。

不知周湘帆果救得活命否,且听下回分解。

# 第八十三回

## 鹤寄生力辞杨元帅　王文龙巧激一枝梅

话说鹤寄生将丹丸与周湘帆服下，不到两刻，说也奇怪，只听周湘帆腹内骨碌碌响了一阵，忽然翻转身，向着床外口一张，哇的一声，吐了许多黑水，登时清醒过来。二目睁开，但见鹤寄生坐在一旁，周湘帆一见，便开口问道："师父，你老人家何时来的？"鹤寄生便将上项的话说了一遍。周湘帆才知自己的命多亏鹤寄生救活，登时便要下床叩谢，鹤寄生忙止道："不可闹此虚文，还须静养三日，方可痊愈复元。你且卧下静养，我们到外面坐罢。"杨元帅也止住周湘帆不可劳动，周湘帆只得说了一声再谢。

杨元帅便留王能、李武在那里照应，于是又一同来到大帐，仍然分宾主坐下。杨元帅向鹤寄生致谢道："周将军多蒙解救，本帅实是铭感难忘。"鹤寄生让道："此乃贫道分内之事，何足挂齿。所幸周将军现已无碍，贫道也算不虚此一走。"杨元帅便命设筵款待，鹤寄生再三辞谢道："贫道尚欲云游，就此告别，日后再会便了。"杨元帅道："难得高士翩然而来，本帅东道未伸，哪有就去之理。本帅还有一言奉告：方今干戈扰攘之秋，正志士有为之日，叛王未获，众逆未擒，某识浅才疏，还乞高士不弃，以国家为心，共图逆贼，则国家幸甚，某之幸甚。高士何可惠然而来，幡然遽去呢？"鹤寄生道："贫道疏懒性成，正如野鹤闲云，到处栖息，现在叛王气数也已将终，得元帅与诸位将军其力锄奸，不日行将殄灭。唯叛王有个心腹的贼将，名唤周昂，现在尚未到来，不久必到。此人武艺高强，智谋深远，将来到此，必有一番恶战，那时元帅务要小心，然亦不过萤火之光而已，断不能成其大事。彼时自有人暗助元帅，生擒于他。为今之计，贫道预存丹药数粒，设有需用，可照贫道那样治法，必然有效。贫道话尽于此，不敢再饶舌了，望元帅宽宥①，即便放贫道出营，以遂本愿。"说着，就将丹药取出，交给杨元帅收好，便即告辞。杨元帅道："高士既如此高尚，某本

---

① 宽宥（yòu）——原谅、饶恕的意思。

不敢强留，唯东道未伸，务要屈留半日，聊敬地主之谊，其他断不敢再拂雅意，不识高士尚蒙俯允否？"鷿寄生见杨元帅如此殷勤，不便再拂盛意，当下答应道："既蒙元帅如此厚待，贫道当遵命便了。"杨元帅大喜，即刻命人摆出筵宴，大家痛饮了一回，俱各尽欢而散。鷿寄生也就于席散后，告辞出营去了，杨元帅等人送出大营而别。

再说蜫颖见连日攻打两军，皆不分胜负，便与李智诚道："似此相持，何日才可得手？诸君有何妙计，不妨各抒所长，俾早日将杨一清这班匹夫置于死地，便可长驱大进，不然师老无功，如之奈何！"只见王文龙上前说道："末将却有一计，明日可急急分兵两支，暗暗埋伏城外，末将便去挑战，诱他前来攻城，那时便合力围去。虽不能令他全军覆没，也可伤他两员大将，聊挫锐气，然后再另设计谋擒之。"蜫颖闻言，说道："将军此计虽好，但敌军惯用诱敌之计，恐不能瞒过他来，这便如何是好？"王文龙道："王爷如以为然，即令分兵前去埋伏。末将明日若不能使敌人中计，愿甘军令。"蜫颖大喜，遂即传令出去，令薛文耀带领一千挠戈长枪手，暗伏南门外关帝庙内，只听城头上号炮一响，便冲杀出来，围裹来将，务要合力擒捉，如违令者斩；又命魏光达带领五百弓箭手、五百校刀手，在北门外雌鸡坡埋伏，但听城中号炮一响，即便拥杀出来，校刀手在前，弓箭手在后，以断敌军接应，务要奋力接杀，如违令者立斩。薛文耀、魏光达得令而去。到了半夜，即将两支兵悄悄的偷出城来埋伏。

次日王文龙便去索战，一枝梅即披挂上马，随后杨元帅也率同各将一起出来。内中即有周湘帆、徐鸣皋因枪伤未曾痊愈，其余狄洪道、杨小舫、王能、李武、徐寿、包行恭，皆披挂出来。两阵对圆，各射住阵脚，一枝梅手抡大刀，当先出马，向王文龙骂道："杀不退的逆贼，尔又前来送死么？俺老爷今日若不将你擒住，劈尸万段，以报前日徐先锋一矛之仇，暂不回营。"说着抡起大刀，冲杀过来。王文龙接着就杀。

两人交上手，战有十数个回合，王文龙便虚刺一矛，拨马便走。一枝梅暗道："这厮并无破绽，何诈败而去，其中必有诡计。"一枝梅便按兵不赶，口中大喊道："逆贼，你之诡计，俺老爷已经识破，不足为奇，你敢再来对敌么？"王文龙闻言，便拍马跑回，口中亦大喊道："匹夫，俺便与你对敌，又谁怕你来？"说着就是一矛刺到，一枝梅将刀隔开，即便还他一刀。两人搭上手，又战了七八个回合，王文龙又走，一枝梅还是不赶。王文龙又拨马回来,哈哈大笑道:"我道你有惊天动地之能,出鬼入神之技,原来是一个小胆的匹夫。我家王爷看错人,临出阵时,我家王爷还那样谆嘱,向俺说道:敌军中唯有慕容贞一人不可轻敌。自我看来,不过如三尺孩童,毫无知识,我不过将你作耍,试验你胆量何如,你便以我为诱敌,连追也不敢追了。天下之事,得诸耳闻,实在不如目见,以此观之,亦徒有虚名耳。"说罢,复大笑不止。

一枝梅被他这几句话一激,只气得三尸冒火,七孔生烟,大叫一声:"逆贼坐稳了,你休得口出大言,看俺老爷来取你狗命。不必说你那些七零八落的残兵,就便千军万马,又何惧哉!俺老爷今日不将你贼碎尸万段,誓不回营。"说着把马一拍,飞赶过去。王文龙见他赶来,心中大喜,暗道:"此番被我激上了。"当下便勒马持矛,又大笑道:"好小子速来,我与你战一百合。"一枝梅大怒,一马冲到王文龙面前,手起一刀,便向王文龙连肩带背砍去。王文龙急架相迎。一枝梅抖擞雄威,奋力厮杀,恨不得一刀就将王文龙砍为两段,方泄胸中之恨。怎奈王文龙武艺精通,枪法高妙,膂力过人,不能取胜。此时一枝梅杀得兴起,一刀一刀裹将进来,王文龙暗暗喝彩。两人又战了三四十合,王文龙拨马又走,一枝梅看看赶上,王文龙接着又战。一枝梅心中早已明白,知道他是诱敌之计了,却不肯说出反齿话来,惹他取笑。只是一件,明知前面有埋伏,居心又要在元帅前显显自己本领,偏向有埋伏的处所杀了去,足见自己胆识过人。因此一枝梅奋勇赶去。

看看赶到城下,忽然王文龙不知去向,一枝梅便在马上大骂。忽然抬头一看,见鲲颖在城头上望下笑道:"来将莫非慕容贞么"你如识时务,即早归降,孤定然另眼看待,倘仍不悟,可不能怪不放你生还了。"一枝梅大骂不止,只见鲲颖在城头上将令旗一招,忽听一声炮响,一枝梅说声:"不好,今番却中他计了。"说着兜转马头,拍马就走。才过吊桥,只见四面八方不知多少兵马,团团拥杀上来,左有薛文耀,手执大刀,飞马杀到;右有魏光达,手持长枪杀来。只听一片喊杀之声,皆道:"不要放走敌将呀。"一枝梅与薛文耀、魏光达两人大战不已,撇开刀,架开枪,还要还刀去杀,真个如生龙活虎一般,被那一千长枪手团团围住,好似铜墙铁壁。一枝梅左冲右突,只是不能杀出,忽然心生一计,从马上直跌下来,一只脚还挂在踏镫上。薛文耀一见,以为一枝梅受伤落马,便抢上前,想要一刀结果他性命。哪里晓得他是用的个金蝉落马计,一枝梅见薛文耀来得切近,出其不意,便从马腹下翻起,一刀直向薛文耀挥去。薛文耀真个不曾提防,竟被一枝梅一刀挥为两段,跌下马来。一枝梅复将身子向上一缩,又上了马,大杀起来。

　　毕竟一枝梅如何出得重围,且听下回分解。

# 第八十四回

## 李智诚献书诈降　杨元帅运筹决胜

话说一枝梅用了金蝉落马计,杀死薛文耀,复又跳上马,与贼兵厮杀,抢动镔铁大砍刀,便如砍瓜切菜一般横冲直撞,如入无人之境。那些贼兵,碰着的皆作无头之鬼。魏光达此时腿上也中了一刀,不敢恋战,急急逃出重围走了。王文龙见魏光达败走,薛文耀被杀,他便奋勇又杀进来。一枝梅见了王文龙,恨不能生啖其肉,又舞动大砍刀,与王文龙对杀起来。

正在难解难分之际,忽见贼兵纷纷倒退,冲进两骑马来。一枝梅瞥眼看见包行恭、徐寿杀到,一枝梅在马上大喊道:"速来杀贼,我们可奋勇去抢城。"说着,只见包行恭、徐寿那四把刀,真是神出鬼没,杀个不停。三人便会合一处,大杀起来。王文龙见势不好,死力接战,反被包行恭等三人围住,不能脱身。那些贼兵又纷纷退了下去,只站得远远的在那里呐喊。鲲颖在城头上,远远看见王文龙反被敌人围住厮杀,急令温世保、高铭、孙康、刘杰出来接应。王文龙正在危急,幸亏温世保等杀出城来,将他救出重围。一枝梅等三人复又赶杀了一阵,这才鸣金收军。这一场恶战,只杀得尸如山积,血流成河。一枝梅等大获全胜,掌了得胜鼓回营。当下杨元帅代他三人记了功,便令各回本帐安歇不表。

且说王文龙大败而回,见了鲲颖,好不羞耻。计点兵丁,已伤了十分之七,王文龙因此大败了一阵,便欲自刎,鲲颖忙拦道:"今日之败,非将军之过也,实在敌人勇猛过人,难于取胜。为今之计,怎么设个法儿,才可将敌军打败呢?杨一清一日不死,孤一日难安。"李智诚在旁说道:"主公放心,某有一计,管教主公稳据巩昌,杨一清束手待缚。"鲲颖道:"军师有何妙计,便请见教。"李智诚道:"今日虽大败一阵,其计即出于此。某明日便遣书诈降,暗约杨一清里应外合,再以厉害说之,他必深信无疑。等他前来攻城,那时可出奇兵将他擒住。主将既已遭擒,众将尚何足虑,然后再另设计图之,大事可定矣。"鲲颖听罢大喜,随即将书写好,差了心腹小军前去投递。

此时也已天晚,那小军急急出城,跑到大营,先与守营官说明原委。守营官进帐,与杨元帅禀道:"今有城中小军,前来投书,云有机密事面禀。"杨元帅闻言,即令传他进来。守营官退下,走到营门外,将投书的小军带了进去。那小军一见杨帅,便跪在下面,口中说道:"小的奉了军师之命,前来下书,求元帅观看,万万不可泄漏。"元帅道:"书在哪里,可呈上来。"那小军便在身上掏出,就递上去。杨元帅将书拆开一看,只见上写到:

行军参谋李智诚,谨再拜上书于杨大元戎足下:

某以一介书生,本不敢心存异志,乃迫于叛王之势,强为参谋,明知画虎不成,反受其害。今者军麾莅止,某早拟投诚部下,借赎前愆。惜未得其便,故不敢卒然趋前。日间一战,已足令叛王丧胆,兹者各将俱有退志。某敢布微忱,明日三更,便请大兵直捣,某当令心腹开门迎接,刀矛所指,叛王可擒矣。谨布区区,聊当赎罪,如蒙传谕,乞告来人。匆促仓皇,书不尽意。谨白。

杨元帅将书看过,便与来人说道:"你回去上复你家军师,就说书中之意,本帅已经知道,叫他切切不可误约。"那小军答应着,回城去了。

到了城中,将杨元帅答应的话说了一遍。李智诚与鲲颖大喜,遂(随)命魏光达:"带领五百校刀手埋伏月城里面,但见杨一清进城,即便将他围住,能捉活的更好,不能务要将他杀死,算你头功。"又命温世保、高铭:"各带兵马二千,暗暗出城,明日三更,等敌营各军前来攻城,你便前去劫他的大寨,然后再回兵掩杀,不可有误。"又命孙康、刘杰:"明日务要与敌军混战,先挫他的锐气。"诸将答应,各去预备不表。

再说杨元帅自投书小军去后,便传齐众将,并与张永议道:"今者敌人有降书献来,暗约本帅明夜三更前去攻城,李智诚即为内应,诸位之意以为如何?"张永道:"此皆敌军因屡次失利,明知叛王难成大事,故有此举,元帅径去何妨。"徐鸣皋道:"老公公所见虽是,但某犹有虑者,其中必有诈降情事。因连日屡战屡败,将欲乘此机会,前来暗约,彼必料我大胜之后必有骄意,彼即乘此诈降,使我无疑,率兵前往,彼却阳为内应,阴实欲于进城时,出其不意图之。我若信以为实,是中彼之计矣。以某之意,不若将计就计,巩昌可唾手而得矣。不知元帅与老公公之意下如何?"

杨元帅道:"徐将军之言是也。某昨日已乘投书的小军,暗约下他了。虽然如此,但需两人预先进城,作为内应,不知哪两位可愿去一行?"

当下一枝梅与包行恭二人应声答道:"末将愿往。"杨元帅大喜道:"如慕容将军与包将军愿去,大事成矣。"因与一枝梅、包行恭二人说道:"明日我军前去挑战,务要与敌军混战,就中抢他数名小军回营,当即将他号褂脱下。慕容将军、包将军即可随时穿了,其余的号褂即分给心腹小军穿上,各带火种,暗藏兵刃,仍急时杂在贼军队中,一起混入城去,却暗暗埋在僻静所在。吾料城里面必有埋伏,三更将近,可就彼处放起火来,一面诈称已得了此城,先乱他的军心,一面便去开城,放我军直入。再乘此时,出其不意,将他领兵官杀了,使各兵无主,自相错乱。务要机密,不可有误。"一枝梅与包行恭得令下去。

杨元帅又道:"吾料贼军明夜必来劫寨,狄将军与杨将军可各分兵三千,在大寨两旁埋伏,但等贼军到来,即便两路杀出。大寨中须要预先让空,使他来中我计。我料敌军必以我之大寨空虚,出其不意来劫我寨,狄将军、杨将军务要小心,不可轻敌。"狄洪道、杨小舫唯唯退下。又命周湘帆、王能、李武三人说道:"你三位将军,可各带精锐二千,往来接应。"又命徐鸣皋、徐寿二人说道:"两位徐将军,可随本帅前去攻城。"徐鸣皋、徐寿二人亦唯唯听命。杨元帅吩咐已毕,各人俱皆大喜。

张永在旁,也大喜道:"元帅如此运筹,其决胜疆场必矣。"杨元帅道:"某料逆藩是巩昌一失,必潜往兰州去投周昂,能再得一人于兰州要隘把守,逆藩经过该处,就彼处擒之,则大事定矣。可惜徐庆尚在安化,某虽檄调回营,计算路程,尚有两日耽搁。"当下张永复又说道:"何不于往来接应这三支兵内,分出一支前去邀截呢?"杨元帅道:"老公公有所不知,这三支兵虽为往来接应,临时还另有他用,故不便分开耳。"张永道:"元帅既另有别用,只好如此,但愿逆藩明日就于城中擒住最好,否则再作计议便了。"杨元帅吩咐已毕,各将退出,仍回本帐而去,一宿无话。

到了次日,杨元帅即传齐各将披挂齐全,督令全队前去挑战。却好鲲颖也是全身披挂,领着各贼将出得城来。两阵对圆,杨元帅就于门旗下一马冲出,向着鲲颖故意说道:"逆贼,眼见你死在头上,尚不知耶?"鲲颖闻了此言,暗道:"杨一清,你今番却中孤家的妙计了。你死在头上,并不知道,还要反笑孤来。"心中想罢,口中也就大骂起来,随顾左右道:"你等今日可与那匹夫决一死战。"只听答应一声,各贼将蜂拥而出。

毕竟后事如何,且听下回分解。

# 第八十五回
## 一枝梅弹打魏光达　徐鸣皋枪挑王文龙

话说鲲颖吩咐各将与杨元帅决一死战,大家答应一声,个个奋勇争先,杀出阵来。这里杨元帅也命各将一起杀出,真个兵对兵,将对将,好一场混战。

就说一枝梅与包行恭,早已抢得五六个贼兵回营去了,当即将贼兵一刀一个,全行杀死,将所穿号褂脱下,自己与包行恭两人穿换起来,其余的号褂,即命心腹小军赶着穿好,仍暗暗出了营门,杂入贼军队里。复乱杀了一阵,只听两边鸣金收军,一枝梅、包行恭二人及心腹小军,一起混入城去。到了城内,即在僻静处所隐伏起来。等到天色已晚,便各处巡探了一回,果然东门月城内,有五百校刀手在那里埋伏。一枝梅、包行恭及心腹的小军,却暗暗藏在月城相近的地方,只待三更相近,好去行事。暂且按下。

再说杨元帅回至大营,到了初更时分,即命狄洪道、杨小舫各带精兵,前去埋伏。又命细作探听,城中如有兵暗地出城,速来禀报,细作也答应前去。到了二更时分,细作来报,城中已有兵马暗暗出城,皆在西南两门埋伏。杨元帅闻报,又吩咐周湘帆道:"此去西南三里,有名槐树湾,尔可率领所部去往那里埋伏。但听大寨喊杀之声,即便抄到帐后杀出,与狄洪道、杨小舫夹击贼众。"周湘帆得令而去。又命王能、李武道:"你二人率领所部,可去离此东南五里象鼻嘴埋伏。但听城中连珠炮响,王能即率所部抄到巩昌西门,去截杀逃走的贼众,如遇鲲颖,务要生擒过来,不得有误;李武可即率所部赶到东门,往来接应,如遇逃回各兵,即拦杀上前,以断归路,不得有误,均在明早一起进城。"王能、李武得令而去。

看看将近三更,一枝梅、包行恭二人伏在城内,即将外面所穿的号衣脱去,又命那几个心腹小军暗暗混入月城,以便接应。一枝梅便与包行恭穿着夜行衣靠,手执单刀,悄悄的走到月城外面,一伏身跳上营房,便将火种取出,就在营房上面放起火来。原来那些营房皆是上覆茅草,引火就着，一连放了数处，登时火焰腾空，照得各处一片通红。那月城内埋伏的贼兵，一见火起，就大喊救火。此时一枝梅带来心腹的小军，见外面已放了火，也趁着杂乱之时，取出火种，放起火来。里外一片声喧，皆喊有火。

魏光达知道有变，即刻传令各兵不可妄动，如妄动者立斩。此令才传下去，只见一枝梅、包行恭二人飞舞单刀，不问情由乱杀进来。那几个心腹小军，也就从里杀出。一枝梅大声喊道："尔等贼众听者，你家逆贼去献诈降书，我家元帅早已识破，现在城中已埋伏下数千精兵，西南两门俱已夺开，大兵已进城了。尔等如果要命，可速速将逆贼擒来，还可免尔等一死。"一面喊，一面乱杀。那些贼兵听见一枝梅这些言语，个个惊慌无措，便自相践踏起来，又见各处火焰通红，真不知城内埋伏了多少人马。

此时包行恭已将东门夺开，正要杀出城去，只见杨元帅大队人马已拥杀到来，走到城门边，一声炮响，所部各兵一起涌入进去。杨元帅坐在马上，才穿过月城，忽见魏光达手持长枪，迎面杀到。杨元帅说声不好，正要躲让，只见徐鸣皋的枪早已接住，就在月城外面大街上厮杀起来。正在难解难分，忽见魏光达手中的枪抛落在地，徐鸣皋一见，登时一枪刺魏光达于马下。你道魏光达的枪，好端端的如何抛落在地？原来一枝梅见徐鸣皋不能急切取胜，却暗暗放了一弹，正中魏光达手腕，因此魏光达手一松，登时将手中的枪抛落在地。

闲话休表，再说鲲颍正在帐中，专等魏光达前来报捷，忽见小军纷纷来报，先说各处火起，鲲颍已知有变。接着来报东门已被敌人打开，报事的尚未退出，又有人来报魏光达已被敌将刺死，鲲颍此时只吓得惊慌无措，望着李智诚说道："事急矣，如之奈何？"李智诚道："主公可急急上马，逃出城去，再作计议。"鲲颍不敢久待，登时飞身上马，只带着王文龙、孙康、刘杰三人保护前行，直往西门而去。

此时杨元帅在城内，一面分兵令将余火救熄，一面带领徐鸣皋、徐寿、一枝梅、包行恭四人，分头去擒鲲颍等贼众。先至巩昌府搜寻一遍，杳无踪迹，又去贼营内寻找，仍无下落。杨元帅知他已经逃走，即命徐鸣皋向西门追赶，一枝梅、包行恭分向东北两门追赶。只杀得满城中百姓鬼哭神号，纷纷的携儿挈女，向城外逃命。

却说鲲颍逃到西门，正欲出城，忽见小军跑到马前，跪下说道："禀大王，西门是出去不来了，现在敌军已在城外拦住去路。"鲲颍闻言，回马便向北门而去。才至北门，只见包行恭杀到。王文龙等一面保护鲲颖，一面与包行恭接杀。包行恭奋勇当先，手舞双刀，将孙康的右臂砍下一条，孙康负痛夺路，向南而走。鲲颖在马上只吓得魂飞魄散，带着王文龙、刘杰、李智诚三人，也向南门仓皇逃走。正向前进，远远见徐鸣皋手执长枪，迎面杀到。

王文龙一见，即向鲲颖说道："主公可急脱去外服，杂在百姓中，赶紧逃走罢，迟则恐误大事，末将当首先开路。"鲲颖闻说，逃命要紧，哪敢怠慢，即刻脱去外衣，跳下马来，杂在乱民中，与李智诚只朝南门逃走，王文龙当先，刘杰断后。走未移时，徐鸣皋已经杀到。王文龙接着死战，刘杰在后，也就上前来助王文龙接杀。徐鸣皋杀得兴起，拨开王文龙的长矛，顺手就是一枪，认定王文龙当胸刺到。王文龙心内一慌，手中一慢，不曾招架得及，已被徐鸣皋一枪刺中胸膛，挑于马下。回头还要来战刘杰，此时刘杰见王文龙又被徐鸣皋刺死，万万不敢再战，只得拍马狂奔，飞逃出城去了。所幸不曾受伤，出得城来，他也跳下马来，脱去铠甲，杂在百姓中，去寻鲲颖、李智诚。好容易寻了一会，这才寻到。

此时已将天明，三个人便落荒而走，不知不觉，又走到向兰州那条路去。看看天已明亮，只见前面有座古庙，三人走得实在困乏，便走到那古庙中暂为歇息。喘息甫定，忽听庙外人喊马嘶，渐渐离庙门不远。鲲颖此时吓得以手加额，望着李智诚道："先生，敌军若再寻进庙来，我等头颅皆难保矣。"李智诚亦大惊失色，因勉强说道："主公勿忧，敌军虽多，断不能寻找到此。"刘杰也道："如果敌军前来，末将拼着一死以保主公便了。"鲲颖道："将军此言差矣，将军虽勇如猛虎，其如手无寸铁何？"刘杰被这句话提醒了，他也不觉惧怕起来。

三八正要相对欷歔①，忽见庙外走进两个人来，大叫："在此了，把我等寻得好苦呀。"鲲颖一闻此言，真是三魂少去二魂，七魄只有一魄，只是坐在那里活抖。还是刘杰向那二人一看，因大喊道："温将军、高将军，你二位为何也到此地？前去劫寨，难道也中了敌人的计么？"温世保、高铭二人齐声答道："一言难尽，险些儿连性命都没有了。"瞥眼见着李智诚坐在旁边，因指着恨道："这才是我们军师的妙计，要去献诈降书，约人家前

---

① 欷歔(xī chuō)——相对着叹息，指前途渺茫。

来,人家来是来了,却把我们赶去了;还要前去劫寨,人家的寨却不曾被我们劫得,我们的巩昌城倒被人家夺去。这真是军师妙计安天下,陪了城池又折兵。"

欲知李智诚听了此言,说出什么话来,且听下回分解。

# 第八十六回

## 鲲颍败投兰州城　鸣皋暂领巩昌府

话说温世保、高铭寻到庙内，见了李智诚，将他责骂了一番，只羞得李智诚惭愧无地。此时鲲颍惊魄已定，见着温世保、高铭二人，即站起来向着二人说道："有累将军大败至此，皆孤一人之罪也。李先生非不尽心竭力，但未能知己知彼耳。"李智诚听了此言，更觉立身不得，只得强忍着向大家谢罪道："某一时见料不及，致累全军覆没，某实惭恨，然尚望主公与诸位将军，念某并无他意，误中诡计，随后再竭力图报，将功折罪便了。"

鲲颍等也无可奈何，只好罢了。因又问温世保、高铭二人道："你们前去劫寨，怎么也败得如此而回？"温世保道："末将奉了军师之命，各带所部去城外埋伏。等到三更时分，便暗地赶到敌营，一声喊奋勇杀入。主公呀，杀是杀进去了，进得大寨，但见灯火不明，毫无声息，只听帐外隐隐有衔枚疾走之声。末将等知道不妙，赶着就要退出，哪里知道一声炮响，伏兵齐出，左有狄洪道杀来，右有杨小舫杀来，也不知有多少人马，将末将等团团围住，犹如铜墙铁壁一般，左冲右突，只是不能杀出。好容易冲出重围，向帐后败走，不到半里，迎面又杀出一支兵来，前后夹击，末将等又死战了一阵，死伤兵丁不计其数。直杀到四更以后，指望内必有兵来接应，哪里晓得眼望穿头望断了，连一个兵都不曾来。末将那时心下就更加惊慌了，暗想道，难道城中真个以假成真了不成，不然何以一支接应兵不来呢？正在那里一面死战，一面暗想，忽听小军喊道：'将军，我们速速夺路走吧，城池已被敌军攻破了。'末将等一闻此言，只吓得魂不附体，几乎从马上跌落下来。那时只得舍命杀出重围，还指望复杀进城，杀他个反风灭火，哪里知道离城不远，忽又迎面杀出一支兵来。末将等又与他死战了一阵，正待夺路而走，后面的追兵又掩杀过来。那时末将等只得率领残兵，夺路向西而走，幸亏敌军不曾追赶。沿路走来，只见纷纷败残的小军齐声说道：'我们快逃命呀，主将等已被敌人杀死了，王爷已不知去向了。末将等在马上听得此话，好生着急，心中暗想，大约是微服杂在败军之中，逃出城了；又想此去离兰州不远，光景是向兰州而去。因此末将只奔此路，沿路探听主公消息，或者遇见也未可知。方才走至土瓦冈，见了一起土人。末将等就问他，可曾见有从城内败出来的人躲在什么地方，后来那一起土人疑惑末将等是敌军，便说道：'刚才见有三四个人，躲在前面东岳庙里去了。'因此末将到此看看，果然主公在此。但是末将等身受重伤，此地也非久居之地，万一敌军赶来，哪便如何是好？此去兰州只有百里之遥，一日便可直抵，以末将等愚见，还是请主公速到兰州，见了周将军再作计议，或再起大兵来复巩昌府，或去攻打他处便了。"

锟颖闻言，当下说道："为今之计，只有两处可去，除兰州而外，便是安化。但安化路途遥远，不若仍是前去兰州较为便当。"说着，即站起身来，同着李智诚、刘杰、高铭、温世保四人一起，出了庙门一看，见还有二三百名败残的小军，并十数匹马。锟颖就挑了一匹马，又叫刘杰、李智诚牵了两匹马过来，一起上马飞奔，直朝兰州进发。按下不表。

再说杨元帅克复了巩昌，当夜命一枝梅等各处搜寻锟颖，不见踪迹，知道他已杂在败军中逃走去了。一面吩咐将各处遗火扑熄，一面将巩昌府所有的仓库，命人看守好了。杨元帅就在巩昌府署暂住下来。一会子，徐鸣皋前来缴令，向杨元帅说道："末将奉命前去搜寻逆贼，不知去向，走至南门大街，却遇逆将王文龙逃走出城，已被末将一枪刺死。现在已割了首级在此，请元帅验视。"杨元帅复慰劳道："将军虽不曾擒获逆贼，已将逆将王文龙刺死，魏光达亦为将军所刺，其功也就不小了。"徐鸣皋道："魏光达被刺，实非末将之功。系慕容贞暗助之力。"杨元帅道："如何是慕容将军之力？本帅倒有些不明白了。"徐鸣皋道："若非慕容将军打了他一弹，断不能如此易擒。所以刺死魏光达，实慕容贞之功也。末将不敢冒功，还请元帅鉴谅。"杨元帅道："若非将军明白说出，不但本帅不能明白，还要有屈慕容将军，哪时如何令人心服？将军真乃忠直，可敬可敬！"

正说之间，一枝梅、包行恭、徐寿三人也前来缴令，皆道："逆贼不曾擒获得到，尚乞元帅恕罪。"杨元帅道："某料逆贼已微服杂入败军之中，逃走去了，只好再作计议。诸位将军且去外面歇息歇息吧。"徐鸣皋四人答应退下。一会儿，狄洪道、杨小舫、周湘帆、王能、李武俱皆前来缴令，又有小军抬了许多旗帜器械，皆系贼兵之物。狄洪道等便将如何围杀，如何贼将死战突围而去的话，细细说了一遍。杨元帅道："贼众虽已逃脱，幸喜克复了巩昌。即此一战，已足令逆贼丧胆了。诸位将军战功卓著，俟将贼众讨平回朝，再请圣上加酬勋绩，现在且去歇息歇息吧。"狄洪道等大家退出。杨元帅又命人将张永接入城中。

此时也已天明，杨元帅也略加歇息。一会儿又复起来，忙着出榜安民，又写了表章，飞驰进京报捷；又将仓库点查清楚；又命人将死的兵卒并归降的贼兵，暨所得旗帜器械，一一查明实数；又命徐鸣皋、一枝梅等仍然各率所部，驻扎城外，听候探明逆王下落，再行进兵；又命将城中受灾百姓暨焚毁的房屋查明，以便赈济。诸事已毕，先行养兵三日，随后再行进剿。却好徐庆、罗季芳已由安化回来，当下杨元帅即将徐庆唤至城内，问明一切。徐庆便细细将仇钺所说的话禀告明白，杨元帅大喜，即命徐庆仍回本帐。

这日探马来报："逆藩鲲颖，与贼将温世保、高铭、刘杰、李智诚等，均已投向兰州去了。"杨元帅闻报，复聚众将商议道："逆贼现已投往兰州，本帅即日就要进兵前去征剿，唯此城不可一日无人镇守。徐鸣皋老成谙练，拟留徐将军暂权府事，不识众意以为何如？"张永便道："元帅所见极是，留徐将军镇守此城，我等进兵也可放心得下，巩昌亦可保无意外之虞。"徐鸣皋闻言，即赶着谢道："末将知识谫陋①，万不敢领此重任，还请元帅与老公公斟酌另留旁人，末将仍随元帅前往。"杨元帅道："徐将军言之差矣，本帅以将军可托，故敢以重任托将军。若将军固执不受，是有意避重就轻了，窃为将军所不取。况此城关系甚大，若无的实可托之人，本帅便不敢擅离此地，势必待有人领此府事，然后才能进兵，虚延时日，逆贼又何日才可讨平呢？逆贼一日不平，则本帅一日不能奏捷，虚糜饷项，师老无功，纵圣上未必加罪，问心得毋自安乎？有将军权任府事，本帅便可进兵，直抵兰州，唯期早日讨平，上既免宵旰之忧，下亦免军士之苦。将军忠义素著，当亦有鉴于此，本帅之意已决，幸勿再辞。"

徐鸣皋见杨元帅说出这番话来，不敢再有推让，只得谢道："末将蒙元帅如此错爱，其实才疏识浅，惧不能胜，唯愿元帅早奏大功，巩昌领事有人，则固末将之幸了。"杨元帅见徐鸣皋答应，甚是喜悦，便留三千人马与徐鸣皋守城，其余带赴兰州。即日传令拔队起程，直向兰州进发。

毕竟何时克复兰州，且听下回分解。

———————————

① 谫(jiǎn)陋——浅薄、疏少。

# 第八十七回

## 拒王师周昂设毒计　审奸细元帅探军情

话说杨元帅将徐鸣皋留守巩昌,即日拔队直往兰州进发。在路行程不过两日,已至兰州境界。杨元帅即传令离城三十里下寨。各营得令,当即放炮安营已毕。

早有细作报入兰州,鲲颖即聚众议道:"今杨一清又提兵到来,当以何策拒之,使他不能长驱直入?"当下周昂说道:"主公勿虑,末将早已投下计策准备擒他了。"鲲颖道:"不知将军有何妙计可胜敌人?"周昂道:"今杨一清以战胜之兵直抵我境,彼必以为战无不克,攻无不利,末将即以此二意败之。明日彼必来索我,我兵只可败,不可胜,先骄其志,使彼毫不防备。然后城上虚设旌旗,若作弃城而走之状,一面再密令细作扮做工人模样,散布谣言,就说城中不足一千人马,且皆老弱无用,诱彼前来攻城。第二日便诈称主公等知势不敌,已于夜间率领各将出城,轻骑间道,潜投安化。敌军虽闻此言,断不敢轻信,须使细作进城探听,主公等可急急移驻北城外十里玉泉营屯扎,末将再与温将军二人,分兵前往东城外五里凤尾坡埋伏,刘将军、高将军二人,亦即分兵前往西城外七里三家甸埋伏。一面飞檄调取仇钺,火速提兵前来,以厚兵力。等杨一清来取兰州,即便放他大队入城,然后我们以大兵围之。兰州粮草本不丰足,我再将所有搬运出城,彼困城中,粮尽必死,此不战而自胜也。"鲲颖闻言大喜,当下夸奖道:"将军之计,可谓高出萧何,远胜诸葛矣。"于是密传号令,使各营预备,又于营中挑选老弱小军千余名,以为诱敌之用。诸事已毕,专等敌军前来索战不表。

且说杨元帅安下大营,即聚众商议道:"兰州一城本不难破,唯周昂智勇过人,谋略深远,尔等众位临阵时务要小心,万万不可轻视,如违令者立斩。"众将唯唯听令,暂息一日。次日,即命各军前赴城下讨战。当下众将皆是全身披挂,随着杨元帅齐赴阵场。只听大炮三声,出了营门,一字儿排开阵势,直朝兰州城下而去。

不一刻已至,杨元帅便令三军列成队伍,射住阵脚,当令一枝梅前去讨战。一枝梅答应,即便带领精兵二千,飞马跑至城下,大声喝道:"尔等听者,速报逆藩鲲颖知道,叫他早早开城,纳降受缚,倘再执迷抗拒王师,一旦大兵踏破城池,必致玉石不分,生灵涂炭,那时可悔已无及了。"话又未完,只听一声炮响,城门开处,早冲出一支兵来,当先马上坐着一员大将,手执方天画戟。一枝梅抬头一看,但见他盔甲歪斜,身躯疲惫,满脸的委顿之气,再看后面那些兵卒,个个皆是老弱无能之辈,所有的旗帜器械亦复东倒西歪,毫不齐整。一枝梅看罢,心中暗道:"闻得周昂谋略兼人,智勇足备,今观如此,只是一个卑不足道之辈,岂有如此老弱,可以敌得战胜的王师? 莫非此人不是周昂,即不然其中或有诡诈,倒要小心试验他一阵。"正自暗道,忽听马上那员大将高声说道:"来者何人,胆敢口出大言,目空一切,快快通过名来,待俺老爷擒你。"一枝梅见问,便大怒道:"贼将听了,俺乃总督兵马右都御使杨元帅麾下行军运粮都指挥慕容贞老爷是也,尔可是周昂么?"那马上贼将道:"既闻老爷大名,还不快快下马受缚。"一枝梅大怒,随即飞舞镔铁点钢刀,冲杀过来。周昂即将画戟接着,二人搭上手,便交战起来。周昂故意毫不用力,只得与一枝梅慢慢的厮杀,战了不足十个回合,硬卖个破绽,虚刺一戟,拨马就逃,回头向一枝梅说道:"俺老爷战不过你,毋得追赶,今且回城,明日再战罢。"说着,已回到本城去了。一枝梅看见那种光景,也不追赶,当即鸣金收军。

回至大营,杨元帅问道:"尔观今日敌将之情形乎?"一枝梅道:"便是末将也甚疑惑,若以周昂而论,断非如此军械不明,队伍不整。但与交战,逆将又毫不着力,不足十个回合,便自败回本阵,莫非其中有诈么?"杨元帅道:"以本帅观之,其中必然有诈。某料逆将周昂必然料我以战胜之兵来攻此城,一定内含骄意,毫不防备,彼即故示委顿,以诱我军前去追赶,他再出奇兵胜之,此骄敌之法也。以后将军等出阵,务要小心防备,不可中了他计,慎之慎之!"一枝梅道:"元帅所见极是,末将等当临阵时格外谨慎,偏不叫中他计便了。但有一件,似此旷日持久,则兰州何日可得呢?"杨元帅道:"本帅却有一计在此,明日可急急飞檄驰往安化,调取仇钺,使他星夜前来,诈称探悉鲲颖败退兰州,提兵前来助战,鲲颖必不疑虑,可于那时使仇钺出其不意,以擒逆藩。逆藩既擒,周昂便不足虑,我等可不战而定矣。"

一枝梅等皆道："此计甚是高明,但遣何人前去?"杨元帅道："说不得还要劳徐将军辛苦一趟才好。"徐庆答道："末将愿往。"罗季芳也便喊道："末将也愿与徐庆兄弟同往。"徐庆正要拦他,杨元帅当即止道："军中毋得乱言。此去用你不着,尔在军中,本帅自有差遣。如违军令,定按军法从事。"罗季芳见元帅如此威严,也就不敢开口,只得唯唯退下。当下杨元帅即写了书札,付与徐庆,饬令前去不表。

次日又命一枝梅去城下讨战,周昂并未出战,却换了刘杰出马。在阵上战未数合,刘杰仍然败去,一枝梅也就收军。第三日又去讨战,周昂出来,仍是如此,战不上十个回合,倒又败回本阵,一枝梅仍不追赶。一连三日,皆是如此,一枝梅好不纳闷,心中暗道："每日如此,哪里是冲锋打仗,分明如儿戏一般,便战上一年,兰州总难克复。"到了晚间,忽然听得各营中三个一堆,五个一起,唧唧喳喳,悄悄说道："我家元帅不晓得为什么那样胆小,贼军那样委顿,皆是老弱之辈,要照在巩昌的那样并力,与人家接仗,这两日兰州早已克复了。现在弄得战又不战,退又不退,不知是何缘故?"一枝梅听了,也觉有理。

忽然传说大帐里捉到奸细,一枝梅听说,便急急来到大帐。却好杨元帅已在那时审问,但听捉住的那人说道："小的实在不是奸细,是城中的百姓。只因早间出城,往小的亲戚家去借贷些银两,买些柴米回城。哪里晓得不曾遇见,又等了半日,才赶回来,不意城门已关,不能进去,误被元帅手下的人捉住。小的实是良民,并非奸细,可怜家中尚有老母妻子,元帅将小的照奸细杀了,小的一家数口全行没命,总要求元帅开恩,放了小的回城,那就积德不浅了。"说罢痛哭不已。杨元帅见了,也觉不是奸细,因问道："尔既说是城中百姓,尔可知鲲颍部下共有多少兵马,可实对本帅说来,或可饶你一死。若有半字虚言,定即斩首示众。"那细作道："元帅既问,小的实不敢隐瞒。城中现有兵马,不足三千之数,而且皆是老弱之辈。据小的看来,安化王才来了几日,却不曾知道他是什么性格。若论那个周昂,终日奸淫妇女,不问军事,城中的百姓实在受害不浅,但凡人家稍有姿色的妇女,都不敢出来,若被周昂见了,他便抢去奸淫。所以现在城中百姓,只盼天兵到来,将周昂杀了,好代合城百姓除害。还有一层,这周昂以为安化王重用他,他便肆无忌惮,无所不为,即如城中只有二三千人马,他瞒安化王说有五六千。昨日还传闻安化王见他出阵的那支兵皆是老弱之辈,便问他为何如此,他说什么先以老弱的兵出去诱敌,然后再出精兵,叫元帅中他的妙计。偏生安化王相信他的话,不知是什么缘故。"说罢便磕了个头,仍然跪在帐下。

　　毕竟杨元帅能否察出真情,且听下回分解。

# 第八十八回

## 杨元帅误困兰州　徐指挥踏翻贼寨

话说杨元帅听了那细作一番言语,真是将信将疑,便令人将他先行监禁起来,俟本帅打听明白城中果是如此,再去放他回城。下面答应,即将那个细作拖了下去。那细作还极口呼冤道:"说了真话,还是不放我回城,这不是白说了吗?"一路呼冤,出了大帐,自有人将他收禁起来,不必细表。

杨元帅当下即命人也扮着百姓,混入城中,细细探听。一夜无话。次日一早,便有小军进帐报道:"顷有探子来报,口称昨夜兰州城上已虚设旌旗,连刁斗之声都不曾有,不知是何缘故。"杨元帅听罢,即命探子再探。不一刻,又有小军来报,口称:"城内百姓纷纷出城,皆说逆贼昨夜三更时分,察知周昂所部之兵不能济事,又恐元帅大兵前去围城,不能抵敌,兰州一破,必成齑粉,因此连夜反王与贼将皆逃走出城,向安化去了。现在城门毫无拦阻,听凭百姓纷纷出来。"杨元帅听了,更加疑惑,即令一枝梅、徐寿、包行恭、杨小舫四人火速进城,细探的确,回来禀报。

一枝梅等答应,即刻进城细细打听。到了晌午时分,大家回来,皆说城中果然无一兵一卒,鲲颖等皆于昨夜三更时分逃走出城去了。杨元帅听说,还不敢委决,因道:"周昂智谋深远,断不肯弃城而逃,其中一定有诈,且再探听的确,再行进城。"一面又使细作去城外各处,细加探听有无埋伏。打听了一日,复又回报:"果无一兵一卒,实系逃往安化去了。"杨元帅听罢,便命大兵一起进城。到了城中,又各处搜寻,恐有埋伏火药之类。细细查了一遍,也果然绝无埋伏。杨元帅便将心放下,又命人将监禁的那人放了,不可冤屈百姓。杨元帅还不敢疏忽,仍命众将勤加防备,也算是慎之又慎。

哪里知道当杨元帅进城之时,早有细作去报周昂,将以上各情细细说了一遍。周昂闻言大喜道:"杨一清呀,任你这老匹夫深谋远虑,今番也要中我的计了。"当下即分命各营所有埋伏的精兵,务于两日后三更时分,衔枚疾走,火速飞往兰州围城,不得有误,如有稍形退后者,立刻斩首,以正军法。各营得令之后,俱各预备两日后三更前去围城,暂且不表。

再说杨元帅在兰州城中,看看又过了一日,并无动静,那些众将及各营守城军士,俱有些懈怠起来。杨元帅见已过了两日,毫无一点疑虑之处,暗料鲲颖与周昂等人光景,实因兵势不敌,潜投安化去了,也就略为松懈,拟再停兵一日,仍然拔队前往安化进攻。这日夜间,上自元帅,下至小军,大半皆去困卧不表。

却说周昂等各贼将到了两日后三更时分,便一起拔队,直朝兰州而去。真个是衔枚疾走,不闻号令,但闻人马之行声,如风卷残云,不到两三刻的工夫,全到了兰州城下。一声炮响,鼓角齐鸣,呐喊之声,震动天地,片刻间已将一座兰州城围得铁桶相似,真个是水泄不通。各贼兵齐声笑骂道:"杨一清呀,你还做什么元帅?我家周将军不过聊施小计,便将尔等所有兵马困在这兰州城内了,看你怎样出得此城?"

不必说各贼军笑骂不绝,且说杨元帅正在大帐打盹,忽听城外一声炮响,鼓角齐鸣,呐喊之声震动天地,猛然惊悟道:"某之不明,代累三军受苦了,此敌人饵钓之计也。"正自悔悟,忽见看守各城门小军纷纷来报道:"禀元帅,大事不好,贼众已将此城围得铁桶相似,不知有多少兵马,请令定夺。"杨元帅急急便令小军飞速上城,如贼将前来攻打,可急将檑木炮石一起打下,不可有误。小军得令,才退出去,一枝梅等个个进来,向元帅说道:"现在贼众已将此城围住,末将等愚见,可乘此时贼众尚未大定,急急带兵开城杀出,或可聊济于万一。若再迟延,贼众再加兵前来,更加坐困了。"杨元帅听说,向众说道:"一将无能,三军受累,某之不明,一至于此。诸位将军既愿决战,只是好极了,但恐不能突出重围,这便如何是好?"众将道:"末将等愿与决一死战,幸而有成,则固大幸,否则再作计议便了。"杨元帅听罢,即命众将合力攻打西门。

众将得令,遂即率兵开城,并力杀出,但见贼营中旗帜密布,毫无间隙可攻。众将看了一遍,也不管他铜墙铁壁,便一声呐喊,如天崩地塌一般,合力冲杀过来,抢刀就砍,举枪便刺,虽杀得那些贼兵神号鬼哭,还是不退,蜂拥围裹上来,杀了一层,还有一层。一枝梅等左冲右突,奋力死战,但见杀到东,贼众围到东,杀到西,贼众拦到西。自辰至酉,整整杀了一日,总不能杀出重围。贼兵虽折伤不少,却无一人退后,好似愈杀愈多。一枝梅等不但俱身受微伤,也觉异常困乏,只得仍退回城。杨元帅见了众将,好生叹息,便命各将且去歇息,再作计议便了。

过了一日，杨元帅又聚齐众将商议道："贼军围困，甚是危急，本帅之意，今日拟用声东击西之法，再去力战一阵。幸而能成，则固三军之幸，若再攻打不出，本帅唯有一死，上报朝廷，下慰三军便了。"张永道："元帅此言差矣，敌军围城不过两日，元帅何得遽存轻生之意。万一元帅有了意外，不但逆贼无人征讨，上负朝廷付托之重，便是众将及三军人等，就穷无所归了。元帅还请三思，总望以朝廷三军为重，则国家幸甚，三军幸甚。"杨元帅听罢，便悄悄与张永附耳说道："老公公你有所不知，城中不足十日之粮，若十日之内杀退贼军，还不妨事，倘若不然，必有内变，即无内变，则三军又将日食，某所以急不可缓者，正为此耳。"张永道："虽然如此，即连今日计算，尚有八日，安知这八日中，不可以退敌军么？今日即照这声东击西之法，仗诸位将军之力，且去再战一阵，或者人定胜天，也未可料。设再不能成功，再另设法，好在徐将军前往安化，计日也可到来，说不定仇钺也会一同提兵到此，那时何患贼众不能退乎？"

各将听说，皆道："老公公之言甚是有理，元帅请宽心，末将等情愿死力出城攻打。"杨元帅道："虽承将军等同心同德，但某实在抱惭无地了。"众将道："末将等感元帅大恩，虽肝脑涂地，也不足报于万一，而况冲锋打仗，皆末将等分内之事，元帅切不可顾惜。但愿早早突围，讨平逆贼，就是末将等之幸了。"说着，大家告退出去，各归本帐，又将所部各军勉励一番。幸喜兵心甚固，皆道："小军等深蒙将军看待，愿效死力。"各将大喜，随即分兵前往，一枝梅带领三千人马独出西城，攻打贼众，却是虚张声势；其余狄洪道等却暗暗攻南北两门城外贼众。

且说一枝梅出了西门，一声呐喊，直直攻入贼围，刀枪并举，剑戟齐施，左冲右突，奋力攻杀。那些贼兵仍然奋勇围裹上来，合力死战，真是愈杀愈厚。狄洪道等也在南北两门城外，并力死战，总不能杀出重围。一枝梅虽然骁勇，怎禁得贼兵死战不退，看看已抵敌不住，却待回城，忽见贼军后队渐渐倒退下去。瞥眼间，只见一人手舞双刀，飞马杀进，只可怜那些贼兵，碰着的，不是头开，便是脑碎，耳中只听齐声喊道："我们快些让呀！这位将军是从天上杀下来的呀！碰着了就要送命的呀！"只听得一片声喧，纷纷让开一条大路。那些贼兵自相践踏，死的也不计其数。一枝梅再仔细一看，见是徐庆，不觉喜出望外，也就抖擞神威，杀了出去。

毕竟如何杀出重围，且听下回分解。

# 第八十九回

## 上密书元帅得消息　托疾病游击设奇谋

话说一枝梅攻打西门外贼众，正在看看抵敌不住，却待率众回城。忽见贼等后队纷纷往下倒退，杀进一个人来，手舞双刀，杀得那些贼兵一片声喧，人头滚滚，倏忽间已让开一条大路，自相践踏，死者不计其数。一枝梅再仔细一看，见是徐庆，不禁喜出望外，也就抖擞神威，将镔铁钢刀向后一挥，那些所部兵丁，一个个精神百倍，呐喊一声，奋勇随着一枝梅杀了出去，接着徐庆左冲右突，如入无人之境。

杨元帅在城上看得真切，一见徐庆杀入，一枝梅又接着杀出，不觉大喜，也就飞令狄洪道等人一起杀出城去。诸公请教，这一起生力军一起杀出城来，又兼狄洪道等人个个武艺精强，本领出众，周昂等虽再猛勇，敌军不过这四五员猛将，我辈倒有十位英雄，已是寡不敌众，而况狄洪道等十人皆是死战不过的人，一得了势，自然是生龙活虎一般，谁可抵敌？

闲话休表，且说周昂正在那里指挥贼众，一见所部各军纷纷倒退，虽是军令森严，当此各要性命之时，怎样禁止得住，也只好不战自退。刘杰是遇着徐庆，被徐庆一刀砍为两段，温世保也被罗季芳一枪刺于马下。高铭被狄洪道砍了一刀，幸亏跑得快，不过身受重伤，不然也结果了性命。周昂见众将死的死，伤的伤，独力何能抵敌，也只好率领败残兵卒，逃往玉泉营，与鲲颖合兵一处去了。

这里一枝梅等六位英雄大获全胜，所得贼众兵马器械粮草不计其数，当下一起进城。杨元帅与张永亲自出城迎接，当即慰劳了一番，同至大帐。徐庆即禀道："末将奉令前去安化，潜入县城，亲见仇钺，说明原委。彼时仇将军已接到鲲颖伪檄，饬令飞速提兵到此，仇钺属令末将上复元帅，请元帅宽心，他即日也就提兵到来，等至此地，那时便见机行事，断不有误。"杨元帅大喜，当日大摆筵宴，与众将庆功，并杀牛宰马，犒赏三军，众将俱各尽欢而散，这且不表。

且说鲲颖正在玉泉营坐听捷报，忽见周昂大败而回，当下这一吃惊非同小可,便问周昂道:"如何败得这样光景?"周昂便将以上各情各细说了一遍。鲲颖大恨道:"孤自出兵以来,战无不克,攻无不利,所至之处皆望风而降,不料杨一清这个老匹夫一来,就把孤家败得如此模样,折兵损将,所有精华全尽于此,这便如何是好?"周昂道:"现在只有一法,唯俟仇钺到来,再与他决一死战,胜则好极,不胜再作计议。且仇钺旦暮也该到此,计算时日,明日一定要到,主公请暂放宽心,且等仇钺来此,大家再为合计便了。"鲲颖没法,只得权在玉泉营暂驻,专等仇钺提兵到来。

又等了两日,却好探子来报,说安化营游击仇将军亲提精兵三万,星夜前来,明日晌午即可到此了。鲲颖闻言大喜,即命李智诚迎接上去。李智诚那敢怠慢,即刻上马飞奔去了。走了半日,已迎到仇钺的前队。李智诚便差人去报,前来慰劳。

仇钺闻说,即饬令小军传报,现因感冒风寒,不便见客,但问安化王大营现在驻扎何处,连日两军胜败何如。小军飞马到了前队,将仇钺的备细告诉了李智诚,又问了安化王驻扎处所及两军胜负情形。李智诚便告知小军道:"安化王现驻兰州北门外玉泉营,前日与杨一清一阵,败得全军覆没,现在专等仇将军前来计议报复。你可告知仇将军,就说王爷立盼前去便了。"说罢,李智诚仍然飞马玉泉营而去。这里的小军也就将李智诚的话回报了仇钺。

李智诚赶回玉泉营,见着鲲颖说道:"仇钺感冒风寒,并未见面,但问了大营驻扎何处,连日两军胜败情形。"鲲颖听说,便与周昂说道:"仇钺又感冒风寒,即便大军前来,也断不能带病出战,如此挫顿,只是从哪里说起?"周昂道:"仇钺虽然有病,不过是感冒风寒,一两日也就可以告愈,主公倒不必以此为虑。且等他明日到来,末将便先去他营中商议妥当,一俟他告愈,即可出兵了。"鲲颖道:"仇钺明日一到,就烦将军前去一走,究竟如何计议,好使孤早为放心。"周昂答应退下,接下慢表。

且说仇钺闻知杨一清大胜,即刻写了密书,专差心腹送往兰州投递。杨元帅接着仇钺密书,登时拆开观看,见上面写道:

游击将军仇钺谨再拜顿首,上书于杨大元戎麾下:

　　某前奉赐函,谨将各节已由徐将军转呈聪听,当邀鉴及。昨者驰抵周家岗,有伪参谋李智诚驰赴卑营,据称系奉安化前来慰劳。某当即托疾未见,但将两军情形略问大概,旋据李某复称安化全军覆没,立盼某星夜驰往,计议报复,作背城一战。某闻之额颂者再,足见老元戎智谋足备,使逆藩不敢轻视,从此寒心,上奠国家磐石之安,下拯生灵涂炭之苦,某望风引领,敢不佩服。唯逆藩一日不获,则某等一日不安,即逆藩左右,亦一日不能俯首贴耳。为今之计,某明日即可驰抵玉泉,仍以患疾为辞,托病不出。逆藩知某抱病,而又急于星火,必使左右心腹前来问计。某当于彼时暗伏武士,先将其心腹摔杀,然后轻骑出营,直达逆藩大帐,出其不意,就帐中执缚之,送投麾下听候处置。区区之忱,用敢密布。

仇钺顿首

杨元帅将书看毕,抚掌大喜道:"难得仇将军如此深谋,国家之幸也。有此一举,鲲颖擒之必矣。"当将来书递与张永看视。张永看毕,也是大喜。

这日仇钺行抵玉泉营,安下营寨,一面密令心腹武士道:"尔等于帐后埋伏妥当,但听呻吟之声,即便出帐擒获贼将,不得有误。"心腹武士得令而去。一面使人前去鲲颖大营报道,并报患疾未愈,不能出营。

当有小军报入帐去,鲲颖闻仇钺已到,甚是欢喜,但患疾未愈,不能出营,小有不乐。当下即朝周昂道:"将军可至仇钺营中一走,就说孤闻他患病,甚是放心不下,特差将军前去问视。然后再将孤大败之后,日望他前来报复,连日急于星火,今既到此,却又不料抱病未能出营,但宜如何设计之处,一洒孤家覆败之耻,愿代孤早与将军计议,以俟先期预备,俟他一经病愈,即可作背城一战,以复前仇。将军与仇钺计议之后,即望火速来营,俾孤家早早放心,千万勿误。"周昂唯唯答应,当即飞身上马,直望仇钺大营而去。

不一刻已到,当令营门小军传报进去,那小军当下回报道:"现在主将因感冒甚重,不使见客,还请将军明日再来。"周昂又朝那小军说道:"尔可进去告知你家主将,就说周某系奉安化王爷之命前来,有机密事与他商议。就便抱病不能出帐,虽卧帐之内也可谈心,尔速去通报。"那小军这才走了进去。

毕竟周昂见了仇钺如何,且听下回分解。

# 第 九 十 回

## 轻骑飞来叛王受缚　诸城克复元帅班师

说话小军通报进去，不一刻出来，朝周昂说道："仇将军现方偃息在床，不能远迎。既是将军奉了王爷之命，有机密事面议，便请将军进去面谈。"周昂闻说，即昂然直入。到了后帐，有小军传报，周昂进里面坐下，但见仇铖身裹棉被，蒙头而卧。周昂便近前问道："仇将军别来许久了，王爷闻得将军欠安，实是放心不下，使某特地前来问视。不识将军近时如何，可稍愈否？"仇铖听问，慢慢地将头伸出，低声说道："恕某抱命在身，未曾远迓，抱罪之至。某自前日中途感冒，日来愈觉沉重，但觉心神烦扰，日夜不安，究竟不识是何病症，还请将军于王爷前代为告罪。某一经稍愈，即便驰往谢罪请安。唯近日两军胜负情形，前日匆匆不曾细问，还望将军备细言之。"周昂见问，当下答道："便是王爷，也为此事特遣某亲来问计。"因将以上大败情形，说了一遍，复又说道："似此全军覆没，王爷急思报复，一洒前耻，但现在既无良将，又乏精兵，则报复前仇唯在将军掌握之上，不识将军当以何策破之？愿即赐教，以便复命。"

仇铖闻言，因即长叹说道："大势去矣，为之奈何！"说了这两句话，便自长叹不已。周昂方欲再问，只见帐后伏兵猝然齐出，各执利刃，直扑周昂杀到。周昂还欲拒敌，已来不及，登时被乱刀砍死。此时仇铖早已下床，见周昂已死，即刻命人备马。当有小军将马牵过，仇铖即拨了五百名精锐，各执短刀，飞身上马，手持一杆烂银枪，直朝蜫颖大帐风卷而来。

一会子到玉泉营，也不通报，带着五百名精锐，一马当先，飞驰入帐，大叫："逆王何在，快快出来受缚。"一言未毕，那五百名精锐呐一声喊，团团将一座后帐围绕起来。仇铖跳下马，弃了手中枪，拔出腰间所佩宝剑，直入内帐搜寻蜫颖。

此时蜫颖疑惑敌军寻来，已是吓得魂不附体，在那里乱抖，一见仇铖进来，又疑惑他前来保护，当下便大声喊道："仇将军速来保孤性命。"仇铖闻言，暗暗骂道："好逆贼，死在头上，尚自作梦耶！"也就应声答道："来也。"说着飞身进前，一伸手便将鲲颖擒了过来，往地下一掷，喝令小军："将这逆贼绑了。"小军答应，哪敢怠慢，立刻上前绑好。鲲颖见如此光景，向着仇钺哀哀说道："将军何故如此，孤不曾薄待于汝，何至恩将仇报耶？"仇钺道："你虽不曾薄待于我，我也曾恩劝你来，怎奈你不听良言，但思谋叛。朝廷又何曾薄待于汝，身为藩邸，世受国恩，不思体国公忠，反自图谋不轨，乱臣贼子，人人得而诛之，尔尚有何言，敢自强辩耶？"鲲颖听罢，只得长叹一声道："罢了罢了，吾不料今日为汝所算，抑亦自取之咎也。"说罢也就闭目不语。

仇钺当下见鲲颖已经捉住，复到帐外大声喝道："尔等各军听者，逆王今已被获，尔等谁无父母，谁无妻子，若及早归降，尚可免尔等一死。情愿从军者，归入本将军部下听候调遣，为朝廷忠义之兵，其有不愿从军者，准其各回原籍，仍为良民。倘再执迷不悟，本将军剑下是断不容情的。"话犹未毕，只见那些败残的兵卒一起跪下，大声说道："蒙将军大恩，赐我等不死，皆情愿归入部下听候调遣，永远不敢或生异心。"仇钺见各军情愿归降，也就好言安抚了一遍，喝令退下。各军欢声雷动，齐立起来。

仇钺正要命小军将鲲颖抬往军中，忽见李智诚膝行而来，走到面前，也求仇钺收入部下。仇钺闻言，哈哈大笑道："逆王如此皆足下之功也。某不才，不敢越分以留足下，且无卑礼厚币以礼足下，今既荷蒙不弃，某无他物以隆报施，唯有这所佩宝剑可以奉赠，聊当琼瑶。"李智诚闻言，知已不妙，仍自哀求说："将军幸免一死，某当结草衔环，以报大德。"仇钺连听也不听，即掣出佩剑，挥为两段。鲲颖在旁，睁开两眼一看，只吓得昏晕过去。仇钺即命人将李智诚掩埋起来，又命将合营所有的粮草军械，均查点清楚，装载已毕，一同鲲颖押运入城。

不一刻已到城下，仇钺骑在马上，高声喊道："烦守城将军到元帅前通报一声，就说游击仇钺已将逆藩鲲颖擒获，并所有粮草器械，一起亲自押运，前来献纳，即望开城。"守城将士闻说，便在城上往外一看，果见绑缚着一人，后面还有许多车辆，百十名小军在那里押运。守城官看毕，当在城上往下说道："仇将军请稍待，即便去禀元帅便了。"仇钺答应，在城外等候。守城官即刻飞跑下城，去大帐禀报。杨元帅闻得仇钺已将鲲颖擒获，押解前来，好不欢喜，当即传齐众将，并约同张永，一起迎出城外来。

到了城外，杨元帅即笑声说道："仇将军请了。"仇钺见杨元帅率领众将亲自迎出，赶即跳下马来，躬身谢道："末将何德何能，敢劳元帅台驾，使末将罪无可逭①了。"杨元帅道："小将军讨贼之功，便是朝廷尚嘉其绩，况某同为朝廷之臣，敢不敬恭将事，唯未能远迓，尚觉抱歉耳。"说着，即与仇钺并马入城。

到了大帐，杨元帅邀入，又令仇钺与张永相见，暨与众将招呼已毕，便分宾主坐定。张永即向仇钺说道："将军讨贼勤王，上分宵旰②之扰，下救生灵之苦，某等实深感佩。俟回朝之日，当再于圣上前保奏便了。"仇钺道："岂敢岂敢，为臣当忠，为子当孝，此皆分内之事，荷蒙谬奖，实深汗颜。"张永又谦逊了一回，仇钺又道："今者叛王已获，应如何处治之处，还请元帅定夺。"杨元帅道："既已押解到营，在某之意，似应押解到京，听候圣上做主，究竟名正言顺，不识老公公之意以为如何？"张永道："元帅之言，甚是光明正大，即如尊意便了。"

杨元帅即命将鼷颖推解进来。杨元帅问了他一遍道："你到此有何话讲？不思上报朝廷厚恩，反要潜谋不轨，今已被捉，尚复何尤，本帅看你有何面目去见圣上？"鼷颖便骂道："老匹夫，孤自造反，于你何干？今虽遭擒，亦不过误中诡计，此孤之不幸尔，何得引为己功？无耻匹夫，可耻孰甚。"张永在旁大怒，便要来打，杨元帅道："老公公何必为这野蛮作恼，他不过无话可说，借此解嘲耳。"张永怒犹未息，杨元帅即命众将将他打入囚车监禁，严加看守，听候押解进京。当下众将答应一声，即刻将鼷颖拖到后帐，打入囚车去了。

这里仇钺又将所得器械粮草，一一献上，交纳清楚，杨元帅命军政官收入。当日又大摆筵宴，犒赏三军，并留仇钺在帐宴饮，俱各尽欢而散。当晚杨元帅即飞折进京报捷。

次日，杨元帅与张永又去仇钺营中劳军，仇钺便留元帅、张永在营筵宴。席间，元帅便谈及阶州各州府县尚未平定，仇钺道："此不消元帅费心，末将已筹之熟矣。阶州守将武方肃，与末将有素③，但须末将一纸草

---

①　可逭——可以赦免。

②　宵旰(gàn)——"宵衣旰食"的略语，天不亮就起身穿衣，晚上才吃饭。旧时称谀帝王勤于政事。

③　有素——有交往。

书,备言厉害,彼必望风来降。阶州一定,其余各属自不战而定矣。"元帅大喜,即命仇钺作书,差人投往。筵宴已毕,元帅、张永仍回兰州,坐待各处消息。

不过半月,各路皆定,驰书来降。杨元帅一面传令仇钺仍回安化镇守,一面传令各营,准备三日后班师,复又写了表章,具奏各路皆平,并报班师日期。却好巩昌府已奉旨派有人去,徐鸣皋也即卸事,驰抵兰州。大家接着,甚是欢喜。到了第三日,杨元帅即命拔队起程,一枝梅与徐庆二人押着鲲颖的囚车,随着大队。只听三声炮响,元帅班师,出得城来,一路上浩浩荡荡,直朝京城而去。真是鞭敲金镫响,人唱凯歌还。

毕竟后事如何,且听下回分解。

中国古典文学名著丛书

# 七剑十三侠

## 下

〔清〕 唐芸洲 著

华夏出版社
HUAXIA PUBLISHING HOUSE

# 第九十一回

## 平逆藩论功受赏　避近幸决计归田

话说杨元帅班师回京,在路行程非止一日,这日已到了京城,当将大队人马扎在城外。次日天明,杨元帅、张永便率领徐鸣皋等十位英雄,进城复命。当有黄门官启奏进去,却好武宗早朝未罢,见说杨一清已班师回来,即刻宣进召见。黄门官传旨出来,杨一清、张永即便带领徐鸣皋等入朝见驾。

到了金殿,杨一清等众即俯伏金阶,三呼已毕,武宗钦赐平身,大家又谢了恩,这才归班,站立一旁。武宗先温谕了一回,然后将讨贼各情问了一遍。杨一清细细奏呈上听,并云:"逆藩安化王现已押解来京,伏候圣上发落。"武宗闻奏,即命人将鲲颖送交刑部监禁,候旨处决。张永又将杨一清如何勤劳,徐鸣皋等如何奋勇,仇钺如何设计(可)讨贼,非破格奖赏,不足以酬功绩,奏了一遍。武宗闻奏大喜,当下即面赐加封杨一清为吏部尚书,兼授武英殿大学士,仇钺着传旨加封咸宁伯,徐鸣皋等皆封将军,俟后有功,再加升赏。各人谢恩已毕,武宗又传旨:着拨库银三万两,为犒赏三军之用,所有随征各军,即着徐鸣皋暂行统带,杨一清着即入阁,兼管吏部事务。杨一清与徐鸣皋复又出班谢恩。武宗退朝,各官也即朝散。次日,武宗传旨:鲲颖着即斩首示众。由此逆贼即平,朝廷便太平无事,又兼杨一清入阁问事,更是内外严肃,君臣一德,同心共治太平天下。按下慢表。

且说宸濠自七子、十三生、十二位英雄破了余(徐)半仙的迷魂阵,宸濠虽也稍为敛迹,但那谋叛之心,却未尝一日或忘。接着又探听得杨一清讨平鲲颖,徐鸣皋等皆为朝廷所用,因此不敢仓促举兵,只有潜蓄叛党,以待时日。这且不表。

却说张永自随杨一清讨平鲲颖,武宗即宠幸异常,由此日与江彬用事。江彬欲攘永权,累导武宗远游。武宗为彬所惑,于是巡幸不时,又兼义子钱宁用事,朝政几又浊乱。会正德九年正月乾清宫灾,八月京师地震,十二年夏京师大旱,杨一清既入阁问事,见此连年灾异,不敢隐忍;又因武宗巡幸不时,朝臣屡谏不听,不得已上疏奏陈时政,讥切钱宁、江彬近幸等人。钱宁、江彬切齿痛恨,江彬因说道:"杨一清这老匹夫如此可恶,怎得设个法儿,将这老匹夫赶出,我辈才可为所欲为。"钱宁道:"这却不难,可如此如此,包管那老匹夫不久就要见罪于圣上了。"

过了两日,果有优人造成蜚语,妄说杨一清妄议国政,跋扈朝廷,奴隶廷臣,交通外党。却好这日武宗张乐饮宴,优人便将所造各蜚语乘间报之,武宗果相信不疑。次日上朝,面责杨一清各事,杨一清当下吓得汗流浃背,即叩头奏道:"臣世受国恩,虽肝脑涂地,不足报于万一,臣又何敢跋扈朝廷,擅揽国政?尚乞圣上明察暗访,果有前项各事,请治臣以不臣之罪;若无此事,必有近幸妄造蜚语,以惑主听,亦请圣上务查造语之人,治以诬蔑之罪,则国家幸甚,微臣幸甚。"武宗闻奏,便朝杨一清笑道:"朕前言戏之耳,卿何必如此认真耶。朕岂不知卿之为人素称忠直,而顾有如此之妄乎?卿毋介意便了。"杨一清当下又叩头谢罪道:"臣诚有罪,唯愿圣上亲贤臣,远小人,臣虽碎身粉骨,亦所愿耳,臣不胜昧死以奏。"武宗闻奏,不觉微有不悦道:"卿所奏亲贤臣、远小人二语,贤臣自宜亲近,但不知朕所亲小人者何在,想卿有所见闻耳。"杨一清见问,知武宗不悦,赶着叩头奏道:"聪明神圣,莫如陛下,岂不知亲贤臣、远小人,原不足为臣虑。臣所以不得不奏者,欲陛下防之于将来,不必为小人所惑,臣亦庶几报恩于陛下耳。幸陛下察之。"武宗见杨一清说得委婉,方才息了怒容,退朝进宫而去。

各官朝散,杨一清回至私第,心中想道:"现在圣上偏见不明,我若久恋朝廷,必难终局,不若乞休归田,尚可保全晚节。"因与夫人田氏言道:"卑人现年已过花甲,日渐颓唐,儿子尚未成立,若久恋爵禄,殊觉非计,况当此阉宦专权,我又生性刚直,一举一动,大半不满人意。现在圣眷虽隆,却不可恃,尝言道'伴君如伴虎',倘若一旦圣心偏向,败坏晚节,反为不美。不若趁此急流勇退,解甲归田,做一个闲散农夫,颐养天年,反觉得计。至于名垂青史,功在简编,后世自有定论,此时亦不必计及。卑人立意如此,不知夫人意下如何?"田夫人闻杨相之言,便喜道:"老爷所虑甚是。现在钱宁、江彬一流专权用事,眼见朝纲紊乱,圣上又宠幸异常,老爷又刚直不阿,难保不为若辈所忌。乞休之计,甚是保全之道,但不识圣上可能允准否?"杨一清道:"不瞒夫人说,今早上朝,圣上即责卑人数事,说卑人揽权专政,跋扈朝廷,卑人当奏告圣上,此必有小人妄造蜚语,上惑君听,并劝圣上亲贤臣远小人,哪知圣上不察卑人之言,反有不悦之意,问卑人所谓小人何在,幸亏卑人委婉奏对,圣上始觉转怒为喜。因此卑人见此情形,唯恐圣上偏听不明,谗口铄金,事所必至,与其有失晚节,不如及早罢休,所以卑人才有这归田之意的。若谓圣上不准,卑人逆料断无此事。现在钱宁一流只虑卑人不肯乞休,若果上了这乞休表章,即使圣上有留用之意,钱、江辈亦必怂恿圣明准我所请,我于那表章上再说得委婉动听,必然允准的。"

此时杨相的公子,名唤克贤,年方一十三岁,听得杨相这番议论,也便恭恭敬敬的说道:"爹爹方才与母亲所言,孩儿亦觉甚善。在孩儿看来,做官虽有光耀,却是最苦之事,人家觉未睡醒,五更甫到,便要上朝,每天还要面皇帝叩头,更要跪在那里说话。少年人还可劳苦,如爹爹这偌大的年纪,早起晚睡,怎么能吃这样苦? 官却不可不做,古人有言:'显亲扬名'。正是这个意思。若长久做下去,也殊觉无味,不如依爹爹主意辞去爵禄,安稳家居,每日又不需起早,无事的时节,或同朋友下棋,或自己看书,或与母亲闲谈闲谈,或教授孩儿些古往今来之事,在家享福,何等好? 等爹爹过到一百岁,那时孩儿也成人了,便看着孩儿去中状元,再如爹爹这样大的官做几年,代皇上家立一番事业,建下些功劳,再学爹爹今日归田的法子。"公子言毕,杨公大喜,便笑道:"我儿,为父的就照你这样说,明日上朝面奏一本,决计归田便了。"

少刻摆上午饭,夫妻父子用饭已毕,即命家丁将徐鸣皋等请来,有话面说。家丁答应前去,一会儿徐鸣皋等十位英雄齐集相府。杨丞相与徐鸣皋等分宾主坐定,徐鸣皋却首先问道:"丞相见召,有何示谕?"杨丞相便叹了口气,说道:"诸位将军有所不知,现在朝廷阉宦专权,钱宁、江彬等颇得近幸,眼见朝纲紊乱,不可收拾,老夫目不忍视,圣上又偏听不明,现在老夫年纪已大,不能顾全朝政,与其素餐尸位,不如解甲归田。因将军等皆国家栋梁,忠义素著,所以老夫特请诸位到此,用告一言。老夫乞休之后,诸位将军当以上报国为重,锄奸诛恶为心,而且宸濠叛迹虽未大明,终久必为大患,那时总赖将军等竭力征讨,以定国家磐石之安。老夫虽已乞休,亦属不得已之举,还望将军等俯听老夫一言,共相自勉,则老夫有厚焉。"杨丞相将徐鸣皋等勉励一番,若有恋恋不舍之意。

毕竟徐鸣皋等说出什么话来,且听下回分解。

# 第九十二回

## 杨丞相上表乞休　王御史奉旨招讨

话说杨丞相将休乞的话告诉了徐鸣皋等十位英雄，又勉励了他们一番，当下徐鸣皋等齐声说道："以丞相威望素著，圣上又宠眷极隆，朝廷正赖丞相匡扶，与同休戚，一旦归田解甲，在丞相固计之得，独不念朝廷辅佐无人么？尚望丞相收回成命，上为朝廷出治，下悯赤子苍生，非特国家之幸，亦天下人民之幸。至于末将等荷承垂示，敢不竭忠报国，以负丞相提拔之恩。宸濠叛迹虽未大彰，数年内必有举动，那时末将自遵守丞相训言，竭力诛讨，总期上不负国，下不忘本便了。"杨丞相听罢大喜道："难得将军等忠义为怀，将来必为一代功臣，是亦老夫拭目而俟。至老夫归田之意，虽承将军等如此劝勉，其如老夫无心爵禄，不敢立朝，做一个闲散村夫，于心尚觉稍适。朝廷政事，老夫虽去，踵接者不乏其人，自能匡辅有功，勤劳王室。即使老夫心存恋栈，亦不过为朝廷之上一具臣而已，得失何关焉。其志已坚，牢不可破，明日当即上本乞休了。"徐鸣皋道："丞相其志虽坚，特恐圣上不行，丞相亦不能过拂圣意。"杨丞相道："近幸专权，如老夫刚直不阿，圣上虽明，究不免为若辈所惑，而且若辈望老夫归去久矣，老夫不上本乞休则已，既有此举，断断乎无挽留之意也。"徐鸣皋等不便再言，只得告退而去。

杨一清到了晚间，便就灯下缮成表章，自己反复看了一遍，觉得颇为委婉动听，因自道："此本一上，不患不准我乞休，从此可以世外优游，不入软红尘土了。"当下又与夫人略谈了一会，然后安寝。

到了次日上朝，文武百官朝参已毕，杨丞相便出班俯伏阶下，将乞休的表章呈递上去。当有近侍接过来，呈上御案，恭呈御览。武宗将表章打开一看，只见上面写道：

武英殿大学士兼吏部尚书臣杨一清跪奏：

为微臣老迈，昏聩糊涂，吁恳天恩俯准休退，恭折仰祈圣鉴事。

窃臣以樗栎之才，荷蒙先帝知遇之恩，授臣总制三边都御史之职，叠蒙宠眷，逐次升迁，迨我皇上御极以来，又复优加无已。涓埃未报，敢惜微躯？伏念相臣有燮理之权，吏部有察吏之责，非精明强干之才，不足胜此重任。臣生质素弱，加以愚昧，已自兢惕时虞，近复老迈日增，身多疲疾，凡遇应办之事，辄多昏聩糊涂，倘再恋栈之心，必致忧深丛脞，败坏朝政，贻误机宜，负国辜恩莫此为甚。而此沥陈下情，仰求我皇上俯念微臣老迈，难膺重任，准予告退，则国事幸甚，微臣幸甚，臣不胜感激悚惶之至。所有微臣老迈吁恩告休下情，理合恭折具陈，伏乞皇上圣鉴训示。谨奏。

武宗览表已毕。便提朱笔批道："武英殿大学士兼吏部尚书杨一清，现虽年过花甲，举动尚见精强，何以无志功名，遽思引退？既据陈请各节，始念两朝元老，不忍强留，着加恩准予乞休，并着户部拨给养赡田百亩，以供晚年，用笃朝廷轸念老臣之至意。钦此。"批笔掷下，杨一清敬谨捧读了一遍，复又叩头谢恩。武宗又慰劳了几句，然后退朝。在朝诸臣，知武宗准了杨一清告退的本章，并赐赡田百亩，无不互相议论，有羡慕他急流勇退，有说圣上待他恩宽的。更有那平时畏惧他，见他告退，便喜欢无限的。为最是钱宁、江彬等人，心中极为畅快，暗道："这老匹夫到也知机，知道我们将来定不饶他，便来告退，只是太便宜他了。"闲话休表。

且说杨丞相回归私第，早有夫人公子接着，跟进书房，杨丞相便换便服。用过早点，夫人便问道："今日面奏乞休，圣上如何降谕？"杨丞相便奉旨允准，交赐赡田各节说了一遍，夫人公子大喜。此时徐鸣皋等早已知道，便来道喜，接着各家公侯，六部九卿，朝詹科道，将军提督，亲戚门生之类，均来道贺，张永也前来贺喜，杨丞相俱各款待，曲尽殷勤。到了次日，即将承办的公文案卷，悉心检点，交卸下任。又往各处往拜了一会，即率同夫人并家丁仆妇人等，收拾行装。约有半月光景，便雇了二三十辆大车，将所有动用物件以及行囊细软，俱于先一日装上大车，由家丁押解前往。次日仍上朝陛辞，武宗又安慰了几句，这才出朝。早有在朝文武诸臣前来送别，杨丞相又再三致谢，然后率领妻子出京，到北通州雇换民船，沿途水陆并进，直朝镇江原籍而去。

不一日到了镇江，自有许多亲戚故旧前来迎接。杨丞相进了府第，部署了好两日，又至各处往拜了一回，然后与夫人公子安居乐业，在镇江府第安享清福，终日咏诗饮酒，种竹栽花。或遇美景良辰，便邀约几个至好朋友,饱览金焦山色,及时行乐,好不逍遥。朝廷虽有天大的事件,他也毫不顾问,真个是杯泉养志,富贵神仙。直至宸濠举兵谋叛,武宗御驾亲征之后,正德十五年闰八月武宗巡幸南京,避雨瓜洲,顺道镇江,幸杨一清私第,那时杨丞相尚精神矍铄,此是后话。

　　王守仁在朝,不必细说。且说朝廷自杨丞相罢休之后,钱宁等就毫无忌惮,却还有一个究竟有些不便,却又怂恿武宗,将王守仁设法去放外任。却好南安、横水、桶冈诸寨贼首谢志山等,漳州缚头诸寨贼首池大鬓等,接连江西、福建、广西、湖广之交,方千余里皆乱。兵部尚书王琼特上荐书,保奏王守仁。武宗便命王守仁为佥都御史、巡抚南赣汀漳、兼总督兵马招讨诸贼事宜,由是钱宁、江彬等大快。王守仁既奉旨巡抚招讨江西各贼事务,便奏调徐鸣皋等十位英雄随征,并请将杨一清所部之兵拨归统带。武宗准奏,即降旨徐鸣皋等,均着派往王守仁大营效力,俟讨贼有功,再行升赏。王守仁当即谢恩出朝,便将杨一清所部带往江西讨贼。

　　毕竟后事如何,且听下回分解。

# 第九十三回

## 料敌情一番议论　剿贼寨五路进兵

话说王守仁亲统六师，仍以徐鸣皋为先锋，一枝梅为行军运粮使，狄洪道、徐庆为中军左右翼，周湘帆、包行恭、徐寿、杨小舫、罗季芳、王能、李武为行动指挥，督率精兵十万，粮草不计其数，一路上浩浩荡荡，直往江西进发。早有朱宁、张锐密差心腹，到了南昌，告知宸濠，叫他且缓举兵，以俟南赣汀漳各路如何。若南赣汀漳诸寨得利，便可乘机进取，以得不战自走之利，万一南赣汀漳不利，即时再作议论。宸濠得着这个消息，便自按兵不动，望观成败，以为进退。按下不表。

且说南安、横水、桶冈诸寨贼首谢志山，及漳州缚头诸寨贼首池大鬓等，于江西、福建、广西、湖广交界深阻的面方千余里，共设贼巢五六十处，每处皆有贼众千余，至少也有七八百，横亘绵延，声势连络。大庾岭为贼首池大鬓的老巢，这池大鬓系广西人氏，年约三十余岁，生得豹头环眼，两臂有千斤之力，惯用一柄三股点钢叉，有万夫不当之勇。手下有二十四个大头目，七十二个小头目，皆是个个慓悍，骁勇异常，却分住缚头诸寨。那南安、横水为谢志山的老巢，这谢志山本系湖广黄皮县人氏，年约二十以外，也生得暴眼横眉，异常奸险，惯用一柄虎头大砍刀，也是万夫不当之勇。手下也有百十余个大头目，分住桶冈诸寨，均与宸濠往来。王守仁带兵往剿，宸濠得信后，早有细作前往报信。因大庾路途较远，却差心腹前去南安横水寨，报知谢志山知道，叫他早早预备。

这日谢志山接到宸濠信息，他却并未通知池大鬓，但只令自己各寨妥为防备。也是这一起恶贼恶贯满盈，该应死在王守仁、徐鸣皋等手内，他以为王守仁前来征讨，必先到南安，他却自己赶为防备，保守自己，哪里知道王守仁并不先到南安，却闻道轻骑驰赴大庾，先攻池大鬓。大庾离京城较远，消息不甚灵通，王守仁奉命出师征讨江西各贼，池大鬓连这个消息尚未得悉。谢志山虽得着宸濠信息，又未前去池大鬓处报知，因此池大鬓连一些影儿都不知道。他却又平时深恃地势险阻，虽有官兵到来，断不能得利,所以后来被王守仁分派徐鸣皋等潜兵入险,乘夜纵火将他所有各处贼寨,皆烧得干干净净,且待我慢慢表来。

这日王守仁所统大兵,行抵湖广不远,安下营寨,便聚集众将商议道:"大庾路途较远,消息较远,南安离此甚近,消息灵通,又况近闻宸濠阴结各路贼寇以为外援。本帅此次统兵出征,宸濠必早得消息,宸濠既知消息,南安贼首谢志山巢穴横水难保不知,且难保宸濠不暗通信息。谢志山既知信息,必然早作准备,现在进攻横水,彼必负隅自固,又况南赣地多深阻,不易进攻,万一旷日持久,不但虚糜饷项,抑且师老无功。本帅之意,与其先攻南安,不若先攻大庾。该处地势虽同险阻,究竟路途较远,消息多滞,若遣轻骑间道潜行,不过十日之内也可直抵。即使彼处得有消息,我兵已至,任他防备,究嫌措手不及,我便出其不意,攻其无备,似觉事半功倍。不识诸位将军以为然否?如以为可行,本帅当即分兵与诸位将军,分道前往,各攻各寨,以分其势,使彼首尾不能相顾。如此办法,不过两月,大庾各寨便可剿灭殆尽,然后再由大庾进攻横水,则诸寨易破,贼众可擒矣。"

徐鸣皋等闻了这番议论,实为佩服,当下说道:"元帅所见,极其高明,逆料敌情,如在掌握,真所谓运筹帷幄,决胜千里,末将等敢不佩服,敢不唯命是听,但冀早破贼巢,早为平定。元帅应如何派往之处,末将等当谨遵吩咐,星夜驰往便了。"王守仁听了众将之言,大喜,当即派令徐鸣皋、杨小舫道:"徐将军、杨将军可各带轻骑三千,间道星夜潜入缚头,进攻贼寨。但闻缚头地势深阻,必须潜兵入险,方能奏功。而且该处四面皆山,树木丛杂,非深知路径之人不能前往。二位将军到了那里,可急急寻找数名熟谙路径的土人,带领前往,军中再多备硫磺焰硝引火之物,最好各兵暗藏兵器火种,改扮土人装束,潜入山中,能以兵刃破之好极,否则即纵火焚烧,先将树木焚毁殆尽,然后贼寨不难破矣。"徐鸣皋、杨小舫得令。又命一枝梅、王能道:"你二位将军也各带轻骑三千,星夜驰往漳州,进攻贼寨。唯漳州东界浙江,西界江西,南连湖广,四通八达之地,攻此则鼠彼,攻彼则窜此,聚散无常,测摸不定,必须于各路交界处所先屯伏兵,以断彼此互窜之路,然后合兵扑灭,则贼寨可破,贼众可擒矣。若过山深林密之处,尤须多带火种,先焚林木,使彼无所藏身,我军亦可长驱直入。"一枝梅、王能得令。王守仁又命狄洪道、周湘帆道:"狄周二将军也各带轻骑三千,星夜间道驰往大帽山,进攻贼寨。唯闻大帽山高耸半天,四面皆悬岩峭壁,非攀藤附葛不能直上,山上亦多树木,仍宜多带火种,一至山上即先纵火焚之,使贼众自相践踏,再能于该处探听山后有无可通贼寨之路,便一面前进,一面后攻,前后夹攻,最为得势。但此时不能预定,须至该处山后相度地势,见机而行便了。"狄洪道、周湘帆得令。又命包行恭、徐寿道:"包将军与徐将军也各带轻骑三千,星夜驰往华林,进攻贼寨。闻华林地势深险异常,不特树木丛杂,抑且恶兽甚多,此去进攻,务必多带火种,先焚树木,一面将所有各种恶兽驱除殆尽,一面合兵攻打贼寨,方易为力。不然,恶兽不先驱除,势必畏首畏尾,何能成功?唯将军善自为之,切记切记。"包行恭、徐寿得令。王守仁又道:"本帅却与徐庆、罗季芳、李武三位将军,统率大兵,间道潜入大庾,进攻池大鬓巢穴。破贼之后,即在该处坐待。无论何路,一面克复,一面火速驰回。"徐鸣皋等无不个个争先,想得头功,奋勇前进,王守仁也就即日进兵。

话分两头,且说徐鸣皋、杨小舫二人各带三千轻骑,真个是连夜趱赶,刻不容缓。不过五日,已至缚头不远,暗暗的下了营寨。当下二人即换了微服,先往该处探听贼势,并查询缚头寨的路径。各处探听了一日,已稍知大略。

次日,又将本地村民招了几名,来到大帐,细细问道:"你等可是本地人么?"村民道:"我等皆是本地农夫。"徐鸣皋道:"闻得你们这里有座缚头寨,这寨内的强盗极其厉害,但不知有多少强盗,如何厉害?"那村民道:"你老人家不问这一起强盗,倒也罢了,若要问起来,真是令人害怕。那寨内有五个大头目,十二个小头目,二千多个喽兵。这五个大头目,却不知他名姓,但知第一个唤作守山虎,第二个唤作出山虎,第三个唤作镇山虎,第四个唤作卧山虎,第五个唤作飞山虎,皆是个个凶猛,唯有出山虎、飞山虎尤其厉害。我们这里三四十里,他们并不抢掠我们的财物,可有一件,如有美貌妇女,却要送进寨去,不然他要知道了,定是全家没命,因此也就受害不浅,官兵虽屡次来剿,怎奈他那个地方四面皆山,官兵不知路径,皆被他们打败而回,所以极难剿灭。"徐鸣皋道:"据你们说来,这缚头寨的五虎贼是极厉害了,你们可要官兵来杀这一起强盗么?"那村民道:"怎么不想,可就是求之不得。"徐鸣皋道:"我们就是奉了圣上的谕旨,带了兵马,前来剿灭他们的。唯据你所说,山路险阴,不知路径的皆被他杀败出来,所以官兵屡次来剿,皆不济事,但不知你们可认得那山内的路么?"那村民道:"我等皆不曾去过,不知路径,我们庄上倒有一人,他是去过好两次呢,除非把他找来,问了才得明白。"

不知这人是谁,且听下回分解。

# 第九十四回
## 询土人将军思破贼　献野味猎户暗行刁

话说徐鸣皋问明土人,可知缚头的路径,那土人答道:"我等未曾去过,我们村庄上有一人去过数次,他却知道,可将他唤来问明,就可以晓得了。"徐鸣皋道:"你们就此前去,将那人带来问明,本将军就可前去剿灭,不但代你们除害,本将军还要有赏。"那些村民答应前去。不一会,已将那熟悉路径的带来,见了徐鸣皋。

当下鸣皋将那人一看,只见他六十开外年纪,倒是精神满足,因问道:"你唤作什么名字?"那人道:"小的姓尤,名唤保。"徐鸣皋道:"你怎么知道缚头寨的路径呢?"尤保道:"只因小人常去,所以知道。"徐鸣皋又问道:"你为什么到他寨内去的呢?"尤保道:"小人在二年前,无意上山打猎,那时他寨内尚未有这许多兵马,只有五个头目。他见了小人打得一只獐子,他就要小人献把他。小人知道他的厉害,不敢与他争论,就献与他了。他从此就叫小人在他山前山后各处打猎,打到獐猫鹿兔,就送把他,有时也给小人些银钱。他那大寨内,小人也是常进去的。后来他那里势大了,他们这五虎又不似从前守着规矩,便去奸抢人家妇女,小人也就懒得上去。接着官兵来剿,他那里也就不许闲人上山,恐防奸细,因此小人也就不上去了。"

徐鸣皋道:"他那里究竟是怎样的险阻?"尤保道:"他那大寨在深山之中,四面皆系岗岭环绕,而且皆是峭壁悬崖。前面有条路,不知路径的若从这条路上下,都难出来,因他东西皆是螺丝路,且又树木丛杂,那些喽兵皆藏在里面,你上去却不见他有行人影儿,他却见着你是清清楚楚。所以前来剿灭的官兵,他也不阻他进去,偏让官军进入里面那螺丝路上,他便出来前后夹攻,虽插翅也逃不脱,所以官军皆屡剿屡败。那山寨实是险固异常。"

徐鸣皋道:"你既从前常去,一定知道里面的路径,除了前面那条路,还有别路可通的么?"尤保道:"他山后还有一条路,离此必须绕道前去。

那条路可是崎岖异常,由山下直至山顶,要走半日方可到顶,兵马是万难上去,若要由那条路上山,只能一人缓缓前进。幸喜这条路上并无人防守,为的是无人知道。却有一件,两旁荆棘甚多,稍一大意,即要戳伤身体。还有一条路,在他山的东首,面临大河,非船不可前去。他们山上出入,皆从那条路去,寨内自备了十数条船只,专为往来之用。此外再没有别的路径了。"徐鸣皋道:"你现在可能再到山上去么?"尤保道:"小人去是可去的,但隔了年余,恐那些新招来的喽兵不放小人进去。只是一层就便进去,还要带些野兽之类去送他,方有话说,不然怎能去呢?"徐鸣皋道:"这倒不难,你只要打两只野兽,就可去得的了。本将军有句心腹话与你商议,现在大兵前来,为的是代百姓除害,你等皆是本处良民,料想没有不恨他的道理,你如能将本将军带上山去,将那山内的路径看明白了,不但本将军重重赏你,将来平定了山寨,回朝之后,本将军定在元帅面前给你保举个功名,以为今日的劳绩,但不知你可情愿么?"

尤保听说,忙答道:"将军吩咐,小人焉敢推托? 不过一件,今日可万来不及。小人现在回去,就赶紧向别处打两只野兽,明日亲送到他那里,先打听一回,然后再暗暗的与将军上山,不知将军尚以为然否?"徐鸣皋道:"果能如此,我就等你两日,但不可误事。"尤保道:"小人等也甚望将军早早将这座山寨平定了,就是小人们也可安居乐业,不然他虽不抢劫我们的财物,即强奸妇女,却也受害不浅。难得将军前来,是小人们地方上的幸事了。将军请稍待,小人后日定来回信。"说罢就要出营,徐鸣皋一心要买属他,便叫人取了五两银子,交给尤保道:"这些须银子,权当你那打取野兽的价值,待事成之后,再行奉赏,就烦你辛苦一趟吧。"尤保见了银子,怎不欢喜,因道:"这银子虽承将军赏了小人,可实不敢领,但愿事成,就是这地方上的福气了。"徐鸣皋道:"你收了吧,这不过是本将军一点意思,你不必再让了。"尤保只得拿了银子,又谢了一回,然后便出营而去。徐鸣皋见尤保满口答应,甚是欢喜。这且不表。

再说尤保回到家中,并不告知别人,歇了一会,即日就提火枪,往各处去寻野兽。到了傍晚回来,居然打了两只白兔,一只獐子,三只野鸡。到了次日一早,即将野味背在肩头,也不告诉家人到那里去,他便出得门来,竟往缚头寨去了。

走了一会,已至谷口,他就单身进内,走进螺丝路。约有半里光景,当有喽兵喝道："来者是谁？敢进来窥探？"尤保听说，先将那喽兵一看，当下笑道："原来你不认得我，不怪你阻拦，你家头目王老么可在家么？"那喽兵道："王头目现在寨里，你问他作甚？"尤保道："你可将他请出来，就说十里坡尤保要与他有话讲。"那喽兵道："你有什么话讲，可告诉我，等他出来，给你转告便了。"尤保道："你也认不得我，我也不认得你，可不是把话白说了吗？"旁边又有一个喽兵说道："李老三，你同他讲什么白话，他既不肯将话告诉你，就将他打出去便了，何必在此同他啰嗦。"尤保听说，即将眼睛一睁，向那个喽兵发怒道："你尊姓呀，敢是你不准我在此么？我告诉你，不是我说句放肆的话，你这一起的人就配来阻我？你家大王初来到此地的时候，我终日在山上，你家大王是极看得起我的，常时将我寨内讲说讲说。那时你们这一起东西还不知在哪里做梦，不必说你们这一起后来的，便是你家王头目，也不能如此狐假虎威，要将我打出去，你这一起算件什么东西，敢来呼喝我么？我便与你前去，见你家大王说个明白，看你家大王是如何看待。"那两个喽兵见他说了这番话，也就大怒起来，便思上前去打。忽见那边又走过一个喽兵，前来说道："王头目来了。"尤保一听，更大喊道："既是王头目来了，那更好说话。"说着，就忿忿的要走进去。那两个喽兵哪里肯放他走，便上前将他一推，口中喝道："你向哪里走，不看你有了两岁年纪，将你这王八杀了，你到大王那里告状去。"尤保也就大骂起来。

正在吵闹，王老么已走出来，一见尤保，便大声喊道："尤老儿，你几时来的？咱们有一年多不见了。"尤保抬头一看，见是王老么，也就答道："王头目，你来得正好。"因将那喽兵拦阻的话告诉了一遍。王老么听说，便将那喽兵呼喝过去，同他两人到了自己的小寨内。彼此坐下，便问尤保道："你身上这些野味，从哪里来的？"尤保道："不瞒头目说，近来家中贫苦已极，因此打了些野味，到来这里，做个进见之物，欲想求大王收留在山，做个小头目，借此糊口，不知大王可能赏收否？如不能收用，我想请你在大王面前说句好话，随后如有野味，便送上山来，随便大王赏几个钱，仍如从前那样，也就好了。不知你老可能答应我在大王面前方便方便？"王老么道："老尤，我有句实话告诉你，若要做头目，这可不能；若说送野味来卖，你可不要较量，或者可行，你自己斟酌的便了。"

欲知尤保说出什么话来，且听下回分解。

# 第九十五回

## 假奉承强盗入牢笼　真顺从村民献密计

话说王老么向尤保说道："你若要做头目,这可不能,若要送野味来卖,只要你不较量,或者可行,你自己斟酌罢。"尤保道："我本来不敢较量,只要大王准我来卖就好了。"王老么道："那就好说了。不瞒你说,现在大王甚想野味下酒,你来得正好,我便将你这野味送进去,你在这里等我的回信。"尤保道："烦你再代我在大王前请安,就说我一年多不见了,现在到此处,想见见大王。"王老么答应,即取了野味,进大寨内去了。不一会出来,向尤保说道："恭喜你,大王不但收了你的野味,还叫你进去谈谈,你就跟我去罢。"尤保一听,正中心怀,复又暗自想道："我见着那强盗,我何不如此如此呢。"一面暗想,一面跟着王老么进去。

不一刻已至大寨,当由王老么带他进内。尤保一见,便给他五个强盗磕下头去,口中说道："小老儿一向不来给大王请安,甚是记念的很,又因官兵屡次前来,小老儿也不敢上山。现在弄得家中贫苦难支,因此前来与王头目说了,请他在大王前方便一句,求大王看念小老儿甚苦,随后当常常进献野味,给大王下酒。"那守山虎等一起笑道："你能常常送野味来,咱便与你的银两。可有一件,咱们这里早晚又要开兵了,听说京里又派了官兵前来剿灭,如到那时,咱们山上可是不许闲人到的。你可趁此时官兵未来,将那野味多打些送来,防备着官兵到此,你不能上山。"尤保听说,暗道："何不奉承他两句呢?"因道："非是小老儿乱讲,有大王等这个险固的山寨,不必说官兵前来,便是皇帝老子到此,也不能使他逃走。从前那些官兵来过好两次了,总没有一次胜的,皆是大败回去,难道京城里的兵就比官军厉害么? 而况有五位大王的神勇,就便他三头六臂,也是没用的,倒是不来剿灭的好。如果前来,只是自讨其死,还想有多少活命的回去吗?"这一番话,把那五虎强盗说得快活非常,因道："你这老儿倒是有趣,咱们这样的山寨,还怕有官兵前来么?"尤保道："别人不知道,小老儿是深知这里埋伏的。"

五虎强盗大喜,以为这山寨是天下少有的了,因命人取了二两银子,给与尤保道:"这二两银子赏了你吧。"尤保道:"小老儿今日献大王的那些野味,可不敢领赏,实是些须进见之物,以后送来,再领大王的赏吧。"守山虎道:"你不要客气,快拿去吧,下次送来,再说下次的话。"尤保道:"这就领大王的赏了。"当下又给守山虎等磕了个头谢过,因又向飞山虎等说道:"小老儿还有一事,大王容禀。小老儿只因有两岁年纪,腿脚不甚便当,路稍远些,就觉得吃力。小老儿有个外甥,名唤郑才,这些野味,皆是他帮助小老儿的儿子打的。小老儿的儿子生来有些傻气,只能打野味,不能令他做旁事。那个外甥倒极其伶俐,小老儿的意思,想明日送野味前来,就将那外甥郑才,将他带来,走一趟认认路,以后小老儿就可叫他送野味上山了,小老儿也就可免走十来里路,往返就是二三十里。若大王可怜小老儿腿脚不能多走路,大王就赏个脸答应下了,倘若不能,说不得还是小老儿上山进献,求大王爷示下。"那五虎强盗听说,齐道:"即是你腿脚不便,不能多走路,你明日就将你外甥带上山来,指他认明了路,以后叫他送来也可,但是不能误事,咱们可是每日都要送的。"尤保道:"小老儿还有一件要禀明大王。这野味可是不能包定每日送来,万一这日不曾打到,就没有野味送上山了。那时大王要等着下酒,小老儿的外甥又不曾打得到,未送上山来,大王岂不要怪小老儿的外甥误事么?所以要与大王说明了,只要打到都送上来,与大王下酒便了。"当下守山虎答应。

尤保便与王老么出来,又各处玩耍了一会,辞别下山。赶回家中,住了一宿,次日天才甫明①,就命他儿子尤能各处去打野味,"务要多打几只,放在家中,我有用处。"尤能答应,便即各处去寻打。

尤保即来到大营,见了徐鸣皋,先将上山的话说了一遍,徐鸣皋已是大喜。尤保复又说道:"小人却思得一计,已与那强盗说明,那强盗已答应了小人,只是小人不敢与将军说知,说出来可要多多得罪。"徐鸣皋道:"只要计好,但说不妨。"尤保道:"既是将军恕罪,小人可就放肆了。"因道:"小人与那五个强盗说,是小人因有了两岁年纪,腿脚不甚便当,路途稍远就走不动了。虽有儿子,又因他有些傻气,只会在家打些猎,不能使他上山敬送野味。却有一个外甥唤做郑才,为人又伶俐,又老实,小老儿

---

① 甫明——天刚刚亮的意思。

的意思,每日叫我外甥郑才送野味上山,就可免小老儿往返要走二三十里路。如大王答应,小老儿下次送野味来,就将他带上山认认路,随后就可叫他一人送野味了。若大王不行,说不了还是小老儿来,不过多吃些苦罢了。那五个强盗听了小人话,当下就答应了。小人心中甚是喜悦,活该这伙强盗恶贯满盈,要死在将军手内。小人因自暗想,拟把将军扮作郑才,明日同小人一起上山,将上山路径探明,随后如有用小人之处,再来效力。小人今年已六十多岁了,还想做官不成?且没有这福分,不过普天之下,莫非王土,率土之滨,莫非王臣,将军冲锋打仗,为皇家出力,给小人们地方上除害,难道小人连这一点力都不能效吗?所以小人是要力图报效的,但不知将军可能袭尊改扮?尚请将军恕罪。"

徐鸣皋听了这样计策,又听他许多的话,皆是深明大义,徐鸣皋不禁大喜,赞道:"难得你如此仗义,真是国家的大幸。本将军就照你这样说,扮做郑才便了。"尤保道:"难得将军卑以下人,眼见得那强盗必死无疑了。小人今日出门时,已招呼小人的儿子多打些野味回来,以便明日前去为饵食之计。将军可即改扮起来,好同小人一起出营,先到小人家内暂住一宿,明早小人就同将军一起上山。还有一件,将军到了小人家内,可不要说出真话。小人家内是再无泄漏的情事,究竟墙垣属耳,不可不防,就便小人也不告知他们说是将军,但说是小人的至好朋友。好在小人村上只有小人一家,算是个独家村,原无他虑,但天下事没有小心出乱子来的。"

徐鸣皋听这番话,尤其佩服,当即谢道:"老丈所见极是,某当遵照台命便了。"尤保忽然听见这样称呼,赶着谢罪说道:"小人是何等样人,不过山野一个村夫,何敢当将军这样尊称,岂不要将小人折死了么?小人实在万不敢当,千万不可如此。"徐鸣皋道:"以老丈如此筹划,如此设想,使某敢不佩服?即以老丈呼之,尚嫌不逊,虽以师事,有何不可?"尤保见徐鸣皋如此谦逊,心中更加敬服。徐鸣皋又请他坐下,令人备了些点心出来,与杨小舫二人陪他用过点心。徐鸣皋便留尤保在营内稍待,一会儿又摆上午饭。

大家用饭已毕,徐鸣皋换了服饰,暗藏了利刃,又招呼小舫小心看守营寨,杨小舫答应。徐鸣皋出来,尤保将他一看,当下说道:"将军改扮是改扮了,但这身上衣服,可不似我们猎户穿的样子。料想这里断没有那样衣服的,且到小人家内,待小人寻一件衣服出来,与将军穿上吧。"鸣皋大喜。

当下二人即出了营门,一同前去。走了有五六里路,已经到了。尤保便指着说道:"那洼子里面,便是小人的寒舍。"又转了两个弯子,已进了山洼,走到门首,尤保用手敲了两下,门里面有人将门开了,尤保便让徐鸣皋进去。

欲知徐鸣皋何时上山,且看下回分解。

# 第九十六回

## 改装衣服将士潜行　巧语花言强人受骗

话说徐鸣皋同尤保一起出了营门，到了尤保家内，但见他家那一座草房，虽不宽大，只有前后两进，六间四厢，却甚干净。尤保将徐鸣皋让入上首一间坐下，他便进去拿出一把瓦茶壶，两个粗笨茶杯，到了房内，当下便倒了一杯茶，送到徐鸣皋面前，说道："粗茶请用一杯。"鸣皋持在手中，也就喝了一口。尤保自己也倒了一杯喝了。徐鸣皋正要问他的闲话，只见房外走进一人，年纪二十来岁，虽生得粗鲁，倒像有些膂力，走进房来，尤保便命他道："我儿，你给这位客人行礼。"尤能即朝徐鸣皋磕了一个头，徐鸣皋倒也还了半礼，又问过他名姓，尤能站立一旁。尤保问道："我叫你打的野味，可曾打回来没有？"尤能道："打回来了，今日可打的不少，共有四只山鸡，两只白兔，还有一个獐子，一个小狗獾，都挂在对面房里呢，听爹爹取用。"尤保道："这位客人是从远方来的，你可将那山鸡去烧一只出来，晚间下酒，再将我从前穿的那件蓝布夹袄寻出来，我另有用处。"尤能答应去了。

徐鸣皋便问道："令郎今年贵庚多大了？"尤保道："二十六岁了，只没有什么大用。"徐鸣皋道："曾讨亲没有？"尤保道："讨了五年了，我那媳妇已经生了两个小孩子了。"徐鸣皋道："想是令孙么？"尤保道："一男一女。"徐鸣皋又问道："老丈想是夫妇双全？"尤保道："小人今年六十三，老妻比小人大一岁，今年六十四。"徐鸣皋听了，甚是企慕，因道："夫妇齐眉，儿孙绕膝，真好福气。"尤保忙称不敢。正闲谈间，尤能已送进晚膳，摆在桌上，但见一壶酒，四碟小菜，五碗大菜，无非鸡、鱼、肉、豆腐、青菜之类，这也不必细表。尤保便让徐鸣皋坐了上首，因道："盘飧市远，樽酒家贫，未免怠慢了。"徐鸣皋谦道："极承雅爱，好极好极。"尤保就命他儿子也坐下来，一起用了晚饭。又叫尤能将床铺料理妥当，便请徐鸣皋安歇，尤保即告别出去。一宿无话。

到了次日天明，尤保起来，拿出那件蓝布夹袄，走到外面，却好徐鸣皋也起来了。梳洗已毕,用了早点,尤保便请徐鸣皋将那件蓝布夹袄穿上,自己来到对面房内,将野味取了出来,与徐鸣皋两人各自背上。尤保此时才向他儿子说道:"我儿,你将门关好了,我同这位客人到个地方去走一趟。设若有人来问,你就说出去了,不许告诉人家昨日留这位客人在此住宿,今日一起出去的。如果泄漏了出去,我回来晓得了,定送你的命。你再进去告诉你的母亲与你妻子知道,五日后你们自然知道今日的事。我爽性告诉你,这件事做成了,你随后还有好处呢。我就是与这位客人前去,也是为你的事,你不要看差了。"尤能唯唯答应。尤保吩咐已毕,便与徐鸣皋出了大门直朝缚头寨而去。

走了有十二三里,远远见一座高山,真是峰峦叠翠,冈岭拖青,峭壁悬崖,极其险峻。尤保便指道:"将军,你看前面那座山,便是缚头寨了。他的大寨,外面可瞧不出来,须进了螺丝谷才看得见呢。"徐鸣皋看罢,心中暗想道:"若不知路径,怎么能破此山?"正想间,已到了螺丝谷口,尤保便带着徐鸣皋进去。走了半里多路,已有喽兵呼喝出来。走到外面,见是尤保,便放他进去。再一看后面还跟着一人,便来阻拦。尤保道:"你不须拦得,前日我在山上,已与大王说明的。这是我的外甥郑才。你们如不相信,可先进去问明白了,我在这里等你。"那喽兵见他这样说,想是与大王说明白的,也就不来阻拦,因道:"既是你与大王已经说明,你们两人就去吧。"尤保同鸣皋便慢慢走进。徐鸣皋也就各处留心,将那转弯抹角的处所,细细记明。原来这螺丝谷没有什么难处,只要记清了进去的时节都向右手转弯,出来的时节都向左手转弯,那就毫无窒碍。若不知道,进去的时节却不难走,等到出来的时节,明明见前面是一条正路,哪里知道反是入有埋伏的地方去了,而且树木丛杂,深奥异常,所以令人往往走错。徐鸣皋此时已将进去的路径切记在心。

不到一刻已走出螺丝谷,尤保就同他先到王老么小寨内,见过王老么,当由王老么将他二人带进大寨,一同到了聚义厅。王老么先代他两人回明了寨主,那守山虎等五人即命他们进去,尤保即带着徐鸣皋一同上了聚义厅。尤保先给守山虎等人行了礼,又命徐鸣皋给他们行礼。此时徐鸣皋守定了那句小不忍则乱大谋的道理,也就忍着一肚子气,给五个强盗行礼已毕,将野味交纳下去,站在一旁。偷眼一看,见那五个强盗个个状貌狰狞,真个是穷凶极恶。正在偷眼看时,忽听上面问道:"这就是你外甥么?"尤保道:"正是小老儿的外甥郑才。"守山虎道:"怎么你这外甥生得如此体面,不似你们村庄中的样子么?"

这句话一问,把个尤保与徐鸣皋两人直吓得魂不附体,暗道:"可不要给他识破了才好嚛,不然,不但大事不成,连性命都难保。"尤保赶紧说道:"大王爷又来说笑话了,难道我们村庄中应该都是粗笨人,不应有体面的? 常言道,一母生九子,还各不同,何况当日西施生于苎萝村,那种美貌,至今日人还称赞她好看。她还是个女子,尚且生得那种绝色,何况是个男子。小老儿的儿子,就与我这外甥不同了,他就生得极其丑恶。小老儿所以不叫我儿子前来,恐怕大王爷看见他讨厌,因此才叫我外甥来的。若大王爷不愿意看我这外甥体面样子,喜欢看那丑恶的形容,小老儿就叫我那儿子前来送野味。我这外甥未来的时节,还不敢上来,他说怕大王爷的厉害,说不定将他绑了,哪才无辜呢。后来还是小老儿再三与他商量,说大王爷待人最是好的,我同你先去,你见着那山上那许多热闹,许多好处,恐怕你还不肯回来呢。他被小老儿这些话骗了,他才肯来的。小老儿的姐姐也是这样怕,不肯让他来,还被小老儿与我姐姐抬了半天杠,我姐姐才肯叫他来的。现在大王爷既如此说,以后如有野味,还是叫小老儿的儿子来吧,那时大王爷可不要憎他粗鲁丑怪。"

徐鸣皋在旁,听了这许多话,心下实在好笑,暗道:"这老儿真个会说。"正自暗想,只听上面强盗又说道:"你这老儿实在讨厌,咱们不过问了你一句,就引出了你这一篇话来。既是你的儿子丑恶,又是粗鲁,以后还是叫你外甥送吧。"尤保道:"既大王他愿意我外甥前来,并没有什么别意,小老儿自然仍叫他来便了。但有一件要与大王爷说明,前日小老儿已领过大王爷的赏,今日这些野味,就算给我外甥作个进见之礼吧。以后只要大王爷另眼看待些,小老儿就感激不尽了。若大王不赏脸,以后小老儿便不敢再叫他送野味来了,便请大王向别人再买。若大王赏脸,今日以过,随后送来的,皆领大王的赏就是了。"守山虎等听了他这番言语,甚是喜悦,因道:"你既这么说,咱们就收了你的吧,你那外甥既不曾来过,你可与王老么带着他,各处游玩一回,早早回去吧。"这一句话,把个徐鸣皋说得乐不可支,暗道:"活该这恶贼死在目前了。"尤保心内也是那么着想。当下尤保便告辞了,带着徐鸣皋与王老么一起退下。

出了大寨,便请王老么同他两人各处游玩,王老么当下说道:"咱可

不同你去了,好在你山上是熟的,你便同你外甥耍一回吧。"尤保道:"还
是请头目与我去走一趟,便当多了,不然又有许多阻隔。"

　　毕竟王老么是否与他同行,且看下回分解。

# 第九十七回

## 探路径密记情形　发号令进攻山寨

话说尤保故意向王老么说道："还是请你同我们各处去走一趟,不然又有许多阻隔了。"王老么道："你得了吧,如有人拦阻你,你就说我叫你去的,有谁来说话。"尤保道："既是这样,我们就去了。"说着,就与徐鸣皋往各处游玩。

徐鸣皋所到之处,无不将路径切记在心。到了后山那条小路,徐鸣皋往下一看,果然险峻非常,真算得是蚕丛鸟道。往下走了一截,只见两旁荆棘荒芜,绝无人迹。徐鸣皋看了一回,心下暗想:"所幸这条路离大寨甚远,还有法想,只须如此如此,便易为力了。"心中想罢,又同尤保到东首那条路去看。不一刻已到,二人走下山去,果见迎面一条小河,岸旁泊了十数只船只。徐鸣皋当下便悄悄问尤保道:"这条河可通哪里?"尤保道:"这河名唤七湾溪,离此十八里有座枣木林,就是这七湾溪的要道。由此出去,非走那里,不能通到各处。"徐鸣皋听罢大喜。山上的路径俱已看过,将所有的要隘又谨记了一回,然后便与尤保下山。到得寨栅门口,还到王老么那里说了一声,这才下山而去。尤保又将出螺丝谷的路径指点了一遍,徐鸣皋又切记了一回。然后二人慢慢走出谷口,仍到尤保家内住了一宿,徐鸣皋这才回营。

进了大帐,当有杨小舫接着。徐鸣皋坐定,便将缚头寨的路径如何险峻,如何深固,细细说了一遍,又将螺丝谷如何进去,如何出来,又告诉一遍。杨小舫听罢,说道:"若非那尤老儿仗义帮助,设计同行,如何破得此寨? 为今之计,既知道那里的情形,兵贵神速,不可久待了。"徐鸣皋称是。

当下已是日午,各人用膳已毕,徐鸣皋便在营内挑选了五百名校刀手,五百名的长枪手,即刻又命心腹将尤保请来。当下先将三军勉励了一番,然后便向尤保说道:"老丈,奉烦今夜三更时分,带领五百长枪手前往枣木林,暗暗埋伏,以防贼人暗渡,断其出路。明日晌午时分,自有大军前去接应。今有令箭一支,与老丈带去,如有各兵丁不听号令者,即请老丈

以军法从事,老丈勿得推托。大事成功,当再重谢。"尤保欣然得令。又
与杨小舫道:"贤弟可拨轻骑一千,各带引火之物,于三更时分衔枚疾走,
直入螺丝谷放火。切记进谷时皆向右手转弯,不可舛错,随后出谷,务向
左手转弯。放火之后,山上必有人来接应,贤弟万不可以力敌,临时须设
计擒之,不可有误,切记切记。愚兄却要带领五百名校刀手,抄到山后,以
攻其背。也约四更时分,贤弟在谷口,但见山内火起,红光烛天,便掩杀进
来。那时愚兄也可杀出,彼此夹击,众贼可擒矣。设若仍有漏网,该贼定
从七湾溪暗渡,好在尤老丈已带领兵丁在枣木林埋伏,断其去路。你我一
面将缚头寨攻破,仍可分兵驰往枣木林接应。"杨小舫答应。徐鸣皋又留
一千名兵卒看守营寨。吩咐已毕,便命各营现在暂且安歇,黄昏造饭,初
更出兵,如违令者立斩。各兵得令而去。徐鸣皋、杨小舫、尤保三人,也就
暂去歇息,以便夜间奋勇争先前去杀贼,暂且按下。

　　诸君看到此处,就有人说我做书的不顾露出马脚,但知说得高兴。徐
鸣皋与杨小舫带了三千轻骑,前来征剿缚头寨,这样一座大营扎在那里,
缚头寨的强盗连个影儿都不知道,一点防备皆没有,就坐在寨里,听他们
前去放火捣毁巢穴,那些强盗甘心束手待缚,你这做书的不是信口乱说?
此话也甚有理,但其中有个缘故,说出来诸君就明白了,也不怪我做书的
信口乱讲,信笔乱写了。你道那缚头寨的强盗何以全无防备呢? 只因徐
鸣皋虽然带了三千轻骑,一路上皆是衔枚疾走,又从间道潜入,及到了此
地,离缚头寨尚有五六十里,便安下营寨,又不虚张声势。缚头寨上的强
盗虽然知道有官兵前来剿灭他们,又因前数次那些官兵到此,皆大败而
回,因此将这官兵视同一律,即使明明知道徐鸣皋已于五十里外安下营
寨,他又自恃山势深险,不知路径者如何能来,就便进了谷口,只须将他引
入埋伏的所在,不必说三千轻骑,便是三万轻骑,也不能使他得胜,所以有
恃无恐。不过那些强盗未免仗势太甚,过于大意,也断不料有个猎户尤保
肯代官兵作奸细,将徐鸣皋带至山上,使他察看路径。总之这伙强盗恶贯
满盈,活该要灭,也就阴错阳差,神差鬼遣,使他昏昧无知,死在徐鸣皋这
一起人的手内了。

　　闲话休表,且说徐鸣皋到了黄昏时分,便传令各营造起饭来。各兵卒
饱餐一顿,时已初更时分,便令尤保率领五百长枪手,暗暗的衔枚疾走,直
望枣木林而去。接着徐鸣皋亲带五百名校刀手,各藏火种,一个个皆短衣

找扎,徐鸣皋也不穿盔甲,一律紧身短袄,出了营门,间道疾走,便如风卷残云一般,直往缚头寨背后而去。到了二更时分,杨小舫也就率领一千轻骑,各带火种,往螺丝谷进发,也是衔枚疾走,不闻号令,但闻人马之行声。

话分两头,先说徐鸣皋与那五百名校刀手走到二更时分,已至缚头寨背后。徐鸣皋便身先士卒,拔出钢刀,率领着五百名校刀手上得山来。沿路斩荆砍棘,皆削得一片平阳,众兵丁急急走上,虽然如此,也还走了一个更次,才到山顶。徐鸣皋当先带路,复由山顶上走下山来,真个是鸟道蚕丛,崎岖突兀,亦不亚蜀道之难。又走了半会,已下了山顶,所幸一个喽兵皆未遇见。徐鸣皋即带了十数个心腹的小军前去放火,便命大队皆伏在山洼以内,但见火起,便一起喊杀出来,以乱贼心,逢贼便杀,务要奋勇。各兵丁得令,便在僻静山洼里面藏躲起来。徐鸣皋便与那十数个心腹小军悄悄走到大寨后面。徐鸣皋便一纵身飞上屋顶,蹑足潜踪,直向聚义厅而来。

到了厅屋上面,便轻轻的走到屋檐,一伏身将身躯倒挂下来,向厅上去看。只见那厅房以内并无灯火,也无声息。徐鸣皋知道那些强盗已去睡觉,便又将身子一缩,复行上了屋面,直向厅后而来。越过一间房屋,来到后面,见是五开间一所高大的平房,徐鸣皋又将身子伏在檐口,倒垂下去,向里观看。但见左手房内尚有灯光闪烁,又听有妇女喋褻之声,徐鸣皋知道此处是强盗的住房。观看已毕,急在身旁取出一大包硫磺焰硝之类,皆是引火之物,又将火种取出,正欲将那一大包硝磺点着,就在屋上放起火来,忽见下面一片声喊报进来:"大王爷,大事不好,不知哪里来了无数的官兵,进入螺丝谷,杀进来了。"徐鸣皋在屋上听得清楚,知道杨小舫已进了谷口。又听那房里喊道:"快去再探是哪里来的官兵。"一面说,一面好似起来。徐鸣皋还未放火,又见下面一片声喊道:"大王爷速速出去迎敌,螺丝谷内四面火起了,官兵全杀进来了。"话又未完,只听吱的一声,各处房门俱已开了,从上首房内跳出一人,正是守山虎,手执钢刀,喊声如雷,破口大骂。此时徐鸣皋看得真切,一纵身跳到对面屋上,即将那一大包硝磺引着火,认定守山虎劈面打来,徐鸣皋也就随着跳下。守山虎正向外走,忽见迎面抛下一个火球,有碗口来大,就这一吓,不觉往后一退,徐鸣皋已到了面前,举手一刀,直向守山虎砍去。

欲知守山虎性命如何,且看下回分解。

# 第九十八回

## 徐鸣皋火烧缚头寨　卧山虎被围枣木林

话说徐鸣皋在聚义厅屋上，见对面房间里跳出守山虎，手执钢刀，正欲出去，徐鸣皋急将那一包硫磺焰硝之类，取了火种引着，认定守山虎劈面抛去。徐鸣皋也随着火种，跳下屋面，拔出刀来，急急砍去。守山虎正往上往外走，忽见对面屋上抛下一个火球，有碗口来大，直向自己面门打来，不觉一惊，往后便退。那时可实在飞快，徐鸣皋也就跳到守山虎面前，举起一刀，连肩带背砍下。守山虎先被那火球一吓，已是吃惊不少，瞥眼间徐鸣皋的刀又到，急欲招架，哪里来得及，早被一刀连肩带背劈分两半。

徐鸣皋方将守山虎砍死，那屋内火已大着，正欲冒火跳出，早见从右首房内接连又跳出两人。徐鸣皋急跳至院落，大声喝道："俺乃总督军务征讨江西草寇都御史王大元帅麾下先锋将军徐鸣皋在此，尔等众寇向哪里走，眼见死无葬身之地。"那右首房内跳出两个强寇，正是飞山虎、镇山虎，一听此言，急急跳到院落，正欲举刀与徐鸣皋对敌，忽听寨后喊声大震，自己的住宅火又着了，又见一阵喽兵急急跑来，高声喊道："大事不好，各处火皆起了，寨前寨后不知有多少兵马杀到，螺丝谷房屋已烧得干干净净，请大王速速定夺。"飞山虎、镇山虎这一听，可实在吃惊不少。徐鸣皋听得真切，复又喊道："徐将军在此，速速前来授首。"说着舞动钢刀，只望飞山虎、镇山虎杀来，飞山虎与镇山虎也就急急招架。徐鸣皋力战两贼，毫无惧色，三个人且战且走。一霎时聚义厅又复延烧着了，只听见满山内喊声震地，火光烛天，飞山虎与镇山虎正与徐鸣皋拼命死战，又见一起喽兵高声喊道："出山大王在螺丝谷口被敌将杀死了。"接着又有一起报道："守山大王也伤命了。"飞山虎、镇山虎一面与徐鸣皋死战，一面听了此话，心中暗道："我等五虎，已伤二虎，恐怕今番不能取胜了。"正各暗想，飞山虎稍一出神，手中的兵器略慢一慢，徐鸣皋看得真切，早一刀将飞山虎砍倒在地。镇山虎知道不妙，不敢恋战，急急向外逃走。

此时俱已出了聚义厅，那厅屋已变成灰烬，徐鸣皋见镇山虎逃走，也就急急追杀出来。活该镇山虎恶贯满盈，万难逃脱此难，正往外跑，不料迎面来了一阵喽兵，也是狂奔进来报信的。镇山虎只知性急向外逃命，就这一出一进，皆是跑得飞快，两下一撞，不提防将镇山虎撞跌一跤，栽倒在地。那些喽兵不曾看得清楚是自家寨主镇山大王，反误认为敌将，当下不分皂白，合力将他按住，群起乱殴。镇山虎倒在地下，也不知是自家喽兵，也误作官兵前来厮杀，便大声喝道："你等这一起牛子，潜入山来，各处放火，咱爷爷误中你等诡计，不要走，吃咱一刀。"说着，一转身从地上爬起来，手舞钢刀，才砍死了两个喽兵，徐鸣皋又赶到，见他们在那里自相践踏，实在好笑，却又不敢怠慢，冷不提防飞至面前，认定镇山虎一刀，早结果了性命。当下便大声喝道："尔等喽兵听着，现在山中共有精兵两万，大将十数员，你家五虎已被我军杀死四虎，尚有一虎，大概也被杀死了。尔等此时顺我者生，逆我者死，要命的快快请降。倘若仍然执迷，本将军定然杀你鸡犬不留，那时悔之晚矣。"

正在招呼众喽兵归降，杨小舫已带领各军掩杀进来，接着那五百名校刀手也一起杀到。徐鸣皋一见杨小舫，彼此欢喜无限，当下合兵一处。徐鸣皋说道："这山中五虎，愚兄已杀死三虎，闻得贤弟杀死一虎，还有那卧山虎，贤弟可曾将他捉住么？"杨小舫道："那卧山虎，小弟当放火烧螺丝谷时候，他与出山虎前来抵敌，出山虎被小弟一刀砍死，那卧山虎与小弟战了十数合，听见喽兵报大寨火起，守山虎被敌将杀死，他就无心恋战，朝着小弟虚刺一枪，拨马逃走。小弟急急赶去，只见他转了几个弯，不知去向。小弟因此地路径不熟，那时螺丝谷的树木尚未烧毁尽净，又因火光烛天，照得各处一色通红，不辨路径，小弟不敢深入险地，因此不曾追去，只督率着小军各处放火，呐喊助威，并搜寻那些喽兵砍死。现在山上的喽兵，十分之中已杀有八分了，还剩二分，小弟实在不忍再杀，故此急急来与吾兄合兵一处，听候调遣。"

徐鸣皋听说大喜，复又说道："那卧山虎虽未捉获，他定由七湾溪暗渡去了。贤弟可辛苦一趟，急急带领所部驰往枣木林，前去接应尤保，吾料卧山虎必至此处。枣木林虽有五百名长枪手在那里埋伏，怎奈该处没有主将，尤保恐不能督率众兵，又闻卧山虎本领也非平常，但有五百长枪手，恐不足以拦截。贤弟急往该处，俟彼到来，务要将他捉住，万不可让他脱逃，以免遗孽。"杨小舫当下答应，也就急急率领所部精兵一千，如风卷残云一般舞下山去,直往枣木林去了。

且说卧山虎与杨小舫正在酣战之际,忽听守山虎又被杀死,当下不敢恋战,急急虚晃一枪,拨马便走。沿路遇着败逃的喽兵,闻说镇山虎、飞山虎俱已杀死,大寨烧得干干净净,他只一吓,真个是魂飞天外,魄散九霄,哪里还敢耽搁,便带了数十名败残喽兵,急急走到七湾溪,上得船飞棹而去。此时已有四更,七湾溪离枣木林尚有五六十里,又是逆水,常言道:顺水行舟,行船走顺水,要快得多了,若是逆水,比如顺水每日可行百里,逆水只能行六七十里,那时又当落潮的时候,更加行不快。看看已是日出,只不过行了十余里光景,卧山虎恐防有人追下来,即命喽兵并力向前去荡。他断不料枣木林那个地方有了埋伏,实指望走到枣木林便有了生路,因此急急直向枣木林荡去。

约有晌午的时候,已离枣木林不远。那树林内的伏兵,远远听见摇橹之声,渐闻渐近,知道是贼人逃走来了,当下一声暗号,五百名长枪手便预备起来。不到片刻,只见有五六只小船泊至近岸,船内的人,大家纷纷弃舟登岸。尤保在树林内看得真切,便道:"那浓眉怪目、矮短身躯的,便是卧山虎。"众兵丁一听,立刻一声呐喊:"不要将强盗放走呀!"喊声未完,那五百名长枪手早出了树林,一字儿摆开拦住去路,大声骂道:"你这狗强盗的卧山虎,咱们奉了将令,在此等候多时,你向哪里走,快快俯首受缚!"

卧山虎正自暗想:"到了此地,有了生路了。"忽听一声呐喊,从林子内冲出这许多兵来,这一惊可实在不少,复又想道:"不如与他决一死战吧。"心中想定,便大喊一声,口中骂道:"尔等鼠辈敢拦截爷爷的去路,看爷爷的刀吧。"说着飞舞前来,势不可挡。众兵丁一见来势凶猛,复发一声喊,将卧山虎团团围住,手执长枪,奋勇来刺。卧山虎一见,毫无惧怯,只见他飞动钢刀,将长枪削断的不少。怎奈各兵丁围绕甚严,如铁桶一般,左冲右突,只是不能杀出。官兵却也不敢近身,只是那里围裹着,不放他走。卧山虎杀得性起,大喊一声,急将钢刀一摆,向四面一阵乱砍,只见那些枪杆纷纷抛落在地。各兵丁看看有些要往下退,忽听背后人喊马嘶,当先一骑飞入阵来,举戟就刺。

不知此人是谁,且听下回分解。

# 第九十九回
## 枣木林卧山虎丧身　大庾营徐鸣皋报捷

话说卧山虎在枣木林被官军围困得水泄不通,他便左冲右突,奋力死战,将官兵长枪砍截了无数。官兵渐渐有些要退下来,忽听后面人喊马嘶,如翻江倒海一般杀到,彼此吃惊不小。在官兵疑惑缚头寨的强盗前来接应,卧山虎却知道是官兵前来。那官兵正在疑惑,忽见一骑马飞入阵来,舞动方天画戟,便向卧山虎刺去。官兵一见,认得是杨小舫,大家见有了主将,个个精神陡长,齐声喊道:"咱们杀啊,不要把强盗放走呀!"一片声喧,复又围绕上来,奋力争杀。卧山虎见杨小舫杀入阵内,暗道:"我命休矣,在前并无大将,方且冲突不出,现在又添了这一员大将,随后还不知有多少军马,即使我再勇猛,常言道'一手难抵双拳',何况这千军万马,前后不能活命,不如与他拼了吧。"一面暗想,一面招架杨小舫的画戟。只见他两人一个马上,一个步下,卧山虎的那把钢刀,只不离杨小舫的马前马后团团的乱砍,杨小舫那枝画戟,也是顾前顾后,顾人顾马,绝不使卧虎山的刀近身。

二人这一场恶战,只杀得烟尘蔽地,日色无光。彼此战了有二三十回合,卧山虎忽然一刀从马腹下搠进,杨小舫看得真切,说声不好,两脚急离了踏镫,左腿一回,一蹿身已跳落马下,脚踏实地,再转头一看,卧山虎的那把刀已洞穿马腹,那匹马跌倒尘埃。杨小舫一见大怒,当即一戟向卧山虎当胸刺来。卧山虎即将钢刀架住。杨小舫心中暗想:"他是短刀,我是长戟,若在马上是我取巧,现在步战,我这画戟许多不便,不若也与他短兵相接,才可取胜。"主意想定,急急虚刺一戟,回身一转,说时迟那时快,已将画戟抛在一旁,急掣腰间所佩的龙泉剑。这剑却是杨小舫防身之物,寸步不离,而且锋利异常,也不亚青盆之类,真可削铁如泥。杨小舫将龙泉剑执在手中,一转身复又杀来。卧山虎见杨小舫抛了画戟,知道他要短兵相接,就在这点工夫,便想送杨小舫性命,急急一刀砍来。却好杨小舫转过身躯,接着又战。卧山虎遮拦隔架,杨小舫漏空抽当,二人又战了十数个回合,到底卧山虎不能抵敌。只见杨小舫一剑砍来,卧山虎将刀往上一架,不期用力过猛,杨小舫的剑又锋利,两般兵器向上一靠,只听当啷一声,卧山虎的刀已削为两段,抛落在地。杨小舫见卧山虎的刀被自己的宝剑削为两段,便急抽回宝剑,复一剑砍去。卧山虎躲避不及,正中肩背。代卧山虎将一只右膊割了下来。卧山虎跌倒在地,杨小舫割了首级,挂在腰间,便大喊道:"有喽兵愿降者,早早前来受缚。"喊了两声,无一个答应,原来卧山虎所带的败残喽兵,全被这一阵杀了个尽绝。再点所部兵丁,幸喜有十数个受伤,其余俱尚无恙。

此时尤保已从树林内出来,当下朝杨小舫贺道:"将军神勇,小人敢不佩服,但不知缚头寨那一伙强人,全行扫灭了不曾?"杨小舫道:"徐将军力斩三虎,那出山虎某已螺丝谷斩了,此时所斩者,乃卧山虎也。山上的大寨巢穴,已被捣毁一空,焚烧殆尽,现在徐将军还在那里搜寻余孽,扑灭余火,因老丈在此,恐逆贼经过,众兵丁不能奋勇,老丈又难于压服,因此急遣某前来接应。幸喜逆贼既除,山寨亦毁,非老丈暗助之力,这逆贼尚不知何日就擒呢。逆贼荡平,不留余孽,此皆老丈之功也。"尤保赶着谦谢道:"将军等上为皇家出力,下为百姓施恩,捣破贼巢,以安黎庶,皆将军等神勇所致,与小人何与哉!今而后这周围百里,可以高枕无忧矣,小人方谢之不暇,何敢劳将军挂齿。"杨小舫又谦逊了一回,这才收军回营而去,按下不表。

再说徐鸣皋在缚头寨焚毁了山寨,又带了所部五百名校刀手,各处搜寻了一回,所有投降的喽兵不足七八十名,其余杀死的杀死,烧毁的烧毁,还有那被刀砍伤的有头无足,被火烧坏的烂额焦头,不可言状,但是这一起被刀伤火伤的,虽尚未死,亦绝难活命。徐鸣皋看罢,实在也有些不忍,因命所部兵丁先将已死者掩埋起来,其将死未死者再作计议。看看已将日午,那些已死的尸身俱已掩埋清楚,再来看那些将死未死的,亦皆全行死了。徐鸣皋又命人掩埋起来,又去盘查寨内的银钱粮草,却也烧毁殆尽。诸事已毕,徐鸣皋即命所部拔队回营。各兵士得令,即刻排齐队伍,按队下山,回营而去。

日已西下,才到大营,徐鸣皋即命掌起得胜鼓来。只听战鼓冬冬角声呜呜,好不得意。徐鸣皋下了马,进入大帐,早见杨小舫、尤保二人迎出帐来。彼此一见,好不欢喜,徐鸣皋即向尤保谢道:"今日得以荡平山寨,捣毁贼巢,皆老丈指点之力也。某见了元帅,当竭力言之,请元帅奏知圣上,以嘉其劳。"尤保道:"将军神勇,荡平贼寇,小人已受福多矣,何况妄邀旷典,请将军无烦挂心。"徐鸣皋道:"非老丈无以有今日,今日之所以我战则克者,皆老丈之力。老丈既有此力,而不加其功,何以酬勋劳、励士气乎? 老丈幸毋固让,某当力赞之。"尤保道:"虽蒙将军厚爱,恐小人无福消受耳,且小人已将就木,何必担此虚名?"徐鸣皋听了这话,知道尤保的用意,要想给他儿子尤能请赏。徐鸣皋道:"老丈之意,某已知之。俟某回见元帅,当代贤父子一并请赏便了。"尤保大喜,当时便谢了徐鸣皋,又谢了杨小舫,这才坐下。后来徐鸣皋回至大营,见了元帅,便将他父子两人一并保举,王元帅也就代他奏请圣上,赏赐了两个指挥的官职,趁此交代。

徐鸣皋此时心下十分喜悦,一面写了捷书,飞差往大庾报捷,并呈明养兵三日,即拔队回军。当日便大摆筵宴,犒赏三军,全营将士无不欢呼畅饮,直至二更方才席散。到了次日,周围百里之内所有村庄镇市,皆知道官兵破了缚头寨,杀死五虎,烧毁贼巢,各处便聚集了多人,牵羊担酒,前来劳军。徐鸣皋也再三相让,并慰劳了一番。众百姓个个欢呼,人人喜悦,争颂徐鸣皋等破贼之功。怎见得? 有诗为证:

> 蠢尔荒山贼,将军一扫平。
> 闾阎从此乐,鸡犬永无惊。
> 旗卷风云疾,弓开日月明。
> 凯歌齐唱处,归路马蹄轻。

却说徐鸣皋见全境乡耆①,牵羊担酒,前来劳军,当下再三相让,慰劳了一番,众乡民欢呼而去。徐鸣皋又留尤保在营盘桓了一日,尤保不便推却盛意,便耽搁一日。

次日天甫黎明,即辞了徐鸣皋,奔回家中,将上项事说了一遍。他妻子儿媳这才知道那日来的是个将军,全家无不欢喜。尤保即命儿子尤能立刻出去,在各处打了许多野味,连夜的率领着儿子,带了野味,趱赶到大营而来。却好到了大营,前队才走,徐鸣皋、杨小舫尚未起程。尤保便命尤能谢了徐鸣皋、杨小舫二人代他保举,然后将野味献上,聊作犒军之敬。徐鸣皋见他来意甚殷,不便推却,只得收了。当下拔队起程,直往大庾进发。

欲知后事如何,且听下回分解。

---

① 耆(qí)——古称六十岁为耆,这里指乡间年高而久负声望的人。

# 第 一 百 回

## 咨诹野老元帅尊贤　试探贼情将军诱敌

话说徐鸣皋焚毁缚头寨，杀死五虎，周围百里乡耆人等，皆牵羊担酒，前来犒师。尤保亦猎取许多野味，带领儿子尤能前来，半为犒劳之意，半为致谢徐鸣皋、杨小舫二人，答报保举他父子。徐鸣皋见他来意甚殷，当将野味收下，随即升炮拔队起程，直往大庾进发。

话分两头，且说王守仁自在半途，分别饬令各将，各带轻骑，分驰缚头、华林、漳州等诸贼寨进攻去后，便自统大军，带领狄洪道、周湘帆、李武、徐庆、罗季芳五人，进攻大庾，也是间道潜入。这日已离大庾不远，当即传令安营，也不升炮擂鼓，为的是不使池大鬓知道，可以暗暗进攻，出其不意，攻其无备。

哪里知道早有细作报进山去，池大鬓当即传集寨内大小头目说道："现在王守仁带领大兵，前来攻打山寨，现已离此不远，我等当合全力抵拒，不能使官兵得胜，先给他挫动锐气，使他不敢小视我等。"当有胡大渊说道："大哥但请宽心，如王守仁这厮前来，我等当合全力，杀他个片甲不回，都要使他知我等的厉害。"池大鬓大喜道："皆赖众位兄弟的大力同为帮助。"大家听了，个个摩拳擦掌，专等王守仁兵到，以便厮杀。

原来池大鬓寨内有五个大头目，十个小头目。那大头目就是胡大渊、任大海、郝大江、卜大武，连同池大鬓五人，却皆结拜为兄弟，个个皆有万夫不当之勇。还有十个小头目，亦皆武艺超群，率领着全山喽兵，共有三五千人，在此打家劫寨。其余如缚头、漳州、华林等寨，亦皆大庾寨分布各处，总以池大鬓为首，故此王守仁分兵进攻，以期神速。

这日王守仁安营已毕，暂歇一日，次日即令狄洪道向各处搜寻土人。不一会，狄洪道寻了两三个有年纪的土人，带进大营，见了元帅，王守仁当即赐以酒食，殷勤问道："尔等是本地的良民，本帅今使尔等前来，有两句要话，要与尔等问个明白，尔等可不要含糊。"只见那些土人禀道："元帅有话，但请吩咐，小民等知道不知道，总是直言不讳，不敢撒谎的。"王守仁道:"本帅此次奉旨督兵,前来剿灭大庾贼众,为尔等地方上除害,但不知这大庾岭如何上去,究竟山势如何险峻,池大鬓如何厉害,尔等须一一说明,好使本帅知道,以便定计攻山。"

内有一个年纪最大的,唤作王远谋,当下禀道:"承元帅动问,小民等知无不言,言无不实。但有一件,元帅若但以兵力进攻贼剿,非小民仗贼之势,以减元帅威风,恐仍不足济事。原因大庾山地势深险,极易负隅,而况池大鬓骁勇非常,更加他四个兄弟皆有万夫不当之勇。元帅带兵远来,各将士究竟不免辛苦,彼却以逸待劳,以主待客。劳逸之形既别,主客之势又殊,再加不识地理,深入险地,若徒以兵力从事,虽谋士如云,猛将如雨,恐亦难胜。所幸池大鬓等勇则有余,谋则不足,元帅若设计以饵之,先使其大胜,以骄其气,使彼轻而无备,然而再以火攻之,则山寨可破,巢穴可捣,贼众可擒矣。小民盲瞽之论,尚乞元帅主裁。"王守仁听说,正合心意,又见王远谋出言不俗,议论明通,知非平常庸碌之辈,遂改容让道:"老丈尊姓,某尚未请教,顷闻老丈这一番议论,使某茅塞顿开,钦佩之至,足见老丈胸储经济,养志山林。某不识高明,多多得罪,尚望宽宥为幸。"

王远谋见说,因道:"老民姓王,名唤远谋,僻处穷乡,识见浅陋,虽曾读书,亦不过粗知大意,既无仕进之志,又无荣辱之心,唯疏懒性成,素有酒癖,既置理乱于不问,复以寒素为可安。平日家居,唯与野老村夫,日逐酒市,沽瓮头春,领略壶中岁月。顷者又复买醉,不期为元帅呼唤,故冒昧言之,乃即见重于元帅,极蒙奖誉。老民毫无知识,何敢邀此谬奖哉?"王守仁听了这番话,知道他是个隐士,更加器重,因道:"老先生隐居求志,必能行义达道。高贤在侧,某不能尽待贤之礼,是某之罪也。"说着,便与王远谋行下礼去,王远谋亦再三谦逊。彼此行礼已毕,王守仁又命设宴款待,并令同来的一起入席,同来的那三四个土人,再三告辞,不肯入席,王远谋也再三辞却,王守仁哪里肯行。王远谋只得暂留大营,先命那三四个土人回去,于是便与王守仁入席。

三巡酒过,王守仁又问道:"既蒙老先生赐教,已将大庾情形大略见示,但如何设策骄敌,如何纵火焚攻,还请逐细指教,俾某得以法守,使悍贼从速剿平,皆仗老先生相助为理,幸勿吝教为幸。"王远谋见王守仁虚心下士,情不可却,只得说道:"元帅可如此如此,不患悍贼不擒矣。"说罢又索纸笔，王守仁即命人取出纸笔来。王远谋立刻将大庾山形势绘成一图，注明何处进兵，何处埋伏，何处截断去路，一一注写明白，递与王守仁看视。王守仁接过，细细看了一遍，当下大喜，说道："某但知大庾山势险恶，路径深阻，尚不知有如此艰险。今观此图，天既生此险阻之地，无怪悍贼借此负隅，官兵屡剿不易。非先生明以示某，便是某也要复蹈故辙的。现既有此图本，又得先生注明方略，某便可易于措手，而悍贼亦可就擒。唯先生臂助之功，俟某平贼之后，再当具奏请奖。但某此处剿平之后，还须进剿南安、横水、桶冈诸寨贼首谢志山等，彼时尚拟请先生一行，俾某得以敬闻方略，不知可否俯允？"王远谋道："此事却不敢便允，容与老妻商之，再定行止便了。"王守仁唯唯，当下复又入席，殷勤劝酒。彼此虽然邂逅相逢，却皆情投意合，在王远谋见王守仁虚怀下士，不愧大臣之风，在王守仁见远谋求志隐居，实有高士之概，而且胸储韬略，实非碌碌者流，是以王守仁更加钦佩。

　　二人直饮至日落，方才席散。当时王远谋即欲告辞，王守仁道："现已日落，尊居距此尚远，回府恐已不及，何如暂屈一宿，借作长夜之饮，某亦可多领教言。"王远谋道："老民本可奉陪，奈老妻稚子毫无知识，而又胆小如豆，闻老民为元帅见招，想已恐惧万状，再见诸父老业皆回去，而独有老民留在此间，更不知恐惧何似。若老民再留此不归，则老妻稚子恐不免有意外之想。今与元帅约五日后，当来与元帅庆功便了。"王守仁也就不敢不从，勉强相送出营而去。一宿无话。

　　次日即命狄洪道带领一千人马，进攻大庾山东山盘谷，以李武为后应；罗季芳也带领一千人马，进攻大庾山山西夹谷，以徐庆为后援；周湘帆带领一千人马，进攻大庾山前山。皆要虚张声势，许败不许胜，如违令者斩。众将得令，当即带队出营，直朝山前进发。

　　且说周湘帆到了山前，所部人马一字排开。周湘帆立马横枪，向山上喝道："尔等众喽啰听者，速报尔贼首池大鬓知道，现在王元帅奉旨督兵，前来剿灭，速令池大鬓下山受缚。若再迟延，本将军即刻冲上山来，踏平尔等巢穴了。"三军听了主将这一番话，也就呐喊起来。

　　山上喽兵不敢怠慢，便即刻报进大寨禀道："启大王，山下现有官兵到来，声称奉旨到此剿灭，若再迟延，便欲冲上山了，请大王速速定夺。"池大鬓正欲回答，又见东西两山守山喽兵报来。池大鬓大怒，即命胡大渊、任大海拒敌盘谷兵马,郝大江、卜大武拒敌夹谷兵马,自己迎敌前山兵马。五弟兄提了兵器,上马飞下山来。

　　毕竟胜负如何,且看下回分解。

# 第一百一回

## 运筹帷幄三次骄兵　决胜疆场一番出令

话说池大鬂等五个贼首，一起分头下山，迎敌官兵。先说池大鬂一马飞到山前，但见周湘帆立马横枪，率领着所部官兵，在山前叫骂。池大鬂一见大怒，便飞舞点钢叉，如旋风般向周湘帆刺来。周湘帆赶着将枪接住，喝道："来者可是贼首池大鬂么？"池大鬂也喝道："既知咱爷爷大名，何故前来送死？"周湘帆怒道："好大胆的逆贼！今日天兵到此，尔就该俯首受缚。本将军或可免尔等一死。尔不知悔罪，反敢前来抗敌，只是自讨其死了。"池大鬂也大怒道："尔这狗官无须多言，快报名来，咱爷爷叉下不杀无名之卒。"周湘帆喝道："逆贼听了，若问本将军姓名，乃王元帅麾下随营指挥使周湘帆是也。"话犹未完，池大鬂举起点钢叉，已当顶刺下。周湘帆赶即招架，觉得颇为沉重，果然厉害。周湘帆使劲将叉掀在一旁，也就还了一枪。池大鬂将叉朝下一磕，周湘帆见他来势凶猛，这一磕下来，枪杆子虽不折断，也就要抛落下去，当下赶紧将枪收回。

池大鬂一枪磕了个空，因他用力过猛，险些从马上倾跌下来，此时不觉大怒，随即又是一叉，朝周湘帆刺来。周湘帆也不迎敌，便将马一拍，朝刺斜里而走，池大鬂一叉又刺了个空。周湘帆见池大鬂一叉又落个空，急急将马兜回，就在池大鬂右肋下刺进一枪。池大鬂并未防备，见枪已刺进，说声不好，赶将手中叉望枪杆上一隔，拨在一旁。周湘帆怕他回叉来刺，必然勇猛，又把马一拍，直跳到池大鬂的左边，顺手又是一枪。池大鬂急切不好转身招架，也只得将马一夹，朝前跑了十数步，让过周湘帆的那一枪。于是彼此一来一往，约战了有十数个回合。

周湘帆见池大鬂杀得兴起，竟有死战之意，心中暗道："这死贼因果然勇悍非常，只可智取，不能力敌。莫若且败下去，再回明元帅，明日以计擒之。"主意想定，便虚刺一枪，拨马便走。池大鬂哪里肯舍，急急追来。周湘帆跑下有四五里远，却好罗季芳、狄洪道、徐庆、李武等五个人也一起诈败下来，便合在一处，回营缴令。

　　池大鬓见周湘帆已跑得甚远，追赶不及，也就回山。到了大寨，胡大渊、任大海、郝大江、卜大武四人也得胜而回，聚合一处，大喜说道："我道奉旨的官兵，有什么三头六臂，万夫不当的本领，也不过是一伙小卒，他也要前来征剿咱等。今日且饶了这一些犬羊的性命，明日若再前来，定然杀他个片甲不回。"于是五个贼头即命摆酒庆贺，大家欢呼畅饮，这且不表。

　　再说狄洪道等五人回至大营，缴令已毕，便将接战情形说了一遍，大家因道："池大鬓等果然有勇无谋，只可智取，不能力胜，王远谋之言一些不差。末将等拟于明日再去索战，还是诈败，爽性将这伙悍贼的心志骄足，然后改设奇计，便可一鼓而擒了。"王守仁道："诸位将军之言，正合本帅之意。且回本帐歇息，明日再行出战便了。"狄洪道答应着，当即退出大帐，各回本帐去了。

　　到了次日，王守仁即命狄洪道攻打前山，罗季芳、徐庆攻打盘谷，周湘帆、李武攻打夹谷。三路兵出了营门，直奔大庾山而去。不一会皆至山下。

　　守山喽兵飞报进寨。池大鬓仍令胡大渊、任大海去盘谷迎敌，郝大江、卜大武去夹谷迎敌，自己仍迎敌前山兵马。下得山来，池大鬓一见来将，见非昨日那个姓周的，又换了一个，当下喝道："来者快通下名来，好使咱爷爷取尔的狗命。"狄洪道便喝道："逆贼听了，本将军乃狄洪道是也。尔亦通下名来，本将军刀下不斩无名草寇。"池大鬓喝道："尔问爷爷名姓，可认得本山大王池大鬓么？昨日被本大王杀败一个，今日又换一个，终究是无名小卒，不是咱爷爷马前数合之将，尔快放马过来送死。"狄洪道大怒，举刀飞马直奔池大鬓一刀砍来。池大鬓急用手中点钢叉相迎。二人一来一往，约战了八九个回合，狄洪道故意卖个破绽，虚砍一刀，拨马就走。池大鬓哈哈大笑道："如此无能之辈，也要前来进剿，岂不可笑。咱爷爷不追尔了，尔可回去，叫你家有本领的前来会我。"狄洪道虽然听说，实在心中气愤，却抱定了小不忍则乱大谋的话，只当不曾听见，先自败回大营。

　　周湘帆与李武攻打西山夹谷，与郝大江、卜大武战不数合，也是诈败而走。罗季芳、徐庆攻打东山盘谷，与胡大渊、任大海接战，也是如此，四人诈败回营，缴令已毕。次日，王守仁又命罗季芳攻打前山，狄洪道、李武攻打夹谷，周湘帆、徐庆攻打盘谷，还是只败不胜。战不数合，败走回营。

话休烦絮，一连三日，皆是如此。却好池大鬓等五人正中其计了。

且说池大鬓等战了三日，见一日换一个，皆是本领平常之辈，于是大家议道："照这样的官兵不必说这几个人，就便来有两万，也不足为惧，但是实在讨厌，每日前来攻山，却又不能取胜。明日不来则已，如果再来，必得将这起无名小卒擒捉过来，早早送他归阴，免得每日前来烦絮。"因此池大鬓等便将狄洪道等人毫不放在心上，以为总是无能之辈，他哪里知道是用的诱敌之计。这且不表。

且说王守仁见诈败了三日，当即派了细作，前往探听池大鬓等情形。细作回报："大庾众贼因官兵连败三日，以为皆是没有本领，贼众便毫不防备。现在寨中杀牛宰马，大吹大擂，大摆筵宴，饮酒取乐。"王守仁听说，大喜道："果如此，破贼必矣。"到了次日，又密令细作前往探听，回报仍如前言。

王守仁愈加喜悦道："此天助我成功也。"因命狄洪道道："将军可带精锐三千，各藏火种，由山后羊肠谷而进。进入山谷，即命小军分头去各处放火，无论树林寨栅，皆放起火来，复由山内杀出，里外夹击。今夜四更拔队，五更驰抵谷口，天明进谷，辰牌时分各处放火，不得有误。"狄洪道得令退出。又命周湘帆道："将军可带精锐二千，以一千各藏火种，一千为护军。五更拔队，天明驰抵东山盘谷挑战，务要将贼目诱出，远离谷口，便命各藏火种之一千精锐，于盘谷四面放火。贼目见谷内火起，必然惊恐，无心恋战，赶回谷内救火，那时可急急杀之，不得有误。"周湘帆得令而去。又命徐庆："也带二千精锐，以一半各藏火种，一半为护军，前往进攻西山夹谷。也是五更拔队，天明驰抵，务要诱出贼目，远离谷口，然后于夹谷四面各处放火，再于此时急急反击贼众，不得有误。"徐庆得令退下。又命罗季芳、李武道："二位将军可各带精锐二千，分为两队，也是五更拔队，天明驰抵，务要与池大鬓轮流交战。譬如罗将军战十回合，急急退下。李将军便去接战，约战十回合，罗将军再去相换。如此轮战较为省力，又可使池大鬓久战不歇，究竟不免吃力。若果池大鬓拼命力战，二位将军万万不可与他死敌，仍宜诈诱为是。但听山内及东西两谷有人来报火起，池大鬓必然惊恐，赶紧回山救火，将军等那时可再合全力反击之，乘其无备，逆贼可擒矣。"罗季芳、李武得令退下，各去预备。

王守仁也就退回后帐，独自想道："若再得一支兵为往来接应，则更万无一失了。"正自暗想,忽见探马进帐禀道:"启元帅,探得徐将军已克复縛头寨,大队离此不远了。"王守仁见报大喜。

欲知徐鸣皋何时可到,且听下回分解。

# 第一百二回

## 徐鸣皋奉令助三军　池大鬓枵腹<sup>①</sup>敌二将

话说王守仁见报徐鸣皋已由缚头寨得胜而回，心中大喜，即令原探持了大令，飞马调取徐鸣皋，限今夜五更，率同所部驰抵大寨。探子持令而去。不到二更，徐鸣皋、杨小舫已到，当即安营已毕，进帐见元帅缴令。

王守仁先慰劳了一回，复又问了前情，徐鸣皋也细细说了一遍。王守仁大喜，复奖励道："非将军神勇，不能如此神速，真乃国家之福也。"徐鸣皋又谦逊道："承元帅栽培，末将何劳足录。"因问道："此间胜负如何，池大鬓想已就擒否？"王守仁便将以上各节又告诉了一番，因道："本帅刻已分别派令各位将军，于今夜五更进攻，唯虑尚少一支兵往来接应，正虑无人可使，却好将军驰回，再没有如此巧法。今夜便烦将军与杨将军二位，仍率所部各兵，亦于五更拨队，天明驰抵大庾山。杨将军可分兵一半，抄出大庾山后，在羊肠谷一带往来接应狄洪道。但看山内火起，便催兵入谷，与狄洪道合兵一处，杀出前山。徐将军却于前山及东西两山盘谷夹谷往来接应，但看山内火起，及东西谷火势大炽，便令各兵呐喊助威，遥为声应，使贼众惊疑不定。却再与周湘帆、罗季芳、徐庆、李武合兵一处，并力夹击。贼众见各处火起，必然惊慌，将军等可乘其乱而击之，则贼众不难立杀矣。本帅静候捷报，如首先杀贼，驰报进营者，便为头功。务各奋勇争先，本帅是所厚望。"徐鸣皋、杨小舫一声得令道："元帅放心，末将等当效死力。"当下退出大帐。

此时已将三更，不及与狄洪道等人叙别，只往各处略一看视，随归本营，传令各兵四更造饭，五更拨队，天明驰抵大庾山剿贼，又与各兵激励一番。令其不可退缩，总要奋勇争先，灭贼之后，自然论功升赏。各兵也欢声雷动，个个愿效死力。本来徐鸣皋与杨小舫所带部下，深得兵心，故此所部亦愿同甘苦，毫无退缩之意。

---

① 枵（xiāo）腹——空着肚子。枵，空虚。

闲话休表,且说狄洪道带领精锐三千,各藏火种,先自进发,个个衔枚疾走,直往羊肠谷而去。接着杨小舫亦率领所部一千五百兵作为后队,也是衔枚疾走,往羊肠谷而来。暂且按下。

再说周湘帆等人各率所部前往大庾山及东西两谷前进,却好天明均已驰抵,便将所部摆成阵势,向山上挑战。当有守山喽兵飞报大寨,池大鬓等五个贼目方才起身,一闻飞报进来,连饮食都来不及吃,池大鬓便往前山迎敌,胡大渊、任大海前往东山盘谷,郝大江、卜大武往西山夹谷,各自分头率领喽兵,一起冲下山去。

池大鬓到了山下,一见罗季芳,哈哈大笑道:"你等这一起杂种,不必说一日换一个,就便都来与爷爷厮杀,又何足惧哉!"罗季芳听罢大怒,也不打话,立刻举枪就刺,池大鬓赶着用点钢叉去迎。这番来战,却不比前三日那种情形,在官兵务出死力,总要今日破山,在贼众也想今日将官兵杀个尽绝,免得日日讨厌。因此,罗季芳便用尽平生之力,一枪刺去,恨不能就将池大鬓挑下战马来。无奈池大鬓猛勇过人,罗季芳不易为力。池大鬓见一枪刺进,赶着用手中叉向上一磕,也是用尽平生之力,恨不能将罗季芳的枪就这一叉磕下,折为两段,然后复一叉结果了性命。无奈罗季芳的本领虽然不能如徐鸣皋等人,也还可以战十数个回合,所以池大鬓也不能易于为力。

两个人交上手,叉来枪往,各尽平生之力,死斗了有十二三个回合,罗季芳渐渐抵敌不住。李武在旁看得清楚,一声大喝道:"罗师伯,你老可退下,待咱来取这狗贼的性命。"说着催开坐马,摇动大刀,直杀过来。罗季芳见李武前来助战,他便虚刺一枪,拨马退下。李武即赶上前去,抡开大刀,朝池大鬓砍来。池大鬓正欲追赶罗季芳,见李武杀上,也就撇了罗季芳,来迎李武。彼此交上手,你一刀,我一叉,只杀得喊声大振,尘土冲天。两个人又战了十数回合,李武仍不是池大鬓的对手。罗季芳在旁,见李武有些支持不住,也就摇动长枪,复杀上。李武又虚砍一刀,拨马退下。由此轮流接战,池大鬓却毫无惧怯之意。

却好徐鸣皋接应的兵已到,一见罗季芳与池大鬓对敌,深恐罗季芳非敌人对手,便大喝一声道:"罗大哥,你且暂歇,待徐鸣皋取这逆贼的首级。"话犹未完,马已到了阵上来,即从刺斜里手起一枪,向池大鬓刺来。池大鬓见来势甚为厉害,赶着撇了罗季芳,来接徐鸣皋。两人接上手,这才是棋逢对手，将遇良材，却好杀个对敌。若论池大鬓的勇力，却比徐鸣皋胜，因他固是枵腹，又兼与罗季芳、李武战了好一会，究竟有些力乏，徐鸣皋却是才到，又是饱餐而来，所以比池大鬓占了二分便宜。彼此杀了有二三十个回合，罗季芳、李武不肯使徐鸣皋一人用力，恐怕力败不能取胜，因又各舞兵器，齐杀过来，将徐鸣皋换下，使徐鸣皋退在一旁，暂且歇息。

池大鬓见罗季芳、李武二人复又上来换战，当下怒道："尔等这一起无名小卒，不必说是轮流接战，就便一起围拥上来，咱爷爷若有半点惧意，也不算是池大鬓的本领胆略。好小子，看爷爷的家伙！"说着用了十二分力，飞起一叉，直向罗季芳刺来。罗季芳见这一叉来得凶猛，如泰山压顶磕了下来，知道自己的力量断难迎敌，说时迟那时快，赶着将坐下马紧紧一拍，向刺斜里跑出圈外。池大鬓这一叉刺来，实指望将罗季芳刺于马下，不料不曾刺中，反因用力太猛，在马上连摇了两摇，险些儿倾跌下来。李武看得清楚，就趁池大鬓奏手不及，复进一刀，当顶砍到。池大鬓说声不好，赶忙将叉往上一架，也就趁手掀在一旁。

池大鬓正欲还刀，只见一骑马如旋风般从山上飞到，高声喝道："请大王速速回山，现在山内各处火起，不知有多少兵马从羊肠谷杀进来了。"池大鬓闻报，这一吓非同小可，几乎在马上跌落尘埃。正要回山，接连的几报："东山盘谷火起。""西山夹谷火起，请令定夺。"

池大鬓接连闻报，格外惊慌，到了此时，也就无心恋战，知道山寨已毁，无路可归，便思逃走。怎奈李武、罗季芳二人闻说山中火起，心中大喜，一声呼喝，即令所部各兵围拥上来，将池大鬓困在当中，任他左冲右突，冲不出去，更兼罗季芳、李武两人抖擞精神，并力死战，池大鬓已是强弩之末，渐渐的就有些支持不住。正在危急，忽见胡大渊冲入重围，手执两柄六角铜锤，逢人便击，意欲将池大鬓救出。怎奈罗季芳、李武二人虽然力不能敌，却拼命死战，哪里肯将池大鬓放走，又兼各兵卒个个争先，无一人退后，虽然胡大渊出其不意杀进重围，所部各兵却不肯因此稍退。

正在喊杀连天之际，池大鬓手起一叉，击中罗季芳马腹，那马负痛，当即狂奔冲出重围。李武又被胡大渊的铜锤，打伤右臂，也就败逃出来。池大鬓、胡大渊见罗季芳、李武二人受伤败下，此时哪敢怠慢，也就跟着冲出，并非有心追赶，罗季芳、李武二人却是要赶紧逃命。徐鸣皋在旁看得清楚，说道："若于此时再将这两个恶贼逃走，见了元帅，何以缴令？"因即将马一催,杀入阵来。迎面见着罗季芳、李武带伤败出,当下也来不及问话,放过二人,急急迎了上去。正遇池大鬓、胡大渊二人欲杀出来,徐鸣皋大喝一声:"逆贼往哪里走?"手起一枪直刺过去。

毕竟池大鬓、胡大渊性命何如,且看下回分解。

# 第一百三回

## 徐鸣皋力斩二寇　　任大海独战三人

话说胡大渊、池大鬃正欲冲出，却好徐鸣皋掩杀过来，大声喝道："逆贼往哪里走？本将军前来取你的首级。"话犹未完，手起一枪，直朝池鬃刺到。池大鬃正向前跑，忽被徐鸣皋拦住，已是心急如焚，又见一枪刺到，真个是措手不及，欲待招架，万万无此闲空，欲待躲让，徐鸣皋的长枪已近胸前，只得拼命一着，急将右手认定徐鸣皋的枪杆一把抓住，说声"不要走"，那枝枪杆已被池大鬃执在手中，用足十二分力量，先向自己怀内一拖，满想得徐鸣皋拖下马来。哪知徐鸣皋见手中的枪被池大鬃夺住，也即双手执定枪杆，亦用足十二分劲，就此一抖，只见池大鬃手略一松，那枪杆便有斗大的花头，直射得池大鬃眼花缭乱，二目一瞪，早被徐鸣皋分心一枪，挑于马下。胡大渊急急来救，池大鬃已被官兵削了首级。

胡大渊见池大鬃已死，也就手舞双锤，拼命来敌徐鸣皋。鸣皋此时杀得兴起，见胡大渊抢杀过来，他便舞动花枪，直朝胡大渊卷杀进去。胡大渊先还可以遮拦隔架，到后来不知从何着手，只见一片白光，如梨花飞舞，浑身罩定，知道不妙，急急隔开一枪，便想舞动双锤杀透重围而去。哪知徐鸣皋是何等神勇，已将敌人战到这步地位，还肯让他逃走么？正战之间，忽见胡大渊虚晃一锤，知道他不敢恋战，急急欲待败走，徐鸣皋也急急紧了一枪，大喝一声："好恶贼，还不下马，等待何时？"一声未完，那枪杆已刺杀进去，正中胡大渊咽喉，落马而死，当由官兵急急割了首级。徐鸣皋将两颗首级挂于马下，一面使人先往大营报捷，说贼首池大鬃、贼目胡大渊业已刺死。手下人当即驰往报捷。徐鸣皋复又督率所部精锐，驰往东西两谷接应徐庆、周湘帆二人。

却说徐鸣皋到了东山盘谷，远远在马上望见，只见狄洪道、杨小舫、周湘帆三人围住一个贼目，在那里混战。徐鸣皋见周湘帆已得着接应，料不至有失，遂即舍了此地，拨转马驰往西山夹谷，接应徐庆去了。暂且按下。

先说狄洪道与杨小舫二人，何以来至盘谷，接应周湘帆，混战任大海呢？原来狄洪道自从进了羊肠谷，却好正交天明，便令各军取出火种，节节放火。凡遇树林深处，以及房屋，只要引得着火的所在，皆放起火来，一霎时已有十数处火起。那时贼首池大鬓已得着前山信息，分头去下山接战，所以狄洪道率领各军在后山放火，如入无人之境，只烧得各处房屋寨栅一律焦土。及至前山东西两谷得着信息，胡大渊急急下山，与池大鬓报信，见池大鬓已被官兵围在那里厮杀，他便突入重围，前去接应，现在两人已被徐鸣皋杀死。

当胡大渊驰往前山之时，盘谷尚未有火。走未一刻，周湘帆所部各军见后山火势滔天，也就于盘谷四面树林放起火来。任大海知道不妙，便思逃走，却好周湘帆拼命力战。正在危急之际，狄洪道已由山内杀出，正遇周湘帆与任大海对敌，渐渐抵敌不住，他便抢杀过来，在那里混战。杨小舫率领后队驰到羊肠谷，已见山内火焰腾空，当下便命各军蜂拥而进。走入山内，但见狄洪道所部各军，有的还在那里四处搜寻放火，有的任意赶杀喽啰。

杨小舫见着这般光景，也觉有趣，正要率领所部四处搜掠，急见从山外冲进一骑马来，马上坐着一个贼目，手执烂银锏，一见杨小舫，也不打话，舞动烂银锏，即便交战。反是杨小舫问了那贼目的名姓，原来是郝大江。他本在西山夹谷，也因闻报山内火起，他便急急赶回，准备救火。哪知他才入山来，夹谷四面又是火起，却又遇见杨小舫接住厮杀，战不数合，被杨小舫一戟刺于马下。若论郝大江的武艺，并不亚杨小舫，怎奈此时是惊弓之鸟，又是心悬两地，记念着前山池大鬓，不知胜负如何，又不知山上大将共有几人，精兵若干，因此心慌意乱，所以战不数合，被杨小舫刺死。如果平心定气与杨小舫对敌，不但杨小舫不能取胜，还恐战不过大江。这也是这伙强盗恶贯满盈，应该今日遭劫。

当时杨小舫将郝大江刺死，随即削了首级，从里面直杀出来。本意杀往前山，怎奈路径不熟，却误杀到盘谷，正好遇见狄洪道、周湘帆在那里混战任大海，他也就冲杀下去，与狄周二人合兵一处，三个人混战。哪知任大海的本领果然出类超群，真有万夫不当之勇，手持两条竹节钢鞭，上下左右飞舞盘旋，真个如生龙活虎，虽有狄洪道、周湘帆、杨小舫三人战他一个，他却毫不惧怯，仍是猛勇异常。只见他那两条竹节钢鞭，架开刀，撒开枪，隔开戟，遮拦隔架，将自己的身躯、坐下的战马，保护得风雨不透。四个人，四匹马，只杀得尘头大起，日色无光，两边小军呐喊之声震动山岳。狄洪道等三人见他如此悍勇，却是暗暗喝道："有如此神勇，若果不入邪途，真是国家一员大将，可惜甘心为贼，也算是明珠暗投了。"一面暗道，却一面厮杀，足足战了有一百个回合，仍是不能取胜。狄洪道、周湘帆、杨小舫三人杀得兴起，便各人抖擞神威，只见狄洪道摆动大砍刀，用了个泰山压顶的架式，直朝任大海当头砍来。任大海将右手鞭向上一架，掀开大砍刀，左手一鞭，认定狄洪道右背打下。狄洪道正要招架，那边杨小舫已一戟刺来，任大海收回右手鞭，复将右手鞭往戟上一磕，趁势用了水中捞月，将杨小舫那枝画戟隔在一旁。正要翻起左手鞭来打小舫，不料周湘帆的枪又分心刺来。任大海即将左手鞭往上一翻，却好正碰在周湘帆那支枪杆上面。只听一声响亮，周湘帆那杆花枪已被任大海的鞭打折两段。

周湘帆在马上这一惊非同小可，所幸狄洪道的大刀又砍了过来，接着杨小舫的画戟又复刺到。周湘帆急急将手中折断的半段枪杆抛在一旁，便从腰间掣出双股宝剑。原来周湘帆这口宝剑，虽不能削铁如泥，也还锋利无匹，当下便舞动双股剑，复杀上来，只见两道寒光，不离任大海前后左右。此时任大海料难取胜，满想打死他们两个，就便自己死于非命，也还扯过直抵，怎奈只有招架之功，并无还刀之力，任他勇猛，徒唤奈何。看看抵敌不住，便虚击一鞭，拨转马头便走，打算杀出重围，落荒而走。不料战马气力已乏，忽然马失前蹄，将任大海从马上翻跌下来。狄洪道一见好不欢喜，也就急急赶到前面，手起一刀，正要砍杀下去。只见任大海大喊一声："马失前蹄，此天亡我也。"遂拔出佩剑自刎而死。当时有小军上前割了首级。狄洪道、周湘帆、杨小舫三人见任大海已死，便传令所部各军，直朝夹谷接应徐庆。

再说徐庆力战卜大武。这卜大武固然骁勇，他还有个绝技，使两柄软索铜锤，能于百步之内打人，百发百中。徐庆与他战了有四五十个回合，彼此皆不分胜负，只急得徐庆暴跳如雷："如此一个强盗，我都战他不过，还算什么一员大将，岂不可耻？"当下便大喊说道："逆贼听了，本将军若不将你这泼贼碎尸万段，誓不回营。你敢与本将军战一百个回合么？"卜大武哈哈大笑道："好小子，莫说一百个回合，就便一千个回合何妨，只要胜得我手中刀，我便甘心受缚。"徐庆闻言，便又大杀起来。

毕竟徐庆果能取胜否，且看下回分解。

# 第一百四回

## 徐将军义勇兼施　王元帅恩威并用

话说卜大武与徐庆力战，不分胜负，徐庆杀得兴起，便要与卜大武战一百个回合，卜大武也就答应说道："你能胜得我手中的刀，我便甘心下马受缚。"徐庆闻言，心中暗道："我若将此人胜了，他能甘心受缚，或者可以在元帅前讨情，请元帅宽恩，赦其死罪，将他留在营中效力，也可为国家一员猛将，不知这人果肯改邪归正否。若能如我所愿，那就大幸了。"心中想罢，便举起金背大砍刀，复与卜大武杀起来。

你来我往，又战了有四十余个回合，忽见阵外一骑马飞来，高声喊道："好大胆的泼贼，还敢在此抗敌，你家贼首池大鬓及贼目胡大渊已被本将军杀了，现有首级在此，你可细细观看。若知进退，早早下马受缚，免得目前死于非命。"说着已经飞入阵中。徐庆闻言，急视之，乃徐鸣皋也，心下大喜，见有人来接应，胆量愈壮，即刻精神百倍，抢动大砍刀，奋力杀进。卜大武正与徐庆力敌，忽闻徐鸣皋这番言语，又见他马下挂着两颗首级，确系池大鬓、胡大渊的头颅，又因徐庆一人尚难取胜，禁不得再加一人，料非敌手，不免心中一慌，不觉手中的刀略慢一点，早被徐庆一刀砍中马足，那马登时壁立起来，将卜大武掀翻在地。卜大武手中的刀已抛落一旁。当有小军急急上来，割取首级，徐庆急止道："且将他捆了罢，解进大营，听元帅发落，此时不得有伤性命。"

卜大武见徐庆如此，心中暗道："难道这人有释我之意么，不然，我已跌下马来，不必小军前来割取首级，就是他再紧一刀，已可结果我性命，为何他既不杀我，又令小军不得伤我性命，解请元帅发落，此中定有用意，且到大营看是如何。若果元帅有释放之心，我便归降便了。"当下小军就将卜大武捆绑起来。

正要解往大营，忽又见三骑马如旋风般飞来。徐庆视之，乃狄洪道、杨小舫、周湘帆三人，率领着所部前来接应，瞥眼间已到阵上。一见徐庆，便齐声问道："贼目曾捉住么？"徐庆道："现已捆了，正要解往大营，候元帅发落。诸位所办如何?"狄洪道就将任大海落马自刎情形说了一遍,又道:"现有首级挂在马下。"杨小舫又将郝大江杀死的话,也说了一遍,大家大喜。卜大武在旁,知道五弟兄已杀死四个,因复暗想道:"我就便不为所缚,还在这里与他们力战,也落得个孤掌难鸣,而况终久不免一死,能此去大营饶我不死,我当甘心投降便了,况且这'强盗'两字,终久不妥。"主意已定,专候解往大营,听候发落。只见上来几个小军,将他抬起来,随即解往大营而去。

徐庆、徐鸣皋、狄洪道、周湘帆、杨小舫五人,也就合兵一处,计点人马,死者不过数人,伤者亦不足百十名,唯有喽兵死伤甚众。当下徐鸣皋就派了一千名精锐在此守山,并监守未死的喽啰,然后命各军掌起得胜鼓,一同回营缴令。

此时已日过午,大营内元帅早已得了头报,知道徐鸣皋将池大鬓、胡大渊两个贼首杀死,心中甚是欢喜。顷又接着探子去报,声称杨小舫杀死郝大江,狄洪道、杨小舫、周湘帆三人合战任大海,又经该贼战败,落马自刎身亡。元帅更是喜悦。唯有西山夹谷徐庆,尚未来报。正在盼望,只见探子报道:"禀元帅,贼目卜大武在夹谷力战,经徐将军奋勇杀敌,已将该贼目擒住缚了,少时即解回大营,听元帅发落。"王守仁见报,好生畅快,因暗道:"多年巨寇,一旦成擒,固为地方上除害,也可免朝廷宵旰之忧了,真乃国家之福,得此徐鸣皋等这一般英雄,不然这伙巨寇,尚不知何时才可剿灭。"正自暗想,忽闻金鼓齐鸣,各军已经收队。王守仁即出营门,亲去迎接。却好徐鸣皋等已到,一见元帅亲迎出来,大家一起下马,王元帅上前慰劳道:"诸位将军克奏肤功,未免辛苦了,且请帐内歇息罢。"徐鸣皋等谦逊一番,当下随着元帅进了大帐。

王守仁便命人先给徐鸣皋立了头功,然后挨次录功已毕,徐庆便鞠躬说道:"贼目卜大武已为末将擒获,现在营外听候元帅发落。唯该贼目猛勇异常,末将征窥该贼情形,颇有投诚之意。若蒙元帅加恩,免其死罪,收录营中,令其效力,命他将功折罪,末将看卜大武似不致再有异心,将来或可为国家收一猛将。且不日往剿南安,可令其作为奸细,剿灭之功,即得于此人身上,也未可料。末将为爱才起见,是否有当,尚乞元帅主裁。"王守仁见徐庆如此说项,心中也有收服之意,当命将卜大武带进帐来。

只听一声答应,不一刻已押解进来,跪在下面。王守仁将卜大武上下一看,见他身长八尺,虎背熊腰,豹子头环眼,两道长眉,一双大耳,大鼻梁阔口,黑漆漆面皮,生得颇为不俗。王守仁看毕,不觉暗暗羡慕道:"此人若肯归顺,将来不愧为国家栋梁。"因道:"卜大武,本帅看你有这样一表人才,理应一心向上,图个出身①,为国家建功立业。才不愧天地生人的道理。为何甘心为寇,显干国法,今既被捉,你尚有何话说?"即喝令出推出营门,斩首来报。只听手下吆喝一声,走上前来推卜大武。

当有徐庆上前,代他讨饶道:"元帅且请息怒,末将冒死有一言容禀。卜大武甘为强寇,本应罪不容诛,姑念现已就擒,请由末将劝令归降,令他在营效力,将功折罪,以观后效。尚望元帅赐以不死,卜大武定然仰感元帅开活之恩,死心图报,勉为国家出力。"王守仁见说,因转言道:"本帅虽可看将军一再求饶,免其一死,特恐他志向不专,反复无常,与其将来多费周折,不若直截了当将他斩了,免留后患。今既据将军如此讨情,可问明他来投诚之后,是否死心死力,图报国家,勉立后功,藉赎前罪。"徐庆正欲向问,只见卜大武跪在下面说道:"罪犯如蒙元帅宽某既往,勉某将来,赐以不死,人非草木,岂不知感仰元帅之恩,元帅但请宽心。某倘蒙开恩,自当竭力报效,以期赎罪。况某当日亦非甘心为贼,只因我父为奸臣所害,一家九口死亡殆尽,某无处栖身,只得到此,暂为落草。身虽为寇,心实难甘,其迹虽恶,其情可悯。"王守仁听了卜大武这番话,因问道:"据尔所言,尔父为何人所害,尔祖居何处,尔父何名,可细细禀来。"

卜大武道:"某祖籍河南固始县,父亲名唤卜建仁,曾为甘肃知县。因那年旱荒,擅开义仓赈济百姓,平时又与本省督抚不善逢迎,因此督抚嫁词奏参,还勒令倍偿仓谷。某父亲居官清正,一贫如洗,因此自尽身亡。彼时一家九口,见父亲已死,以为此项仓谷可以免追。无奈上宪追呼,迫不可缓,仍勒令家属赔补,因此全家悉数自尽,某因此仇不共戴天,只得逃亡在外,以期将来报复。现闻该督抚已死,某又无家可归,所以甘就大庾山托足。今者天兵所指,已将大庾巢穴焚毁殆尽,某又为擒缚,本非所愿,而况就擒,自当革面洗心,勉为好人,尚不失官家之后,尚请元帅宽宥。"王守仁听说这一番话,因道:"你既如此,本帅姑念你从前为寇,是迫于无可奈何,今既有心归诚,本帅当免你一死,以观后效。"说着,便命人代他

---

① 出身——出路。

解缚。当有徐庆上前解开绳索。卜大武又谢了元帅，王守仁即令随营效力，俟后有功，再行赏职。

　　欲知后事如何，且看下文分解。

# 第一百五回

## 卜大武矢志投诚　王远谋现身说法

话说王守仁准其贼目卜大武归诚,以观后效,卜大武自然感激,当下谢了元帅不杀之恩,随即出了大帐,又谢了徐庆义释之意,并与徐鸣皋等各人相见已毕,从此就随着徐鸣皋等人立功。看官要知徐庆虽保了卜大武随营效力,以后王守仁督兵剿南安诸贼寨,若非卜大武作为内应,贼首谢志山尚不能就擒。此是后话,暂且休表。

再说王守仁见卜大武矢志归诚,满心欢喜,当传令各营,犒赏三日,专候华林、漳州两处捷报一到,便合兵进攻南安,当下无话。次日,又传卜大武进帐问道:"现在山寨虽已焚毁,所有喽兵以及银钱粮饷尚有若干,你可即日到山查明来报。"命徐庆一同前去,查明之后,所有喽兵愿降者准其投降,不愿降者即着一体解散,各回本籍归农。徐庆得令,即同卜大武一同前去大庾山盘查钱粮,稽核喽兵数目去了。

一日回来报道:"钱粮共有三千,喽兵不足二千,愿降者约有千余,其余尽皆遣散。"王守仁见说,即命将钱粮全数悉解大营,以充军饷,所有喽兵亦即编入队伍,即命卜大武管带,以便收驾轻就熟之力;其前留守山部卒,亦即调回大营。徐庆、卜大武答应,又至山上,将所有钱粮,悉数饬令小军运回大寨;已降之各喽兵,亦即编入队伍,仍由卜大武管带,一同驰归大营,合兵一处,专等华林、漳州两处捷报。由此卜大武就在王守仁部下,实心实力,任劳任怨,以图后报不提。

且说王远谋这日又来庆贺,到了营门,当有小军传报进去。王守仁见报,即刻亲自迎出营门。王远谋一见,拱手贺道:"元帅神威,指日剿平山寨,真乃国家之福,某等地方之幸也,今特竭诚前来庆贺。"王守仁也笑谢道:"山寨荡平,非某之力,实先生指画之功也。"说着,就让王远谋进入大帐,彼此分宾主坐下。元帅又命人大摆筵宴。一会儿酒席摆上,王守仁邀王远谋入席。三巡酒过,守仁问道:"前者某欲求先生同往南安,借听方略,先生以欲与尊夫人商议,迩来当有定议,不卜可蒙赐教否?尚求一言,俾免悬念。"

王远谋道："承元帅盛意,某焉敢不遵,但日来与老妻热商,满拟随镫执鞭,藉观韬略,奈老妻苦苦相留,不放前去,某当以富贵爵禄动之,告以南安距此并不过远,且荡平山寨之后,元帅必以某随营效力,不无微劳,足录章奏。肃清之时,某亦可蒙元帅保奏,仰荷天恩,大小得点功名,将来回家,虽不能谓衣锦荣归,亦可借此为亲戚交游光宠。若老于株守,伏处草茅,但不过问舍求田,日与田舍翁为伍,虽曰自适,终为野老一流,富即不能,贵又不得,庸庸一世,不几与草木同腐乎? 某说了这一番话,以为老妻必以富贵为可慕,以功名为可荣,以亲戚交游光宠为可羡,哪里知道她另有一付心肠,说来殊觉可笑,究竟妇人见识与须眉志向不同,却以可慕者为可厌,以可荣者为可辱,以可羡者为可耻,且与某言道:'方今之时,所谓富若贵者,动辄骄人,其实可耻之至。在不知者,以为某也富,某也贵,本非亲戚,至此而强与往来,本非交游,因此而欲求接纳,推其意,皆欲藉若人之声势,为自家光宠,而富若贵者,亦因此夜郎自大,气压乡邻,究其所以既富且贵之由,实皆由摇尾乞怜、俯首帖耳所致。与其有此富贵,徒觉外观有耀,不若求田问舍,做一个野老农夫,虽没世无闻,草木同腐,尚可得清白终身,不致与富若贵者龌龊卑污,在外面看来似觉可慕可荣可羡,即令他自己问心细想,实在有许多不能对父母妻子之处。我看你不必慕此富贵罢;至于功名一节,更可不必妄想。不必说你生成一副寒乞相,就便命中应得贵为天子,位极人臣,及至一旦无常,依旧一抔黄土。此就命有应得者而言,若本无此命,勉强而求,不必说勉强不来,即使勉强得来,亦未免徒费心血。而况当今之世,举世皆浊,权贵当朝,正直者反屈而不伸,卑污者却得以重用。即以军营而论,有那身经百战,功绩昭然的,当时自问,将来荡平之后,必可荣膺懋赏,借此酬功,初时未尝不以此自幸。及至奏章既上,身经百战的不尽,滥竽之辈其中亦有十之二三,更且黑白混淆,是非倒置,甚至坐观成效的竟得邀上赏,身经百战的不过得微荣。在天子高拱九重,何由尽悉? 而保奏者或因私意,或为夤缘,以致颠倒是非,致使有功者抱屈莫伸,无功者坐受上赏。人情如此,已莫可挽回,虽王元帅为一代名臣,亮节高风,原非苟且贪污者可比,有功必录,有过必惩。我虽女流,亦甚钦佩。然而你年已花甲,何必再入迷途? 即使富贵功名皆如所愿,曾几何时又将就木,也觉无趣味了。在我看来,还是株守田园,以老妻稚子相对,终身虽无功名,也还不失天伦之乐。若徒以功名为重,免不得抛妻撇子,背井离乡,受些旅况凄凉,风尘扰攘,而况随征之事,更觉难堪,你又非身受国恩,何必自寻苦恼呢?若以元帅之意不可却,定欲从事征途,我便请从此死,好使你趱赶功名便了。'某给老妻这一席话,说得甚觉有理,且某本与老妻伉俪甚笃,朝夕不离者已四十年,一旦远离,情固有所不忍,加以稚子幼孙,牵衣顿足,啼号交集,相与咨嗟,某见此情形,又不免女儿情长,英雄气短了。因一转念间,终觉富贵如云,功名似水,还是与老妻稚子伏处草茅,作一个田舍翁了此终身,反觉计之为得。元帅的盛意,某当铭感不忘。非某有心逃世,实为老妻所累,不忍暂离,尚乞原谅。"

王守仁听了王远谋这一番议论,因自叹道:"老先生现身说法,足使某万念俱灰。诚哉富贵如云,功名似水,本无可乐之境,唯求身受国恩,不能不勉尽臣道,然抚衷自问,虽欲如先生求田问舍,共得天伦之乐而不可得。老先生虽非富贵,实是神仙,可羡可慕!"说罢,嗟叹不已。不一会酒筵已毕,王远谋又再三相谢,即便告辞而去。王守仁仍依依不舍,怎奈他无心世事,不可勉强,只得送出营门,一揖而别。

又过了十日光景,一枝梅、王能已肃清漳州贼寨,包行恭、徐寿已肃清华林贼寨,皆得胜回营缴令。王守仁当即传进大帐,问明一切,一枝梅、包行恭等便将漳州、华林两处如何进攻,如何纵火,如何力杀漳州贼目邓武、陈如虎、韩韬、伏水龙,华林贼目孙有能、李志海、孟铭山、周尚勇等人,并所得器械粮饷若干件,收服喽兵若干名,细细说了一遍。王守仁听了大喜道:"似此多年巨寇,官军屡剿失利,今不过三月之功,一律肃清,此非本帅之功,实赖诸位将军之力也。明日当驰奏进京,既慰朝廷宵旰之忧,借表诸位将军之绩。"一枝梅等又谦逊了一回,这才退下。安营已毕,又与徐鸣皋等叙了阔别。

王守仁当晚写成表章,次日着人驰奏进京,又命各营养军三日,拔队起行。三日之后,仍命徐鸣皋为先锋,其余各人均安本职。三声炮响,金鼓齐鸣,督领大军,离了大庾,一路上浩浩荡荡,直朝南安而来。

毕竟攻打南安、横水、桶冈诸寨,剿灭贼首谢志山胜负如何,且听下回分解。

# 第一百六回
## 献妙计卜大武陈词　去诈降谢志山受骗

话说王守仁收服了卜大武，一枝梅等已剿灭了华林、漳州等寨，便合兵一处，进攻南京。一路上浩浩荡荡，真是秋毫无犯，不愧王师。在路行程非止一日，这日已离南安不远，即命安营。

当有各将进帐参见，王守仁还礼毕，便问卜大武道："尔可知南安、横水、桶冈三寨，何处最为险要，何处次之，这三寨之中，以何寨最易攻剿，你可细细谈来。"卜大武道："南安、横水、桶冈山寨，以桶冈最为险要。这冈岭四面皆山，环抱如桶，所以起名桶冈，贼首谢志山就住在这里面。四面山上皆有檑木炮石，并高设烟墩，以为号令。守山喽兵见有官兵前往，便于烟墩内放起烟来，里面就知道预备。且不识路径者，往往遭此埋伏，因那冈外四面，在外面远看，皆有大路可通里间，其实那些大路皆是死路，万不可进，如果由大路进去，必遭埋伏无疑。冈内出入，皆由小路，那小路实不易行走，不但羊肠曲折，而且荆棘横生。官兵屡剿失利，亦皆由此。贼首谢志山又多谋有勇，凡有官兵前来攻剿，他类皆以逸待劳，不肯轻于接战；就便兵将奋勇进攻，他将檑木炮石打下，任你再骁勇，总使你不能前进；再不然，将官兵诱入大路里面，只要进了谷口，他便放起地雷火炮，将官兵轰死殆尽，他仍安然无恙。地势之险，莫险于桶冈，埋伏之多，亦莫多于桶冈。能先将桶冈攻破，其余横水、南安，皆不足虑。"

王守仁道："据你所说，桶冈是最难攻了。"卜大武道："不但难攻，而且谢志山手下有两个贼目。一唤飞天虎冯云，惯用两柄生铁虎头拐，有万夫不当之勇，更兼他能半空飞走，又有二十四支袖箭，能于半空中施放，打人百发百中。一唤赛花荣孟超，惯用一杆烂银枪，虽不比冯云骁勇，却也不弱，唯最他的弩箭极其厉害。他平日在山中无事，专以飞禽作为箭靶。他这弩箭，不但百步之外射人百发百中，而且是连珠箭，一箭不中，连着射出来，任你会让，总要中的。若中一箭，七日之内，必然送命。原来他那弩箭上是用毒药煮过，只要射中敌人，受伤之处登时发痒起来，然后溃烂，七日之内,烂见心肺而死。元帅若要攻剿,必先将此两人擒获过来,然后此寨即不难破。再不然,能将他两人袖箭、弩箭盗出,使他无此暗器,也就易于为力了。"

王守仁道:"本帅就差你前去,盗那件暗器如何呢?"卜大武道:"元帅之命,本不敢辞,怎奈平时只会马上,不会飞檐走壁,盗那暗器须有飞檐走壁的本领,才能盗得出来,不然,不但徒劳无功,且恐有误大事。某却有一计,元帅主裁,如果可行,当竭力报效。"王守仁道:"你既有妙计,不妨说来,如果可行,也不负你投诚之志。将来剿灭之后,本帅当奏知圣上,论功行赏。"卜大武道:"现在某虽已投诚,谢志山那里必不知道,某即拟率领所部,抄出桶冈之后,前去诈降,即说大庾为元帅攻破,诸人已死,无处可归,因此尽杀喽兵,前来投奔,望他安止,他必可相留。那时某即作为内应,一面请元帅拣众将中有能飞檐走壁者,至少四人,扮做喽兵模样,暗藏利刃,杂入某所部以内,一起上山,得便行事。如此而行,似觉较为妥当,不知元帅意下如何?"

王守仁听罢,当下说道:"所言正合吾意,即照你所说去办便了,唯最尔宜机密,不可泄漏。本帅却有一件可虑,尔虽绝无异心,但不知尔所部喽兵,到了那里,可否不生他意?"卜大武道:"此事某虽可保,唯虑元帅不能深信,莫若就于元帅部下拨发一千精锐,充为喽兵,在元帅既可放心,某亦放胆前去。但元帅必须坚属所部,若山上有人盘问,万万不可稍露马脚,切记切记!"王守仁道:"此计最善,本帅即挑拨精锐一千,给你带去便了。"当下便命徐鸣皋、一枝梅、周湘帆、狄洪道、包行恭、徐寿六人,扮做喽兵,各藏利刃,随同卜大武前去。"务要小心,将袖箭弩箭盗出,能再就近行事更妙;设若不能,万万不可躁进,可赶即回营,再设良计。"徐鸣皋等一面答应,一面说道:"元帅但请宽心,末将等只患不能入山,既到山内,自可见机而行,能随时就近将贼首捉住,捣毁巢穴更妙。万一不能,末将等自当遵命,断不敢因躁进而致误大事。"王守仁见说大喜,徐鸣皋等亦即退出大帐。

回至本帐,徐鸣皋与大家计议道:"我等既然前去,必须将他两件暗器盗回,方显我等本领。慕容贤弟与包贤弟可去盗冯云的袖箭,我与徐寿去盗弩箭,狄大哥与周贤弟作为接应。包贤弟可再将那鸡鸣断魂香,分给与我,与慕容贤弟两人一用,以便易于着手。"一枝梅道:"可不要,我自有一种薰香,你带便了。"六人计议已毕,一宿无话。

次日即挑选了一千精锐,又扮着委颓情形。徐鸣皋等也就改扮停当,外穿喽兵号褂,内衬紧身衣裳,各藏利刃暗器,即于当日拔队,故意抄由桶冈后路而进。走了一日,已到桶冈山后,当由卜大武打了暗号,守山喽兵知道是自家人,即问明来历。卜大武在山下喊道:"你快去与你家大王说知,你就说大庾山下卜大武前来,有要话面说。"那喽兵赶即飞奔大寨,去报谢志山知道。

谢志山一闻是大庾山卜大武前来,有要话面说,也就即刻相请。那喽兵得令,随即飞奔下山,向卜大武说道:"咱家大王有请。"卜大武闻言,即命所部一千精锐暂在山下等候,他便一人上山。走到半山,已见谢志山率领冯云、孟超迎接出来。谢志山一见卜大武那种情形,便问道:"贤弟如何这等狼狈?"卜大武道:"一言难尽,且进里面细谈便了。"

谢志山等三人当邀卜大武进入大寨,彼此行礼已毕,各人分宾主坐下。谢志山问道:"贤弟到来,莫非大庾有什么意外之变么?"卜大武见问,登时二目圆睁,双眉倒竖,发怒骂道:"只因那王守仁这狗官,带领大兵前去剿灭。第一日官兵分三路进攻,一路打前山,两路分打东西盘谷、夹谷,大哥即率我等,也就分头下山迎敌。及与官兵交战,见那些将士皆非我等敌手,不过数个回合,已将各将士打得大败而回。大哥与我等见此情形,却毫不介意,以为仍如前次官兵。第二日官兵又来索战,我等下山迎敌,还是如此。一连三日,皆如此情形,我等更加不以为意。哪知王守仁这狗娘养的,却用了骄敌之计,将我等暗暗稳住,使我等无心防备,他却暗使猛将于第五日分了四路,三路来攻前山东西两谷,一路暗暗抄出山后,由羊肠谷而进,沿路纵火,先将寨栅焚烧起来,断了我等归路,然后由山内杀出,里外夹击。就此一阵,可怜我大哥以及胡、任、郝三位兄长,皆死于非命。小弟幸亏逃得快,率领了千余败残兵卒,逃出境外。因想此仇不报,何以为人,又思无处可奔,只得率领喽兵投奔到此。还望兄长可怜众家兄弟死于非命,看顾小弟无路可归,收留帐下,一同报仇雪恨。闻说王守仁那狗娘养的不日即要进攻到此,等他来时,皆要仗兄长大力及冯大哥、孟大哥二位神艺,合并迎敌,务要将他杀得个片甲不存,一来为小弟那里众家兄弟雪恨,二来也可使他知道兄长的神威,不敢藐视。"说罢纳头便拜。谢志山听罢,只气得三尸冒火,七孔生烟,跌倒地下,昏晕过去。

毕竟谢志山有无性命之忧,且看下回分解。

# 第一百七回
## 一枝梅盗箭斩冯云　赛花荣暗器伤徐寿

话说谢志山听了卜大武这番话，登时三尸神冒火，七孔内生烟，大叫一声，跌倒在地，昏晕过去。当下卜大武即与冯云、孟超将他扶起。停了片刻，苏醒过来，大怒说道："卜贤弟，你不必着急，咱给你代众家兄弟报仇便了。就便这王守仁狗娘养的不来，咱也要兴兵下山去杀。"卜大武道："兄长，你不必患王守仁不来，只愁这山上人少，非他的对手。"谢志山道："贤弟，你何以长他人志气，灭自己威风。不必说咱山上，尚有三四千人马，就便没有，咱又何足惧哉！"卜大武道："小弟现尚带有不足一千人，虽系残败喽兵，只要养息数日，也还可以使用。"谢志山道："现在哪里?"卜大武道："现在山下候示。"谢志山道："可即命他们上山便了。"当有小喽啰下山招取，不一刻，所有一千精锐全上山来。在山喽兵缴令已毕，谢志山仍命卜大武管带，卜大武又再三相谢。

当下谢志山即命大摆筵宴，与卜大武洗尘压惊，四个人畅饮起来。直饮到日落，谢志山即令卜大武在偏寨安住，然后各归本寨而去。原来这桶冈寨却有三座寨栅，谢志山居中寨，冯云居左，孟超居右，平日却各就本寨居住，有了大事，始在聚义厅会议。

卜大武当就偏寨安住下来，故意命徐鸣皋、一枝梅、周湘帆、包行恭、狄洪道、徐寿六人在偏寨上宿。徐鸣皋等会意，当即到了偏寨。等到三更将近，各寨也已睡宿，徐鸣皋等即至卜大武房内，低低问道："那冯云、孟超两个贼目的卧房在哪里，我们便可前去行事。"卜大武忙止道："今日尚不可动手，且等一日。明日可至各处将路径看明，至明夜再行动手。"徐鸣皋等闻说，也觉有理，随即出了卧房，仍就寨内安歇。一宿无话。

次日即杂在本山喽兵内，各处去看路径。所有山路，及那有埋伏的地方，全行看过，切记在心。到晚间又至偏寨，歇息了两个更次。等到三更时分，徐鸣皋等六人各脱去外面衣服，取出利刃暗器，招呼了卜大武，又将脱下的衣服在僻静地方藏好，然后徐鸣皋、徐寿使出夜行手段，直奔孟超右寨而去,一枝梅、包行恭直奔冯云左寨而去,狄洪道、周湘帆往来接应。只见他们六个人身子一缩,并无一点声息,但见六条黑影子飞出寨外,登时已不知去向。卜大武看得清楚,暗暗赞道:"原来他们尚有这样的手段,我幸亏识时务早早归降,不然,即不死于阵上,也说不定为他们暗中刺死。"

不言卜大武暗地自语,且说一枝梅与包行恭来到左寨,两个人由屋檐上倒挂下来,向左寨一看,但见卧房内尚有灯光。一枝梅与包行恭便将身子垂下,手执单刀,轻轻地将窗纸戳了一个小孔,就此两脚一会,已落在平地,真个一点声息没有。先向四面一望,见无人影,便走近窗格,将一只右眼从窗格内小孔上望了进去,只见房内坐着一人,尚未睡觉,在那里做八段锦景的功工夫。一枝梅看罢,也不惊动,即从身旁取出薰香,复又跳远了一丈多地,取出火种,将薰香燃着,又来至窗脚下,将薰香由窗户小孔中透至里面。他这薰香可与众不同,他人所制的都有一种香味,他这薰香却一点香味没有,好似若有若无一股热气而已,不论何人只要触着这一点热气,登时就骨软筋酥,坐立不住。一枝梅将薰香透送进去,过了一刻,料已散开气味,便将薰香取回闷熄,仍收在身旁,又立在那里静听。又过了片刻,只听里面呵欠之声,一枝梅知道冯云已触着香气,复从窗眼内望了进去,只见冯云已睡床上。一枝梅看毕,便向屋檐上击了一掌,包行恭也就将手掌一拍,当时跳下房檐。一枝梅又将单刀向着窗格轻轻拨开,便一窜身进了卧房,直奔冯云床前。手起刀落,先将冯云杀死,取了首级,然后四面来寻袖箭。寻了半会,只是寻找不出,又复在冯云身上去搜。那知冯云袖箭是随身携带,此时却在他腰内搜出,取过来就灯下观看,却是一个八寸长的竹筒,内有消息,中藏二十四支连珠铁箭,只要一支打出去,接连着二十四支一起发出,果然厉害。一枝梅从前也学过此艺,他也会用,后因暗器伤人,终非正道,因此多年不用。现在见了此箭,却爱他制造精工,便于携带,又系绝好防身之器,因即藏在身旁。复行出房,将窗格仍然倒关起来,会同包行恭跳上房屋,直奔右寨而去。

却说徐鸣皋与徐寿二人到了右寨,也是从檐口倒垂下来,侧耳听声,向房内听去。只听里面并无鼻息之声,知道孟超还未睡觉,便轻轻的跳落下面,也从窗格纸上用津唾舐湿,戳了小孔,孔内望了进去,只见迎面设着一张床铺,垂着帐门。徐鸣皋也不知里面的人曾否睡熟,却又不敢进去,便欲取鸡鸣断魂香,打算取出香来,燃着透进去,使里面人触着香气,昏迷过去,他好动手。哪里晓得却不带得,包行恭也不曾给他,两人虽说过这句话,却都忘记了。徐鸣皋见不曾带来,欲去寻找包行恭,恐来不及,只得放着胆,执定手中刀,去拨窗格。轻轻的拨了几下,居然将窗格拨开,又听了听,好似帐内有鼻息声音。他便招呼徐寿小心在外等候,徐寿答应,他就纵身入卧房,借着灯光四面观看。看了一会,并不见有弩箭,心中暗忖道:"我何必如此,只要将贼囚杀死就完了事,不必一定要盗他弩箭,与其盗箭寻不出,不若将他杀了,反而直截了当。"主意已定,即手执单刀,扑向床面而来。掀开帐门,手起一刀,砍了下去,哪里晓得并无人睡在里面,只听一声响亮,只将床铺砍成两段。徐鸣皋说声不好,急待要走,只见从床后已跳出一人,手执流星锤,大声喊道:"何来杂种,敢到爷爷这里来盗何物,这不是老虎头上扑苍蝇?不要走,吃爷爷这一锤。"说着,一流星已打将过来。徐鸣皋实在手段高强,急将手中刀向锤上一架,登时隔开,一个箭步,急急退至房门口,复一腿将房门踢落,就势已窜出房门。

孟超见一锤未曾打中,又被他逃出房外,登时也就追赶出来,两人就在寨外接战。徐寿此时也就上来助战。孟超虽然勇猛,究竟敌不住两人,看看抵敌不住,正待要走,却好周湘帆又到,登时从屋上跳下,大喊一声,手舞双刀,直奔孟超扑来。孟超力战两人,已自不能取胜,何况再添一个,心中一想:"若再恋战,必然吃亏,不若急急跳出圈外,用暗器伤他便了。"主意已定,即便虚晃一锤,跳出圈外。徐鸣皋见他跳出圈外,知道他必取弩箭射来,却早为防护。只见孟超一转身,便向腰中取出一张弩弓,左手执槌,右手将弩箭执定,认准徐鸣皋射来。鸣皋是早已防备的,便急急一纵身窜上屋檐。徐寿、周湘帆却不曾防备,正自赶来,不提防徐寿面门上已中了一箭,接着又一箭朝周湘帆射来,所幸让得快,不曾射中。徐鸣皋在屋上看得清楚,说声不好,正要从孟超背后跳下去,给他个出其不意,打算将孟超一刀砍死,忽见迎面一条黑影远远飞来,又听嗖一声响,从面前飞过去,即随着声音去望。只见下面咕咚一声,徐鸣皋再仔细一看,孟超已跌倒在地。

欲知孟超如何跌落尘埃,以及徐寿、周湘帆二人有无性命之忧,且听下回分解。

# 第一百八回
## 一枝梅得箭还箭　玄贞子知灾救灾

话说孟超忽然跌倒在地,你道这却为何?原来一枝梅盗了袖箭,斩了冯云,便与包行恭直奔右寨。刚走至右寨屋上,见徐鸣皋等三人在下面与孟超接战,正欲上前助战,只见孟超跳出圈外,手一扬,一枝弩箭射出,幸亏除鸣皋早有防备,跳上屋檐,却中在徐寿面上。一枝梅说声不好,即将所盗得冯云的袖箭取在手中,正欲向孟超去射,又见孟超手一扬,又是一枝弩箭向周湘帆射来,不曾射中。一枝梅此时可万万不能再缓,也就一箭认定孟超右手腕射去。孟超却实在意料不到,因此正中手腕,登时一惊,跌倒在地。周湘帆却不曾中箭,一见孟超跌倒下去,随即抢上一步,举起一刀向孟超砍下。哪里知道孟超虽然跌倒在地,却受伤不重,忽见周湘帆举刀砍来,他便将左手流星锤从下翻起,认定周湘帆手腕打到。周湘帆也不曾防备,以为孟超既跌倒在地,定然手到擒拿,却不料他受伤不重,这一锤急难躲避,正中手腕,只听当啷一声,手中的刀抛落下去。

孟超此时却不敢恋战,急急地奔出右寨,直往中寨而去。周湘帆也不敢追赶。此时徐鸣皋、一枝梅、包行恭俱已跳下房檐来看徐寿,只见徐寿两只手抱定面门,在那里尽抓。徐鸣皋当下说道:"万万抓不得,你忍着些儿罢。"徐寿道:"实在忍不住,痒不可言,是不能不抓的。"一枝梅道:"似此如之奈何?"徐鸣皋道:"周贤弟也是受伤,莫若我等急急寻了狄大哥,一同保护着他二人杀出山去。且回营中再作计议。"一枝梅道:"徐大哥与包贤弟护送他二人回营,我与狄大哥且慢下山,再混入喽兵一起,在这里探听消息,或者有什么主意可将弩箭盗出,那可易于着手了。"徐鸣皋当下答应,即刻与包行恭保护徐寿、周湘帆二人,一路穿房越屋,飞跑下山。

刚到栅门口,正要砍开栅门下山而去,只见山内喽兵已追赶出来。原来此时谢志山已得着孟超的信,即命合山喽兵点起灯笼火把,将所有恶隘严加防守,一面着人去到左寨呼唤冯云。不一会,去的人来报冯云已被杀死,谢志山一听,这一惊非同小可,便去喊了卜大武,一起提了兵器,出得大寨,沿路追赶下来,却好遥见徐鸣皋正欲砍开栅门逃下山去,登时如旋风一般一起赶去。徐鸣皋一见,哪敢怠慢,也就急急地将栅门乱砍开来,与包行恭二人急将徐寿、周湘帆各人背上,撒开大步,直朝山下逃回。

及至谢志山追出栅门,徐鸣皋等已跑到山下,追赶不及,只得仍然回山,吩咐各处喽兵严加防守,仍恐有奸细前来。吩咐已毕,即与卜大武同至左寨,去看冯云尸首。不见犹可,只一见怎不伤心,但见冯云只有一段身躯横在床上,那颗首级已不知去向。谢志山看毕,大哭一场,便命人掩埋去讫,又至右寨来看孟超。只见孟超虽受伤不重,却睡在那里养息。当下谢志山问道:“孟贤弟,你这会儿觉得伤势如何?”孟超道:“受伤倒不甚重,只须养息一两日就可痊愈。唯有我受伤之处,却是被袖箭打中,方才将袖箭拔下,细细观看,这袖箭明明是冯二哥的防身之器,为何他又来打我,难道他反了不曾,此事须得查明方好。”谢志山听说,便道:“贤弟你尚不知道,冯贤弟如何肯有异心,但是他现在不知被谁人已经害死,只剩着半段身躯放在那里,那颗脑袋已不知去向。你说这袖箭是他的,必是有人前来盗他的袖箭。”孟超闻言,当下惊诧道:“兄长如此说来,我们山上定有了奸细,必得查明方好,不然恐误大事。”这句话把谢志山提醒道:“贤弟此话果然不差,倒要细细到处访查。”说罢,又叫孟超好生养息,这才出寨而去。

回到本寨,又与卜大武道:“卜贤弟,我看我们山上定然有了奸细,不然,冯贤弟的袖箭如何被人盗去?”卜大武听说,即暗暗着急道:“他既知道有了奸细,万一他查明出来,必致误事,不若如此回答,且将他掩饰过去,再作计议。”因道:“兄长此话果然不差,但是小弟闻得王守仁手下能人甚多,皆是来往无形,走壁飞檐之辈。在小弟看来,冯大哥定为王守仁手下的人所算。若说山上有了奸细,兄长这里的人,全是心腹,自然可以放心的;就是小弟带来的也是心腹,在小弟甚觉放心得下。最好兄长明日就于小弟带来的这起人内访查明白,如果查出奸细,即请照兄长这里的定例,从重治罪便了。”谢志山听了这番话,却不疑惑山内现放着一枝梅等人,反深信王守仁手下的能人暗暗到此,因道:“据贤弟所说,冯贤弟被害,定是王守仁手下的人了。他既做了此事,断不会仍在山上,况且我们方才追赶的那四人,一定就是那一起了。虽然如此,在山的人是不须查得,倒是明日要格外防备,怕他们还要再来。"卜大武道:"此话甚是有理。"彼此议论一回,也就各去安歇。此时已经天明,一枝梅、狄洪道二人也不便与卜大武会话,只得暂等一日,再作计议,暂且按下。

再说徐鸣皋、包行恭二人将徐寿、周湘帆保护下山,飞奔回营,见了王元帅,说明一切。王元帅道:"冯云虽已杀死,怎奈徐寿被毒箭所伤,如何是好? 周将军受伤有无妨碍?"徐鸣皋道:"周湘帆虽中一锤,却无性命之虞,唯有徐寿伤势甚重,但恐毒气攻心,性命便不可保,却不知用何药解救。"王元帅听说,又道:"现在徐寿究竟如何?"徐鸣皋道:"说也奇怪,自中毒箭之后,人事到也清楚,也不叫痛,只是叫痒,尽管将两只手向那伤处乱抓。现在已经抓破,还是口称痒不可言,不但伤处甚痒,并据他说好似心也痒的。末将却有个主意在此,必得费几日工夫,寻到傀儡生师叔,问明缘故,或者徐寿有救。"王元帅听说道:"这傀儡生现在何处呢?"徐鸣皋道:"来往无常,云游莫定,末将且到一个地方先问一问,就知明白了。"王元帅也不知这傀儡生究是何人,也只得答应准他前去。

徐鸣皋才出帐来,只见有个小军进来说道:"徐将军,现在营外有个道士,说要见将军,有要话面说,小的特来禀知。"徐鸣皋一听,暗喜道:"莫非我师叔傀儡生,预知徐寿有难,前来相救么?"一面暗想,一面走出营门。只见那道士喊道:"徐贤侄别来无恙,我等又相隔年余不见了。"徐鸣皋再一细看,并非傀儡生,却是玄贞子,当下大喜,赶着上前行礼道:"原来师伯到此,小侄有失迎迓,多多得罪。"说着即邀玄贞子进帐,分尊卑坐下。有人献茶已毕,玄贞子问道:"诸位贤侄与我徒弟现在哪里?"徐鸣皋见问,便将别后情形,详细说了一遍,又将徐寿误中毒弩,现在伤势甚重,因道:"小侄本拟寻访傀儡师叔,问明原委,有无解救之法,难得师伯惠临,这徐寿定然有救了。"玄贞子笑道:"徐寿惯使弩箭,百发百中,怎么今日也误中人家毒弩? 现在哪里,可带我前去一看。"徐鸣皋当即带领玄贞子去看徐寿。

不知徐寿有无解救,且听下回分解。

# 第一百九回

## 一枝梅再盗弩箭　卜大武初下说词

话说徐鸣皋带领玄贞子来到徐寿帐内,只见徐寿此时已有些神智昏迷,两只手还向着箭伤的步位,在那里尽抓。徐鸣皋因唤道:"徐寿你醒来,玄贞子大师伯在此,特来看你。"徐寿闻言,将两眼睁开,果见玄贞子立在面前,便喊道:"师伯,小侄这箭伤甚是奇痒,不知是何缘故,请你老人家看看,把这痒给我治好了,小侄给你老人家磕头。"玄贞子笑道;"谁叫你平日惯用弩箭,今日你也受弩箭之伤,正所谓即以其人之道,还治其人之身。"说着前来,看见那箭伤已是溃烂,因道:"你且养息,我给你医治便了。"说着便走出来。

此时王元帅已经知道,也就出来与玄贞子接见。当下二人行过礼,接着徐庆等一班兄弟也上来见礼已毕,王元帅即邀玄贞子进入大帐,分宾主坐下。王元帅道:"久仰丰姿,如雷贯耳,今得相见,真乃三生有幸。"玄贞子也让道:"便是某也久仰元帅高风亮节,纬武经文,真乃国家柱石。徐鸣皋等得莅麾下,真是千万之幸了。"王元帅又谦让一回,因问道:"仙师方才见徐将军箭伤,究竟如何,尚可解救否?"玄贞子道:"此乃毒弩所伤,这毒弩是用烂首草之汁煮透,若射中皮肉,必然奇痒难忍,抓见筋骨而死,甚是厉害。所幸徐寿虽中此毒,不过甫经三日,尚可能救,若至七日,虽灵丹妙药也不可挽回。贫道已带有丹药,只须表里兼治,不过两个时辰,便安然无恙了。元帅但请放心,这是不妨的事。"说罢,便从身边掏出一个小小红漆葫芦,将塞子拔开,倒出两颗丹药,即交与徐鸣皋道:"贤侄可将此丹药用阴阳水和开,以一粒敷于伤处,一粒服下,但看吐出黄水,就安然无恙了。"徐鸣皋接过丹药,随即走了出去。

来到徐寿帐内,如法用阴阳水和开,先与他敷上,然后又与他服下,便坐在一旁,等候徐寿将丹药服了下去,箭伤处又敷好。说也奇怪,登时就止了痒。不多一刻,觉得腹中呼呼声响,并不难受,反觉得痛快异常。又过了一会,就吐出许多黄水。此时人事也不昏迷了,面门上也不痒了,即刻爬了起来，就向大帐而去。徐鸣皋大喜，也就跟着他出了本帐，竟朝大帐而来。

徐寿进了大帐，只见元帅与玄贞子及诸位兄弟皆坐在那里谈闲话，当下便走到玄贞子面前，纳头便拜，口中说道："谢师伯救命之恩。"玄贞子也让了一回。此时王元帅见徐寿箭伤已愈，甚是欢喜，因向玄贞子谢道："多蒙仙师解救，便是某也感谢不尽。"玄贞子谢道："此事何足挂齿，唯徐寿尚须养歇三日，方能交兵，不然恐防中变。"王元帅听说，又道："多蒙仙师指示，某当遵命。"说着即命摆酒，玄贞子也不推辞，入席畅饮。酒席之间，王元帅便问道："仙师法术精明，能知过去未来之事，但不知此间何日可以肃清，以后有无意外之事否？"玄贞子道："贫道看来，此间不日即可荡平，并无意外之虑。唯一波未平，一波又起，现在逆藩宸濠已有跃跃欲试之势。此间贼势未清，该逆贼尚可稍缓，一经剿他，便乘机而动了。但是宸濠一经起兵，即有一番大大的周折，不但元帅要勤劳王师，唯恐圣驾还须亲征，那时才可平定。彼时贫道等七子十三生还要前来保驾剿灭宸濠的。"王元帅见说，因道："以仙师如此法术，岂不可以预为前去，将逆贼杀死，以免后患，何必定要圣驾亲征方要剿灭呢？"玄贞子道："气数使然，必须如此，不可勉强的。"王元帅见说，也不便追问，仍然大家饮酒。席散之后，玄贞子告辞，王元帅仍欲挽回，玄贞子坚辞不肯，只得相送而去。出了营门，王元帅才与他一揖之后，登时便不知去向，王元帅赞叹不已。当时回转大帐，即命徐鸣皋、徐庆、罗季芳、王能、李武、周湘帆等人督领大兵，于次日清晨前往进剿桶冈贼寨。

且说一枝梅、狄洪道二人在贼寨中细探情形，作为内应，当夜未及与卜大武会话。等到次日晚间，才悄悄的问明卜大武各节，当即约定卜大武，于次日三更举火为号，先烧大寨，然后里应外合。卜大武答应。一枝梅当夜即潜往大营，面见王元帅，告明一切，又约定三更里应外合，共破贼寨，但见山内火起，即便猛力进攻，里面自有接应，王元帅大喜。

一枝梅复又出了大营，仍回桶冈，专等次日三更行事。忽然心中一想："孟超毒弩尚未盗出，留在那里，终久贻害，不若就此前去，将他毒弩盗来，使他毫无所恃，若再能就近将他杀死更妙。"主意已定，当即来至右寨，仍从檐口倒垂下去，向孟超房内侦探。活该这伙强盗恶贯满盈，要死在一枝梅等手内。一枝梅正朝里探，只见孟超急急地从房内走出。一枝梅一见,赶紧缩身上屋,潜伏瓦桄。等孟超走过,他便蹑足潜踪,穿房越屋,跟了下去。转了几个弯,只见孟超进入一间小屋内。

那小屋并无窗格门扇,却是一间厕所,原来孟超忽然腹痛,到此大解。一枝梅一见大喜,暗道:"不趁此时前去盗箭,却待何时?"急转身躯,仍跑回右寨,当即飞身进房。四面一看,并无弩箭,心中正自着急,忽见孟超床铺上枕头边摆着一件东西。一枝梅上前一看,不觉大喜。只见那物是一个八寸多长的竹筒,上面有一张小弓,弓弦紧按竹筒口,弦上扣着一枝竹箭,半段在竹筒里,半段在外。一枝梅道:"原来此物就如此毒法。"当下即将弩箭收藏起来。正要出房,忽听门外脚步声响,知道孟超已解手回来,一枝梅当即将弩箭拿在手中。原来一枝梅早已看得清楚,知道那弩箭用法,等孟超将进房来,他便一箭发出,正中孟超额上。孟超向后一退,大喊一声道:"有奸细!"说时迟那时快,一声未完,第二枝箭又到,孟超即便让过。一枝梅就趁这个空儿,已出了房门,身子一缩,早窜上屋顶,复一连几纵,早已不知去向。等到孟超出去喊人,一枝梅已到了自己帐内。

孟超喊起喽兵,并到谢志山那里送信,登时合山喽兵及谢志山等,均出来擒拿奸细。卜大武也就出来,各处寻找,却好一枝梅、狄洪道也混在里面帮着喊,奸细哪里查得到。整整闹到天明,谢志山等才算没事。孟超虽中了自己毒弩,却有解药可救,当下回至卧房,取出解药,用水调敷上去,顷刻无恙。不过弩箭被人盗去,暂时制造不成,只得闷闷不乐。你道他的弩箭本来随身携带,如何误放枕畔?原来他因腹痛,急切要去大解,放在身旁,恐怕误触机关,自有不便,因此取下放在枕畔,不期被一枝梅盗去,这也是他活该如此。

这日合山喽兵及大小头目,防备甚严,唯恐再有奸细。到得晚间,更加严防。却好徐鸣皋等所领的大军已抵山口,向山上讨战。守山喽兵当即报入大寨,谢志山闻报,即传令坚守不出,俟等明日天明再行开兵。这一起喽兵才得令出去,又一起喽兵报入寨来说:"官兵现在攻打甚急,若再不出去迎敌,寨栅即难保了。"卜大武此时也在大寨,当下说道:"兄长,自古兵来将挡,水来土掩,若不出去,官兵尚疑惑我等惧他。兄长若不去,小弟前去会他。"

不知谢志山可否答应,且听下回分解。

# 第一百十回

## 弃邪归正独力锄强　阳助阴违双刀杀贼

话说卜大武向谢志山道："自古兵来将挡，水来土掩，此一定不移之道。今官兵既来攻打甚急，若不前去，万一被官兵攻打进来，如之奈何？兄长如不出去，待小弟去敌官兵便了。"谢志山道："贤弟有所不知，非愚兄好为濡滞，退缩不前，只因官兵诡计甚多，日间不来攻打，反到夜间前来，却是何故？"卜大武道："原来如此。在小弟看来，官军此时前来，正以为我军无甚防备，且料他夜间必不前来，他便出其不意，攻其无备。我等即行前去迎敌，奋力厮杀，偏使他料我所不料，虽不能将他杀得片甲不回，也可伤他些人马，稍挫他的锐气。若能一鼓作气，必获大胜，兄长可勿多虑。"

谢志山道："据贤弟如此说，是能前去迎敌的。"卜大武道："兄如不去，弟当愿往。"谢志山道："兄尤有虑者，孟贤弟伤势未痊，不能令其出战，若兄一人之力，恐又不能取胜，若令贤弟同去，又恐寨内无人，万一隐藏奸细，变生仓促，则更兼顾不及，必致如大庚之败，所以犹豫不决。"卜大武道："兄长勿忧，小弟有两说，听兄择之。或小弟前去迎敌，兄长便坚守大寨，以防万一；或兄长前去迎敌，小弟坚守大寨，二者孰得，兄可酌之。不过小弟虽蒙兄长相留，特未尝久处，恐兄长见疑小弟耳。"谢志山听说，登时笑道："贤弟何太多心，既是一家人，愚兄又何疑之有？果有疑惑，当日亦不相留了。既如此说，还请贤弟留守大寨，兄便去迎敌官军便了。但贤弟既守内寨，责任亦颇重大，万勿疏忽。"彼此说定，谢志山正欲提兵出马，忽见一枝梅扮作本山喽兵的模样，故意仓皇失措，进来报道："启大王爷，大事不好，现在官兵已将山下头道寨栅攻打开了，请大爷速速定夺。"谢志山闻言大惊，立刻提了虎头枪上马而去。

一枝梅见谢志山已去迎敌，当下即会同卜大武走入大寨，取出火种，就寨内放起火来，登时火穿屋顶。狄洪道在寨外看见火起，也就喝令带来的一千精锐即刻呐喊起来，往各寨去喊救火。各寨喽兵一闻火起，立刻仓皇不定。所有一千精锐官兵便杂在里面,互相践踏,浑杀起来。卜大武提了烂银枪,急急奔到孟超寨内送信。此时孟超已经得报,知道内有奸细放火,当下带着箭伤,飞马出得寨来,向山上喽兵大声喝止道:"尔等无须错乱,此系奸细放火,就中取事,若为他所惑,是中他的计了。若有不遵号令,妄自乱动者,立斩。"怎奈喝止不住,还是自相践踏,加之那一千精锐官兵虚张声势,捏造谣言,互相喊说:"我们快逃命呀,官兵不知多少,又从后山杀进来。"这句话说出,那些喽兵更加惊恐,真个是抱头鼠窜,不知如何是好。又见火势甚燃,红火烛天,大家正无主意,又见一枝梅在乱军中大喊一声道:"官兵已杀到寨内了,你们大家看呀,右寨内火又起了,也是官兵放的火呀!"众喽兵抬头一见,果然右寨火势又复腾空,更是惊慌不已。孟超知事不妙,便拍马赶往山前与谢志山送信。

正往前飞跑,忽见卜大武提着烂银枪飞马前来。卜大武一见孟超,故意喝道:"好大胆的狗官,你胆敢偷越后山,前来放火,乱我兵心,不要走,咱卜爷爷在此,吃我一枪。"说着便当胸刺来。孟超见卜大武如此,疑惑他误认官兵,正要一面举刀相迎,一面告诉他是自家人,不可误会,哪知两匹马皆是飞快,卜大武是有意,孟超是无意,只听孟超喊道:"卜贤弟,是自家人,不要认错了。"这一声还未喊完,卜大武的枪已到了胸前,孟超万万躲闪不及,正中一枪,刺于马下,当即割了首级。一枝梅、狄洪道见孟超已被卜大武杀死,大喜,登时二人即提了短刀,一路窜跳迸纵,直朝山前而去。

不一刻已到山口,只见谢志山与徐鸣皋等一班人在那里浑杀,一枝梅、狄洪道二人齐声喊道:"谢大哥不要慌忙,咱等前来助你。"谢志山正杀得不能逃脱,忽听有人前来助他,心中甚是大喜,当下便抖擞精神,预备力战。哪里知道不是前来助他,正是前来杀他,他却不知道,还大喊道:"那位贤弟前来助我,速速杀进。"一声未完,只见左右两个黑团子飞到面前,一声喝道:"咱来也。"说着一刀就朝谢志山当顶砍来。谢志山一见不是自家人,心中已惊慌不已,正欲举枪相迎,又见右肋下一刀刺进,谢志山真个兼顾不及。一枝梅的刀已从顶上砍下,狄洪道的刀已人肋下刺进,两把单刀双管齐下,登时将谢志山杀死马下,那马溜缰而去。

狄洪道即刻割了首级,于是一声大喝道:"尔等众兵喽兵听着,谢志山、孟超俱被咱老爷杀死,山内的大寨亦被全行烧毁,尔等怕死的速速解甲弃戈,纳首投降,本将军等尚可免尔等一死。若道半个不字,再思负隅,本将军等即率领大兵,将尔等杀个鸡犬不留了。"那些众喽兵听见如此,又知寨主全行杀死,大寨全行焚毁,谁不要命,大家也就喊道:"求将军格外宽恩,我等情愿归降,但冀免我等一死。"说着,这山上山下已密密的跪下有千余喽兵哀求免死。当下徐鸣皋等即喝令起去,听候定夺。那些喽兵一闻此言,登时站起来排立两旁,迎接徐鸣皋等上山。

走至山腰,只见迎面一骑马飞来,高声叫道:"诸位将军辛苦了。"徐鸣皋一见,正是卜大武,大家谢道:"多蒙卜大武暗助,成此大功,可感可感。"唯有徐庆更加得意,当下跳下马来,上前要去执卜大武的手相庆,卜大武见徐庆下马,他也就跳下马来。徐庆便执手说道:"难得贤弟弃邪归正,今日成此大功,此番回营,元帅必然给贤弟保奏的,可喜可喜。"卜大武道:"小弟何功之有,若非兄长日前在元帅前保救,早已刀下断头了。今日微效薄力,不过聊报元帅不杀之恩,兄长及诸位将军相救之力,何敢自诩其功,妄邀保奏呢?"大家听说齐道:"非卜大哥相助之力,我等何能有如此快速,不到半日工夫,竟将这座山寨全行毁灭,贼首全行诛戮呢?"

卜大武又谦逊一番,当与众人进得山来,在各处先看视一回,然后在那未经焚毁的处所先歇一会,又查点已经被杀喽兵,共有四百几十名,受伤的有二百多名,尚有一千余名皆情愿归降。徐鸣皋当即命令众喽兵,将已死的尸首全行掩埋去讫,又将山内钱粮查明数目,那些受伤的各给银两,使其回家归农,已降的仍驻在山中,听候禀知元帅,再行发落。

诸事已毕,徐鸣皋即与一枝梅、狄洪道、卜大武三人说道:"愚兄现在率领所部回营缴令,三位贤弟可仍督率所部及新降喽兵暂住此地,俟元帅如何发落,当即命人前来招呼,再行率队回营。"一枝梅等三人齐道:"徐大哥此言正合某等之意,当静候示下便了。"徐鸣皋等也就别了一枝梅三人,率领所部回营而去。

毕竟王元帅如何发落,且听下回分解。

# 第一百十一回

## 驰奏章元帅报捷　论战绩武宗加封

话说徐鸣皋留一枝梅、狄洪道、卜大武暨所部一千精锐仍驻桶冈,听候元帅发落,自己便率领所部回营缴令。到得大营,门官禀报进去,王元帅一听大喜,即刻传见。徐鸣皋等人便一起进帐。参见已毕,王元帅嘉劳一番,徐鸣皋又将留兵驻守桶冈并新降喽啰各节情形,听候元帅发落的话,说了一遍。王元帅当下吩咐一枝梅等三人仍驻守桶冈,俟将南安、横水两处剿灭以后,再行合兵回营复命。所有降卒,即着编入队伍,仍归卜大武管带。吩咐已毕,当有随营差官飞报前去。

大营内养兵三日,王元帅又命徐庆、徐寿、狄洪道三人率领精锐三千,进攻南安;徐鸣皋、周湘帆、罗季芳三人统率精锐三千,进攻横水,均限一月内将两处悉数剿灭,先回营者便为头功。徐庆、徐鸣皋等得令已毕,料理一日,次日即各拔队前行,分头而去。话休烦絮,果然不足一月,已将南安、横水两处贼巢全行捣毁,杀毙贼首八名,贼兵二千余名,招降贼兵一千余名。徐庆首先回营缴令,王元帅便代他立了头功。徐鸣皋稍迟一日,也就回营缴令,王元帅也代他上了功劳簿。

江西各贼悉数讨平,王元帅大喜,当日无话。次日王元帅又传令三军及一枝梅等,听候驰奏进京,奉旨何日班师,再行拔队,现在暂且驻扎此处,所有各兵卒务宜严加约束,不准骚扰百姓,抢夺民财,以及卖买不公,横行无忌,如违者定按军法斩首示众。各营得令,果然各遵约束,克守营规,于民间秋毫无犯,专候奉旨班师。闲话休表,当即写了表章,差弁①驰奏报捷。

这日武宗接着章奏,当就龙案上展开细看,只见上面写道:

钦命督理江西军务、金都御史、巡抚南赣汀漳等处臣王守仁跪奏!

为驰报剿灭江西南安、横水、桶冈、大庚、浰头、华林、漳州各贼

---

①　弁——士兵。这里指兵卒。

寨,歼戮各贼首谢志山池大鬓等。现在一律肃清,恭折具陈,仰祈圣
鉴事:窃臣于七月间,钦奉谕旨,以南安、横水、桶冈诸寨有贼首谢志
山等,漳州、浰头、大庾诸寨有贼首池大鬓等,在于江西、福建、广西、
湖广交界处所,方千余里,转徙啸聚,为害地方,实非浅鲜,若不迅速
剿灭,何以靖寇贼而安闾阎? 即着佥都御史巡抚南赣汀漳等处王守
仁亲统大兵,就近迅速进剿,毋任蔓延。钦此钦遵。臣遵即择日率领
前总督军务右都御史、臣杨一清所部前部先锋随营都指挥徐鸣皋、随
营指挥慕容贞、徐庆、杨小舫、罗季芳、狄洪道、包行恭、周湘帆、徐寿、
王能、李武等,暨大小三军,无分晓夜,趱赶前进,于八月初六日行抵
江西、湖广交界之处。当经臣询悉土人,南安各寨地多深阻,大兵不
易直入,臣即设计分兵,分令先锋徐鸣皋、指挥杨小舫进攻浰头寨,指
挥慕容贞、王能进攻漳州寨,指挥包行恭、徐寿进攻华林寨。臣自亲
统大军,随带指挥狄洪道、周湘帆、徐庆、罗季芳、王能、李武进攻大庾
寨。盖大庾为贼首池大鬓之巢穴,是以臣亲率大兵进剿。各将弁分
头去后,九月初二日据徐鸣皋驰报,于八月二十夜购线间道,暗攻浰
头,纵火先焚贼寨,杀毙贼目镇山虎等五名,贼兵二百余名,招降贼兵
八百余名,夺获粮草器械五百余件,于九月二十日驰回大庾,与臣合
兵一处。先是臣驰抵大庾,贼首池大鬓恃险负隅,臣又因不识路径,
屡战不克。后经臣密访高士王远谋,再三咨询,知其大略,复经王远
谋将大庾山路及进攻各法,绘图立说,细意陈明,臣即按图进攻,仍用
火攻,幸一战而克。又得先锋徐鸣皋、指挥杨小舫由浰头驰抵,当即
奋勇争先,会同指挥徐庆等力战,杀毙贼首池大鬓、贼目郝大江、任大
海、胡大渊等四名,收服贼目卜大武一名,招降贼兵一千余名,所有粮
草器械,悉数付之一炬。臣正拟回军进攻南安、横水、桶冈诸寨,十月
初四日据指挥包行恭驰报,华林寨于九月二十三日剿灭。臣据报后,
当即按兵不动,专候华林、漳州两处回军前来,合兵一处,再行进攻南
安等寨,以厚兵力。十月二十、二十二等日,指挥慕容贞、包行恭等先
后驰抵大庾,当经臣即日拔队,进攻南安。旋据降贼卜大武禀称,桶
冈系贼首谢志山盘踞之所,桶冈一破,南安、横水不战自下,并称情愿
亲为细作,以作内线,借偿前罪。当经臣派令前往,复令徐鸣皋、慕容
贞、徐寿、周湘帆、包行恭等改扮喽兵,随同卜大武前往。先后由徐鸣

皋、慕容贞杀毙贼目孟超等，复经卜大武约期十一月十八日里应外合，纵火焚毁寨栅，当将贼首谢志山等众歼灭殆尽，并招降贼兵一千余名。复经臣派令徐庆、徐寿、狄洪道率领精锐三千进攻南安，徐鸣皋、周湘帆、罗季芳三人率领精锐三千进攻横水，未及一月，先后将南安、横水两寨一律剿除，计杀毙贼首八名，贼兵二千余名，招降贼兵一千余名。现在各处已一律肃清。此次进攻，各将弁无不身先士卒，奋勇争先，洵属异常出力。卜大武虽在先曾为贼目，一旦弃邪归正，矢志投诚，即能设计立功，实心助战，亦属可嘉之至。所有臣督剿各贼寨，先后剿灭，一律肃清，并随征各将士转战情形，可否吁恳天恩嘉奖及破格录用之处，理合恭折具陈伏乞皇上圣鉴训示。再臣现在驻兵桶冈，是否即日班师，伏候旨示，以便遵行。谨奏。

武宗将这道表章阅后，龙颜大喜，当即朱批加封王守仁为兵部尚书，徐鸣皋为游击将军，卜大武矢志投诚，战功卓著，着加恩封为指挥，仍派往大营效力，俟后有功，再加升赏。所有各军，即着王守仁即日班师，另候调用。批毕，正欲发出，忽见黄门官又呈进一道表章，武宗展开一看，只见龙颜失色，吃惊不少。

欲知为着何事吃惊，且听下回分解。

# 第一百十二回

## 击杀命官宸濠造反　奉旨征讨守仁督师

话说武宗见黄门官呈进一道奏章,展开一看,不觉龙颜失色。你道为何如此?原来宸濠打听南安各寨诸贼悉为王守仁、徐鸣皋等剿灭尽净,他便决计起兵。这日会宸濠生日,当有都御史孙燧、兵备副使许逵等,明知宸濠蓄意谋反,但系藩王,亦不得不前往拜寿。当日即亲至藩邸祝寿,宸濠亦留孙燧、许逵等饮宴。次日,孙燧、许逵亲往谢宴,哪知宸濠早将甲士埋伏停当,拟先杀孙燧等,然后起兵。一闻孙燧、许逵前来谢宴,即刻命人传进。孙燧、许逵到了厅上,正欲与宸濠谢宴,忽见宸濠命人将前后门重重关闭起来。孙燧、许逵不知何意,便向宸濠道:"王爷何故令人闭门?"宸濠见问,一声大喝,只见壁内埋伏的那些甲士,个个执刀,由壁出来,环立左右。宸濠指孙燧、许逵道:"本藩奉太后密旨,说汝等在官不法,命本藩捉拿尔等。"孙燧闻言不服道:"太后果有密旨,巡抚大臣安有不知的道理。王爷何得假传懿旨,却是何故? 既是太后有密旨前来,请王爷将密旨请出,给我等一看。"宸濠闻言,也不与辩白,遂大喝一声:"尔等还不给我拿下!"当有左右甲士奋勇争先,立将孙燧按翻在地,登时取出绳索捆绑起来。此时兵备副使许逵见孙燧无辜被缚,知道宸濠有变,便大骂道:"逆贼,尔之诡谋潜蓄已久,我等岂不知道? 尔昨日生日,我等不过因尔系朝廷的苗裔,不能不看圣上金面,前来与尔祝寿。尔不思尽忠报国,上报朝廷大恩,反思谋为不轨,假传懿旨,执缚大臣,我等系圣上臣子,岂容你这逆贼执缚? 尔既谓太后有密旨,何不取出,使我等一观,果有此事,我等也甘愿受缚。尔又不取出来,岂非有意造反么? 圣上待汝不薄,尔今如此,有何面目见太祖、太宗于地下乎?"许逵大骂一顿,宸濠闻言大怒,即命甲士击杀之。许逵至死犹骂不绝口。孙燧见许逵被杀,也就大骂起来。宸濠又命甲士击杀孙燧。

由是宸濠便带领郏天庆、殷飞红等一干死士,并护兵千余名,直往布政使胡濂、按察使杨璋衙门而来。那胡濂、杨璋知孙燧、许逵被杀,料敌不过，当即请降。宸濠得了胡、杨二人，又将致仕官李士实、在籍举人刘养正二人收入门下，为左右副参谋。宸濠见胡濂、杨璋皆降，当下率领新收参谋李士实、刘养正，及原带之殷飞红、郏天庆暨护兵一千余名，仍回藩邸。

当有军师李自然迎接出来。宸濠进内坐定，便命李士实、刘养正与李自然相见已毕，宸濠便与李自然说道："孤前往布政使、按察使两处衙门，那胡濂、杨璋颇知孤意，当即请降，孤亦随时允准。现在当复如何行事？"李自然道："在臣之意，莫若先遣各将分头带兵，前往省内所有监牢，全行打开，放出死囚，属令充当兵卒。一面将府库钱粮搜刮出来，作为军饷。先将此两事行过，再行遣将分兵，夺取邻境州县，以为根本。然后再统大军进攻南康，只要南康一得，我便占了大势，即使朝廷派兵前来，我却进则可战，退则可守，又有各州县钱粮器械可以接济。何患大事不成么？"李士实即从旁说道："李军师之言是也。南康钱粮富甲一省，而且殷实之家亦复不少。只要将南康得来，先将府库钱粮搜刮殆尽，设仍不足，即责令殷实之家计产均分，情殷报效。彼时南康既得，何患哪些富户不肯输将？将彼时钱粮既富，兵饷又足，然后长驱直入，大事成矣。"宸濠大喜，即命波罗僧率领护兵五百名，前往本城斩监劫狱，搜刮钱粮；又命雷大春统率各将，分别进攻丰城、进贤、奉新、靖安、武宁、义宁各州县，又命郏天庆率领各进将攻南康。当下各贼将分头前往而去，暂且不表。

就此一来，不到十日，湖北巡抚与安徽巡抚早已知道，当即一面传令本标各营严加防守，一面会衔告急，驰奏进京。接着南康府早有探马报去，知本省都御史、兵备副使被杀，布政使、按察使又皆降贼，现在贼将已带兵进攻南康。此时南康知府也就一面加兵守城，一面驰奏进京告急。武宗所接那本奏章，就是湖北、安徽两省巡抚告急的奏本。

当下武宗看毕，不觉大惊失色，顾谓在殿诸臣说道："不料逆贼藩宸濠竟举兵造反，据湖广、安徽两省巡抚告急前来，奏称宸濠已将都御史孙燧、兵备副使许逵，假传太后密旨，就逆藩府邸执缚击杀，布政使胡濂、按察使杨璋甘心降贼，现在宸濠又分兵进攻南康及南昌所属邻境各州县，猖獗异常，请旨飞速派兵前往剿灭。诸卿有何妙策，可即奏来。"当有武英殿大学士杨廷和出班奏道："现在宸濠既已举兵起事，击杀朝廷命官，复又分兵进攻各处，据湖广、安徽巡抚驰奏前来，请旨派兵火速剿灭。臣意京师距南昌甚远，即使派兵丁星夜前往，此事亦复缓不济急。若再耽延时日，必致蔓延，南康一失，贼势更加浩大。莫若请旨火速加派王守仁亲统大兵，就近剿灭，乘方胜之师，剿叛逆之贼，似觉事半功倍。臣意如此，不知圣意何如，尚求圣裁为幸。"武宗闻奏喜道："如卿所言，正合朕意。"当即传旨，加派王守仁总督军务，就近亲统所部星夜驰往南昌，剿灭宸濠，务使克日歼除，毋任漏网。所有应需粮饷器械，亦着就近于湖广、安徽两省便宜拨用。又传旨湖广、安徽两巡抚预筹饷需，听候王守仁拨用。当即交与兵部，由兵部出了火票，每日八百里，加紧饬差分头驰往。

不日已到王守仁大营，驰报进去，王守仁见有圣旨到来，当即摆设香案。跪迎已毕，然后恭读一遍，一道是加封的圣旨，一道是命他就近征灭宸濠。此时王守仁已风闻宸濠举兵，今见圣旨到来，他哪里敢稍息慢。当下打发来差去后，即刻传齐众将，先将加封旨意说了一遍，众将又各各望阙谢恩。然后即将宸濠造反，奉旨加派就近征剿的话，又说了一遍。当时徐鸣皋等无不咬牙切齿，齐声骂道："宸濠你这逆贼，不思尽忠报国，上报朝廷大恩，反敢谋反，杀死朝廷命官，指日大兵亲临，不将你这逆贼擒住，碎尸万段，何以为百姓除害，为朝廷诛奸？"

大家骂了一顿，即向王守仁道："元帅意在何日拔队？"王守仁道："逆藩势甚猖獗，现已分兵进攻南康，若再迟延，恐南康一失，必成蔓延之势，而且生灵必遭杀戮。本帅既奉旨促令火速进兵，拟即明日拔队前进，克日进攻，诸位将军意下如何呢？"徐鸣皋道："元帅为国为民，所见甚善，明日即可拔队。末将还有一言，望元帅容禀，不知元帅意下何如？"王元帅道："将军有何言语，不妨说来大家斟酌。"徐鸣皋道："在末将之意，元帅可统大军进赴南昌，以攻逆藩根本之地，末将与慕容将军请拨三千精锐，星夜间道直往南康驰救，能保救下来。逆贼虽据有南昌，究竟钱粮不足，恐亦不能作虎之负隅。元帅如以为可行，请即分兵，俾末将等星夜趱赶前去。"

不知王元帅是否可行，且听下回分解。

# 第一百十三回

## 徐鸣皋分兵驰救　邺天庆督队进攻

话说徐鸣皋拟请分兵往救南康，与王守仁商议。王元帅听了此话，因道："将军之言甚善，可即与慕容将军，率领精锐前往便了。"当下徐鸣皋得令，即与一枝梅连夜挑选了三千精锐，直往南康进发。王守仁亦即亲统大军，趱赶朝南昌而来。

话分两头，且说南康知府郭庆昌自发了告急文书之后，便会同本城参将赵德威、守备孙理文，赶紧调齐合城兵卒，日夜梭巡，加紧防守，又将各城门添设檑木炮石，以备坚守。这日有探子报道："探得逆藩宸濠派令邺天庆，率领大兵五千，猛将十员，前来攻取，现在已离南康七十余里，今晚便要兵临城下了。"郭庆昌闻报，当即与参将赵德威、守备孙理文，请来商议保守之策。郭庆昌道："顷据探马来报，声称贼将邺天庆统领大兵五千，猛将十员，已离城只有七十余里，今晚便要兵临城下。所幸城内早有预备，虽不能与之对敌，尚可坚守。唯望二兄合力死守，只要保得一月，便可有大兵前来援救。某再一面修成告急文书，差人驰往邻省，一面修书往王御史守仁营内，请其就近分兵援救。计算时日，两处均须一月方可有兵前来，所以这一月之内，万万不可失守。好在城内粮饷尚足，民心尚固，某料这一月之内尚可坚守得住，还请二兄合力同心，日夜轮流防备，全城幸甚，生灵幸甚！"赵德威、孙理文齐道："同有守城之责，敢不竭忠报国，死守此城，太尊但请宽心便了。"说罢，便与郭庆昌一同出了衙门，先到四门周阅一交，又将各处细意查点，见有疏忽之处，又随时加添檑木炮石等类。又与守城各兵说了许多一体同心坚守此城的话。众兵卒亦复众志成城，誓以死守。郭庆昌大喜。

正要与赵德威、孙理文二人下城，忽见又有探子飞跑上来，跪下报道："探得金都御史巡抚江西等处总督军务招讨南安各贼大元帅王守仁，现在已奉旨就近统领大兵征讨宸濠，即日便由桶冈拔队了。"郭庆昌闻报，不觉心下为之一宽，当即饬探前去再探，并与赵德威、孙理文道："据探子所报,王御史既奉旨征讨,必然克日进征。宸濠向惧王元帅,并闻王元帅部下颇类多剑侠之士,果能克日前赴南昌,大兵一到,宸濠必然丧胆。宸濠既心存畏惧,又恐兵力单薄,难与争敌,势必将这支兵调回,那时南康就可保全无恙了。所虑王元帅所部大兵不能迅速前去,此处贼兵又攻打甚急,因此愈不能不并力死守。"赵德威、孙理文道:"太尊了如指掌,某等当竭尽人力便了。"于是一起下城,各回衙门而去。

　　当日贼兵并未临城。直至次日,郭庆昌见贼兵未来,便暗自疑道:"贼兵此时未到,难道昨日探子所报不确么?"正在疑惑,忽听一声炮响,金鼓齐鸣,呐喊之声震动天地。郭庆昌听得清楚,知是贼兵已到,一面飞饬细作前去探听,一面上马驰奔上城。走至半路,却好遇着参将赵德威、守备孙理文,也是闻得喊杀之声,飞马前来。三人一起上了城头,朝城外一看,只见贼兵如倾山倒海一般蜂拥而来。贼兵中军高撑一面大纛,旗上写着一个斗大的红‘帅’字,旁边有一行小字是:"值殿武威无敌大将军邬"。

　　郭庆昌看罢,知是邬天庆,便与赵德威道:"逆贼如此僭越①,贼将居然胆敢自称值殿大将军,你道可杀不可杀么?"赵德威也是怒不可遏。正谈之间,贼兵已临城下。此时吊桥久已拽起。只见那些贼兵一字儿排开,列成阵势,不一刻从中军飞出一骑马来,上坐一人,身长八尺相开,一副长马脸,两道扫帚眉,目若流星,面如重枣,颔下一部短钢须,手执方天画戟,足有碗口粗细,坐在马上,望着城上高声喊道:"尔等守城兵卒,速报尔家本官,就说咱值殿无敌大将军邬天庆,奉了宁王之旨,特地前来取城,速令郭庆昌开城纳降便了。"郭庆昌闻言大怒,在城上指着邬天庆骂道:"该死的逆贼,逆藩宸濠心谋不轨,皆是尔等这一班逆贼怂恿而成。尔胆敢假逆藩之势前来攻城,须知此城系国家的城池,非逆藩所可夺取。尔等若知正道,速速退兵,劝令逆藩即早归正,或者圣上念先王之苗裔,格外施恩,不加诛戮。若一味不知好歹,居心造反,指日天兵所指,免不得碎尸万段。"邬天庆见说,也大怒道:"尔好大一个知府,胆敢乱骂宁王,须知咱家王爷正因当今皇上巡幸不时,不理朝政,万民怨恨,因此咱家王爷应天顺人,救生灵涂炭之苦。现在布政使胡濂、按察使杨璋俱已投降,尔敢抗敌王师

――――――――

　　①　僭(jiàn)越――超越本分,冒用地位在上的名义。

么?"郭庆昌道:"好大胆的逆贼,敢自嘐嘐①为口舌之辩。本府虽为知府,却是朝廷命官,受国家俸禄,当尽忠节于皇家,何能如胡濂、杨璋甘心顺逆,为万人唾骂。尔休得多言,速速退兵,方是正理,若再饶舌,本府便即刻要尔的狗命!"

郏天庆直气得三尸冒火,七孔生烟,喝令各贼丁备力攻城,务在必破。众贼兵一声答应,即刻蜂拥上前,并力进攻。到了城下,城上所有的檑木炮石一起打下,只打得各贼兵头破血流,骨碎筋断,不能前进。郏天庆见了如此,即命团团围住。众贼兵又一声呐喊,登时将一座南康城围得如铁桶一般。郭庆昌见城已被困,便与赵德威、孙理文督率兵卒,日夜巡防,合力死守。

郏天庆一连攻打十日,只是攻打不下,心中甚是焦躁。这日又在那里攻打,忽见探子报道:"禀将军,今有王守仁部下先锋游击徐鸣皋、一枝梅带领精锐三千,前来援救,现已离三十里扎寨了。"郏天庆闻报,一面着探子去讫,一面暗道:"此城攻打不下,又有救兵前来,此虽不惧,唯虑此城何日攻破呢?况且徐鸣皋、一枝梅等智勇足备,却是个劲敌,必须奋力争杀,先将徐鸣皋、一枝梅二人杀败之后,然后此城便不难攻打了。"主意已定,当命所部将士,如果救兵前来,务各奋勇厮杀,先挫敌军锐气。各贼兵自然答应,专等救兵前来,与其死战。暂且慢表。

且说徐鸣皋、一枝梅所带三千精锐,到了南康城外三十里,便分为两营,立扎营寨。当命细作进探南康如何情形,曾否失守。细作回报:"现在南康坚守甚固,贼将郏天庆督率各贼兵攻打甚急,一连十日尚未攻打得下。但南康四面俱被贼兵困得个水泄不通,虽未攻破,也甚岌岌。"徐鸣皋、一枝梅闻言,即命细作去讫,便计议说道:"南康如此坚守,吾料贼将虽攻打甚急,且暮未必能破。我等既已到此,明日即可开兵,能将郏天庆擒获过来,那些贼兵自然不战而退;即使难获全胜,也必须并力征剿,挫他的锐气。好在我辈以战胜之师,敌他的疲乏之卒,似乎不难获胜。"一枝梅道:"不然,我军虽是战胜而来,但是在路行程不免风尘劳瘁,吾料贼军见我等长途跋涉,趱赶前来,他必然乘我暂时之惫,奋力死斗,挫我锐气。在小弟看来,明日开战,但须与他略战数合,便自收兵。然后再设计策,较

---

① 嘐嘐(jiāo)——形容志大言夸。

为稳妥。若与之死斗，虽可勉力获胜，我军必然受伤，且彼众我寡，亦未必能操必胜之券，莫若从缓计议为是。"

不知徐鸣皋听了此言以为何如，且听下回分解。

# 第一百十四回

## 一枝梅独奋神勇　郐天庆误听人言

话说徐鸣皋听了一枝梅一番议论，当下亦甚以为然，因道："贤弟之言甚合我意，且俟明日开战后，看是如何情形，再作计议便了。"一宿无话，次日即传令开兵。所有部下各兵，无不争先恐后，但听一声炮响，齐向南康贼营而来。此时郐天庆知救兵已到，但留一半精兵围城，其余一半已立扎营寨，准备与徐鸣皋、一枝梅对敌。城中知府郭庆昌、参将赵德威、守备孙理文等，亦早有细作去报，也知道徐鸣皋等分兵来救，于是更加防守，虽有贼兵攻城，哪里有懈可击。

徐鸣皋督率所部，到了贼营不过有半里之遥，当下排成阵势，一枝梅首先出马讨战。贼营中早有人飞报进去，郐天庆闻报，也就披挂出营。彼此二阵对圆，一枝梅大声骂道："好大胆叛贼，赵王庄破了尔等迷魂阵，也该知道本将军等的厉害，从此洗心革面，勉为好人。乃敢怙恶不悛①，又恣惠叛王杀害朝廷命官，举兵公然造反，前来攻取城池，实属罪大恶极，愍不畏法。现在天兵到此，须知本将军所部人马所到之处，战无不胜，攻无不克，逆贼尔亦该耳有所闻，若再不早早受缚，还要抗敌，可莫要怪本将军踹进贼营，将尔这逆贼擒住碎尸万段了。"郐天庆听罢，直气得三尸冒火，七孔生烟，哇呀呀大叫一声，也就骂道："好小子休得逞能，须知圣上昏暗已极，宁王仁义过人，合当身膺大宝，正天与人归之际。尔等不知时务，反敢抗敌仁义之师，不要走，看戟！"说着便一戟刺来，一枝梅赶着将点钢刀架住，一来一往，便大杀起来。两下战了十数个回合光景，彼此不分胜负。

郐天庆杀得兴起，便虚刺一戟，将戟梢一指，只见那些贼将率领各兵，一声冲杀过来，个个奋勇争先，拼命死斗。徐鸣皋在本阵中看得清楚，即命所部各兵不准接战，待等贼兵来得切近，一起用箭射去，将贼兵射住。各兵答应一声，立刻将刀箭取在手中，看看贼兵逼近，即将所有的箭射出，

---

① 怙(hù)恶不悛(quān)——坚持作恶，不肯改悔。

真是万弩齐发,箭如飞蝗,各贼兵中箭者不知其数,哪里能冲杀过来。

此时一枝梅仍与邺天庆力战,看看抵敌不住,只得虚砍一刀,败回本阵。只见本阵中万弩齐发,射住贼兵,他便大喊一声,舞动手中点钢刀,从贼队背后奋勇杀进。那些贼将贼兵哪里抵敌得住,只见他如砍瓜切菜一般,将那些贼兵乱砍乱杀,只杀得贼兵纷纷向两边退让。本阵内各兵见贼兵退让不迭,知是一枝梅杀进,也就住箭不射。一枝梅杀回本阵,邺天庆也已追来,各兵复又将箭射了一阵,邺天庆这才鸣金收军,徐鸣皋也收队回营。即此一阵,贼兵中箭受伤、被刀砍杀的亦复不少,也算胜了一阵。

南康知府郭庆昌等在城上见两军对阵,先见一枝梅败走,颇代他捏着一把汗,及见贼兵冲杀过去,更加忧虑,比及箭如飞蝗,将贼兵射回,又见一枝梅从贼队背后杀入进去,大获全胜,心中大喜,即与参将越德威等道:"贼势虽大,得此一支军前来救援,而又大获全胜,非特贼将大挫锐气,不免胆寒,即这一座城谅也可以保得住了。真乃国家之福,万民之幸也。"说罢,仍命各兵严加防守:"不可因贼兵败了一阵,即有所恃,顿生疏忽之心,胜负乃兵家之常事,万万不可因此稍懈。"各兵亦齐声答应。于是郭庆昌与越德威先行下城,留守备孙理文暂行督率,稍俟一刻,再来相换。

邺天庆收兵回营之后,聚集随营各将弁说道:"不意今日败了一阵,本将军实指望冲杀过去,就这一阵,可将官兵杀得个片甲不留,即使不然,也可大获全胜。不料他用乱箭射住阵脚,使我兵不能前进,又被一枝梅冲杀进去,杀死兵卒不少。南康又攻打不下,旷日持久,这便如何是好?"当有裨将张尔铣上前献计说道:"将军勿忧,末将有一计在此。某料敌军今既大获全胜,必有骄矜之意,莫若乘他战胜之余,今夜前去劫寨,敌军必不防备。就此一阵,可以杀得他片甲不存。如将军以末将之计为然,某请为前部。"邺天庆闻言,因道:"张将军之计虽善,特恐徐鸣皋、一枝梅二人非一勇之夫,难保不虑及到此。万一早有防备,则更画虎不成,反受其害,那时更觉不利了。若能一战而胜,自是妙不可言,仍须从长计议。"

邺天庆正在犹豫不定,忽又有裨将陈如谋上前说道:"将军勿疑,张将军之言是也。今夜前去劫寨,如果不胜,某甘军法从事。某逆料敌军绝无防备,失此机会,未免可惜了。"邺天庆道:"既二位将军皆言可行,某当依计行事。"当即密令张尔铣、陈如谋率领所部精兵一千,于二更时分抄出敌军之后,但听呐喊之声,即便掩杀进来;又令裨将王志超、吕英俊率领所部精兵一千,于三更时分急急衔枚疾走,到了敌营,便从左右杀入,使他腹背受敌;自己便亲率大兵前往接应。分拨已定,各贼将得令而去,按下慢表。

且说徐鸣皋、一枝梅等二人大获全胜,回到大帐,彼此互相议道:"今日大胜他一阵,也可使逆贼丧胆了。"徐鸣皋道:"彼虽丧胆,必不甘心,明日定与我等决一死战。"这一句话忽将一枝梅提醒过来,当下一枝梅道:"诚如兄言,郏天庆必不甘心,定要报复,兄所虑者在明日,弟所虑者在今夜。"徐鸣皋听说,也忽然悟道:"非贤弟所言,某几误事。为今之计,必须加意防守,方可保全。但彼众我寡,万一前来劫寨,只有你我二人,如何对敌?贼将除郏天庆而外,尚有裨将,虽不必皆如郏天庆猛勇,常言道众志成城,而况兵将?必得善为计议,方保无虞。"

一枝梅道:"小弟有一计在此,说来彼此商量。可暗使所部各兵,即刻将营门内左右挖下深坑,两旁各埋伏挠钩手二百名,短刀手二百名,皆暗藏火种,陷坑一带堆列干柴火种等。贼兵到来,进入寨内,便令放起火来,断他归路,再将营帐预先让出,亦暗藏引火之物,俟贼军杀进,亦放起火来,使贼兵互相践踏,虽不能将他全数烧死,也可令他烧死一半。此处不远有座土山,名唤独孤岭,我等可于二更时分暗暗率领所部潜出大营,尽往独孤岭埋伏。但听喊杀之声,或号炮声响,便令各军一起将火箭射入本寨去引火,然后由独孤岭抄出贼营之后,再奋勇杀出,使他仓促不能兼顾。某料如此,不知大哥以为何如?"徐鸣皋道:"妙是妙极了,但不识贼将果如我等所算,且不识今夜是否必来,必得探听清楚,方好行事。"一枝梅道:"此事不难探听。大哥可一面暗令所部,赶挖陷坑及所需各物,以便备而不用。等到初更时分,小弟即暗往贼营,探听动静,如果不出我之所料,随即趱赶回营,尚来得及。设若贼将并无此意,那时小弟便羁留贼营,等到夜静之时便各处放火,大哥但见贼营火起,也可率领所部前去劫营。总之都要使贼将郏天庆为我等所算,能早得手,将南康解围之后,还可赶紧驰往南昌,与元帅合兵一处,并力去杀宸濠。"

徐鸣皋道:"贤弟如此谋划,贼将必为所算。但是贤弟前去,务要小心,能如所算好极,设若贼营防守甚严,不能得手,贤弟可急急回来,不可贪功,切记切记!"一枝梅答应。

欲知后事如何,且听下回分解。

# 第一百十五回
## 设妙策令派官兵　因劫寨火焚贼众

　　话说一枝梅等到天将黑暗，便脱去长衣，换了夜行衣裳，手执单刀，暗藏火种，别了徐鸣皋，竟自出了大营，暗暗直往贼营而去。这里徐鸣皋也就密令各军赶挖陷坑，堆积干柴火种，又令挠钩手、短刀手于营内左右埋伏妥当，专等一枝梅回信。

　　且说一枝梅暗暗到了贼寨，方值初更时分，真是他们剑侠的武艺，身轻似叶，体捷如风，偌大个贼营防备得不为不密，竟是人不知鬼不觉，任凭一枝梅在贼营中各处探听。只见郐天庆传出令去，命各寨火速预备。一枝梅一闻他传出此令，早已明白，以下也不要打听了，当下暗道："郐天庆呀，今番要使尔中吾之计了。"说着即一踪身，出了贼营，赶即回奔大寨。

　　徐鸣皋正在那里盼望，忽见一枝梅从半空飞下。此时尚未二鼓，徐鸣皋早已明白，因复问道："贤弟前去打听如何？"一枝梅道："果不出吾之所料，兄长可以行事预备便了。"徐鸣皋闻言，即刻密令各军道："方才慕容将军前往贼寨探听，贼众今夜前来劫寨，尔等可将各营帐即刻让空，内藏引火之物，自有妙用，一面随本将军速速暗出大营，前去埋伏，专待贼众到来，杀他个片甲不回。"各军齐声答应得令。徐鸣皋又密令营门左右那四百名挠钩手、四百名短刀手，叫他依计而行，不可有误，如违者定斩。这挠钩手与短刀手也是唯唯听命。于是徐鸣皋、一枝梅即各分兵一半，暗暗偷出大寨，往独孤岭而来，以便埋伏。所有大营竟是一座空寨，唯有干柴火种暗藏各处而已。

　　话分两头，再说郐天庆到了初更时分，即命各军饱餐战饭，预备前往敌营劫寨。贼兵哪敢怠慢，随即饱餐已毕，先命张尔铣、陈如谋两支兵暗暗出了大寨，直朝敌军后营抄出，又命王志超、吕英俊带了精锐，直向敌军左右两营进发。这四个贼将领着二千贼兵去讫，郐天庆便自统大军，率领偏裨将佐，亦出了营门，前往进发。

　　且说张尔铣、陈如谋领着一千人马，人衔枚，马疾走，迅速抄出敌营后面,却值二更以后,便按兵不动,专等前营消息。王志超、吕英俊所领一千人马,也是迅速驰往,衔枚疾走,到了敌营,大喊一声,奋勇争先,抢杀进去。王志超、吕英俊二人进了营门,分朝左右杀人,只听一声响亮,如山崩地裂一般,连人带马跌入陷坑以内。这一片呐喊之声,真个震动山岳,左右八百名挠钩短刀手见此情形,也就一面近者刀砍,远者钩擒,只杀得喊声震地。一面取出火种,急急将那些干柴引火之物全行引着,登时烈焰腾空,不可向迩。所有贼兵知道中计,急急欲想退出,哪里知道郏天庆自统的大军已到,一见敌营内火起,以为本部军马从敌寨内放起火来,也就大喊一声,率领各贼将贼兵一起奋勇冲杀进去,不分皂白,只顾逢人便杀,只杀得人喊马嘶,哭声震动远近。

此时张尔铣、陈如谋在寨后听得人马之声,又见火起,亦以为官军中计,也就率领所部从后面掩杀进来,也是不问情由,逢人便杀,哪里分得出是自家人与敌军,真个是互相践踏,自家人杀自家人。正杀得难解难分,徐鸣皋、一枝梅在独孤岭看得清楚,也就急急命所部各军,将火箭直朝营中乱射。各军一声答应,立刻将火箭向营中射去。只见无数红光,如火龙一般在半空飞舞,顷刻间大寨内所有暗藏的火种一起烧着,只烧得烟雾迷空,火光烛地。郏天庆等还在那里自相乱杀,难解难分,后来还是陈如谋看出,知道中计,忙传知各军急急退出,已是迟了。

郏天庆此时也知道中计,深恨张尔铣、陈如谋献计,致有此败,于是传令各军,火速退兵。正要杀出后营逃命,又见营中各处遍地皆火,不能杀出,陈如谋当被烧死。张尔铣赶紧前来,预备保护,郏天庆冒烟突火,杀出营门,刚走至张尔铣面前。郏天庆一见,不由得火高三丈,大声骂道:"总是尔这无知鼠辈,献什么劫寨之计,我计不成,反受其害,尔尚有何面目来见我耶?"说着,不觉咬牙切齿,深恨不已。

张尔铣见了如此,心中暗道:"我本来要好起见,不料误中敌人之计,前后均是一死,即便逃得出去,郏天庆也断不能容我,不若乘此将他杀了,割取首级,前去献纳,不但不致死命,或者还可有功。而况郏天庆自恃宠信,狂诈妄为,将来也断难信任。即使宁王大逆无道,指日也就要歼灭,我何勿及早去邪归正,做一个好人。且有我这样本领,归顺朝廷,也可博得个功名,何必定要俯顺逆贼?"主意想定,便大喊一声道:"郏天庆,尔休得恃强责骂于我,我也是为好起见,现在误中敌计,又与我何干? 而况曾与你熟商,你当时绝意不行,谁来强你? 既尔视我如此,料想尔也不久于人世了,我也不能从贼叛逆,看刀罢!"说着手起一刀,便砍杀过来。

邺天庆听了他一番话,也知道他有变,又见他一刀砍来,也就大骂一声:"好大胆的匹夫,竟敢中变,不要走,待本将军送尔狗命。"说着一面将张尔铣的刀架开,一面刺进一戟。张尔铣哪里能敌,当即刺中前胸,翻身落马,邺天庆复一戟结果了性命。

此时各处的火仍未熄灭,邺天庆心中暗想:若待火势灭后再行杀出,万一敌军再掩杀来,更加掣肘,不若冒火杀出,再作计议便了。主意已定,即喝令众贼兵冒烟突火,冲出营来。才到营门,却好徐鸣皋从左杀入,一枝梅从右杀来,即着八百名挠钩短刀手也奋勇当先掩杀过来。邺天庆万万不敢恋战,只得左冲右突,奋勇拼命,好不容易杀出重围,手下各裨将又被徐鸣皋、一枝梅杀死几个,邺天庆此时也就不敢回营,只得落荒而走。等到天明,见追兵未至,才暂就树林中坐下,稍为歇息。计点人马,只剩得一千余人,其余的兵卒并非为敌军所杀,皆是自相践踏而死。当下邺天庆只得收拾败残兵卒,逃回南昌不提。

且说南康城中,早有细作报进,徐鸣皋杀退贼兵,南康府这一闻,欢喜自不必说,当即开城,预备出城劳军。这里徐鸣皋与一枝梅二人率领所部杀退贼兵,大获全胜,等到天明,查点本部兵马,死伤有限,只见本营内外那些已死的贼兵,有的被火烧得焦头烂额而死的,有的互相践踏,自家残害,骨断筋连,倒在地下的,也有有头无足,有足无头的,还有洞穿胸腹,身体支解的,真个是尸横遍野,血流成河,而且一种臭味,真要掩鼻。徐鸣皋等一见如此,也就目不忍视,只得在附近又择了一片空地,安扎营寨,一面传令各军,将所有贼兵尸首火速掩埋去讫。

诸事吩咐已毕,又去贼营中,将所有旗帜器械、粮饷号衣等件,全行运回本营;又传报进城,属令居民照常生业。南康府也就出榜晓谕居民,略谓贼兵已经官兵杀退,所有绅商士庶,应即各安本业,毋得惊慌。合城居民见了此榜,无不欢喜安怀,于是就有在城的绅士,率领居民集资杀牛宰马,牵羊担酒,禀请南康府,请率同一起出城,前往大营劳军。南康府亦即应允,也就备了许多犒赏之物,预备次日出城。

毕竟后事如何,且看下回分解。

# 第一百十六回

## 牵羊担酒太守犒师　折将损兵逆贼请罪

话说南康府见合城绅士率领居民，杀牛宰马，担酒牵羊，预备出城劳师，南康府也就备了许多犒赏之物，即于次日约同参将赵德威、守备孙理文率领绅士居民齐出城来，前往徐鸣皋营中犒赏三军，兼谢徐鸣皋等援救之力。当有差官报进营去，徐鸣皋便与一枝梅亲迎出来。

南康府郭庆昌等众一见徐鸣皋、一枝梅二人亲迎出来，赶即下马迎上，拱手称谢道："徐将军、慕容将军请了，敝城危在旦夕，幸蒙将军驰救，得以保全，合郡生灵，幸免涂炭，今者聊具不腆，率领合郡绅士，前来犒赏三军，并竭诚趋谢保救之德，尚求笑纳勿却为幸。"徐鸣皋、一枝梅二人一面谦让，一面向后面一望，只见携老扶幼，牵羊担酒，手执瓣香，欢呼笑道："我等合城百姓，若非将军等亲领大兵前来，杀退逆贼，我等生灵不免涂炭了。现在合城生灵性命得以保全无恙，皆将军等所赐，兹特各竭微枕，聊具薄物，为将军寿，并兼犒劳王师。幸蒙将军俯念愚诚，赏赐收纳，转给各军，用慰劳苦于万一。"说罢，大家又齐跪下去，称谢不已。徐鸣皋、一枝梅便与百姓还礼已毕，即命各兵将所有犒劳之物全行收下，又再三答谢。南康府见收下犒赏礼物，即命众人回城。众百姓答应，随即欢呼而去。

徐鸣皋、一枝梅这才将南康府郭庆昌、参将赵德威、守备孙理文让进大帐，彼此又行了礼，然后分宾主坐下。南康府复又谢道："某等久仰威名，如雷贯耳，当逆贼宸濠举兵之时，某即驰书于邻省告急，迟之又久，并未见有一兵一卒到来。某等正在忧虑，深恐此城不保，及闻王元帅已奉旨就近征讨，某等即私相喜道，以为宸濠虽据有南昌，究竟兵力不足，虽曾派令各贼将，分往邻境各府州县攻取城池，某料他一闻王元帅有就近征讨之权，又兼诸位将军神勇，大兵所指，战无不克，他必然胆寒，不敢分兵外出。哪里知道他已派令邶天庆前来攻取南康。某等见贼将临城，毫无计策，虽说兵来将挡，其如兵力素薄，万难与之抗衡，所幸民心尚固，不得已而思其次，唯有守之一字，尚可勉力而行。于是与合郡人民相约闭关自守，以待救兵前来。不料郄天庆竭力攻打，相持已逾半月，而兵民登陴死守，劳瘁不堪，再逾十日，救兵不到，真有岌岌可危之势。正深忧虑，盼望弥殷，乃得将军驰救前来，某等已喜出望外，又复一战而胜，杀退贼兵，保我城池，伤彼兵卒，非将军神勇素著，智谋兼人，何能救斯民于水火之中，保此城有完全之绩？今者万民完聚，各保身家，合郡安然，斯城无恙，非特国家之幸，抑亦万姓生灵之福也。"

徐鸣皋让道："太守说哪里话来？某等一个武夫，毫无知识，幸而战胜，杀退贼兵，此皆某等分内之事，敢蒙挂齿称道？而况此城保全，皆太守之策，参戎之力。设平日不能深得民心，一旦贼兵忽至，闭关自守，必致万姓居民争相迁徙。一经骚动，便疑草木皆兵。虽太守禁止之不遑，何能全力合作？是可知太守平时德政勿衰，人人已深①，虽至兵临城下，犹能众志成城，处仓促而不惊，临大难而不惧，非有贤太守，又何堪克保斯城么？某等真是佩服之至，钦仰之至。今者又蒙犒劳，虽皆出于万姓至诚，然某等何德何能，敢蒙厚贶，而又不敢有负良意，只好且代所部兵卒之道谢了。"郭庆昌又谦逊了一回。徐鸣皋、一枝梅当命差官将所有犒劳各物，悉数分派士卒，俾各兵咸沾德惠，并准其大饮三日。差官答应，当即前去，按名分赏已毕。

是日合营便大吹大擂，欢呼畅饮起来。一连三日，皆是如此，果然营规齐肃，军令森严。三日之后，又皆肃静无哗，各守军令。徐鸣皋与一枝梅又亲往城中，参将赵德威、守备孙理文留在营中筵宴，是日尽欢而散。次日，徐鸣皋也就将南康府郭庆昌谢步，南康府等也就大摆筵宴，留徐鸣皋一枝梅二人在署宴饮。到了第四日，徐鸣皋便传出令来，次日一起拔队，前往南昌。及至拔队这日，南康府暨合郡官绅士庶，又亲送官军至十里之外，然后回城。徐鸣皋等督队星夜趱赶，往南昌进发。按下慢表。

且说郄天庆率领败残兵卒回至南昌，当即进入王府，先与宸濠请罪。宸濠见他败得如此而回，便问明一切。郄天庆就将如何攻城，南康坚守太严，攻打不下，后来徐鸣皋如何带兵前去援救，如何对敌，如何张尔铣设策劫寨，如何误中诡计，张尔铣如何中变，如何将张尔铣刺死，前后细细说了

---

① 自"徐鸣皋让道……人人已深"，原文颇多错简，已改正如上。

一遍。宸濠闻言,也不免大怒道:"孤令你前去,原为你素来勇猛,必能不负孤意,乃竟不自审察,听信张尔铣之言,虽张尔铣死有余辜,尔又有何面目前来见我?"喝令推出斩首。

当有军师李自然说道:"千岁且请息怒,臣有一言,求千岁容纳。郏天庆大败而回,本当斩首,然胜负乃兵家常事,不可因此一败,便丧一员猛将,而况郏天庆虽难辞咎,在臣看来情尚可原,若非张尔铣献计,陈如谋决策,郏天庆似不致大败如此。今张尔铣、陈如谋已死,亦复死不足惜。所幸王守仁大兵现尚未到,徐鸣皋、一枝梅见已将南康保救下来,必然即日拔队趱赶到此,以为王守仁之兵现已驰抵,他便好合兵一处,合力进攻,且臣料徐鸣皋等必然间道前来。南康守城各官见徐鸣皋、一枝梅大获全胜,我兵大败而回,必料我等也已丧胆,且料王守仁已到此处,然兵力甚卑,断不敢再分兵前往报复,南康必然毫无防备。臣却有一计,乘王守仁大兵未到,南康无备之时,急急再拨三千人马,仍使郏天庆背道而驰,星夜从大路火速向南康进发,出其不意,攻其无备,克日袭取南康,将功赎罪。若再不能取胜,二罪并罚,按军法从事,罪不容诛。"

郏天庆跪在下面,听李自然这番话,当下磕头说道:"千岁若俯如李军师所请,再拨精锐三千,使臣星夜驰往袭取南康,若再不能取胜占夺该城,臣即提头来见,尚求千岁恩准。"宸濠见说,因道:"姑念军师苦苦说情,免汝初犯。今再付你三千精锐,趱赶前去,若再不将南康攻取,汝亦不必前来见孤,汝便自寻死地便了。"郏天庆见宸濠已允,当即叩头谢恩退出。随即挑选三千精锐,次日即带领所部,拔队起程,星夜复向南康进发。

郏天庆去后三日,即有探马报道:"王守仁亲统大兵十万,随带猛将多员,现已离南昌九十里了。"当有差官禀报进去,宸濠即命再去探听。不到半日,又有探马来报:"徐鸣皋、一枝梅分领精锐三千,由南康间道星夜趱赶到此,已离城八十里了。"差官又报进去。宸濠闻报,当与李自然道:"大兵临境,孤所有大将均尚未回,一至兵临城下,如何抵敌?"李自然道:"千岁勿忧,可就近差人,一面飞往进贤,将雷大春调回,以拒敌军,一面差人飞调郏天庆,属令暂缓进攻南康,即日改从间道星夜驰回,听候调用。"宸濠只得依允,当即差人飞马分头调往去讫。忽又有探马报道:"王守仁所统大兵,现已离城三十里扎寨,请旨定夺。"

欲知宸濠如何拒敌,且听下回分解。

# 第一百十七回

## 分雄师急救南康城　刺降贼夜入按察署

话说宸濠闻报王守仁大兵已离城三十里扎寨,便与李自然议道:"大兵现已压境,所有雷大春、郝天庆尚未调回,似此如何是好?"李自然道:"千岁可即一面传旨胡濂、杨璋,令他赶速统领合城兵卒,坚守四门,一面令波罗僧率领护军前往西门,以备御敌,再火速回差驰往进贤,飞调雷大春赶紧回城。某料王守仁虽统大兵前往,兵卒劳瘁,即日未必开兵。即使随到随攻,我却以逸待劳,等他攻守力乏之际,可命波罗僧奋勇出城,杀他一阵,务要获胜,先挫他锐气,然后缓缓图之,旬日之内,南昌必不致失守,那时雷大春已回,即使郝天庆无论南康得与未得,他一闻飞调,亦必星夜驰回。彼时有此二将,虽王守仁兵力再厚,猛将极多,亦不足虑也。"宸濠没法,只得如此依计而行,按下不表。

且说王守仁安营已毕,即与徐庆等议道:"徐鸣皋、慕容贞二人往救南康,不知胜负如何,南康有无失守。本帅之意,大兵虽已到此,拟俟南康驰报前来,再行开兵,不知诸位将军意下如何?"徐庆道:"元帅之意虽属不差,但兵贵神速,既已到此,何不即日开兵,前去讨战,或者宸濠无甚防备,来此可以一鼓而擒。若从缓下来,等他防备已严,那时便难得手了。请元帅斟酌。"王守仁尚未回言,只见探马报进:"探得徐将军、慕容将军往救南康,现已杀退贼将郝天庆,救了南康,不日即要驰抵了。"说罢,飞身上马而去。

王守仁见报,知徐鸣皋大胜,欢喜无限。正要议及开兵,忽又见探马报来:"探得南康虽经徐将军驰救,杀败贼将郝天庆,得以未失,现在郝天庆又复带领精兵,间道驰往,出其不意,攻其无备,乘徐将军离了南康,他又将该城袭取了。"说罢,又复飞身上马而去。王守仁闻报大惊道:"似此南康得而复失,这便如何是好?"沉吟一会,随命徐庆、周湘帆即刻率领精锐三千,驰往南康克复,务须克日前进,不得有误。徐庆等得令下来,正要率兵即刻拔队,又见探马报道:"探得宸濠因元帅大兵已到,城中兵力甚微，现已飞马分往两路调取兵马，一路往进贤调取雷大春，一路往南康调回郏天庆。"

徐庆闻报，当即进帐，报与元帅知道。王元帅闻言，却又大喜，因道："如此说来，南康虽失，不难复得了。"因秘授徐庆妙计道："将军前去，可如此如此，则克复南康，指日间事也。一经克复，可即趱赶回营，切记切记。"徐庆得令，这才拔队前行。

一日无话。次日王元帅率领众将，亲统大兵，前往攻城。三声炮响，金鼓齐鸣，不一会直抵南昌城下，只见吊桥高挂，城门紧闭。王元帅并令各军排成阵势，亲自出马，带了众将，来到城下，喝令护军高声喊道："城上听者，速令逆贼宸濠前去答话，若有迟延，我家元帅便督率大兵，并力攻城。"喊了一阵，并无人答应。王元帅又喝令骂战，众兵卒又大骂了一阵，只见城头上有一人应道："王元帅请了。"王守仁抬头一看，不是宸濠，却是按察使杨璋。王守仁一见，也就答道："尔受朝廷不次之恩，不思报效尽忠，为何甘心从贼耶？"杨璋道："元帅之言差矣。当今巡幸不时，昏暗已极，任用阉宦，谗害忠良，万民怨恨，眼见大明江山属于他人。宁王系帝室宗亲，不忍使祖宗基业改归异姓，因此吊民伐罪，应天顺人，以帝室宗支接承大统，何谓贼耶？以元帅经文纬武，智略过人，何乃计不及此，而亦人云亦云，窃为某所不取也。若蒙俯听鄙言，将来也不失封侯之位。"

王守仁不等他说完了，破口骂道："忘恩竖子，背义匹夫，尔不思朝廷待汝之恩，反敢阿附逆贼，已是罪不容诛，乃又嘐嘐忤毁朝廷，尔若祖若父在九泉之下，当亦恨尔不但甘为逆臣，抑亦不孝的孽子，尔又何面目见乃祖乃父乎？"杨璋被王守仁这一顿骂，只骂得顿口无言，羞惭无地，因即恼羞成怒道："王守仁，尔休得逞能，看箭罢。"说着，便喝令守城兵一起放下箭来。顷刻间万弩齐发，王守仁只得命各军向后退下，鸣金收军。回到大营，王守仁恨恨不已。

次日正要复去攻城，却好探子报来："徐鸣皋、一枝梅已率领所部，离此只有五里了。"王守仁闻报大喜。不一会徐鸣皋、一枝梅已进帐来，王守仁一见，便将南康争战情形问了一遍，徐鸣皋便细细回复。王守仁又将郏天庆二次袭取南康，并已派徐庆、周湘帆驰救的话，说了一遍。徐鸣皋听了，又将南康府如何深得民心，告诉王守仁，王守仁也甚钦佩。

彼此先将已往之事说了一遍，徐鸣皋复又问道："元帅到此，与逆贼战过数次,胜负如何?"王守仁道:"一阵尚未开战,只昨日杨璋被本帅骂了一阵,本帅本拟即时就要围攻,不料杨璋恼羞成怒,反喝令各兵放下箭来,不能进攻,只得收军,暂作计议。"一枝梅道:"杨璋这厮背义从贼,断不可饶。末将今夜定往城中,将这厮先自杀了,然后再作计议。"王守仁道:"唯恐他那里防备甚严,不能下手,还是明日开战,就阵上擒之。"一枝梅道:"元帅此言差矣,杨璋系文士,向不知武艺两字为何物,如何亲临阵前?还是末将前去杀他。"王元帅道:"慕容将军既要前去,须得格外小心才好。"一枝梅道:"元帅放心,末将城里是熟路,绝不妨事的。"王元帅也就答应。这日即按兵不动。

到了晚间,一枝梅就改扮行装,扎束停当,等到二更时分,便藏好兵刃,竟自向南昌城里而去。真是他们剑侠的手段与众不同,任凭南昌守城的兵那样严紧,竟没有一个知道。一枝梅已进了城,直奔按察使衙门而来。一路皆是穿房越屋,走到按察使衙门上房,伏身细听,只听里面已打三更,又向各处一看,见灯火尚明,不便下去。正在探望,又见更夫远远的敲着三更而来。

等他走到切近,一枝梅便从屋上一个箭步跳落下来,拔出单刀,向那更夫面上一晃,口中说道:"你嚷,就是一刀。"那更夫正走之间,忽见屋上跳下一人,手执单刀,向他砍来,已是魂不附体,哪里还喊得出?只得跪下来磕头,却一句话说不出。一枝梅道:"我且问你,杨璋的住房在哪里?你若告诉我,便饶汝狗命,若有半字虚言,登时一刀将尔砍为两段。"那更夫道:"大王饶命,小人愿说。"一枝梅道:"我非大王,我实告诉你,我乃王元帅麾下游击将军,外号一枝梅的便是。因杨璋背反朝廷,甘心从贼,特来杀他。快说出来,他现在住在何处?"那更夫听说,更加吓得要死,只得战兢兢说道:"小人有眼无珠,不识将军大驾前来,尚求免我一死。"一枝梅道:"谁同你说这闲话,尔快讲杨璋住在哪里。"那更夫道:"走此一直过去,末了一进上房,便是他的内室。"一枝梅道:"你这话可真么?"那更夫道:"小人何敢撒谎。只因杨大人本来住在第三间,不久讨了个姨太太,甚是美貌,却住在末了一间,因此杨大人与姨太太同住在那里。"一枝梅道:"现在兵临城下,还住在哪里么?"那更夫道:"听说今日不是杨大人上城守夜,是布政使胡大人守夜,所以我家大人今夜无事,才进去了不多一会,此时多半尚未睡觉呢。"一枝梅听罢,手起一刀,将更夫杀死,随即前去。

不知能否刺杀杨璋,且听下回分解。

# 第一百十八回

## 劝儿夫妻妾进良言　杀从贼英雄留首级

话说一枝梅将更夫杀死，随即窜上屋面，依着更夫的话，直至末了一间，伏身屋上，将身子倒挂在帘口，轻轻地用刀尖在窗户纸上戳了一个小孔，聚定目力望了进去。只见里面灯烛辉煌，坐着一男两女。男的便是杨璋，一个女子约有四五十岁左右的年纪，那一个却只有二十岁上下。那半老的妇人却生得端庄大雅，是一位夫人的样子。那二十岁左右的，虽是个小家气度，美貌天然，却也生得不俗，不像那风骚一派。一枝梅看罢，心中想道："这老的想是杨璋的妻子，那个大约是他的妾了。"

正欲窜身进去，只听那半老妇人说道："据老爷说来，郯天庆与雷大春不日便要回来了？"杨璋道："至迟再有五日，他两人总有一个回来。只要他二人回来一个，便可与王守仁这匹夫开战了。卑人不恨王守仁别事，我劝他的好话，他不相信，反将我大骂一顿。现在当今任用阉宦，谗害忠良，我辈虽做着他的臣子，终是栗栗危惧。宁王虽然是个藩王，待他的手下那班人极其宽厚，我今日归顺于他，将来他成了大事，我亦不患无封侯之位。可恨王守仁计不及此，反骂我背叛朝廷，甘心从贼，你道可恨不可恨么？若能将王守仁这匹夫擒住，我定将他碎尸万段，以消前日之恨。"说罢，只见那半老妇人叹道："老爷但愿目前富贵，不顾将来祸患。宁藩虽然待人宽厚，究竟是有心背叛，非若当今名正言顺。老爷也要抚心自问，就是今日做了这按察使司，若非朝廷厚恩，哪里有这地步？宁王擅杀朝廷命官，居心造反，此时正是人臣尽忠报国之日，老爷不能讨贼，已是落于下乘，再欲阿附逆王，于情理两字究嫌违背。在妾看来，宸濠虽然势大，终不能成其大事，一旦遭擒，必按国法从事。妾虽不明，似从贼究嫌不顺。老爷若俯念夫妻之情，追想祖宗遗训，虽不能出人头地，做一个讨贼忠臣，也当及早回心，或暗约王元帅即日进兵，作为内应，将来贼败之后，也可免身受国法。若但图目前，妾恐贼势既败，即老爷也不能置身法外。与其悔之于后，不若慎之于前，而况王元帅麾下，能争惯战之士，武术超群之人，何可胜数，且皆是忠心亮节，扶弱锄奸。宁王虽有郏天庆、雷大春之流，却皆一勇之夫，不足与论，就是那余半仙、余秀英两个，也是旁门左道，邪术欺人，何能如王元帅亮节孤忠，为一朝名臣。老爷请自计议，在妾愚贱，本来有夫唱妇随之道，但事关大逆，不得不苦口陈词。若其不然，妾恐将来不但有杀身之祸，且有夷族之灾。以老爷一人而上累祖宗，下连妻子，这是何苦呢？"说罢，又见那少妇劝道："老爷不必疑虑，太太这一番话实在不错。宁王虽是个藩王，他现在造反，就是个反叛。老爷从他，不也是个反叛了吗？能杀这个反叛更好，不能杀他，就是自己拼着一死，总比从反叛好多着呢。贱妾虽是个小家女子，蒙老爷做作侧室，本不敢拂老爷的意，但是老爷要从反叛，贱妾也觉得不在理，还请老爷三思。"杨璋听他妻妾这一番话，在那稍明大义的，也要羞惭不已，哪里知道他不但不知羞愧，反而怒不可言，破口骂道："你这两个贱货，知道什么时事，敢来忤逆老爷的意见。若再多言，先将你这两个贱货置之死地，好给你们去做忠臣节妇。"他妻子见他如此，当下哭道："你不听良言，眼见得身首异处，连累家人。"杨璋的妾也就哭了起来，还是苦苦极谏。杨璋越发大怒，便要上前向他妻妾相打。

一枝梅听得清楚，此时也就无明火起高三丈，立刻跳下屋来，用了个燕子穿帘的架落，将右手一起，这一掌先将窗格打开，身子一晃，就跟着进了卧房。噗一声响，跳落在地，即将手内的刀向杨璋面上一晃，口中喊道："杨璋尔这逆贼，当今皇帝何曾薄待于汝，尔不思尽忠报国，反要从顺逆藩。尔妻妾苦苦相劝，实系一派良言，尔不知羞愧，反而恼羞成怒，要去向他们相打，尔可认得本将军一枝梅么？本将军今夜到此，本来杀汝，后听尔妻妾那番相劝的话，以为你一时糊涂，经这一派良言，当可自知悔罪，或如尔妻所说之话，暗约王元帅相助讨贼，本将军就可宽恕于你，不加杀戮。谁知尔不听良言，怙恶不悛，与其待到后来，贼势既败，尔不免有夷族之惨，不若本将军先将尔杀了，将尔妻妾的这番话回禀元帅，好使尔妻妾尚不至因你株累。"说着即走上前，将杨璋提过来，按倒在地。正要一刀送他性命，只见他妻妾跪在旁边求道："请将军暂为息怒，再让妾等苦劝他一番，若再不从，听凭将军处治便了。"一枝梅说道："尔等休得多言，本将军还是因尔等深明大义，才如此看待，不然连尔等一起杀死，不免令尔等有屈。杨璋实系大逆无道，罪不容诛，他死之后，本将军自为尔等于元帅前表明一切,断不难为尔等便了。"说罢手起一刀,立将杨璋杀死,当即割了首级,一审身上屋而去。

这里杨璋的妻妾眼见丈夫被杀,虽是他罪不容诛,咎由自取,也免不得大哭起来。此时前后的家人仆妇听见上房里哭声,大家赶紧起来,跑到后面一看,只吓得个个魂不附体。内中有两个胆大的,忙问了缘由,杨璋的妻妾因即告诉一遍,却不敢说出谏他不从,致被杀死,只说被刺客刺死,割去首级。于是合署的家人便各处寻找刺客,不必说寻不到,就便寻着,还有哪个敢上前么?只得鬼闹了一顿,预备次日去宁王府报信。按下慢表。

再说一枝梅提着杨璋的首级,出了按察使衙门,心中想道:"我何不就此顺至奸王府一行,将这颗首级送与他看看,好叫他知道我等厉害。"主意想定,即向宸濠府内而来。一枝梅本来是熟路,他们从前七子十三生大会江西的时节,他却来过好几次,因此毫无阻挡,穿房越屋,直至奸王的殿上,将这颗首级摆在宸濠坐的那张案上。一枝梅将首级摆定,这才出来回营缴令。

你道一枝梅既然入得奸王府,为什么不就此将宸濠刺死,岂不免了许多大事?诸君有所不知,宸濠的内宫却是防备甚严,左右护从亦皆是超超等顶顶好的武艺,若果能将他刺死,也等不到今日,当日七子十三生在江西的时节,早将他刺死了。一来因他防备甚严,二来因他气数未终,势必要等到那个时节,才能将他署之死地。不必说一枝梅不敢擅入险地,就便能独力而行,他们行侠的人也不肯逆天行事,所以一枝梅只能将杨璋的首级摆在宸濠平日所坐的那张案上,使他一见魂消,不敢小觑。

看看天明,当有值殿的差官将殿上打扫清洁,以便宸濠临殿。及至收拾到案上,忽见一颗血淋淋的人头,摆在案上正中间,面向里,准对着宸濠坐的那张交椅。那差官一看,只吓得魂飞天外,因道:"这颗首级是从哪里来的?"却又不敢细看,只得报了进去。宸濠闻报,也是吃惊不小,当即进来,梳洗已毕,即传齐护从,来到殿上。只见案中间那颗首级还摆在那里。宸濠大着胆便走近案前,细细一看,但见鲜血淋淋,一双眼睛还自睁着。宸濠看了一回,只听啊呀一声,吓倒在地。

毕竟宸濠性命如何,且听下回分解。

# 第一百十九回

## 见首级吓倒奸王　发弹子打伤贼将

话说宸濠见案上摆着一颗血淋淋人头,两只眼睛还睁着,近前一看,始则分辨不出,再一细看,只听啊呀一声,吓倒在地。大家见宸濠吓倒,赶忙上前将他扶起。只听宸濠说道:"杨璋被何人所杀,却将他的首级送到孤这殿上?"一面派人将首级拿开,一面传值殿的差官问道:"尔等昨夜在这殿上,见有谁人到此,可速言明。"那差官跪下说道:"小人们委实不曾见有人来。"宸濠正在疑虑。忽见宫门官进来报道:"启王爷,现在按察使杨璋家属差人来报,说杨璋于昨夜三更时分,被一枝梅行刺,割去首级而去,现在首级不知去向。"宸濠闻报,心中明白,当即命人将杨璋首级交还他的来差带回,令他入殓,一面向左右近侍说道:"既然是一枝梅前去刺了杨璋,这首级一定是他取来摆在案上,似此孤所住之处倒要更防备了。但一枝梅等现在王守仁部下,王守仁的大兵又逐日前来攻打,所调之郏天庆、雷大春二人又未回来,好不令孤焦急。"左右近侍也只得随着他说了两句,当下退入内宫,暂且不表。

再说徐庆、周湘帆奉了王守仁之命,令他二人带领三千精锐,前往南康驰救。他二人哪敢怠慢,星夜火速前进,不数日已抵南康,也不安营下寨,即催兵将南康城围困起来。此时郏天庆已得调他回南昌的信,正要拔队,忽被徐庆这一支兵将南康围得个水泄不通。郏天庆好生着急,只得开城奋勇冲出。徐庆、周湘帆二人见他杀出来,也就与他力战。一连战了三日,这日夜间徐庆等稍有疏忽,竟被郏天庆带领贼兵冲出城来,趱赶朝南昌而去。徐庆等见他已经逃走,即刻进城安民已毕。所幸南康府郭庆昌虽然失了城池,却未丧命,现在一闻克复,他又出来,即向徐庆营中谢罪。徐庆当下安慰了几句,还请他刻刻防备。南康府感激不已。徐庆见城中民心已定,他也就即日拔队起程,仍回南昌,合兵一处。

再说一枝梅既将杨璋杀死,回营缴令已毕,又细细说了一遍,王元帅大喜。到了次日,即出了全队攻城,真是个个争先,人人奋勇。怎奈南昌坚固,防备甚严,攻打不下。一连又攻打了三日。这日正在攻打之际,忽见后面西南角上,所有攻城的各兵纷纷退让。王元帅等再一细看,只见一匹马坐一人,手执方天画戟,逢人便挑,见马即刺,只杀得那些攻城兵卒纷纷让出一条路来。他那一枝戟飞舞起来,便如入无人之境。徐鸣皋看得清楚,便即飞马过去,接着邺天庆大战。邺天庆一见徐鸣皋,真是恨如刺骨,因被他在南康一把火,几乎将他烧死,及至见了宸濠,又几乎送命,你道他可恨不可恨。于是二人奋勇大战起来,只见一个手执烂银枪,飞舞处如蛟龙戏水,一个方天戟摇摆时,不恶卧虎翻身。一往一来,足足战了有二十余回合,邺天庆见不能取胜,便大喝一声:"匹夫休得逞能,看本将军的戟。"说着,一戟分心刺来。徐鸣皋赶着迎住,用了十二分力架在一旁,也就大喊一声:"逆贼,还不代我下马受缚。"说着,一枪认定邺天庆肋下刺来。邺天庆当即拨开,趁势一戟,向徐鸣皋左腿刺来。徐鸣皋躲闪不及,正中一戟,拨马便走。邺天庆哪里肯舍,紧紧在后进来。

周湘帆看得清楚,恐防徐鸣皋有失,随在身旁取出弹子。一声喊叫:"逆贼休得追赶,看本将军的法宝。"话犹未完,弹子已经发出。邺天庆一听周湘帆大喝,便抬头来看究竟是何物件,就在这个时节,面门上已中了一弹。邺天庆不敢恋战,拨马便走。一枝梅看他逃走,也就飞马赶来。此时南昌城里已是贼兵迎接出来,一枝梅追至吊桥,正欲抢杀上去,忽然城内冲出一骑马来,马上坐着一个和尚,手执禅杖,迎上来就杀。一枝梅一看不是别人,正是波罗僧,两人也不答话,当时就对战起来。只听两边喊杀之声,真个震动山岳,一来一往,又战了有二十余回合。波罗僧杀得兴起,飞舞禅杖,向一枝梅横扫过来。一枝梅也飞舞点钢刀,招拦隔架,上砍下剁,只杀得尘土冲天,旌旗蔽日。

周湘帆远远见一枝梅不能取胜,也就将马一拍,抢杀过去。贼队里见有人助战,又飞出一骑马来,更不答话,敌住周湘帆,两人也杀了十数个回合。周湘帆暗道:"我何不如此如此。"主意已定,便虚刺一枪,拨马而去。那贼将紧紧赶来,周湘帆转身一弹,打了过去,正是弹不虚发,又正中贼将面门。周湘帆见他已经中弹,拨转马头又杀了过去。那贼将正要负痛逃走,周湘帆的马已到面前,手起一枪,正中敌人咽喉,落马而死,随有小军上前割了首级。波罗僧还在那里与一枝梅对敌,城上见他不能取胜,恐怕波罗僧有失,赶着鸣金收军。波罗僧一闻金声,拨马进城去了,这里官兵也就收队回营。

　　大家缴令已毕，便去看视徐鸣皋，所幸枪伤不重，毫无妨碍，大家也就各去安歇。

　　郏天庆早中了一弹，回到城中，仍然血流不止，赶急用药敷上，将血止住，随来至宸濠宫内。宸濠此时早知他回来，一闻宫门官报进，即刻传他进去。一见他血流满面，即问："将军何以如此？"郏天庆就将中弹子的话说了一遍。宸濠切齿痛恨，又问了南康何如，郏天庆道："臣已经袭了南康，后来奉到千岁的谕旨，正要趱赶回来。忽又被王守仁手下的将官徐庆、周湘帆二人，率领精锐三千，将南康围得个水泄不通。臣冲杀数次，不能突出，又与徐庆等战了三日，皆不分胜负。臣又不敢恋战，深恐南昌有失，后来还是夜间率领所部，奋勇冲杀出来，急急赶回前来缴旨，所幸人马并未损伤。但是徐鸣皋等这班人现为王守仁所用，个个皆奋勇争先，臣一人之力，恐不能与之对敌，千岁还得早设妙计，将王守仁杀败，方可长驱而进，不然终久不妥。"宸濠道："孤也飞调雷大春回来，不知他何以至今未到。"

　　正说之间，只见宫门官进来报道："雷大春由进贤回来，现在宫门候旨。"宸濠即命传他进宫问话。差官答应出去，不一刻雷大春进来，先行了礼。宸濠见他形容憔悴，狼狈不堪，因问道："将军为何如此，何以至今才回？"雷大春道："臣奉了千岁之旨，当即趱赶回兵，不料半途忽然生起病来。一病十日，不能行动，终日卧困，也不思饮食，直至前日始觉稍好，唯恐千岁记念，只得带病勉强回兵，现在尚不能用力。"宸濠听说道："原来如此，但有邻境各县，现在得了几城？"雷大春道："所有南昌所属外六县，只有进贤未下，因进贤知县鲍人杰、守备施必成，两人坚守甚固，施必成又超勇绝伦，因此十分难得。其余五县，皆毫不费事，有的是情愿投降的，有因攻破的。臣在进贤逐日攻打，若不奉千岁调回的谕旨，再攻打五日，也就要攻打开了。因为奉了千岁谕旨，不敢恋战，赶急回来，听候调用。"宸濠听说，当下便命他与郏天庆出外安歇，俟病痊好，再行出战。二人退出，宸濠好生纳闷，又与军师李自然议道："似此兵微将寡，何日才可退得王守仁的大兵？军师有何妙计，可即说来，以便孤依计行事。"

　　不知李自然有无计策，且听下回分解。

# 第一百二十回

## 挟异端余七保逆贼　仗邪术非幻败王师

　　话说宸濠因王守仁率领徐鸣皋等十二英雄，并有十万大兵，终日在城外攻打，郏天庆、雷大春两人虽曾调回，一因身受弹伤，一因身抱大病，尚未痊愈，不能即日出战。虽有波罗僧及神将等人，终非敌人对手，而且寡不敌众，甚为忧虑，因与李自然商议，请他筹设良策。李自然此时亦觉束手无策，只得勉强说道："可恨前者赵王庄一战，被什么七子十三生破了余半仙迷魂大阵，余半仙逃走。若非他受此大创，现在这里，不必说王守仁这十万兵马，就便再加一倍，也不足为虑。为今之计，千岁何不将余秀英小姐请来，与她商议，看她有何妙策可以退得敌人。"宸濠听说，因道："孤非不想到此，怎奈余小姐终是女流，他哥哥又不在这里，恐她不肯相助，因此孤未去请她。"

　　两人正在计议，忽见宫门官进来，跪下报道："启千岁，前者逃去的那个余半仙，并同着一个非幻道人，现在宫门外候旨，说要见千岁，有要话相禀，特使小人禀知。"宸濠闻报，一听余半仙到来，又同着一个非幻道人到此，心中暗道：这非幻道人定是有法术的，今既到此，孤无忧矣。不觉喜出望外，即命宫门官请他们上殿。宫门官下去，不一刻已领着余半仙进来。宸濠远远看见，即刻下殿相迎，但见余半仙在前，后跟着一个道士，头带华阳巾，手穿鹤氅，身背葫芦宝剑，面容秀丽，体骨清超，飘飘然颇有神仙气概。宸濠看罢，即拱手让道："余道长别来无恙，后面莫非非幻道长么？"余半仙也就答应道："臣保护来迟，多多有罪，后面正是非幻师兄。"说着上殿，当与宸濠见礼已毕，大家坐下。

　　宸濠道："余道长一别两年，孤时深记念，不意今日又见仙颜，真是意料不到。但不知这非幻道长仙乡何处，尚望示知。"余半仙道："这位非幻师兄与臣同门学道，是敝师的首徒，法术高超，道行深奥。臣因王守仁率领徐鸣皋等前来攻城，臣一再哀求我师尊下山同心扶助，怎奈敝师尚有己事，未便即日下山，因令这非幻师兄与臣同来。一来保护千岁共成大事，杀退敌军，二来帮臣以报昔日迷魂阵之仇。"宸濠听了这一番话，实在大喜，因道："近日王守仁攻打甚急，虽经孤将邺天庆、雷大春由南康、进贤两处调回，其如邺天庆被周湘帆弹子打伤，雷大春又自己得病未愈，只靠着波罗僧等人出战，已是寡不敌众，又兼徐鸣皋等武艺超群，眼见南昌不能保守。孤正深忧虑，方才尚与军师念及，若道长在此，莫说王守仁这十万兵马，徐鸣皋等这十二三人，就便再加一倍，也难逃道长的掌握，可恨不在此处，只弄得莫展一筹。哪里知道天助孤成功，忽蒙道长远临，又得非幻仙师相助，孤从此无忧了。"说罢，又喊王守仁骂道："王守仁呀，孤与尔毫无仇隙，孤举兵起事，是谋夺我朱家的天下，与尔何干？尔偏与孤作对，带兵前来征讨，仗着徐鸣皋等这一班鼠辈，任意猖狂。余道长不来，孤尚惧尔三分，余道长既来，眼见得尔全军覆没了。看尔这匹夫有何妙计良策，能敌得住余道长与非幻仙师么？"独自骂了一阵，当下非幻人躬身说道："贫道闻余贤弟常道千岁仁义过人，宽厚无匹，真乃英明之主。贫道唯恨相见太晚。今见龙颜，果然名实相符，王守仁及徐鸣皋等虽然猖獗，非贫道敢自夸口，只须聊施小技，便令他等死在目前，千岁请放宽心。待贫道明日出阵，以观动静，即作计议便了。"宸濠闻言，更加大喜，当即命人大摆筵宴，便在殿上畅饮起来。

当日宾主联欢，互相痛饮。席散之后，便留余半仙、非幻道人在偏房安歇。余半仙又将他妹子余秀英叫人喊出来，叙谈了些别后之话，又命与非幻道人见礼已毕，然后各回卧房安歇。

次日一早，即有人报进说："王守仁督率全队，又来攻打。"宸濠即请余半仙、非幻道人出阵，宸濠自己也陪着他二人出去观阵。三人来到城上，往外一看，只见敌军耀武扬威，在那里骂战。非幻道人见了大怒，因与宸濠说道："待贫道前去会他。"宸濠道："有劳仙师，若能一阵成功，当再重谢。"非幻道人又谦了一回，随即辞了宸濠，又朝余半仙说了一声："贤弟，愚兄去去就来。"说着，背上葫芦盖揭开，倾出一个纸鹿，执在手中，喝声道："疾！"向地下一放，顷刻变了一匹梅花关鹿。非幻道人即刻上了坐骑，手持宝剑，下得城来，喝令升炮开门，直朝城外而去。

王守仁正在外面催督三军，奋勇攻城，忽听炮声响处，城门大开，知有贼将前来拒敌，当即抬头一看，并非贼将，却是一个妖道。只见他头戴华阳巾，身穿八卦袍，背后葫芦，手中仗剑，坐下一匹梅花鹿，形容古怪，面目可憎,满脸的妖气。王守仁看毕,心中暗道:"此人定有妖法,不可不防。"即传令各将小心防备。当下非幻道人已到阵前,大声喝道:"王守仁听者,尔等身为大将,不识天时,现在宁王天命攸归,尔等偏要逆天行事,岂不知顺天者存,逆天者亡?尔等若识时务,若知天命,可即早收兵,免致三军涂炭,倘乃执迷不悟,尔可认得非幻仙师么?"王守仁听罢大怒道:"妖道休得乱言,待本帅命人取尔狗命。"说着,顾谓左右道:"哪位将军前去会他?"只见罗季芳一声应道:"末将愿往。"说着手舞虎头枪,直杀过来。

非幻道人笑道:"来将休得逞能,且通过名来,待本师取尔狗命。"罗季芳喝道:"妖道听了,咱老爷乃王元帅麾下游击将军罗季芳是也。不要走,看枪。"说着一枪刺来。非幻道人急将手中剑架住,接着厮杀起来。战不数个回合,忽见非幻道人执剑在手,向罗季芳喝声道:"着!"罗季芳不知不觉,两眼发昏,在马上坐不住,登时跌下马来。非幻道人哈哈大笑,正要取他首级,卜大武看得清楚,飞马提刀,接杀过来。罗季芳当被小军救回本阵。非幻道人与卜大武战未数个回合,仍用前法,将宝剑一指,喝声道:"着!"卜大武也就登时跌于马下。徐鸣皋、一枝梅看了大怒,即刻大声骂道:"好妖道,胆敢用邪术惑人,本将军徐鸣皋、一枝梅前来取尔狗命。"此时卜大武已被小军救回本阵。非幻道人见徐鸣皋、一枝梅二人齐杀上来,复又哈哈大笑道:"徐鸣皋、一枝梅,尔休得逞能,不必说你两人齐来厮杀,就便再添两人,也不是本师的对手。尔等来得好,看剑!"说着,手中的宝剑劈面砍来。

说也奇怪,分明见他一口剑,及至到了面前,却是两口。徐鸣皋、一枝梅两人分头敌住,杀了一会,并不见非幻道人动手,只见两口宝剑在空中飞舞。徐鸣皋、一枝梅看了,却暗暗吃惊,正在奋力遮拦隔架,忽听非幻道人喝道:"宝剑宝剑,还不与我击下。"一声才完,那两口剑一起飞了下来。徐鸣皋、一枝梅二人说声不好,赶即躲让,哪里让得及,徐鸣皋左肩上着了一剑,一枝梅右肩上着了一剑,当下二人负痛逃回。非幻道人见他二人败走,乘势将葫芦盖揭开,口中念念有词,喝声道:"疾!"顷刻狂风卷地,乱石飞天,半空中有无限人马卷杀过来,只杀得王守仁十万雄兵,许多勇将,抱头鼠窜,败下三十里,始各惊魂稍定。查点人马,已折伤不少。徐鸣皋、一枝梅虽中了两剑,却不妨事,卜大武、罗季芳此时也醒了过来。当下安立营寨,王守仁好生忧闷。非幻道人大获全胜,宸濠接进城中,自然称谢不已。

随后非幻道人大摆非非阵，七子十三生议破非非阵，徐鸣皋等十二位英雄大破离宫，武宗御驾亲征，宸濠明正国法。许多热闹，且看下集书中分解。

# 七剑十三侠

## 三　集

# 第一百二十一回

## 刘养正议围安庆　王守仁再打南昌

话说王守仁自统大兵被非幻道人大败了一阵,退下三十里下寨,徐鸣皋、一枝梅、罗季芳、卜大武虽被妖剑着伤,幸不妨碍。王守仁安营已定,徐鸣皋等四人也就苏醒过来,再用了些绝妙的敷药敷上,只须一两日自然就痊愈起来。暂且不表。

再说非幻道人大获全胜,宸濠将他接入城中,当即大摆筵宴,欢呼畅饮。酒过三巡,宸濠谢道:"孤自从王守仁带兵到此,徐鸣皋等这一班匹夫,仗着自己的武艺,孤家屡被他所败。设非仙师驾临,这座城池危在旦夕了!今日大获全胜,已足令王守仁丧胆了。但是,他虽然败走,尚未全军覆没;而徐鸣皋等那十二个人,皆是勇敢力战之辈,毫不畏死之徒,难保他不重整残兵,再决死战。在仙师之意,又当何如呢?"非幻道人道:"非是贫道夸大口,谅他这一班毛卒有多大本领,若他等能识时务,早早罢兵,还是他们的造化,这三十万生灵,尚可免就死地。若再执迷不悟,贫道只须略施小技,管叫他这三十万人马,皆死在贫道手中,不留片甲便了。"宸濠闻言大喜。

当下副参谋刘养正在旁说道:"仙师之言固是好极,以仙师法力之高,视敌犹如草芥,毫不足虑。但某有一言,不识大王尚堪容纳否?"宸濠道:"卿有何言?请即说出,以便大家商议。"刘养正道:"某所虑者,以得地为先,以争战为后。若图目前与王守仁日角胜败,即将他三十万大兵全行覆没,后起之兵,难保不陆续而来。是徒以角力胜负,残虐生灵,而于土地、人民毫无所得。土地、人民既不我属,则军需粮饷又何自而来?即使今日胜一战,明日胜一战,而援兵纷至,吾恐亦不能任意涂戮,以伤上天好生之心。且仅恃南昌一城,又有几何粮饷可以坚持日久?一旦军需不足,粮饷空匮,人民势必变心。民心一变,虽有仙师在前,雄兵在后,军无饷需,马无粮草,其又何能保乎?某是以为大王虑也!"

宸濠听了这番话,便悚然说道:"非卿之言,几使孤坐守孤城而不思辟地了。为今之计,卿有何策以为根本?庶使军无匮粮,库无匮帑,而有以自固乎?"刘养正道:"某之意,以为南昌旋得旋失,既未得其钱粮,而所属各县,虽经雷将军得了几城,却亦断不可恃。为今之计,莫若一面与王守仁对敌,一面潜师间道径趋下。先取九江,进围安庆,以固根本。九江与安庆既得,仍宜分兵下攻芜湖,然后大王自统大兵,亲出长江,顺流东下,取金陵以为根本之地,然后大势成矣!若图目前之胜败为荣,某窃为大王不取焉!"

宸濠听罢大喜道:"卿这一番议论,真是言言金石!孤当照卿之言,分兵前往便了。"李自然在旁也就说道:"刘参谋之言是也!"宸濠因即斟酌道:"现在孤此间大将唯邬天庆、雷大春二人,若再使他二人分兵前去,孤身旁又无大将可以保守了。"李士宝道:"大王可使雷大春为统将,率兵三千先往九江。好在九江一城此时定然空虚,即有防备,亦不过是些老弱而已!得雷将军一人统领,再带些偏裨牙将,取九江如在掌握之中!九江一得,安庆自必惊慌。雷将军可急急率兵星驰而去,安庆亦断不难取也。却宜速不宜迟,则兵力一厚,急切便不可得矣!"宸濠当下大喜。酒筵已散,随即命雷大春率兵三千,星夜间道潜师直取九江,然后进攻安庆。这支令传出,雷大春疾已好,当即奉令挑选了三千精锐,真个是潜师间道、星夜飞驰往攻九江去了。按下慢表。

再说王守仁自退下三十里,安营已定,停下两日徐鸣皋等剑伤已各痊愈,王守仁便齐集诸将于大帐前议道:"前日为那妖道用了邪术,我军大败了一阵,幸喜徐将军等刻已痊愈。士卒虽折伤不少,细查实数,亦不过伤去二三千人。我军锐气尚未大挫,若不并力攻取,未免有失诸位将军从前英勇忠义之名。即妖道虽然厉害,亦不过所仗邪术。自古邪不胜正,理之必然。本帅拟多备乌鸡黑犬血,于临阵时,妖道若再恃术,即将秽物喷去,或可破其邪术。诸位将军意下如何?"徐鸣皋等齐道:"末将等亦思如此,但未奉元帅之令,不敢擅自专主。今元帅虑及至此,末将等当谨遵钧命,准备与逆贼决一死战。但冀攻破南昌,早擒逆贼为幸。若久久不下,不但师老无名,且上遗宵旰①之忧,下累三军之苦,末将等亦所不愿也。"

王守仁大喜道:"诸位将军既有此忠义之心,真乃国家大幸!即烦将

---

① 宵旰(gàn)——多用以称庚帝王勤劳故事。

军等各命本营士卒,连夜在于就近乡村等处,多寻乌鸡、黑犬,万一寻找不出,准其备价向畜养之家购买,毋得强自搜索,致遗民怨。"各营士卒得了令,也就即刻出营,分往就近村落中寻找。到了天未黎明,各兵卒带了许多乌鸡、黑犬回来缴令。王守仁一见大喜,即命取了鸡犬血,又命人分贮喷筒之内,以便临阵时喷打出去,以破妖法。安排已定,王守仁又命众三军大家再养一日,将精锐养足,好去决战。众三军无不欢歌跳跃,擦掌摩拳,准备攻城擒贼。

过了一日,到了晚间,王守仁又传令出来,命各军四更造饭,五更出队。众三军奉了将令,哪敢怠慢,真是个个戎装扎束,只待将令一下,即便出队前往攻城。不一刻元帅令下,营门开处,金鼓齐鸣,炮响三声,一队队如熊如虎之师,直往南昌进发。

徐鸣皋先到南昌城下,即命排齐队伍,便自出马向城上讨战。这日却是布政使胡濂守城,当有守城贼兵飞报进去,胡濂闻言,当即上城朝外面一看,只见那二十余万雄兵,遮天盖地而来,声势好不可畏?又见徐鸣皋坐在马上,耀武扬威,骂不绝口,声称捉住宸濠,定然碎尸万段。胡濂哪敢怠慢,也就飞命守城官驰报进宫。宫门官闻报,也就即刻报知宸濠,请遣将出城迎敌。宸濠闻言,一面先派胡濂开城迎敌,一面飞命郏天庆即刻出城,又请非幻道人与余半仙观阵。

此时非幻道人早已得着了信息,宸濠的人尚未到,他已走了过来,因与宸濠道:"千岁不必惊疑,贫道已早算到今日王守仁欲带兵前来复战。王守仁今日不来,贫道明日也要请旨前去。难得他自来送死,免得贫道又费跋涉了。只此一番,定要将王守仁杀得个片甲不回。把徐鸣皋等那一起匹夫,个个杀得粉身碎骨,以报我师弟迷魂阵之仇,以为千岁长驱直入之地。便请千岁观阵,看贫道指挥三军便了。"宸濠大喜。即刻与非幻道人、余半仙上了坐骑,直朝城外而来。

且说徐鸣皋在城外骂阵,骂了一会,见城中并无贼将前来迎敌,正是焦躁不堪。却好大队已到,一字儿列成阵势。徐庆、一枝梅、狄洪道、罗季芳、徐寿、包行恭、周湘帆、王能、李武、卜大武、杨小舫等人也飞马到了阵上。只见徐鸣皋还在那里指着胡濂大骂不止,又见胡濂也在城上朝下骂道:"尔等众军休得威武,眼见得死在目前,尚不知觉,顷刻仙师一到,就要送尔等一起归阴。我虽有志归降,终不失封侯之位,何若尔等碎尸在野,碧血成河。抛父母而远离,弃妻孥而不顾。魂飞天外,磷磷秋草之场;魄散空中,渺渺无依之鬼。未免可惜。何事矫情? 岂如我等安富尊荣,家人团聚么?"胡濂正在城头上指着徐鸣皋等大骂,只见徐鸣皋一声大喝,将马一夹飞到城下,率领众三军并力攻城。正在激励三军,忽见胡濂应弦而倒。

　　不知胡濂被何人所射,究竟性命何如,且听下回分解。

# 第一百二十二回

## 擅绝技一箭射降贼　仗邪术二次败官军

　　话说胡濂正与徐鸣皋相对而骂，徐鸣皋听了他那一番无耻的话，直气得暴跳如雷，率领众兵丁冲杀过去，忽见胡濂应弦而倒。你道这是为何？原来徐庆在马上听见胡濂那一番话，也是气不可忍，当下拈弓搭箭，使出神箭手本领，飕的一箭射去，正中胡濂咽喉，应弦而倒，当即送命。徐鸣皋见胡濂被箭射倒下去，立刻催督三军奋力攻城。众兵卒正在猛攻之际，忽见城门开处，冲出一支兵来，为首贼将不是别人，正是邺天庆。徐鸣皋一见，更不答话，两下便厮杀起来。二人斗了有十余回合，徐庆在后见徐鸣皋战邺天庆不下，也就将马一夹飞出阵来夹击。邺天庆见有人来助战，他也抖擞精神独战二将，毫不畏惧。三个人杀作一团，两边鼓角齐鸣，喊声震地。

　　正杀得难解难分，忽又见非幻道人与余半仙从城里出来，非幻道人坐下梅花关鹿，手持宝剑，背系葫芦，一声说道："邺将军且暂息少时，待贫道处治这一起孽畜。"邺天庆闻言，即便虚晃一戟，退入阵后。非幻道人便向徐鸣皋等喝道："你等乳牙未长，胎毛未干，但知仗自己的武艺，违背天心，逆天行事。本师前者略施小技，即杀得尔等弃甲抛戈，逃走不及，也就该知本师的厉害，不敢再恃己能，前来争斗。你等乃妄自尊大，不识时务，复又胆敢将胡大人射死，种种逆天，实在罪无可逭。尔等休走，看本师的宝剑来了！"说着，即将手中剑向徐鸣皋砍下。

　　徐鸣皋急架相迎，还不见非幻道人动手，只见那口剑在空中飞舞。徐庆在后看徐鸣皋战非幻道人不过，也就赶杀上来。非幻道人见徐庆也来助战，只见非幻道人哈哈笑道："来得好，愈多愈妙，好让本师早些送尔等归阴。"说罢，喝一声："变！"只见那宝剑登时变了两口，朝着徐鸣皋、徐庆二人飞砍下来。一枝梅看得真切，也就从斜刺里向非幻道人杀去。非幻道人见一枝梅又来助战，复又一声道："疾！"那宝剑又变了一口，在半空中飞舞盘旋，有欲朝下砍之势。此时包行恭、狄洪道、周湘帆、罗季芳、王能、李武、卜大武、徐寿等人见了非幻道人如此邪术,也就合力齐冲出来,围住非幻道人厮杀。非幻道人见了众英雄齐来助战,将自己围在当中,他便大笑不止,口中说道:"尔等来全了么? 如未到齐,尚有几人? 可着令他赶速前来,好试本师的法宝。"说着复又一声道:"疾!"向那法宝说了两句:"速变! 速变! 快取首级见吾!"话犹未了,只见那宝剑一变两,两变三,三变四,顷刻之间,变了十几口出来,认定各人,一人一口,直朝下砍。

王守仁在阵上看得真切,说声:"不好!"当即喝令三军,将所有的喷筒一起将乌鸡黑犬血速速喷出。三军得令,立刻将乌鸡黑犬血喷打出来。说也奇怪,就这一阵乱喷乱打,那十几口宝剑竟是纷纷落了下来。众军近前一看,原来皆是些纸做成的。

徐鸣皋等一众英雄见非幻道人的飞剑已破,无不欢喜,更加并力围裹上来,恨不能立刻将非幻道人碎尸万段。此时非幻道人见自己的法术已破,便大怒道:"尔等敢破本师的法宝,今日不送尔等的性命,本师誓不回营!"徐鸣皋等一众英雄也就大怒,骂道:"好妖道,不知羞耻,敢将纸剑前来吓谁? 本将军等若不将尔这妖道擒住支解起来,也算不得本将军等的厉害!"一面说,一面你一枪、我一刀、他一槌、我一戟杀个不住。

贼阵上余半仙看见如此光景,恐怕非幻道人有失,也就大喊一声道:"师兄休得惊疑,我来助你!"说着,也即冲出阵来。包行恭、周湘帆正要去敌余半仙厮杀,忽见非幻道人将坐下梅花关鹿的头一拍,那梅花关鹿将口一张,登时从口中喷出烟来。那烟见风一吹,又变了许多烈烈烘烘一片通红的烈火,直朝徐鸣皋等卷烧过来。王守仁看见,说声:"不好!"又命众军齐将鸡犬血喷去,哪知已经喷尽,三军皆束手无策。只见那烈焰腾腾的火,趁着风威直卷过来,徐鸣皋等见事不妙,也只得抱头鼠窜,率领三军向本阵中奔逃,只听那一片喊哭之声,真是震动天地。

此时,王守仁也知道立脚不住,即命后队改前队,朝后速退。三军士卒真个是弃戈抛甲,各顾性命,朝后而逃。非幻道人还在后面督率着贼兵一路追杀。所有那些官兵,有的被火烧得焦头烂额的,有的自相践踏因而丧命的,有的被刀着枪杀死的,有的逃走不及跌倒下来被贼兵踏死的,有的被马冲倒死于马足的,就此一阵,官兵伤了有五六千人,真杀得血流成河,尸横遍野。王守仁直退至五十里扎寨。非幻道人见官军败走已远,方才收了火,鸣金收军。

宸濠在城头上看得亲切，好生欢喜。当即下了城来，一见非幻道人，即执手相谢，邀至城中，并马回去王府。此时众贼将皆来庆贺，宸濠即命大摆筵宴，犒赏三军。酒席中间，又向非幻道人说道："孤前次见仙师的宝剑被王守仁破去，徐鸣皋等一众狐群狗党围绕仙师乱杀起来，孤那时好不为仙师担忧！正要派郏天庆前去助战，已见余道友出去阵前。不知如何，瞥眼间仙师又行出那喷烟吐火的妙法，将王守仁等以及三军烧得个弃甲抛戈，舍命而走，这真是仙家妙法，奇术难知！王守仁叠败两阵，料他也该胆慑了。但不知仙师的宝剑何以为他等破去，这是什么道理？"非幻道人道："千岁有所不知，贫道所练的飞剑，本是仙家妙法，无论他有多少大将，可以取他性命。只有一件，不能经染秽物。一染秽物，立刻变成纸剑，纷纷落下尘地。今日阵上所以不能取他等性命者，恐怕王守仁暗用秽物，喷打出来，以致宝剑为他所破。是以贫道一见宝剑破去，不能取他等性命，只好另用他法，使贫道的坐骑喷出火来，将他三军烧得个焦头烂额，虽不使他片甲不回，我们也算大获全胜了。"

宸濠道："若非仙师协力帮助，妙术无边，又何能使王守仁大败而回，心惊胆落；徐鸣皋等抱头鼠窜，烂额焦头呢？孤只恨得遇仙师尚嫌稍晚！若早两年相遇，余道友固不致为什么七子十三生所败，而孤亦得横行于天下了。"非幻道人道："吾料王守仁经此一番大败，断不敢再来搦战了。贫道之意，乘他惊魂未定之时，今夜前去劫寨，只要将王守仁擒住，徐鸣皋等武艺虽是超群，既见主将为人所擒，哪有心不摇动之理？然后千岁再以甘言美语劝他归降，徐鸣皋等感千岁不杀之恩？念千岁招降之德，岂有不心悦而诚服，为千岁所有？千岁既得徐鸣皋等一干人众，然后再分兵各处，夺城争地，则大事定矣！"宸濠听了这番，好不欢喜。当下谢道："蒙仙师相助之力，孤若位登九五，定再大大加封，以酬相助之绩。"非幻道人道："贫道非敢望千岁赏赐，这不过上应天心，下舒民力，顺天而行耳。"一会儿酒席既定，宸濠即传出密令，分属各营今夜三更前去劫寨。贼兵将得了此令，自然预备起来，等到夜间好去劫寨。

且说王守仁退到五十里扎下营来，查点人马伤了一万有余。再看徐鸣皋等被火烧伤的甚伙，王守仁好生不乐。即命徐鸣皋等赶紧医治，等诸伤痊愈，再行计议进兵。徐鸣皋等亦只得遵命，赶为医治。但是，各人皆闷闷不乐，都道如此看来，这妖道如何制服？一枝梅道："除非玄裳子大师伯及众位师伯、师叔到来,方可破得这妖道。"徐庆道:"好在我伤势不重,明日回明了元帅,将我师父寻到,请他老人家用飞剑传书,将众位师伯、师叔请来灭这妖道,共擒叛王,以安社稷。"大家议论一番,看看已将天黑,于是众人也就预备安歇,忽见大帐前从半空中飞下一个人来。

欲知此人是谁,且听下回分解。

# 第一百二十三回

## 解药施丹救全军士　反风灭火败走妖人

话说徐鸣皋等正要预备去安歇，忽见大帐内从半空中落下一个人来，大家吓了一跳，群相喊道："拿刺客！"话犹未完，只见那人一声唤道："你等休得惊慌，特地前来救尔等性命。"徐鸣皋等一闻此言，大家近前一看，原来是傀儡生。此时众人欢喜无限，即刻上前给他施礼。

傀儡生道："诸位贤侄休得闹此浮文①，元帅现在哪里？速将我带领去见元帅，有大事商量，万不可迟。迟则全营的性命难保！"徐鸣皋等一听，知有异事，哪敢怠慢，当即先自进了后帐与王元帅禀明一切。

王元帅一听此言，即刻具了衣冠，升坐大帐，请傀儡生相见。由徐鸣皋出来将傀儡生迎入，王元帅降阶相迎。彼此相礼已毕，王元帅邀傀儡生上座，向傀儡生道："久闻仙师大名，如雷贯耳。今幸惠临见教，某有失迎迓，歉罪之至。"傀儡生亦谢道："贫道四海云游，迄无定止，久闻元帅忠义，亟欲趋教，以未得便，故尔来迟，实深抱歉。今者元帅为妖人非幻道人两番擅用邪术，致元帅大败至此，虽为妖人作恶众多，亦是众军等应遭此劫，元帅到不必过虑以后之事，所谓恶贯满盈，自难逃其法网。所虑者，顷刻间有一非常之变，元帅得毋知之乎？"

王守仁听了此言，登时大惊失色，避席而问曰："某不敏，不能察过去未来，乞仙师正告之。"傀儡生道："妖人将有劫寨之举，贼兵已在半途，若不赶紧预备，必有非常之变。"王元帅道："仙师何由得知？"傀儡生道："贫道路经此地，见逆贼宸濠宫中妖气甚旺，贫道即潜入宫中探听一番，哪知宸濠正与非幻道人在那里议论。非幻又劝宸濠出其不意，攻其不备，趁元帅惊魂未定之时，于今日三更前来劫寨。贫道一闻此言，知元帅必无防备，故特赶紧前来为元帅报信，望元帅急速准备，以救三军性命。"

王守仁一闻此言，更是大惊失色。道："诸将受伤，三军疲困，以言御

---

① 浮文——繁琐虚空的礼节。

敌,万万不能,似此如之奈何? 尚望仙师悯诸将之颠危,救三军之性命,为某亟思良策,以御贼氛。不独某感激无穷,即众三军亦衔感再生之德了。"傀儡生道:"元帅勿忧,贫道设法以御之。但是孤掌难鸣,必借诸位将军之力。"王守仁道:"诸将甫受重伤,尚未痊愈,如何抵敌呢?"傀儡生道:"是不难。诸位将军所受之伤,无非为妖火所炽,贫道有药可治。但即请传诸位将军到帐,俟贫道一一治之,包管立时无恙。虽冲锋陷阵,执锐披坚,不难也。"

王守仁听说大喜,即刻将受伤诸将士传齐,进入大帐。傀儡生先将诸将细看一遍,分别受伤轻重,然后在腰间取出一个葫芦,倾出二三粒丹药,命人取了清水,将丹药和开,与诸将士分别敷上。果然,顷刻间生肌长肉,登时痊愈。诸将伤势已痊,便请王守仁发令,四面埋伏,以待贼军前来劫寨。

王守仁当下便命徐鸣皋、徐庆、王能带领兵卒,在着大营左边埋伏;一枝梅、周湘帆、李武带领兵卒,在于大营右边埋伏;徐寿、包行恭、杨小舫带领兵卒,在于营后埋伏;狄洪道、罗季芳、卜大武带领兵卒,往来接应。诸将得令而去,王守仁与傀儡生坐守大营,以待动静。吩咐已毕,看看将近三更,并无动静。王守仁正在疑惑。贼兵既来劫寨,何以到此时仍无消息? 正疑虑间,忽闻金鼓喧天,喊声震地。那一片喊杀之声,真个如地裂山崩相似。傀儡生道:"元帅信否? 若非先事预防,这亿万生灵,定要遭此涂炭了。"王守仁道:"三军之所以不遭此厄者,皆仙师仁慈所赐也!"

且说非幻道人督率邺天庆及偏裨牙将,带领众贼兵衔枚疾走来到大营,以为王守仁当惊魂甫定之余,将士败亡之后,必然计不及此,预为防备。邺天庆一马当先,冲入营内,才进了营门,只见灯火通明,旌旗环列,知道有了准备,当即回马便走。尚未走出,忽听一声炮响,左边徐鸣皋、徐庆、王能杀出,右边一枝梅、周湘帆、李武杀出,当即将邺天庆围在当中,奋力厮杀。邺天庆也就抖擞雄威,力敌六将,左冲右突,预备杀出重围。哪知他本领虽然高强,怎奈寡不敌众,怎禁得六将降龙伏虎的生力军,围住他一人死斗,看看已力不能敌,居心望非幻道人前来接应。

哪知非幻道人在后面押着队伍,以为邺天庆必然杀入官军大寨,将官军杀得马仰人翻,正拟往前助战,以期一战成功。哪知狄洪道、罗季芳、卜大武三人闻得贼兵已到,他便出兵前来接应,却好遇见非幻道人率领贼众向大营驰往。狄洪道等当即上前截杀，将贼兵冲为两截，死命力斗，不容非幻道人进前。此时非幻道人也不敢遽行妖法，唯恐有伤自家兵将，因此只与狄洪道等并力战斗，又不能直冲进前，虽然狄洪道等胜他不过，他却也不能取胜于人。

那里郝大庆被徐鸣皋等六人围在核心，冲杀不出，急望后队的兵前来接应，却又不见前来，好容易将王能刺伤一戟，这才舍命冲出，逃入后队。哪知才到后队，只见非幻道人也被官兵围在那里厮杀。郝天庆一见，朝非幻道人大声喊道："还不快走，等到何时！今番上了你的当了！"非幻道人正与狄洪道等力战，不分胜负，一见郝天庆大败出来，又听他说上了你的当这一句话，非幻道人好不惭愧，因此恼羞变怒。又见徐鸣皋等随后紧紧追来，若再不行妖法，更要大败而回，因此也顾不得伤及自家人马，只得将坐下梅花关鹿头一拍，登时鹿嘴一张，喷出烟来，一霎时变成烈火，直朝官军队里烧去。那些官军于日间经过厉害的，谁人不怕？就便徐鸣皋等也知道火势甚猛，身上的伤痕才经傀儡生治好，今又烧来，也是栗栗危惧。因此官兵官将又是抱头鼠窜，朝本营中乱逃。非幻道人见官军已退，即便催督郝天庆率领众贼将兵卒反杀过去，那一片喊杀之声，更加惊天动地。

傀儡生正在帐中与王守仁议论幻非道人的妖法，忽见营外烟雾迷漫，一霎时红光照耀，又听那一片喊杀之声震动天地，知道又是妖人作法，说声："不好！"也来不及与王守仁说明，当即出了大帐，将手中的宝剑向空中一放，口中说道："宝剑，宝剑，将这一片妖氛扫回贼队，使他自烧其身，毋得有误！"傀儡生说罢，那宝剑果然在半空中飞舞了一回，登时一道白光如一条白龙相似，飞出营外，竟将那一派妖火扫了回去。

非幻道人正督率贼将郝天庆催赶官兵官将杀入大营，忽见一阵狂风向本队卷来，接着那一片烈火亦向本队中烧来，非幻道人好生诧异。当下一面传令，命所有贼众休得赶杀，速速收队。一面念念有词，收那妖火。哪知贼众正赶得高兴，非幻道人虽然传令收队，怎奈众贼军不及收兵，只顾迎着火光赶杀过去。非幻道人即便收火，哪知再念真言，火也收不回来。众贼军正朝前发，忽见那些烈火向本阵中烧到，在先传令收兵，众贼军不闻不见，现在不等传令，大家惊扰起来，高声喊道："我们快走呀，火烧过来了！"一面说，一面跑，互相践踏，死者不计其数。非幻道人见妖火收不回来，也就着急，若再等片刻，本队的兵卒就要烧死尽净了，因此只得将葫芦盖揭开,口中念念有词,喝声道:"疾!"即将葫芦一阵倾倒,立刻狂风大作,大雨倾盆,才算将这一派烈火灭息。官军队里见妖火烧过去,知道有人破了妖道的法,也就掩杀过来,紧紧追赶,因此杀死贼兵亦不计其数。直至狂风大作,大雨倾盆,这才收兵不赶。算是到南昌打了两仗,今夜才大获全胜。然而兵卒死伤者,亦复不少。非幻道人见大雨灭了火,却不敢再去追杀,只得收兵回南昌,再作计议。

宸濠正在城里盼望信息,满望这一路而来到王守仁的大营,杀个净绝。哪知正望之际,忽有探事报了进来,口中称:"千岁不好!非幻仙师杀得大败而回,众兵将死伤甚多。非幻仙师现在已经率领众兵卒回城了。"宸濠闻言,好生烦恼。却好非幻道人与邬天庆已进入宫中,邬天庆当下给宸濠请罪。

不知邬天庆果得问罪么?且听下回分解。

# 第一百二十四回

## 非幻妖召神劫大寨　傀儡生遗法代官兵

话说郓天庆向宸濠请罪，非幻道人亦向宸濠道歉，宸濠当下便向二人说道："胜负乃兵家之常，今虽败了一阵，已胜他两阵，也算抵得过来。尚望仙师不可灰心，努力向前，以助孤家共成大事。"非幻道："贫道料定王守仁绝无准备，才敢决计前去，不知如何，他已经防备起来，这也罢了！他虽有防备在先，并未大败，后来贫道放火烧他，已将那些官军烧得抱头鼠窜，败将下去，不知又如何会反转风头，将火卷入本阵，烧了过来，因此本队三军见了烈火烧身，这才败将下来，自相践踏，死者甚众。幸亏贫道见景赶着用法下了一场大雨，才算将火灭了，救得三军回城。吾料王守仁必无此等法力，能反风卷火，其中定然有了妖人相助于他。明日到要细细打听出来，究竟何人相助，破贫道的法术。"宸濠一闻此言，心下早料到八分，定是破迷魂阵的那一起人。当下向余七问道："莫非还是前者破道友大阵的哪一班人么？"余七道："只须明日细细打听，便知明白了。"说罢，大家便去歇息。

到了明日，宸濠派了细探打听出来，果然是大破迷魂阵内的人，宸濠因也颇为思虑，当下便着人将非幻道人及余七请来议道："孤今日派人前去打听，顷据回报，说是唤作什么傀儡生，孤想这傀儡生颇为厉害，法术也甚高强，当得如何除却此人才好。"非幻道人道："千岁勿忧，前日贫道所以猝败者，以其不知为何如人，并未料及至此，以至始有此败。今既知是傀儡生，非是贫道夸口，只须略施小计，不用一人，不发一卒，包管将他一座大营，连同傀儡生，一起置之死地，以助千岁成功便了。"宸濠道："据仙师所云，岂有不用一人，不发一卒，就可将官兵二十万众置之死地？孤窃有所疑焉！"非幻道："千岁勿疑，但请派人于僻静处所，赶速搭一高台，以便贫道上台作法。三日之内，若不将王守仁的大营踏为平地，贫道愿甘军法便了。"宸濠闻言大喜，当即命人于僻静处所赶筑高台，以便非幻道人作法。暂且不表。

　　且说徐鸣皋等收兵回营，算是大获全胜。王守仁当即慰劳了一番，又谢了傀儡生相助之力。傀儡生复又说道："贫道尚有他事去往天台一游，三日之内尚有一番惊恐，却不妨事。今有小瓶一个留下，等到第三日夜间初更时分，可将这瓶塞拔去，将里面的物件倾倒出来，洒在大营四面，元帅可即拔队速退驻扎吉安府界，然后再徐图进兵，方保无事。不然，恐有大难。随后遇有急事，贫道再来便了。"王守仁还欲相留，傀儡生道："元帅不必拘执，依贫道所说办理，自无贻误。"

　　徐鸣皋在旁说道："师伯云游四海，无所定止，此间若遇大事，欲寻师伯，急切难求。可否请师伯将这宝剑寄存小侄这里，遇有急难，便可飞剑传书，请师伯驾临，以解其危，可以诛贼众了。"傀儡生闻言，因道："也罢，我便将这宝剑留下。贤侄等切不可轻易使用，必须要到万分无法之时，方可使用一回，使他传书于我。"徐鸣皋唯唯听命。傀儡生当将宝剑留下，告辞而去。王守仁等将他送出营门，正要与他揖别，登时不知去向，王守仁羡叹不已。

　　看官，你道傀儡生这宝剑既留下来，他自己哪里还有防身的物件呢？诸君有所不知，这留下的宝剑却是有形无精，他自己还有一口剑丸，那才是精灵俱备的。那剑丸他如何肯留下来，即便他留下，旁人也不能使用。这留下的难道真个会传书么？不过欲坚王守仁的心，免得纠缠不已，所以才留下来，就便徐鸣皋等也不知道他是这个用意。

　　闲话休表。且说宸濠命人将高台筑成，非幻道人先到台上看了一回，然后又命人在台下设了香案，自己又取出一面柳木令牌，排在案上。见他每日上台三次，下台三次。凡上台一次，必须手执宝剑踏罡步斗，口中念念有词，也不知道他所为何事。到了第三日晚间，将有初更时分，即请宸濠与余七同上高台，看他行法。宸濠大喜，随即同上台来。只见他仗剑在手，口中先念了一回，然后将案上那块柳木令牌取在手中，向案一拍，一声喝道："值日神何在？速听法旨！"一声道毕，但见风声过处，从半空中落下一位金甲神来，向案前立定，向非幻道人唱了个诺。随即说道："法官呼召小神，有何差遣？"非幻道人道："只因王守仁不识天时，妄自兴兵犯境，特地呼召吾神，速即传齐十万天兵天将，前往王守仁大营；将他的所有人马，一起灭尽。速来缴旨，不得有误！"非幻道人说罢，那金甲神说了一声："领法旨！"登时化阵清风而去。非幻道人又向宸濠说道："哪怕傀儡生武艺高强,王守仁兵精将勇,就此一番,也要将他踏为平地了。"说罢,便与宸濠、余七下台而去,只等三更以后,再行上台退神。

　　再说王守仁自傀儡生走后,光阴迅速,看看已到了第三日。这日早间,即命各营三军,预备拔队退守吉安。众三军不知是何缘故,却也不敢动问,只得大家预备起来,到了晚间初更时分,徐鸣皋即将傀儡生留下的那个小瓶将塞子拔去,把瓶内的物件倾倒出来,倒在手中一看,原来是些碎草以及小红豆。徐鸣皋看了,颇为称异,暗道:"这些草豆有何用处,难道他能变作兵马么?且不管他。"当下即将这碎草、小红豆儿在于大营周围一带,四面八方撒了下去,然后禀明王守仁拔队。王元帅一声传令,当下众三军即拔队退走吉安。

　　走未移时,只听后面扎营的那个地方,人喊马嘶,有如数十万人马在那里厮杀。你道这是何故,原来非幻道人遣了天神天将去平王守仁的大寨,哪知这些神将到了那里,并不知王守仁已经拔队退走,只见还是一座大营,内藏无数兵马,当下便冲杀进去。那大营内的兵马,一见有人踹进大营,也就各人奋勇争先,向前迎敌,所以闻得厮杀之声。但见王守仁既将大营撤退,这些兵马又从何处而来呢?原来,就是傀儡生留下的那个瓶子内许多碎草、红豆变成的。尝闻人说撒豆成兵,即此之谓。哪知天神天将与那些碎草、红豆变成的人马厮杀了一夜,直杀到四更时分,竟把些假人马杀得干干净净,才回去缴旨。

　　非幻道人到了三更时分,也就与宸濠上台,专等金甲神回来缴令。到了四更光景,金甲神果然翩然而来,在案前打了个稽首,口中说道:"顷奉法官法旨,已将大营内人马杀尽,特地前来缴旨。"非幻道人听说,当即念了退神咒,金甲神这才退去。非幻道人又与宸濠说道:"千岁可以从此无虑矣!率领大兵长驱直进,以成大事便了。"宸濠也是大喜。当下大家下台,各去安歇。

　　次日,又大摆筵宴,庆贺大功。酒席之间,李自然在旁说道:"既是非幻仙师昨夜将王守仁的大营踏为平地,谅来定是尸横遍野,血流成河,千岁何不派一队兵卒,到那里将这些死尸掩埋起来,免得暴露,也是千岁泽及枯骨的道理。而况千岁所恨者,只王守仁匹夫与那徐鸣皋等人,众三军之士,皆与千岁毫无仇隙,今者同罹①于难,亦未免可怜。将他等枯骨掩埋起来,就是那亿万孤魂,也要感千岁之德于地下的。但不知千岁意下如何?"宸濠道:"军师之言正合孤意,孤即派队前去掩埋便了。"当下即传令下去,着令牙将丁人虎带同兵卒五百名,速去掩埋已死官兵的枯骨。

丁人虎奉令以后,也就即刻督队前往。走到那里四处一看,哪有一个死尸,并无尸首。丁人虎好生诧异,随即在附近寻了两个土人问明一切,才知道王守仁早已撤队退下。丁人虎闻说大惊,即刻收队赶回南昌,去见宸濠与非幻道人,细禀各节。

欲知宸濠与非幻道人听了此言毕竟如何惊恐,更想出什么法来,且听下回分解。

------

① 罹(lí)——遭遇,遭受。

# 第一百二十五回

## 丁人虎面禀细根由　王守仁预设反间计

话说丁人虎回到城中,将队伍安排已定,便至王府复命。宸濠一听丁人虎回来,即命他进见。丁人虎赶至殿前,见宸濠与非幻道人、余七、李自然、李士宝、刘养正等在那里饮酒。丁人虎给(代)宸濠参见已毕,侍立一旁,宸濠便问道:"尔将尸骸掩埋清楚了?"丁人虎道:"禀千岁,不曾掩埋。"宸濠道:"孤家派尔去作何事? 为什么不掩埋呢?"丁人虎道:"并无一具尸骸,使末将如何埋法?"宸濠听了这句话,就有些疑惑起来,因怒道:"汝那里如何糊涂,上日经天兵天将杀了一夜,将王守仁一座大营、二十万雄兵全行杀戮殆尽,怎么没有一具尸骸? 这定是尔偷懒不曾前去,回来慌报。速速从实招来!"

丁人虎道:"千岁且请息怒,末将既奉千岁之命,焉敢不去,谎言禀报。千岁在上,末将有言容禀。"宸濠道:"既有话,快快说来! 为什么如此碍口?"丁人虎道:"末将所以不敢奏禀者,恐触千岁之怒,恐贻非幻道人之羞。既千岁要末将从实禀陈,尚望千岁勿怒。只因末将带领兵队前去,到了那里,不但不见大营,连一具死尸也瞧不见,心下颇为疑惑,暗道:难道这里非是王守仁扎营的所在么? 当下便寻问土人,旋据土人说道:'这所在正是王元帅扎营的地方。'末将又问土人道:'既是王守仁在此扎营,为何不见他一兵一卒呢?'土人道:'王元帅早拔队走了。'末将更是惊疑,因又问他何时走的? 土人道:'是前夜初更时分拔队,闻说退守吉安,避什么妖法,恐怕三军受害。还有一件奇事:王元帅拔队未有一会,约到二更时分,只听得半空中有千军万马厮杀之声,斗了有两个更次,方才平静。那时只以为王元帅与敌人开仗,及至明日起来,方知王元帅早已退去,不知道夜间那一片喊杀之声是从何处来的。'末将听了此言,因才悟道王守仁的大营早已退去,自然是没有尸骸了,因此才回来复命。"

宸濠听了这番话,直吓得坐立不定,神魂出窍。再看非幻道人,也是目瞪口呆,坐在那里一言不发。宸濠因问非幻道人道:"仙师,这真可奇怪了！前夜孤亲眼见仙师遣神召将，分明那金甲神遵旨而去，凡人或者说谎，神将断无谎言，而况据土人所说，闻得人喊马嘶，厮杀了半夜，这更是的确有据。既然杀了半夜，又何以没有一具尸骸？既是王守仁退走吉安，又何以有人厮杀？这可真令人难解了！"这一番话，把个非幻道人问得目瞪口呆，一句话也回答不出，只见他面红过耳，羞愧难禁。

还是李自然在旁说道："在某的愚见，那傀儡生亦复不弱，莫非此事早为傀儡生知道，预令王守仁先期逃避？再施用法术，无非为李代桃僵之计。天兵天将只知逢人便杀，断不料是傀儡生暗用替代，所以厮杀了半夜，等将假变的兵马杀完，然后便来缴旨。这事须要探听实在的，千岁可一面命人前往吉安打听王守仁是否驻扎该处，一面使人仍到王守仁原扎大营的所在，就地细寻有什么可异之物，寻些回来，便知明白了。"宸濠听了李自然一番话，也甚有理，当下仍命丁人虎前往王守仁原扎大营之处，细寻可疑之物；又差细作前赴吉安，打听王守仁消息。

两路的人皆奉命而去。这里宸濠又朝非幻道人说道："若果如李军师所言，王守仁那里有此等异人保护于他，更使孤晓夜不安了。但不知仙师尚有何法，可将傀儡生擒来、王守仁捉住呢？"非幻道人此时也不敢过于满口答应，只得说道："岂无妙法，容贫道细意商量便了。"余七在旁又复进言说道："千岁勿忧，非幻师兄定有妙策，务要将傀儡生制服过来，方雪今日之耻。且等吉安打听的人回来，再作计议便了。"宸濠也是无法，只得答应。

正要大家各散，忽见值日官报进来："今有雷将军差人前来报捷，已于三月初六得了九江。"宸濠闻报，不觉转忧为喜，当命将来人带进问话。值殿官答应出去，即刻将来人带进，原来是个旗牌。那旗牌走至殿前，先行跪下，给宸濠磕了头。宸濠便问道："雷将军何时攻破九江，汝可从实说来。"那旗牌道："雷将军自从在南昌拔队以后，即星夜间道驰往。三月初五夜行抵九江，并未安营，连夜便去攻打。九江府虽有防备，怎奈兵力不厚，我军攻打甚急，直至次日午后，九江城坚守不住，被我军攻打开来。当即进城寻找知府，也已自刎身亡。所有在城各官，逃走殆尽，并无一个归降。现在雷将军安民已毕，又于该城中举出一个举人，名唤徐国栋，权篆知府印务。又留了两名牙将，相助徐国栋理事。现下已带领人马进围安庆去了。雷将军怕千岁忧烦，特命旗牌回来报捷的。"

宸濠听了这番话大喜。当下命旗牌退去，又向众人说道："九江既得，安庆亦可顺流而下了。只要将安庆再得过来，孤便可督兵东下了。"刘养正道："此皆千岁的洪福，九江不失一人，不折一矢，唾手而得，真是可喜可贺！"宸濠道："但愿以下诸城皆如此易易，孤便高枕无忧矣！"说罢，大家退去。

且说王守仁大队退至吉安，当下扎定营寨，正是忧心如焚，仍拟进兵攻打。忽见探马报进营来，说是九江失守，被贼将雷大春于三月初六日攻破。知府魏荣章自刎身亡，在城各官逃亡殆尽。王守仁一听此言，好生忧虑。一面打发探子出去再探，一面着人去请吉安府知府伍定谋前来议事。

一会儿，伍知府到来，王守仁接入大帐，分宾主坐定。伍定谋开口问道："大人呼唤卑府，有何见谕？"王守仁道："方才探子报来，九江府于三月初六日被贼将雷大春攻破，知府魏荣章自刎身亡。逆贼如此猖獗，已成蔓延之势。九江既失，必然进攻安庆，若安庆再一失守，该贼必顺流东下，以取金陵，这便如何是好？贵府身膺民社，也是朝廷重臣，尚有何策，某当得闻教，以启愚蒙。"伍定谋道："大人说哪里话来，以大人掌握雄兵猛将，名将谋士如雨，卑府有何知识，可以设筹，还求大人以运筹帷幄之功，定决胜疆场之策。早擒逆贼，上分宵旰之忧；即率雄师，下保生灵之苦。则天下幸甚！朝廷幸甚！"王元帅道："贵府未免太谦了，但某有一计在此，与贵府商量，不知尚堪试用否？"伍定谋道："大人既有妙策，卑府愿闻。"

王守仁道："某拟以反间计，促令逆贼即速东下。一面再从间谍泄之，逆濠必不敢出。或即不疑而去，必率全师以行。若果如此，南昌必致空虚，然后出奇兵先袭南昌，断彼归路。彼闻南昌既失，轻重悉具于此，彼必回军力争。一面再出轻锐，间道抄出逆贼之后，夹击过来，使他腹背受敌。似乎有此一举，该逆当无所施其伎俩矣！不识贵府以为然否？"伍定谋道："大人识高见远，非如此不足以制服逆濠。"王守仁道："虽然如此，某所可虑者，兵不足耳！以某现统之兵，不下十数万，合全力以攻南昌，似乎不致见弱，而抄出逆濠之后这一路兵，就分不出来。若以我军分道而进，又未能以厚兵力，则便如之奈何！现在当先将这路兵筹画出来，然后我军攻其前，奇兵击其后，方可设策不虚。不然，亦纸上论兵，徒托空言而已！"

伍定谋听了这番话，沉吟良久，因道："大人何不学陈琳，草檄召取天下诸侯,共起义兵以讨逆贼呢?"王守仁被伍定谋这句话提醒过来,当下说道:"微贵府言几使某梦梦如睡矣! 这檄召诸侯,共诛逆贼,真是大妙! 大妙! 某行营无笔札之辈,某亦意乱心烦,不堪握管。贵府珠玑满腹,下笔千言,敢烦即日作成,饬人传送,庶义旗之举,不越崇朝;讨贼之兵,即成旦暮了。"伍定谋道:"卑府才识浅短,何能扛此椽笔①,还求大人主稿为是。"

不知王守仁能否答应,且听下回分解。

———————————

① 椽(chuán)笔——《晋书·王珣传》:"珣梦人以大笔如椽与之,既觉,语人曰:'此当有大手笔事。'俄而帝崩,哀册谥议,皆珣所草。"后用以称颂他人文字,犹言大笔。

# 第一百二十六回

## 王元帅移檄召诸侯　众官军黑夜劫贼寨

话说王守仁见吉安府伍定谋推辞不肯作檄文，复又说道："贵府不必坚辞，某实因意乱心烦，不堪握笔，还请贵府代为书就便了。"伍定谋见王守仁一再谆谆，只得答应。当即告辞出来，回到自己衙门，立刻就作成一篇草檄，命人驰送大营，与王元帅观看。王守仁看了一遍，觉得言简意赅，甚是切当，也就仍命原差带回，属令赶速分缮，即日飞传出去。那原差将草檄带回，面与伍定谋，说明一切。伍定谋却也不敢怠慢，就立刻分派抄胥手抄缮了数十章，交付驿差，星夜驰送各处。暂且不表。

再说宸濠自派丁人虎到王守仁原扎大营的地方查检可疑之物，丁人虎查明之后，仍回南昌禀复，宸濠当命丁人虎进去。丁人虎见了宸濠，即呈上一包物件。宸濠打开一看，原来是一包红豆与碎草。当下问道："这就是可异之物么？"丁人虎道："在平时原不足异，但据土人细说，该处向无此物，自那夜闻得半空中厮杀之后，次日一早见遍地俱是碎草、红豆，方圆十里，无处无之。末将听了此言，才将此物带回，进呈千岁，以便老脸①。"

宸濠听了这番话，当命人将非幻道人及余七、李自然等传来，给大家细看。众人看视一遍，不知是何用意。只有非幻道人与余七说道："启千岁，贫道竟为傀儡生这妖孽所愚了！原来他用的是撒豆成兵、剪草为马之法。所以天兵天将但知该处有了人马，便上前厮杀起来，却被王守仁逃了此难。今既为贫道识破，傀儡生所仗者不过如此。他既会用，难道贫道不会破么？千岁但请放心。王守仁既在吉安，贫道当请千岁拨一旅之师，与余师弟二人前去，总要将王守仁置之死地、傀儡生送了性命，贫道方肯罢休！设或不然，贫道自己当提头来见！"

宸濠道："仙师虽抱奋勇，但不知需兵几何？"非幻道人道："千岁能拨

---

① 老脸——厚脸皮。

兵三千付贫道前往,足矣。"宸濠道:"王守仁有二十万雄兵,十数员猛将,仙师只以三千与之对敌,无乃不易乎?"非幻道人道:"千岁勿忧。王守仁虽有雄兵二十万,可不能敌贫道精锐三千。"余七在旁也道:"千岁这倒可以不必虑得,常言道:兵在精而不在多,只要精锐,何必徒多。而况非幻师兄又广通神术,万一不足,就是他那背上葫芦内,尚有十万雄兵。贫道虽不能如非幻师法术精明,神通广大,就以贫道一人,也可敌他些兵将的。"宸濠道:"但愿两位师父言副其实,则便是孤之大幸了!所要精兵三千,孤当照拨。即派丁人虎为两位仙师前部先锋何如?"非幻道人道:"若再以丁将军与贫道随行,那更万无一失了。"

宸濠道:"但不知二位仙师何日起行呢?"非幻道人道:"明日是个最吉的日期,出兵是大吉大利。就是明日拔队前行,千岁可即传命出去。"宸濠答应,当即传了令。丁人虎奉令之下,也就预备起来。到了次日,非幻道人与余七、丁人虎,并有七八名褊裨牙将,带了三千精锐的贼兵,辞别宸濠,直往吉安进发。早有王守仁那里的细作探听清楚,也就飞马驰往吉安,报入大营去了。

王守仁得着这个消息,心下暗喜道:"这两个妖道既然带兵前来,南昌必然空虚,宸濠也就无所倚恃。我何不即日分兵间道绕出吉安,却攻南昌。然后再如此如此,虽未必就能擒住宸濠,也使他畏首畏尾,而且分他的贼势,有何不可。"主意想定,当即命一枝梅、徐寿、周湘帆、杨小舫四人挑选精锐一万,间道绕出吉安,连夜趱程前进去攻南昌。若南昌攻打得下更好,设若不能,可急急分兵一半,去袭九江。以一半虚张声势,日夜攻打。只要得九江克复之信,南昌之兵便即出其不意,立刻撤退,进驱下流,与九江之兵合在一处,进援安庆。但贵神速,不可迟延。

众将得令,正欲退出,王守仁又将一枝梅喊到面前,附耳吩咐道:"将军未至南昌,可先入宸濠宫内打听刘养正住在何处,可如此如此。本帅并有书一封,与将军带去,到了那里,将此书遗下。行事已毕,然后再往南昌城中布散谣言,不可有误。"一枝梅答应,当下先行退出,在大营内挑选了一万精兵,然后又至大帐取了书信,贴肉藏好,方才与周湘帆、杨小舫、徐寿三人一同拔队前进。

话分两头。且说非幻道人与余七、丁人虎带领三千精锐,日夜兼程趱赶,朝吉安进发。不到数日已到。当下择地安扎营寨,与王守仁大营相隔不过十数里远近，暂且休歇一日。此时王守仁早已得着信息，因密传徐鸣皋等进帐议道："今日妖道非幻道人与余七带兵已到。本帅之意，趁他安营未定，又兼他兵卒远来疲惫，今夜等前去劫寨，先挫他的锐气。何如？"徐鸣皋等答道："末将等当遵元帅吩咐。"王守仁大喜，当下向徐鸣皋道："徐将军可带精锐二千进攻贼寨中营；徐庆可带精锐二千进攻贼寨左营；包行恭可带精锐二千，进攻贼寨右营；狄洪道、王能、李武可带精锐二千抄至贼寨背后，进攻前寨；卜大武、罗季芳各带精锐一千，往来接应。但须多带乌鸡黑犬血，若鸡犬血措备不及，即多带乌秽之物，以防邪术。诸位将军可于初更造饭饱餐，二更出队，务要衔枚疾走。三更一起杀入贼寨，不可有误！"诸将答应，当即退出大帐。

到了午后，忽见辕门官拿进一封战书来，王守仁一看，原来是非幻道人约他明日出战。王守仁看毕，正中己意，暗道："他既打下战书，约定明日开战，他今夜必无准备。我即批准打回，也约明日开仗。他见了我批准明日，他便更外不疑了。我却阴①去劫寨，先发制人，有何不可！"当下将战书批准，仍着原人带回。

王守仁又将徐鸣皋等传进帐来，告知他们批准战书的话。徐鸣皋道："元帅此举，正所谓以安其心。他既不疑，即便无备。我军就乘此出其不意，攻其无备，大获全胜必矣。"王元帅大喜。徐鸣皋等也就退出大帐，各去准备。到了初更时分，大帐内传出号令：命各营即刻造饭饱餐。众三军一闻此令，也就将饭造起来，一会儿饱餐已毕。大帐内又传出令来：命各营预备出队。众三军哪敢怠慢，即将置备的乌鸡黑狗血喷筒及一切污秽之物全行带在身边，以便随时应用。到了二更时分，大帐内又传出令来：命各营一起出队。徐鸣皋等一闻此令，也就即刻披挂上马，督率所有精锐，各黑带灯球、火把，人衔枚、马疾走出了大营，直朝贼寨进发。

不到半个更次，已经到了贼寨。当下各兵卒取出火种，将所有灯球、火把一律点得通明，如同白昼一般，呐喊一声，几如天崩地蹋。徐鸣皋向中营杀人，徐庆向左营杀人，包行恭向右营杀人，狄洪道、王能、李武从贼寨背后杀人，那一片喊杀之声，真是山摇岳撼。原来，贼营是分中、左、右三个大寨，中营是非幻道人驻扎，左营是余半仙，右营是丁人虎。

---

①　阴——这里即"暗中"、"偷偷"意。

　　且说非幻道人在中营内正自安歇,甫经睡着,一闻这一片喊杀之声,知道官军前来劫寨,当即爬起来,寻了宝剑,提了葫芦,走出大帐,徐鸣皋已经杀到。非幻道人一见徐鸣皋破口大骂:"无知的小卒,失信的匹夫!尔家王守仁既已约定本帅明日开战,为何今夜前来劫寨? 如此行为,岂是大元帅所当作! 尔往那里走,看本帅的宝剑!"说着一剑飞来。徐鸣皋一面招架,一面破口大骂。两人正在酣战之际,狄洪道、王能、李武也从寨后冲杀过来,一见非幻道人与徐鸣皋在那里力战,狄洪道一声喝道:"好大胆妖道,还不快快受缚! 等到何时?!"说着,就一刀认定非幻道人砍到。接着王能、李武也夹击过来。

　　毕竟胜负如何,且听下回分解。

# 第一百二十七回

## 众英雄大破非幻寨　一枝梅夜入南昌城

话说徐鸣皋、狄洪道、王能、李武四人夹击非幻道人,好一场恶战。非幻道人见势不好,即将手中宝剑祭在空中,准备以飞剑来伤徐鸣皋等人。哪知李武瞥眼看见,当即向旁一退,在身旁取出乌鸡黑犬血的喷筒,将秽血喷出来。说也奇怪,非幻道人的宝剑顷刻就落将下来。非幻一见破了自己的法术,知道不好,当即想逃。徐鸣皋等人哪里肯将他放走,团团围住他厮杀。非幻道人见势不好,暗道:若不再放宝贝赢(寻)他,我却难保性命。立刻就将葫芦盖揭开,口中念念有词,左手在葫芦上一击,喝声道:"疾!"登时狂风大作,走石飞沙,将众三军手内点的灯球、火把全行吹灭。

众三军知道他又用妖法,也就赶着将鸡犬血取出,尽力喷去。哪知这狂风着了鸡犬血,又复散去,登时沙平风息,仍如从前一般。徐鸣皋等好不欢喜。大家又各显神威,并力杀去,却不见了非幻道人的所在。却又遍地漆黑,不敢乱杀上前,唯恐伤及自家兵马。只得喝一声:"众三军且杀出寨去再说。"三军一闻此言,登时又复杀出来。才走出贼营,却好卜大武、罗季芳的接应兵到,都是灯球、火把,照耀如同白日。徐鸣皋就命人借了他的火种,又将自己所带的灯球、火把点了起来,后又杀入进去,寻找非幻道人。寻了一回,仍然不见,于是又复杀出。就此一出一入,进去出来,可怜这本寨的那些贼兵,中刀着枪者不计其数。

徐鸣皋等二次仍杀出贼寨,可巧包行恭从右寨内杀到,只见他骑在马上,手携一颗首级,飞马而来,一见徐鸣皋等大声唤道:"徐大哥,尔们才把妖道捉住不成? 小弟已将丁人虎杀了,首级在我手内。"徐鸣皋应道:"妖道被他逃走去了,我们现在可合兵一处,杀入左寨,去寻余七那妖道去罢!"包行恭答应,当下杀往左寨而来。

才到营门,只见徐庆还在那里与余七厮杀。徐鸣皋一声喝道:"不要放走了这妖道! 我们大家来也!"徐庆一见徐鸣皋等一起杀来,好不欢喜,立刻精神陡长十倍,刀起处,认定余七前后左右砍来。余七到了此时,也就惊慌无地，又不见接应兵到，更要不知中、右两营如何，只得勉力支持。想要逃脱，又被徐庆等众人围得铁桶一般，插翅也飞不出去。若要作那妖法，怎奈一些空儿没有，连招架的工夫还来不及，哪里还能作法。正在危急之际，忽见非幻道人从斜刺里杀到。

狄洪道一见非幻，即刻舍了余七，登时朝非幻道人杀来。非幻道人此时又不知在哪里寻到一口宝剑，也就与徐庆复杀起来。余七见有非幻来助，当下把个心放了些下来。狄洪道接着非幻道人又厮杀一阵，非幻道人暗想：我辈总是个寡不敌众，不如用些法儿，先将此人退去，然后才能去救我师弟。主意已定，即将手内的剑向狄洪道一指，喝声道："疾！"只见一道白光，认定狄洪道眼中射去。狄洪道说声："不好！"即刻朝后面一退。

非幻道人乘此撇了狄洪道，来救余七。却好包行恭手尖眼快，一见非幻道人前来接应余七，他便抖擞精神，迎着非幻复又杀去。非幻此时却也杀得兴起，喝声："来得不要走！看本师的法宝！"就这一声未完，那手中的剑已砍到包行恭面前。包行恭说声："不好！"便向旁边一闪，让了过去。非幻便趁着这个空儿，去救余七。

余七正在危急之时，一见非幻前来接应，心中好不欢喜。当下说道："师兄且来敌住这一起孽障，好让我放宝。"徐鸣皋虽然听得此话，哪里放松一着，仍是大刀阔斧直砍进去。非幻道人见余七不能脱身，此时却也真急了，因又口内念念有词，将手中的剑向空中一放，口中喝道："速变！速变！"喊了两声，登时化出有数十口剑，旋舞空中，直朝下砍。徐鸣皋等人知道他剑法厉害，赶着逊让，幸亏不曾着伤。当下非幻道人就乘此将余七救出重围，喝令败残贼兵赶紧下退。徐鸣皋等见贼兵退下，又复追杀了一次，看看天明，方才收兵回营。

非幻道人直败至三十里以外，方才立下寨栅。查点军马，已伤了大半，又失去丁人虎大将一名，心中好不懊恼，便与余七议道："似此折兵损将，如之奈何！千岁前又纳下军令状，不但不便回去，而且性命难保。贤弟当有何策，以解此围？"余七道："这是王守仁欺人太甚，言而无信。师兄放心，即日具函申报回去，就说我们打了战书，约定王守仁次日开战，王守仁亦批准次日，不意他言而无信，忽于夜半出其不意前来劫寨，以致损折大将丁人虎及众兵卒。我们先自于一个防范不严之罪名，看他如何。若不加罪，你我当再设法与王守仁算账。他若加罪，好在你我不过帮他相助为理，又非食他的俸禄！好便好，不好你我就走他方，他又到何处去寻找我辈！"

非幻道人道："话虽如此，但是你我也曾得他的恩惠，若不稍竭微忱，不但对他不起，且于自己面上攸关。说了一顿大话，夸了一回大口，到末了不过是折将损兵，免不得为人唾骂。愚兄之意，自然是先行申报，必得还请他再拨二千人马到此，以补三千之数，然后愚兄即将那非非阵排演出来，使王守仁前来破阵，王守仁若果肯来，必为我擒。即使不来，也要伤他些大将。最好申报军情的信内将此层文章叙入里面，看他若何。他如尚以为然，等兵一到，愚兄即择地排阵。他若不以为然，我也算尽我之心，他也不能见怪于我，贤弟以为何如？"余七道："你那非非阵虽好，但是小弟前者所排的迷魂阵就是徐鸣皋等这干人破去。而且傀儡生那人甚是法术高明，此阵排演出来也恐瞒他不过，若再被他破去，那时更无面目立于人间。"非幻道人道："我这非非阵比不得你那迷魂阵易破。我这非非阵，除非上八洞神仙方知其中奥妙。哪怕他傀儡生再有法术，亦不能知我这阵势的精微。"余七道："既师兄有如此法术，可即修书差人前往报知一切，并将排阵一层叙入，千岁不但不见罪，定可发兵前来，以助师兄排阵。"非幻道人当即修书，差了心腹人驰往前去。这且不表。

且说徐鸣皋等回营禀明前事，又将丁人虎首级呈上。王元帅便代包行恭记了功，又与大家慰劳了一回，徐鸣皋等才退出大帐。过了两日，王元帅即议进兵，但不知一枝梅所言之事若何，即集众将商议。当有徐庆说道："在末将之意，暂缓进兵，等慕容将军那里有确信前来，再行发兵前进，较为妥当。"王元帅深以为然。正议之间，忽见探马来报：安庆府于三月二十日被雷大春攻破，现在雷大春据守安庆，并探得宸濠有东下之信。王守仁听罢，又命探子再探。过了一日，又据探子来报：宸濠本有东下之信，因非幻道人大败了一阵，暂时尚缓东下。王守仁听了这个消息，又复大喜道："宸濠不往长江，这仍是国家之幸！"但不知一枝梅等曾否袭取九江，因此日望一枝梅来信。

且说一枝梅等四人带了一万精锐出吉安，间道前往南昌进攻，不日已将驰抵。一枝梅即暗暗带了书信，黄夜先往南昌城里遗书。自然是短衣衣裳，放出飞檐走壁的本领。到了南昌城下，四面一看，见各城门把守甚严，出入的人皆要细细盘诘，真个是风丝儿皆混不进去。一枝梅看了情形,不敢冒昧从事,恐怕为人识破,泄漏军机,贻误不小,当即往僻静处所暂躲起来。

等到三更时分复行出面,换了一身元色紧身衣裳,藏好书信,带了单刀,来到南昌东门城下。先向城头上望了一望,只见城头上灯火通明,万难上去。他又绕至东北角,向城上又望了一回,见那里防备稍疏。他便将身子一弯,一个箭步如飞也似,已经上了城墙。

不知一枝梅此次进城有无妨碍,且听下回分解。

# 第一百二十八回

## 遗书反间布散谣言　度势陈词力排众议

话说一枝梅跳上城头，幸喜无人知觉，他便从此穿房越屋，一直来至宸濠王府。各处打听了一回，皆无人知觉。这宁王府里，一枝梅本系熟路，他所以处处知道。打听了一个更次，只不知刘养正住在何处。正在踌躇，忽听有人说道："王爷叫请刘军师前去商量大事。"一枝梅听得清楚，心中暗想：莫非就是请那刘养正么？因此就跳了下来。只见那人转弯抹角，匆匆而去。一枝梅也就越屋穿房，跟了下来。

走了一刻，果见那人进了一间房屋，一枝梅当即从屋上伏下身躯，倒垂在檐口，细细听那人说话。只听那人说道："刘军师，王爷有命，请军师明日辰刻前往商议大事。"刘养正道："你可知道王爷所议何事？"那人道："闻说是为非幻道人打了败仗，复又前来请兵，说是要排什么阵，与王守仁斗阵，王爷委决不下，故此欲请军师前去商议。"刘养正道："王爷信任邪术，不听良言，我恐将来便要把大事败坏。请你去回禀王爷，就说某明日一早就来便了。"那人答应而去。

一枝梅见那人出来，赶着将身子缩了上去，再仔细一看，原来那人是宫内一个小太监。一枝梅等那小太监走过，又四面看了，看见无往来之人，他便轻身飞下屋来，走到窗户口，轻轻将窗槅拨开，从身上把那封书信取出来，由窗户缝内送了进去。他又一耸身上屋，伏在瓦桅内细听动静。听了一回，并无声息，他便不敢耽搁，连忙出了宫门。是夜就在城里暂住一夜。

次日，便在城里各处布散谣言，就是宸濠即日发兵东下，先取南京以为根本，然后进图苏州。布散了一日，因一传十、十传百、通城里的人皆知道要发兵东下。一枝梅将事办毕，随即混出了城，赶回自己军中去了。

且说刘养正次日一早起来，见书案上有信一封，心中大疑，这书信是何人送来？便将那书信取来一看，见书面上并无谁人寄来的名姓，但中间一行写着：宁王幕府刘大参谋密启。刘养正更加疑惑，随即拆开将书抽

出,细细看了一遍。只见上面写道:

忧时老人谨致书于幕府刘大参谋足下:

窃维识时务者为俊杰。不识时务,未有能与言国家大事者也。今者宁王以英武之才举谋大事,左右谋臣如雨,将士如云,不可谓不得人矣。窃以为庸弱者多,明哲者少。何以言之? 自古王气所钟,金陵为善。昔太祖定鼎,首在金陵。其他据此而争者,不可胜数。某以为宁王不谋大举则已,既谋大举,则必先取金陵,以为建都根本。缘金陵地势,古称天堑。外有长江之险,内为膏腴之地,据此为国,谁曰不宜! 而乃宁王既无东下之心,左右又无进言之人,徒以随声附和,竞言争战,毋乃为有志者窃笑乎! 夫争战原为霸者所急务,第不顺天时,不占地利,不得人和,三者缺一,终不可霸。若先取金陵,则地利既占,天时亦顺,二者既备,而尚患人和之不可得乎! 一得人和,然后南取苏、常,北窥燕、冀,由此横行天下不难也! 乃计不出此,仅以区区尺寸之地,朝夕图谋,犹复大言欺人,侈谈王霸,某窃为不取焉!

足下为一时英俊,抱匡佐之才久矣! 今又遇明主加之以上位,某以为足下定能据理而争,不与庸庸者之唯诺可比,乃亦人云亦云,未尝划一谋、设一策,徒窃素餐尸位而已! 现在金陵防守空虚,取之甚易。此而不取,将来兵力既厚,防备既严,虽欲图谋,亦不可得。某不知足下平时所自期许者何在? 而自命有匡时之略者又何在? 某窃有所不解也。

某无志于功名非一日矣! 空山无人,泉石自傲,何必作丰子之饶舌! 第忧时之心、望时之志,诚不能一日已已! 又以足下为当时之杰士,赞襄幕府,定决机宜,某窃不能已于言而不为足下道幸。足下取纳,即为宁王决之,则天下幸甚! 大事幸甚! 谨白。

刘养正将这封书看毕,暗道:忧时老人是谁呢? 又道:据这书上所说各节,实系名论不刊。先取金陵,以为根本,虽三尺童子亦以为然。惜乎宁王计不及此! 而左右之人又不能据理以争。失此不图,未免可惜。某今日当力劝其东下。说罢,将这封书藏入怀中。梳洗已毕,便往离宫而去。

到了宫内,宸濠尚未升殿,只见大家皆在那里议论,有说非幻道人不足恃的;有说亟宜发兵以助其排设阵势的;有谓非幻道人实在法术高妙,当今之世真难得的。议论纷纷,各执己见。刘养正听了,殊觉可笑,却是一言不发,只与李士实暗自议论而已。一会子宸濠升殿,各人参见已毕,挨次坐定。宸濠向大家问道:"诸位军师悉在于此,非幻道人昨日来书,声称为王守仁所欺,约定开战日期,忽然中变,以致为王守仁暗来劫寨。所有带去精兵,折丧大半,丁人虎又为敌人所杀。来书呈请再发精兵二千,星夜驰往,好助他排设大阵,与王守仁一决雌雄。孤犹豫未定,所以请诸位前来大家计议:是否以添兵益将为是? 或将非幻道人饬调回宫? 诸位军师即为孤家一决。"

宸濠话才说完,李自然即首先说道:"千岁既蒙垂问,以某所见,仍宜增兵为是。非幻道人其所以致败者,以其王守仁言而无信,暗施诡谋,并非非幻道人毫无法术。今既前来请兵,以助其排设大阵,与王守仁一决雌雄,正可因此以图振作。若按兵不发,是离其心矣。非幻道人其心一离,则余半仙必为牵动,以后必不肯为千岁出死力以御守仁。而况傀儡生又邪术横行,舍非幻道人又何能对敌? 无人可敌,则千岁之大势必败。某之愚见,尚宜从速增兵。不然孤立无援,万一王守仁乘其锐气一再攻击,我军力薄不能抵御,势必全军覆没,又将何重整兵威乎? 千岁请速作计议。"

此时刘养正不等宸濠开口,即问道:"千岁自起义以来,兴兵动众,将欲以谋天下乎? 抑徒逞血气之勇而博区区之报复乎? 愿大王明以告我。参谋虽不敏,请为大王决之。"宸濠听了此言,急切会不过意来,因问道:"先生之言是何言也! 孤若不欲谋定天下,又何以蓄死士、养谋臣、秣马厉兵、兴师动众! 先生之言,诚为孤所不解也!"刘养正道:"大王不欲谋定天下则已,若欲谋定天下,则莫如图久远之计,定万全之策。顾其大而遗其细,弃其短而就其长,然后横行天下,莫之能御。倘就其方圆之地,朝争夕取,此得彼失;今日获胜,明日败亡。虽历数十年之久,不足以定天下、得土地、安人民。而况听信左道之言,徒争尺寸之地,丧师损将,劳而无功,窃为大王所不取。大王诚英明之主,某不揣简陋、甘心归附大王者,亦以大王有志于天下,而为一代之明主耳! 今观大王自起义迄今日,并不闻定一大谋、决一大策,为万全之计,图远大之基,徒以人云亦云,依阿唯诺,此某之所不可解者也。愿大王自度之,则大王幸甚! 某等幸甚!"

毕竟宸濠答出什么话来! 且听下回分解。

# 第一百二十九回
## 刘养正议取金陵城　一枝梅力打南昌府

话说宸濠听了刘养正这一番议论，当下说道："先生金石之言，孤敢不唯命是听。但何以为万全之策？何以为远大之基？愿先生明白一言，孤当受教。"

刘养正道："所谓万全之策，远大之基，则莫如先取金陵，以为根本。金陵古称天堑，外有长江之险，内有石城之固。我太祖龙兴之初，即定鼎于此。大王若欲绍先王之业，垂后世之基，舍金陵更无他取。而况当此之际，金陵毫无防守，只欲以一旅之师，间道而出，攻其无备，金陵虽固，必为大王所有。既得金陵，然后南取苏、常，东顾齐、鲁，西（南）窥秦、晋，北指幽、燕，纵横数万里，听我所之！王师所过，莫之敢御！其不能横行天下、南面称孤者未之有也！若仅以弹丸之地，誓以死守，固不足道。即使攻于邻邑，地不过千里，民不过数万，府库不足以供我财用，人民不足以供我驱使。设一旦朝廷分召各路诸侯，兴师问罪，旌旗遍野，大兵云集，并力进攻，吾恐此城虽固若金汤，亦不足与各路勤王之师以相抗！而况所以为根本者，不过区区南昌一府。其视金陵进则可战，退则可守，财用之足，人民之富，长江之险，石城之固，为何如哉？如以为然，则请早日顺流东下。今若不取，窃恐过此以往，虽欲取亦不可得矣！愿大王自思之。"

这一席话，把个宸濠说得无言可对。仔细暗想：先取金陵，实系万全之策。又恐大兵东下，南昌空虚。官军乘隙而来，又复首尾不能兼顾。沉吟良久，迄无一言。

只见李自然道："刘先生之言于远大之基一层，固是尽善尽美。而于万全之策，窃恐尽美矣，尚未尽善也。昔人有言：'羽毛不丰满者，不可以高飞。'今根本未固而遽欲长驱东下，以取金陵，是舍其本而先齐其末。幸而一旅之师，金陵唾手而得，则石城坐拥。然后进窥各路，固是万全。不幸而阻于半途，诚如先生所言，各路勤王之师扼其前、王守仁大兵乘其后，则是腹背受敌。而况南昌空虚，定又为他人所得。彼时欲进则大兵间隔,欲退则无家可归。徒以远大之基,先失此根本之地,又不知其何以为大王计也? 刘先生仍幸而教之。"

宸濠听了这番话,亦甚有理。当下说道:"二君定谋决策,皆系为孤。请各暂退,容孤商量。至于增兵助阵,好在各行其是,远取金陵,近守南昌,亦无与于此,分别办理便了。"李士实在旁唯恐刘养正又欲力争,因赶着说道:"大王之言是也。分道而行,最是上策。"说着,就站起身来告辞。宸濠亦即退殿。刘养正虽欲再言,亦不可得,只好也就告退出来,却是心中愤愤不平。回到自己房内,又将那忧时老人的书取出来反复看了一遍,实在佩服。因暗道:计不可行,亦只奈何徒唤耳! 这且按下。

且说宸濠回至宫中,自己思想了一会,仍是李自然的话不错,至此就有些疑惑刘养正大言而夸。次日,又有两个心腹私语宸濠说:"刘养正之言,万不可信。若舍南昌顺流东下,万一敌人乘虚而入,将南昌袭去,则归路断矣。愿千岁勿再狐疑,仍以李自然之言为是。"宸濠更加坚信。接着又有心腹传进宫来,声称南昌城里无人不知万岁早晚欲取金陵,各营兵卒亦互相在那里预备。宸濠问道:"这话是从何处传出去的?"那心腹的道:"据说是刘养正传出此言,以致合城全行知道。"宸濠听罢即怒道:"竖子几败孤大事!"当下即拆箭为誓,以后再不听刘养正之言。

过了两日,刘养正知道此事,也就自退去了。宸濠决计不取金陵,即日便发兵三千以付非幻道人大排非非大阵而去。

再说一枝梅回到行营,便修了一封书,连夜差人将所行之事细细告知王元帅,然后进兵攻取南昌。这日已离南昌不远,当有探子报进宫去,宸濠一闻此言,聚众议道:"孤幸不听刘养正之言,若竟舍此图他,今日大兵一来,谁为孤保守城郭呢?"说罢,即命郏天庆率领大兵前去迎敌。

一枝梅等四人到了南昌,离城十里安下营寨,休息一日。次日,即准领一万精锐攻打南昌。行至城下,各队列成阵势,一枝梅首先出马,到城下骂战。当有小军飞报入城,郏天庆一闻此言,也就提了方天戟飞身上马。一枝梅正在那里索战,忽听城中一声炮响,城门开处冲出一骑马来。一枝梅一看见是郏天庆,两人更不答话,接着便杀。一枝梅手执烂银枪劈胸刺去,郏天庆赶将方天戟架开,二马过门,一枝梅兜转马头,顺手就是一枪,认定郏天庆左肋刺进。郏天庆将画戟一隔,掀在一旁,乘势就是一戟,由下翻上,直对一枝梅当胸刺到。一枝梅把马一夹身子一偏,让了过去。

复又兜转手中枪,向郏天庆腰下刺来,郏天庆又复让过。两人一来一往,约有十数个回合,不分胜负。只杀得旌旗蔽日,尘土冲天,两边金鼓之声,震动天地。

官军队里见一枝梅不能取胜,却恼了一位英雄。只见徐寿大喝一声,手执金背大砍刀,将马一拍飞出阵来,直奔郏天庆,举刀就砍。郏天庆正抵双敌,忽见贼军队里也飞出一员大将,但见他身长八尺,豹头环眼,额(领)下一部钢须。手执长矛,坐下黄马,一声喝道:"来将通下名来,本将军矛下不刺无名之将。"徐寿见有人出来迎敌,也就应声喝道:"贼将听者:我乃王元帅麾下指挥将军徐寿是也!尔亦通过名来,好使本将军斩你的首级!"那人喝道:"本将军系宁王驾下都指挥孟雄是也!"徐寿一听,不等他说完,便举起金背大砍刀,如泰山压顶一般,当头砍下。孟雄赶着将蛇矛朝上一架,掀开过去,也就还了一矛。徐寿急急架开,当时二马过门,兜了一个圈子,二人回转马头,复行又杀。只见四匹马、四个人杀在一团,约战了有数十个回合,皆是不分胜负。

周湘帆、杨小舫见他二人还不能够取胜,也就将马头一领,齐出阵来夹击孟雄、郏天庆、六个人团团厮杀,又杀了有二三十个回合。孟雄被杨小舫着了一枪,他却不敢恋战。拨马就走。杨小舫见他败走,便急急赶将下去。郏天庆见孟雄中枪,也就虚刺一戟,回马就走。徐寿、一枝梅、周湘帆三人见郏天庆又败下去,当下鞭梢一指,那一万雄兵便蜂拥过来。一枝梅就想乘势追过去抢城,走到城下,早见郏天庆、孟雄二人飞过吊桥,当即将吊桥高扯。一枝梅等不能飞越,只得收兵,即在城外立扎营寨,将南昌围困起来。当日无话。

休息一日,次日又去攻城,只见城中按兵不动。一枝梅便令三军一起骂战,骂了半日,仍是不见开兵。一枝梅等四人即暗自议道:"逆贼昨日一战并未大败,何以今日不开城出战?其中必有缘故。难道他有什么诡计么?"周湘帆道:"依小弟愚见。最好兄长进城去打听一番,再将逆贼是否进攻金陵打听清楚,好给元帅送信。"一枝梅道:"愚兄本有此意,既是所见略同,愚兄今夜当即前去。"于是传出密令:命各营今夜以一半不准卸甲,皆要倚戈而待;一半早为安歇。等到三更时分,便换上半夜那一半去睡。如违令者立斩。此令传出,各营哪敢有误,却亦乐从,皆感一枝梅等宽猛相济。

　　一枝梅到了晚间约有初更时分,便脱去外衣,换了夜行衣裳,手提单刀,又朝周湘帆等三人谆嘱一番:务要严加防守,万万不可疏忽,恐防敌人劫寨。周湘帆等答应。一枝梅当下即出了营房,一晃身早已不见。这就是他们剑侠的本领。来到城下,仍是蹿来蹿去。城头上虽有兵卒把守,实在毫不介意。只因一枝梅身轻似燕,步如风,不必说这城头上不过数百人在那里把守,就便在百万军中,也未必有人夺得出来。一枝梅进得城中,当即去往宁王府内探听消息。

　　不知有什么消息打听出来,且听下回分解。

# 第一百三十回
## 一枝梅诱敌围贼兵　郏天庆守城战官将

　　话说一枝梅来到城中,直往宫内而去,暗暗伏于瓦桅之上,细听动静。只听殿上先是饮酒欢呼之声,既而各散,并未打听出什么消息。停了一会,宸濠回寝宫安歇。一枝梅复又跟到寝宫,仍在瓦桅上伏定。只听下面有女人声音问道:"千岁今夜进宫何以到这时候? 现在城外官军攻打如何了?"只听宸濠说:"官兵日夜攻打,却不妨事。南昌把守甚严,他急切攻打不下。孤也已打听切细,王守仁仍在吉安,并未前来。前数日,孤已添兵与非幻道人,相助他排设非非大阵,半月后王守仁即欲全军覆没了!现在一枝梅等所带攻打城池之兵,孤又与李自然设了一条妙计。官军才来,锐气方张,不可与敌。等他打多日,三军疲惫,然后出奇兵以袭之,一枝梅等虽勇,其破必矣。"又听女子道:"闻得千岁急欲进取南京,现在究竟若何定议?"又听宸濠道:"那是刘养正不识进退,南京急切何可进取?孤已作为罢论了。"又听那女子道:"臣妾之见,亦以为先固根本,后取南京。若舍其本而取其末,是败亡之道也! 但不知安庆近日曾否攻打不来?"宸濠道:"早已攻破了,雷大春现在那里据守。"那妇人道:"如此,且等非幻道人排设非非大阵,破了王守仁之后,再进攻南京不迟。"宸濠大笑:"卿言正合孤意。"说罢这席话,随后就是些亵秽之语了。

　　一枝梅听了个真切,也就即刻穿房越屋,出了宫来。来到府外,仍趁着夜间飞身出城。周湘帆等正在那里盼望。只见一枝梅已由半空中飞下,此时不过四更光景。周湘帆等接入内帐,问道:"兄长前去打听消息如何? 有什么诡计?"一枝梅就将以上的话说了一遍。周湘帆道:"似此,宜早作准备方好。"杨小舫在旁说道:"以小弟愚见,莫若将计就计:以诱敌之策,去诱贼军出城,然后反兵以攻之,必获大胜。一面可急修书告知元帅,请其早作准备破妖道的妖阵。不识兄长之意何如?"一枝梅道:"贤弟之言,正合吾意。"当即修了书,差心腹连夜驰往吉安,告知王元帅消息。

到了次日，即与周湘帆、杨小舫、徐寿议道："今日即可以诱敌矣！"周湘帆道："诱敌之策若何？"一枝梅道："吾观离此地五里有座马耳山，此山虽不高，势颇曲折。徐贤弟可于今夜暗带轻锐二千，往那里埋伏。俟贼兵追过此处，贤弟即出兵截杀过来，以断贼兵归路。周贤弟可引兵三千前往，离城西北有座大王庙，可于此处埋伏。俟贼兵出城，便可就近夹击。愚兄与杨贤弟前去诱敌。"分拨已定，大家称善。

到了夜间，周湘帆、徐寿二人各人引兵前去埋伏已毕，一枝梅便传了密令：命那些攻城的士卒，上午以前务要着力攻打，互相骂战，午后便故意各自疲惫或抛戈弃甲，席地而坐，以诱贼军出城。若贼军果然出，可赶急退走，让贼军乘败赶来。等过了马耳山，反杀过去，便急急出其不意，必获大胜。务要合力向前与贼军死斗，如有心退后者立斩。

众三军得了这个令，哪敢稍有违背，也就一起遵行。到了次日，真实并力攻打，口中骂声不绝，比前数日攻打的尤加厉害。到了巳牌时分，渐渐就有些疲惫下来。过了午时，故意更加疲惫，及至以后，众三军也有席地坐骂的，也有虚张声势空骂而不攻打的。又过了一会，众三军不但不合力攻打，连骂也不骂，大家都席坐地下，歇息起来。甚有就地而卧，真是疲惫不堪了。

那把守城池的众贼见官军如此情形，即刻报了进去。宸濠闻言，即命邺天庆督率游击马如龙、指挥王士俊、副指挥使李三泰、并精兵五千立刻冲出城去，乘官军疲惫之时，大杀过去，必可杀他个片甲不留。邺天庆闻言，赶急又进宫去向宸濠说道："一枝梅诡计甚多，难保其中无诈，千岁可使马如龙、王士俊、李三泰出城攻击，末将请为后劲，以防敌军前来袭城。若全军齐出，万一敌军用诱敌之计，于左近埋伏精锐，俟我军一出，他便前来袭城，哪时如何抵敌？不知千岁意下如何？"李自然便在旁说道："邺将军之言是也！愿千岁勿疑。即照此办法，方可无虑。"宸濠答应。当下邺天庆即辞出宫来，率领马如龙、王士俊、李三泰三人带了精兵五千如风驰电掣般而来。

来到城下，尚未开城，邺天庆先上城头朝城外一看：但见那些官军果然弃甲抛戈，坐卧不一。邺天庆看罢，随即下得城头向马如龙等三人说道："将军等可急出城冲杀，某当为后应。"马如龙等答应。于是各付精兵一千，使他三人而去。只听三声炮响，马如龙等三人带领精兵冲出城来。

那些官军一闻城中炮响,知有贼兵出来冲杀,各人也就预备停当,好待败走。只见贼军由城内喊杀出来,一枝梅、杨小舫更加装出那马不及鞍、人不及甲的光景,前来迎敌。战不数个回合,便拨马败走。那些官军也就随败下来。马如龙等三人不知是计,以为果真败下,也就带领着贼众蜂拥追杀下去。

一枝梅与杨小舫且战且走,贼众在后紧紧相追,看看到了马耳山。马如龙等一见此山,恐防埋伏于内,若有不追之意。一枝梅见他到了此处有些疑惑,不十二分紧赶下来,怕他就此回军,不来再赶,那就大失所望。因又上前与马如龙杀了一阵,接着杨小舫复又回战过来。王士俊也就上前迎敌,二人战了有数十回合,杨小舫又败走下去,马如龙等见山内并无动静,复又放胆追杀下去。

才过了马耳山不足半里,但听背后一声炮响,马如龙等大吃一惊,说声:"不好!"赶着传令回军,尚未来得及,只见后面一片喊杀之声,震动天地,灯球、火把照耀如同白日,为首一员大将,手执长枪掩杀过来。马如龙正预备迎敌,却好一枝梅、杨小舫又回军杀到。马如龙即刻分头迎敌:王士俊敌住徐寿;马如龙敌住一枝梅;李三泰敌住杨小舫。两边战起来,只听金鼓齐鸣,喊声震地。一枝梅、杨小舫、徐寿三人率同众三军将贼众团团围住,裹得如铁桶一般。马如龙等也就拼力死斗,怎奈寡不敌众。大家战斗了一会,徐寿一枪刺王士俊于马下。马如龙见王士俊被刺,心中更觉胆裂,却也不敢恋战,只是左冲右突,要冲出阵来。无奈被一枝梅等三人合力死战,不肯宽放一着,因此急切难得出围。只可怜那些贼兵,被官军杀得如砍瓜切菜一般,真个是血染成河,尸如山积,暂且按下。

再说周湘帆伏在大王庙内,一闻贼军杀出,料定城内空虚,便赶着带领精锐出了大王庙前去袭城。一声炮响,冲到城外,正预备喝令军卒抢城,忽见一员大将手执方天画戟立马于城门之外,大声喝道:"来将通下名来! 可告知一枝梅,你等已中了众将军之计了!"周湘帆一听此言,吃惊不小,因也喝道:"邺天庆,你这狗贼,本将军今夜不将你捉住碎尸万段,本将军就不叫做周湘帆了!"说着手起一枪,便朝邺天庆刺去。邺天庆哈哈大笑道:"照你这样的本领,也不是本将军马前三合之将。来得好,看家伙!"说着就将一戟迎接过来,把周湘帆的枪轻轻掀在一旁,顺手就是一戟,向周湘帆胸前刺去。周湘帆也就急急将枪来架。哪知邺天庆的臂力甚大,这支戟就如泰山一般,周湘帆好容易架在一旁,暗道:"此人我不是他的对手,怪道常听徐大哥说此人甚是厉害,果然名不虚传! 正在暗想,又预备还他一枪,哪知郏天庆又一戟向周湘帆肋下刺来,周湘帆欲待招架万来不及。

　　不知周湘帆性命何如,且听下回分解。

# 第一百三十一回

## 马耳山英雄齐却敌　南昌府贼将再兴兵

话说邺天庆直向周湘帆肋下一戟刺去,周湘帆欲待招架,万来不及。说声:"不好!"赶着将马往旁边一让,打算让邺天庆的那支戟。哪知邺天庆神速异常,肋下虽不曾被他刺到,大腿上已中了一戟。周湘帆哎呀一声,不敢恋战,拨马就走。那些三军见主将受伤,也就一起败下。邺天庆见官军败走,乘势将鞭梢一指,所有兵将(威)一起也追赶下来。

周湘帆在前舍命奔逃,邺天庆在后紧紧追赶,直追至马耳山不远。周湘帆见前面一彪军拦住去路,喊杀之声不绝于耳,如旋风一般掩杀过来。周湘帆在马上惊道:"前有阻兵,后有追兵,我命休矣!"正惊慌间,瞥见着一枝梅在后面追赶一员贼将,忽又大喜道:"我何不如此!"当下把马一夹,也不管腿上痛不痛,手起一枪,直对来的贼将出其不意当胸刺去。那员贼将正被一枝梅赶得急切,慌忙逃命,焉能顾及前面? 正跑得没命,忽听一声大喝:"贼将朝那里走,看枪!"话犹未完,枪已到了面前,再待招架,万来不及,登时刺于马下。你道这人是谁,原来就是贼将马如龙。因他好容易杀出重围,舍命向南昌逃走,不意被周湘帆出其不意刺于马下。

此时一枝梅已到,因惊问道:"贤弟如何到此?"周湘帆也不及细述,但大略说了两句,邺天庆已经赶到。一枝梅就将周湘帆放过,他便与邺天庆大战起来。二人正杀得难解难分,却好徐寿又复杀到,当下就与一枝梅夹击邺天庆,三人战了有二十余个回合,邺天庆又不知官军多少,不敢恋战,只得虚刺一戟,拨马就走。一枝梅等复又赶杀过来。

邺天庆在前且战且走,绕过马耳山,忽又一军从刺斜里赶到,邺天庆惊道:"真个中敌军计了!"再细看时,只听马上一人大声喊道:"邺将军救我!"邺天庆闻言,知是自家人。再仔细一看,原来是李三春。因被一枝梅等困在核心,好容易冲出重围,只得绕道逃走,怎奈杨小舫不肯相让,紧紧在后赶来,此时却好遇见邺天庆,喊他相救。邺天庆见是李三春,当下把他放过。却好杨小舫已到,邺天庆又与杨小舫战了两个回合,拍马再走。此时一枝梅、徐寿的大兵已到,便与杨小舫合在一处,又往下追赶一程,直追至邺天庆、李三春进了南昌城方才不赶。

当下仍在城外立下寨栅,安营已毕,周湘帆亦缓缓回到营中,大家问及前事,周湘帆便细述了一遍。一枝梅道:"今日一战,周贤弟虽受有微伤,却杀了他两名贼将,贼兵战死者不计其数,也可谓全军覆没了!"周湘帆道:"小弟虽腿上着了一戟,不曾杀得邺天庆,以报此仇,却杀了他贼将一名,也稍雪心头之恨!"一枝梅:"贤弟可归帐歇息去吧。"周湘帆到了自己本帐,解开衣服,用刀疮药将腿上伤痕敷好,在那里歇息。一枝梅又令合营士卒养息一日,次日预备攻城。又发出许多酒食,犒赏士卒。

话分两头。再说邺天庆回至城中,见了宸濠备述一遍,宸濠惊道:"果不出将军所料,若非将军预计,南昌险些儿被敌人袭去!今虽伤了两员大将,还是不幸中之大幸!将军辛苦了,且请养息养息吧。"邺天庆道:"五千精锐,即此一阵已丧去一半。这便如何是好?"李自然道:"某管定获全胜。"宸濠与邺天庆急问道:"似此计将安出?"李自然道:"兵法云:'出其不意,攻其无备。'今敌军连获大胜,其志必骄。我正可乘其骄矜之时,攻其无备,定可大获全胜。"宸濠道:"如何攻法?"李自然道:"可急于今夜出全队以劫敌寨,彼军昨日大获全胜,定料我军不敢复出,今夜必不防备。我却因彼军料我不敢复出之时,出奇兵以劫敌寨,未有不大获全胜者。不过,将军等未免辛苦耳。"邺天庆道:"军师之言差矣,某蒙千岁豢养之恩,不次之擢,今者身居将军之职,未报涓埃,虽赴汤蹈火,亦不敢却!且可借以图报。而况屡致挫败,正欲一振军威,何可因辛苦有辞前往。若果能一战全获大胜,不但军威重振,而且可赎前罪,何辛苦之有!"宸濠闻言大喜。因道:"既蒙将军如此相助,今夜若果全胜,孤定酬大功!"邺天庆道:"千岁何出此言,某当效犬马便了!"因此宸濠又命督兵五千,率同牙将王英、副指挥使李三泰、吴用贤、金仁远四人于今夜二更前去劫寨。

邺天庆答应退出营来,当即传令:命王英领兵一千去打一枝梅中营;李三泰领兵一千打杨小舫左营;吴用贤领兵一千打周湘帆右营;金仁远领兵一千打徐寿后营;自领一千精锐,为四路接应。你道他何以知官军扎有四营?原来从一枝梅扎下营寨之后,就有细作探听清楚,报进城内去了。邺天庆分拨已定,又命各军二更造饭,三更出城,均宜衔枚疾走,各带火种,到了敌营一起放起火来,务要并力前进,如有退后者立斩。暂且按下。

　　再说一枝梅等安下营寨,各军因连日辛苦,今日大获全胜,又奉了主将之命各军休息一夜,明日再去攻城,各军自然放心安歇。一枝梅等四人以为郏天庆既遭大败,必然心胆俱碎,急切不敢出兵。哪知他今夜来劫寨,就此稍一疏忽,几乎被一把火烧得全军覆没!这也是各军应该遭劫,所谓棋凭一着错,失却满盘输。闲话休表。

　　一枝梅等到了晚间,四个人在营中欢呼畅饮,直饮到有几分醉意,才去安寝,又兼连日辛苦极了,到枕便大睡起来。到了三更时分,一枝梅等从梦中闻得连珠炮响,惊醒起来,又听得四面喊杀之声,震动山岳。一枝梅等大惊。正欲着人出去打听,忽见小军匆匆进来报道:“将军,大事不好!作速迎备!贼军前来劫寨,各营都有火了!”一枝梅等一闻此言,吓得心胆俱裂。再一细看,只见满营红光烛天,各处皆起了火,而且火势甚炽。一枝梅等正欲上马前去退敌,贼将李三泰、王英、吴用贤、金仁远已一起杀进营来。

　　一枝梅等不及上马,各人只提着朴刀,各去对敌。一霎时,营中的帐栅俱已烧着,那些官兵皆从梦中惊醒,没得一人有准备的。于是喊杀之声、啼哭之声、互相不绝。一枝梅等也来不及检点,只顾冲杀出去,逢人便杀,逢马便砍,自相践踏者不计其数。哪知李三泰等本来从四路杀进,此时却合兵一处,把一枝梅等团团困在核心。任一枝梅等武艺高强,也不能冲出。东奔西蹿,哪里能杀透重围。此时一枝梅杀得兴起,当即飞舞单刀一顿乱砍,杀死了有数十个贼兵。各贼兵见他勇猛非常,不敢十二分前进,反倒退后有数十步,远远地站在四面,虚张声势喊杀。一枝梅一见,心中暗道:“若不趁此时冲杀出去,更等待何时?当时就在腰内取了些弹子出来,把背后一张弩弓取在手中,装上弹子,登时如雨点般一路打将出去。那些贼兵被他弹子所伤头破血流者,不计其数,众贼兵俱各纷纷倒退。一枝梅一见,好不欢喜,就趁此又发了一阵弹子,将贼兵打得纷纷向两旁闪让。

　　一枝梅将要冲出围来,忽见营外一骑马,飞奔杀到,马上坐着一人,一枝梅再一细看,原来还是郏天庆,也不与他答话,登时发出一弹。郏天庆正来接应,匆匆而来,哪里知道防备一枝梅的弹子,只见骑在马上如旋风般飞来。一枝梅看得真切,即刻发出一弹,认定郏天庆额角上打去。郏天庆躲避不及,正中一弹,却打得鲜血迸流,在马上晃了几晃,却好一枝梅已经杀到,只见他一个箭步,平空窜到郏天庆马前,手起一刀,直朝胸前砍去。

　　不知郏天庆性命如何,且听下回分解。

# 第一百三十二回

## 用火攻官军大败　摆恶阵妖道逞能

话说一枝梅打中了郏天庆一弹，打得血流不止，坐在马上晃了一晃，正要预备带马向旁边冲杀进去，却好一枝梅平地一个箭步蹿到郏天庆面前，当胸就刺。郏天庆说声："不好！"赶着将马一夹，闪在一旁，顺手就是一戟，向一枝梅当头挑下。一枝梅是在步下，郏天庆在马上，究竟不如一枝梅来得轻佻①，只见一枝梅见他一戟刺来，急将单刀向上一架，身子一缩，早蹿到郏天庆背后，煞手一刀，认定郏天庆马后腿砍下。郏天庆来不及防护马腿，早被一枝梅砍中一刀。那马就一纵飞奔，溜缰而去。郏天庆坐在马上，险些儿跌下马来。

一枝梅见郏天庆的马溜缰而去，心中一想：我若此时就走，周湘帆等三人尚被围在那里，不知性命如何？若再进去将他们救出来，我终久是个步下，如何冲杀进去？正在疑惑不定，忽见周湘帆从里面冲杀出来，后面一员贼将紧紧追赶。一枝梅一见，立刻生出一个计策，赶着向旁边一闪，等周湘帆的马走过，看看后面贼将已经赶到，一枝梅从旁侧出其不意，大喝一声："贼将休走！看刀！"真个是声到手到，一声未完，那把刀已到了那贼将的胸前。那贼将措手不及，早被一枝梅砍于马下。一枝梅即将那贼将的马夺过来，飞身上马，复行冲杀进去。真个是如入无人之境，只见贼兵纷纷向两旁让开。

一枝梅到了里面，只见徐寿、杨小舫还在那里同着三个贼将死力战斗。一枝梅一马上前，飞舞单刀，出其不意，当即砍倒了一员贼将。徐寿、杨小舫见一枝梅复杀出来，也就并力杀了出去。三个人杀出重围，只得落荒而走。

再说郏天庆被马溜缰直跑下二十余里，才把马兜转回来，到了官军营寨的地方，已是天明。当下便鸣金收军。只见那些官军已死得不计其数。

---

① 轻佻（tiāo）——这里是轻快、便捷之意。

真是尸横遍野,血流成河。本部的兵卒亦复死得不少。再查随兵的将士李三泰、王英,俱已阵亡,皆被一枝梅杀死。郏天庆心中大恨,还要重整旗鼓,追赶下去,不将一枝梅擒住,誓不回营!还是金仁远、吴用贤二人苦苦劝住,方肯收兵回城。此次一战,虽然大获全胜,却丧了两名牙将。

当下回至城中,先着人报进宫去。宸濠闻言,即传令进见。郏天庆进入宫内,见了宸濠备述一遍。宸濠道:"虽然丧了两将,总算将敌寨劫去,敌军也算覆没了。"又见郏天庆血流满面,因问道:"将军面上何以许多血痕?"郏天庆道:"系被一枝梅弹子所伤,险些儿丧了性命。"宸濠怒道:"一枝梅等如此猖獗,若不及早擒住,是心腹之患也!将军等有何妙策?可擒若辈。"李自然道:"别无他法,唯有请千岁星夜差人驰往非幻道人营内,请他火速摆阵,令王守仁破阵。王守仁必不知道阵法,只要将徐鸣皋等陷入阵内,无论他生死如何,王守仁必然惊恐。而且他无甚猛将,势必调回一枝梅等人,然后再请非幻道人设法除之。只要将他等一干人除去,王守仁不足虑也。"宸濠答应,即刻修书,命人星夜驰往吉安府界,催非幻道人火速摆阵。郏天庆退下,又密令细作出城打听一枝梅的底细。

且说一枝梅的大寨被贼军劫去,遂与杨小舫、徐寿落荒而走,退下十数里远。再将残兵招集起来,计点人数,已伤了大半。所有旗帜、器械,焚毁殆尽。又不知周湘帆败往何处去了,一枝梅好生忧闷。若欲重扎营寨,器械一概全无,若不安营,竟回吉安,又恐元帅见罪。

正在踌躇不决,忽见周湘帆回来,彼此相顾,好生不乐,又各说了一番细情。一枝梅道:"今日大败如此,总是愚兄疏忽之处,有何面目去见元帅呢?"周湘帆道:"兄长勿忧,胜负乃兵家常事。而况今虽大败,却斩了他两员贼将,便是元帅见罪,也可将功抵过。现在既不能重安营寨,莫若赶回吉安,见了元帅,或再增兵前来,以图报复便了。"一枝梅等正在商议,忽见一骑马如旋风般跑来,马上坐着一人,手执令旗,到了面前,滚鞍下马,高声说道:"奉元帅令,速调慕容将军星夜驰回吉安,勿得延误!"说罢站起身来,飞身上马而去。一枝梅见王元帅差人调他们回去,不知何意,不免大吃一惊。因即振顿残兵,连夜拔队驰回吉安而去。

你道王元帅何以飞调一枝梅回军,只因非幻道人已将非非阵摆好,徐鸣皋首次探阵即陷入阵中,诸将亦多有陷阵者,所以王元帅赶紧调一枝梅等回去。看官莫急,等愚下慢慢说来。

非幻道人自从得了宸濠续添的三千精锐,他便连夜进军,距王元帅大寨相隔十里远近,安营已毕,他就连夜摆下一座非非大阵。你道他这非非阵有何厉害么？原来内藏六丁六甲,外面摆列十二门,这十二门名唤死、生、伤、亡、开、明、幽、暗、风、河、水、石,只有开门、生门、明门,可以出入,若从生门杀进,由开门杀出,再由明门杀入,其阵必乱。若误入死门,其人必气闷而死。误入伤门,必为热气蒸亡。误入亡门,必为冷气所逼,,骨僵而死。误入幽、暗两门,不见天日,必为贼将所擒。误入风、河、水、石四门,登时被狂风卷倒,飞沙迷住,大水冲去,石块打下,皆有性命之患。其实皆是阴气、邪气凝结变幻出来,驱使六丁六甲,以助邪术。及至破阵之后,这阵内依然空无所有,所以名唤非非大阵。

这日非幻道人将非非大阵摆设好了,自己为主阵军师,又将如何变幻、如何擒人、如何捉将各邪术,细细与余半仙讲究了一夜,余半仙因也明白,即命余半仙为副军师。复又于每门安派精兵二百名,各执挞钩,以备擒人。阵中设一高台,台上摆了一张柳木八仙桌,桌上供设令牌、令箭、令旗等类。分派已定,即刻修了战书,差小军送入王守仁营中,请他破阵。

王守仁接着这封书,拆开一看,原来是非幻道人请他破阵,当下批准,差来军带回。王守仁就即刻传齐诸将商议道:"今妖道前来下书,内云非非大阵刻已摆完,约本帅前去破阵。本帅想来,这妖道邪术多端,今既摆此妖阵,其中必有变幻。本帅虽熟读兵书,从不曾见过有这非非阵的名目,而况昨得慕容将军来报,说及宸濠其所以有恃无恐者,皆赖非幻道人邪术。而且他又添兵与妖道摆设妖阵,本帅所虑,这阵中必然皆是妖气凝结而成,若误入其内,必凶多吉少。诸位将军皆具有本领,又兼是高人的门徒,可有识得此阵应如何破法否？"徐鸣皋首先说道:"末将等明日先随元帅前去一观,看究竟如何光景,再作计议。此时未见阵势,也不知那阵内如何。"王守仁道:"将军之言甚是。诸位将军,就于明日随同本帅前去观阵。先将阵势察看一遍,然后再作区处便了。"当下各人退出帐外。

到了次日,王元帅即传齐合营将士,戎装戎服一起出得营来,前往观阵。不一会到了贼营,但见贼营中杀气腾腾,阴风惨惨,风云变色,日月无光。王元帅正与诸将察看阵势,忽见阵门开处一声炮响,走出两个妖道。上首非幻道人,头戴华阳巾,身穿鹤氅,手执云帚,坐下梅花关鹿,后背葫芦。下首便是余半仙,头戴纯阳巾,手执宝剑,身穿八卦道袍。坐下一匹

四不像,皆是满脸的妖气。只见非幻道人将手中云帚向王守仁指道:
"呔!王守仁,今本师摆下此阵,尔既身为元帅,应知破阵之法,若破得此
阵,本师即日回山,重加修炼,永远再不下山。若破不得此阵,尔即速速归
降,本师尚可于宁王前保举你一个官职。若再执迷不悟,尔死在旦夕!可
莫怨本师不存仁爱之心了。"王元帅听了这番言语,真气得话也说不出
来,大叫一声,倒于马下。

　　不知王元帅性命如何,且听下回分解。

# 第一百三十三回

## 徐鸣皋探阵陷阵　海鸥子知情说情

话说王元帅听了非幻道人那一番话,真气得口不能言,大叫一声,倒于马下。当下徐鸣皋等赶紧救起,扶上马回到营中,用姜汤救醒过来,切齿恨道:"若不将非幻道人擒住,碎尸万段,誓不为人!"当下众将劝道:"元帅请暂息雷霆之怒,末将等当效死力去擒妖道便了。"王守仁道:"悉赖诸位将军之力。总之,一日妖道不除,宸濠一日不能就戮。"

徐鸣皋道:"末将有一言容禀,前者余七摆设迷魂阵,经末将等诸位师父、师伯、师叔前来将他迷魂阵破去,余七败逃上山。当时就有末将的大师伯玄贞子说道:'将来尚有白莲教首徐鸿儒下山。'这徐鸿儒就是余七的师父。想来非幻道人也是徐鸿儒的徒弟了。末将的大师伯并又言道:'俟徐鸿儒下山之时,诸位师伯、师叔、师父还要下山帮同剿灭徐鸿儒。今日看来,非幻道人虽摆下这妖阵,我等伯、师叔即不全来,也要有几位到此。只要来两位,就可破他的阵了。末将之意,明日俟末将暗暗的去探一回,看他那阵内究竟如何厉害,倘能设法,末将等可以去破,诚如元帅所言,早将妖道捉住,正了国法,好去剿灭逆贼。设若末将等不能破他的妖阵,末将当将傀儡师伯所留的宝剑请将出来,修书付那飞剑传去,先请傀儡师伯到来,再作区处。元帅切勿烦恼。有伤贵体。"

徐鸣皋说了这番话,王元帅觉得颇为动听,因道:"将军明日要前去探阵,务宜小心要紧。"徐鸣皋又道:"末将之意,明日前去还恐他知道,反为不美,不若今夜暗地前去探看一番,料他不能知觉。"王元帅道:"只是本帅不能放心使将军深夜前去。"徐鸣皋道:"逆贼宫内,末将还时去时来,而况贼营,有何不可。元帅若果不放心,可请徐庆贤弟同去便了。"王元师道:"能徐将军与将军同去,本帅也可稍觉放心了。"说罢,徐鸣皋退出。

到了夜半,徐鸣皋便同徐庆换了衣服,两人皆穿元色紧身短袄,脚踏薄底靴,背插单刀,先到王元帅前告辞了,然后二人就从帐后窜出帐外,但见两条黑影向东而去。王元帅一见,也自欣羡。

且说徐鸣皋、徐庆二人出了营门,直奔贼营而去。不到一个更次,已到敌营。徐鸣皋便与徐庆说道:"贤弟,你且在外接应,让愚兄先到阵中探看一回,若无什么厉害,愚兄即刻出来,便同贤弟进去,出其不意杀他一阵,能就此破了他的妖阵更好,即不然,也要伤他些贼众。设若果真厉害,愚兄也便即刻出来,就赶紧回营,用飞剑传书,请傀儡师伯。万一愚兄被他捉住,陷入阵中,贤弟万不可步兄后尘,也到阵内寻找。可急急回营禀知元帅,请元帅按兵不动,也不要与妖道厮杀,贤弟可赶紧去请各位师伯、师叔、师父到来。愚兄曾记傀儡师伯临行时,暗与愚兄说过,说我应有四十九日大灾,而且九死一生。当时曾付我一粒丹药,叫我到了急难时节,将此丹药吞下,可保不死。我今日已带在身旁,恐防有难。"徐庆道:"兄长何故出此不详之语?"徐鸣皋道:"事有前定,勉强不来,但愿不应傀儡师伯的话,则更大妙。倘若被傀儡师伯说上,贤弟可万万不要入阵,急宜去寻各位师伯、师叔要紧!"徐庆也明知事有前定,就不十二分阻拦。徐鸣皋说罢一番话,即刻别了徐庆,身子一晃,早不见了所在。

他已经窜入贼营。先在无人处暂停一脚,然后慢慢走入阵中。方到阵门,便有小军喊道:"有奸细!速去禀知阵主!"徐鸣皋见小军说了这句话,立刻拔出刀来将那个小军砍死在地,便大踏步走进去了。到了里面,并不见什么厉害,唯觉阴风砭骨,冷气侵人。哪知徐鸣皋正是误入亡门。走不一刻,忽觉毛骨悚然,浑身冷不可耐,暗自说道:"何以这阵内如此天寒。当下知道不妙,将那一粒金丹放在口中,吞了下去。

才将丹药吞下,忽见非幻道人指着鸣皋笑道:"过来。"徐鸣皋一见大怒道:"好大胆的妖道,本将军前来破你这妖阵!"只见非幻道人手执云帚说道:"你死在目前,还不知之。你已误入亡门,本师也不必与你厮杀,包管你不到五日,冷得骨僵而死。"徐鸣皋听说,方知道这是亡门,怪道如此冷法,即刻掉转身来向外就走。非幻道人复又大笑道:"你既误入我阵,尚容你出去么?"说着将云帚一拂,忽然阴风大作,尤加冷气百倍,登时不知道路,但是黑沉沉一个地方,再也看不出东西南北。加之那股冷气渐渐侵入心苞,徐鸣皋觉受不住,说声:"不好!"立刻打了一个寒噤,两脚立不住,遂跌在尘埃。

非幻道人见徐鸣皋跌倒在地,就叫了两名小将将徐鸣皋拖入冷气房,好使他骨僵而死。当下小军将鸣皋拖去。这里非幻道人复将云帚一拂，依然风定尘清，他便回台去了。到了台上，复又传出令来：谕令三军务各小心把守阵门，若有官军前来探阵，火速报知，不可有误！

再说徐庆在阵外等了有一个更次，不见徐鸣皋出来，心中暗道：难道他果真陷入阵内么？不然，何以这会儿还不出来呢？因又等了有半个时辰，依然不见鸣皋出来，此时知道不妙，却好天色已将明亮，便赶紧回转大营告知。

王元帅一听此言，吃惊不小，登时作急道："妖阵未破，先却陷我一员大将！这便如何是好？"徐庆道："元帅勿忧，末将料徐将军必不致有伤性命，此时唯有一法，末将赶往各处寻找诸位师父、师伯、师叔到来，以助元帅破此妖阵，以救徐将军性命。"王元帅道："诸位仙师云游无定，急切哪里去寻，哪里去找呢？"徐庆道："只须寻得一位，其余就易于寻觅了。"王元帅道："这是何说？"徐庆道："末将等的诸位师父，皆能飞剑传书，故此寻到一位，便请那一位用飞剑传书，各处去请。所以只须寻到一位，便可大家会齐的。"王元帅道："就是如此，但这一位又从哪里去寻呢？"徐庆道："先将末将的师父一尘子寻到，便好计议。"王元帅道："你师尊可有定所么？"徐庆道："末将的师父是易于寻觅的，只须到飞云亭上，朝西呼唤三声，我师父便即知道了。"王元帅道："若果如此，将军何日前去呢？"徐庆道："事不宜迟，即刻便当前往。"王元帅道："既如此说，便劳将军辛苦一趟了。"徐庆道："元帅说哪里话来，此是末将应该前往。"说罢，正要告辞而去，忽闻半空中有人笑道："徐庆贤侄，无须你空跑一趟，你师父不久即来了。"徐庆闻言声音颇熟，便仰面向上一望，却不见人，只得口中说道："那位师伯、师叔驾临，敢乞示知，以便迎接。"话犹未了，只见一道闪光从空落下，现出一个人来。徐庆一看，不是别人，却是徐鸣皋的师父海鸥子。

徐庆当下拜道："不知师伯远临，有失迎迓。罪甚！罪甚！"海鸥子便指着王元帅问道："这就是元帅么？"徐庆道："正是元帅。"王守仁此时也就赶着出位与海鸥子相见，又让海鸥子坐下。当下就道："难得仙师惠临，尚未请教仙师法号。"海鸥子道："贫道名唤海鸥子，元帅如此尊称，贫道万不敢当。小徒素承元帅青眼，诸位师侄亦蒙元帅垂青，贫道深为感激。"元帅道："但不知哪位将军是仙师的高徒？"海鸥子道："鸣皋便是小徒。"王元帅惊讶道:"徐将军前去探阵,误入妖阵之中,某正为忧虑,尚不知有无妨碍否?"海鸥子道:"贫道早知小徒有四十九日大难,却不致有伤性命,元帅但请放心。贫道方才已在贼营中见过小徒,当已留下解救的妙法了。"王元帅道:"既是仙师已入妖阵,究竟那阵内如何光景,想仙师定然看透机关,不知尚能立破否? 令徒究于何日方免此灾? 尚求一一指示。"

不知海鸥子说出什么话来,且听下回分解。

# 第一百三十四回

## 海鸥子演说非幻阵　狄洪道借宿独家村

话说海鸥子听了王守仁这一番话,当下说道:"元帅的明见,这非非阵贫道虽曾看过,却非贫道一人之力所可破得的。元帅不知,此阵却非寻常阵势可比。只因他内按六丁六甲、六十四卦、周天三百六十度,变化无穷外又列着十二门。按十二门名唤死、生、伤、亡、开、明、幽、暗、风、沙、水、石。只有三门可入可出,其余皆是死门。"王元帅道:"那三门是生门呢?"海鸥子道:"开门、明门、生门这三门皆是生门。若从开门入阵,必须从明门出来,再由生门杀入,其阵必乱。若误入死门,其人必因气闷而死,因死门内皆积各种秽气而设,所以误入者不到一刻为积秽气所闷,必致身亡。须带有辟秽丹方能入得此阵。若误入伤门,此门系各种火气而设,如天火、地火、人火三昧火,合聚一处,其人必热气蒸倒,顷刻身亡。非带有招凉珠不能进入。若误入亡门,此门系积各种阴气所致,其人必为冷气所逼骨僵而亡。今徐鸣皋所入者,即此门也。"

王元帅听在此处,不觉失惊道:"果尔,则徐将军性命休矣!何仙师尚谓无妨耶?"海鸥子道:"只因小徒已服傀儡生丹药,又经贫道用了解救的方法,所以无妨。"王元帅道:"其余各门,又有什么厉害呢?"海鸥子道:"这亡门,必须带有温风扇方可进入。至若幽、暗二门,如误入进去,里面阴气腾腾,暗无天日,必为敌人所擒。必须带有光明镜,方能进去。更有风、沙、水、石四门。误入风门,立刻为风卷倒;误入沙门,两眼为沙所迷;误入水门,登时被水冲陷;误入石门,定为大石压死。此就十二门而言,到了中央,还有一座落魂亭,无论何人到了那里,心性就为其迷惑,不知不觉就要昏倒下去。就便将十二门破去,无人破那落魂亭,也是枉然。所以此阵非贫道一人所可破得。而且非幻道人还有一个师父,名唤徐鸿儒,是白莲教的魁首。早晚只恐要来。他若不来,此阵尚易破得,他若来此,更觉大费周章①了。"

王元帅道："既如仙师所言，何不趁鸿儒未到以前，先去破阵，也可少费周章。"海鸥子道："元帅哪里得知，其中皆有个定数。孔子云：'欲速则不达。'俗语说得好：'事宽则圆，急事缓办。'元帅的心是急切万状，恨不能立刻将非幻、余七捉住，然后进攻南昌，将逆首擒获，押解进京，以正国法。无如天数已定，应该需时多少方可成功，竟是多一日不行，少一日不可，总要到了应除的时候。无如天数成功，献俘阙下，不然也算不得个数了。"王元帅道："仙师之言，虽顿开茅塞，但是劳师糜帑②，上累主忧，某实不安耳！"海鸥子道："元帅为国为民，心存忠厚，贫道实深感激。但事有定数，万难勉强而行的。为今之计，元帅可一面急修表章，驰奏进京，申奏一切；一面将一枝梅、周湘帆、徐寿、杨小舫星夜调回，听候差遣。贫道再去请两位同道前来，以助元帅成此大功。何如呢？"王元帅道："若蒙慨助，某感激不尽了！"说罢，便命人摆宴。海鸥子道："元帅休得客气，贫道在麾下尚有两月耽延，若过客气，贫道何以安呢？"王元帅道："仙师初次惠临，理当如此，以后谨遵台命便了。"海鸥子道："元帅且请去办正事，贫道自与诸位师侄闲谈便了。"王元帅也就不客气，当即退入后帐，修表驰奏进京。又拔了令箭一支，差人星夜往南昌，调取一枝梅、徐寿、周湘帆、杨小舫回来。诸事已毕，这才出来相陪海鸥子叙话。闲文休表。

一会儿酒席摆上，王守仁就命请海鸥子入席，让他在首座上坐定。王守仁又亲自送了酒。海鸥子又谦逊了一回，然后这才对饮。徐庆等一众英雄，自在外面饮酒、吃饭，这也不必细表。不一会，大家席散，王守仁又命家丁给海鸥子拣了一处洁净地方，让海鸥子为下榻之所。海鸥子就此住在王守仁营内，直至破了非非阵，方才与七子十三生各处云游，自寻安乐。

且说海鸥子这日命狄洪道去请漱石生。狄洪道受命而去，在路行程不止一日。这日狄洪道走到一个地方，名唤独家村。这独家村四面皆是乱山丛杂，并无人家，只有这姓白的一家住于此地。

你道这姓白的因何独住此间？只因白家老夫妇两个，男的名唤白乐

---

① 周章——周折。

② 帑(tǎng)——旧指国库里的钱财。

山,妻蓝氏,生有一男一女。儿子名唤白虹,女名剑青。这白乐山生平最爱山水,因带领妻子儿女住居此地,享那林泉之乐。村庄四面广有田亩,家中雇些长工,耕种度日,每年倒也无忧无虑。儿子白虹,今年才交十八岁,却生得仪表堂堂,聪明绝世。女儿小白虹两岁,也是生得美貌异常。一对儿女皆能知书识字,博古通今,白乐山老夫妇真个是爱如珍宝。不料他女儿近日为山魈所缠,这山魈自称为燕燕才郎,终夜在白家缠绕,定要白剑青为妻。白乐山也曾请了些羽士、上人,代他女儿退送,怎奈山魈豪不足惧,比从前尤加闹得厉害。白乐山好不烦恼,逐日打听名山羽士、宝刹僧人,前来建斋、打醮,总想将山魈退去,使女儿安身。

这日又请了一班道士在家拜玉皇大忏,以冀忏悔消灾,却好狄洪道因贪赶路程,又走入歧路,无处觅宿,但见这独家庄内隐隐露出灯光,狄洪道便思前去投宿,信步而来到独家庄上。正要敲门而进,但闻里面铙鼓声喧,讽诵之声不绝于耳。狄洪道也不管他里面所做何事,便向前尽力敲门,敲了好半刻,里面方有人答应,柴门开处,走出一个庄丁。狄洪道先向那庄丁拱了一拱手,因道:“某系过路之人,只因贪赶路程,错过止宿之处。又误入歧路,无处栖身。顷见贵庄灯火尚明,特地前来,敢求借宿一宵,明早自当厚报,务请方便这个。”说罢一番话,那庄丁道:“客官且请少待。某却不敢做主,须要回明主人,是否可行,当即回报。特恐今夜不便相留,哪却如何是好?”狄洪道道:“敢烦请去通报一声,务与贵主人情商,暂借一宿,某自永感大德便了。”那庄丁也就转身进内。

过了一会,只见那庄丁同着一个五十来岁的老翁出来。狄洪道一见那老翁精神矍铄,相貌清高,迥非恶俗之辈,不禁暗暗羡慕,心中暗想:这老翁光景就是主人了。正要上前施礼,只见那老翁问道:“莫非就是这位客官住宿么?”狄洪道见问,赶向上前深深一揖,口中称道:“老丈在上,便是不才冒昧,敢借尊府暂宿一宵。”那老翁也答了一揖,又将狄洪道打量了一回,见他是个军官打扮,因问:“大驾由何处而来? 为何迷失道路?”狄洪道道:“不才向在王守仁元帅麾下,充一个游击将军。只因现在奉命前往汉皋有一件公事,又因公事急促,不才不敢误公,贪赶路程,以致失了止宿之所。因此冒昧造府,敢请容纳一宿,明早当即告辞,不知老丈尚可容纳否?”只见那老丈笑道:“原来是一位将军,老汉多多得罪了。但是寒舍蜗居,似不足下将军之榻。好在只有一宿,简慢之处,尚望见原。”狄洪道见那老翁已肯相留,真是喜出望外,因谢道:"不才只(足)须席地足矣!老丈何谦之有乎!"那老翁遂邀狄洪道进里,当命庄丁仍将庄门关好。

狄洪道走入里间,见是一顺三间茅屋,却似客厅仿佛,当下又与老翁重新见礼,那老翁让他坐定,然后彼此问了姓门。庄丁献上茶来,狄洪道正要问他的家事,忽又听得里面铙钹之声,接着又是讽诵之音。狄洪道便向白乐山问道:"敢问老丈,尊府今夜莫非建做道场么?"白乐山见问,因叹了一口气道:"将军辱问,敢不奉告,但是一言难尽,又何敢以区区琐屑,上渎将军。"狄洪道道:"老丈有何为难之处,不妨细述,不才若可为力,亦可稍助一臂,必不袖手旁观。"

不知白乐山可肯将情节说出,且听下回分解。

# 第一百三十五回

## 狄洪道除害斩山魈　白乐山殷情留勇士

话说白乐山听了狄洪道的话，因道："既蒙将军辱问，只因老汉生有子女各一，女唤剑青，生得有几分姿色，近为山魈所缠，每夜到此缠绕不休。老汉又无法想，只得虔请些上人、羽士来家作法，欲退山魈，不意依然无用。近闻小茅山道士法力高明，因此去请到家建醮，以冀超脱。大拜四十九日玉皇大忏，已经拜了四十五日，还有三日，即可圆满。所以这铙钹声喧，即是小茅山的道士在后堂讽诵玉皇经忏。"狄洪道道："既然如此，想令爱定能渐痊愈了？"白乐山道："哪里痊愈，还是依然。老汉现在也没有别法，只等这玉皇大忏圆满之后，能好更妙，不好也只得听天由命了。"

狄洪道道："老丈不必忧虑，既为山魈作祟，某可助一臂，为令爱驱除。但不知这山魈何时到此？来时如何光景？"白乐山道："每日约在三更以后便来到这里，也并无甚动静，只有阴风一阵，风过处，便有个美貌男子走进屋内，但见这山魈别无异样，唯身后有尾约长尺余，此外宛然人形，唯妙唯肖，进入小女之房。据小女云，这山魈进了卧房，朝着小女吹一口冷气，小女便昏迷不醒了。现在小女被他缠得骨瘦如柴，行将待毙。将军若能相助除了此怪，不但小女感激，老汉一家皆感激不尽的。"狄洪道道："今夜曾来过否？"白乐山道："现在尚未二更，还未到来。"狄洪道道："既如此，某有一计可除，不知老丈肯从否？"白乐山道："将军有何妙策？请道其详。"狄洪道道："老丈可将令爱即刻移住别处，令爱之床可让与小生暂住，某自有驱除之计。再请老丈饬令众庄丁，等山魈进房以后，即便把守房门，务要不放他出去，某当以宝剑斩之。我之宝剑却是仙家所授，无论是何妖怪，某只须一剑，他便迎刃而死的。但有一件，若还山魈与某争斗起来，老丈切不可惊恐，至要！至要！"

白乐山听了狄洪道这番言语，却是半信半疑。狄洪道见那般光景，也知他有些不信。因又说道："老丈勿疑，某如不能为，断不敢夸这大口。就请老丈赶紧将令爱移避他处，让某作个李代桃僵便了。"白乐山暗想：

且不管他，或者可以驱除也未可定。当下谢道："难得将军慷慨相助，老汉当即遵命。"说罢，便起身进内吩咐去了。过了一刻，白乐山出来向狄洪道说道："里间已由内子安排小女即刻移住他处，但将军远来，尚未晚饭，老汉略备酒肴，半为东道之情，半助将军之兴。"狄洪道此时腹中正有些饥饿，因便谢道："老丈何必如此客气，既蒙见赐，幸勿过费。"白乐山又谦逊了一回。少停，里面已端出酒肴，白乐山便请狄洪道小饮。狄洪道也就不再客气，于是痛饮起来。饮到半酣，又吃饱了饭，饭毕，又稍坐了片刻。将到三更时分，狄洪道便令白乐山引至后面剑青房内。当时白乐山又致谢了一番，无非请他竭力帮忙。狄洪道亦满口答应。白乐山出了房门，又暗令各庄丁手执饥锄，暗暗埋伏，一俟山魈进房之后，即便把守房门，不使出去。料理已毕，白乐山便去自己房中，坐待信息。

且说狄洪道自进剑青房内，白乐山出去之后，他便据床静坐，以待山魈。等了一会，并无动静，狄洪道便有些瞌睡起来，因即下床将灯吹灭，便上床倚剑而卧。将要睡着，忽觉帐幔一动，狄洪道便睁开两眼，仔细一看，见有一人站立床前，向自己面上吹气。狄洪道知是山魈到了，即便手执宝剑，轻轻从床上避着山魈，跳了下来。真个是身轻如燕，虽山魈也不得知。狄洪道下了床，又复蹑足潜踪，走到山魈背后，看他的举动。只见山魈吹了一阵风，便纵身上床，扑了过去，若与人敦伦相似。背后果然有一尾，约一尺余长。

狄洪道此时见山魈已经上床，知道他不见有人必然要走，哪敢怠慢，即将手中宝剑拔出，认定山魈，背后一剑砍去，打量这一剑就要将山魈砍为两段。哪知山魈才扑上床，觉得并无人在上，也就跳将起来，预备下床而去。将翻转身来，却好狄洪道的宝剑已到。那山魈一见有剑砍来，虽不会人言，只听呼啦啦一声大叫，登时已变了形相，不似从前那美貌男子一般。但见他口如血盆，眼似铜铃，浑身白毛，直朝狄洪道扑来。狄洪道一看，喝道："好孽畜，你还不知罪！胆敢迷人家女子。今本将军前来拿你，你尚敢相拒么？不要走，看剑！"说着又是一剑砍来，只见那山魈又大叫了一声，向旁边一跳，躲过了一剑。随即又向狄洪道背后扑来。狄洪道赶着掉转身躯，以剑相抵。只见那山魈见狄洪道掉转身来，便将两手一举，两脚朝后一奔，认定狄洪道扑到。狄洪道看他来得凶猛，不慌不忙，等山魈来得切近，遂将身子一偏。那山魈扑了个空，又是一声大叫，翻转身又朝狄洪道扑来。狄洪道仍用此法。那山魈连扑了三次,皆未扑到,好不着急,于是又要扑到。狄洪道见他力已将乏,便站定身子,将手中宝剑露刃于外,只见那山魈两手一抬,两脚将后一发,用尽全力又扑过来。狄洪道就乘他扑来的时候,即将宝剑一起,腰一弯,从那山魈腹下乘他的来势,就这一戳,那口宝剑已深入山魈腹内去了。那山魈知道剑已入腹,便用足了全力,朝后倒退。狄洪道见他倒退,更加将宝剑送进,就势朝上一剖,顷刻间,山魈肚腹已被宝剑剖开。只见那山魈就地一滚,登时变了原形,躺在地上不能动弹。狄洪道还恐他逃走,又用宝剑在他身上连砍了十数剑,方喊人点火进来。

　　当下众丁在房门口把守,一听喊人点火,众庄丁也就赶着拿了烛台进入里面。狄洪道向庄丁说道:"山魈已被我除了,你等可快请你主人进来看视。"众庄丁先向狄洪道问道:"山魈现在何处?"狄洪道指道:"这不是么。"众庄丁将烛台向地上一照,见有毛茸茸一团摊在地上,四面鲜血直流。庄丁看罢,立刻出去请乐山前来。白乐山一闻此言,尚不相信,还是庄丁竭力说明,乐山才随着庄丁来到里边房内。狄洪道先向白乐山说道:"某幸不辱命,山魈今已为我斩除矣!"便指地上说道:"这就是那为祟的孽畜。从今以后,令爱当无复有怪物相缠,得以相安无恙了。"白乐山低头向那山魈一看,果然被斩而死。但见毛茸茸一团,似兔非兔,似狐非狐,也认不出是何怪物。当下便向狄洪道谢道:"非将军大力,尚有何人能除此怪物耶? 真是小女之幸也!"说罢,又向狄洪道深深一揖。狄洪道说:"些须小事,何足言谢。"白乐山还是谢不绝口。

　　此时乐山的妻子、儿子通知道了,大家也前来看怪物,连那些道士也到房内观看。狄洪道道:"老丈,今山魈已除,可即令贵庄丁将他焚化,免得以后再要为祟。"乐山答应,连夜的命庄丁将山魈架起火来,焚烧至肉尽骨枯而止。又命庄丁将房内血迹打扫清净,便请狄洪道就在房内安息。此时已有五更时分,狄洪道亦颇困倦,也不推辞,就在床上安睡。白乐山当下出去,又将此话告知了女儿,女儿亦甚欢喜。于是大家也就安歇。

　　次日一早起来,玉皇大忏也不拜了,虽尚有两日未曾拜完,白乐山照送经资,分文不少,请一众道士而去。却好狄洪道已自起来,乐山命庄丁打面水,给狄洪道梳洗已毕,又命厨房内做上等点心,请狄洪道用早膳。狄洪道却也不便推让,吃了一饱。即便告辞,要去寻他师父漱石生。白乐山哪里肯放,因坚留道:"将军幸留一日,老汉已聊备薄酌,借表寸心。将军若不肯留,则是见弃于老汉矣。况小女蒙将军救命之恩,也当出来面谢。今将军匆匆而去,不但老汉未曾报德,就是小女知道,也要怪老汉何不坚留。将军今日是万不得去的。"狄洪道道:"某非决绝,实有要事在身,且系奉有王元帅之命,设有迟误,回营后定要见罪。那时见罪下来,则今日不是老丈爱我,反是老丈害我了。若老丈果真见爱,他日归来,再造府请安便了。"

不知白乐山可肯放狄洪道去否,且听下回分解。

# 第一百三十六回

## 独家村赠金辞金　飞霞楼遇旧叙旧

话说白乐山见狄洪道说得如此决绝，坚不肯留，也知他实有要事，不便再行强留，因道："将军既如此说，光景是有要事。若老汉强留，万一殆误将军大事，诚如将军所言，不是老汉爱将军，反变成害将军了。但请将军少待片刻，老汉去去就来相送便了。"狄洪道只得答应。停了片刻，白乐山果然出来，只见他手捧白银两锭，向狄洪道致敬道："区区不腆，非为酬劳，不过聊作将军路费，幸勿见却。将军若不肯笑纳，便是将军见弃，以老汉为鄙物了。"说着便送过来。

狄洪道见白乐山如此，当下也就谢道："某既蒙盛意，焉敢固辞。而况长者见赐，更不敢却。只因某行囊愈轻愈妙，稍重便不良于行，老丈既如此殷殷，某当敬领高谊。但有一件，请将此款仍存府上，俟某事毕，道经此地，定当造府取携。幸老丈俯如所请，勿再过谦为幸。"白乐山道："些须薄敬，亦雅不累人，还请将军笑纳。若说存留寒舍，将军公务匆忙，归期又不知何日，即使归期有定，亦断不肯再临寒舍了，老汉此时怎肯受将军之遗么！"狄洪道道："大丈夫一言既出，驷马难追。待到归时，某定不失信于老丈。还请老丈勿再坚持，某赶路要紧，幸老丈鉴之。"

白乐山见狄洪道又如此坚持，只得说道："将军此去何日归来，请以定期相示，届时好使老汉下榻以待。区区薄敬，即遵命留存寒舍，待将军归来再行奉上。但将军不可作失信人，使老汉望穿秋水也！"狄洪道见他答应，心下好不欢喜，因说道："某至迟不过半月即便归来，届时道经此间，定造府奉访，来取厚赠。"说罢一揖，登时出了庄门。白乐山赶着相送出来，早已不知狄洪道去向。白乐山暗暗欣羡道：此人英气勃勃，举止高超，非唯行伍中人，殆亦剑侠之流亚也。叹羡一回而罢。

再说狄洪道出了庄门，直朝岳阳楼而去。原来海鸥子是差他到那里去，请他师父漱石生前往吉安议破非非大阵。狄洪道晓行夜宿，这日走到一座高山。这山名唤独孤山，但见树木参天，孤峰耸日，那些□岩峭壁，一色浓青，高耸半空，真不亚天台四万八千丈的光景。狄洪道便走到山根之下,席地而坐,稍息片刻,又复举首向山上,凝眸赏识这独孤山的风景。

正在凝神观望,忽见那山顶上一道白光直射下来,狄洪道大惊道:"这白光既非云影,又非电光,似飞剑相似,难道我师父现在此山么?"正自暗想,再一回头,已见那白光落下。只听一声唤道:"洪道贤弟,违教了。近日好么?"狄洪道见有人唤他名字,急掉转身来一看,原来不是别人,正是焦大鹏。

狄洪道一见,好生欢喜。因与大鹏先作了一个揖,接着说道:"小弟自从与兄长在赵王庄一别,自我不见于今两年,何幸相遇于此!真是意料所不到。但不知兄长近两年来有何佳境?两位嫂嫂想已添了侄儿?今兄长到此有何公干?尚乞明白示我。"焦大鹏道:"自与贤弟别后,愚兄日念诸位兄弟,只因遵奉玄贞大师伯的慈谕,不敢违背,终日侏守家园,与荆妻相对而已。幸托贤弟之福,已于上年连得两子,也算是香火有继了。"狄洪道道:"真是可贺之至!遥想我那两位侄儿,定然头角峥嵘,身躯雄壮的。"焦大鹏道:"也算魁梧,只是粗笨罢了。"狄洪道道:"难得,难得。"

焦大鹏道:"此处非谈心之所,贤弟可与愚兄拣他一座酒楼,对饮几杯,好畅叙别后光景。"狄洪道也就答应,当下站起身来,即与焦大鹏同行而去。

只见焦大鹏在前,狄洪道后跟,转过独孤山,走未多远,就是一个小小镇市。二人上了镇,便到一座酒楼。狄洪道一看,那酒楼上挂着一面招牌,上写着"飞霞楼"三字,虽不十分宽大,也还窗格轩明。二人走上酒楼,当有酒保前来招呼,焦大鹏即命酒保:"将上等可口的酒菜,只管取来,随后一总算账便了。"酒保答应,下楼而去。不一刻拿了两壶酒,二副杯箸,四个小菜碟,一大盘鸡,一大盘烧肉,摆在桌上。焦大鹏先给狄洪道斟了一杯酒,然后自己也斟上一杯,二人便对饮起来。

焦大鹏便问道:"听说宸濠现在已举兵造反,贤弟一向有何功劳?诸位兄弟,想皆功名上达了。"狄洪道道:"说来话长,容小弟慢慢详告便了。自从小弟与诸位兄弟随张永老太监入京,本来是要征剿宸濠,后来忽然王鲲颖造反,皇上便命杨一清大人挂帅,命小弟等随征,先剿鲲颖。幸未多时,就将鲲颖平定,回京复命。又拟去征宸濠。忽然杨大人不愿为官,上疏告老,皇上准旨。我等就留在京都,以待宸濠的动静。不到两月,有江西缚头寨诸贼揭竿起义。皇上即命王守仁大人总督江西军务,兼巡御抚史,率领小弟等前去征剿江西各寨诸贼。又幸而不过半年,也就次第剿灭清楚。正拟班师回京,此时宸濠就举兵造反,先杀巡抚大臣,后又劫监翻狱,抢夺钱粮,盘踞府库。各路告急表章,驰奏进京。皇上当命王元帅就近征剿。王元帅奉旨之后,即刻带兵前往。哪知宸濠已派郏天庆攻破南康,雷大春等攻陷进贤等县。王元帅得知消息,一面分兵:命徐大哥等进援南康,一面大队往南昌进发。宸濠知有大兵到来,怕兵力不足,即将郏天庆调回南昌。因此徐大哥等克复南康已毕,仍回大营,都算打了两个胜战。不意宸濠那里,又来了一个非幻道人,说是与余七师兄弟,却与余七同来。因这非幻道人一来,偏用邪术,我军便败了两阵也还罢了,不意他暗设毒计,要将我军全行灭没。幸亏傀儡老师前来相救,用了个替代之法,嘱令王元帅连夜退兵驻吉安,现在大营在吉安府驻扎。那非幻道人又追到吉安,头一次被王元帅用计劫寨,将他打了个全军覆没。他又往宸濠处坚请增兵,宸濠又添兵与他。他现在摆下一座非非大阵,欲与元帅斗阵。元帅头一次出去观阵,被那非幻道人骂了一顿,元帅几乎气死。第二日,徐大哥便黑夜前去探阵,不料就陷入阵中。元帅直急得要死,打算差人往各处寻觅众位师尊。却好海鸥老师惠降,告知元帅:徐大哥虽经陷阵,却无妨碍,只因他有四十九日大灾,过此以往,自有人救。又说这非非大阵厉害非常,非海鸥老师一人所可破得,因此令小弟去岳阳楼请漱石生师父前去,共议破阵。不期在此遇见兄长。真是大幸!但不知兄长因何在此山上?所做何事呢?这山名唤什么?"

焦大鹏笑道:"愚兄早知贤弟到此了,漱石师伯昨日已往吉安去了。"狄洪道道:"兄长如何知道我师父已往吉安呢?"焦大鹏道:"只因愚兄昨往岳阳楼游玩,适遇元师伯,他便向我说道:'来得极好,我即要往吉安王元帅那里,议破非非大阵。我徒弟即日就要前来寻找,你可迎上前去,若遇见我徒弟,叫他不要去岳阳,可同你即日回吉安,听候差遣。'愚兄听了这话,所以到此山相等,料定贤弟必由此经过,果不出吾之所料。但这非非大阵,难破异常,必须众位师尊到此,方才破得此阵。昨日途遇玄贞师伯,据他老人家说,已各处去约众位师尊于四月十五日吉安取齐,然后共议破阵。还说要等一个产妇前去,方可行事,却不曾告诉明白。贤弟今既到此,不必耽搁,明日愚兄就同贤弟前往吉安便了。"狄洪道听了这番话,好生欢喜。当下饮酒已毕,算还酒钱,二人便下楼而去。

不知后事如何,且听下回分解。

# 第一百三十七回

## 赶路程二义士御风　具杯酒两盟嫂设馔

话说狄洪道、焦大鹏二人下得酒楼，便朝洪狄道说道："贤弟，今日天色尚早，愚兄与贤弟尚可趱赶一程，贤弟尚不畏辛苦么？"狄洪道道："小弟却不畏辛苦，但虑前途徒无止宿之所，那就大不便了。"焦大鹏道："这怕什么，随着愚兄前行，还怕没有止宿之处么？"狄洪道听说，也就答应，即刻与焦大鹏起程。哪知焦大鹏行走如飞，狄洪道万赶不上。焦大鹏是个脱胎之人，又兼他剑术高超，狄洪道怎能比得？

焦大鹏见狄洪道不良于行，也知道他断赶不上自己，因立住脚向狄洪道说道："贤弟，你走得太慢，何不赶快儿走呢？"狄洪道道："小弟已是赶得上气不接下气，两条腿一些不敢停留；兄长不说自己走得太快，偏说小弟太慢，未免不近人情，不知小弟的艰苦了。"焦大鹏笑道："愚兄也知贤弟赶不及，前言特有以戏之耳。贤弟不必作恼，愚兄当思良法，使贤弟既不费力，又跟得上愚兄，而又使贤弟不走一步何如呢？"狄洪道道："兄长勿自取笑，天下岂有不走一步，便能登山涉水、趱赶路程的道理？"焦大鹏道："贤弟不必疑惑，姑且试之，以验愚兄之言何如？"狄洪道道："兄长虽如此说，小弟终不敢相信。"焦大鹏道："你且过来，伏在愚兄背上，愚兄若叫你闭目，你切切不可睁开；等我叫你睁开，那就到了安息之处了。"狄洪道道："兄长！这不是又来取笑吗？小弟偌大年纪，又不是个小孩子，怎能劳兄长背我？就使兄长不弃小弟，在背上一伏，兄长便多一累赘，还能行走如飞吗？那可不是要快，倒反更慢么？兄长不要取笑罢！"焦大鹏正色道："贤弟，你勿要噜嗦疑惑，尽管伏上背来；愚兄若无神通，也不敢令贤弟如此。"狄洪道见他正色相告，心中暗想：或者他有此膂力，有此神通；且姑试之。设若不然，再作计议也可。于是就将两只手，伏在焦大鹏两肩，然后将两只脚盘绕到焦大鹏前腹，只听焦大鹏说道："就如此好了。"又道："贤弟快闭眼罢！"狄洪道不敢怠慢，即将双眼一闭，耳畔只听呼呼风响，真是行走如飞，却也不敢睁眼下望，一任他登山涉水，只牢牢抱定焦大鹏的肩头。

约走了有两三个时辰，耳畔住了风声，正在疑惑，暗自笑道："难道不走了么？"还不敢睁眼。只听焦大鹏一声招呼道："贤弟，你睁眼罢，到了。"狄洪道才将双眼睁开，朝下一望，见在一所屋内，着实羡道："兄长如此神通，哪得不令小弟佩服倒地！"正自说着，忽见后面走出两个妇人，齐声喊道："叔叔久违了，叔叔可好么？愚嫂这旁万福了。"狄洪道一见，却原来是焦大鹏的妻子孙大娘、王凤姑二人。狄洪道当下也就一面答礼，一面说道："嫂嫂安好！小弟托庇不过是平庸罢了。今日小弟却有累兄长，背走了不知多少路。兄长的神通，小弟真是倒头百拜。"王凤姑道："这是他的惯技，也不算什么。"孙大娘道："叔叔还不知道，他平时没有事，便出去各处游玩，说不定一日尽管走三四千里，也不知这腿劲从哪里来的？"焦大鹏道："你们哪里知道？我本来善走，从前一日可走三四百里，自从傀儡老师传授了我御风的法子，我便可以乘风而行了，走来毫不费力，但凭着风而行，所以每日可行三四千里；不然如遇大江大海，又怎么能过去呢？"狄洪道道："原来兄长有此神术，所以走得这般快。"当下又向王凤姑、孙大娘说道："闻得兄长说及二位嫂嫂已生有两个侄儿，请嫂嫂抱出来，与小弟见见。"王凤姑道："丑小孩子，要讨叔叔见笑呢？"孙大娘道："不管他丑不丑，好在叔叔是自家人，又怕什么见笑？但是初见面，叔叔曾带得什么见面仪儿来与两个小孩子呢？"狄洪道道："这是有的，不过菲些罢了。"焦大鹏道："你们也太老实了，人家还不曾见着小孩子，就要人家见面礼，幸狄贤弟是自家人，若是别人，岂不被人家笑话？"王凤姑道："正为叔叔是自家人，不然我们也不说这话了。"说着，二人走入后面。

不一刻各人抱一个小孩子出来，向狄洪道说道："狄叔叔在上，侄儿见礼了。"说着，抱了小孩子点了两点头。狄洪道便走过来抚摩一回，只见一个面目恰似焦大鹏，那一个酷似王凤姑。因道："这两个侄儿，倒也罢了，一个像父，一个像母，真是可爱之至！"又问道："哪个大些呢？"王凤姑指着自己的说道："这一个大一个月，是去年正月廿四生的。"又指孙大娘抱着的那个道："他是二月廿五生的。"狄洪道又问："这两个叫什么名字呢？"王凤姑道："我这个唤世昌。"孙大娘接着道："他唤世荣，乳名唤寿儿。"王凤姑道："他乳名唤喜儿。"狄洪道便朝焦大鹏道："兄长真好福，有此两个侄儿，后半世也可享福了。"焦大鹏道："说什么享福不享福，不过因不孝有三,无后为大,有此两个小畜生,可以告父母于无罪罢了。"狄洪道此时便在腰间摸出两锭银子,每锭约五两重光景,喜儿、寿儿各给一锭,说道:"此不过些须薄物,聊为两侄添寿,随后再补便了。"王凤姑、孙大娘齐道:"我等不过是句笑话,难道真要叔叔的见面礼么?"焦大鹏道:"都是你们说,人家未曾见着小孩子,你们就向人家讨,现在人家拿出来给小孩子,你们又说是取笑,当真要见面礼么,这不是都由你们说么? 在我看来,在先既托老实,向人家讨,此时人家给小孩子,爽性老实到底收下来,不要学这两张婆婆妈妈的嘴了。"王凤姑、孙大娘听说,齐笑道:"既这么说,就多谢叔叔厚赐了。"又将两个小孩子抱过来给狄洪道拜谢了一回,然后才把小孩子送进去,便到厨房内做饭。

一会子将饭做好,拿出两副杯箸,在堂前桌上东西摆定,又复进去取出两壶酒来,接着搬了五六样菜,一起摆在桌上。焦大鹏邀狄洪道西向坐定,自己东向相陪,二人便对饮起来。王凤姑、孙大娘在旁说道:"我等不知叔叔惠临,匆忙间也不曾备得一两件菜,多多简慢,只好请多用两杯酒罢!"狄洪道谢道:"有累嫂嫂费事,实在过意不去。"焦大鹏道:"我看你们都不要说客气话了;没菜已经没菜,说了这闲话,还是就算好菜不成? 费事已经费事,说了这话,还是就不费事不成。"说得狄洪道及王凤姑、孙大娘皆大笑起来。

王凤姑、孙大娘又带笑说道:"总像你一句客气话儿都不会说,只知道有酒吃酒,有菜吃菜,吃过了高起兴来,便出去溜腿劲,动辄走三四千里;只要人家说你走得快,你便得意非常。"焦大鹏道:"天下事总要心口相应。我看现在世上的人,皆是嘴里说得如花如锦,叫人耐听,其实心里不是如此。就如你们今日做了这两件出来,在你们心里已觉得很费事,很过得去,嘴里偏说是没有菜,很简慢,这就是心口不相应。狄贤弟心里未尝不以这两件菜不好,又实在太菲,且明知你们并不曾费事,偏要说你们费事,他自过意不去,对不起你们两人,也算是心口不相应。在我看来,嘴上又何必说得好听呢?"王凤姑、孙大娘、狄洪道三人听了这番话,复又大笑起来。

狄洪道当下又道:"焦大哥,小弟有一句话,倒要驳你;你说小弟心口不相应,两位嫂嫂心口不相应,我们的口,姑作隐藏不起来,难道你看得见我们的心么? 倒要请教请教,我的心到底是什么样儿? 还得大哥演说一遍,方使我们佩服。不然又何以知道我们是心口不相应呢?"王凤姑在旁说道:"狄叔叔,你这句话说得真痛快,偏要问他,我们的心是个什么样儿?"焦大鹏道:"你们的心我皆看见,都是外面光明,其实中间皆是空的;而且你们两人,不但空,还有些黑点子,我这话可说得对么?"当下王凤姑将焦大鹏啐了一口道:"我看你不要嚼舌头了,只好饮酒吃饱了饭,好与狄叔叔安歇一宵,赶紧到吉安去罢。"

不知焦大鹏尚说什么来,且听下回分解。

# 第一百三十八回

## 焦大鹏初见王元帅　玄贞子遣盗招凉珠

话说焦大鹏听了王凤姑叫他快些吃饭,好安歇一夜,便与狄洪道赶往吉安而去。焦大鹏便同狄洪道,又饮了两杯酒,即刻将饭吃毕,收拾床铺,与狄洪道安歇。次日一早,用了早点,即与狄洪道回转吉安,在路行程,也无多日。

这日已到吉安大营,狄洪道先自进营,与王元帅缴令,并将相遇焦大鹏,说明师父漱石生已先来营,未曾到岳阳楼的话,先说了一遍,复又禀明元帅:"焦大鹏已来,现在营外。"王元帅听说,当下说道:"将军令师尊已于十五日前到了此地,现在后帐,焦义士既已前来,就烦将军请他进帐,以便本帅相见。"狄洪道答应一声,即刻出了大帐,到了营外,将焦大鹏请进来。

王元帅一见大鹏,即降阶相迎,又将焦大鹏邀入大帐,与他分宾主坐定。焦大鹏首先说道:"某久仰元帅大名,如雷贯耳,早欲趋前请安,奈元帅军务倥偬①,不敢造次;今奉敝师伯玄贞老师之令,前来效力,才得仰见威仪,就此一见尊颜,足慰平生之愿了。以后元师如有差遣,某当效力不辞。"王元帅也谦逊道:"本帅亦久闻诸位将军谈及义士忠肝赤胆;本帅亦亟思仰晤芝仪,只以军务倥偬,王事鞅掌②,无缘得见;今幸惠临敝营,真是万千之幸! 以后尚多借重之处,还乞相助为荷!"焦大鹏道:"元帅如有驱使,定当效劳。"

王元帅又谦逊了一番,然后又向大鹏说道:"义士曾见过诸位仙师么?"大鹏道:"尚未谒见。"王元帅道:"漱石生、海鸥子、一尘子、一瓢生、鹧寄生、河海生、独孤生、玄贞子共计八位,皆在后帐,义士欲相见,可请狄将军引带前去便了。"焦大鹏当即辞退出来,便与狄洪道到后帐参见玄贞

---

① 倥偬——匆忙紧张。

② 鞅(yàng)掌——事多无暇整理仪容,引申为公务繁忙。

子等人。

玄贞子一见大鹏到来，甚为欢喜，因即说道："我们皆已到此，不知你师傀儡生何故迟迟至今日尚不曾到。"焦大鹏道："不知我师父可知道这里的事么？"玄贞子道："他怎么不知？我们还是他相约的。譬如请客，客人已俱到来，主人尚未见面，这可不是笑话？"焦大鹏道："或者我师父另有他事相羁，故尔迟迟，他老人家既然知道，又邀诸位师伯、师叔到此，他老人家断不误事的；好在今日才三月十九，距四月十五，还有二十余天，似乎也来得及。"

玄贞子道："贤侄有所不知，这非非大阵，尚须好两件宝贝，要分别去借来，然后才能破阵。现在一件未得，若再迟延，哪里等得及呢？"焦大鹏道："需什么宝物？徒弟尚可去得吗？"玄贞子道："眼前即有一件，名唤招凉珠，是破阵最要紧之物，能先将此物取来，究竟到了一件！"焦大鹏道："这招凉珠何处有呢？"玄贞子道："这招凉珠宸濠那里就有，不过他深藏内府，难得出来，必须前去盗回方好。"焦大鹏道："不知他收藏何处？即使去盗，也是枉然。"玄贞子道："他那招凉珠我却知他收藏的地方，但是甚难到手。"焦大鹏道："只是知道所在，哪怕升天入地，也要盗来。师伯何不将他收藏的地方说出来，或者徒弟前去一趟盗来，亦未可知；设若盗不来，也好再作良策。"玄贞子道："某也想如此，但贤侄前去务要留心谨慎方好！"焦大鹏道："若使徒弟前去，徒弟敢不小心！"玄贞子道："既是如此，他这招凉珠，现收在宸濠卧室之内，碧微王妃第十六个皮箱之中，用楠木小盒收贮，盒盖上糊作宋锦。所难取者，须将那十六个皮箱搬运下来，然后才好翻箱倒笼，寻找那楠木盒，便有招凉珠了。这招凉珠最易试验，只要将盒盖揭开，便有一股冷气逼人毛发，此便是招凉宝珠。只因这第十六个皮箱内里面，藏的皆是珠宝，往往易于取错，故须格外留心。贤侄既是要去，我当回明元帅，好在一枝梅也已调回，就请元帅派令一枝梅与贤侄同去，究竟有个帮手。等将招凉珠到了手中，临行时务要留下名字，使他知道，才好使他引出个人来。不然这个人终不出来的。"焦大鹏道："请问师伯这人究竟是谁呢？要引他出来何用？"玄贞子道："此时不必再问，随后自然知道。"焦大鹏只得唯唯答应。你道玄贞子欲引出一个人，究竟是谁？要他出来何用？诸公不必作急，看到那里自然得知，此时若便说出，即非作书者欲擒故纵的法了。

　　当下玄贞子率同焦大鹏进了大帐,与王元帅说明一切。元帅答应,就命一枝梅与焦大鹏同去。你道玄贞子如何要使一枝梅同去?只因一枝梅到宁王宫里已非一次;焦大鹏的本领,虽比一枝梅高强,路径却不如一枝梅熟识,所以使一枝梅同去。一枝梅奉了王元帅之命,哪敢怠慢?当即扎束停当,便与焦大鹏出得大营,赶紧朝南昌而去。

　　在路行程,不过两日,已经到了南昌,当下寻了客店,暂且住下。等到夜间,二人便出了店门,直朝宸濠宫内而去。一枝梅本是熟路,他就领着焦大鹏一路行来,直到碧微王妃宫内屋上停了脚步。二人就先在屋上,伏下身子,侧耳细听里间的动静,曾否安睡。细听了一会,并不闻有声息,焦大鹏便暗暗与一枝梅打了暗号,一枝梅会意,焦大鹏早飞身跳下房檐。有人说他身如落叶,还是冤屈他的,真个是一毫声息全无,已经到了院落。复进一步,走到宫门口,细细一听,只听里面有两个人,低低说话的声音。焦大鹏听不出来说的是些什么话,又不知这两人是否宸濠与碧微王妃。因又复行出来,绕到窗户口,用津唾将窗纸沾湿,戳了一个小孔,便向里面细望。

　　只见里间灯烛辉煌,上坐一人,却是个藩王的打扮,焦大鹏知道必是宸濠。靠着宸濠肩下,斜坐一人,是个妃子的模样,焦大鹏也知道这定是碧微妃子了。只见他二人坐在一处,低低的谈心,还是听不出来说些什么话。看了半会,但见宸濠将碧微妃子抱入怀中,用两手将碧微妃子的脸捧子过来,先在他依偎了一回,然后代他将外衣脱去。碧微妃子便站起身来,坐在一旁。宸濠自己便去宽衣解带,不一刻,宸濠脱去外盖,露出里衣,复又到碧微妃子面前,将她抱在腿上,代妃子解去里衣的纽扣,又代她将怀打开,露出大红盘金绣凤的兜子,宸濠便伸手怀中去抚摩她的双乳,两人相偎相爱,好不亲热。焦大鹏正在那里出神细看,心中骂道:"奸王奸王!你指日就要身首异处,现在还这般作乐。正暗骂时,忽见碧微妃子微启樱唇,倦舒杏眼,向宸濠秋波一盼,说一声:"王爷时候不早了,安寝罢!"宸濠答应道:"美人!孤也知你情不自禁了。"说罢,就将碧微妃子拥抱上床,登时将帐幔放下。

　　焦大鹏在外,又等了一会,里间已无声息,便思破扉直入,复又转念道:我何不如此如此?正要回转身来,与一枝梅说话,忽听一声大喝道:"有刺客,速速捉拿!"焦大鹏一闻此言,登时双足一蹬,已窜上屋面。焦大鹏才上了屋面,那下面的人也飞身上来,焦大鹏见随后有人追来,此时一枝梅早已知道,即与焦大鹏二人越屋窜房,如旋风般窜去。看看到了前殿,正往前跑,忽见迎面来了一人,大喝一声:"该死的贼囚,向哪里跑?"说着一刀飞砍过来。

不知焦大鹏、一枝梅二人性命如何,且听下回分解。

# 第一百三十九回

## 焦大鹏设计盗宝　一枝梅奋勇杀官

话说焦大鹏、一枝梅二人正往前跑，忽见迎面来了两人，大喝一声，拦住去路，各人一刀，向他二人砍到。焦大鹏、一枝梅也不答话，赶着迎敌，且战且走，不一会已出了宁王府。只见他二人行走如飞，登时已不知去向。那赶他的二人，见追赶不着，也只得回宫而去。

当下宸濠听说外面捉拿刺客，只吓得心惊胆战，与碧微妃子坐了起来。一会儿有人来报说："是刺客未曾拿住，已被他走了。"宸濠听说刺客已走，当令众人小心防护，他仍去安寝。次日一早起来，又命人各处擒拿，不许将刺客逃走去了。

且说焦大鹏、一枝梅二人出了宁王府，互相议道："我等招凉珠既未盗出，又被他宫里人瞧破，此时城内断不可住；不如且自出城，暂宿一夜，明日夜间再行前去，总要将那招凉珠盗回，方显我等的本领；不然我辈英名，行将伤去。"焦大鹏道："贤弟，我有一计，明日可将此珠盗出。我料宸濠今既知我们前去，明夜断不敢仍住那里。无论他住在何处，贤弟可在前殿放火，宸濠必然惊慌，大众护卫之人，如太监等类，亦必往前殿救火，那时便去盗取招凉珠。吾料此珠必为愚兄盗出，所谓声东击西之法也。不知贤弟以为何如？"一枝梅道："此计大妙，但恐防护太严，我们难于入内。"焦大鹏道："不妨！且至明夜到了那里，再看光景。"说着，二人已飞出城外，就于古庙中暂息了一夜；挨到次日傍晚，方敢出来，就近买了些干粮，吃了一饱。又拣那城头上防范稍疏之处，二人飞身进城，一直又来至宁王府。

他二人却是熟路，便拣那僻静之处，慢慢地走到宫内，先在荷花池中间一座小亭子上，歇了好一会。只因这座荷亭，是宸濠夏间消夏常至之所，现在却无人前来。二人等到三更时近，出了花亭，又往各处转了一回，见宫里已是静悄悄无人往来。一枝梅便带了火种，走到前房廊房上，将火种取出，先就廊房放起一把火来。不一刻，已是火穿屋顶。守前殿的太监,此时正在那里打盹,从睡梦中惊醒,一见东廊上火起,即刻大喊起来,各处喊人前来救火。登时那些看守宫门的护卫,也就率领众人,齐至前殿,催督救火。此时已有人报进宫去。

宸濠一闻前殿火起,也来不及追问缘由,即刻带了十数名小太监,走出宫来,看人救火。只见风趁火势,火趁风威,那一片红光,烛照里外。此时一枝梅见大众皆到前殿救火,他复又到厨房内放起一把火来。前殿尚未救熄,忽又有人从后面报到前殿,说厨房内火又起了。那些救火的人,这一听好不惊讶,宸濠就疑惑起来,当下说道:"你等可赶速分别前去!孤料定必有奸细前来放火,不然此处火尚未熄,那里到又火起;若非放火,断未有如是之巧。"大家一听,都道:"千岁之言,甚是有理!"就即刻分别救火的救火,拿人的拿人,乱乱烘烘,忙无所措。

焦大鹏先见前殿火起,他便趁此时,到了碧微妃子宫中,先在外面听了一回,见卧房里面并无人声,他又不知宸濠果在此否,心下暗想:若不如此如此,再迟便来不及了。一面暗想,一面将怀内所带的鸡鸣五更断魂香,取了出来,将香燃着,向卧房内送进。不一刻那香气散布房内,无论他什么人登时就昏迷起来。焦大鹏料药性已透,即便将窗格拨开,鼻中塞了一团解药,飞身入内。只见东首真个堆着两排朱红漆皮箱,他便从上排第一只数起,数到下一排第十六只,心中暗想,光景就是这皮箱了。当下将上面七只一口气搬在一旁,即将手中刀拔出来,认定皮箱盖上一划,便把箱盖划开,即在内搜寻;翻倒了一刻,果见有个宋锦的小方盒子。他便取在手中,将盒盖揭去,就灯下细看。才将盒盖揭开,只见一股寒光逼人肌骨,再一细看,内有明珠一颗,有龙眼大小,光明璀璨,真是可爱。因即收入怀中,仍代他将皮箱堆好,即刻出去,寻找一枝梅去了。

哪里知道出得房来,才飞身上屋,但见火光中有一丛人围住一枝梅厮杀。焦大鹏一见哪敢怠慢,也就上前相助一枝梅战斗。你道一枝梅如何被人看见?只因他在厨房内放火,前殿上救火之人,闻知后面又火起,因即分别出去救护;宸濠又命众打手,以及护卫各官往各处搜寻奸细。众人正在各处搜寻,却好一枝梅正往碧微妃子宫内探看焦大鹏的消息,不期两边遇见,因此大杀起来。一枝梅抖擞精神,力战十数个大汉,那些宫内的护卫,虽然本领不甚高强,却皆是有力之人,不似一枝梅身轻如燕,所以厮杀了半会,众护卫虽未败下,却也不能取胜。一枝梅就凭着蹿纵窜跳,遮拦躲闪,却也未曾吃亏。此时宸濠也知道有了奸细,众护卫战他不下,宸濠也即刻传令飞奔命邺天庆进宫,帮助捉拿奸细。

邺天庆一闻宸濠之令旨,哪敢怠慢,登时点了三军,蜂拥入宫而来。邺天庆到了宫中,一见屋上一人,早知道是王守仁的部下,也便登时飞身上屋,再一细看,却是一枝梅,当下大喝道:"一枝梅匹夫!你胆敢一人进宫何故?敢是作刺客么?"一枝梅正在那里与众人厮杀,一听有人喊他的名字,他也应声答道:"你是何人?既知老爷的大名,就应该早早退下,不必多事,免得为老爷刀下之鬼。快通名来,好让老爷送你的性命!"邺天庆道:"我乃大将军邺天庆是也!尔等务各努力,不要放走了这厮,本将军来也。"说着,便一个蹿身,到了一枝梅面前,举刀就砍。

那些众护卫见邺天庆已到,大家反不动手向前。你道只是为何?原来邺天庆生性如此,不要人助他,好似有人助他,就怕旁人分了功去一般,所以大众皆知道。只也是一枝梅活该无事,因此遇了邺天庆来。当下邺天庆一刀砍到,一枝梅赶着相迎,将邺天庆的刀架开过去。邺天庆又复一刀砍来,一面问道:"尔这厮不怕死么?胆敢到此行刺。"一枝梅也就一面迎敌,一面喝道:"本将军看你死在目前,尚不知道么?本将军并非来行刺,实不相瞒,是来取碧微妃子那里的招凉珠的。告诉你,现在宫内不是本将军一人,诸位英雄全行在此,逆贼宫内已经布满了。宸濠此时想已身首异处了,你尚睡在梦中呢!"邺天庆听了这番话,虽是半信半疑,见他说出来盗珠,却是甚为相信。你道为何?原来非幻道人摆了非非阵之后,即绘图呈进宫来,与宸濠观看,每一门皆有图说,所以邺天庆也知道只招凉珠是破阵的宝物。因此听了一枝梅的话,不觉吃了一惊。活该邺天庆遭殃,就这一惊,手中的刀慢了一些,早被一枝梅看出破绽,趁势就砍进一刀,却好正砍中邺天庆的腿上,邺天庆站立不住,登时从屋上滚跌下来。

一枝梅见邺天庆跌下去,正待要走,那些众护卫又复抢杀过来,所以焦大鹏远远望见一丛人在那里围住一枝梅厮杀。一枝梅正在抖擞精神,力敌众人,忽见一个黑影飞到面前,登时那些众保卫,就有两个身首异处,跌倒下来。一枝梅再一细看,见是焦大鹏。当下问道:"那宝物曾到手么?"焦大鹏道:"得了。"一枝梅道:"既到了手,我们走吧。"说着一个走字,只见他两人就从屋上两脚一蹬,已飞身离了此处。那些众护卫还待要赶上前去,只见两条黑影,晃了两晃,已不知去向。

当下众护卫知道赶不上，也就各人跳下屋来，去报宸濠知道。宸濠不待众护卫去报，他却因郏天庆砍伤，已有人去报过了，所以他是早已知道的。又见二次的人报了进去，只把他吓得面如土色，半晌方说出一句话来道："一枝梅等既已逃走，孤可要进宫去，看看碧微贵妃现在是怎么样了！"

毕竟碧微妃生死如何，且听下回分解。

# 第一百四十回
## 自然建议请鸿儒　余七回山延师父

话说宸濠见焦大鹏、一枝梅二人已走,便去碧微妃子宫中观看。到了宫内,并不见什么动静,先将帐幔掀开,向里一看,只见碧微妃子拥衾而卧,尚未睡醒。宸濠疑道:"怎么奸细前来,将招凉珠都盗去了,何以贵妃还不曾惊醒? 倒也奇怪。"因此便去呼喊,喊了半晌,仍不见醒。宸濠又疑道:"难道他吓死了不成?"因又近前细听,只听她呼吸不绝,并未吓死。宸濠更加疑道:"这更怪了,何以睡得如此糊涂?"当下也就不再呼唤,便去喊那些宫娥,哪知再喊也是不应。宸濠不知所措,复又走出来喊了两个年老的太监进去,问明所(何)以。内有个老太监说道:"千岁,如此看来,昏迷不醒光景,是奸细用了迷魂香,才如此昏睡。奴才从前也曾听人说过,是凡受了迷魂香气,昏迷不醒者,但须用凉水在胸前激透,自然醒悟过来;否则等到天明也就醒悟过来。奴才看来,此时天已将近明亮,千岁且等一会,贵妃娘娘如果醒来则已,不然便用凉水去激便了。"宸濠也就不言,便命那老太监将第十六个皮箱搬下来看视检查,除招凉珠已为盗去外,看果有别样什么珍宝遗失。

那老太监答应,即刻将皮箱搬下,宸濠一看,见箱盖系刀划开,便将箱盖揭开查看,箱内的宝物,检查了一会,只不见了招凉珠,别样珍宝并未遗失。此时东方已经发明,宸濠也甚困倦,即命老太监将皮箱堆好,把划开的这皮箱,摆在一旁,以便收拾。老太监答应,宸濠便要去安歇一回。正要去睡,忽听碧微妃子叹了一口气,宸濠赶着近前喊道:"美人醒来!"碧微妃子听有人呼唤,也就睁开睡眼,向帐外一看,惊道:"千岁此时还不曾安睡么?"宸濠道:"美人哪里得知?"因即将以上情形说了一遍,碧微妃子这才知道,也就惊恐起来。宸濠道:"美人不必惊恐,招凉珠虽为盗去,所幸美人无恙,这还算是万幸。现在孤也困倦了,与爱卿再睡一会儿,孤便要升殿与各官议事。"当下宸濠也就宽衣解带安睡,直睡至次日午刻方才起身。

再说外面救火的人,将火救熄,也就各去安歇。到了次日午刻,宸濠升殿,当有李自然那一干人进来参见,宸濠便向众人说道:"招凉珠为一枝梅盗去,到是小事,唯虑王守仁那里必有能人帮助。不然何以知道这招凉珠是破非非阵的法宝? 而况孤之招凉珠,虽非幻仙师亦不知道孤有此宝物。王守仁既派人前来盗取,他那里必有非常之人,这便如何是好?"李自然道:"但据非幻道人那阵图上所说,破阵之法,不但招凉珠一物,此外法宝尚多。王守仁既知此珠可以破阵,安知不各处找寻宝物? 某想他那里不但有非常之人,而且这人甚是厉害,若不早为防备,将来恐非敌手! 依某之见,非幻道人与余七道人皆是一师所传,某曾闻余道人所言,他师父名唤徐鸿儒,道术高深,千岁何不及早饬令余七,去将他师父请来,以助一臂之力,将来事成之后,千岁登了大宝,封他一个法号,他也是乐从的。若不将徐鸿儒请来帮助,恐怕事到斗阵之时,非幻道人也非王守仁那里众人的敌手。某细想来,唯恐这些人还是从前破迷魂阵的什么七子十三生之类,千岁须要早作计议方好。"

宸濠道:"卿言甚善,孤也想及至此。即日就可差人前往吉安,请余七前去请他师父便了。但是差哪个前去? 邺天庆昨又受伤,不能前往。军师之意,拟派何人前去? 请军师分派便了!"李自然道:"这倒无须大将,只要令个心腹人前往吉安,促令余七赶速请他师父,须要千岁亲笔下道诏书,方可相信,且不敢推辞。"宸濠道:"诏书不难,军师可即将人派定,以便前往吉安便了。"李自然当下答应,宸濠就在殿上写了诏书,交给李自然,好令心腹前往。李自然退出殿来,便差了个心腹,即日奉书驰往,暂且不表。

再说焦大鹏、一枝梅二人出了宁王府,当即飞奔出城,仍在那古庙内歇了一刻,等到天明,便一起赶急遄回吉安。进了大营,见了元帅,将招凉珠呈上,又细细说了一遍盗珠的情形。元帅大喜,当命一枝梅、焦大鹏二人出去歇息。

二人退出,又到后帐,见玄贞子等人。玄贞子见焦大鹏把招凉珠盗回,也甚欢喜。于是玄贞子即与海鸥子、一尘子、鹡寄生、河海生、独孤生、一瓢生等人议道:"今招凉珠虽已盗来,但是这温风扇,现在徐鸿儒那里,光明镜现在余秀英那里,此两件宝物甚难盗得到手,哪位前去走一趟?"当下河海生道:"小弟愿往徐鸿儒那里盗他温风扇。"一尘子道:"小弟愿往余秀英那里盗光明镜。"玄贞子道："此处若得二位贤弟前去，那就妙极了。"说罢，焦大鹏、一枝梅二人退去，河海生、一尘子二人也就起身，分别前去盗那温风扇、光明镜来。暂且不题。

再说，这日非幻道人与余七二人接到宸濠诏书，说是招凉珠为王守仁派令一枝梅盗去，恐怕王守仁军中有了非常之人，非幻道人与余七不能抵敌，欲令余七请他师父徐鸿儒来帮助。非幻道人与余七二人看罢，互相说道："千岁也忒多心，招凉珠虽为他盗去，只此一件，又何足济事？他不知这温风扇现在师父那里，光明镜在余秀英那里，这两件宝物，缺一也不能破此大阵。就便他知道这两件宝物的所在，任他什么一枝梅本领高强，也不能前去盗窃。"余七道："师兄，话虽如此，一枝梅这干人，却不能成什么大事，我恐那当日七子十三生，又在此处，我辈可万万不是他们的对手；在小弟之意，既是千岁招呼我们将师父请来，不若小弟就前去请师父到此，究竟多一帮助。"非幻道人道："贤弟既如此说，愚兄也不能执意，况有宁王的诏书，即烦贤弟前去一走。师父肯来更好；设若不来，务要请师父将温风扇收好，不要遗失，切记切记！"余七答应，就即日起身，前往他师父徐鸿儒那里，请他下山助阵。

在路行程不过两日，已经到了山中，登时进去，当有小童子问道："余师兄怎么又回山来？难道又打败了不成？"余七听了这话，好生不乐，便对那童子正色道："你小小年纪，不知道理，偏要多嘴乱说，现在师父在哪里，可即前去通报，就说我有要紧话与师父商量。"那小童道："师父不在家，昨日才出去的。"余七道："往哪里去了？"小童子道："不知师父往哪里，但听师父招呼我们，不要乱跑，不过一二日就回来的。你如有要紧事，你就寻找师父去，如无十二分要紧事，就在这里等一二日，师父也就回来了。"余七道："师父昨日出去，你曾见他带些什么法宝去么？"童子道："不曾看见，大约不过出去云游而已，也不见得有什么耽搁。据我看来，师兄还是这里等的好。"余七听罢，心中想道：我便去各处寻找，怎知他老人家的所在，不若等他一两日，再作计议。主意已定，即便暂住下来。

一连等了两天，徐鸿儒果然回来。余七先与他见了礼，徐鸿儒问道："现在你为什么复又到此？那里是怎么样了？"余七道："自从徒弟与大师兄下山之后，与王守仁战了两阵，互有胜败，现在大师兄摆下一座非非大阵，敌将徐鸣皋已陷入阵中。不意王守仁那里又来了一班能人，十日前宁王宫内的那颗招凉珠,不知如何被王守仁那里的人知道,就令一枝梅暗暗进宫,将招凉珠盗去,因此宁王好生担忧。说是招凉珠既被敌人盗去,则敌人中必有知破阵之人,恐怕大师兄与徒弟不是敌人的对手,故属令徒弟回山,务请师父前去一趟,助大师兄与徒弟一臂之力,务要将敌人打败!不然宁王终不能成其大事。故此徒弟于前日就到此了,只因师父不在山中,所以在此守候两日。师父还是与徒弟一起下山?还是徒弟先往,师父随后就来?请师父示知!只因那里军务甚急,恐怕不日就要大战了。"徐鸿儒听了这话,沉吟不语。

不知徐鸿儒果下山否,且听下回分解。

# 第一百四十一回
## 徐鸿儒下山奉伪诏　河海生盗扇得真情

话说徐鸿儒听了余七这番话,沉吟了半晌方说道:"王守仁那里究竟是些什么人呢?"余七说道:"光景还是七子十三生今又到此。先是傀儡生前来的,傀儡生未来之前,徒弟已与他打了两仗,都是大获全胜。自从傀儡生到此,被傀儡生用了替代之法。以后便接着是有败无胜了。若非傀儡生来,王守仁早已全军覆没了。"徐鸿儒道:"原来如此。但是你等却非是七子十三生的对手。今宁王既命你前来请我,为师的也只好下山一遭,与七子十三生斗一斗便了。"余七道:"既蒙师父允诺,但不知何日下山呢?"徐鸿儒道:"事不宜迟,我今即便与你同往。"余七大喜,又谢道:"若得师父即日同行,将来大功既成,宁王登了大宝,师父自然是有封号的。"徐鸿儒道:"我今虽与你同往,我却要先去见见宁王,然后再去吉安,你可先回大营,叫非幻务必等我到了再与敌人开战,万不可性急,切记!切记!"余七答应。当下徐鸿儒便收拾了些应带的物件,即便与余七下山到了半路,余七便回吉安贼营,徐鸿儒便去南昌。

且说余七不日回到营中,告知非幻道人说,徐鸿儒不日即到,又坚嘱他务等师父到日再去开战,切切不可着急。非幻道人也就答应。徐鸿儒这日到了南昌,便往宁王府而去,到了宁王府前,先与值门官说明,请他进去通报。值门官听说,哪敢怠惰,即刻通报进去,由宫门太监进内禀知。

宸濠一闻徐鸿儒前来,好不欢喜,当即请他。宫门太监传出话来,值门官飞跑至外面,将徐鸿儒引领进去。到了宫门口,复由宫门太监引入内殿。此时宸濠早已具了衣冠,在内殿恭候。一见太监引着一人进来,但见他头戴万字华易巾,身披鹤氅,手执拂尘,背后葫芦、宝剑,脚踏逍遥履,身高八尺,鼻正口方,两道浓眉,一双秀眼,颔下一部长须,飘飘然有神仙之概。宸濠看罢,当即降阶迎道:"孤未识仙师远临,有失迎迓,罪甚!罪甚!尚望仙师海涵才好。"徐鸿儒亦赶忙施礼道:"贫道久仰千岁仁慈,早思趋叩天颜,只以疏懒性成,未曾到此进见。今蒙千岁降诏,想贫道有何德能,敢劳千岁存注么?"说着宸濠就让徐鸿儒坐下,又命人将李自然请来。

当下宸濠说道:"仙师道法高深,孤久仰之至。只以无甚借重,不敢仰请玉趾惠临。今者王守仁猖獗异常,不久又将孤镇国之宝招凉珠,差派一枝梅盗去。孤此珠虽失也算不了什么大事,唯虑他既得此珠,必去破令徒非幻仙师所摆的非非大阵。若但是王守仁部下如一枝梅等,尚不足以为患,有令徒在此相助,他等亦无能为也。不过有七子十三生暗助与他,令徒的道法固是高深,孤亦极其佩服,但究竟不如仙师之法术高明。孤恐令徒等非七子十三生的对手,故不揣冒昧,特请余令徒相请仙师下山,以助孤一臂之力。现在先封仙师为广大真人,俟功成之后,再行加封法号。但愿早日成功,俾孤得以早定大事,皆仙师之所赐也。"

徐鸿儒见宸濠已封了他法号,当下就给宸濠谢过,复又说道:"贫道何德何能,敢邀封号。第恐七子十三生神通广大,亦非贫道所可对敌。幸而有成,贫道固不敢妄邀封号,不幸而抵敌不过,还求千岁见谅,勿加罪戾才好。"宸濠道:"仙师神通广大,想七子十三生亦断非仙师的对手。仙师而不肯为力则已,仙师而肯竭力帮助,断没有不庆大功告成的,总乞仙师相助为幸。"徐鸿儒听了这番话,便高兴起来,当下说道:"贫道蒙千岁知遇之恩,不次之擢,敢不竭力相助,以效犬马之劳。并非贫道口出大言,谅七子十三生不过略仗剑术,妄自欺人,贫道既已到此,哪怕他七子十三生,就便十四子二十六生,又能奈贫道怎样。贫道若不将他诛戮殆尽,贫道誓不回山。千岁但请放心,只管高坐深宫,以听捷音便了。"

宸濠听他如此说法,又引为己任,心中大喜。复又谢道:"既蒙仙师见许,将来孤登大宝,仙师便是孤的开国元勋了。"徐鸿儒道:"贫道哪敢妄想,唯望千岁早登大宝,上顺天心,下符民望便了。但贫道还有一言动问:现在千岁大将尚有几员? 雄兵还有多少? 尚请示知。"宸濠道:"孤这里除大将郏天庆而外,雷大春现在据守安庆,未即调回。其余能征惯战之士,尚有二十余员,雄兵还有五六万,仙师如需调遣,悉听仙师主裁。"徐鸿儒道:"有此大将,有此雄兵,足敷调遣了。敢请千岁明日即分派雄兵五千、战将十员,与贫道带去,以便随时调用。"宸濠当即答应。徐鸿儒又道:"余七之妹秀英,现在千岁宫中。敢请千岁将她传出,贫道有话与她面谈。"宸濠闻言,也就即刻着人去请余秀英上殿。

　　登时就有太监前去，不多一刻，太监回至殿上禀道："余小姐忽然抱病，不能起床，叫奴才给千岁与广大法师告罪，并道广大法师有何话说，即请告知千岁，俟一经病好，当于千岁驾前领命便了。"徐鸿儒听罢也就说，既是她抱病在身，不能出来，倒也不必勉强，就请千岁随后转告于她，叫她一经病好，即日趱赶前往吉安，贫道须要叫她听候差遣，因非非阵内必须她前去才好。"宸濠当面答应，一面就着人去传太医进宫，赶紧医治。

　　你道余秀英可真是抱病么？诸公有所不知，她却另有一副心肠，随后自然知道。这也是明武宗气数不该尽，宸濠终不能成其大事，所以有此一段因果。若是余秀英果真与徐鸿儒前去，虽七子十三生也不能奏效。诸君勿急，等说到那里，自然交代出来。

　　徐鸿儒当日就在宁王府住了一日，次日，外面已将五千兵挑好，十员战将也各人预备起程。先有人禀知宸濠说，将兵也已齐备，只候传令开队。当下宸濠又将徐鸿儒请来问道："现在兵将俱已挑选齐备，是否仙师压队同行，抑令他等前去？"徐鸿儒道："就请千岁命众将前行，贫道也就告辞前去。"宸濠道："孤本当相留盘桓数日，奈军务日急，不敢多延，好在后日方长，俟仙师大功告成，孤随后再慢慢领教便了。"说罢，一面传令，命众将即刻拔队；一面命人置备酒筵，为徐鸿儒送行。不一会摆出酒来，宸濠请徐鸿儒上坐，李自然相陪，宸濠又代徐鸿儒把盏，三人欢呼畅饮，好一会这才散席。徐鸿儒即便告辞，宸濠送出宫门，方执手而别。徐鸿儒就此往吉安贼营而去。

　　且说河南生离了大营前往到徐鸿儒那里盗取温风扇，不一日已到，当即按下风轮，隐至徐鸿儒室内，探视一番，只见有两个小童在那里说道："师父昨日下山到吉安营里，帮助大师兄排阵，你看师父此去，究竟胜败如何？"那年纪稍大些的说道："我看师父此去，定然大胜。将来大功告成，不但师父有了封号，就连大师兄与二师兄，也又有封号的。"那年纪小的说道："在我看来，恐怕未必。你不知道那七子十三生何等厉害，即以傀儡生一人的本领，我师父尚恐敌不过他，何况他那里有那么许多。就便师父本领再好，到底有个寡不敌众。"那大的又说道："不然，七子十三生虽然厉害，不过还是仗着他的剑法，须知我师父多少法术，移山倒海、撒豆成兵，七子十三生那里有这等法术。而况师父还有一件宝贝。那柄温风扇，只要将那扇子一摇，引出风来，哪怕敌阵上有千军万马，只要受着这温风,登时浑身发软,困倦起来,虽平时铜筋铁骨之人,到此也就不由自主的。有此法宝,还怕什么七子十三生么?"那小的又问道:"哪里这温风扇? 师父带去了么?"那大的道:"你真糊涂,师父临走时不是特地到法宝房内取出来,装在他豹皮囊内,随身带去的么!"那小的道:"无论他此去胜负如何,我总恨余七这王八,被人杀死,我才快心。"那大的道:"你为什么如此恨他?"那小的道:"我自有一件事,切骨至极。"

那知小童子所为何事恨那余半仙妖道,且听下回分解。

# 第一百四十二回
## 同类相仇恨如切齿　终身谁托刻不忘心

　　话说那小童子恨余七有如切齿,那大的又问他道:"你究竟为着何事如此恨他?"那小的道:"这话只能自己知道罢了,何能告诉你,就连师父也不能告诉。"那大的又道:"你告诉我不要紧,我决不代你告诉师父的。"那小的道:"告诉师父到不妨事,只是不能告诉你知道。"那大的又问道:"好兄弟,你告诉我吧。"那小的又道:"我告诉你,你就要取笑我了。"那大的道:"我如取笑你,叫我不逢好死,将来定然死在刀剑之下。"那小的道:"我告诉你,你千万不要笑我,不要告诉别人。"那大的道:"我倒发过誓了,你还不信么?"那小的这才说道:"自他摆了什么迷魂阵,被七子十三生破去之后,他便逃回山来。那时就该恳苦修炼,才是道理,哪知他在师父前却说得天花乱坠,背地里却无恶不作。那日顿生淫念,不知在那里摄了一个民间的女子来到山中,就在他卧房内与那女子云雨。那女子被他用了法术,昏迷过去全不知道,一任他为所欲为。不知他与那女子正在房内高兴,我也不知道,无意走进他卧房去了,他一见我走进卧房,他就赤条条的下来,将我抱住,先向我说道:'好兄弟,你千万不要告诉别人,我只因欲火中烧,借此一解其火。而且只行一次,少时就将她送回去了。'那时我也不管他这事,唯有答应他而已。哪知他不但不知羞愧,见我不与他较量,他以为我也是可欺的人,因又向我说道:'好兄弟,你可尝过这等滋味么?'我被他这句话一说,我实在怪臊起来,却不曾回答他的言语。哪知他看反了味,疑惑也要如此了,当下就说道:'好兄弟,你如不曾尝过这滋味,你就上去尝一尝。等你尝了这美人的滋味,然后我再把些好滋味与你尝,单看还是她的滋味好,还是我把你那滋味好。'说着就笑嘻嘻的,将我抱在他那赤条条的身上。我那时可真急了,我便向他说道:'你若再不松手,我就嚷了。'哪知他还是不睬,后来我便嚷起来,他才松手将我放下来,你道可恶不可恶。后来我就想告诉师父,复又想道,大家头面攸关,所以直这至今日,皆不曾说出。今日才与你谈及,这告诉你的,你千万不要告诉别人。"那大的听了这番话,也就登时大怒起来。道:"我还道他是个正经人,哪知他是个畜类。照这说法,真要将他碎尸万段才好。好兄弟,我今与你约,无论他此次胜负,等他回山时,我与你两人从今以后不要与他接谈便了。"那小的又道:"你还望他回山么,我只愿他死在那里,被七子十三生将他捉了去,给他粉骨飏灰,再也不能投人类了。"

他两人在那里闲谈,同类嫉恶,河海生隐身黑处,却听了一个畅快,暗道:向谓邪教中无好人,看他这两个小孩童,不过都才十五六岁,就知道如此向善。只可惜投在徐鸿儒门下,现在虽然正道,唯恐将来习染坏了。又自暗道:这温风扇既为徐鸿儒带去,谅来此处绝无此物,我何不赶紧回去,好到他营里去盗呢? 说罢即刻出来,飞身下山而去。一路行来,真是他们会剑法的人,毫不费事。只见行神如空,行气如虹,不到一日,又回至大营,仍从空中落下。玄贞等人一见齐道:"温风扇取回来么?"河海生道:"温风扇却不曾取回,倒听了一件的确新闻事。"玄贞子等人复又齐声问道:"什么的确新闻?"河海生就将听见那两个童子的话,说了一遍。

玄贞子道:"他那温风扇何尝不是如此。所以要他这扇子带进阵中,才可以解那冷气。譬如腊月天时,遇见那极冷的风,将水吹得都成了冰,人也冷不过了,忽遇见一阵热气,那水也就解化,人也就舒畅。到了春天,那些水被风一吹,也就解化开来。又如春夏之交,那温风吹到人身上,人就登时困倦,必得要受些凉气方才舒展。所以要这扇子进阵,有此温风,可以吹散他那种冷气,就是这个道理。今既被他带来,不在他山中,此事贤弟却去盗不得,必须待傀儡贤弟到来,方才可以前去。"河海生听了这话,自知本领不如傀儡生高明,也就唯唯听命。

再说一尘子去到宁王府中余秀英那里盗取光明镜,这日已到了宫中,先去寻找余秀英的卧房。可巧并不费事,才至宫门已瞧见他的卧房了。一尘子便轻轻落下,站在窗外静听。只听里间说道:"可怪我哥哥,不知时务。王守仁那里,有那许多非常之人保护于他,他偏要与他们相斗,眼见得一败涂地,性命还是不保。我从前也是糊涂,只道天下人除师父而外,再没有能人,哪里知道强中还有强中手。就便我师今已下山,也敌不过七子十三生他们一众非常之人。别人的本领我却不曾经验,就是那傀儡生从前来救徐鸣皋的时候,我虽将天罗地网前去拿他,他却毫不惧怕。不但拿他不住,被他逃走,末后我反上了他的诡计,将徐鸣皋带出营门,我只落得白费心机,徒然失身于人,也不能遂我之愿。昨者闻得徐鸣皋陷入非非阵内,近来又不知他性命如何,好叫我无法可想。可笑我师父,也要叫我前去帮他摆阵。如此看来,我师父也是逆天行事。"说罢,又叹了两口气。

一尘子在暗中听得清楚,暗道:可见女人还是随夫的心重,徐鸣皋不过与他三五日的夫妻,她就时刻不忘,连哥哥、师父都怨恨起来了。复又喜道:难得她如此不助宁王,我何不如此如此,去说她一番,或者她可以将那光明镜送与我,也未可料。主意已定,即刻走进房中。

余秀英正与她两个丫环拿云、提月在那里谈论,忽见房外走进一人,也是道家装束,心中便吃一惊。当下喝道:"你是何人,胆敢到此何故?"一尘子不慌不忙说道:"小姐勿庸惊慌,本师系是徐鸣皋相烦前来送信,望小姐前去搭救他性命。"余秀英一听,登时面上羞得通红,强颜怒道:"徐鸣皋是谁?我又与他毫无瓜葛,为什么他要求救于我。你可快快出去,不要惹了我性子,我若反转脸来,可不认得你的。"

一尘子暗道:她这反唇相讥倒也好笑,我若不给她个真情实据,她还要抵赖无因,因又说道:"小姐,你莫要强辩,可记得结十世姻缘时乎。若问本师何人?傀儡生系与本师的至好朋友,本师便是一尘子是也。今者实不相瞒,是前来奉借一物。本要暗中盗取,只因方才听得小姐大有改邪归正之心,而且念徐鸣皋不置,本师是徐鸣皋的师伯,因小姐与徐鸣皋尚有夫妻之情,所以才现身进来,说是徐鸣皋特烦本师前来求救。小姐,你若念徐鸣皋之情,他今虽陷在阵中,尚无性命之虞也,无须小姐前去救得。但小姐这里有一宝物,只须将此物交给本师,徐鸣皋便可救出,将来还可与小姐终身团圆。虽徐鸣皋刚强不屈,他不过是不降宸濠,并非忍弃小姐。小姐若有心于徐鸣皋,即将所借之物交出一用,否则本师却也不敢勉强,本师自有妙法盗取。那时可不要怪本师不做美满人情,还得小姐三思为是。"

余秀英听了一尘子这番话,心中暗道:我的心事却全被他知道。但是,他虽如此说,我却从未见过他,何能以他所说为凭。又不知他向我所借何物,他若果真可令我与徐鸣皋结那十世姻缘,我一身骨肉皆是徐鸣皋的,又何惜身外之物,不必说一件,就便全行与他,只要将他救出来,又何尝不可。若是他故意拿这话来骗我,我将宝物交付与他,我岂不受了他骗。若不将宝物借与他,万一徐鸣皋竟陷在阵内性命难保,不又误了我终身大事。左思右想,实在难以决断。

一尘子见他沉吟不语,已知道她的心事,因又说道:"小姐莫非见疑本师么? 若果见疑本师,是不难,本师还有一言,可为小姐设一计策,管使小姐两面俱到:既不见罪于宁王,又不漠视于鸣皋,将来大功告成,本师包管你个月圆镜合,但不知小姐意下如何?"余秀英听了这番话,因便说道:"既蒙老师见爱,即请示知,以便斟酌便了。"

毕竟一尘子说出什么话来,且听下回分解。

# 第一百四十三回
## 一尘子劝秀英归诚　徐鸿儒约守仁开战

话说一尘子见问，因道："本师之意，所谓两面俱到者，只因方才听小姐之言，有谓徐鸿儒使令小姐前去助阵，小姐不愿前去。在本师看来，小姐既无附逆之心，不妨将计就计，前到吉安。外行以助阵为名，内却以归正为实。到了那里，不必一定将徐鸣皋送出阵来，只要将他安顿一所好好地方，使他毫不受害。等将妖阵破去之后，小姐便可与他一同出来。那时徐鸣皋知小姐相救与他，人孰无情，岂有绝决之理。就便他任意绝决，好在本师等皆在那里，不但本师可以相劝于他，且可禀明王元帅，请元帅做主，哪怕他不肯相么？但有一件：本师奉借之物，可要小姐先交给本师。本师拿了此物回去，就可先在元帅前申明了。不知小姐尚以为然否？还请三思，以定行止。"

余秀英听了此言，暗道：此话倒也不错，我何不就如此如此，岂不较为妥当么？因即答道："蒙老师见教，敢不遵命。但老师既可先代为在王元帅前申明，何不就烦老师引领，先去见了元帅后，当面与元帅约定。克日里应外合如何呢？"一尘子道："如小姐能如此，那更妙了。本师又何必不为小姐引领。"秀英道："老师既然允诺，即请老师示知，所需何物？"一尘子道："本师所借者，系小姐处光明镜耳。"秀英道："此镜昨为宁王借去，现不在此，容向宁王处取回，即便与老师同去便了。还有一事与老师相商：我这两个丫环，向来随身相伴，名虽主婢，情同骨肉一般，以后还请老师与鸣皋一言，使他纳为侧室。"一尘子道："此事更极容易，在我便了。"说罢，便欲出去。秀英又道："此时老师欲住何处？"一尘子道："此处不便久留，我先回吉安而去。"秀英道："老师先回吉安，固是大好，但请老师即与元帅言明，奴家三日后定到。日间可不便相见，耳目众多，恐防泄漏，请约定三日后三更进见便了。"一尘子道："如此更好。"说罢，便即飞身出了宫门，只见一道白光，已不知去向。

余秀英暗自想道：此人有如此本领，我师父、哥哥欲与他们比试，不败岂可得乎？说罢，当日即往宁王宫中见了宁王，说明前日抱病也已痊可，即欲前往吉安，帮助师父、师兄破敌，并将光明镜讨回。宸濠闻言喜不自胜，当下说道："难得仙姑助孤，共成大事，将来功成之后，孤定不忘仙姑之功便了。"余秀英便反辞说道："臣妾唯愿千岁早早离了南昌，以图长久之计，非唯千岁之幸，亦薄海人民之幸也。"宸濠大喜道："总赖仙姑之力，与孤成功。"说罢，余秀英告退出来，回到自己卧房，即与拿云、捉月两个丫头收拾了一夜，将所有物件全行带在身旁，到了次日，便同两个丫头出了宫门，前往吉安而去。

余秀英虽不似七子十三生有御风的本领，她却有块手帕，名曰行云帕。只要将此帕念动真言，站在上面，这手帕便可腾空飞去，所以叫行云帕。余秀英与两个丫头到了宫外，就将行云帕祭起，三人站在帕上，一霎时出了南昌城，直朝前途进发。这且按下。

再说一尘子回到大营，先将余秀英如何思念徐鸣皋，如何弃邪归正的话说了一遍，告诉玄贞子等人知道。玄贞子等人听了此言，也甚欢喜。一尘子又将如何借宝，劝她归降，余秀英如何要见元帅的话，又说了一遍。玄贞子等人更是大喜，当下便道："何不此时就禀明元帅得知，好使元帅也知道其中情节。"一尘子答应，因与玄贞子等人一同来至大帐。

王元帅见他等进来，当即让了座，大家坐定。王元帅先问道："诸位仙师前来有何见谕？"一尘子便道："特来为元帅送一喜信。"王元帅道："两兵相对，胜负未分，妖阵罗列，尚未去破，何喜之有？敢请诸位仙师明以教我。"一尘子道："此却实是一件极大的喜事，元帅指日即得一员女将，破阵又在此人身上。解救徐将军出阵，亦复此人功劳居多。岂得不与元帅贺喜么？"王元帅听了此言，实在不能明白。因道："诸位仙师虽如此说，女将却是何人？尚请详细示知。"一尘子道："此人却是余七之妹，名唤秀英。因仰慕元帅，欲来归顺。"王元帅道："仙师此言差矣，余七现为本帅仇敌，岂有我之仇敌，而妹欲归顺者乎？本帅却甚不可解？"玄贞子道："元帅有所不知，其中却有缘故，容贫道说出，元帅就坦然不疑了。"于是玄贞子即将如何与徐鸣皋有十世姻缘，如何一尘子前去盗那光明镜，暗中听见秀英思念鸣皋，如何一尘子劝其归降，余秀英如何要来求见，约期里应外合的话，说了一遍。王元帅这才明白，当下也就大喜道："这总是我主洪福齐天，所以有这般奇事。但不知这余秀英何日前来？"一尘子道："贫道临行也约定：三日后夜半三更来见元帅。本当日间求见，只以耳目众多，恐有泄漏事情，所以待至夜静，较为妥当，这也是他谨慎之处。不过一件，破阵之后，设若徐鸣皋执意不从，还求元帅劝令鸣皋成其美满，不要辜负余秀英一片血诚。"王元帅道："那个自然，本帅定与他做主便了。而况余秀英在先虽为叛逆之助，现在既有心归诚，又能助成大功，岂有令她大失所望之理呢！"

玄贞子等人见王元帅满口应承，好生欢喜，当下即欲告退，王元帅又问道："余秀英既已归诚，她又能相助成事，但不知非非阵何日可破呢？"玄贞子道："尚须稍待半月，便可去破阵了。现在还有一件宝物不曾取来，贫道本拟欲待傀儡生来，使他前去取此宝物，今余秀英既来归诚，这件宝物便可令余秀英就近盗取了。"王元帅道："究系何物？"玄贞子道："此物名为温风扇，却在徐鸿儒那里。贫道也曾使一尘子前往徐鸿儒山中去取，后打听得徐鸿儒已经带来，又因他阵内一尘子不便去得，所以要待傀儡生前来。今有余秀英到此，这温风扇便可易得了。唯请元帅于余秀英来见之时，先令她将光明镜交下，然后再令她盗取温风扇，即日送来。想秀英定不有负元帅的钧命。"王元帅听罢大喜。

玄贞子道："贫道明日还要使徐庆去往九龙山，将伍天熊夫妇调来，同去破阵。只因伍天熊妻子鲍三娘怀孕在身，贫道算来将临产，所以要将她调来，使她进阵冲锋，还要使她在产后进阵，这非非阵就便于破了。"王元帅道："以后破阵之事，应如何施行之处，悉听仙师主裁便了。"玄贞子又谦了一回，这才退出大帐。次日，即命徐庆前往九龙山而去。趁此交代，一宿无话。

忽然次日一早，守营官拿进一封书信来，递与王元帅观看。王元帅接过拆开一看，原来是徐鸿儒打来的战书，约王元帅即日开战。王元帅知道他有邪术，不敢批准。当下即将玄贞子等人请来，大家商议。玄贞子等不一刻进入大帐，王元帅就将徐鸿儒打来的战书与玄贞子等看过。玄贞子说道："元帅之意若何？"王元帅道："本帅非不专主，只因昔日之政，是我为政。今日之政，便是诸位仙师为政了。还请诸位仙师商量，以定行止。"玄贞子道："元帅若不批准，是见弱于他人。不若就批准，约他即刻出战。元帅可一面传齐诸将，出全队以击之，先示威严，以挫锐气，亦是好事。贫道当暗助元帅便了。"王元帅答应，当下就将原书批准，交付来人带回。一面传令三军,即刻预备出队。因徐鸣皋陷在阵中,即令一枝梅为先锋。其余英雄如狄洪道、罗季芳、杨小舫、徐寿、周湘帆、王能、李武、卜大武、包行恭等人,皆为随营副将。

　　此令一下,即刻各军戎装起来。王元帅亦复戎服戎装。炮响三声,登时一队队出了大营,直朝敌寨而去。真个是军容之美,如火如荼。不一会,前队已离贼营不远,一枝梅就令本部兵卒,一字儿摆成阵势,接着大队已到,也就将阵势摆开,只待两军开战。

　　未知此战胜负如何,且听下回分解。

# 第一百四十四回

## 比剑术玄贞子对敌　助破阵傀儡生重来

　　话说官军与贼队两边列成阵势，官军队里一枝梅在先，王守仁在后，两旁排列着狄洪道、包行恭、杨小舫、周湘帆、王能、李武、徐寿、罗季芳、卜大武、并有牙将偏裨等人。贼队中门旗之下，立着三个道人：中间一个头戴万字紫金冠，身穿鹤氅，坐着是四不像，碧眼浓眉，方脸阔口，颔下一部虬髯。两旁有两个道童，一捧宝剑，一执拂尘，便是徐鸿儒，上首一个非幻道人，下首一个余七。以下又列着十员战将。只见徐鸿儒骑着四不像从阵中出来，指名与王元帅答话。王守仁也就阵中到了战场之上。

　　徐鸿儒在小童手中取过拂尘，向王守仁指手而言曰："你可是王守仁么？"王元帅道："妖道既知本帅的威名，你尚不知敛迹，还敢助纣为虐，这是何故？"徐鸿儒道："本真人不笑你他事，只笑你太不识时务。宁王谦恭和顺，有帝王气概。我等将欲助彼自立，以代天顺民。你等偏不知天时，不顺人心，须知兴师动众，徒然劳瘁士卒，使三军无辜受苦。你既逆天，敢与我真人一决胜负么？"王守仁大怒道："好胆大的妖道，敢自摇唇鼓舌，旁若无人，本帅若不将你捉住，碎尸万段，也不见本帅的本领！"说着向左右说道："那位将军将妖道擒来，以正国法。"话犹未毕，只见包行恭应声而出道："末将愿往。"说着一骑马已冲出阵去，大声喝道："妖道快通名过来，本将军枪下不杀无名之辈。"徐鸿儒道："本真人看你胎气不尽，乳臭未干，敢在本真人前耀武扬威。若问本真人大名，乃宁王驾下新封广大真人是也。你亦须通过名来，好给本真人送你的狗命。"包行恭听罢，大怒道："我乃王元帅麾下指挥将军包行恭是也。不要走，看我枪！"说着，就是一枪刺去。徐鸿儒不慌不忙，将手中拂尘朝包行恭枪下一架，说声："来得好，还不给我撒手。"话犹未毕，包行恭手中的枪也不知怎样的，就落在地下了。

　　王守仁在阵中看得清楚，吃惊不小，恐怕包行恭有失，正要喝令旁人前去助战，忽见一尘子从半空中落下，站立徐鸿儒跟前喝道："好大胆的孽畜！认得本师么?"徐鸿儒此时也正要捉拿包行恭回寨,忽见半空中落下一个道士来拦住他去路,不觉大惊,也大喝道:"你是何人? 敢来挡本真人的去路。可快通名来,好让本真人取你狗命!"一尘子喝道:"本师的大名不便与你知道,妖道休得猖狂,看本师的剑吧。"说着口一张,只见一道白光从口中吐出,登时一口剑盘旋飞舞向徐鸿儒头上砍来。

徐鸿儒一见,知道是七子十三生中的人物,正欲取剑来架,却好童子将剑呈上,徐鸿儒急急取过,向空中一抛,喝声道:"疾!"只见两口剑就在空中叮叮当当斗将起来,好似两条怒龙在半空中角力。一个是炼就空中之气,费许多丹药而成。一个是全凭化外之邪,竟仗此锋芒抵敌。两口剑斗了有半个时辰,彼此不分胜负。忽见河海生又从官军队里出来,走至阵前,也不答话,又从鼻孔中飞出一道白光,直奔徐鸿儒头上而来。徐鸿儒正欲分剑去了,那边非幻道人已将宝剑掷到空中,敌住河海生这口剑,彼此又斗起来。四个人,四口剑,盘旋飞舞,或上或下,或高或低,斗个不歇。

贼队中余半仙就在这个时节,又将手中的剑向空中一掷,口中说道:"速取王守仁的头来见!"那宝剑就如能通灵性一般,能听余半仙的话,即刻飞向王守仁头顶而来,看看已到。王守仁只见头上一道白光直朝下落,说声:"不好!"急朝阵后退去,忽听背后鹤寄生一声说道:"元帅勿惊,自有贫道抵敌。"王守仁闻言,再向空中一看,已见余半仙那口剑被一道白光托住,在半空中乱击起来。王守仁这才放心。大家斗了一回,真个是仙家妙术,正能敌邪。

忽然,半空中一声响亮,徐鸿儒的剑被一尘子的剑削去一截,落将下来。徐鸿儒一见大惊,登时说声:"不好!"即将拂尘向空中一掷。但见那拂尘到了空中,即刻也变了无数的宝剑,一起去削一尘子的那道白光。一尘子虽然剑术高明,到此也有些惊恐,只因寡不敌众,正在惊慌之际,忽听玄贞子一声喝道,走出阵来,向徐鸿儒用手一指说道:"妖道,你敢用邪术乱人耳目,待本师前来与你对敌。"说着,鼻中就吐出一道白光,飞向空中。口中又道:"速变! 速变! 快去削击!"只看那一道白光顷刻也变了无数白光,先将那徐鸿儒那无数的剑迎住,复又用手一指,只见那无数白光中又分出一道白光,直飞至徐鸿儒顶上,即往下砍。

徐鸿儒一见,说声:"不好!"赶着在豹皮囊取出一物,如绣花针一般,放在空中。只见那花针迎风一晃,登时就如一根铁杵一般,在空中迎住那道白气。此时半空中煞是好看,忽如群龙戏海;忽如众虎争山;忽如万道光芒,半天飞绕;忽如一条白练,横上云衢。忽疾忽徐,或分或散。比之昔日公孙大娘舞剑,殆有过矣,无不及也。

彼此又斗了一会,只见玄贞子将大袖一拂,口中喝道:"还不代我归来!"那声道罢,那徐鸿儒的拂尘竟收入玄贞子袖内。徐鸿儒大惊,暗道:"不好!即将豹皮囊内所藏的温风扇取出,向各人一扇。玄贞子知道这温风的厉害,当下便说道:"好妖道,本师暂且回营,我今日权寄下你的首级,十日后当来破阵便了。"徐鸿儒见他不战,也就将温风扇收回。当下说道:"你莫谓将本真人的法宝收回,以为无济,须知本真人法宝甚多。今日且各罢战,十日后当等你前来破阵便了。"说罢,两边皆鸣金收军,各人也将宝剑收回,一霎时天空云净,杀气消灭了。

王守仁率领众将收军回营,众将稍歇片时,王守仁便传齐众将,并请到七子十三生计议道:"吾观徐鸿儒虽然左道欺人,也算是术技精明,不易破敌。方才看他那种法术,若非诸位仙师在此,本帅又为他所算了。但现在诸位仙师虽已允他十日后破阵,温风扇既未盗回,光明镜亦未送到,除此二者,断不可破那妖阵。若余秀英不来,这便如何是好。"玄贞子道:"元帅但请放心,贫道早料余秀英与徐鸣皋有姻缘之分,她必将光明镜送来。只要元帅于她面求时,元帅答应她事成之后,准她与徐鸣皋正配姻缘,她断无不竭力之理。但俟秀英将此镜、扇两物送来,那时便可破阵。"

王元帅道:"徐庆前往九龙山调取伍天熊夫妇,又不知何日可来。"玄贞子道:"这更不烦心,不过五日后便到此地。贫道明日还要着焦大鹏回去,将他两个妻子孙大娘、王凤姑二人调来,帮助元帅立功的。"王守仁道:"似此则焦义士回去,又于何日可来呢?"玄贞子道:"他却更快了,虽不敢谓朝发夕至,极迟也不过三日,便可齐来。"王守仁道:"一切总赖仙师之力,以助本帅诛讨叛藩,破除妖道。"玄贞子道:"贫道等敢不尽心。"

大家正议论间,忽见帐下走进四个人来,一路笑道:"元帅久违了,元帅勿忧徐鸿儒、非幻、余七难除,非非阵难破,某等特地前来,以助元帅破诛妖道,建立大功。"王守仁细细一看,内中只有一个认得,却是傀儡生,其余三人皆不曾谋面,心中暗道:"光景①这三人也是他们一流,因即站起

_____

① 光景——即"看这光景"、"看样子"之意。

身来迎道:"荷蒙仙师降临,以助本帅一臂之力,非是本帅之幸,实乃国家之幸也。"说着,傀儡生等四人已至帐上,王守仁让了座,傀儡生四人又与玄贞子等八人说道:"你等来得好早呀。"玄贞子道:"总不似你们迟迟吾行,若再不来,我要预备去奉请了。"傀儡生道:"早到与迟到同一到此,只要不误正事,又何必定分早迟。而况有大师兄在此布置一切,我等就早日到来,亦不过听其指挥而已。今日到此,从此当听驱使便了。"玄贞子笑道:"你此时来得却好,我却有件要紧的事,非你去不可。"

　　不知玄贞子说出什么事,且听下回分解。

# 第一百四十五回

## 余秀英敬献光明镜　王元帅允从美满缘

却说傀儡生问道："究属何事，非我不行。尚望明以叫我，好听驱使。"玄贞子道："只因一尘贤弟前去余秀英那里盗取光明宝镜，闻得余秀英颇念鸣皋，一尘贤弟即乘其机会，面与秀英说明，劝其来降。秀英虽即答应于三日后到此，并送光明镜前来。今已交第三日，尚未见到，元帅颇以此为忧，所以欲令贤弟前去一走，使她早早前来。而况贤弟前曾为她两人结十世宿缘，此时前往，究竟较别人着力。故此这件事非贤弟不行。"

傀儡生道："原来如此，兄岂令弟重为月下人乎？且俟今日夜半，看渠来否。若果不来，小弟明日当即前去便了。"当下王守仁大喜，又与那三人通问名姓，原来是自全生、卧云生、罗浮生。王守仁又与他三人谦逊一回，玄贞子即邀他等入后帐而去。一枝梅等也就退出，各回本帐。

到了黄昏时分，玄贞子又命人出来与王守仁说道："今夜请元帅稍待，恐怕余秀英要来。若至三更以后不到，元帅再请安睡。"王守仁答应，那人仍回后帐而去。不一会，王守仁用过晚膳，就在帐中取了一本兵书，在那里秉烛观书。看看将近三更，并无人来。又坐了一会，已是三更时分，仍不见动静。王守仁暗自说道：光景今夜未必前来了，我何必在此久待，不如且去安睡，俟明日再请傀儡生前去一往。

正自说着，忽听帐外一阵风声过处，那帐中所点的蜡烛光晃了两晃，王守仁正要说这阵风来得好奇，一句话尚未说出，只见公案前立了三个绝色的女子：中间一个头戴元色湖绣包脑，一朵白绒毡高耸顶门。包脑上按住一排镜光，闪烁烁光耀夺目。身穿一件元色湖绣紧身密扣短袄，腰系元丝带，下穿一条元色湖绣套裤，紧紧系着两只裤腿，腿踏一双皂罗鞋，由头至脚周身元色，愈显得柳眉杏眼，粉脸桃腮。两旁站着两个女使，也是周身元色，虽不如当中一个美貌，却也生得体态轻盈。各人手执宝剑一口。

王守仁看了一回，只听当中一个娇声问道："上坐者莫非就是王元帅么？"王守仁见问，也就问道："你系何人？问王元帅作甚？敢是要来行刺么?"那女子又道:"何相疑之若是。一尘子岂未将情说明么?"王守仁听说这句话,知道是余秀英了,便问道:"你莫非余秀英不成?"那女子道:"正是余秀英。但不知元帅现在哪里? 一尘子现在何方? 请即出来,我有话面讲。"王守仁道:"我便是元帅,有话只须讲来便了。"余秀英听罢,跪下去先行了礼,然后站立一旁说道:"罪女不识元帅尊颜,有惊虎驾,尚求勿罪。一尘仙师前者回营,不知曾否将罪女的委屈在元帅前面禀一切? 现在何处? 敢劳元帅饬令请来,以便罪女声明一切,并有要物留下。"王守仁听说至此大喜,即刻命人将一尘子请来。

一尘子听说余秀英已来,便拉了傀儡生一起进入大帐,一见余秀英道:"小姐真信人也,可喜可喜!"余秀英见一尘子进来,又见同来一人,仔细一看,却是傀儡生。因先与一尘子施礼毕,复又问一尘子道:"此位莫非傀儡老师么?"一尘子道:"正是。"余秀英即刻扭转身来,向傀儡生行了一礼,然后说道:"老师道法高明,久深景仰,前者多多蒙犯,尚求宽其既往,勿再挂怀为幸。"傀儡生道:"不知者不罪,而况小姐今已有心归正,将来共立功业,真是难得。"

一尘子便插言说道:"小姐前日所嘱各节,某已于元帅前历历言之,早蒙元帅俯允,可以勿再虑及。唯光明镜曾带来否? 尚望早为留下。"余秀英道:"既蒙老师介绍,又蒙元帅俯如所请,区区之物,敢自失信? 现已带来,即请察核。"说着,就在腰间取出一面小镜,约有酒杯大小,递给一尘子手中。一尘子接过来仔细一看,却是此物。尚恐王守仁不能坚信,因与守仁说道:"元帅不知,此镜实为稀世之宝。可请一试其异,以鉴秀英敬献之诚。何如?"王守仁道:"仙师既有言在先,余秀英又如期而至,已自诚信无欺,何必再验。然本帅确不知此镜之异,既仙师如此说项,本帅便如命以观,但不知如何验法?"一尘子道:"元帅可将烛光熄灭,便验得此镜实为稀世之珍了。"

王守仁大喜,随将案上烛光一口吹灭,又将帐内灯光概行熄去,这大帐内,登时黑暗起来,彼此全不相见。一尘子遂将光明镜取出,向帐中一照。实也奇怪,即刻满镜通明,有如一轮明月照耀空际。王元帅喜不可极,当下便请一尘子好生收藏。重又将烛光燃点起来,向余秀英说道:"小姐如此诚信,不吝稀世之宝,为国家扫除逆藩,本帅钦佩之至。一尘仙所言一切,本帅无不乐从,将来功定之时,不但本帅可以自主,且可为小姐奏明圣上,以表功劳,与徐将军共遂百年之愿。"

说到此,只见余秀英脸上一红,登时跪下谢道:"蒙元帅成全之恩,罪女敢不愿效犬马之劳。"王元帅见她如此多情,实在暗羡她能弃邪归正,又以说道:"小姐,你且起来,不须如此。本帅尚有话与小姐熟商,仍望小姐勿却。"余秀英见说,便站起身来,仍在原处立定,因问道:"不知元帅有何见谕,即乞示明。"守仁道:"只因此事非小姐独力不行,但不知小姐尚可允诺?"余秀英道:"元帅吩咐,虽赴汤蹈火,亦所不辞。"

王守仁道:"徐鸿儒那里有一柄温风扇,想小姐定然知道呢?"余秀英道:"也曾听我哥哥说过,颇为厉害。罪女虽在他那里,却不曾见过此物。这温风扇却是阵中紧要之物,元帅既言及此,莫非使罪女去盗么?"王守仁道:"前者河海仙师也曾去盗,只因为徐鸿儒随带身旁,昨日诸位仙师与徐鸿儒比斗剑术,后来徐鸿儒比敌不过,他的拂尘为玄贞仙师收去,他便取出温风扇来,欲施诡计,后来亦为玄贞老师解之,本帅曾亲目所视。今拟再烦小姐,将此物盗来,将来与徐将军建立功业。现在本帅这里诸事齐备,只少此一物,若此扇一经到手,便可前去破阵,幸小姐勿辞。"

余秀英听罢此言,当下说道:"罪女原不敢却,然亦不敢极口应承,总之竭力设法,以副元帅之属望。唯不能克期送来,一经到手,即当敬谨送至帐下,彼时罪女却不能亲自送来。"当下即指着左边一个使女说道:"当令这拿云丫头送来便了。"王元帅听说,见她已允,好生快乐,因又谆嘱一番,余秀英唯唯听命。

王元帅把话说过,余秀英又道:"此间不便久留,恐防耳目,请从此别。何日破阵,当为内应便了。"王元帅又道:"本帅还有一事相托:小姐前去敌营,务必急速将徐鸣皋妥为安置,虽曰灾难难逃,究竟有人照应与无人照应,大有区别。小姐幸即留意勿辞。"余秀英听了此言,正是心中第一件紧要之事,哪得不唯唯答应。说着便辞了一尘子、傀儡生、王守仁,登时带领着两个使女,飞身出了大帐,朝贼营而去。

王守仁见余秀英去后,复与一尘子、傀儡生两人说道:"余秀英能如此弃邪归正,真算难得。而且这女子美貌中颇有英雄气概,真与徐鸣皋一对好夫妇。若非一尘大师善为说项,劝其归降,不但本帅无此臂助,且不免埋没她一番用心了。今者他又见义勇为,不辞劳苦,虽将功成之后给她们两人成就良缘,然亦一尘仙师之力也。"一尘子道:"元帅有所不知,今日虽为贫道劝令来归,然推本穷源,设非傀儡造就在前,使他二人已结十世姻缘,便是贫道也无能为力。"彼此又说笑了一阵,然后各去安睡。

不知余秀英何日才将温风扇送来,且听下回分解。

# 第一百四十六回

## 徐鸣皋救出亡门阵　众守军昏倒落魂亭

话说余秀英自从别了王元帅，与使女拿云、捉月直奔徐鸿儒营中而去。官营与贼寨不过五里之遥，将近四更以后，便到寨内。此时徐鸿儒、非幻、余七三人正在那里拜斗，余秀英从半空落下，余七一见妹子到来，好生欢喜。当时因拜斗未毕，不便说话。余秀英就站在一旁，等他们三人将斗拜毕，先与徐鸿儒行了礼，然后说道："师父前者到宁王府，彼时徒弟适值感冒风寒，未能参见，多多有罪。今者病已全好，特奉宁王之命，前来听候师父差遣。"

徐鸿儒道："罢了，我徒今既前来，没有事令你所管，你可专管落魂亭。因此亭系集阴气而成，非阴人执掌不可。贤徒到此，真乃万千之幸！哪怕他七子十三生纵有通天本领，将十二门破去，得贤徒掌管落魂亭，他们到了此处，也就要前功尽弃的。但此落魂亭一事，责任重大，贤徒务要格外慎重才好。"余秀英道："既承师父见委，徒儿敢不当心。但不知这落魂亭上如何布置，敌人到此如何摆布于他，尚望师父教我，以便徒儿遵守。"徐鸿儒道："今夜不及指示，且待明日，为师教道于你便了。"

余秀英答应，又与非幻道人及余七见过礼，当下问非幻道人道："愚妹闻得徐鸣皋已陷入阵内，不知现在何处？曾否身亡？师兄可否带愚妹前去一观？"非幻道人道："贤妹何以问及于彼？"余秀英道："只因愚妹与他有切齿之恨。从前我兄长大摆迷魂阵时，他与傀儡生暗将愚妹的法宝偷去好多，以致兄长被七子十三生将迷魂大阵破去。若非他暗地盗我法宝，我兄长何致大败而逃。今既陷入阵中，无论他已死未死，愚妹定要将他寻出来，碎尸万段方消昔日之恨！但不知现在何处？"

余秀英这一派巧言，说得非幻道人千真万信，当下答道："他系陷入亡门，特恐他已经身死。贤妹既与他有如此仇恨，今夜也来不及去看，明日当与贤妹去看视便了。"余秀英道："明日将徐鸣皋寻找出来，可否交与小妹带至偏僻所在，叫他受些零戮之罪，以报昔日之仇。不知师兄尚蒙允许否?"非幻道人道:"这有何不可,唯恐徐鸣皋业已骨僵而死了。"余秀英道:"即使他骨僵身死,我也要报仇的。"非幻道:"既如此,无论死活,总交与贤妹处治便了。"

余秀英暗暗大喜,复又问徐鸿儒道:"近日敌营中还有什么动静? 那七子十三生曾否全来? 师父曾与王守仁开过几战?"徐鸿儒便将与玄贞子等比试剑法的话说了一遍,却不曾说出宝剑被人家削截一段、拂尘被玄贞子收去。余秀英听罢,却也暗暗好笑。当下徐鸿儒道:"贤徒路远到此,你可到后营去安歇吧。"

余秀英答应,退出大帐,便与拿云、捉月同至后帐安歇去了。到了后帐,却再也睡不着,只是念及徐鸣皋究竟生死如何,恨不能即刻天明,好与非幻去到那里看视。眼巴巴天已大明,她便起来。梳洗已毕,用了早点。约有辰牌时分,便去大帐给徐鸿儒早参。

此时徐鸿儒业已升帐,余秀英早参已毕,站立一旁。徐鸿儒道:"贤徒昨晚要去看视徐鸣皋,现在帐中无事,你可与非幻前去,将徐鸣皋交出,即交与贤徒慢慢处治,以报昔日之仇便了。"余秀英听说,当下又谢过一番,即便起身,与非幻道人前去看视。

到了亡门之内,果见阴风惨惨,冷气逼人,余秀英也觉受不住。因道:"师兄,何以如此寒冷? 徐鸣皋陷入此阵今日已经三十一日了,焉有不骨僵之理。而况此处犹在门外,还未深入内地,徐鸣皋所陷之地,却在极深极冷之处。不必说徐鸣皋,就便七子十三生,到了此地,也要骨僵而死呢。"余秀英道:"师兄何以不怕呢?"非幻道:"我有保暖丹服下,便觉不畏寒冷。"余秀英道:"除却保暖丹,还有什么可避之法呢?"非幻道:"只有师父那温风扇可以避得此冷寒,此外再无别法了。"

余秀英道:"师兄你这保暖丹,现在身上可有么?"非幻道:"敢是贤妹也要保暖么?"余秀英道:"正是。不知师兄果肯见赐一粒么?"非幻道:"贤妹说哪里话来,你也非外人,皆是自家人,理当取出来与贤妹保暖。可是我这丹药,不但保暖,而且可以救人性命,哪怕他骨僵而死,只须将此丹与他服下,只要不过四十九日,可以重生。愚兄本不应说这话,只因贤妹不是外人,徐鸣皋又是仇雠,若遇旁人就便把丹药与他,哪里还肯将此秘法告诉于他呢。"余秀英听见这话,好生欢喜,因暗道:既以这丹药可以救人重生,我何不如此如此,再骗他一粒过来,也好救徐鸣皋的性命。

主意已定，只见非幻道人已将丹药取出，递给过来。余秀英接过，即便放入口中，吞了下去。又与非幻道人向前走去。走未多远，便故意打了两个寒噤，自己复又说道："怎么这丹药不行吗？服了下去，还是这样冷，怪不得令人受不住的。"非幻不知她的用意，因又说道："贤妹不知这丹药还有个道理，若遇女人服下，效验似不如男人。既然贤妹还受不住，好在愚兄这丹药尚多，贤妹，我再把你一粒。"余秀英听了此话，格外暗喜。于是非幻又拿出一粒，递给秀英。秀英接在手中，故意放入口内，其实背着非幻，已收在一旁。

当下便与非幻走入阵中，四面一看，果见徐鸣皋睡在那里，便问非幻道："这不是徐鸣皋么？"非幻道："正是他。"余秀英急上前一看，只见鸣皋体冷如冰，面色如指板硬的睡在那里。余秀英看罢，好生难受，险些儿落下泪来，假复切齿恨道："徐鸣皋，你昔日的英雄而今何在？你到此还有什么话说呢？你仗着自己的本领，又恃着傀儡生的法术，前去盗我的法宝，你也有今日！被我师兄将你陷在此处，叫你骨僵而死。我不惜你身死此地，只可惜我那法宝现在不知落在何处？也罢，冤有头，债有主，你莫谓我余秀英心太毒，我今日遇见你，你虽身死，我却不能不报昔日之仇。"口中说了这番言语，心中可着实不忍，即便令人将他抬入后帐，以便慢慢处治于他。当下有小军过来，将徐鸣皋速速抬出，送往后帐而去。

这里非幻道人可与余秀英到那十二门暨那落魂亭各处去看了一回，又说落魂亭如何厉害，当与余秀英到了亭上。但见当中摆了一张桌子，有木架一座，架上插了许多旗幡，只见旗幡中有一面三角白绫小军幡，上写着"落魂幡"三字，四面系着铜铃。余秀英一见，便问道："此幡便是招人魂魄的么？"非幻道："正是此幡。但见有人前来，即将此幡向来人一招，那人便昏迷不醒，登时倒在地上，听人所为。此就叫着落魂幡，哪怕他神仙也逃不过此难。"余秀英道："原来有这等厉害，足见师兄法术高明了。"

当下看过，仍回大帐而去。见了徐鸿儒，非幻即将落魂亭如何布置、如何施用旗幡全告诉了余秀英的话，说了一遍。徐鸿儒问秀英道："你曾否明白呢？"余秀英道："徒儿也知道其中的奥妙了，随后只要等敌人前来，徒儿自会施展。"徐鸿儒道："好在是现成事，以吾徒向来聪敏，自然不难。"说罢，余秀英方欲告退，只见徐鸿儒又道："吾徒可于明日即到落魂亭上试演两天，以后便能纯熟。"余秀英道："哪里有这仇人前来？"徐鸿儒道："是不难，只须将营内的小军招呼十数名来前，让吾徒先试一番究竟验否。"余秀英道："如此以小军作为敌众，这不是先令小军身死么？"徐鸿儒道："虽然将那些守军招来，展动落魂幡，拿小军做敌军，只不过稍迷其性，断不至有性命之忧的。"余秀英道："小军既不曾死，徒儿当如法先行试验便了。"徐鸿儒大喜，当下喊叫了一队小军，听候差遣，又叫余秀英先行去到落魂亭，看着非幻先行试验一回那落魂幡如何招展。

余秀英便与非幻道人前去，非幻演了一回，余秀英一一记得清楚，非幻道人便率领一队小军冲杀过来，余秀英一见，即刻将那落魂幡招展起来。果然，那些小军个个昏迷，跌倒在地。

毕竟这些小军如何，且听下回分解。

# 第一百四十七回

## 余秀英嘘寒送暖　徐鸣皋倚玉偎香

话说众小军个个昏迷在地，余秀英看见果然厉害，因问道："如何使他等醒来呢？"非幻道人道："只要将警魂牌一拍，即刻就醒过来了。"余秀英又使非幻道人击动警魂牌。果然，众小军不到一刻个个全醒过来。

余秀英看罢，即便退下亭去，来到自己帐中，连歇也不歇，便去看视徐鸣皋。只见徐鸣皋仍然骨僵尸冷，睡在那里。余秀英惨然泪下。当时便加意令人看管，不可疏忽。她便进入帐中，稍为歇息。一日无话。

到了夜间，等大众全行睡静，即带了拿云、捉月走至徐鸣皋跟前，轻轻将他衣服解开，先向他胸前摸了一摸，虽然浑身冰冷，胸口尚微微有点气。余秀英心中暗喜道：如此看来，似尚有救。当下即将保暖丹取出，先放在口内嚼烂，又用唾津和融，衔在口里，复将徐鸣皋牙关撬开，将保暖丹度了进去。又命拿云进去帐内，烧了些汤拿来，余秀英一口一口衔在嘴中，度入徐鸣皋嘴内。好一刻，将丹药、姜汤全行给他流下咽喉。又命拿云、捉月在那里小心看视，如果稍有转机，即来禀报。拿云、捉月答应了，余秀英这才回帐。

不到一个时辰，余秀英又出帐来，到徐鸣皋那里看视一回，又用手在他心口摸了一摸，并未回温，还是冰冷，低声与拿云、捉月说道："这丹药服下已有一个时辰，何以仍未转机？难道是不灵验么？"拿云道："小姐不要作急，我看这丹药是灵验的，光景药性尚未走足，而况徐老爷又有这许多日期，哪里能急切回温的道理。好在徐老爷他们已作他骨僵而死了，婢子却有一计最好，明日一早就去告知了徐师父等人，就说已被小姐杀了首级，砍成数块，抛入荒郊，喂养鸟雀去了。徐师父等人听说此话，总以为小姐是报前仇，断不疑惑有别项事情。只要徐师父晓得，他为小姐处治，他也不来盘问。然后小姐将他抬入帐中，慢慢的设法相救，却比这地方好得多了，不知小姐意下如何？"余秀英道："此言甚合我意，但与其明日再抬入后帐，不如即刻就将他抬入里面，明日一早我便去告知师父便了。"当下就与拿云、捉月三人将徐鸣皋抬进帐中,安置妥当,不便风声稍露。

是夜余秀英即将徐鸣皋衣服脱得干干净净,自己也把外衣卸去,只留内里小衣,将徐鸣皋搂在怀中,也不顾什么冰冷,整整暖了他一夜。说也奇怪,徐鸣皋身上渐渐有些回暖过来,余秀英大喜。自己即刻起来,仍用衣服给他穿好,又加厚些被褥,代他盖上。安排已好,余秀英这才到了外间,梳洗已毕,即刻到大帐给师父徐鸿儒早参,并照着拿云所说的话,告知徐鸿儒、非幻道人、余七三个人知道。他三人听了此话,实也毫无疑惑,但说道:"即如此处治,也算报了昔日之仇了。"余秀英唯唯答应。又谈了一回闲话,即告退出来,仍回后帐。

到了帐中,便问拿云、捉月:"现在徐老爷如何?"捉月道:"小姐放心吧,徐老爷是断不妨事了,现在四肢已经转热过来了。"秀英闻说,也就走近前,又将徐鸣皋的四肢摸了一回,不但与昨日不同,连方才都不同了,果然摸在手中,已有五六分暖意。秀英大喜,不敢扰动,仍轻轻的将被代他覆好,还令拿云、捉月互相伺候。到了夜间余秀英又将他衣服脱去,仍如昨夜,搂在怀中与他暖了一夜。

话休烦絮,接连代徐鸣皋暖了三四夜,徐鸣皋既得保暖丹之力,又得余秀英借暖之法,到了第五夜,果然身体大温气来,口鼻中微微有呼吸之声。你道余秀英可喜不喜呢。当下又命拿云取了些姜汤,给徐鸣皋徐徐灌下。约有四更时分,徐鸣皋又低低叹了一口气,余秀英此时仍与他睡在一起,当下就唤道:"官人醒来。"唤了两声,并不答应,又命拿云取了个火光,向徐鸣皋脸上一照,只见他闭着两眼,实在委顿不堪。余秀英暗道:此次真吃了大亏了。却也不敢惊扰,仍然将他搂在怀中,与他同睡。直至天明,余秀英起来,便去煎了些参汤,给徐鸣皋灌了少许,到了夜半,徐鸣皋便能睁眼,还是委顿不堪,糊糊涂涂的不知身在何处。余秀英也不与他说话,但将参汤给他饮食。

又过了一日,这日晚间徐鸣皋便有精神了,睁开两眼,但见帐中有三个绝色女人,在这里给他服侍。他这一见,好生惊异,当即低声问道:"我徐鸣皋何以在此? 你们三位却是何人? 何得前来救我?"余秀英听他说话,好生欢喜。当即走至他面前,也低声说道:"将军幸勿高声,妾非他人,乃余秀英也。他两人亦非外人,是妾所用之女婢拿云、捉月是也。妾特奉王元帅之命、玄贞老师之言,前来救将军,将军幸少安勿躁,此时合营诸人尚未安静,请少待,妾当倾心吐胆,将所有情节,以告将军,使将军知妾之来意,非若从前之在宁王府时之事也。"徐鸣皋听了这番话,方知余秀英前来救他,也就不再多问,恐防耳目。

到了夜半,余秀英仍与徐鸣皋同睡,枕旁私语,便将一尘子如何盗取光明镜;如何思念夫言,为一尘子窃听;后来一尘子如何好言劝解;如何自己亲献光明镜与元帅;元帅又如何责令她盗取温风扇;如何巧骗非幻道人的保暖丹;王元帅又如何允她匹为婚姻的话,细细说了一遍。

徐鸣皋听说,此时也觉感激,又见她如此殷勤,自己是情投意合,当下便问道:"既蒙贤妻如此情厚,但不知现在王元帅与非幻道人战过几次?哪非非阵曾否破去么?"余秀英道:"妾到此处连今日才有七日,将军却不知道,现在我师父徐鸿儒也在此地,玄贞老师等本约我师父十日后破阵,今已八日,至多不过再有六七日,就要来破阵的。但是妾这两日为服侍将军,故我师父那里的温风扇尚未得间盗出,再迟可要误玄贞老师等人的大事了,今将军幸以勿妨,唯急切不能出寨。从明日为始,请将军坚耐数日,妾当留两个婢子轮流在此伺候将军,妾即去设法盗取温风扇,送往大营,好给玄贞老师等如期破阵,妾与将军也可早早出此牢笼。"

徐鸣皋道:"能得贤妻如此见爱,而且弃邪归正,将来事成之后,某当感激不忘。"余秀英道:"我也不知是何缘故,从前本来立志不肯嫁人的,自从见了将军之后,与将军一度春风,后来将军虽然被傀儡老师带出宫门,那时妾并不敢恨傀儡老师,唯自恨我哥哥不识天时,助纣为虐,将我陷在那里。若欲独自逃走,又恐不便,所以日日总不能忘却将军。及闻将军隐入阵中,妾一片私心,更难自定,恨不能插翅飞出宫门前去相救。又因未奉宁王伪令,不便私自出宫。后来,虽师父在宁王前令我前去帮助于他,我以为将军既陷入阵中,必然多凶少吉,所以托病不出,居心从此无意人世,自恨命不如人。自闻一尘老师说及将军虽陷阵内,不过有四十九日灾难,并无性命之忧。妾闻此言,所以才到宁王前销了病假,趱赶前来,急救将军性命。将军方才所说感激不忘,这话未免见外。俗语说得好:嫁夫从夫,夫死妇当殉节。妾虽不明此意,也曾知道今将军有难,妾理应酬之。将军何出感激之言,但愿以后宁王早早诛灭,天下太平,妾与将军偕老,以终其愿足矣!有何他望呢?"

徐鸣皋听了这番言语,着实可爱可敬,因又谢道:"贤妻虽然如此,某设非贤妻来救,某尚能为再生之人么? 所以不得不念加感激。"余秀英道:"不必繁琐了,现在将四更,将军精神尚未大复,还请养歇为是,等将军精神复元,说不定还要战斗呢。"徐鸣皋当下也就不言,悉心安歇。

余秀英仍伴徐鸣皋睡到天明,方才起来。拿云、捉月进来打了面水,余秀英梳洗已毕,又谆嘱一番,叫他切勿声张,恐防漏泄,即留拿云在里间服侍,他便带了捉月出来,用了早点,直朝大帐而去。日间盗取温风扇,送往大营给王元帅早早破阵。

毕竟温风扇何以盗得出来,且听下回分解。

# 第一百四十八回

## 知恋新恩秀英盗扇　不忘旧德鸣皋遗书

话说余秀英来到大帐，见徐鸿儒、非幻道人、余七正在那里议事，余秀英上前个个参见已毕，徐鸿儒问道："徒儿为何今日这大早前来，又什么事情？"徐秀英随口应道："只因这两日未曾给师父请安，师父亦未曾呼唤徒儿，所以一来给师父请安问好，二来打听打听敌营的动静，曾否前来约期破阵。"徐鸿儒道："那玄贞子曾经约过十日后破阵，现在不必约日期了。"徐秀英道："现在已将及期，非是徒儿过虑，那七子十三生本领亦颇厉害，法术亦极高明，久久不来开战，恐他有什么破阵之法，倒要打听打听，好早为预备，免得临时措手不及。"

徐鸿儒笑道："徒儿之言虽是有理，这是未免过虑了。非是为师夸口，他若寻不出温风扇、光明镜来，他怎么能破此阵？光明镜现在徒儿那里，温风扇现在为师身旁，任他本领高强，法术高妙，又从哪里得此两物？这两物既不能到手，不必说七子十三生，就便是十四子二十六生，也是枉劳无功的，贤徒何虑之有。"余秀英道："既如此说，这非非阵是断难破的了。但是师父这温风扇，徒儿一向虽曾听说，却是不曾见过，拟求师父取出来给徒儿一观，俾徒儿见识见识，不知师父果能允许否？"徐鸿儒道："这有何不可，现在却未带在身旁，你可随我前去，我给你看视便了。"

余秀英大喜，当下即随着徐鸿儒到了后帐。徐鸿儒在一具楠木小箱内取出一个豹皮囊，将豹皮囊的口放开，在里面拿出一把折扇，递给余秀英道："这就是温风扇。"余秀英接在手中，打开一看，不过是两面白纸糊就，犹如平人所用一般，并不见什么稀罕，因道："非是徒儿菲薄于他，也不见得什么好处在那里，何以师父就将这扇儿说得如此宝贵？"

徐鸿儒道："徒儿，你真少见多怪了，不必说这扇儿有温风可取，虽极冷之天气，极寒之地方，只要将这扇子打开，轻摇两下，便觉如春气勃勃，若重摇两下，那风势一大，哪怕他金刚神佛，只要沾着这温风，他便如吃醉一般，登时骨软筋酥，毫无气力，哪里能受得住。就是这扇儿的来历，也有几千百年。还是当日周朝李老子炼丹之时，将这扇儿去掀风引火，日受火气蒸炽，待至丹炼成功，已有百余年之久。后来为孙悟空大闹天宫之时，将这扇儿偷去，及至走到火焰山，将此扇失落，复经那火焰山天火、地火、山火日蒸月炽，又受了许多的山川灵气，所以才成此法宝。徒儿你却不曾细看，这扇儿虽是两面白纸糊就，这夹层里，可有万道霞光，满天烟雾。就这样平放着，却看不出来，你若向亮处一照，便看见了。徒儿你既要见识，何不细细一看，再将这扇儿轻摇两下，取出风来试验一回，就知道这扇儿的妙处了。”

余秀英听了徐鸿儒这一大篇的话，当下就将那扇儿向明处一照，果见夹层里有万道霞光，热气腾腾如那山上出云雾一般。一面看，一面说道："真是不见不识，若非师父告诉我，这样的巧妙，徒儿哪里得知？不过当作他一把白纸扇摇罢了。"

徐鸿儒见她夸赞此扇之妙，也就大喜，说道："为师这温风扇，可与你光明镜并驾齐驱了。"余秀英道："徒儿那光明镜，也不算什么宝物，总不能及师父这扇儿。"说着就将扇儿执在手中，轻轻地扇了两下，取出风来真个是和暖异常，比夏天刮的那南风、熏风、热风，还要热上几倍。余秀英又道："照此不过轻摇两下，就如此和暖起来，若将盛夏之时，再将他摇动，那可不要将人醉死了么？"徐鸿儒道："虽不致醉死，却也定然昏迷的。"余秀英便将这扇儿反复细玩了一回，方才交给徐鸿儒收去。

所谓有心算计无心人，千古不易之理。就是余秀英将温风扇谎骗出来，看了一遍，她却将那扇儿尺寸长短，规模制度，悉数记在胸中，为将来盗换之用。任他徐鸿儒邪术再大，也被余秀英这女子所算。这也是武宗的洪福，宸濠活该败亡。闲话休表。

余秀英将温风扇把玩一回，将尺寸规模记忆真切，即便退回本帐，当将以上各情，细细告诉了徐鸣皋一遍。鸣皋道："似此如何可以到手呢？"秀英道："妾亦计算定了，不过早暮便可取来。"鸣皋大喜。当下余秀英即仿照那温风扇的样子，赶着制了一柄，暗暗带在身旁。

到了次日，先命拿云去到大营前，打听徐鸿儒曾升帐否？拿云答应去后，不一刻回报说道："均在帐内议事。"余秀英听了此话，即刻飞跑至徐鸿儒的后帐内，将那楠木匣儿开下，豹皮囊内，将那温风扇取出，复将身旁所造的那把放了进去，又将楠木匣儿盖盖好，不敢耽搁，飞也似退出后帐。

到了自己帐内,即将温风扇付交拿云立刻送往大营。徐鸣皋道:"以某之见,扇子既已换出,此时却不可令他送出,耳目究属不便,不若仍到夜间送去方好。"余秀英道:"迟恐为他觉察,哪便如何是好。"鸣皋道:"不然,既有伪扇去换,他急切断不能知道的。某还有一封书信与元帅,今夜命拿云一并送去便了。"余秀英也就答应。

等晚间,徐鸿儒那里并无知觉的消息,余秀英大喜。徐鸣皋就在灯下写了一封信,封固起来,又同温风扇,差拿云送去。拿云不敢怠慢,也就即刻飞身出了营门,直朝官军大营而去。

且说官军营内自从余秀英去后,玄贞子就命焦大鹏回家调取他妻子前来。不过三日,王凤姑、孙大娘俱已到此,并且还将两个孩子带来,因为留在家中,无人照应,这也是单身人的苦衷。伍天熊夫妇尚未来到。

这日,王元帅正与玄贞子等计议道:"仙师约那妖道十日后破阵,现在已将十日,焦大鹏夫妇虽到,而伍天熊夫妇尚未来到,余秀英所盗的温风扇亦未送来,不知此扇能否盗出?好令本帅心挂两头。"玄贞子道:"元帅勿忧,贫道昨已卜课,伍天熊夫妇不日即到,温风扇亦在日内即可送到,说不定今夜也可送来的。"王守仁道:"但愿仙师之言,其应如响,那就是国家之福。"说:"大家散去。"

到了晚间,王元帅仍在帐内秉烛观书,约有二更以后,忽见帐外走进一小女子。王元帅仔细一看,即是那日同余秀英来的、站在上首那个丫头。方欲问话,只听拿云说道:"元帅在上,徐将军与婢子的小姐,多多拜上。元帅所委之事,幸不辱命,今已取出。又有徐将军书信一封,特命婢子送呈,即请元帅查收。"说着,从身旁将温风扇与徐鸣皋的书信,亦并送呈上去。

王元帅接过来,先将温风扇看视一回,觉得也无甚异处,便摆在一旁。然后将徐鸣皋的书信拆开,细细观看,但见上面写道:

末将徐鸣皋谨再拜致书于元戎麾下:

前者末将误陷阵内,已将骨僵而死,幸得余秀英上遵钧命,救末将于已死之余。末将得以再生,皆出元帅之所赐。本欲即日趋回,听候驱使,并申忱悃。以日来委顿不堪,既不能升高夜遁,复不便明白出营,恨极!罪极!今与元帅约:何日督兵前来,末将当与余秀英作为内应可也。兹因婢子拿云送呈温风扇之便,聊上数言,即乞鉴听。

　　如蒙赐示,仍交婢子带下,以便遵照办理。书不尽言。

鸣皋顿首

王元帅看罢,心中大喜,即向拿云说道:"你可稍待,本帅尚有回书交付与你。"

　　毕竟王元帅回书说些什么话,且听下回分解。

# 第一百四十九回

## 王元帅回书约内应　御风生见面说前因

　　话说王元帅将徐鸣皋所上之书看毕,当命拿云稍待,尚有回书带去。拿云答应,侍立一旁等候王元帅作复。王元帅也就即刻取出花笺,磨浓香墨,拈笔润毫,就灯下作了一封回书。上写道:

　　介生顿首上复于鸣皋将军足下:

　　　　使者来,得手书,诵悉各节,不禁踊跃,忭颂奚如。以将军得庆重生,某不敢居为己功,实赖秀英之力。然以秀英改邪归正,而又急公好义,难得,难得。约期举事,现在尚难预定。良以应用之物虽全,而应遣之人尚缺一二。一俟到齐之后,即便作背城之一战,但听连珠炮响,即大军直捣时也。幸即内应,早定厥功,不胜翘望。使去匆匆,不尽缕缕,诸唯珍摄,努力加餐为幸。

　　　　　　　　　　　　　　　　　　　　　介生再顿

　　王元帅将书作毕,又看了一遍,然后封固起来,当即交与拿云。拿云接着过来,贴肉藏好。王元帅又向拿云道:"烦你回去多多上复徐将军与你家小姐,就说本帅不日出兵破阵,但听连珠炮响,请他们二人即速内应便了。"拿云道:"谨遵元帅吩咐,婢子回去当转告徐将军与婢子的小姐,元帅兵至之日,断不致误事便了。"说罢,便即告辞出来,只见她身子一晃,早已不知去向,直朝贼营而去。到了贼营,即将王守仁回书取出,徐鸣皋与余秀英同看了,自然遵照办理,不在话下。

　　且说王元帅等拿云走后,因为时已经不早,不便去请玄贞子等人,也就将温风扇收藏好了,即便安寝。到了次日一早起来,升了大帐,打了众将鼓,各将官纷纷进帐参见毕,王元帅就命人去请玄贞子等人。

　　玄贞子等一闻元帅去请,也就即刻来到大帐,与元帅彼此见礼已毕,王元帅让玄贞子等依次坐下。王元帅开口说道:"昨夜余秀英遣婢子拿云,已将温风扇送来,并有徐鸣皋书信一封。现在徐鸣皋已为余秀英救出。据原书所云,徐将军即欲回营,只因得庆重生,精神尚未充足,既不能升高夜遁,复不便白昼可行,现在约为内应,如此真乃可喜。本帅已随即复书,约他但听连珠炮响,便是我军直捣之时,命他与余秀英两人即为内应。想他二人,当不致误事。唯虑伍天熊何以至今未到,难道又有别事耽搁么? 诸位仙师的高见,伍天熊不来,可能先去破阵么?"玄贞子道:"元帅切勿过急,伍天熊夫妇不来,虽各项应用之物齐全,此阵仍不可破。而况我辈中尚有数人未到,须俟到齐之后,方能一鼓成擒。贫道算定本月二十二日甲子,前去破阵,那时诸人皆到,包管元帅马到成功。且伍天熊夫妇旦夕必到,元帅但请放心便了。"

王元帅听罢这番话,也无可再说,只得将温风扇送与玄贞子道:"本帅看此扇也绝无有异之处,何以如此宝贵,前去破阵,竟非他不行。本帅实不可解。"玄贞子道:"元帅有所不知,此扇虽外面如此,却是宝贵难得。即以年代而论,此扇系李老子所制,用以扇火炼丹。由此而来,已不下几千百岁矣。但不知余秀英何以盗出,俟将来倒要问她个明白。元帅既今与徐鸣皋约了,二十二这日未经出队之先,便可先放连珠炮,他便知道,好为预备。元帅以为如何?"王守仁道:"仙师之言正合吾意。"

大家正谈论间,忽见守营兵卒报进帐来,向王元帅说道:"营门外现有六位真人,一位道姑,欲见元帅。小的特来通报,请元帅示下。"王元帅正要动问,只见玄贞子道:"他们今已来了,好极,好极。"王元帅听说,知道是七子十三生未来那几人,当下便命小军请进。小军答应,即刻飞跑出去,将那六位道者、一位道姑请进来。此时王元帅已降阶相迎,那六位道士、一位道姑飘然进了大帐,与王元帅施礼毕,挨次坐下,又与玄贞子等道了阔别。原来这六位便是飞云子、默存子、山中子、凌云生、御风生、云阳生,那一位道姑便是霓裳子。现在七子十三生皆齐集一处,于是一枝梅等人又上来给飞云子等七人参见行礼。

王元帅见七子十三生皆是仙风道骨,实在可敬,因与众人说道:"本帅忝①握兵符,毫无德能,荷蒙诸位仙师,不远千里而来,以助本帅诛奸讨逆,事成之后,不知如何报答;只好将来奏明圣上,一一加封便了。"玄贞子等二十个人一起说道:"我等只以顺天应人前来讨逆,非敢妄有希冀,今蒙元帅如此厚谊,某等却心感之至。为今之计,诸事齐全,只等伍天熊

_____

① 忝(tiǎn)——谦词,表示辱没他人,自己有愧。

夫妻一到,便可出兵破阵了。"

当下霓裳子从旁说道:"伍天熊夫妇业已随同徐庆下山,何以仍未到此?"御风生也就说道:"伍天熊所以尚未到此,因他妻子鲍三娘已于前日在半途生产,生了一个男儿。三朝未过,似不能趱赶前来。我料他明日便到。"玄贞子道:"贤弟,你何以知之?"御风生道:"小弟前日正在御风而行,忽见一行秽气上冲霄云,把小弟风头止住,不能前行。小弟当时颇有惊讶,当即向下面一看,见有个妇人在那里生产。先还不知道是伍天熊的妻子,后来看见徐庆,又听徐庆在那里喊什么伍贤弟,那时方才明白,是伍天熊夫妇。后来小弟也就避了那股秽气,绕道而行,然后才遇见他们一起。"玄贞子听说,便向王元帅贺道:"鲍三娘既已生产,大事成矣。贫道等所以日望伍天熊夫妇到此者,非借重于伍天熊,实借重鲍三娘这个产妇,使他入阵冲破阵中各种邪术耳。今既却如所愿,一俟他夫妻到此,便可出兵。哪怕他徐鸿儒、非幻道人、余七的厉害,也要死在我等之手。"说罢大笑不止。王元帅也是乐不可极。

正议论间,又见小军进来报道:"徐将军从九龙山回来了。"王元帅一听,即便着他进来。徐庆走至帐上,先给王元帅参见已毕,然后与玄贞子等人也一一行过礼,站立一旁。王元帅便问道:"伍天熊夫妇何以仍未到此?"徐庆道:"只因伍天熊之妻鲍氏临下山时已经怀孕足月,不期行至半途,忽然产下一个孩子。鲍氏因三朝未过,不便多行,故此暂借客寓,稍息两日,大约三日后,即可起行。末将因恐元帅记念,故此先行回营。"王元帅道:"似此伍天熊夫妇尚须迟日方到了。"徐庆道:"不过就在月内,至迟三日后定准前来的。"玄贞子道:"就是五日后也来得及,好在要到二十二日甲子,方能出兵。今日不过才十六,距二十二尚有六天,来得及之至,元帅但请宽心便了。"

徐庆又问道:"鸣皋大哥不知近日如何光景?"王元帅道:"徐鸣皋现已为余秀英救出。昨夜还有信来,约本帅前去破阵,他为内应。"徐庆闻言,好不欢喜,因又问道:"余秀英系徐鸣皋仇雠①,她如何肯去救他?这其中又什么缘故?要请元帅示知。"王元帅见问,便将一尘子如何盗取光明镜,以及余秀英矢志归诚的话说了一遍。徐庆更加喜悦。王元帅等又

---

①　仇雠(chóu)——仇人。

谈论了一会,这才各散而去。

　　到了次日,玄贞子即请王元帅转饬各营,挑选精锐兵士六千名,务要人人精壮,个个勇敢。又命于三日内赶造五色旗幡各六十四面;又命于营门外高搭席棚一座,周围一百二十丈,宽三丈六尺;内设几案,一张上摆净瓶十二个;再设八卦炉一具;净瓶内多插柳枝,以便破阵时应用。王元帅一一答应,立刻吩咐饬令赶办。众三军一闻此言,即于三日内备办齐全。玄贞子等又到席棚内查点一番,毫无缺少,专等伍天熊夫妇到来,即便出兵破阵。

　　不知伍天熊果于何日到来,且听下回分解。

# 第一百五十回

## 伍天熊率眷来归　玄贞子登坛发令

话说伍天熊在半路因他妻子生产，不能趱赶前来，等到三朝以后，便与鲍三娘星夜奔驰，这日到了大营，先与守营小军说明来历，当下小军听说，便与伍天熊道："现在我家元帅诸事齐备，专等将军前来，便出兵前去破阵。今将军既来，却好极了，请将军稍待，小的即便进帐通报。"说罢掉转身躯，飞跑进去。

到了大帐向王元帅禀道："启元帅，今有九龙山伍天熊已到，现在营外候示，请令定夺。"王元帅听说，因问道："你看他还是一人前来，抑有旁人同来。"那小军道："还有一个妇人，怀中尚抱着一个小孩子，好似才产下来的模样，与伍天熊同来的。"王元帅听说，一面命将徐庆传到，一面命将王凤姑、孙大娘二人传来。不一刻三人皆到。王元帅即命徐庆将伍天熊带进，王凤姑、孙大娘便去迎接鲍三娘。

三人答应下去，一会儿已将伍天熊夫妇迎了进来。当下徐庆带领伍天熊向王元帅参见已毕。王元帅细看伍天熊仪表非俗，只见他身长八尺相开，豹子头环眼，两道铁眉，一方阔口，肩开臂阔，虎背熊腰，不愧英雄气概。伍天熊站立一旁，王凤姑、孙大娘又将鲍三娘带至元帅面前参见。王元帅又将鲍三娘看了一遍，只见她生得颇为美貌，两道柳叶眉，一双秋波眼，笔直的一根鼻梁，团团的一副面孔，只因生产不久，脸上未免无甚血色，所以见得她淡黄色面皮，头上系了一块元色湖绉包脑，两太阳穴贴着两张万应头痛膏，身穿元色湖绉薄棉袄，怀中抱着一个小孩。下穿元色湖绉系脚单裤，铁铮二三寸金莲，虽然是个妇人，却隐含一派英雄气概，与王凤姑、孙大娘一派的人物。

王元帅看罢，便向伍天熊说道："久闻将军骁勇素著，今本帅奉请前来，已是有屈，又值尊夫人半途生产，好令本帅过意不去。只好俟功成之日，再为贤夫妇酬劳便了。"伍天熊当即让道："末将自蒙圣恩，赐以厚爵，末将即应前来听候驱使，藉效犬马之劳。所因末将不知元帅大营驻扎何处，未便下山，今蒙元帅见招，正末将报效之日，尚求元帅勿罪粗鄙，遇事栽培，聊冀效力于万一。即末将妻子，现虽生产，未免精力稍嫌不足，然尚可以出战，亦望元帅录用是幸，聊助元帅成功。"王元帅道："将军固欲借重，便是尊夫人，也是要借重的。现在尚无事，将军夫妇远来，可请分别暂为歇息，稍养精神便了。"当下伍天熊退下，鲍三娘由王凤姑、孙大娘领入偏帐，一同住下。

徐庆将伍天熊领到他帐内，此时如一枝梅等人俱已前来问候，伍天熊一一相见，各道仰慕阔情。内里鲍三娘虽与王凤姑、孙大娘初见，却是一见如故。三人如同亲姐妹一般，彼此好生爱慕。一会儿，一枝梅等又将伍天熊带到七子十三生那里，一一相见已毕，然后才复出来。

这日却是四月二十，王元帅又命人将七子十三生请来，共议破阵之事。七子十三生来到大帐，王元帅让坐已毕，便开口说道："伍天熊夫妇今已前来，不知诸位仙师尚需何物，即请示明，本帅好饬令各人分别照办，以便后日破阵。"玄贞子道："诸事齐备，并不少甚物件，就请元帅即日打了战书，定了时日，着人送去，约徐鸿儒、非幻道人、余七等三人，定于二十二日辰时三刻十二分破阵。"王元帅答应，当即写了战书，饬人送往贼寨。到了傍晚，那下书的人回来，呈与王元帅看视。王元帅将书看毕，见已批准，即摆在一旁。玄贞子又与王元帅说："请元帅明日辰时传令，命所选的那六千精锐暨合营三军，各带五色旗幡，午时齐集席棚，听候分拨，如违令者立斩。"王元帅即答应了。当下玄贞子等仍回大帐而去。这里王元帅便又将一枝梅传来，命他先往各营查点。一枝梅当即出去到各营挑选一番，一日无话。

到了次日辰刻，王元帅升坐大帐，打起众将鼓，将各将传齐。只见各将官个个戎装戎服，进入大帐，鹄立两旁。真个是弓上弦、刀出鞘，站定。王元帅先即点名，计有副先锋官指挥游击一枝梅；随营指挥徐庆、徐寿、狄洪道、周湘帆、罗季芳、包行恭、杨小舫、伍天熊、王能、李武十一位；牙将刘佐玉、郑良才、殷寿、杨挺、王仁义、卜大武、赵武、赵文八位；还有女将王凤姑、孙大娘、鲍三娘三位；统共男女各将二十二位。

王元帅点名已毕，见他们这一班各将，个个熊腰虎背，臂阔肩开，都有跃跃欲试之威。王元帅道："诸位将军，明日前去破阵，务各努力向前，早定厥功。将妖道擒获，进取南昌，端在此举。各位将军受国家知遇之恩，

想皆具有天良,竭力以报君恩,共诛逆贼的。"各将齐齐应道:"末将等当
奋勇杀敌,借报涓埃,谨遵元帅之命便了。"说罢,王元帅又道:"少时诸位
仙师发号施令,诸位将军亦宜各遵号令,不可拥挤喧哗,违令者定按军法
从事。"各将亦唯唯答应。王元帅命他们先行退出,一俟午刻,赶赴席棚,
听令便了。众将答应一声,挨次退下。

王元帅又将兵符、令箭送往后帐,交玄贞子收纳讫,这才出来。到了
午刻,王元帅率三军随着玄贞子、一尘子、飞云子、默存子、山中子、海鸥
子、霓裳子、凌云生、御风生、云阳生、傀儡生、独孤生、卧云生、罗浮生、一
瓢生、梦觉生、漱石生、鸒寄生、河海生、自全生,并有义士焦大鹏,计共二
十二人,一起前往席棚。

不一刻已到,但见席棚以下,三军环列,旌旗飞扬,个个弓上弦,刀出
鞘。一枝梅等诸将分两排鹄立棚下,只听三声炮响,王元帅请玄贞子等上
了席棚。王元帅让玄贞子首坐,自己在肩下相陪,其余自一尘子至焦大鹏
二十人,皆分两旁坐定。众将官齐上席棚参见,玄贞子等半礼相还。众将
退下,仍然鹄立席棚下。

王元帅便请玄贞子发令。玄贞子又谦让一回,然后取出令箭一枝,首
先喊一枝梅道:"令箭一支,命你带领精锐五百人,随着一尘子老师攻打
敌阵开门。入阵以后,便杀往落魂亭而去。只听连珠炮响,自有兵前来接
应。"一枝梅得令退下。又命狄洪道:"与你令箭一支,率领五百精锐,随
同飞云子老师攻打敌阵生门。入阵以后,也杀往落魂亭去。"狄洪道得令
退下。又命杨小舫道:"与你令箭一支,率领精锐五百,随同默存子老师
攻打敌阵明门。入阵以后,也杀往落魂亭而去;会同一枝梅、狄洪道两支
兵,直取妖道的大寨,不得有误。"杨小舫得令退下。又命包行恭:"与你
令箭一支,也带精锐五百名,随同海鸥子攻入敌阵死门。海鸥老师已带有
辟秽丹,不患秽气熏蒸,务宜努力攻打。若遇妖道,不可将他放走,切
切。"包行恭得令退下。又命周湘帆:"也带精锐五百名,随同御风生攻打
伤门。此门御风老师已带有招凉珠,不患火气熏蒸,务要努力进杀,不可
有误。"周湘帆得令退下。又命徐庆:"也带精锐五百名,随同云阳生攻打
敌阵亡门。此门云阳老师已带有温风扇,不患冷气所逼。"徐庆得令退
下。又命徐寿、王能:"各带精锐五百名,随同凌云生、自全生攻打幽、暗
两门。此门凌云老师已带有光明镜,不患黑暗。"徐寿、王能均得令退下。

又命伍天熊、卜大武、李武、焦大鹏："各带精兵五百名,随同独孤生、卧云生、罗浮生、一瓢生攻打敌阵风、沙、水、石四门。"伍天熊等四人得令。又命王凤姑、孙大娘、鲍三娘："带领精锐一行,随同霓裳子攻入敌阵,前后左右,东西南北,扰乱他的阵势。只因鲍三娘系产妇入阵,诸凶总要让避,可建大功,不得有误。"王凤姑等得令退下。又命山中子、梦觉生、漱石生、鹪寄生、傀儡生、河海生随同自己,一起杀入敌阵,兜拿妖道。各军均于今夜五更造饭,黎明饱餐,辰初三刻十二分一起出队,杀入敌阵,限申正二刻十四分破阵。务各努力向前,不得稍有退缩,如违令者立斩。

玄贞子吩咐已毕,六子十三生及各位英雄齐声:"得令!"是日就扎营席棚以下,直待依时出兵。

欲知如何破阵,各妖道如何就擒,且听下回分解。

# 第一百五十一回

## 十三生大破非非阵　众剑客齐攻逆贼营

话说玄贞子调遣已毕，即命各将驻扎席棚，四面听候，届时出兵。到了晚时，外有唤"救命"即将连珠炮放起，好使敌营中徐鸣皋知道，早作准备。玄贞子又在席棚台上一个人踏星步斗，将十二个净瓶内的水倾倒在八卦炉内，又朝着八卦炉念了一回，复将八卦炉内的水取出，用杨枝蘸水，向席棚四面各营内洒了一回。这水洒在各营中，所有众三军入阵时皆可不沾邪气，此亦仙家之妙法也，不便深求。玄贞子诸事已毕，只等届时出兵。

话分两头。且说贼营内徐鸿儒、非幻道人、余七三人，自接了王元帅的战书，批准二十二日听候前来破阵之后，徐鸿儒也就预备起来，命余秀英同拿云、捉月掌管落魂亭；非幻道人专管风、沙、水、石四门；余七专管生、伤、死、亡四门；自己专管开、明、幽、暗四门。每一门拨兵四百，牙将二员把守，并吩咐众贼将道："若遇官兵进来，不必与之对敌，只将他朝死处领去，便算尔等大功。"众贼将答应，也就各按方向，前去把守。徐鸿儒分拨已毕，专等官兵前来，要使他全军覆没。

徐鸣皋日来得余秀英朝夕调养，也渐渐精神充足起来，这日晚间听见官军营里连珠炮响，他便知道要来破阵，却好余秀英进帐有事，他便向余秀英要了一把单刀，以便随后作为内应，冲杀阵去。余秀英又谆属道："将军明日冲杀出去，可先至落魂亭与姜同行，方为稳当，不可自恃骁勇，自多不便。"徐鸣皋答应。余秀英又复出帐去往落魂亭而来。

看看夜已将半，官军营里众三军已各造饭，不一会饭已煮熟，合营将士饱餐一顿，渐渐天明。到了辰初三刻十二分，玄贞子一声令下，命各营拔队。只听各营内连珠炮响，隆隆之声震动山谷，接着又是一片鼓声，冬冬之音远闻四野。各将士各率各队，各随各人前往，真个是兵令森严，军威整肃。但见刀矛映日，铠甲凝霜；旌旗飞扬，鸾铃杂睐。各按各队，一起趱赶前行。不一刻，到了敌阵。玄贞子一声令下，各将士皆随着督阵仙师,分往向非非阵十二门而去。只见一字排开,将一座非非大阵,周围四面,盘绕起来。

此时徐鸿儒早已知道,即刻带领贼将贼兵分别由各门而出,来引官军。玄贞子一见,又复出令一声:"命各将士一起进阵冲杀。"各将士一闻令下,又听中军战鼓打得冬冬,哪敢怠慢,即刻一声呐喊,一起冲杀进去。那万人一声,几如山崩地裂一般,而且是个个争先,人人奋勇,声称:"捉妖道! 灭叛王!"徐鸿儒、非幻道人、余七三个见官军一起冲杀进来,好不欢喜也,不与官军厮杀,只将各将士领入绝处、死处而去。他以为又如徐鸣皋初次入阵,不知究竟,可以引诱他去。不知今日各将士皆确有把握,虽至阵中,犹然了如指掌,哪里能为他所惑?

且说一尘子率领一枝梅,带了五百精锐从开门杀入,却好遇见徐鸿儒。只见徐鸿儒身骑四不像,手执宝剑,背后葫芦。一尘子大声喝道:"大胆的妖道,往哪里走! 看本师的宝剑!"说着一剑向徐鸿儒砍来。徐鸿儒急急仗剑相迎,杀未数个回合,便虚砍一剑,转身便走,直向落魂亭而去。只见他未曾走了两三个弯,忽然不知去向。一尘子也不寻找,只带着一枝梅及众兵卒向落魂亭杀去。徐鸿儒隐身黑处,见一尘子向落魂亭去了,心中大喜,随即复出阵来,却好遇着飞云子,一声喝道:"尔等快来送死!"说着,也不上前去杀,拨转身仍将飞云子向落魂亭带去。飞云子带着狄洪道进了生门,一见徐鸿儒迎出,飞云子即手舞宝剑,直杀过来。狄洪道也舞动双拐,冲杀进去。正要去战徐鸿儒,只见徐鸿儒并不与厮杀,反向回头跑去。飞云子知道他的诡计,也就奋勇追去。才转了两三个弯儿,又不知徐鸿儒走向何处去了。飞云子仍不寻找,还直奔落魄亭而来。

徐鸿儒在旁窥看,见飞云子又向落魂亭去,心中好不欢喜,暗自说道:活该他等要遭此劫,不然何以个个皆朝那里去呢? 人说七子十三生道术高妙,据此看来,实在有名无实。正自暗道,忽见幽、暗两门把守的贼将,忙忙如丧家之犬,气喘吁吁跪到面前,急急说道:"启法师,幽、暗两门已为敌人闯进,我等尽力引他到死路,哪知他毫不畏惧,走到黑暗之处,尽变成光明世界,比这里还要光亮十倍。现在两个道人、两员敌将,已将幽、暗两门破去,把守的兵卒全行被他等杀死,我等还是跑得快,不曾为他等所杀,前来给法师送信,速速请示定夺。"

徐鸿儒听了这番话,好不惊骇,暗道:"这幽、暗两门,非光明镜断不能破。据来人所说,有一面小小镜光,照得光明彻地,这镜子定是光明镜无疑。但不知他这光明镜,从何处得来? 天下只有三面,一面现在余秀英处,莫非就是盗得她的么? 一面暗想,一面急急飞跑过去,到了幽门,只见凌云生带着徐寿在那里四面冲杀,真是个如入无人之境,而且黑暗之处实在光亮异常。又见凌云生手中执定一面小镜,左摇右晃,照得黑暗深处,如同白昼一般。徐鸿儒心中大惊,当即大喝一声道:"好大胆的恶道,胆敢破本真人的妙法,不要走,看剑!"说着一剑,从凌云生背后砍来。

凌云生见徐鸿儒背后砍来,也就急急转身,鼻中吐出一道白气,将徐鸿儒的宝剑敌住,口中骂道:"好妖道,你死在头上还不知道,尔可知这光明镜是谁的? 尔尚昏昧不悟,若能悔过自新,速速下骑受缚,本师或可存好生之德,免尔一死。若再执迷,免不得有杀身之苦了。"话犹未完,只见徐鸿儒怒目而视,出口大骂道:"好不知羞耻的恶道,暗盗人家法宝,此是狗盗之行。尚敢耀武扬威,自夸其口? 尔若能赢得本帅法宝,本法师就饶尔的狗命。若赢不得,偏看你有何本领出我阵门。"凌云生笑道:"尔休得多言,尔有法宝尽管放出来,以便本师来收你的法宝便了。"

徐鸿儒正要向豹皮囊中去取法宝,忽见一道白光从顶门上落下。徐鸿儒暗道:不妨。当即用手一指,那空中的法宝,登时变了一口剑,托住这道白光,又在半空飞舞击斗起来。徐鸿儒又要去豹皮囊中取宝,却好自全生领着王能又复杀到;王能手提朴刀,他也不分皂白,只见如旋风般急急向徐鸿儒砍去。此时徐鸿儒手无寸铁,宝剑又放在空中,如何对敌? 只得又将手指向空中一指,喝声道:"疾!"随即又变了一口剑。他这才将空中原有的宝剑收回,与王能对敌。四把剑在空中战斗,一把剑与王能的朴刀厮杀。

四个人正杀之间,忽闻西北角上喊声大起,原来霓裳子率着王凤姑、孙大娘、鲍三娘冲杀进来,直杀得阵中鬼哭神嚎,所有暗藏的那些鬼使神兵,以及阴魂之气,见了鲍三娘这产妇,怕她的秽恶之气,藏的藏,躲的躲,跑的跑,乱乱纷纷,阴阴哭泣。徐鸿儒听了这一派声音,知道不妙,当下就向王能虚击一剑,拨回四不像,直向西北角上喊声起处杀去。

正走之间,忽见小军纷纷前来报道:"禀法师,现有一个道姑,率领三个妇人杀入阵中,势甚凶猛,已踏翻了好些兵卒,所有那些神兵神将,皆各处逃避。那三个妇人、一个道姑,好生厉害,万难抵敌。她等已杀往落魂亭去了。"徐鸿儒一听,只吓得心惊胆裂,也就往落魂亭而来。

　　走未多远,只见默存子带领杨小舫往明门杀进,海鸥子带领包行恭从死门杀入;余七正与海鸥子、默存子、包行恭在那里相敌,拦住去路,徐鸿儒不能越过,只得也就上前相助余七杀敌。这死门系各种秽气所积,即使摆阵的人也不能经受此气;哪知海鸥子有了辟秽丹,不但秽气消除,反而香风扑鼻。徐鸿儒与余七二人心中好生疑惑,暗道:这香风从何处而来,竟能将秽气扫除净尽。正自惊讶,忽见半空中有五六道白光,直向徐鸿儒、余七飞下,两个妖道好不惊骇,说声:"不好!"才要避让,只见一道白光,如闪电般向徐鸿儒顶上射到,徐鸿儒赶及逃避,哪知那白光直赶过来。

　　不知徐鸿儒性命如何,且听下回分解。

# 第一百五十二回
## 闻内变妖道惊心　遇仇人鸿儒切齿

　　话说徐鸿儒见一道白光，直从顶上射下，他知道不好，当即赶着躲避。哪知那白光直追下来，他也就赶着将手中宝剑掷向空中，托住那道白光，在上盘旋飞舞相斗。你道这白光是何人的宝？原来就是玄贞子、傀儡生、梦觉生、漱石生、鹪寄生、河海生等人掷下。他们却不曾由那十二门入阵，系从空中各处兜拿，恐防徐鸿儒、余七、非幻道人逃走，所以在空中相等。方才见徐鸿儒、余七二人在那里与默存子、海鸥子相敌，所以急从空中吐出宝剑，取他们首级。

　　徐鸿儒正与那白光相斗，只见小军前来报道说："落魂亭被一枝梅、一尘子、狄洪道、飞云子冲倒，现在与余小姐、徐鸣皋六个人杀入后帐去了。"徐鸿儒这一听，可真如半空中打下一个霹雳，大惊失色。暗道：何以落魂亭被他们冲倒？难道余秀英又从了敌人不成？复又想道：是了，余秀英初来时就将徐鸣皋带去，她说与他有仇，一定是这贱婢将他救活，与他有私，作了奸细，里应外合；这也是我见事不明，至有今日！若能将贱婢捉住，不给碎尸万段，誓不为人！正自怒不可遏，又见一起小军狼狈而来，口中怨道："我家王爷，要听些妖道邪术，摆什么非非阵，现在被官军破了，连累我们在此受苦。不必说官军要杀这一起妖道，便是我们也要将这三个妖道捉住，碎尸万段，方雪心中之恨！"这一起小军正自怨恨，一路狼奔鼠窜而逃。

　　徐鸿儒听了此言，随即拿住两个问道："你等是把守哪一门的？"那两个小军道："还问什么把守哪一门，十二门眼见得被人家全破完了。我们是把守亡门的。"徐鸿儒见说，更加惊道："尔等为什么不将敌人引到那极冷的处所，将他们冻僵了？"那小军道："何尝不曾引他们前去，只见他们进了亡门，有一个道人就拿出一把折扇，连连摇动。先还冷气逼人，就因他那扇子摇动之后，不知如何，那冷气全没了。不但冷气没有，而且和暖异常，他们就从里间大杀起来。那时余大法师又不知到何处去了，也无人抵敌，只得听那一个道士、一员大将左冲右突，杀个不休。幸亏我们还是跑得快，不然也被他们杀死了。"

徐鸿儒见说了这番话，知为温风扇破了亡门阵，心中惊道：莫非我那温风扇，又被余秀英那个贱婢换去不成？说着，就从豹皮囊中取出那把假的摇了两摇，哪里有什么温风，倒是凉风习习。徐鸿儒这一恨，可实在非同小可，因恨声说道："吾不料这一件大事，竟坏在这丫头手内！"恨声未已，只见非幻道人狼狈而来，向徐鸿儒说道："师父，大势去矣！我们再不赶紧逃走，必有性命之虞。"徐鸿儒道："难道十二门具被敌人破去不成？"非幻道人道："何尝不是，而况落魂亭又被人冲倒，此阵最系紧要的，全仗此亭，今此亭也已冲破，尚有什么望想呢？此事总不恨别人，只恨秀英这个贱婢，私通敌人，将师父的法宝、自己的光明镜，一起送与敌人，焉得此阵不破！"

徐鸿儒道："既然如此，我与你杀入后帐，寻出那个贱婢，将她捉住，把她碎尸万段，砍为肉泥，以报今日之恨！"说着，就恶狠狠的与非幻道人一路杀往后帐，去寻余秀英报仇。

你道那伤门、亡门，风、沙、水、石四门，计共六门，如何一起破法呢？小子只有一支笔、一张口，万万不能兼顾交代，此处必要，暂停彼处；演说彼处，必要暂停此处。所以都有个先后，且听小子慢慢将这六门如何破法的情形，细细说来，然后再来总写；虽说演这小说，也如行文一般，有总写、有分写、有逆写、有顺写，缺一不可。就如先说大兵一起杀入阵中，这就是总写；后来逐门演说如何破法，这就是分写；忽然小军报道如何如何，这就是逆写；贼兵与官兵如何对敌，这就是顺写；所以一支笔要分出几等文字出来。

如今再说御风生带领周湘帆杀入伤门，那一般热气，真是熏人难受。御风生即将招凉珠取出，登时就凉爽异常，大家便并刀杀进。那云阳生率领徐庆杀入亡门，起先也是冷气侵骨，后来将温风扇取出，登时将冷气化尽，所以破了亡门。那风、沙、水、石四门，由独孤生、卧云生、罗浮生、一瓢生率领伍天熊、焦大鹏、卜大武、李武四人，当进阵之时，只见狂风大作、走石飞沙，而且从半空中倒下水来，犹如翻江倒海一般。那种水势，实也厉害。后经一瓢生在身旁取出一个木瓢，登时将所有的大水收入瓢内。罗浮生将手中拂尘一扫，登时那些飞沙也就不知去向。独孤生念了熄风咒，那狂风也就无影无踪。卧云生又将许多石块用宝剑一阵挥,那石块也纷纷落下,变成许多红豆。这种是些妖术惊人,只要有人破他,顷刻毫无用处。所以他四人破了妖法,伍天熊等这一起生力军便在阵里大杀起来,还有哪个能敌得住?虽然非幻道人邪术厉害,既有独孤生等四人在此,非幻道人也不能抵敌,所以将非幻道人杀得大败而逃。

非幻道人遇见徐鸿儒说明原委,恶狠狠便去后帐寻找余秀英。绕过落魂亭,却好一尘子、飞云子、一枝梅、狄洪道迎面而来。他四人一见徐鸿儒、非幻道人,团团围住,并力厮杀。此时徐鸿儒、非幻道人实在抵敌不住,只好又用邪术,预备惊人。只见非幻道人急急的在身旁取出一包赤豆,口中念念有词,向空中一掷,登时半空下来无数神兵,朝着一尘子等人杀到。

一尘子见了此等妖术,真是好笑,正要用宝剑去破,不料傀儡生正走此经过,一见下面如此,即刻将宝剑朝下一指,那些神兵尽变成些赤豆,坠落下来。徐鸿儒见撒豆成兵的法术不行,他也就将背后葫芦取下,将塞子拔去,倒出一把碎草,口中也是念念有词,将碎草向空中一掷,顷刻间腥风大作,有无数的豺狼虎豹张牙舞爪向一尘子等扑来。飞云生急将手中宝剑迎着那些怪兽,一声大喝道:"孽蓄,还不给我速变情形!"那些怪兽经飞云子的宝剑一指,说也奇怪,登时不知去向,只见些碎草飘飘地落下。

徐鸿儒此时知道斗他们不过,便大声喝道:"你这两上恶道,我等与你世无仇隙,尔今既然与我等寻仇,可不要怪本真人下毒手了。"一尘子笑道:"好妖道,谁不知你是白莲教首,本师早已要将你擒住,以免后世之患。尔尚敢恃仗妖术,在本师前显能,你有什么妖术,只管使来,好让本师给你扫除尽净。"

一尘子话犹未完,只见徐鸿儒将口一张,冲出一道黑气,直朝一尘子等人罩来。一尘子见他这黑气来势凶猛,赶着腾空而起,早已飞向空中。一枝梅、狄洪道二人不能腾空,竟被这黑气冲倒在地。徐洪儒一见他二人被黑气冲倒,急将手中宝剑向他二人砍去。正要砍下,忽然半空中一个大霹雳朝下一震,徐鸿儒猝不及防,被那霹雳一吓,手一松,宝剑落于地下。一枝梅、狄洪道本来被黑气冲倒,昏迷不醒,今被这个霹雳一震,反将他二人震醒过来。说时迟,那时快,只见他二人一个转身,立刻站起,好似精神陡长一般,又复奋勇杀来。此时徐鸿儒手无寸铁,如何厮杀?正在危急之际,却好余七败逃至此,一见徐鸿儒危迫异常,也就赶杀过来,才将徐鸿儒救出。非幻道人仍与一枝梅、狄洪道二人抵敌。

余七将徐鸿儒救出,便向他说道:"师父,我们走罢,再不走性命可难保了!"徐鸿儒心下也是急急想要逃走,只因非幻道人还被一枝梅等困住,因道:"你大师兄还在那里,我同你奋力将他救出再行逃走,不可将他一人抛在此间。"余七不敢违命,复翻身去救非幻道人。哪知才翻杀进去,却好遇见徐鸣皋、余秀英、霓裳子、王凤姑、孙大娘、鲍三娘一起杀出。徐鸿儒一见余秀英,真是切齿的仇人,焉得不赶杀上去? 却恨手中并无寸铁,不得已,急将捆仙索取了出来,直朝余秀英抛去。

不知余秀英能否不为捆仙索所擒,且听下回分解。

# 第一百五十三回

## 焦大鹏独救余秀英　王凤姑力斩非幻道

话说徐鸿儒急将捆仙索向余秀英抛来,余秀英正在那里冲杀,忽见一道红光从自己顶上罩下,知道不好,急思躲避,哪里来得及! 早被捆仙索将她缠住,拉倒在地。徐鸿儒大喜,便急急抢过来,正要将余秀英拿去。忽见焦大鹏从空中飞下,先将宝剑在徐鸿儒脸上一晃,徐鸿儒一惊,朝后一退。就在这点工夫,焦大鹏早将余秀英背在身上,腾空飞去。徐鸿儒一见焦大鹏救去余秀英,他就腾空追赶上去。哪知等徐鸿儒飞身腾空,焦大鹏早已背了余秀英走了好远。徐鸿儒哪里肯舍,还是紧紧追赶下来。

正赶之间,傀儡生又从迎面过来,拦住去路。徐鸿儒一见,更不答话,急在豹皮囊摸出一块压神砖,口中念念有词,直朝傀儡生打到。傀儡生正要上前去杀,只见上面一道金光,光中闪闪烁烁,直朝自己打到。傀儡生不敢怠慢,急将袖子一抬,口中说道:"好宝,好宝,且到此处藏身。"一声说毕,只见那压神砖轻轻落入傀儡生袖中去了。徐鸿儒一见大惊,当下切齿骂道:"好恶道,胆敢将本真人法宝收去,若不将你捉住碎尸万段,誓不收兵。你既有如此神术,本真人今日与你拼个你死我活便了。"傀儡生笑道:"妖道,你有法宝,尽管放出,本师惧你也不算本师法术高超、神通广大,你若再迟不放,本师就要拿你了。"徐鸿儒听见此话,直气得三尸冒火,七孔生烟,复又将口一张,又是一道黑气,直朝傀儡生冲去。傀儡生看得真切,见他才把口张开,知道他有毒气冲出,却是预备停当;一见黑气冲出,即将左手一放,忽见一道红光,直射过去,接着一个霹雳,将那一股黑气震散空中;复又一个霹雳,便将徐鸿儒从空中打落下去。傀儡生见徐鸿儒被五雷符打落下地,登时也就飞落尘埃,手起宝剑,预备结果他性命。哪知傀儡生方才脚踏实地,徐鸿儒已不知去向,却杂在乱军中逃走去了。

傀儡生说声:"不好,这妖道想是会五遁的工夫,不然何以才落下来,便即不见,若此次再被他逃走,我等可就惭愧了。"因即暗道:我何不如此如此,权且将他摆下,等将非幻道人及余七捉住,再行前去捉他,料他也不能逃走。主意既定,即刻用宝剑在地下一划,又向东南西北四面画了许多圈子,口中又念了两遍咒语,复将宝剑又向空中一划,也迎着东南西北画了许多圈子,口中也念念有词。

你道他这是何故?原来傀儡生恐怕徐鸿儒借五遁逃走,因此撒下天罗地网,使他上天无路,入地无门,终久总要将他捉住。傀儡生作法已毕,并不问徐鸿儒现在何处,却去帮着大众协拿非幻道人、余七二人。

再说非幻道人与一枝梅、狄洪道战得难解难分,却好余七反杀进来相救,非幻道人见余七杀到,也就抖擞精神,一同奋力杀出。走未多路,忽遇默存子、海鸥子、山中子迎面杀来,余七、非幻道人接着又杀了一阵,好容易杀出重围,走未多远,霓裳子、王凤姑、鲍三娘、孙大娘又迎面截住去路,非幻道人、余七接着又是一阵大杀。此时余七却是精疲力尽,万不能再顾非幻道人,只好腾空逃走。大家正杀之际,忽见风从地起,余七便随着风向东南方逃走去了。霓裳子也不追赶,只是围着非幻道人,不得让他出围。

非幻道人此时见是独身,师父、师弟一个不在此处,心下也甚着急,只得又用邪术,预备且捂一阵,好借此脱逃。一面暗想,一面即将坐下梅花关鹿头上一拍,那鹿把口一张,登时烟雾迷空,火光彻地;飞沙走石,骤雨狂风,一起向大家扑了过来。霓裳子一见,哈哈大笑道:"本师早料你智穷力竭,无计可施,只好再用这邪术以为脱逃之计,不知你这诡术只能吓那无知的愚人,若在本师面前卖弄这妖法,本师有何惧怕。"说着,将手中的宝剑一指,立时天朗气清,风沙顿灭。

非幻道人知道抵敌不过,急急反身逃走,霓裳子哪里肯容他再逃脱过去,当下一声说道:"你等可用力将他捉拿过来,若他再有邪术吓人,尔等只管与厮杀,不要惧怕,自有本师破他的妖术。"王凤姑、孙大娘、鲍三娘等一闻此言,更加抖擞精神,复又团团将非幻道人围住,真个是围得如铜墙铁壁一般。王凤姑的双剑、孙大娘的双枪、鲍三娘的双刀,三个人直奔非幻前后左右,三处上下逼杀过来。

非幻道人此时实在是精神疲惫,而且寡不敌众,只见他遮拦隔架,并无还兵之功,直杀得他气喘吁吁,欲遁无门,欲逃无路,渐渐抵敌不住,却又无隙去行妖术,只得叹道:"罢了,罢了,我今想与你等是个劫数。也罢,不如与你等拼个你死我活吧!"说着手起一剑,直向王凤姑腰下刺来。

王凤姑将身子一偏,让过这一剑,正要还剑刺去,却好孙大娘双枪从刺斜里向非幻左肋刺进。非幻急急去迎,接着鲍三娘双刀又向非幻当头砍去,非幻万来不及遮隔,左肩上中了一刀,只听哎哟一声,非幻朝后边一闪。王凤姑看的真切,知道他肩上已中一刀,乘势起右手剑,趁非幻向旁闪躲之际,迎着非幻左肋,刺了进去。此时任他再有妖术,也不能施展,已是跌倒在地。王凤姑手疾眼快,立刻起左手剑,使劲一挥,将非幻砍为两段。当下取了首级,挂在身旁。霓裳子见非幻已死,那些败残兵卒,也就不肯全行伤他,当时便带着王凤姑、孙大娘、鲍三娘出阵而去。

再说余七腾空而行,走到半空,忽遇玄贞子从背后击了一剑,余七急急掉转身躯,预备迎敌。可巧他才转身,却好那飞剑已经砍到,余七来不及躲避,却被玄贞子的飞剑将余七的头颅削去半个,余七登时也就跌落尘埃,死于非命。这也是他恶贯满盈,应该如此。三个妖头已死了两个,还有徐鸿儒一人不知去向。

且说傀儡生自将天罗地网散布起来,恐防徐鸿儒借遁之逃。果然不出傀儡生所料,徐鸿儒自从被霹雳打落尘埃,登时杂在乱军中逃走。他打算浑在里面脱逃得去,那知处处把守甚严,走到这里也有人拦住去路,逃走不了;走到那里,也有人阻住去路,逃走不出。后来他急得没法,暗道:我何不借土遁而逃,谅他们这些把守的人,再也寻不到我了。我只要逃出阵中,回到山上再练工夫,来报此仇。因此他便借土遁逃走。哪里知道早被傀儡生所料,已布了天罗地网。徐鸿儒各处走了半会,只是走不出去,就如铜墙铁壁一般,毫无隙缝可遁。徐鸿儒大惊,暗自说道:难道他们布了地网不成? 也罢,我不由此逃走,且再向空中逃去便了。于是又从地下飞入空中,准备腾空而去。哪里知道任他腾云驾雾,走到东,东有天罗;走到西,西亦如此。东西南北四面都已走遍,终久逃走不出。又走了一会,连方向都认不出了,心中暗道:我敢是杀昏了,将一点灵性迷住了不成,且稍停片刻,定一定神,再作计议。

正待歇下,忽见玄贞子、傀儡生二人驾着云头翩然而来,朝着徐鸿儒笑道:"妖道,你何不逃走,还在这里等死么? 本师今饶汝性命,汝尽管逃去,本师再也不追,好让你回山修炼工夫,再来报仇雪恨,你可速速去吧。"徐鸿儒一听此言,真是惭愧无地,明知玄贞子、傀儡生是有意嘲笑于他,知他逃走不出,反而使他速去。你道徐鸿儒被这一顿嘲笑可急不急、能忍不能忍么？当下也就怒道："本真人误中尔等诡计，这也是我偶尔不明，尔等若果真让我回山，本真人若不来报此仇，也不能算生于天地之间。"玄贞子道："尔罪当诛，尔尚不知自悟，还说什么报仇，给我归阴去罢！"说着一剑砍来。

　　毕竟徐鸿儒生死如何，且听下回分解。

# 第一百五十四回

## 玄贞子飞剑斩妖人　王守仁分兵取二郡

话说徐鸿儒被天罗地网拦住，无处可逃，又巧遇玄贞子、傀儡生二人，被玄贞子一剑砍到。徐鸿儒当下仍不知悔悟，还要抗敌。只见他见玄贞子一剑砍来，当即躲避闪让，后来渐渐不支，这才撒腿就跑。玄贞子也就赶下去，赶了一会，玄贞子可不耐烦再赶，便将飞剑吐出口中，说道："速代我将白莲教首徐鸿儒速速斩讫，前来复命，毋得迟延！"那飞剑遵命而去，不多一会已将徐鸿儒首级割下。飞剑回头，玄贞子知已斩讫，仍将飞剑吞入腹内，便同傀儡生将徐鸿儒的尸首寻着，又将他的首级寻出来，交与小军，以便带回大营示众。傀儡生这才将天罗地网撤去。三个妖道全行斩讫，但是那些贼将、贼兵早死了十分之九，不过只有一分未遭杀戮。官兵亦有死伤之辈。真个是尸如山积，血流成渠，好不痛心惨目。此时早有人报知王元帅而去。

元帅闻得大奸已诛，妖道全行授首，即命传令收军。当下玄贞子等人即收兵回营。王元帅又复命人招降残兵败卒，不愿降者准其回家归农。此令一下，那些败残贼众无不欢声遍野。降者即投入营，不愿降的也就各逃性命而去。王元帅又命在就近挖了许多大坑，将贼众尸骸掩埋起来，然后一同整队回营而去。当日无话。

次日，即将各将分别记功；又命王凤姑、孙大娘分别回去。当有伍天熊禀道："末将妻子现在已不便仍回九龙山，因山上所有房屋一切，于末将下山时悉数焚毁，只带得些细软出来，现在只好随营效力。"王元帅道："将军虽立功心重，但是你妻子方经产后，此时实出于迫不得已，请她来此交战；现已事毕，正须调养，以壮筋骨；而况她还有乳抱，何能随营？本帅到有个主见，九龙山既不便，莫若随同焦义士家眷一起居住，何等不好。但不知焦义士及二位女英雄可能答应否？"只见焦大鹏说道："元帅之意极好极好，伍天熊也是某之义弟，某之妻子便与天熊的妻子妯娌了，一起同居有何不可。而且彼此均有照应，就便伍天熊随营立功，也可放心得下。"

王元帅听了此言,甚是欢喜,因又笑说道:"义士虽已答应,但不知两位女英雄所见相同么?"话犹未毕,王凤姑、孙大娘二人即走上前来说道:"妾等也知夫倡妇随之义,夫既答应,妇能不从?而况又奉元帅的钧命。就使妾夫不行,妾等还要从旁说项;妾夫既应,妾等自当相从。而况鲍三娘与妾等虽相聚未久,彼此亦甚相得;特恐鲍三娘嫌妾家蜗居,不愿前去,哪可不敢勉强。"鲍三娘其时也在旁边,当下说道:"得与二位贤姊朝夕聚处,是妹之幸也!何为不愿。"王元帅见她们情投义合,也甚羡慕,因又说道:"难得你们均如此义气,真不愧女中豪杰了。"说罢,王凤姑等退下,也就即日收拾,预备起程。

到了次日,便来告辞。王元帅便命焦大鹏送她三人回去,又命他即速前来。焦大鹏答应,当即出营送眷口回家。不到十日,他又来营效力,趁此交代。

且说王元帅见诸事已毕,便命各营休息三日,即便拔队前往南昌诛讨逆首。玄贞子等知他又要进兵,也就告辞要去。王元帅苦苦相留,七子十三生均坚持不肯,王元帅也不敢相强,只得听其所之。不过临行这日,备办了四桌盛筵,给七子十三生送行而已。临行时,王元帅又坚请七子十三生,如遇疑难之事,仍求他们帮助,七子十三生也满口答应而去。

看看已到三日,王元帅正欲传令克日进兵,忽报吉安府知府伍定谋到营拜谒,王元帅当即相见。吉安府先给元帅贺了喜,然后说道:"顷得各路公文来报,声称各路勤王之师已陆续起程,不日即至,不知元帅何日拔队?"王元帅一听各路勤王之师皆已陆续应檄而至,不禁大喜,遂与吉安府道:"本帅准于后日拔队,克期驰往便了。"吉安府道:"卑府之意,拟请元帅稍待,俟各路勤王之兵齐集,再行聚众定谋,而后进兵,较为妥善。"王守仁道:"贵府之意虽善,但逆贼早除一日,则朝廷早分一日之忧;若待各路勤王之师到来,犹恐虚延时日。"吉安府道:"元帅高明,亦复妥善,但卑府还有一计,不知元帅之意如何?"王守仁道:"某愿闻教。"伍定谋道:"元帅屯兵于此,以待各路勤王之师;可一面分兵一半,倍道进救安庆、南康;却使间谍前往南昌,诈称大兵直取二郡。宸濠闻言,必出全力去救。卑府料他所以必救者,以其南康得而复失,失而复得,宸濠断不肯舍此不要;安庆又为他钱粮根本之地,他又安肯弃之?只要他出全力去救南康、安庆二郡,则南昌精锐悉出,守备皆虚,然后直岛南昌,使彼解围自救;再合安庆、南康二军逆击之湖中,蔑不胜矣!不知元帅尚以为然否?"王守仁听罢大喜,道:"此计甚善,某当从之。"吉安府又谈了一会,当即辞退。

王元帅即命徐鸣皋、卜大武、王能、徐寿带兵一万,星夜倍道驰救南康。一枝梅、周湘帆、李武、罗季芳带兵一万,星夜倍道驰救安庆。一面密差心腹,星夜前往南昌布散流言,诈称大兵分两路,绕道南昌,倍道驰救南康、安庆。元帅分拨已定,徐鸣皋、一枝梅等两路兵也就即日拔队前往,那心腹间谍也于次日驰往南昌,布散流言。

话分两头。再说宸濠自余秀英去后,便日望报捷,等到半月之后,并无消息,他却日日饬令探马前往吉安哨探。到了二十一这日,有探马报去,说是二十二日官军约定破阵。宸濠闻言更加盼望,总冀官军全军覆没,他便可长驱直入,早定奸谋。二十二这日更是探马络绎不绝,一起一起去报。先还是报的官军已入大阵,接着探报官军入阵后并无大败情事,宸濠已是不甚畅悦。哪知越报越坏,直至末了,报称我军全军覆没,徐鸿儒、余七、非幻道人被七子十三生打得大败,破了非非大阵,三人阵亡,余秀英投降敌军而去。

宸濠一闻此言,大叫一声:"气杀我也!"孤费了许多心血,今日一败至此!丧了孤的兵马犹觉罢了,唯杀死三位仙师,使孤将来又仗谁人帮助?"便与李自然说道:"幸军师助我,当以何法击败守仁?"李自然道:"今徐鸿儒等既死,南昌大将无多,精兵亦不甚敷用,为今之计,急宜广招将士,再集精兵,更图良法,与守仁死战。不知千岁以为何如?"宸濠道:"孤亦有此意,唯事不可迟,可作速出榜,招集将士。且闻守仁又曾发檄文调集各路兵马未到,出兵以击之,尚可获胜;若再迟延,各路兵马一来,更难御敌了。"李自然道:"某当即刻去作榜文,使人分贴各城门,招集将士。"宸濠遂退入后宫。李自然遂即送了榜文,命人连夜刷了百千张,往城乡内外各城门分贴而去。不到十日,又招集死士十六名,兵卒五万,宸濠就命自然分别编立营伍,仍命郐天庆统带,终日在城内教场操练,以便择日出兵迎击王守仁。

且说间谍不日来到南昌,先在城中逢人说项:"王元帅已派令徐鸣皋、一枝梅等十二员大将,分别带兵两路,每路精兵五万,倍道驰救安庆、南康,王元帅的大营仍扎吉安,专等各路兵马到齐,再行会同进攻南昌。"

如此云云,在城中布散了一日。由是一传十、十传百到了次日,南昌全城俱皆知道。

当有人传到宸濠面前,宸濠一闻此言,即请李自然议道:"似此敌军分两路大兵进救南康、安庆,若这二郡一失,南昌孤立,孤更无所倚靠。况南康、安庆为孤钱粮根本,根本若失,孤岂能独立乎?军师有何妙策,可解此围?"李自然道:"恐其中有诈,千岁可再使人探听的确,再作计议"。宸濠答应,即刻就命飞马去探,不到一日探马回来,与前言适合,宸濠又请李自然商议。

不知李自然想出什么计来,且听下回分解。

# 第一百五十五回

## 朱宸濠议救二郡　徐鸣皋智败三军

话说宸濠与李自然议道："顷据探马回报，实系王守仁分派两路大兵，进救南康、安庆。似此，若不速救，二郡一失，不但孤不能长驱直入，连这南昌城，孤亦不能守矣。军师当如何速救？"李自然道："在某之意，官军既分两路前去，势必骁勇异常，若不速救，二郡必失。为今之计，莫若千岁亲往一走，督率各将努力向前，务要此两郡守住，方保无虞。安庆现有雷将军把守，急切尚不致有变。南康却无大将，千岁最好率同郏将军，带领精锐去救南康，不知千岁意下如何？"宸濠听罢道："军师之言甚合孤意。但是大军一出，南昌空虚，万一敌军袭其后，又便如何是好？"李自然道："某早虑及到此。千岁可率原有精锐去救二郡，新招之兵留于此地，某当任之。且料王守仁所恃者，唯徐鸣皋一流，今徐鸣皋等悉出，彼处亦无大将，断不敢来。即使前来，某以五万之众当之，断不致有失。而况王守仁须待各路兵马齐集，方才拔队，各路兵马尚不知何日到来，所以料他断不敢乘虚而入。千岁但请宽心，但主意于安庆、南康，此间不必遥为之虑，某当竭力保之，以报千岁豢养之德。"

宸濠听罢，当即说道："能得军师力任，孤无忧矣。"说罢，即传令出去，命郏天庆统领精锐三万、战将十员，即日随同前赴南康；又命左飞虎率领精锐一万前往安庆，以厚雷大春的兵力。此令一出，郏天庆、左飞虎当即挑选精锐，听候起程。次日，宸濠即带同太监、宫女、仆从，督率郏天庆等督队起程，直朝南康、安庆两郡进发。

话分两头。且说徐鸣皋、一枝梅等八位英雄，分领雄兵二万，趱赶倍道而行，沿途探听，早探得宸濠亲自统兵向南康、安庆进救。徐鸣皋、一枝梅等两路一闻此信，反倒缓行，让他先到。本来去救安庆、南康是诈，令宸濠悉出精锐，欲使南昌空虚，以为袭取之计。只要南昌一得，宸濠必率大兵回救南昌，而南康、安庆不解自解。所谓兵不厌诈，即此之谓也。所以徐鸣皋、一枝梅两路兵马一闻宸濠已出精锐前往，故意沿途逗留，缓缓而进,料彼精锐已抵南康、安庆,然后再行进兵,此又所谓移缓救急之计。

宸濠自督兵出了南昌,真是马不停蹄,人不歇宿,日夜兼程趱赶,唯恐南康、安庆两郡失守一路。风驰电掣,不到数日,两路兵俱已驰抵。宸濠当即进了南康城,所有大兵悉数驻扎城外。宸濠当下即将守城知府传来,说道:"孤因王守仁分派大兵前来攻取,因此孤亲督精锐驰抵来救,尔等亦曾有所闻否?"南康知府王云龙说道:"便是卑府早闻此信,昨已飞告前去,禀请千岁发兵前来,以御敌兵到此。今千岁亲临,则南康可保,万民无忧矣。"宸濠道:"但是大兵云集,合营钱粮、兵饷,总望尔悉心筹划,无使三军乏缺才好。"王云龙道:"千岁勿忧,自当悉心筹度,以应兵饷。"

宸濠正与王云龙需索兵饷,忽有探子报道:"启王爷,探得徐鸣皋所带大兵已离南康六十里了。"宸濠听罢,拈须而笑曰:"幸赖孤有先见之明,督兵趱赶到此,不然敌军一到,此城危矣!可幸之至!"王云龙从旁贺道:"此乃千岁洪福,烛照之明也。"宸濠闻言大喜,当下命知府退出。此时宸濠即以南康府署为行宫,南康知府另迁他处暂住。王云龙退出,宸濠即退入后堂,自与宫娥取乐去了。一宿无话。

到了次日,宸濠即传令郏天庆进城谕话,郏天庆闻传,当即来到城中,与宸濠参见已毕,站立一旁。宸濠问道:"徐鸣皋所带之兵,将军可曾探听的确,现到何处?离城尚有多远?曾否立寨安营?"郏天庆道:"某已饬令哨探前往探听去了,尚未据探回报。昨报该兵离城六十里,大约今午便可立寨了。"宸濠道:"孤今与将军约定:一俟徐鸣皋大队一到,不必等他立寨已定,即出全队冲他营寨,先挫动他的锐气,使他望风而寒。部下各将亦望转饬,务使努力向前,不可存退缩之意,此所谓先发制人,不可有误。"郏天庆诺诺连声而退,即刻出城转饬各军去了。

再说徐鸣皋所带大兵,沿途探得宸濠已入南康,郏天庆为统领,所部精兵三万、战将十员,于南康城外驻扎。徐鸣皋闻报,也就离南康二十里安营扎寨,即刻与王能、李武、徐寿等三人议道:"今我军方到,贼军必俟我军安营未定,率兵前来冲营,贤弟等可分三路防敌,每一路设弓弩手五百人,暗伏营门左右,敌军若来冲突,可出弓弩手并力射之,使他不能立足,但看他后队一动,我军即出全力掩杀过去,使他从此不敢正觑。务宜各自小心,严戒众卒,切防要紧。"王能、李武、徐寿三人唯唯得令,即刻挑选了一千五百名弓弩手,皆于营门内分三路预伏停当,以待贼兵前来抢营。徐鸣皋自己即与王能、卜大武、徐寿三人亦皆戎装戎服,立马以待。

且说郏天庆自奉了宸濠之命,便一起一起使人哨探,忽见报马来报:敌军已于二十里扎寨。郏天庆一闻此言,即刻出齐全队,如风驰电掣般蜂拥而去。走未一会,已望见官兵正在那里安营,当下一声炮响,鼓角齐鸣,贼众等一起奋勇冲杀过去。

徐鸣皋等人却也早已望见,于是传令各营不动声色,等敌军将至营门,但听梆子响即将弩箭射去。传令已毕,那一千五百名弓箭手皆伏在营门左右,真个是不动声色。贼军不知徐鸣皋早已料及,见敌军若作不知,贼军便一鼓作气冲杀过去,前队才至营门,忽听一声梆子响,只见从内营发出箭来,万弩齐施,箭如雨下。看官,你道这一千五百名弓弩手一起发箭,任他贼军再多,可能抵敌得住么?

贼军见官军已有准备,而且这箭如飞蝗,怎能冲杀进去?便思引退。怎奈郏天庆在后督队,将那大鼓打得冬冬的,尽力催战,前队无奈,又冲杀了一阵,仍是冲杀不进。当下前队就有人报道后队,郏天庆闻言大怒,便即飞马向前,督率前队猛力攻击。及到了前队,果见箭如飞蝗,三军中箭死者不计其数。看见如此光景,真是冲杀不进,只得命各军暂停少时,再行扑杀。各军答应,正中下怀,于是就在外面虚张声势。那一千五百名弓弩手见敌军不攻,也就停箭不发,彼此相持了有半个时辰。

郏天庆见官军营里无箭射出,以为他箭放完了,又命众贼军杀进去。众贼军才去冲杀,那一千五百名弓弩手又将箭放出。如是者有两三次,郏天庆也知冲杀不开,正要传令退军,忽见一骑马飞跑而来报道:"请将军速退,徐鸣皋统带大兵前去袭城了。"郏天庆听了此言,好不惊慌失色,当即传令:"将后队为前队,速速退兵!"此令一出,众贼军哪敢怠慢,登时蜂拥朝后退下。

官军营里有人登高瞭望,见贼军后队大乱,知道中计,即刻报知中军。王能、徐寿、卜大武三人一闻此言,各带精兵一千,登时提了兵器,飞身上马,一声炮响,冲杀出来。郏天庆猝不及防,所有的贼军自相践踏而死者不计其数。郏天庆正在催督各军且战且走,忽又一骑马迎面跑来,那马上的人大声喊道:"请将军速速退兵,官军攻打城池甚急。"

你道郏天庆听了这话怎得不慌不急,于是更加催督人马火速向南康而退,好去解围。哪知他愈催速退,众贼兵愈走不起来,众官兵愈加掩杀得急,官军直杀十里之外,方才不追。就此一阵,以官军三千敌贼兵三万,且杀死贼兵有五六千人。邺天庆此时也不及兼顾,只知率领众贼兵趱赶回城,恐怕南康被徐鸣皋带领大兵袭至,所以如风驰电掣般急急而回。

毕竟南康攻打如何,且听下回分解。

# 第一百五十六回

## 攻大寨贼将丧师　献计谋元帅诈病

却说郏天庆急急带领众贼兵蜂拥退回南康，直至城下，哪里有一个官军在那里攻打，此时郏天庆方知中了敌人之计。只得安扎营寨，计点折伤兵卒，共有五六千之多，所谓要挫动敌人的锐气，反伤却自己的三军，心下好不懊恼。当下只得进城，将原委禀明宸濠。

宸濠一闻此言，大怒道："孤以尔为久列戎行，必能克副其职，敌军未曾攻杀进去，反打动我军锐气，难道临时不及检点么？"郏天庆道："末将自知罪有应得，但是据两探马去报，末将也曾细意详察，衣服号褂皆是我军打扮，所以误中其计，但不知这两个探子从何处而来，为什么作了奸细？还得要细细打听。"宸濠闻言，方才稍为息怒，当下说道："既如此说，尚可姑容，但以后必须格外小心详察要紧。"郏天庆诺诺退下，好生不乐。

回到营中，密派心腹前去探听，后来探听出来：原来是徐鸣皋当大破非非阵时，杀了两个贼军的探子，徐鸣皋当时即将那探子的号衣剥了下来，收藏好，恐为后来有用他的时候。今日那两个探子，却是徐鸣皋密派心腹，穿了那日杀死的探子号衣，故意诈称徐鸣皋前去袭城，以乱贼众军心，使郏天庆惊慌不定，急急退兵去保南康，徐鸣皋好乘此掩兵杀过来，可以大获全胜。郏天庆此时方才大梦初觉，虽然如此，却是恨徐鸣皋犹如切骨。

话分两头，再说徐鸣皋大胜了一阵，心中好不欢喜，当命众小军仍将发出之箭悉数捡去运回，以便他日之用。当下安营已定，又命众三军严加防守，以防贼军前来劫营。由此就扎定营寨，终日在营督率三军勤加操练，也不前去攻城。

宸濠在城中探得徐鸣皋营内如此举动，好生疑惑，暗道：他既不来攻城，又不退兵，与我军相持上下，这是何故？莫非他又有什么诡计来。又道：他不与我战，我何不再与他战，偏要将他打败，将兵退去。我再一面分兵去攻他郡，不然相持日久，若各路的兵马再齐集至吉安，会同王守仁再去直捣南昌，我那时更加进退不得了。心中想了一会，又命人将郏天庆传到，面令他去敌营讨战。

郏天庆当即受令，到了营中，又复率领众将兵卒前去官军营里讨战，徐鸣皋只是不出。郏天庆见他不出，即命三军骂阵，徐鸣皋仍不出兵。郏天庆见他仍是不出，又命人努力攻打。众贼军奋力前进，营门里又放出箭来，众贼兵不能前进。郏天庆急得没法，又命三军齐声辱骂，自辰至午，攻打了数次，辱骂了半日。官军营里一若毫不知觉，但把守营门，见敌兵攻打过来，便一起放箭，不使贼兵越雷池一步。众贼兵渐渐有些疲困，郏天庆并不令众军收兵，只管催督三军猛力攻打。众贼兵虽然不敢违令，却是口应心违，尽管虚张声势而已，离郏天庆稍远的，竟有席地而坐，在那里息歇，并不攻打。

徐鸣皋在营内看得清楚，一见众贼兵俱有疲惫之意，而且阳奉阴违，不遵主将号令，当下急急传令：命众军听候出队。自己也就披挂齐全，率同王能、卜大武，督领精兵预备冲杀。

郏天庆正在营外勉强督催众贼兵攻打，忽听敌营里一声炮响，鼓角齐鸣，喊杀之声震动天地，只见营门开处，左有徐鸣皋、王能，右有徐寿、卜大武，各带精兵分两路杀出，夹击过来。那些贼兵以疲惫之众，当精锐之师，如何抵敌得住，只得抛戈弃甲，蜂拥而逃。郏天庆到了此时，任他军令森严，却也阻拦不住，只得飞马向前，舞动方天画戟迎杀过来。哪知军心不齐，全不相助，只思逃遁，郏天庆纵极奋勇，也敌不过徐鸣皋、王能、卜大武、徐寿四员万夫不当的大将，只得且战且走。徐鸣皋等只管催兵掩杀，那些贼众抱头鼠窜，自相践踏者，亦不计其数。

郏天庆直退至十里以外，见官军不追，方才惊魂稍定，计点三军，又折伤了二三千，此时好不羞愧，因自叹道："我自出兵以来，未有如此大败，尚有何面目去见千岁乎！"遂欲拔剑自刎。当下众将苦苦劝住，方才收兵回营，去见宸濠。此时宸濠却早知道，虽然怒不可遏，却敢怒而不敢言，犹恐激则生变，反而好言安慰道："敌人诡计甚多，将军亦防不胜防，今虽又折了二三千人，好在尚未覆没，将军暂且回营歇息，再作计议便了。"郏天庆也知道宸濠这番言语，外面虽觉圆融，心里却甚不悦，因此羞惭满面，快快退下，回营去了。

宸濠见他退出，一人好生不乐，正在那里气闷，忽见探子报进："禀千岁爷,探得安庆雷将军与敌将一枝梅初次出战,即被一枝梅弹中雷将军面门,因此大败一阵,杀伤兵卒不下二三千人,左将军飞虎也被敌军刺伤左腿,伤势甚重。现在安庆闭门不出,敌军攻打甚急。"宸濠闻言,更加大惊。这起探子才走,忽又有一个探子进来报道:"禀千岁,探得雷将军自败之后,退回城中坚守不出,复于本月初八夜潜师出城,暗劫敌寨,敌军未备,雷将军大获全胜,现在敌军退六十里扎寨。"宸濠一闻此言,真是一惊一喜,当下心下稍觉畅快,暂且不表。

再说王守仁自从密派间谍潜入南昌,布散谣言之后,不一日又派命心腹前往探听宸濠曾否出兵。这日据探子回报云称,宸濠已率领郗天庆统兵三万,亲往保救南康。又命左飞虎统兵一万,进援安庆。现在南昌城中,只有新招兵马五万及新得将士十数员,以李自然统领。王守仁大喜,便拟进兵。不一日,又接徐鸣皋来文,声称:大败贼兵两阵,计杀贼兵五千余人,已足令贼众丧胆,逆王寒心。王守仁更加大喜。未加数日,各路勤王兵复又纷纷齐集,王守仁便与大众商议,即日进兵,直抵南昌。各路勤王之兵,亦皆愿归王守仁统带。于是王守仁便命吉安府知府伍定谋为后路督粮,使徐庆为先锋,伍天熊为副先锋;周湘帆、包行恭、狄洪道、杨小舫为随营指挥使;其余各将皆为牙将。计连各路勤王之兵,统共大兵三十万,战将百余员,一路浩浩荡荡,直朝南昌进发。

约离南昌不远,伍定谋飞马至中军献计曰:"卑府今有一计,可使南昌唾手可得。"王守仁问道:"有何妙策? 本帅愿闻。"伍定谋道:"现在离城约有七八十里,元帅可即于此处驻扎,一面元帅诈称有病,南昌城中必有细作在此,让他进城去报,使李自然毫不防备。一面元帅暗暗传令,挑选猛将数员、精锐五千,各带火种、沙泥,于夜间潜师倍道前进。到了南昌城下,先将沙囊抛叠城下,由此登陴。进城之后,便各处放火,以乱城内军心。然后直入宁王府内,将他所造的那座离宫能破则破之,否则焚毁起来。设或万来不及,只要将南昌一破,大势定矣。不知元帅以为何如?"王守仁听罢大喜道:"贵府之计,其妙无匹,某当遵照办理便了。"伍定谋说罢,仍往后营而去。

王元帅当下即传令:命前队一律扎寨安营。前队正趱赶前行,忽然传说元帅猝然抱病,属令各营一律扎寨,此时徐庆得了这个信,却不知道是计,当即吩咐本部即刻扎寨安营,他飞马来至中军见王元帅问候。前队安营已毕，徐庆到了中军，见王元帅坐在帐内，毫无病容，徐庆狐疑不定，因即上前参见已毕，站立一旁，因直视元帅，犹疑不决。王元帅见徐庆那种光景，知道是狐疑不决，因将伍定谋所设的计策与徐庆细细说了一遍。徐庆这才明白，原来如此。当下徐庆亦复大喜。

不知如何袭取南昌，且听下回分解。

# 第一百五十七回
## 徐庆夜夺广顺门　自然遁出南昌府

　　话说徐庆听了王元帅这一番话，真是大喜，当下便请元帅传令。王元帅即命焦大鹏、徐庆、周湘帆、包行恭各带精锐一千，备沙囊火种，于今夜初更出队，倍道潜师，限四更直抵城下；堆叠沙囊，奋勇登城，直入南昌，各处纵火，以乱城内军心；然后齐赴宁王府第，破他的离宫。万一不及大破离宫，只要将南昌袭取过来，便算头功，随后再作计议。徐庆、焦大鹏、狄洪道、包行恭四人答应。王元帅又命杨小舫、伍天熊二人各带精锐二千，俟徐庆、焦大鹏等出队以后，便即进兵，以为后应。杨小舫、伍天熊亦得令而去，各回本队，密传号令，只等初更进兵。

　　话分两头。且说南昌城中早有细作报去，李自然闻言大惊，当下就命那新得的十六员猛将，各带大兵，分别在四城门驻扎，日夜把守，以防官军猝来。这日又得探子来报，声称王守仁行至距南昌八十五里马家堡，忽然抱病，所有三军一起就该处安扎营寨，须俟王守仁病愈，方才进兵。李自然一闻此言，好生欢喜，暗道：我何不趁他抱病之时，便去劫他营寨，先挫动他的锐气。复又想道：王守仁诡计多端，说不定他是诈病，故意引我前去劫寨，他却轻骑前来袭城，此却不可不防。万一冒昧前去，竟中了他的诡计，我又有何面目再见宁王。不若仍是坚守为是，纵不得功，也还无过。主意已定，又命众将仍宜小心把守，不可疏虞。

　　当下有个新得的将士，名唤陆忠，上前说道："今王守仁既然半途抱病，军师可即令末将等于今夜前去劫寨，先挫动他的锐气，然后再缓缓图之，有何不可？"李自然便答道："将军有所不知，吾料王守仁必非真病，他必诈称有病不行，使我知他有病，定然乘此机会前去劫寨，他却暗暗遣调轻骑，倍道前来袭取南昌，那时我兵精锐悉出，他不难偏师取此城池，这我可就上他的计了！今者我偏不出去劫他寨，但使坚守城垣，即使他有兵前来，我进则可战，退则可守，他又其奈我何！若今夜去劫敌寨，是中其计矣！何可冒昧行事。"陆忠听了这番话，直是倒头佩服，因道："军师运筹帷幄,决胜疆场,末将今闻军师之言,使末将顿开茅塞。如此说来,还以坚守为上,敌军兵将虽多,其亦无能为力耳!"说罢退出。

哪知这陆忠,也是个言大而夸、口是心非之辈,在此说是以守为上,及至到了外面,反说李自然畏敌如虎,不敢前去劫寨,而且自命不凡,若趁今夜去敌营劫寨,定获全胜,因此颇有气愤之言。却好这夜广顺门就是他轮班把守,他存了个愤恨之心,到了晚间也不去城上巡察。那些贼兵见主将懈怠,自然也就不觉谨慎,跟着懈怠起来。这也是南昌活该要破,宸濠要从此败事。就因陆忠这一懈怠,所以夜间就被敌军攻破城池,闲话休表。

再说徐庆、焦大鹏、狄洪道、包行恭四人,到了下午以后,即命所部各营埋锅造饭,至日夕各军饱餐已毕,即将沙囊、火种各各带在身旁,只等出队。渐渐离初更不远,一会儿已到初更时分,徐庆等即命各营一起拔队,倍道潜行。所有各部兵卒一闻号令,也就即刻拔营启程。分了四路,由徐庆等四人各督一队,真是人衔枚、马疾走,直朝南昌而去。杨小舫、伍天熊见徐庆等四路的兵业已拔营起程,他二人也就各率精锐兵随后拔队而去。

徐庆等在路趱赶前进,不到四更,已经直抵南昌城下。所有各军一至南昌,先将沙囊一个个抛积在地,登时堆如山积,徐庆首先登陴①,接着众官兵一起奋勇由沙囊上跳上城头,一声呐喊,各军即将身旁所带的火种取出,向城头上抛掷过去,登时焚烧起来。那些守城的兵看见敌军已经登城,又见各处火起,好不惊慌,连忙奔往宁王府报信。

李自然一闻此报,只吓得心胆俱碎,立刻命人备了马匹,率领众军前去迎敌。才出了宁王府第,又见逃军回来禀道:"广顺门已被敌将徐庆砍开城门,将敌军放入城内来,请军师速速定夺。"李自然闻报,即速催督各将兵趱赶前往各门阻住。哪里来得及。一迭连三报称:"各门俱破,现在不知有多少人马杀了进来,其势甚不可敌,请军师速速定夺。"李自然此时也被他们这一阵乱报,方寸早乱,毫无主意,半晌说不出话来,骑在马上只是张口。

正在进退两难之际,忽见迎面来了一队人马,李自然这一惊真非同小可,疑惑敌军业已杀到,拨转马便向东走,尚未走有多远,只听后面连声喊道:"军师,东门是走不得的,现在欲逃出城,只有南门敌兵尚少,可以冲

____
① 陴(pí)——城墙上的女墙。

杀出去。军师速速回转,朝南门逃走去吧! 我等当死力保护军师出城。"李自然听说此话,在马上回头一看,见后面马上坐着一人,正是左将军吉文龙,此时心才稍定,当下说道:"左将军,你如何知道南门无多敌军?"吉文龙道:"方才末将从那里来时,见敌兵俱往东、西、北三门各处纵火,是以知道敌兵不多。"李自然一闻此言,也不管城中百姓如何,宁王府曾否围困,只顾自己逃命,当时就与吉文龙逃出南门去了。这且不表。

再说徐庆自从跳上城头,却好此门便是广顺门,说是那陆忠所守之处。因陆忠怨恨李自然,不听他劫寨之计,他便怏怏不乐,连巡夜也不巡了,他便去睡觉。他部下的士卒,见主将去睡觉,他们更得其所哉也,就安歇的安歇,懈怠的懈怠,不过留有十数个老弱之辈,在城头上寻更奉行故事而已。徐庆一见了此等光景,便朝城外众军一呼,令各军奋勇而上。众军见主将已经登城,自然也就随即奋勇,一起跳上城来。

徐庆见所部各军已经登城,一面令各军纵火,他便飞身跳下墙头,绕到城门口,将城门上的铁锁砍断,把城门大开下来。此时已是五更,却好杨小舫、伍天熊的那一枝后应的兵已到,于是就据住广顺门,不许城中一人一卒逃出。那焦大鹏、包行恭、狄洪道三人到了城下,也是各率所部,先将沙囊堆积城外,令各军上城。焦大鹏却不由沙囊上登城,他却飞身腾空而进到了城里。见城头上兵卒把守甚严,他也不分青红皂白,吐出口中宝剑,一路先杀了许多兵卒,又杀了两名守城将士,由是众贼兵心慌。外面官军又复奋身一起上了城头,贼众尚要御敌,遥见广顺门尽皆火起,知道城已破了,不可收拾,因此各逃性命而去。

城中也有五万人马、十数员猛将,何以不出来御敌? 只因皆是新招集而来,在将士未受宸濠的恩泽,固属不肯用命。又见宸濠不在城中,虽有李自然他等,也不甚信服。在各兵仓促成军,素无纪律,乌合之众,何能登陴死守,百战不退? 又况见各主将毫不出力,走的走,散的散,这些兵卒何必拿着自己的性命去拼,所以也就一哄而散。

此时徐庆等人已会合一处,因商议道:城中兵卒皆是乌合之众,不足与敌。不若将南门大开,让他们自相逃走。我们一面领兵先将宁王府围绕起来,恐奸王府中有人逃走。大家商议已定,所以一面围了宁王府,一面大开南门,让贼军逃走。到了天明,所有城内的贼兵尽行逃走殆尽。徐庆又一面派令兵卒出去安民,所幸民心并不惊扰,知道官兵是来擒捉奸王,倒也是家家欢喜,个个心安。毕竟宁王府后来如何,且听下回分解。

# 第一百五十八回

## 众官兵巧获宜春王　余秀英智赚王元帅

　　话说徐庆等即破南昌，遂将宁王府用兵团团围住，真个如铁桶一般。先时宜春王拱樤犹在宫中，闻得南昌已为大兵所破，知事不妙，急急带了些细软，预备逃走。才出宫门，走到王府门首，已见官兵前来围困，当时欲要躲避，已是不及，早为官兵获住。当即将宜春王捆绑起来，以备送交大营，打上囚车，以待将来押往京都，候武宗正法。徐庆等既将宁王府困得水泄不通，便即差人往请王元帅大兵入城。

　　王元帅不待驰报，早已得着消息，也就随将大兵移驻南昌城外，各路勤王之兵亦驻扎下来。王元帅入城，就南昌府衙门住下。徐庆等进见已毕，王元帅又问了些破城情形，徐庆等细细说了一遍。徐庆又将官兵擒获宜春王拱樤的话说了一遍，王元帅问道："现在宜春王拱樤在那里？"徐庆道："现在末将营内。"王元帅道："可将他解来。"徐庆答应退出。

　　不一会已将宜春王拱樤解到，见了元帅立而不跪。王元帅因他虽是奸王的生父，究竟是个亲王，不能以寻常叛逆相视；而况谋叛之意是宸濠所为，他不过有教子不严的处分，虽照例应该灭族，但此事将来由武宗做主便了，所以也不曾过难为他。但问他道："尔既身为藩王，理应上报祖宗恩德，扶助当今佐治天下才是正理。为何不思竭忠尽道，反而纵子谋逆，今日尚有何言？尔可知罪么？"宜春王听罢，大骂道："王守仁，尔不过是小小官儿，怎管得孤家之事！天下江山须是姓朱的，何须尔来多事。今既被你擒获，也算孤'画虎不成反受犬害'，好在宁王未死，将来也可给孤家报仇。若将尔擒获，必然把你碎尸万段，即孤家死于地下，亦断不能饶你！"

　　王元帅被他这一番大骂，不免大怒起来，因即喝道："本帅本欲即日严加审讯，只因大事甚多，好在尔已为擒获，俟将来擒获宸濠之后，再一并治法便了。"说着，即命人将他打上囚车，多派心腹好生看管。一声吩咐，下面早抬上一架囚车来,当了王元帅之面,立刻将他打入进去,用铁索练好锁固起来,便即送交大营,饬令妥人严加护卫。

当下徐庆又说道:"现在宁王府已被围困,是否进内搜查?先将离宫破去?请令定夺。"王元帅道:"宁王府即已围困,就烦将军率领精兵一千进内,先破离宫,随后再行搜查。凡宫内一切人等,均不可放走一个。"徐庆道:"末将尚有一言回明元帅,据闻离宫当日起造之时,即处处安设消息,若不知者前去硬破,必不可行,具有性命之患。是非熟悉离宫情形之人,不可带领去破。末将前者虽也曾探当数次,怎奈未得其窍,即徐鸣皋、一枝梅等人也未必清楚。末将之意,可将余秀英传来,元帅细细问她一番,或者她知道此中的奥妙。问明情形之后,便令她协同末将等一起进宫,究觉事半功倍。再请焦大鹏相为佐助,其破必矣!且末将逆料,这离宫必有死士把守,随后去破定还有一番大杀。但愿余秀英深知其中微妙,虽有死士,却亦不甚相妨防。"

王元帅听罢,当下说道:"将军之言甚是有理,立刻命人前往城外大营,将余秀英传来。"当下有人答应,取了令箭即刻出城调取。不一会,余秀英已随着去使到来。

此时余秀英却不是道姑打扮,已改了戎装。但见她头戴雉尾银盔,身穿锁子连环甲,内衬妃色战袍,脚踏铁头战鞋,坐下一匹银鬃马,左佩弓壶,右插箭袋,腰间挂着一个剑韬,手执双股锁子连环宝剑,真是一位女中豪杰、闺阁将军。走到衙门前下马,当有拿云、捉月将马带过。余秀英两手提住战裙,缓步金莲,慢慢走上大堂。到了公案面前,口启樱桃,娇声说道:"元帅在上,末将余秀英给元帅参见。"说着跪了下去,王元帅欠身让道:"女将军少礼。"余秀英参见已毕,站立一旁说道:"元帅呼唤末将,有何吩咐?"王元帅道:"非为别事,只因宁王所造的离宫,闻得其中消息甚多,机关厉害,不易去破,是犹斩草仍未除根。本帅亟拟差饬徐庆等前往破除,以作斩草除根之计。又因徐将军等不识其中微妙,恐蹈危机,因此请女将军前来,问明一切。良以女将军在宁王府内日期甚多,离宫建造情形,何处有机关,何处有消息,女将军必知之甚悉。此为国家重大之事,女将军既为功臣之妻,亦必与国家效力,将来好邀封赏。女将军幸勿故辞,有误大事。"

余秀英听了这番话,当下说道:"末将既蒙元帅垂问,敢不尽末将所知者上告于元帅之前。但离宫消息虽属众多，机关虽云厉害，苟得其法，毫不艰难。此宫共计八门，皆有消息，内按八卦相生、相克，若误入一门必遭惨死。所谓八门，系天、地、风、雷、山、泽、水、火。天门系按（安）乾卦；地门按坤卦；风门按巽卦；雷门按震卦；山门按艮卦；泽门按兑卦；水门按坎卦；火门按离卦。这是外面八门。由八门可变六十四门，即六十四卦。取离名宫者，以离为君德，故取此义。天门设有宝剑四口，若触此机，人必为剑砍死。地门有箭，设使误入，箭穿心腹而死。风门有铡，误触者必为铡死。山门有锤，误入其门，必致脑浆迸裂。其余四门，亦皆暗藏利器，万不能误入。每一门各有死士二人把守。这十六人曾经宁王吩咐，只令他们保护离宫，虽有敌兵杀至宫门，亦不必出外抵御，所以今日王府被大兵围闲起来，也无人出来御敌。这八门一破，内还有六十四门，皆藏有强弓、硬弩，误入一门，便万弩齐发，断不能逃走出来。即使未尝误入，到了里面，也须认定方向前去，偶不小心，误走方向，仍然触动消息，因内里路皆如螺丝周转曲折，颇难认识。只要将外八门、内六十四门破去，及至离宫毫无阻碍了。"

王元帅道："据女将军所言，这离宫是极其厉害了。女将军既知其中厉害，必然能破此宫。本帅之意，便请女将军随同各位将军前去共破，何如？"余秀英听了此言，心中暗道：徐鸣皋现不在此间，我与众人前去，原无不可。但破此离宫也是一件极重大的事、极重大的功劳，虽然由我做主，将来功劳自然我为第一。而鸣皋既为我之夫主，我岂可攘夺其功？必得要将此功推在他身上，方是道理。而况当日玄贞老师也与我言过，令我帮助鸣皋立功。今既有如此大功，何能不让与他？况自古以来，妻随夫贵，断无夫随妻贱之理。我若将此功推让与他，他将来得了封赏，即是我得了封赏；他之荣贵，便是我之荣贵。我又何乐不为。还有一层，他现在将这离宫破去，随后不但上邀荣赏，也可大震声名，我何不如此如此，请元帅将他调回，一起前往，有何不可。独自沉吟了半会。

王元帅因他不语，便又问道："本帅方才所说之话，难道女将军尚有什么为难之处？如有为难之处，不妨与本帅说明，大家再为斟酌。"余秀英听了此言，正中己意，因答道："元帅之命焉敢固辞，唯夫主徐鸣皋远在南康，末将去破离宫，颇多不便之处。是非夫主同行，各事才得方便。只因这离宫，末将一人既不能破，而欲与各位将军并力同行，末将甚有难言之隐。若不前去,又不敢违元帅之命;若欲前去,又碍于夫主不在此间。若请元帅将夫主调回,南康亦系重大之事,不可暂离该处,所以末将沉思熟虑,竟无良策!因此沉吟不语,左右为难。元帅如有善处之法,末将当立刻效力便了。"

　　不知王元帅听了余秀英这一番话,想出什么良法来,以便余秀英去破离宫,且听下回分解。

# 第一百五十九回

## 徐鸣皋奉书遵大令　余秀英暗地说私情

话说王元帅听了余秀英这番话,当下哈哈笑道:"女将军其所以为难者,原来为徐鸣皋不在此间,与诸位将军同处一起,不免有授受不亲之嫌。在本帅看来,虽然秉此大义,却为女子的道理,但经权并用,自古皆然。而且为国家大事,似亦无须如此拘执。"

余秀英一面听王守仁说,一面暗道:不好,不要他猜出我的诡计来,若欲为他道破,那就不成事体了,不若我再用言激之,因不等王元帅说完,她又抢着说道:"元帅之言,何不谅末将之甚! 末将岂仅为授受不亲这些须嫌隙,便尔拘泥如此。末将方才也曾回明元帅,末将有难言之虑。今元帅不谅末将苦衷,只以授受不亲、经权并用一语。末将诚不知元帅视末将为何如人! 抑仍作末将未归元帅之时乎? 若不谅末将之苦衷,末将誓不前去。虽触元帅之怒,悉听元帅处治。头可杀而身不可辱也!"

侃侃数言,把个王元帅反说得羞愧起来,自知言多不慎,因正色起敬道:"本帅前言非不曲谅女将军,但鉴于女将军冲锋对敌并不畏惧,所以才有一语。今既闻言,本帅何可使女将军前去,本帅当调回徐将军,以助女将军破阵便了。"余秀英暗道:这老头儿中了吾之诡计了。因又谢道:"能蒙元帅将夫主调回,末将敢不力图报效。"王元帅道:"本帅即刻差人前去调取,女将军今日也不必出城回营,就在府署上房内暂歇罢。"余秀英答应,随即退下,带领拿云、捉月进入上房而去。王元帅当下便拔了一支令箭,又亲笔写了一封书,饬令心腹星夜飞奔南康,调取徐鸣皋限日即到。当有弁差奉令持书趱赶前往。

不到两日,已到徐鸣皋营内。当将令调的话说明,又将王元帅的书信取出,呈递徐鸣皋看视。鸣皋将信接过,拿住手中拆开来,将信囊抽出细看,只见上面写道:

鸣皋将军足下:

某日得捷书,悉将军以智败逆贼者再,足见好谋而成,欣慰之至。

某亦于某日亲统各路勤王之师,直抵南昌。行至中途,用伍定谋计,诈称病剧,屯军不行,使南昌无备;却暗令徐庆、焦大鹏等督率精锐,倍道而进,衔枚疾走,进入南昌。果于是夜四更,徐庆身先士卒,破广顺门,南昌克复。寻获宜春王拱橪。某何德何能,此皆上托国家洪福,及赖诸位将军之功也!某现在屯兵南昌,待破离宫后即拔寨进取。唯离宫甚不易破,非余秀英不克建此大功。而又据余秀英面称,有难言之隐,非将军不能助以成功。想此皆系实情,某亦不便深问。不得已,亟望将军速回,与余秀英同破离宫,是为万幸。所虑南昌即破,宸濠旦暮必得警报;既得警报,势必回兵救援。唯望将军转告同胞,务竭死力以御,毋任回军。某亦飞饬慕容贞遵照办理矣。毋误切切!

　　　　　　　　　　　　　　　　　　　　　　　　介生上白

徐鸣皋将这封书看毕,即刻将王能、徐寿等请来,说明一切,又将王元帅的书给大家看过。徐寿等当即说道:"大哥放心前去,若宸濠果有回军救援之事,弟等当竭死力以御,断不负元帅之嘱、大哥之托便了。"徐鸣皋又谆嘱一番,即便随同来人一起驰回南昌而去。

　　不一日,已至南昌,当即去见元帅。王元帅见鸣皋已到,深为大喜,便问道:"将军,此回南康当已布置停当了?"徐鸣皋道:"末将曾再三谆嘱徐寿等小心坚守,竭力阻御,以不致有负元帅之嘱。唯宸濠一经得闻警报,势必并力回救,特恐南康兵力尚嫌不足。在末将之意,仍宜添兵相助,以厚兵力,则更万无一失。"王元帅道:"将军之言甚善,某当添兵以济之。"因此便飞饬伍定谋督带精锐三万,星夜驰往南康,以厚兵力。伍定谋得令,自然趱赶前去。不必细表。

　　且说徐鸣皋当下复又问道:"元帅调末将回来,专为帮助余秀英去破离宫,不知元帅何日命末将前往?"王元帅道:"是非问余秀英不可。"徐鸣皋道:"秀英现在何处?"元帅道:"秀英现在这里。"说着,便令人到上房里将余秀英传出。不一刻,秀英出来,一见鸣皋已回,好不欢喜。先与元帅参见毕,站立一旁。元帅道:"今鸣皋已回,但不知女将军还是今日前去,抑明日前去呢?"秀英道:"元帅尽管传令,应派何人前往,将人派定,妾准明日进宫。但有许多要事,不堪为外人道之,言求元帅容妾与徐将军商定后,方可应手。"王元帅道:"事属因公,何尝不可。"当下即令徐鸣皋与徐秀英暗地熟商妥善。

余秀英答应,即同徐鸣皋到了后面,屏退左右,单留拿云、捉月在面前伺候。余秀英望鸣皋道:"将军亦知妾之用意么?"鸣皋道:"我哪里知道。"秀英又道:"将军不知妾意,岂以妾真有难言之隐,欲与将军熟商么?"鸣皋道:"然则既无难言之隐,又何必于侪人广众之中,使我随你来此呢?"秀英道:"妾之用意,诚为将军计,并非为妾计,将军何不善体妾意么?"鸣皋道:"我一身以刚直为怀,不惯学儿女之态。尔既有言,但请说明,使我知道。若果于义理不缺,公事无亏,我自当敬你。设若不然,我亦不敢从命。"

余秀英听了此话,不但不怪他言语太硬,反暗自钦佩他不愧英雄,因即说道:"妾又何敢以不义不礼之事有陷将军。妾所以为将军计者,以妾从将军,当遵从夫之义。昨者元帅命妾去破离宫,这离宫诚不易破,然熟能生巧,毫不为难,以妾一人就可破得。然一再思想,觉得妾就便独自去破,亦不过博得个勇猛之名。何如以此功让与将军,使将军邀上赏,赐荣封,功盖三军,名震四海。妾虽不能亲受荣贵,亦复与有荣。思量以自古迄今,夫荣妻必贵。只有妻随夫贵,未有夫随妻贵之理。而况将军即成此大功,妾亦相助,为理将来妾或亦得邀上赏。如此办法,所谓俱有荣施,两不偏废。若只顾妾独自为计,现在破了离宫,将来邀了上赏,与将军既毫不相涉,妾亦何乐偏受其美名。所以思维再三,才与元帅前诡言有难言之隐,其实欲令元帅调取将军回来,以成此一件大功。此系妾不敢偶置将军于度外,度将军当亦不谓妾以诡谲之行,欺诈于元帅之前。即妾自家思维,亦似于义理、公私均不缺陷。有此一段私情,所谓有难言之隐者,即此之谓也。明日将军随同妾破去离宫之后,万一元帅追问如何为难之处,望将军仍以难言之隐对。即此四字,所包者广,想元帅听了此言,当亦不便再三诘问。那时将军之功既立,妾之私意已伸,而元帅前诡谲之言亦得以遮饰过去,将军尚以为然否?"

徐鸣皋听了这番话,当下笑道:"妙则妙矣,但不过诡诈太甚。以诡诈而欺大帅,恐冥冥中将有惩其不直者。"秀英也笑道:"我本来无此心,第以令师伯玄贞老师曾谓妾有相助将军立功一言,妾所以念兹在兹,不敢或失。今诡谲但为将军起,见恐冥冥中不但不闻罚,或亦从而赏我,未可料也。"鸣皋道:"此间虽奉元帅之命而来,究竟不便长久耽搁,明日何时动手,望即说明,我便出去告知元帅。"余秀英道:"妾亦不便久留。若元帅问将军何时进宫,可告以明晨卯正三刻前往。"徐鸣皋答应,当下出来告知元帅。

　　毕竟如何大破离宫,且听下回分解。

# 第一百六十回

## 逞绝技女将破离宫　听良言从贼甘投地

　　话说徐鸣皋从上房内出来，将余秀英所言，次日卯正三刻进宫的话告知元帅，元帅大喜。当命焦大鹏、伍天熊、杨小舫、狄洪道四人道："明日卯正三刻，将军等可随同徐将军、余秀英前往宁王府大破离宫，务各努力向前，功成之后，定再请旨嘉奖。"焦大鹏等答应退出，一宿无话。

　　次日一到卯刻，大家扎束停当，俱各努力向前，到南昌府署聚齐。王元帅亦复升坐大堂，众人参见已毕，余秀英此时也带同拿云、捉月出来，与王元帅参见，后便即告辞而去。今日众将及余秀英又非戎装打扮，皆是穿着紧身衣裳，各带短兵。唯有余秀英更加出色，只见她身穿元色湖绉洒花密扣紧身短袄，一条三寸宽阔鹅黄色丝绦紧束腰间，下着元色湖绉洒花紧脚罩裤，脚登花脑头薄底绣鞋，头上挽了个盘龙髻，扎着一块元色湖绉包脑，密排排两道镜光，一朵白绒缨顶门高耸，手执双股剑，愈显得粉脸桃腮，柳眉杏眼，妖媚带着英雄的气概。拿云、捉月两个丫头，也是短衣紧扎，一色的元色湖绉密扣紧身，元色湖绉扎脚罩裤，头挽螺髻，也有一块包脑，左旁斜着插一朵白绒缨，手执单刀，到也雄赳赳、气昂昂；相伴着余秀英，不离左右。

　　一共八个人出了南昌衙门，直朝宁王府而去。不一会，已离府前不远，遥望着三军如蚁，将一座宁王府围得水泄不通。余秀英看罢，暗叹道："我幸亏见机速，不然也要同遭此厄了。"正说着，已到了府前，徐鸣皋首先向前一声大喝："尔等三军速速闪开，让本将等进宫查办。"话犹未了，只见众三军一声呐喊，当即分开一条大路。徐鸣皋等八人抢步上前，便要进去。忽见宁王府门关得如铁桶一般，徐鸣皋便要冲杀进去。焦大鹏道："贤弟，何必冲打，你我又不是不会飞檐走壁，但须登高而进便了。"徐鸣皋道："由高而入，原无不可，但今日之行非比往日，似宜正大光明进去，方合体裁。"焦大鹏道："既如此说，你们也不必冲打，等我先进去将门开了，然后你们正大光明进去，又何不可？"徐鸣皋正欲拦阻，已见焦大鹏身子一窜,早已飞上墙檐,一晃已不知去向。

不到半刻,只见那府门吱呀一声,也已大开,焦大鹏从里面大笑出来,口中说道:"我道这些把门将军似个铜浇铁铸,原来是些泥塑木雕,不但经不起杀,而且是豆腐一般的。"说罢大笑不止。于是徐鸣皋等七人进了大门,但见两旁已被焦大鹏杀死了七八个,躺在地下。徐庆道:"不怪焦大哥夸嘴,这些王八羔子真不经杀,怎么瞬息之间已被焦大哥杀死这许多,真可笑之至。"说着一路进内,直奔离宫而去。

不一刻,已望见一座宫殿,皆是朱红漆的装修,高耸半天,好生轩敞。余秀英道:"焦大哥与徐庆、杨小舫、狄洪道三位贤弟,可并力抵敌这宫门口把守之人,我与徐将军、拿云、捉月两个丫头,进内破他的消息,等将外面八门破去,我等便从里面杀出,先将把守宫门的这班亡命杀死之后,再并力去破他里面六十四门。"大家答应,当即抢步上前,各人手执兵器,一声大喝,余秀英、徐鸣皋、拿云、捉月四个人已飞身上了屋面;焦大鹏、徐庆、杨小舫、狄洪道直奔宫门而来。

且说余秀英等四人上了屋面,秀英便带着鸣皋走到天门方向上,秀英首先向鸣皋说道:"将军不必动手,但看妾去破他的消息,若有人来厮杀,将军但敌住来人,不可使他过来,务要将那些亡命杀却。"徐鸣皋答应,专等把守宫门的前来厮杀。

这里余秀英便将身在屋檐上使了个猿猴坠枝式倒垂下去,四面一看,将那消息的总头寻出来,即将手内的宝剑向那总头上一拨,只听哗啦一声,天门方位上两扇门已大开下来。余秀英当下便翻身下去,脚踏实地进了天门,又从天门背后寻出暗机关,将机关拨动,即刻向外面一跳,才出了天门,只听一声响亮,犹如天崩地塌一般,登时那七座门皆次第开下。

原来这总机头在天门上面,总暗机头在天门背后,只要将总暗机头拨开,那七座门不须费事,自然次第开了下来,若遇着不知道的,误开了别的门,不是为刀箭所伤,即是为宝剑砍死。因这八座门上都有暗器。此时八面八门已为余秀英破去,当下余秀英便来招呼鸣皋一起进内,好杀至门外去接应焦大鹏等四人。

一回头,已见鸣皋与拿云、捉月在那里与五六个把守宫门的厮杀,余秀英也不问他青红皂白,舞动双股剑直杀过去,跑到面前出其不意,手起剑落,即刻就砍伤了两个。徐鸣皋一见余秀英已砍伤了两人倒在地下,他

也就抖擞精神，单刀一摆，只见一路白光舞将过去，不到两三个回合，那把
守宫门的，又被砍倒了二人，还有两个，却好拿云、捉月一人一个，送他们
归阴去了。这六人一起皆被办去，当下便即进入门内，以便冲杀出去，接
应焦大鹏等四人。才进入天门，从雷门外又杀进四个人来，齐声喝道：
"无知的小辈，胆敢前来破此离宫，尔等不认我等么？"徐鸣皋等更不答
话，只顾迎杀过去。

　　余秀英一面迎敌，一面细看内中，只有两个知道他的名姓，一唤赖云
飞；一唤王有章。其余二人皆不知他的名姓。因唤王、赖二人说道："尔
等毋得恃强，可认得余秀英么？"赖云飞、王有章二人一闻"余秀英"三字，
登时三尸冒火，七孔生烟，大声骂道："好大胆背义忘恩的奴婢，王爷待你
不薄，尔何敢叛宁王，甘投敌众？现在又来破宫，王爷的大事皆败在尔这
贱人手上，你还敢恃强前来，我等恨不生啖汝肉，为宁王一雪其恨。不要
走，看家伙！"赖云飞手执九股钢叉，王有章手执八角铜锤，一起飞舞前
来，直朝余秀英打下。

　　余秀英见他二人来势凶猛，若论臂力万万抵敌不住，只得以智取之，
随即与他二人一面闪躲，一面骂道："好无知的匹夫，尔等只知贪享荣华，
不知厉害，宁王以亲藩叛背朝廷，罪该万死。你小姐见机尚速，所以得有
今日，不致身首异处。那些助纣为虐的死的死、亡的亡，已不知其数，尔等
若知时务的，即当自缚投降，或可免一死，不然一定同归于尽。而况宸濠
远在南康，宜春王又被擒获，李自然亦不知去向，试问尔等就将这座离宫
把守得万无一失，试问尔等有何益处？且宸濠不久将行就获，宸濠被获，
就便留得此处全不坏的离宫，又有何益？主人既抛置不顾，亦且无家可
归，尔等不思自寻生路，反在这里恃强用命，我且问你：又有何益处？虽元
帅于尔等为雠仇之辈，但尔等能自愧悔不宜从顺奸王，即早回心投诚，自
缚去求元帅，或者不咎既往，予以自新，将来也可大小博得一个功名，总比
顺从奸王逆天行事，眼见惨遭杀戮，身首异处的较好。即使王元帅见恶尔
等的行为，不容收纳，我尚可以从旁求免，纵不能准予投诚，也可免尔一
死。乃尔等不思细意打算，今大兵已将王府围住如铁桶一般，一任尔等再
有能为，可能以一当千，杀退大兵，保全王府么？尔等真算是些极蠢极愚
之人了！"

　　赖云飞、王有章听了这番话，登时悔悟起来，不与余秀英厮杀了，随即

说道:"我等如果投诚,你可能救我等么?"余秀英道:"你等若果矢志投诚,我当立保便了。"

不知赖云飞、王有章究竟投降与否,且听下回分解。

# 第一百六十一回

## 徐鸣皋抄检宁王宫　朱宸濠逼走盘螺谷

话说赖云飞、王有章二人听了余秀英那番话,大有归诚之意。因与余秀英道:"我等若果投诚,你可能保我么?"余秀英道:"你等果真投诚,我岂有不保你等之理。"徐鸣皋也在旁接着说道:"你等若即改邪归正,本将军当立保你们大小得一官爵,以助王元帅杀贼立功便了。"赖云飞、王有章二人听了此言,当即向徐鸣皋、余秀英纳头便拜,口中说道:"小人得蒙垂救,生死难忘,从此当愿效犬马。"徐鸣皋当下将二人扶起道:"尊兄能见机而作,将来即为一殿之臣,何必若此客气。唯望始终如一,不生二心,便是尊兄等之幸。"赖云飞、王有章当即发誓道:"小人等若有二心,将来定死于刀箭之下。"

徐鸣皋大喜,正要一同杀出接应焦大鹏等四人,却好他们已走了进来。只见焦大鹏笑道:"杀完了,我们这一会儿到哪里去?"徐鸣皋见说大喜,当下又将赖云飞、王有章投降的话说了一遍,焦大鹏等四人见了礼。余秀英便道:"我们且到里面,将那六十四门破了,就完事了。"赖云飞、王有章道:"这六十四门,不劳将军费力,我等愿效犬马,以为报效之诚,何如?"徐鸣皋大喜道:"仰赖尊兄之力,我等当得帮助,共成此功。"说罢,各人便一同前去。

赖云飞、王有章二人首先到了内门口,只见他将兵器在手中执定,向迎面那一座朱漆大门两个铜环上尽力一击,只听哗啦一声,又听里面一阵乱响,又似铃铛,又似兵器落在地下的声音,登时两扇朱漆大门大开。赖云飞说:"诸位将军跟我走,不要走错了,误触机关。"当时走入门内,徐鸣皋等紧紧跟随,只见里面那些路都是回环曲折,实难认识,走了一会,又见迎面有座神龛,赖云飞、王有章二人走至面前,即将神龛两旁的柱子执定,先向左边一推,复向右边一拉,顿时一声响亮,只听各处窸窸窣窣、稀里哗啦一阵乱响,那六十三门全行大开。原来这总机关就在这神龛里面。真是知道的毫不费力,若不知道,不但出力不讨好,而且有性命之忧。算是一座离宫,当日造的时节,不知费了许多工程、许多心血,方能造就起来,今日却毫不费力,全个儿破去。

当下徐鸣皋等即随着赖云飞、王有章二人到处将那些机关、消息、练索悉数斩断,这六十四门永远就不能自开自关,诱人误入了。徐鸣皋斩断消息之后,便至宫内,将所有的宝物全行抄捡出来。原来这离宫内,都是藏的奇珍异宝,并有犯禁之物,不计其数。徐鸣皋一一查明,计了账,统共珍宝一千二百件,犯禁之物如金印龙章,及龙车凤辇等件,统共三百余件。抄捡之后,徐鸣皋即命赖云飞、王有章二人严加看守,王赖二人也就答应。

徐鸣皋即与焦大鹏等谓余秀英道:"你们在此稍候,我去先禀明元帅,是否乘此带兵进宫捉拿眷口。"焦大鹏等答应。徐鸣皋立刻出了离宫,飞奔南昌府衙门而去。

不一刻已到,即便见了元帅,禀明一切。又问明元帅:"何时拘执逆王的眷口?"王元帅道:"离宫既破,还不趁此将奸王的眷口拿下,等待何时?"又道:"那离宫所有宝物,即着暂行封固,不必运出,留为后来的对证。所有眷口,概行拿来分别寄禁,候奏明皇上定夺。"徐鸣皋一声得令,即刻飞身出了南昌府衙门,复朝宁王府而去。

到了王府前面,调拨了一千兵带入王宫,并会同焦大鹏等各处搜查,逢人便捉。可怜那些王妃、郡主、宫娥、使女、家人、仆从、太监、护卫,个个是哭哭啼啼,束手待缚。徐鸣皋等带着一千精兵,不到半日,已将宫里上下人等一起捉获,真是鸡犬不留,共计上自王妃,下至服役人等,一共三百六十八口。徐鸣皋当下带了兵卒,一起押至南昌府署,先将众人点名已毕,然后分别寄入县监,又派精兵看守起来。宁王府仍留兵将在那里看守。又将赖云飞、王有章二人调出离宫,另换二员大将前去看守。诸事已毕,便传令三军,养兵三日,再行拔队起程,往南康进发。王元帅又具了表章,差人驰奏进京。

且说宸濠在南康府打了二个败仗,已是日夜不安,这日,忽见李自然狼狈而来,宸濠便吃一大惊,当下问道:"先生何以至此?"李自然道:"千岁,切莫再提了,南昌已被王守仁中途诈病,大兵不行,却暗令徐庆等一干猛将督带精兵十万,倍道而进,于七月十六日夜四更,经徐庆等携带沙囊,叠沙为垒,飞身入城,斩夺广顺门,破了南昌。某几被所捉,幸赖左将军吉文龙,奋勇杀出南门,方逃走出来,到此为千岁送信。"

宸濠一闻此言,大叫一声:"南昌失守,大势去矣!"说罢,便昏倒在地,不醒人事。当有众人立刻将宸濠扶起,慢慢唤醒。宸濠复说道:"南昌既失守,在军师之意,当复如何? 难道就任王守仁如此凶横不成么?"
李自然道:"现在别无妙策,唯有趁南昌新破,民心未定之时,赶紧合全力
去救,或可挽回于万一,此外却不堪设想了。"宸濠也没法,只得立刻传
旨,令邺天庆驰救南昌,随同自己趱赶驰回南昌援救,又飞调安庆雷大春
火速督带全部,弃了安庆驰救南昌。

　　且说宸濠即速起程,督同邺天庆回往南昌进发。不意徐鸣皋原扎的
大营适当南昌要隘,若绕道而进,必须多走几日。宸濠此时只顾欲救南
昌,那管有兵挡阻要路,当下即命邺天庆等冲杀过去。邺天庆得了令,即
刻奋不顾身,带领精兵冲杀过来。哪知杀到官兵营前,并无什么大将,亦
非精锐士卒,不过是些老弱士卒。宸濠在马上大悔道:"孤早知徐鸣皋已
无精兵在此,孤也可分兵攻取他郡了。"李自然在旁亦说道:"王守仁用兵
倒也有些神出鬼没之计,如何这样一座大营,只放着这数百名老弱的小
卒,就可以瞒过我等? 照此看来,去破南昌者,大约亦不过二三千人,他诈
称十万耳。"宸濠道:"孤不知先生熟读兵书,何以也为他所算?"李自然听
了这话,好不惭愧。

　　当下众贼兵冲出大营,那些官军也不迎敌,只见得纷纷往两边退让。
前队已过,约走了有三五里路,前队忽然不走,当有一骑马到后队,向宸濠
禀道:"前面两山夹道,山势深险,恐有埋伏,请千岁定夺。"宸濠 闻言,当
即飞马来至前面看视,但见两山高耸,中间只有一条路,而且险阻异常。
宸濠便问乡导道:"此处何名?"乡导官答道:"此名盘螺谷,这谷内路甚崎
岖,弯环曲折,甚不易行。唯有前往南昌,却较大路要少三日的路程。"宸
濠道:"只要距南昌较近,自然走此而去。"乡导官又道:"万一敌人在此埋
伏,进了谷口,伏兵齐出,把我兵围困在内,将如之何? 千岁还宜三思。"
宸濠道:"除了此谷,较南昌再近的,尚有别路可通么?"那乡导道:"在此
东北一百二十里,名曰樵舍,由樵舍往南昌,须由水路前进,不过三日便可
直抵。"宸濠道:"何能等待三日。"遂不听乡导之言,即刻催兵前进。

　　前队奋勇进发,已走进一半,忽见一骑马飞驰而来报道:"前面的路
已被敌兵用树木、块石塞断,前行无路,将如之何?"宸濠尚自不决。忽听
两山内一声炮响,金鼓齐鸣,那一片喊杀之声,真个如山崩地陷,只见纷纷
的檑木炮石,直滚下来。

　　不知宸濠性命如何,且听下回分解。

# 第一百六十二回

## 朱宸濠退保樵舍　雷大春进攻九江

话说宸濠正催军马入谷,贼众已有一半进入谷口,只见两边山上檑木、滚石直打下来,军士不能前进。前面又被木石截断去路,众贼兵此时各顾性命,都向谷外逃命。宸濠也惊慌无地,郏天庆保定宸濠急急逃走。那谷中贼众被檑木、滚石打伤者不计其数,自相践踏而死者亦不计其数。众贼兵等好容易死命奔出谷口,已折伤一半。宸濠只吓得坐在马上,如泥塑木雕一般,幸亏郏天庆、吉文龙等人保护逃走,不然也要死于乱军之中了。

正在奔走之际,忽见前面金鼓齐鸣,喊声大震,一支兵拦住去路。当先一匹马飞到面前,马上坐着一人,手执长枪,一声喝道:"徐寿在此,逆贼往哪里走! 你还指望去回南康么? 南康早已得了多时了。"原来宸濠退出谷口之后,便令众人驰回南康。他以为南康的官兵全数屯扎盘螺谷,那知盘螺谷两山不过二千兵在此,南康的大队,当宸濠未出南康之前,由伍定谋定计,暗暗撤往他处埋伏好了。一俟宸濠大兵出了南康,他便将兵复调到原处驻扎下来,随即得了南康。复令徐寿、卜大武、王能三人到盘螺谷截宸濠南康的归路。

此时宸濠在马上一闻此言,知南康复又为敌人袭取,登时三尸冒火、七孔生烟,妄命左右冲杀过去。徐寿等三人亦复死命拦杀。郏天庆等大杀一阵,只是不能过去,只得仍旧退回。徐寿等见贼兵退下,当又追杀一阵,直追至二十里方止,就此地安营扎寨。

宸濠直退下三十里外,也方才立下营寨来。当下顾谓左右道:"孤一败至此,前难进兵,后无归路,这便如何是好?"李自然又复上前献计道:"在某之意,莫如保守樵舍,等安庆的兵到,再作良图。"宸濠道:"先生何以知安庆的兵必走樵舍呢?"自然道:"安庆距樵舍不远,而且往南昌甚近,雷大春既奉了千岁的令,他必定急急赶回南昌。取道樵舍,要少走二日的路程,某所以知安庆兵丁必走樵舍的。"宸濠别无良策,只得答应,当日令三军暂歇一宿。

次日即往樵舍进发。沿途有自南昌来的,宸濠就命人将他捉来细问根由,方知宜春王次日即为官兵所获。宸濠闻知,更是恨如切齿。走了一日,已离樵舍不远,在宸濠之意,仍想赶到樵舍下寨,怎奈人困马乏,不肯前进,只得在半途又安扎寨来,次日再走。

第二日,又有南昌来的人,宸濠问明情形,又知道离宫已破,宫中自王妃以下全被徐鸣皋与余秀英等人搜捉出宫,经王守仁分别监禁。宸濠闻了此言,更加痛恨,大骂王守仁不已。李自然以次一众人等齐声劝道:"千岁万勿过恼,好在我军尚有三万,雷将军那里尚有数万,也可与王守仁作背城一战。某等当效死力,以助千岁。若千岁有伤龙体,众将再一离心,那时大事真万难挽回了,还请千岁格外保重为要。"宸濠见众将苦苦相劝,也只得勉强说道:"孤南昌一出,便国破家亡,好不恼杀人也,虽承诸位将军忠义待孤,但孤已势衰事危,恐怕再难大振兵威了,而且粮草器械,皆不敷用,又当如何?"李自然道:"这到无须虑得,可急将就近的小州县,再夺得一两城,尚可支持半月。现在可保守樵舍,以待安庆兵来再作良图便了。"于是宸濠便听众人之言,退守樵舍。

你道这樵舍系属何县所辖?原来在九江、安庆搭界之间,离安庆尚远,距九江甚近,就在鄱阳湖一带。宸濠在樵舍将寨立定,日望安庆的兵来。不到二日,雷大春的大队已至。此时雷大春并不知宸濠已败得如此,退保樵舍,他以为多是敌军驻扎此地,及至见了旗帜,方才知道。当下便进了大营,去见宸濠,问明各事,方知以上之败。你道安庆有一枝梅在那里屯兵驻扎,雷大春如何得过此处?原来也是伍定谋密遣人驰书至一枝梅军中,属令一枝梅将雷大春放出,料他必走樵舍,然后再令一枝梅截断归路,使贼众全聚樵舍,再设计于湖中击之,所以雷大春得至此处。

宸濠既将以上情形告明雷大春,当下雷大春的一支兵马也只得在樵舍扎下。这日军中不过尚有半月之粮,宸濠忧虑不已。李自然献计道:"此处离九江甚近,千岁何不遣一支兵攻取九江?若能将九江攻取过来,虽一年之粮也足敷衍。愿千岁思之。"宸濠大喜,因道:"先生之言甚善。"当即遣雷大春率领所部进攻九江。

且说九江府知府姓胡名礼,为人性极昏昧,终日饮酒,不顾政事,这日正在上房内饮得大醉,忽见家丁进来报道:"启老爷,现在有探子报道,说是宁王宸濠由南康大败下来，退保樵舍，近因军中粮草只敷半月之用，特令大将雷大春带三万人马前来攻打九江，已离九江不远了，请大老爷速速定夺。"胡礼一闻此言，带醉说道："你等不必惊慌，想雷大春多大的本领，能将这九江城攻打过去？你可据本府的话传知各城门，使他们只要将城门闭上起来，就便雷大春到了此处，他见我城门都闭，他不能进城，也就可以退去。你即照我这般话告知他们，只要将各城门闭起来，包管万无一失。"那个家丁听了这番话，知道本官又吃得烂醉，说出这些不伦不类的话来。贼人带领三万雄兵前来攻城，但须将城门闭上，他便可不能进城，望望就退去，这不是说梦话！当下亦不与他较论，连口都不曾答应，掉转身向外边就走，到了自己房内，将所有的细软收拾收拾，他便走之大吉。

不过半日，雷大春的兵已临城下，见各城门虽然关闭，却无什么守城兵把守，雷大春也不顾他城里有兵无兵，便令所部并力攻城。不足三个时辰，九江城已唾手而得。当下雷大春即带一千兵进城，其余的驻扎城外。到了城里，先往府中搜刮钱粮，又将监狱打开，放出死囚；又将胡礼全家杀戮，将所有金银财宝搜括一空，复令一千兵卒分往民间掳掠，整整搜括了三日，把一座九江城中所有的富户，全行搜刮殆尽，也得了有三四十万。可怜城中那些百姓，见了如此贼兵，只恨少长了两条腿，跑不快，只见男男女女老老少少，携男扶女，只朝城外逃命，哪里还顾得什么家财。雷大春将赀财搜括已尽，他便留了一员偏将、二千贼兵在城中守城，其余仍回樵舍。

到了樵舍大营，将以上事说了一遍，便命众贼将所有搜刮来的财物悉数运入大营。宸濠一见有三四十万，好不欢喜，因与大春说道："非将军之力，不能得有如此巨款。今有这一大宗粮饷，也不患军中无饷，也可与王守仁力战了。"说罢大喜。雷大春亦自以为得计，于是便在樵舍练军、练阵，又于沼湖一带岸上立下二十余座寨栅，准备与王守仁对敌。

你道王守仁破了南康，已有好些时日，为何不进兵前来？只因王守仁真个有了大病，始则身热头痛，继且人事不清，原来沿途辛苦，寒热不安，又兼东奔西战一夏，受了暑热，遏伏胸中，不曾发作，现在却得了个秋温的病症。所以这些日均在南昌府中养病，不曾出兵。直至半个月后，病势方才渐渐退减，又过了八九天，才能起床。

这日便拟力疾从戎，忽然京城里有探马前来报道，说是武宗因宸濠久战不克,御驾现要亲征。王守仁听了此言,实在大不为然,因暗道:主上虽有此意,难道在朝各大臣总没有一个力谏么? 而况我前者已有表章驰奏进去,奏称南昌已破,宸濠不久亦将就擒,何以主上仍自要亲临? 我就殊难明白了。

毕竟武宗何时出京,何时亲征宸濠,且听下回分解。

# 第一百六十三回

## 明武宗御驾亲征　朱宸濠暗遣刺客

　　话说王守仁得有消息,知道武宗要御驾亲征,心中颇不为然。你道这是何意? 原来王守仁却有一番用意,实因六飞远出,内外皆有可惧之处:内则阉宦专权,虽然刘瑾伏诛,而后起者亦不一而足,难保不趁御驾远出之时,忽生事端;外则因宸濠现已一败涂地,可不劳御驾出巡,而且宸濠交过肘腋,保无内官私通,宸濠属令他沿途设法暗伺武宗,因此或有不测之事。所以王守仁左思右虑,殊不谓然,若要专折进谏,已来不及。莫道王守仁此虑非是,后来武宗驾至半途,几为宸濠所算,此是后话,暂且不表。

　　且说武宗这日接到王守仁的表章,因宸濠尚未克复,遂决计亲征。时有内阁学士杨廷和苦谏不听。以安边伯许泰为威武副将军,领先锋事,趋南京;太监张忠、左都督刘晖趋江西;令王守仁兼领巡抚事。各领雄兵十万。自统御林军三万,率众南征,择定正德十四年秋八月辛酉出师。到了辛酉这日,督率大队出了都门,分兵两支:武副将军许泰直奔南京;自与太监张忠、左都督刘晖督率王师,一路上浩浩荡荡,直朝江西进发。暂且不表。

　　再说宸濠退保樵舍之后,又令雷大春取了九江,军中粮饷亦甚丰足。又集岸为营,立了有二十余座寨栅。雷大春在九江反监劫狱之时,又放出许多死囚。内中有二名大盗,一唤赵虎,一唤钱龙。此二人都是臂阔肩开,膂力极大,有万夫不当之勇,又并能飞檐走壁。宸濠得了这二人,更是大喜。赵虎、钱龙本来是安徽寿州府独峰山的强寇,因为在九江犯了案,被捉在监牢收禁起来。他二人还有两个结义兄弟,现在二龙山聚积了有一二千喽兵,专门打家劫寨。当下赵虎、钱龙即与宸濠说道:"小人蒙千岁之恩,无以为报。今观千岁营内,大将虽然不少,尚恐不敷调遣。小人尚有两个结义兄弟,一姓周名唤世熊,一姓吴名唤云豹,均有万夫不当之能,现在二龙山落草,手下有一二千喽兵。小人愿到二龙山将这两个结义的兄弟并所有喽兵全行招来,以为图报之地,不知千岁意下如何?"

　　宸濠正虑战将不敷调遣，今闻此言，怎得不喜？因大喜道："难得二位军士肯保孤家，去招人马，到此立了功，甚是可喜。孤今封二位为游击将军之职，俟事定之后，再行加封。"钱龙、赵虎当下谢过，复又说道："事不宜迟，末将等即须前往招集才好。"宸濠道："但不知此去二龙山有若干路程，往返须要几日？"钱龙道："十日足矣。"宸濠道："愈速愈妙。"钱龙道："总不误千岁的大事。"说罢，二人出了营，飞奔二龙山而去。

　　不足十日，果然周世熊、吴云豹带了一二千喽兵，随同钱、赵二人一起到此。当下由钱龙、赵虎带领去见了宸濠。只见他二人也生得虎背熊腰、豹头环眼，生得十分雄壮。宸濠看罢大喜，因也封他二人为游击将军之职，并令他四人同为随驾护卫。四人感谢不已。带来二千喽兵，即改为护卫亲兵，仍归赵、钱、周、吴四人统带。

　　宸濠吩咐已毕，次日，忽见有个营官带了一个人进来见宸濠，说道："禀千岁，末将昨日巡营，捉得奸细一名，正要解往大营听千岁发落，那奸细忽称是京城里张太监差来的，说有机密事面禀，并有书信面呈。"宸濠问道："此人现在哪处？"那营官道："就是此人。"宸濠命将那人带上，营官即将那人带过来了。

　　那人一见宸濠，先行了礼，然后跪在下面说道："小人姓陆名宝，只因内官老张公公差遣小人星夜到此，有机密事奉禀，求千岁屏退左右，小人好奉告一切，并有书信面呈。"宸濠道："左右皆是心腹，尔但将书信取来呈阅。"陆宝听说，便从腰间将书取出，呈递上去，宸濠接过，将书拆开，从头至尾看了一回，心中十分喜悦。因说道："孤知道了，你可到外面去歇息，明日回去吧。"陆宝站起来，即刻出去。

　　宸濠当下即将李自然等请来议道："方才接着张锐的密书，说昏王已经出京，亲自到此，与王守仁合兵一处，前来伐孤。张锐属孤可于半途密遣刺客前去刺驾，此计虽云极好，怎奈其人难得。先生及诸位将军意中可有为刺客的人么？若将昏王刺死，孤还怕什么王守仁么？"李自然沉吟半晌道："这人可实在寻不出来。"话犹未了，只见钱龙、赵虎奋身而出，向宸濠说道："千岁若见信，末将愿当此任。"宸濠见是新来的二人，恐怕他们口是心非，不能坚信，因踌躇未及回答。

　　钱龙、赵虎见宸濠不答，他二人疑惑宸濠怕他们本领不济，因又说道："千岁闻言不答，想是因虑末将等不能干得此事么？末将请自先呈小技，以坚千岁之信,何如?"这句话忽然把宸濠提醒过来,暗道:我何不先试他们一番,若果本领高强,也可使他们前去。因道:"孤正虑你们二人的武艺不知能否充当此任,今既愿献技与孤一阅,这可好极了。"因命人取了一竿大纛旗,在旗顶上系了一面令字旗,竖在大帐面前,命他二人上去,将令旗取下。左右答应,即刻将大纛竖好。钱、赵二人也就将外衣即刻脱去,先向宸濠请了个安,然后走到帐下,只见钱龙将身子一弯,立刻由竹竿上猱升而上,瞥眼间已将令字旗取了下来,复走到宸濠面前,把令旗呈上。宸濠见钱龙有如此本领,心中暗喜,口中称赞不已。

钱龙退在一旁,只见赵虎又上来,说:"千岁在上,末将请将这面令字旗仍然送了上去。"说着,便将令旗取过来,即刻转身到了帐下,宸濠定睛细看,看他如何上去,哪知比钱龙尤快,转瞬间已上了大纛,但见他一只手执住大纛的竹竿,那一只手上面挂令旗,立刻将令旗挂好,复从顶高处跳落在地,真个身轻,连响声皆没有。

钱龙见赵虎如此献技,以为比自己还胜几分,钱龙复又走到宸濠面前,跪下说道:"末将还能平地飞上半空,不由大纛上去,即将令旗取了下来。"宸濠道:"尔可再试一试,与孤细看。"钱龙答应,登时走出帐外,真个是脚一踔,早已飞身到了半空。正欲去取那面令旗,哪知赵虎见钱龙如此,他也存了个好胜的心,钱龙才要去摘旗,赵虎已飞到那里,两个人对面两双手执定大纛,两双脚皆向外撑开,犹如两个蜻蜓贴在花枝上面。宸濠看见,十分喜悦,因大声说道:"二位将军请下来,孤有话面说。"钱龙、赵虎二人登时跳落,走到宸濠面前。

宸濠夸赞道:"将军武艺,虽古之剑侠亦不过如此。孤得将军,正天之赐孤臂助!尚望将军努力建功,若将昏王于半途刺死,将来孤定封二位将军为平肩王,以偿此不世之功便了。"当下钱龙、赵虎好不得意,因即说道:"不知昏王从哪道而来?"宸濠道:"必定由旱路取道湖北,将军可于湖北荆襄一带,等他便了。"钱龙、赵虎二人当下答应,即刻退出帐外。当日就预备动身。宸濠又发了四百银子,与他二人作为盘费。二人收下。次日即打了包裹,暗藏利刃,离了樵舍,直朝荆襄进发。暂且不表。

再说王守仁这日得了探马来报,说是宸濠令雷大春攻取九江,现在九江已为雷大春所破,城中所有钱粮,悉为贼将所得,已运往樵舍,充作粮饷。王守仁听罢,大惊道:"宸濠之得九江,皆因某患病耽延,不能出兵,以致如此。今逆贼既退守樵舍，若不速速进兵，恐逆贼又将分兵攻取他郡，那时却又滋蔓难除了。"当下即传令各军，即于次日一起拔队，望朝舍进发。各军得令，次日即便起程，日夜趱赶，不一日已至樵舍。但见对岸贼营林立，集岸为营，约有二十余座寨栅，且都是依山临水，甚是坚固。王守仁当下就在对岸立下大营。

不知王元帅如何进攻宸濠，且听下回分解。

# 第一百六十四回

## 巧立水军联舟作阵　议破战舰用火为工

　　话说王元帅的大兵在樵舍对岸立扎大营之后，便聚集众将商议道："逆贼集岸为营，我军隔湖相对，当何法破之？"徐鸣皋道："在末将愚见，非水战不行。若水战势必渡舟而过，不然偌大的湖面怎么飞越过湖？"王守仁道："将军之言虽善，怎急切那里去觅得这许多渡船？"徐鸣皋道："末将亦正虑及此，只好再作计议便了。"当下退出。大兵就屯扎此处，以待王守仁寻思良策。

　　再说宸濠自打发钱龙、赵虎二人去后，这日探报王守仁大军已于对岸立扎营寨，不日便要渡舟而来。宸濠闻报，便聚众议道："王守仁既亲统大兵，于对岸已立扎营，不日即要渡舟而来，当以何策抵敌，方可立于不败之地？"只见李自然献计道："某有一计，是非水师不足抵御敌军。但水师固非船不行，尤在平时，各兵卒操练纯熟，不畏风涛波浪，方可对战。我军于水军素未习练，何能使其乘舟？今有一法，可使三军在洪涛巨浪之中，如履平地，虽王守仁亲统大军渡过湖来，亦不患其不胜。"宸濠道："先生之言，甚合孤意，但不知好用何法，可使三军不畏风涛。"

　　李自然道："昔庞士元以连环计献曹操，孟德虽为周郎赤壁之败，其咎实在孟德自己不胜，并不能怪庞统所献之计非善。而且彼时又在冬令，非东南风不能用以火攻，后来为孔明借风，致有赤壁之败。今某拟仿照庞统连环之法，联舟为方阵，三军固无风波之可畏，就便王守仁大兵南渡，也不患不能抵敌。"宸濠道："善则善矣，若王守仁也效周瑜破曹之计，用火攻之，那时不又居大败之地么？"李自然道："千岁之言差矣！现值秋令，西北风居多。我军现居西北，敌军现驻东南，如遇东南风，我军方才可虑；若是西北风，而敌军纵火，是自己延烧耳！王守仁断不为此。且现在也绝无再有个诸葛亮，可以借三日三夜东南风。况乎王守仁就便计及到此，急切又从哪里得许多船只，可以装载引火之物。此事万万不必虑得的。"宸濠听了此话，也颇以为然，因道："先生既如此说，但不知须船几何？"自然道："某早为千岁预备下了。"宸濠大喜，因道："就烦先生为孤一联方阵可乎？"自然道："某敢不遵命！"说罢，即起身而去。

　　原来李自然当宸濠兵屯樵舍之时，他即早虑到此。是凡沿湖一带船只，早已为他雇下，共计六百余只。现在奉了宸濠之命，便去将各船招集湖中，大小配搭，用铁索连环起来，十只一排，共计六十四排，上用木板铺盖，联为方阵。却按着六十四卦，往来有巷，起伏有序。船上遍插五色旗幡，中央插着黄旗，以宸濠为水军统领，居于中央。东方青旗，南方红旗，西方白旗，北方黑旗。以东方为前军，却使雷大春为管带。南方为后军，以吉文龙为管带。西方为左军，以周世熊为管带。北方为右军，以吴云豹为管带。俱各调护，便去宸濠帐中复命，即请宸濠上船观阵。

　　宸濠大喜，当即随同李自然出了大帐，走到岸边。只见湖心里的水师，排得如同方城一般，五色旗幡，飘摇蔽日，甚是好看。宸濠极口赞道："非先生高才，不能计及到此。有此方阵，虽王守仁统带百万雄兵前来，孤亦无忧矣！"说罢，狂笑不止。当下便下了马，与李自然同上了船，就中军坐了片刻，又往各处看视一回，真个是如履平地。当下便传出令来，命次日晨初，先行操演。众水军得令，预备而去。宸濠又与李自然仍回旱寨。

　　次日天明，即到了水寨，仍就中军坐定。一声令下，起鼓三通，只见左、右、前、后，各军护拥着中军，各按队伍分门而出。是日正是西北风大作，各船拽起风帆，冲波激浪，稳如平地。三军在船中各踊跃施勇，刺枪施刀。前后左右，各军旗幡不杂。宸濠立于中军，观看操练，心下十分喜悦，以为不但可以自保，而且操必胜之权。各军操演了一会，宸濠命且收住帆幔，各依次序回寨。宸濠又谓众将曰："若非天命助我，安得李军师如此妙计。铁索连舟，果然涉险风涛，如履平地。"众将亦深自佩服。是日宸濠仍回旱寨而去。到了旱寨，升帐已毕，又聚将而言曰："水军得军师妙计，固已万无一失。但是陆军虽然即岸为营，仍宜格外小心为要。"邝天庆道："末将当率领各将，认真操练，以期共成劲旅。"宸濠道："操练固属用兵最要之事，孤看每营尚欠布置。孤意拟每营埋伏弓弩手二百名，计共二十四营，可挑选五千精锐，专充此事。以便敌人前来冲陷旱寨，有此弓弩手抵御，任他雄兵百万，也不能冲进营门里。可再多设檑木、炮石，加意预备，不患敌人飞渡而来。"邝天庆答应而去。

此时却早有细作报入王守仁大营而去。王守仁当即升帐，聚众议道："宸濠现在又联舟为方阵，准备以御我军。但是我军驻扎此地，不能旷日持久，且贼军亦断不容我久扎此地。我不攻他营寨，他也要前来进攻。贼军固能联舟为阵，我军亦可如此办法，以便渡江而去与他对敌。所虑船只毫无，不必说联舟为阵，就便欲要渡河，亦不可得，只便如何是好？"徐鸣皋道："便是末将亦早虑及此，欲渡江进战，非船不行，不知这逆贼许多船只，是从何处得来的？"王守仁道："光景是他预先雇下，专为此事的。"大家正在忧虑，忽见营兵进来报道："吉安府伍大老爷由南康来了。"王守仁一闻伍定谋前来，当即请入大帐。

伍定谋行礼已毕，即问王守仁曰："元帅亦见逆贼结舟为阵乎？"王守仁道："便是本帅正虑及此。因此间无船可雇，不能渡军而北，如何是好？"伍定谋道："逆贼今联舟为阵，有此一举，逆贼死期将至了。"王守仁惊道："贵府何出此言。某正以此为可虑，贵府反说他死期将至，吾甚不解谓何？"伍定谋道："元帅所虑者又何谓？"王守仁道："虑他这方阵不易破耳！"伍定谋道："元帅以为可虑，卑府却以为可喜，愿与元帅言之，即知逆贼不久将死了。"王守仁道："便请一言，某当闻命。"伍定谋道："元帅岂不闻赤壁鏖兵之事乎？时虽不同，而事则一律，岂非该贼之自甘就死么！"王守仁道："贵府之言虽有，但某有谓不然者。赤壁鏖兵，幸有东风之力。今正逢秋令，西北风当时，逆贼现居上游，正当西北，我若纵火烧之，是自己延烧也。赤壁一役，何可效法？"

伍定谋道："元帅所谋，未始非是，但卑府已虑之熟矣，若由下游潜渡上游，绕伏贼后纵火，贼又何能躲避乎？此事不劳元帅费心，卑府已预募得轻舟百艘，为纵火计矣。来日当潜使六十艘来，为元帅调度人马，其余四十艘，卑府为自用。现在纵火之料，仍未备全，一俟齐备，卑府当于前三日使舟前来，并约元帅届期行事。卑府现在仍须驰回南康，调度一切。故急急前来为元帅送信，请元帅不必过虑；但传令各军，届期预备接战破贼便了。"

王守仁听了这番话，真是大喜，当下让道："某虽身居统帅，其才智愧不如君，真个惭愧。"伍定谋也要谦道："卑府不过一得之见，或者侥幸成功，何敢自居才智，总之均为国家公事，义不容辞。元帅又何必如此谦让，使卑府立身不安了。"王守仁道："某非过谦，其实惭愧。"伍定谋又道："卑府就此告辞，一经预备齐全，即遣舟前来，以便元帅督兵西渡。"王守仁道："某当听候贵府来信，便即督兵西渡可矣。"伍定谋告辞而去，王守仁相送一回，复又夸赞了一会，这才饬令众将告退。

不知何日渡江去破方阵，且听下回分解。

# 第一百六十五回

## 师成熊罴大队南征　性本豺狼中宵行刺

话说伍定谋退出大营，当下潜渡南康。原来南康离南昌只三百里，兼程趱赶，不过一日一夜即到。伍定谋到了南康，当下即将预雇的大小船只一起招集，挑选了四十艘，内装干柴、枯草，上加桐油、松香、硫磺、焰硝之类，每船拨兵二十，各带火种，令王能统带，将这四十艘实蒿灌油，暗藏于南康一带深港之内。其余即派令卜大武押着各船，陆续渡往北岸，限五日后全行渡过，仍散布于各港内埋伏，听候调遣。分拨已定，只等纵火杀贼。暂且不表。

且说钱龙、赵虎二人各带了盘程，离了樵舍，直朝荆襄一带而去，上追御驾。一路探听，这日到荆紫关，听说御驾已将次行到，他二人即在荆紫住下等候。不过二日，只见荆紫关一带的往来行人，皆说武宗圣驾明日即到，于是六街三市，文武大小官员，皆纷纷预备接驾。沿途各家皆张灯结彩，摆设香案，以便圣驾经过，好去跪接。

又隔了一日，果见头站牌已到，约至午牌时分，只见拥护的人走来说道："圣驾已离此不远了。"接着又有一骑探马如风驰电掣而来，一路喊道："尔等各居民听着：圣驾顷刻就经过此地，均须两旁跪接，毋得喧哗，致惊圣驾。若有犯者，即交地方官照例惩办。"一面说，一面跑了过去。不一会，只见许多羽林军排道前引，两旁铺户居民知道圣驾已到，当即跪列两旁，以便接驾。但见羽林军走了好一会，才见一对对龙旗、凤帜、月斧、金爪、紫袖、昭容、锦衣、太监，只见一班细乐，八对提灯，五百御林军护驾，王侯世爵，一个个玉带金冠，御前侍卫，两旁分走，皆是花衣锦帽。末后有一柄曲柄黄罗伞，下遮着一辆朱轮，朱轮里面坐着的一位，龙姿凤目，头带九龙盘顶的金冠，身穿五爪盘金黄龙袍，腰围玉带，脚踏粉底乌靴，真是凤目龙颜，不愧帝王之相。朱轮过去，后面又有许多随驾护卫，簇拥而行，皆是身骑骏马，随护朱轮。末后，便是太监张忠、左都督刘晖所带的雄兵。一路行来，虽则有数万人马，却是肃静无哗。只闻马蹄声响，不闻人语之声。

钱龙、赵虎此时也躲在人丛中瞻仰圣颜。不一刻，武宗进了行宫，所有御林各军皆扎在行宫四面。又过了一刻，只见有两个小太监捧着圣旨出了宫门，向各官宣旨道："圣上旨意，着令地方各官一律退去，所有随扈各官将着即暂歇一宵，明日天明拔队趱赶前去。"各官遵旨退下不表。

再说钱龙、赵虎两人在人丛中听见这个消息，圣驾明日就要起銮。当下两人即走到一个僻静处所，彼此议道："今昏王已到，明日就要前去行刺，恐有误大事，反为不美。不若今夜便去行事，只要将这昏君刺死，你我这场功劳，可真不小。将来宁王身登宝位，你我还怕没有高官厚禄么？"钱龙道："今夜何时前去呢？"赵虎道："若早去，恐行宫里未曾睡静，给他们看出来，反为不美，所谓画虎不成，反被犬害。莫若今夜三更以后，你我各带兵器，纵身直入，只要寻到昏君，一刀刺死，那就大功告成了。"钱龙道："此言甚善，我等当先回客店住下，等到那时再去便了。"于是二人便走出僻静地方，径往客店而去。到了客店，便叫店小二打了两壶酒，拿了两碟菜，彼此对饮起来。一会儿，饮酒已毕，便去房内歇息，专等三更以后前去行刺。

有话即长，无话即短。两人睡了一觉，便惊醒过来，听了听，才交二更，时候尚早，复又去睡。又睡了一会，却已三更将近，他二人即便起身，将外面衣服脱去，内穿密扣元色紧身短袄，下穿元色扎脚马裤，脚踏薄底快靴，头上扎了一块元色包脑，背插利刃，走到房门口轻轻地将房门拨开。二人走出房门，复又倒关起来，走到院落，一耸身飞过墙垣，就如两条乌龙一般腾空而去，出了客店，直朝行宫而来。

不一刻，已到行宫。二人先跳上院墙，四面一看，见行宫里面虽有些灯光，却是半明不灭，又听得里面更锣之声不绝于耳，钱龙即与赵虎悄悄说道："老兄弟，你听宫里这一片更锣之声，往来不绝，照此如何下去么？"赵虎道："这到不防，这些交更的，那里有什么本领，不过借此在这里混一碗饭吃吃而已，我们下去，只要避着他们，不与他们望见，即不妨事了。即使遇着那些更夫，不待声张，一刀将他杀了也就可以无事的。"钱龙道："话虽如此，却要格外小心才好。"

二人说着话，再听一听，已转三更，钱龙又道："老兄弟，我们下去罢，时候可也不早了。"赵虎道："我们走一条路不行，你在东，我在西，你我分头而进。"钱龙道:"不是如此办法,还是一起下去,彼此才有个照应。一被里面的人看出来,上来动手也得有个帮助。你若在东,我若在西,那时有了事,怎么呼应得灵的?"赵虎道:"也好,我便与你同下去吧。"说着,二人将身躯一晃,只见一道黑光飞上正殿,二人便伏在瓦枕内朝下面一看,见有两个更夫,一人提着手灯,一人敲着更锣,由后面绕转过来,却好走到正殿下面。钱龙、赵虎怕被更夫看见不妙,因将身伏定在瓦枕上面,等更夫过去走得远了,才将身子立起,向后面一看,只见后面还有三间,皆是瓦缝参差,非常坚固。于是二人一缩身,便由正殿屋上蹿到后殿屋上,不意将后殿屋上瓦踏翻了一块,落下来,只听啪的一声响,那块瓦跌落下面,打得粉碎。二人吓了一跳,又伏定身不敢稍动。幸而下面并无人问,也无人出来看视,他二人才算放心。停了一会,又一起窜到第二间屋上,正要往第三进去,却又从第三进左侧夹巷内来了两个更夫,敲着锣经此而过。他二人又不敢动弹,还是等两个更夫走了过去,他二人这才窜身向第三间而去。

到了第三间屋上,先将身躯伏定,一个在东,一个在西,一起用了个猿猴坠枝的架落,将两只脚踏在屋檐口,身子倒垂下来向里面观看,只见正中一间中间竖了一块匾,是"寝宫"二字。钱龙、赵虎知道武宗一定住在此处了,但又不知住在哪里房内。当下赵虎说道:"据我看来,一定住在上首这房间内无疑。我们何不先去将那窗格上的红纱戳破了,先看一看,便知分晓。"钱龙道:"是。"因此二人又将身子由屋檐下蜒蜿而下,靠近纱窗,便用刀在那红纱上轻轻戳了一个小孔,钱龙即便单觑眼向里面看去。

只见里间烧着一对双龙的红烛,已烧残了半截。紧靠纱窗,摆着一张海梅嵌大理石的御案,中间设了一把盘龙宝座,两旁皆用是红绫糊在板壁上面,一色簇簇生新。左右有八把交椅,四张茶几,椅几之上皆用着红缎子盘金龙的椅披、几袱。上首有一张衣架子,上面褂着一件簇簇新黄缎盘金龙袍,就是日间武宗在龙舆内所穿的那一件。衣架旁侧挂着一条盘龙嵌宝的玉带,上首有一架盔盒,盒盖上架着一顶盘龙金冠。当中有一张海梅朱漆上下两旁盘龙的御榻,挂着一顶黄绫描龙宝帐,近在御榻下面,有八个小太监,分在两旁,和衣而睡。寝宫门首又有四个护卫,带刀而立,却皆靠着寝宫门,立在那里打盹。

二人看毕,料定武宗睡在那龙榻上面了,因此二人打了个暗号,钱龙即将手中刀轻轻在那纱窗上拨了两拨,里间格子一转已离了窝槽,于是又伸进一只手,轻轻地将里面格闩抽出来,放在一旁,又去将窗格拨下。做了好半会的手脚,并无一毫声息,也没有一人知觉。钱龙、赵虎当下好不欢喜,以为武宗必定为其所刺。于是,赵虎在先,钱龙在后,两人手执钢刀,一窜身飞身入内,手起刀落,直朝御榻上砍下。

　　不知武宗性命如何,且听下回分解。

# 第一百六十六回

## 焦大鹏行宫救圣驾　明武宗便殿审强徒

却说钱龙、赵虎手持利刃，窜身进房，直奔御榻而去，走到御榻面前，急将龙幔一掀，哪知用力过猛，一阵风将武宗惊醒。武宗睁眼一看，见榻前立着两个刺客，浑身紧身衣裳，相貌狰狞，身材高大，手持两把明晃晃的钢刀。武宗只吓得乱抖，心中暗道："悔不听杨廷和之谏，致有今日之祸，朕命休矣。"急欲喊人前来救驾，只见那两个刺客，已要狠狠举起钢刀，向自己砍到，口中叫道："昏王，看你尚有何法逃得性命么？"手中的利刃正要砍下。武宗忽见窗外复又飞进一人，手执宝剑，直奔御榻而来。武宗这一吓，真也是魂飞天外，暗道：何其刺客如此之多？这里现放着两人，还怕不足，又加上一人，光景欲将朕分为三段了。正在暗道，忽听咕咚两声，接着当啷一声，见先来的那两个大汉已跌倒在地，后来的那一个跪在床前，口中称："万岁在上，小人焦大鹏奉了王元帅之命，特来保驾。这两个刺客，已为小人刺倒了。万岁勿惊，小人在此。"

武宗这一见，真是喜出望外，当下即从龙床上坐起来，喊那些太监护卫拿刺客。那四个带刀护卫一听此言，哪敢怠慢，从睡梦中提了刀，大踏步抢走过来。见龙榻前跪着，疑惑他是个刺客，为武宗将他捉住，跪在那里，便举起刀来即向焦大鹏砍到。武宗一见，赶忙喝道："尔等护卫宫中，原所以防不测，今尔等不知小心有刺客前来，你们哪里如此糊涂，明日即行革去尔等的护卫，再严加重办尔等护卫不力的罪名。朕若非这焦大鹏前来救驾，朕已早为刺客所算了。还不快将那两个刺客缚起来，明日交荆州府严刑审讯。"那四个护卫听了这番话，随即跪下叩头请罪，道："臣等罪该万死，求万岁暂息雷霆。"武宗又命那四个护卫起来，去捆打倒的那两个刺客。那四个护卫当时又叩头谢了恩，这才站起来，走到钱龙、赵虎二人跟前，先将他二人拖了出宫，然后才将他四马倒攒蹄捆了个结实。

此时里里外外，皆得了消息，所有那里护卫大臣、御前侍卫、随驾太监、俱纷纷扰扰进了宫房，不一刻，那管带御林军侍卫以及太监张忠、左都督刘晖亦皆到宫房请罪。武宗便命张忠、刘晖进了寝宫。二人先给武宗跪请圣安,然后叩头说道:"臣等保驾来迟,罪该万死! 现在刺客想已捉住了。"武宗便指着焦大鹏道:"若非他前来救驾,朕之性命,已送于两个之手了。二卿远在宫外,却非卿二人之罪,不过这宫内的所有护卫太监,实属疏忽已极,毫不防范,着即交二卿明日拟定罪名,以警疏忽之咎。"张忠、刘晖当下即也遵旨。此时天已明亮,武宗即命张忠、刘晖,将焦大鹏好生带出宫门,并饬令传旨各营,今日驻跸①荆州府,便将此案讯明,再行起銮前进。当下张忠、刘晖将焦大鹏带出宫房,便留在刘晖营中止歇。又将谕旨传知各营前队统带,令各军先到荆州驻扎。

武宗此时梳洗已毕,当有小太监呈请早安。武宗早宴已毕,只听静鞭三响,武宗升殿。刘晖、张忠等一班随驾大臣、侍卫,皆上殿早朝,三呼万岁。当有领班护卫大臣奏道:"臣启奏万岁,夜间所拿的两名刺客,是否径交荆州府严讯? 抑万岁先行钦审,然后再送交荆州府拟定罪名?"武宗听奏道:"尔等可即将那两名刺客先行带上殿来,俾朕先审问他一番,究为何人指使。然后,再交荆州府拟罪。"领班护卫大臣当即遵旨退下。

不一刻,即将钱龙、赵虎带上殿来,将他二人推倒,跪在下面。武宗伏在御案上闪开龙目,再将他二人细细一看,只见钱龙、赵虎二人,右臂皆为剑所伤,血流衣襟。你道这是何故? 原来他二人当在寝宫行刺时,皆是右手执刀,所以焦大鹏一进来,即将宝剑先伤了他二人的右臂,使他举刀不来,又不便将他二人杀死,须留活口,为将来审问口供的地步。所以钱龙、赵虎二人右臂皆为所折,血流衣襟。

你道焦大鹏又何以得知钱龙、赵虎前来刺驾、他从南昌奔到此处救驾呢? 原来他却有人使他前来。这日他在沿湖一带观看湖中的水景,只见他师父傀儡生忽然从空中落下,向他说道:"徒儿,徒儿,尔可速速回营与元帅禀明,即日驰赴荆紫关行宫救驾。"焦大鹏当下便问道:"难道圣上有人暗算么?"傀儡生道:"正为有人前去行刺,所以为师特命你前去干这一场大功,好让你讨了封赠,将来好成正果。"焦大鹏听了此话,便请傀儡生一同回营。傀儡生道:"为师尚有要事他往,你可即刻回营,与元帅说明,不可耽搁,务限八月二十三日到荆紫关,三更以后,前往行宫,捉拿刺客。

----

① 驻跸(bì)——帝王出行时途中停留暂住。

一切勿误!"焦大鹏听了此言,却也不敢强留傀儡生,当即回身奔赴大营,见元帅呈明一切。王元帅见说,吃惊不小,当与焦大鹏说道:"本帅料这刺客,定是宸濠所使,既蒙傀儡老师属令义士前去救驾,义士可不能迟缓。"即刻出了大营,直奔而来,却好到了荆紫关,正是八月二十三这日。他却是日间到的,等至三更将近,便到行宫左右探看,等了一会,果见有两个黑汉子由院墙上跳过去,那时焦大鹏便要赶上去捉他,复又想道:我不到那真真危急之时,再行拿捉,一来不见我焦大鹏的本领,二来圣上也不知道我这人。所以一直等到钱龙、赵虎进了寝宫,走到御榻面前,将龙幔掀开,举刀在手,要朝武宗去砍,这个时节,他才飞身进内,将钱赵二人右臂折伤,救了武宗的圣驾。这就是焦大鹏由南昌启程、直至救驾捉拿刺客的一段原委。

此时钱龙、赵虎二人跪在殿上,并无刑具,因武宗既未带有御刑,荆紫关又无有司衙门,所以无处去寻刑具。而且钱龙、赵虎业已折伤右臂,已经不能动弹,断无再会逃走之理。只用了些绳索,将他腿脚捆缚结实,跪在那里便了。武宗在龙案上向他二人问道:"刺客,你二人姓甚名谁?朕看你二人倒也身材高大,有此本领,为什么不做忠臣孝子,偏要前来行刺朕躬?你与朕有何仇隙?究为何人所使?速速招来。"

钱龙、赵虎跪在下面,听武宗问他这一番话,因即怒目圆睁,大声喝道:"昏君,若问咱的名姓,咱唤钱龙,他唤赵虎,咱们也不知道是何人所使。只知道你这昏君,罪恶贯盈,天下臣民无不切齿痛恨。咱家所以代民伐罪,替天行道,前来刺杀你这昏君,为天下子民除害。今既被捉,也算咱家做事不到,致被妖人前来所擒,要杀就杀,咱家没有口供。大丈夫一人做事一人当,不知道扳人避己,以图赦罪之地。而况今日杀了脑袋,二十年后又见一个堂堂的英雄。这脑袋瓜子挨一刀,又算什么大事。昏君你快些将咱家杀了罢,咱家是没有口供招来,若要咱家招口供,就是刺客这二字。"

当下武宗(君)听了他二人这一番话,龙颜大怒,因喝令左右即将他二人推出,凌迟处死。当有刘晖奏道:"万岁且息雷霆之怒,论国家刑法,行刺圣驾、触忤圣颜皆是凌迟处死,但是这两个死囚必非专主前来,定有旁人指使,须得彻底根究,问明指使之人,方好一同治罪。若现在因一怒之下,便将他二人处死。这两个死囚原知死有余辜,可便宜了那指使之人幸逃法网。他二人既死，又从何处追问指使的首犯呢？据臣愚见，莫若先将这二个死囚每人重责一千大棍，然后再审问他的确实。又恐上扰圣躬，或即发交荆州府严刑审讯，说要将他的实供讯出，究竟是何人指使前来？方好一例治罪。臣一得之见，不知圣意如何?"武宗虽听此言，还是怒犹未息。

　　毕竟武宗曾否准奏，钱龙、赵虎此时曾否凌迟，且听下回分解。

# 第一百六十七回

## 明武宗移跸驻荆州　孙知府奉命审刺客

话说武宗因刘晖进奏，当下怒犹未息，便命力士将钱龙、赵虎二人拉下丹墀，各责一千大棍。左右一声答应，即刻将钱龙、赵虎拉下，每人用力打了一千大棍。哪知他二人毫不畏惧，那棍子打在他二人身上，犹如打在石头上一般，不必说皮肉未损，连痛也不痛。只听他二人在下面大笑不止，武宗更加大怒，又命每人再责一千棍。哪知他二人仍然如此，却把大棍打折了两根。他二人复又笑道："昏君，你不必说是拿大棍子打我，就便取把钢刀来在咱家身上乱剁，看咱家可惧也不惧。"武宗没法，只得命力士仍将他捆绑定当，发交荆州府严刑审问。张忠复又奏道："奴才看这两刺客本领既然高强，而且有运功之法，焦大鹏既可制服得住，莫如即将他二人交与焦大鹏，沿途看管，或者尚无逃逸情事。若交别人看管，犹恐不妙。"武宗当下准旨，即发焦大鹏沿途押解该犯，并沿途护驾随行，以防再有行刺等事。说罢，就命起跸。当下有人将钱龙、赵虎交与焦大鹏。

这里武宗也就即刻起跸，出了行宫，直朝荆州趱赶而去。在路行了一日，到了傍晚，已至荆州境界。荆州府孙理文早已得着信，已带着在城文武各官，出城迎驾。当下跪迎圣驾已毕，即随着圣驾一起进城。城内亦早已备下行宫。武宗进了行宫，即刻传出旨来，命将钱龙、赵虎行刺两个钦犯，交与荆州府严讯，务要连夜讯出口供，若无实在供词，定即将荆州府革职。

这道旨意一下，荆州府哪敢怠慢，也就立刻将钱龙、赵虎二犯带入衙门，登时上了刑具，传三班衙役并各种刑杖各种严刑，又将焦大鹏请到衙门，以资帮助。登时升堂，将钱龙、赵虎二人带到堂上。只见他二人立而不跪，荆州府喝令跪下，钱龙、赵虎也喝道："这昏君的殿前，咱爷爷也不过跪倒而已，你这一个小小知府的衙门，咱们不配给你这赃官下跪。"荆州府大怒，喝令将他拉下，先每人重责一千棍，然后再问。左右差役一声答应，即刻将这两个死囚拖倒在地，褪下裤子，每人打了一千大板。哪知他二人依然如是,毫无痛楚。荆州府甚为惊诧,因问道:"似此重刑不畏,刑杖如何问得出口供来?"当有一个老差役上前说道:"这两个犯人会运地工,若令他放在地下去打,不必说每人一千板,就是每人一万板,也是无用。只有一法,须将他本身着人抬离了地,然后着力再打,或者可以使他痛。"荆州府闻言,便顾左右,那身强力壮的,挑选了八个,四人抬他们一个,将钱龙、赵虎抬离了地约有一尺多高,一面又使将那大板,尽力在他二人大腿上结实痛打,打到五百余板,只见两腿鲜血直流,皮开肉绽,钱龙、赵虎渐渐支持不住,却还咬紧牙关,死也不说痛楚二字,也不说愿招二字。直打到一千板,荆州府方叫众差役住手,将钱龙、赵虎推转过来,叫他跪下。钱龙、赵虎还是立而不跪。荆州府没法,只得问焦大鹏道:"该刺客如此倔强,当以何法治之才好?"焦大鹏道:"小人愿助大老爷一臂之力,先使他跪下,然后再请大老爷审问便了。"说着,就走到钱龙、赵虎背后,只见他腰一弯,在钱龙、赵虎两腿弯内用二指轻轻一点,钱龙、赵虎不知不觉登时跪了下去,再也站不起来。原来人身上各处皆有穴道,焦大鹏在他二人腿弯内穴道上点了一下,所以他二人站不住,登时两腿酸麻,跪了下去。

荆州府这才问道:"钱龙、赵虎,你二人为何胆敢前来行刺圣驾？究有何人指使？速速招来！或者本府尚可代你免其死罪,若再不供,免不得皮肉吃苦。"只见钱龙、赵虎大声骂道:"好个赃官,咱爷爷在昏王面前也不曾将实供招出,你好大一个知府,就想咱爷爷招出实供,除非你做了咱爷爷的儿子,咱爷爷可以告诉于你。如若不然,你休想咱们爷爷招出实供。咱爷爷前来行刺,是有人指使而来,这人可与昏君有切齿之仇,但不便告诉于你。你莫说以严刑吓我,就便将钢刀架在咱爷爷颈项上,咱爷爷也无实供的。"

荆州府见钱龙如此说法,不禁拍案大怒,便命人抬夹棍将他夹起来再问。差役一声答应,走上前来将钱龙拖翻倒地,即将夹棍在他小腿上夹起,两边的将绳子用力一抽,只听格喳一声,夹棍已经两段,毫无痛楚。荆州府没法,又命人将点锤取来,在他胫骨上打二十下。诸公可要知道,这点锤,州县衙门内向来是不常用,因为这刑法最是厉害,只要在胫骨上打二十下,这个人的胫骨顿时就被打碎,虽再吃些首碎补也是不济,这人从此以后就成残废了。所以有司衙门内如是有大案,皆是先用夹棍、铁索铄,若再熬供,便用天平架,迫不得已,才用这点锤。今日用这点锤如此迫切,一因这两个行刺圣驾的钦犯,将来总是要凌迟处死的;二来荆州府因圣旨急迫,明日就要复命,录取实供,好去捉拿那指使之人;三来荆州府被钱龙、赵虎大骂极了,所以才用得这点锤如此急迫。

当下众下将钱龙拖翻在地,取了点锤,在他两腿胫骨上,用力敲打,打了二十下,只见钱龙仍然咬着牙关,死也不肯供出。荆州府又命再打二十下,下面又打了二十下,仍是不招。荆州府没法,只得叫将钱龙带在一旁跪下,复问赵虎道:“赵虎,你可速速给本府招明,不要如钱龙有意熬刑,本部堂也要叫你吃这点锤的苦楚了。”只见赵虎在下面大笑,说道:“你若问何人指使,即是王守仁使我等前来行刺昏君,这就是咱家的实供,此外再无实供的可话了。”荆州府更加怒发冲冠,又命人将赵虎拖下,也打了二十点锤。下面答应,即刻又将赵虎拖翻在地,用力在他两胫骨又打了二十点锤。哪知赵虎亦复如是。不但荆州府急得没法,连那些众差役个个皆代荆州府担忧。若照此问不出供来,明日前程就难保了。

大家正在那里暗想,只听荆州府又叫:“将赵虎拖转来。”赵虎到了当面,荆州府只得向他骗道:“赵虎,本府看你如此英雄,真算得是天下第一条好汉,可惜你误为人用,听人指使前来,使你在这里受这痛苦。你可知道‘率土之滨,莫非王臣’?你今日虽做了刺客,其实在先也是个极安分的良民,在你此时以为受人之托,必须终人之事。今事既未办就,你又为人擒获,本府料你本意以为做事不成,未能终人之事,觉得已负人的重托,再将托你的人招了出来,更觉对他不起,所以咬定牙关不肯将指使的人招出,免得他与罪同科。这是你的血气,有肝胆的人所谓一人做事一人当,不肯代累别人,你的心定然如此。本府倒也甚为钦佩。但不过本府还代你可惜……”下言尚未说出,只见赵虎说道:“你代咱家可惜什么?”荆州府道:“本府代你何惜的既非本领不如人,又非肝胆不如人,只可惜你愚而不明,但知充作好汉,徒以一身枉死。本府试问你,这指使你行刺这人,平时你受过他什么恩惠?还是不以死相报不能报他的大德?若果有这番恩义,竟要以死相酬,一将他招出来便万分对不他起,而又于自己以死相报之意大相背谬,你就不必实招,好让你杀身成仁,完一个一死报知己的名节。设若指使你这人,尔并未受他的恩惠,他也不曾有什么恩惠施之于你,或以银钱贿属,或以官爵允你,你便因他这累累多金、空言官爵就代他奋身行刺，犯这罪大恶极的科条，在先固未尝深思，现在还不知懊悔，这就未免可惜。你外似英雄，其实心也糊涂，愚而且憨了。"荆州府用了这一番说词，打算使他自己反悔，可以招出实情。

不知赵虎可能从实招来否？且听下回分解。

# 第一百六十八回
## 用骗供刺客承招　上表章知府复命

话说荆州府用了这一番说词，隐隐的打动赵虎，使他从实招出究竟指使的是何人。果然，赵虎被荆州府说了这番话，暗暗想道："这官儿说的这些话倒也不错，我也不曾受过他什么十分恩惠，不过得了他一个虚名的官职，每人摊了二百银子，我便前来代他行刺。果真把正德君刺死，他将来做了皇帝，我还可以做个官儿。今又不曾将正德君刺死，又被他拿住，我不免又要凌迟。在先我在监牢里，虽然也不能活命，那还是自作自受，到了临时不过一刀将头砍下，不致受那凌迟之罪。今日为他前来行刺，反而轻罪又变重了。而况他已败得那样，现在御驾又去亲征，加上王守仁那里又放着许多英雄、武士、侠客、剑仙，他如何抵敌得住？眼见得也要身首异处，我纵不将他招出，他也是要死的，倒反代他瞒藏了一欸，我却更加罪大。若将他招出，我虽不能活命，到底扳出一个人来，也好代我分分罪名，或者我的罪反倒改轻些，也未可料。若一味的咬紧牙关不肯招承，难道这官儿还肯放松么？不但随后要受那凌迟之苦，这是当下这严刑拷问，也就够受的了，不如还是招出他来，也免得此时受这严刑的苦楚。"一个人低着头沉吟不语。

荆州府在上面看见赵虎低头不语，若有所思，已猜到他八九分意思了，因又问道："本府对你说了这许多话，你为何只是沉吟，难道本府所说的非是么？或是你有什么委曲，也不妨与本府说明，本府也可给你剖析。"赵虎便说道："咱家有句话不明白，你说咱家愚而无智，你怎么看出咱家没智呢？"

荆州府道："本府说你无智却也不可，你可听本府一一告诉于你，尔就知本府说的话不错，尔也就可知不智的道理了。你未受人家的大恩惠，甘为人家指使，来作此大逆无道之事，以致罪犯天条，一不智也；既来行刺，而又不能成事，反至被捉，徒欲以一死报相托之人，反致自家皮肉吃苦，二不智也；既被严刑拷问，痛楚交加，就该供出指使之人，不但可免拷打，还可为自家分罪，以重减轻，尔乃计不及此，以为我是个英雄好汉，一个做事一人当，何必将指使之人拖出，不知尔之罪系为他指使而得，尔不将他招出是你因他得罪，那指使的人反得逍遥法外，无罪可名耳，是尔代他甘受凌迟之苦，三不智也。有此三不智，尔尚得谓之英雄好汉么？夫所谓英雄好汉，第一要恩怨分明，其次要见识广大，方算得是个英雄好汉。如尔这般行径，不但不是英雄，不是好汉，真如一个无知的木偶，上了人家当，自己有杀身之祸，还自命是英雄好汉，不肯将指使的这人供招，情愿代他一死，怎叫本府不可惜你是愚而无智么？你到仔细想想本府的话，可错也不错？"

赵虎听了这番话，忽然大声说道："大老爷，你竟是个好官，咱家被你这番话说得咱佩服倒地，咱虽凌迟处死也要感激你的。你老说是愚而无智，咱这会儿仔细想来，真个是愚而无智。不但咱家愚而无智，连咱这结义哥哥也是愚而无智，全个儿上了那王八羔子的当！咱家供了吧。"荆州府听他说这话，又复说道："尔现在可明白了，这才算是英雄好汉，嘘尔可快招上来，好使本府给你录下口供，明早送呈圣上看过，本府奏明，代你把这凌迟的罪脱卸到指使你行刺的那人身上去，好使你们不受这凌迟之苦，你快招了罪。"

赵虎当下便朝钱龙说道："大哥，咱家招了，你也招出那王八羔子，好让他代咱弟兄们分分罢。不然，咱们弟兄受了这许多的苦，将来还要凌迟，他反得逍遥无事，咱们弟兄不算是给他白死了么？大哥，咱们招罢。"此时钱龙也知追悔，因闻赵虎之言，便说道："老兄弟，咱与你一样的口供，一样被人指使，你招就是了。"

赵虎因供道："大老爷容禀：小人本是德化县监内的盗犯。因宁王宸濠兵屯樵舍，当时因粮饷不足，遣派雷大春攻打九江。将九江府攻打开来，雷大春便搜刮仓库，又去劫狱翻监，将小人等放出狱来，与雷大春一起到了樵舍，又经雷大春保荐，将小人荐在宁王驾下当差。后来宁王见小人武艺高强，就封了小人与钱龙的官，唤作什么游击将军，专为预备与王守仁对敌。不到数日，有个京城太监，唤作什么张锐，差了一个人来，唤作陆宝，并带张锐的书信，说是万岁不日亲征，分两支兵，一支兵趋南京，一支兵趋江西。南京的兵是威武副将军许泰统领，江西的一支兵是圣上与太监张忠、左都督刘晖统带。那信上却是使宸濠遣人半途行刺，将圣上刺死，宁王便可登大宝了，因此宁王就生了这行刺的心。当时便叫小人与钱龙二人比武，那时小人以为这习武本军中应有之事，不足为怪。哪知到了比武这日，他却不使小人比试枪棒，却使小人演武飞檐走壁之能，小人当时也不知他是何用意，即与钱龙二人比了一回，宁王便与小人说道：'现在圣上要来亲征，孤家与他有敌国之仇，你今有此本领，能代孤将那昏王刺死，孤随后登了大宝，当封你为平肩王。'小人与钱龙二人听了他这一派言语，不期为他所惑，当时就答应他前来，以为把圣上刺死，小人随后就可得封王位，不料做事不成，反为焦大鹏所捉，这事虽小人做事不慎，然仔细想来，究竟为他所惑，误信宁王之言，做出这弥天的大祸！这都是小人与钱龙的实在口供，并无半字虚言，大老爷也可据情复命了。"

荆州府听了这番话，因道："还有什么别项情节么？"赵虎道："再无别项情节了。"荆州府道："既无别项情节，你可画了供来。"赵虎答应，当有差役将供单掷下，赵虎先画了口供，又拿到钱龙面前使钱龙画过，荆州府便命将他二人分别寄监。忽见焦大鹏走到荆州府面前，向他耳畔说了两句话，荆州府点头，立刻着人将钱龙、赵虎拉翻在地，着他二人将腿筋挑出，然后上了大刑，分别寄监而去。焦大鹏也就告别，仍回大营。

这里荆州府连夜修了本章，并将供词叙入表章之内，等到五更三点，便换了朝服，直奔行宫而来。此时，随扈各大臣已都在朝房预备早朝，一见荆州府进来，大家向前齐说道："贵府真是干员，居然一夜能将那两个刺客实供问出，又能不辱君命，可敬可敬。"荆州府道："此皆托各位大人的洪福罢了，卑府那里有什么才干，这总是各位大人过奖。"

正议论间，已听得静鞭三响，武宗升殿，诸臣便一个个趋赴金阶，朝参已毕，分班侍立。当有荆州府知府孙理文出班跪下，手捧表章，口中奏道："臣荆州府知府孙理文，昨钦奉圣旨，饬令严审刺客钱龙、赵虎二人有无指使各情节，臣回署后当即将该刺客严加审问，处以重刑，该刺客始则熬刑不招，坚称并无指使，复经臣再三开导，以言相诱，后来才供出系宁王宸濠指使前来，该二犯所供如一，又经臣严加驳诘，毫无狡展。兹将原供并录，恭呈圣览，候旨圣裁。再据焦大鹏声称，该二犯本领高强，虽此时监禁，难保无越狱情事，因与臣一再商议，先将该二犯腿筋挑断，现在分别寄监，候旨定夺。"说着，将表章呈上。当有值殿大臣接过来，摆在御案面上。

武宗打开表章，从头至尾看了一遍，龙颜大怒，道："原来太监张锐也与他私通，朕如何能容这两个逆贼幸逃法外！张锐俟朕班师回京后再行严讯他的口供，从重治罪。现在钱龙、赵虎既已审问明白，着即将该二犯凌迟处死。荆州府孙理文办事迅速，着加一级调用。钱龙、赵虎即着孙理文监斩。"当下孙理文谢恩毕，武宗也就退朝，文官皆散。

毕竟后事如何，且听下文分解。

# 第一百六十九回

## 伍定谋遣书约战　一枝梅奉调进兵

话说荆州府退朝出来,回至衙门,即刻将城内守城营官兵卒传齐,升坐大堂,立将钱龙、赵虎二名刺客提出监来,当堂捆缚,押往法场凌迟处死,复将首级带回,悬竿示众。当下孙理文又去复命。武宗知钱龙、赵虎也已如法凌迟处死,也就传出旨来令各营拔队,星夜驰往南昌,自己亦于即日起跸。这道旨意一下,当时各营哪敢怠慢,也就即刻拔队起程。随驾各大臣自然护卫圣驾起跸,风驰电掣,直朝南昌进发,暂且慢表。

再说宸濠兵屯樵舍,既立水师联为方阵,准备与王守仁抵敌。这日王守仁便聚众将议道:"现在逆贼结舟为阵,虽经伍定谋前来献计,但是伍定谋已去了数日,不见回信,本帅心甚盼望,又不知他的渡船何日可到,诸位将军有何妙策,可以攻破逆贼的水寨,尽管说出,大家计议,能早一日将逆贼捉住,即使圣驾到来,亦可就近献俘,免得再劳圣驾亲征了。"诸将皆面面相觑,毫无破敌之策。只见徐鸣皋说道:"元帅勿忧,末将料伍知府既来献策,他定有奇谋。渡船未即来到者,或尚有应用各物未备,不便先使渡船过来,恐稍有未备,临时反多掣肘,是以斟酌尽善,必使万无一失。此亦临事而惧、好谋而成之道也。元帅请待三日,若三日后仍无消息,末将愿潜赴南康一行,促其速成,以便早日进攻。"王元帅听罢道:"某亦有此意,且俟三日后再作计议便了。"众将退出,一日无话。

到了次日,又各去大帐议事。正议论间,忽见卜大武走进来,大家一见,惊问道:"卜将军何以独自回来,有什么要事?"卜大武道:"只因奉了伍大人之命,押往渡船过江,现在各渡船已陆续到齐,分布支河汊港,听候调遣。"大家一听,喜不自禁。卜大武又问道:"元帅现在哪里?"徐庆道:"元帅就要升帐了。"卜大武道:"我还有要话与元帅说。"徐鸣皋道:"将军有什么要话么?"卜大武道:"伍大人临行时曾屡言谆嘱,请元帅不必着急,他在那里日夜思虑,想那一战胜齐的妙策,旦暮必有书来,务请元帅见书后再行出队,若其不胜,伍大人说愿以军法从事。"徐鸣皋道:"伍大人谋定后战，深得古人用兵之法，他既有此说，必定有绝好的奇谋。且俟元帅升帐，某等当附和其说，以坚元帅之志便了。”

少刻，元帅升帐，众将参见毕，卜大武便上前说道：“伍大人再三上复元帅，现在预备火攻之船业也齐备，其余渡船亦着令末将陆续押渡过来，现在分布支河汊港，一来使逆贼毫不防备，二来等各事齐全，即请元帅拨兵飞渡。且暮伍大人尚有书来，并属令将情致意元帅：一经书到，务请元帅遣调，若其不胜，伍大人说甘愿军法从事。”王元帅听罢，道：“本帅亦深知伍定谋谋略胜人，他此次谋定后战，谅非食言。本帅当等他的书信照办便了。”

正说之间，外面小军进来报道：“禀元帅，现在帐外有个渔人，从对岸来的，说是奉伍大人之命，特地呈书到此，并有要话面说。”王守仁道：“将他带进。”小军答道，即刻退至帐外，将那个渔人带进来。那渔人走到王元帅帐前，跪下禀道：“小人特奉伍大人之命，前来下书，务请元帅照书差遣，不可有误。”王元帅道：“书在哪里？可呈递上来。”那渔人即从贴肉将书取出，呈递上去，王元帅接在手中，拆开来细细看道，只见上面写道：

知吉安府事伍定谋顿首谨上书于介生大元戎麾下：

前者面呈一切，某回营后日夜赶办，刻已齐备。渡江各舟，已派遣卜将军陆续押解飞渡，近日想已渡岸。所有大略，已请卜将军先行具告，大元戎当已有所闻。迩者探得逆贼劫取九江之粮，悉屯于西山之北，某现定于二十六夜亲帅舟师，先攻其屯粮之所；然后即以得胜之兵攻水寨。一面再拨一枝梅所部各军，截其陆营，使贼兼顾不暇。这两路皆用火攻。

元帅请于先一日率师渡江，攻彼水寨，万不可胜，略战即回，所以骄贼之心，使贼解弛即乘其骄以破之也。二十七日黎明，潜渡上游，乘舟纵火。元帅亦即于黎明飞渡过湖。分兵一半，以助一枝梅攻贼旱寨；一半由下游上驶，以便夹击，逆贼虽悍，不患其不为我擒也。幸元帅明察勿疑。若其不胜，愿以首领上献。某再三筹划，谨驰书以闻，如蒙赐教，乞付去手为盼。

定谋再顿

王元帅将书看毕，大喜道：“伍太守之谋，诚可谓尽善尽美。”于是便将书中各节，一一告知众将，诸将亦喜。又重赏来人，并朝来人说道：“今本帅有回书一封，付尔谨慎带去，多多上复伍大人，就说本帅届期照办便了。"来人谢了赏，站在一旁，候王元帅作书回复。不一刻，元帅作书已毕，交付来人藏好，随即告辞而去，连夜偷渡过湖，到了南康，将书呈上。伍定谋看道：

来字谕悉，老谋深算，佩服，佩服。某闻命矣，届期当遵照调度，以副雅属，时因去便，不尽所言。

介生上复

伍定谋看书已毕，立刻备了咨文，飞饬心腹驰往安庆，调取一枝梅，急急潜师，倍道趱赶，务限九月廿六黎明纵火，进攻樵舍逆贼旱寨。此正九月十九日，不一日，一枝梅接到来文，当即会同周湘帆、李武、罗季芳商议道："今接伍定谋来文，约某等即日拔队，潜师倍道趱赶，道出南康，务于廿六黎明进攻樵舍，纵火焚烧贼寨。某意若大队一起前往，恐为敌人知觉，不若分兵四路，均间道而行，绕出樵舍之后。约齐廿六黎明四面纵火，焚烧贼寨，较有把握。且可沿途耳目。"周湘帆道："在小弟之意，以三路取旱道趱赶而进，以一路由湖口直达鄱阳湖登岸，似更神速。"一枝梅道："贤弟之言虽善，但取道鄱阳非船不行，且为谁人管带？"周湘帆道："小弟愿领此任。"一枝梅道："万一被逆贼觑破，将如之何？"周湘帆道："就便取道鄱阳，也非明进，可用渔舟将兵载入，日间不行，夜间偷发，逆贼又何由得知。"一枝梅道："如此办法亦好。"当下即暗派心腹，在沿江一带将渔舟雇定多只，即日分别四路，直向樵舍进发。又将此等章程，密差心腹先行驰往南康伍定谋营中呈报。

这日伍定谋接到这个信息，好生欢喜，便命王能、徐寿二人，每人分带舟师二十艘，分两路进攻西山。一由东路进兵，一由西路进兵。一至西山，即舍舟登陆，各带火种，务限二十五夜三更登岸，但听炮声响处，即便纵火延烧。若使贼兵向北路而逃，不必追赶，可急急回军，登舟朝上游潜渡，绕出逆贼水师之后，出其不意，一起将大船烧着，撞入贼寨方阵之中，那时自有兵接应。此二日尚不出兵，可先将船放出鄱阳湖迤南，权为习练，不必鸣鼓，以防逆贼知觉。此时王能、徐寿心中十分喜悦，他因为沙场大战习惯自然，毫不足怪，却未身经水战，现在属令他水战，他觉得有趣非常，登时答应而去。

毕竟后事如何，且看下回分解。

# 第一百七十回
## 鄱阳湖轻舟试练　潜谷口黑夜烧粮

话说王能、徐寿奉了伍定谋之令，即各带轻舟二十只，偃（掩）旗息鼓，放出鄱阳湖操练。初上船时，觉得有些颠簸，历练了半日，便不觉有颠簸之状。于是一连二日二夜，皆在湖上习练。到了二十五日傍晚，才将这四十只快舟收进港口。果然宸濠毫无知觉。因这鄱阳湖东西间四十里，南北长三百里，湖面宽阔而又偃旗息鼓，所以贼寨毫不知觉。四十艘快舟收入港口，只待夜间三更时分，前去西山烧粮，暂且按下。

再说王元帅到了廿五这日，即将卜大武押运来的船只，从支河汊港中调出，沿湖岸一字摆开，上插旗幡，中藏金鼓，令徐鸣皋为水师中军，狄洪道副之；徐庆为水师右军，包行恭副之；杨小舫为左军，卜大武副之。各带轻舟二十只，分三路去攻他的方阵，不必胜，略战急回，不可误事。徐鸣皋等一起得令，即刻分拨各兵卒上了船只，每船载兵二百，摇旗呐喊，金鼓齐鸣，两边四下一起轮转橹棹，朝湖面上飞去。原来樵舍在南昌斜对岸，离南康百二十里，距南昌西岸不过五六十里湖面，不一会这六十只快船如飞也似已离贼寨水师不远，船中金鼓打得声震蛟龙。

宸濠在陆寨内听得湖面上有金鼓之声，知道王守仁率水师前来攻打方阵，即刻传令水师各营，务要尽力阻御，不可任他攻进水寨。雷大春、吉文龙、周世熊、吴云豹四人早已见敌军飞棹而来，却也早为预备，看看徐鸣皋等这三路水师，冲波逐浪而至，只见敌船上为首一员大将坐在船头上，大喝道："吾徐鸣皋是也！谁敢来与吾决战。"一言未毕，雷大春只将青旗招登，倏忽间冲出一排船来。徐鸣皋在船头上看得真切，但见贼船那一排却用铁索锁链，两边四下鼓动棹桨，真是如履平地，毫不颠簸，直朝下游冲撞过来。

徐鸣皋见敌船来得凶猛，随即传令："将二十只快船一起散开，不使贼船冲撞。"一声令下，所部的二十只各各分散四面，只在湖中周转如飞，团团的围住了贼船厮杀。雷大春一见如此，也就手执兵器，又饬令挠钩手,但见敌船附近,便去钓搭。究竟贼船力量大,在湖中冲波逐浪,毫不动摇,徐鸣皋这二十只船经不起浪打,只在湖面上颠簸不定。徐鸣皋看见恐怕有失,即命收兵。这二十只船一起收住篷脚,直朝南昌回去。

那徐庆、杨小舫左右二军,直冲到贼寨相近,贼将周世熊、吴云豹也各率左右两军冲杀过来,贼队是排船,我军是快船,也不能抵敌,只得收兵,仍回南昌而去。贼军前、左、右三队见官军大败,又追赶了一阵,无如官军拽起风帆,早已到了对岸,追之不及,只得仍回樵舍。

当下宸濠在岸上看见自家的水师纵操自如,敌军不能抵挡,心中大喜,遥指南昌说道:"王守仁,王守仁,今孤欲联舟作阵,看你尚有何妙策来破孤家的水军么?"因顾左右道:"若非李军师献此奇谋,何能使敌军不战而退呢?"说罢策马回营而去。不一会,雷大春等收了队,即舍舟登陆,来到大寨报功。宸濠又夸赞一番,并令他仍小心防守。雷大春道:"军师以此奇谋联舟作阵,哪怕敌军再多,又何能来破么?真乃万全之策也。"宸濠听了雷大春这句话,更觉得意,因与雷大春道:"将军且缓到船,就在此用过午饭,孤同将军再将那船只操练一回,以助今日出兵大胜。"雷大春等便不上船,即在大帐内吃饭。

不一会,午饭已毕,宸濠便与雷大春等一同上船,当命各军拽起风帆,在湖面上往来驾驶,操演了大半日,直至日落西山,方才收队。这日宸濠就在船中歇宿。水师各军因日间操演用力甚多,不免大家辛苦,因也放心大胆各去睡卧,只留了二三十人看更。

却说伍定谋到了初更时分,便与王能、徐寿督率快舟荡出港口,分两路直朝樵舍西山进发。原来这西山离南康只五六十里,距樵舍亦只二十余里,此山一名夹山,三面背湖,一面是来往樵舍的大道。宸濠屯粮之地,只在西山之下,名曰潜谷。此间只有五百名兵卒、两员牙将在此看守。这两员牙将,一唤石赢,一唤许肃。此二人最喜饮酒,是日亦饮得酒醉,卧于帐外。

伍定谋督率着四十只快船出了港口,将近三更时分,已到西山。伍定谋叫各军携了火种,每人携带束草一把,弃舟登岸,每船只留十人看守船只。各军随着伍定谋、徐寿、王能三人暗暗赶到潜谷,一声响喊,各军将火种引着烧着束草,一起向潜谷堆粮之处抛去。一霎时,火焰四起,烟迷四空,喊杀之声,震动天地。时石赢、许肃等尚醉卧未醒,从醉梦中惊觉,再一望时,见周围火光烘天,知道粮草被人烧劫,不顾前去救火,只得急急奔出谷口,欲去逃命。哪知尚未出谷,早被自家兵马践踏而死。那五百名贼兵有被烧死的,有被官军砍伤而死的,也折伤了有一大半。看看火势将灭,樵舍并无兵前来救应,伍定谋当又传令各军,速速回船。各军答应,不一刻齐上了船,一起拽起风帆,向上游潜渡。暂且不表。

再说宸濠在船中,是晚亦与雷大春等痛饮,潜谷粮草被人烧劫,他却绝不知道。李自然在旱寨内,到了三更后,偶然步出帐外小溺,忽见西面一片火光烘天,叫道:"不好!此火逼近在屯粮之所,恐有敌人前来烧粮。"当下进了大帐,即刻去请郏天庆,一面飞饬上马,驰往水寨中送信。

不一刻郏天庆已到,李自然道:"将军可速带人马前往西山救应,你看西山这一派火光,逼近屯粮之所,定有敌人前来烧粮。千岁前,我已着人去报,将军可速前去,不能再缓了。好在潜谷离此不远,趱赶前去,或有可救。不然粮草烧尽,我军无粮,虽有方阵无所用矣!"郏天庆闻言,哪敢怠慢,也就拨了三千轻骑,即刻飞奔而去。沿途遇见败回的小军,声称潜谷粮草已被敌人烧着,郏天庆便问:"守粮官何在?"小军回道:"恐守粮官亦被烧死,现在敌人尚未退去,还在那里放火掩杀,将军如赶得快,即使粮草难救,敌人还可杀他一阵。"郏天庆听罢,也不往下追问,只顾赶向前去。

不一刻到了潜谷。时已四更将尽,敌人没有一个。再看屯粮之处,也已烧得空空,只余剩灰烬而已。当下便寻着两三个小军,追问敌人从何处而来,方知潜渡上岸。又问:"守粮官现往何处?"小军言道:"想已死在火中。"郏天庆道:"尔等何以知守粮官死在火内?"小军道:"小的闻得守粮官终日在此饮酒,当敌军到此之时,恐怕守粮官尚沉醉未醒,因此度之,岂有不死烈火之理。"郏天庆又往西山之后看视一遍,哪里见有一个敌军,只得长叹一声,收军回去。

时已天明,方走至半路,忽有一骑马如飞风跑来。跑到郏天庆面前,大叫说道:"将军请速速回樵舍,现在方舟阵与旱寨一起着火。不料无数敌军杀到,四路纵火,大杀起来,请将军速速往救。"郏天庆听了此言,只吓得魂不附体,几乎坠马。此时也不便追问,只得赶令各军飞奔回去,以便救应。走未多远,忽有一骑马飞来报道:"请将军速回水师,旱寨已将延烧殆尽了!"说罢,复又飞奔回去。郏天庆更加不知所措,只顾催督各军趱赶前进。走未移时,又有一骑马飞来报道:"现在水陆两路全行烧毁,李军师不知去向,千岁才由水师登岸,杂在乱军之中,立待将军回去,便要与将军一同往逃性命。"邬天庆不等他说完,又将马加上一鞭,飞奔朝樵舍而去。及至樵舍,那火势尚未减少,再看那二十余座营盘,只烧得烈烈烘烘,不可扑灭,只得弃了大营,去寻宸濠。

不知邬天庆果能将宸濠寻得出来,且看下回分解。

# 第一百七十一回
## 用奇谋官军纵火　施奋勇贼将亡身

话说郏天庆急急由西山奔回樵舍,已见岸上那二十四座营盘,被烧得火焰腾空,不可向迩,只得去寻找宸濠,以便逃遁。

话分两头。且说徐鸣皋自二十五日间与宸濠水师略战了一会,便自收兵。王元帅到了初更时分,又分别渡军过湖,仍以徐鸣皋、卜大武、徐庆、包行恭、狄洪道等人督队前往。到了三更以后,将近四更已到,对岸徐庆、包行恭二人即分兵一半,去烧岸上的贼寨。徐鸣皋、卜大武、狄洪道三人仍督着水师快船由下游上驶。

再说伍定谋由西山烧粮之后,随即驾舟潜渡上游,绕至方阵之后,却好黎明,又值西北风大作,即将四十艘上装鱼油、束草,上加硫磺、焰硝的快船一字排开,引着火,一起由方阵背后乘风而下,直撞入方阵之内。登时贼军水寨方阵全行烧着,一霎时火趁风威,风助火势,红光照水,烟焰障天。宸濠的船只又被铁锁锁住,不能拆开,无处逃避。宸濠正在着急,急望岸上的兵驾船来救,回头一看,遥见岸上的营寨也是一派通红,漫天彻地,尽被烧着。宸濠欲逃上岸,却又被水阻住,不能跳下。此时雷大春已由前队斩断一只小船,飞划而来,高声叫道:“千岁勿惊,雷大春在此。千岁速速下船上岸。”宸濠见雷大春来救,方才心定,当即逃下小船。雷大春催督水手尽力飞划。

走尚未远,忽见下游迎面撞近一只船来,船头上站着一人,手执大刀,大声喊道:“逆贼休走,大将徐鸣皋在此!”宸濠一见,心胆俱裂,连忙躲进舱中。雷大春也喝道:“来将休得猖狂,看箭!”说着拈弓搭箭,一箭射去,正中徐鸣皋盔缨。本来这一箭系认定徐鸣皋咽喉而来,不意被风一吹,翻扬上去,却好将盔缨射落。徐鸣皋这一吃惊,恐怕他又有第二支箭来,不敢疏忽,便去留神防敌人再有箭射到,有这一息功夫,雷大春即将船舵一转,那船便走开去,又值风大水急,直朝下游溜去。

徐鸣皋正待追下,已是不及,只得朝上溜,竭力飞划,再一看时,见上游的方阵已烧得烈焰飞腾,不可向迩,那一片号哭之声,震天动地。徐鸣皋心中一想:贼寨水师也已烧完,我何必再往上流,而且宸濠已往下游逃走,他必然上岸躲避,我何不也追上岸。因即将船拢了岸,舍舟登陆,又去追寻宸濠。却好遇见一枝梅由贼队旱寨后面杀到,徐鸣皋一见,大喊道:"慕容贤弟,可看见宸濠么?"一枝梅闻有人叫他名字,再看看是徐鸣皋,因也答道:"大哥来得却好,宸濠却未瞧见,我们可会合一处,去杀他的大队人马吧。"徐鸣皋道:"徒杀众军,终无济事,自古道擒贼必擒王,只要将贼首擒住,就可解散了。"一枝梅道:"既如此,我便与你寻找逆贼,这里好在有李武等在此。"徐鸣皋道:"徐庆、包行恭也过来了,况且贼寨也烧着,贼军已乱,放着他五六人在此,也够抵敌的了。"说着便与一枝梅二人撇了长兵,拔出利刃,仍拿出飞檐走壁的武艺,直朝下游一带赶去。

顺着岸寻了好一会,只是寻不着。却好遇见周湘帆才由水路赶到,率兵登岸,一枝梅一见,大叫道:"周贤弟,你来迟了。水陆二寨全破了。"周湘帆道:"非是小弟故来迟,适因风头不顺所致,既已水陆二寨俱破,逆贼曾捉住么?"一枝梅道:"便是愚兄与徐大哥去追寻逆贼。"周湘帆道:"你二位曾见逆贼往何处而去?"徐鸣皋便道:"愚兄见他乘着一只小船往下游去了。"周湘帆道:"小弟方才来时,见有一只小船拽着风帆,快似箭发,走到夹湖口,已进了港门,不知可是宸濠的坐船?"徐鸣皋道:"这船是何式样?"周湘帆道:"是一只矮篷的飞划。"徐鸣皋道:"一点不错了。贤弟既见他进了港口,我们就向那里寻去罢。"说着,即带了周湘帆所部的兵卒,如旋风般,直朝夹湖一带去寻。这且慢表。

再说伍定谋带着四十艘火船,将贼寨水军的方阵烧着,正在逢人便杀,忽见雷大春将宸濠救出水寨,即赶紧分拨王能、徐寿追赶下来,哪知被烟焰迷住船路,已经追赶不着。只得将船拢岸,登岸去擒,却撞着郈天庆由西山闻警赶回。一见面,更不答话,徐寿、王能即与郈天庆大杀起来。郈天庆也是寻找宸濠心急,无心恋战,且战且走,徐寿、王能那里肯舍,紧紧相追。

正杀之间,忽见一支兵从对面杀到,军中齐声高叫:"莫要放走了这贼呀!"徐寿、王能听得清爽,知是自家兵马,更加抖擞精神。原来是徐庆、包行恭二人,带领所部人马杀到,徐寿、王能一见,也即喊道:"徐大哥、包贤弟,我们便一块儿杀呀!"一声未毕,只见徐庆手一招,那所部的

兵马一起围裹上来,将郏天庆困在中间,如铁桶相似。郏天庆此时已把个
"死"字放在度外,只是奋力厮杀,左冲右突,但见他一支方天画戟,犹如
怒龙扰海一般,上下、前后、左右飞舞乱挑。徐庆、包行恭、王能也是奋勇
相斗,不让分毫,只杀得血溅半空,沙尘扑地。郏天庆虽然勇猛,究竟寡不
敌众,渐渐的抵敌不住,只听他一声大喝,那画戟一摆,即刻杀了一路血
槽,把马一夹,只朝东南方落荒而走。

　　徐庆等四人哪里肯舍,又复紧紧追来。郏天庆在前,徐庆等四人在
后,郏天庆被赶得急迫,随即拈弓搭箭,等徐庆等赶得切近,即认定徐庆,
飕的一声放了一箭。徐庆等只顾贪着前去追赶,却不提防他有箭射到,却
好肩窝上中了一箭。徐庆不敢追赶,只得停住了脚步。包行恭等三人见
徐庆停步不发,知道是因中箭,大家也就停了脚步,让郏天庆败逃而去。

　　哪知郏天庆在马上直朝东南逃走,去寻宸濠,正走之间,忽见斜刺里
飞出三四个人来,一队步兵,拦住去路。郏天庆一见,不是别人,正是徐鸣
皋、一枝梅、周湘帆等三人,去寻宸濠不着,复赶回来,正遇郏天庆,更不打
话,各人抢起兵器便杀上来。郏天庆此时已是杀得精疲力尽,又遇这三个
生力军,可是万万抵敌不住,又因拦住去路,不能前进,也只好勉力厮杀。
三个步下,一个马上,徐鸣皋等三人只顾蹿上蹿下,跳前跳后,团团的只朝
郏天庆致命上乱砍乱刺。郏天庆也就遮拦隔架,闪躲跳跃,顾前顾后,护
人护马,极尽所长。哪里晓得人虽勇猛,马力不如,忽见那马失了前蹄,跪
了下去。郏天庆说声:"不好!"也就朝前一倾,算是从马头上翻了一个斤
斗,栽倒在地。此时一枝梅、徐鸣皋、周湘帆三人哪敢怠缓,立刻飞跳上
前,举起刀来一阵乱砍,郏天庆早已动弹不得。徐鸣皋便即上前割了首
级,大家说道:"这个匹夫,今日将他杀死,即使宸濠不及捉住,他也所无
恃了。"大家大喜,也就带了首级,回转而去。

　　此时天已有巳末午初的时分,回至樵舍,见水陆两寨火已熄灭,但是
一派灰尘,并一阵阵的臭味,大家见着也觉伤心惨目。即此一把火,将宸
濠所有的兵将杀的杀、烧的烧,都已死亡殆尽,不过逃走了有二三千小卒,
各处分散而去。李自然亦死在火窟之中,只有雷大春与宸濠,不知去向。

　　此时伍定谋已由湖内登岸,大家会合一处,却是伍定谋、徐鸣皋、徐
庆、一枝梅、罗季芳、狄洪道、周湘帆、包行恭、杨小舫、王能、李武、卜大武、
徐寿共计十三位,只少了一个焦大鹏,一个伍天熊。焦大鹏现在沿途保

驾,伍天熊未曾渡湖,在大营内与王元帅守营。这十三位聚在一起,大家说道:"虽只逃走宸濠、雷大春二人,有此大获全胜,也不患宸濠再起势了。"伍定谋道:"某料宸濠必逃走不远,哪几位将军愿去分头寻觅?"当下徐鸣皋、一枝梅、徐庆、周湘帆四人应声而道:"某等愿往。"伍定谋道:"既是四位将军愿去,可即分头各守要隘,明察暗访。我等先报与王元帅知道,请他放心。即请他仍驻扎南昌候驾,我等暂行屯兵于此,以为掎角之势。或俟圣驾到后,或俟宸濠就擒,再行合兵一处。"说罢,徐鸣皋等四人也就离了樵舍,往各处分寻宸濠、雷大春去了。

毕竟宸濠何日就擒,且听下回分解。

# 第一百七十二回

## 觐天颜元帅辞功　奏逆状娄妃引罪

话说徐鸣皋与一枝梅、周湘帆四人分头寻访宸濠而去。这里伍定谋便将各部兵士聚集一处，安扎营寨，又派了王能、李武过湖前往南昌报捷。王元帅见他二人回来报捷，好不欢喜，当下便问了火烧水旱二寨的情形。王能、李武细细说了一遍，又将宸濠、雷大春在逃，现在徐鸣皋、徐庆、一枝梅、周湘帆四人分头往各处寻觅下落，以便擒捉①。王元帅听说，不免又懊悔一番，恨未能即时擒获。当下便命王、李二将出去歇息不提。

再说，明武宗自荆州起跸后，沿途趱赶，这日已离南昌不远。当有探马报入南昌，王守仁听说圣驾已将次行抵，即便派令合营大小将士往南郊迎接，又飞饬差弁往樵舍调回伍定谋所部各军。这日圣驾已到，王守仁迎接后即请武宗以宁王府为行宫，武宗也甚愿意，一起随驾入城。

此时宁王府早经重加修饰，武宗进入行宫，百官朝见已毕，武宗便问王守仁道："现在宸濠究竟擒获到否？"王守仁奏道："宸濠与雷大春在逃，臣已飞饬徐鸣皋、周湘帆、一枝梅、徐庆前往各处明察暗访，务要成擒。现已去了六七日，尚未据报，该游击等亦未回营。"武宗道："此次宸濠不但背叛，而且暗派刺客行刺朕躬，实属罪大恶极，若非卿遣使焦大鹏前去救驾，朕竟为该贼所算。宸濠如此妄为，何能使彼漏网？"王守仁道："既经臣派令该游击等四处访拿，谅也不致漏网。"武宗道："宸濠家小及宜春王拱橬，现在还在监禁么？"王守仁道："此皆系要犯，臣不敢擅自做主，伏候圣裁。"武宗道："朕闻得宸濠有个娄妃，这妃子甚贤，卿也曾闻人所言否？"守仁道："臣也听说。"武宗道："娄妃也监禁么？"王守仁道："所有宁王府诸人，现在全行分别监禁，等候圣旨定夺。"武宗道："此次卿狠辛苦了。转战两年余，不曾休息得一刻，朕甚记念。"守仁道："陛下恩典，此皆臣分内之事。唯臣毫无知识，全赖众将身先士卒，不辞劳瘁。"武宗道：

---

① 此处文有脱漏。

"虽有士卒勤劳,总赖主将运筹帷幄。卿此次之功,实非浅鲜。"守仁道:"臣不敢自居其功,此次火烧樵舍,能使逆王全军覆没,皆吉安府知府伍定谋再三筹划,谋定后战,以致一鼓而成。伍定谋诚属胆略并优,其智谋在臣之上。"武宗道:"据卿所奏,这伍定谋倒是个才智之士了。"王守仁道:"不但才智,而且极有胆略。"武宗道:"伍定谋现在这里么?"王守仁道:"现尚屯兵樵舍,臣也已调取前来,尚未行抵。"武宗道:"众将之中,如徐鸣皋等这十二人,究以谁人为最?"守仁道:"智谋胆识,忠肝义胆,个个皆然,实为国家的梁栋。"武宗道:"前者卿兵屯吉安时,那个非幻道人与徐鸿儒、余七摆的那非非阵,后来到底是怎样破的呢?"守仁道:"破那非非阵,固赖七子十三生之力,其实赖一个女子余秀英之力居多。"武宗道:"这余秀英又是何人呢?"守仁道:"这余秀英出身并不正道,即是余七之妹,白莲教徐鸿儒之徒。只因一念之诚,弃邪归正。又据玄贞子所言,余秀英系与游击徐鸣皋有姻缘之分,当徐鸣皋陷阵之时,后来即为余秀英相救,得以保全性命。及至破阵之时,余秀英又送出两件宝物,非非阵之破,实赖余秀英之力为多。破阵之后,臣见其有功于国,而又据玄贞子一再谆嘱,务令臣使徐鸣皋与余秀英二人配为婚姻,将来大破离宫,尚非余秀英不可。臣不敢逆玄贞子之言而又负余秀英之望,因此作权宜之计,即令徐鸣皋草草完姻。后来到了南昌,去破逆王的离宫,皆徐鸣皋、余秀英二人之力。"武宗道:"既然余秀英改邪归正,有功于国,使他二人成为夫妇,也在人情之中。朕闻离宫内所藏珍宝及贵重器物甚多,卿可曾一一检视么?"守仁道:"每件必记簿登明,以备钦核。现在臣已经将离宫门封锁,另派心腹将士看守,以防失误。"武宗问了一遍,当命守仁等各官退出,圣驾回宫。

到了午后,传出谕旨三道:一命王守仁传旨,着各省、府、州、县,无论军民人等,一体捉拿宸濠,如有隐匿不报者同罪。一命各路勤王之师概行即日撤退,各归职守。一命飞饬许泰所部大军,即日由南京仍撤回京师。王守仁接到这三道谕旨,也就即刻分别赶办出去。你道武宗如何才到南昌就知宸濠逃遁,原来王守仁闻樵舍克复,即飞奏报捷,所以武宗在半路就知道了。王守仁将奉旨的各事办毕,又将焦大鹏传来问明救驾情形,焦大鹏也细细说了一遍。次日早朝,王守仁复又进行宫参见。武宗升殿,各官朝见已毕,武宗便朝守仁道:"朕午朝审讯宜春王拱㮮并娄妃,卿届时可将拱樤及娄妃押解前来,听候讯问。"王守仁遵旨,武宗退朝,各官朝散。

到了午后,王守仁即将宜春王拱樤并娄妃二人提出来,先带入宫门报到。当有黄门官传奏进去,一会儿,武宗升坐便殿,饬令带宜春王拱樤。王守仁遵旨,将拱樤带入。拱樤膝行上殿,跪到金阶,口称万岁,磕头不已。武宗问道:"尔为亲王,不思报国,反纵宸濠谋叛,尔自奏来,该当何罪?"拱樤到了此时,也是无可话说,只得说道:"臣罪该万死,虽粉身碎骨,不足以蔽其辜。可否仰恳天恩,赐臣速死,这就是陛下格外洪恩了。"武宗道:"你现在知罪了。你可知道背叛朝廷,罪当灭族么?"拱樤道:"臣知罪不容诛,求恩速赐一死。"武宗命王守仁将拱樤带下,仍先收禁,候旨行刑。又命王守仁将娄妃带进。王守仁遵旨,一面将宜春王带出殿,饬令手下先送入监,一面又将娄妃带至便殿。

娄妃跪到金阶,口请:"待罪臣妃娄氏,愿吾皇万岁,万万岁。"武宗问道:"尔既为宸濠王妃,当宸濠有意谋叛之时,尔为什么不苦口极谏呢?"娄妃道:"罪臣一言难尽,乞陛下容奏。"武宗道:"尔可从实供来。"

娄妃道:"宁王未曾起意之先,彼时不过心存酷虐,臣妃即以仁爱进谏。后来宁王虽未竟听臣妃之言,也还不致任意酷虐。及至偶遇谋士李自然,终后为李自然所惑。因此便聚集死士,建造离宫。臣妃深处内宫,尚不能深知其实,偶有所闻,便即进谏。宁王只云所招死士为自家护卫起见。臣妃又谏以忠信报国,仁慈爱民,不必聚死士为护卫,自能获福。不然虽有千军万马,谋士如云,勇将如雨,亦不足为护卫。所谓自求多福,此一定不易之理。宁王听臣妃之言,倒也有些悔过之意。不料李自然等这一班逆贼,任意播弄,皆为天命攸归,荧惑王心。宁王不知自误,反以这一班逆贼之言为可信。因此日复一日,便视臣妃如同外人。始则进宫,臣妃进谏,宁王不过不悦。后来,臣妃自宁王为那班逆贼荧惑甚深,臣妃早料有今日之祸,因此以死直谏。宁王不但不悔,反以臣妃不明天命,即将臣妃打入冷宫。彼时臣妃即思一死,上报国恩,下尽力谏之道。无奈宁王不容臣妾自死,派令宫女日夜监守,臣妃虽欲自尽不能。此皆臣妃既入冷宫,极谏宁王之实在情形也。既入冷宫后,便与外间隔膜,声息不通,宁王种种大恶,臣妃毫不知道。至前月南昌已破,宜春王被擒,王师破了离宫,从冷宫内搜出臣妃。此时才知道宁王做出这一件弥天大罪。臣妃彼时又

欲一死报国。后因既为钦犯,理应待罪受刑,以重国典,所以臣妃苟延残
喘,以待天威下临。此事变出意外,虽由宁王听信妖言,自作之孽,臣妃亦
罪该万死。事前既不能纳忠陈善、弭祸无形,事后又不能拨乱反正、挽回
王意。臣妃虽粉身碎首,亦复罪无可辞。唯念合宫上下三百余口,有罪者
自罪有应得,其余各宫娥、使女,以及大小臣工,实系无罪者,亦复不少,而
乃同罹国典,未免可怜。此臣妃所代为伤心痛哭者也。但自圣明在上,自
有权衡。臣妃之罪,尚不可辞,何敢再为无辜上请陛下乞命。"说罢痛哭
不已。

　　不知武宗听了这番说话,说出什么话来,下回分解。

# 第一百七十三回

## 朱宸濠夜遁小安山　洪广武安居德兴县

话说武宗听了娄妃这番话,暗道:人说娄妃之贤,信非过誉。今朕看她所奏各节,皆是罪归自己,并无丝毫怨及宸濠,出词而且仁爱为怀,还要代他无辜乞罪。朕本有此意,但治首恶之罪,其余一概豁免。今据娄妃如此陈奏,朕岂有不以仁爱为心呢!因问道:"尔为宸濠打入冷宫几年了?"娄妃道:"整整八年。"武宗道:"宫中除尔以外,进谏者尚有何人?宜春王平时究竟有何罪恶?尔可一一奏来。"

娄妃道:"宜春王所为各节,早在圣明洞鉴之中,臣妃又何敢乱言。而况臣妃自贬入冷宫,其实毫无知觉。总之臣妃不德,致累宁王有灭族之祸,愿陛下治臣妃以极重之刑,或可借此上报国恩,下分宁王之罪,虽粉身碎骨,臣妃亦所深愿。"武宗道:"尔方才所奏,首恶当诛,其余无辜者意在求朕豁免,但不知谁为无罪,谁是无辜,尔可细细奏来,朕亦可体上天好生之心,存罪人不孥①之德。"娄妃道:"有罪无罪,陛下自有神明。臣妃不敢妄指无辜,亦不敢概言有罪,网开三面,悉在圣明。"武宗道:"朕闻尔素有贤声,今观尔所奏各情,实与人言悉相符合,只恨宸濠不能听从尔谏,致有今日之祸。"娄妃道:"臣妃何敢称贤。若果能贤,也不致宁王有灭族之患。臣妃之罪,罪莫大焉!"武宗见娄妃如此,却也十分叹息,因命王守仁道:"卿可先将娄妃仍然带回,候将宸濠擒后,再行候旨施行便了。"王守仁遵旨,娄妃又磕头谢恩毕,然后才有太监送出行宫,押往南昌府而去。王守仁也当即退出殿外,众官各散而回。

话分两头,再说宸濠自与雷大春由夹湖口躲入深港以内,四面看了看,并无追兵前来,宸濠叹道:"孤不料今日败得如此,既无家可归,又无国可逃,这便如何是好!"雷大春道:"千岁尚宜保重。今已如此,急也无益,不如暂且躲避,再作良图。"宸濠道:"孤今孑然一身,尚望什么良图

---

① 罪人不孥(nú)——谓治罪止于本人,不累及妻和子女。孥,指妻和子女。

么!"雷大春道:"末将有一亲戚,离此不远。家住饶州府德兴县小安山。姓洪名广武。家道饶余,广有田产,独霸一方。好结交天下英雄,为人有万夫不当之勇,却是末将姑表弟兄。前曾闻末将在千岁处当差,他也欣然乐从,欲令末将代他引见。后因末将姑母尚在,不准他远离,因此中止。前年末将的姑母已经去世。末将之意,请千岁暂到他处。他一闻千岁驾临,必然殷勤相待。更与他相商如何报仇,他必肯答应。而且他结识的英雄不少,或者因他引进,再能举事以报此仇。他又住在山僻之中,无人知觉。即使有人知道,他亦毫不惧人。全村有一二百家,皆是他的佃户。他家中所有的兵器,亦皆全备。千岁当此进退两难之间,国亡家破之时,只有此处可去。不然,恐沿途耳目甚众,尚患不免大祸将临。千岁不可狐疑,宜自早计为是。"

宸濠道:"虽承将军多情,万一令表弟不便相留,孤又当如何是好?"雷大春道:"千岁不去而已。若千岁肯去,末将的表弟未有不愿相留的。但是,千岁如此行装,恐碍沿途耳目,却须暂作权宜之计,须要改扮而行。"宸濠道:"如何改扮呢?"雷大春道:"也没有什么改扮,但将外面的龙袍脱去,除去头上金冠,可将末将所穿的衬衣与千岁穿上,又须晓伏夜行,只要到了小安山,就无事了。"宸濠道:"如此改装,有何不可。"说罢,即刻将身上所穿的龙袍脱下,挂在树林以内,又将头上金冠除下来。雷大春也脱下外面的战袍,将内里的衬袄解下来与宸濠罩上。二人等到天黑,便朝饶州而去。沿路皆是夜行昼伏,不日已至德兴县界。

这小安山,就在县东六十里外,却是一个大村落。这村落就在小安山的山洼子里,虽有一二百家,皆是洪广武的佃户。雷大春与宸濠又走了半夜,却好天明,已到庄口,雷大春便与宸濠进庄。宸濠见这村庄地势甚险僻,处山中,四面树木环蔽,山色撑空,倒映其下,实在好一个所在,羡慕不已。雷大春与宸濠二人便缓步走到洪广武庄口,只见犬吠狺狺①不已,向着宸濠、雷大春二人乱吠。当有庄丁闻得犬吠,便出庄来,看见有二人由庄口而来,便侍立一旁,以便迎接。

不一刻,雷大春先走到那庄丁面前问道:"你家庄主在家么?"那庄丁道:"我家庄主尚未起来。客人尊姓?从何处而来?与我家庄主有何交

---

① 狺狺(yín)——犬吠声。

谊？有何话说？"雷大春道："我姓雷，名大春，与你家庄主是姑表兄弟。现由南昌府来，特会你家庄主，有要话面讲，烦你进去通报一声。"那庄丁又问道："这位客人可是与你老同来的么？"雷大春道："正是同来，与你家庄主也有交谊。"那庄丁听说一个是主人的姑表兄弟，一个与主人有交情，哪敢怠慢，当即跑回去报。

宸濠站在庄口，四面观看，但见洪广武家这一所房屋就高大异常。迎庄口一带，方砖围墙中间，开着一道大门，左右皆有两道小门。四面风火墙高耸半空，到后约有五六进的正屋，两旁尚有群屋。庄口两旁比鳞栉次，约有二三十家茅屋，却皆盖得极其修洁，光景是庄头的田佃所居。鸡鸣狗吠之声，达于远近。宸濠看罢，实在羡慕，暗道："这洪广武若将孤留下，并肯为孤出力，再图大事，就这一处地方，也还藏得许多兵马。再将这山上收拾起来，亦不亚于南昌宫室。但不知这洪广武究能如雷大春之言么。"

不言宸濠暗想胡思，再说那庄丁走到里面，先与那内宅的丫环说明，叫丫环去报。那丫环道："我记不得许多的噜噜嗦嗦话，还是你进去说吧。"那庄丁道："庄主现在尚未起来，我何能进去。"那丫环道："我给你去说一声，就说你有话说，看大爷如何，我给你送信，若叫你进去，你就进去便了。"庄丁答应，那丫环便转身进内，到了房里，在床面前低低向洪广武唤了两声。广武醒来，问道："哪个在此乱叫。"那丫环道："是婢子秋霞。"广武道："你叫什么？"秋霞道："只因家丁王六说：'有个客人现在庄外，要会大爷。'他进来叫婢子通报大爷知道，他本是要进来的，因为大爷还不曾起身，不敢惊扰，所以叫婢子先唤醒大爷说一声。"广武道："你且将他唤进来，等我问他是谁。"秋霞答应，转身出了房门，来到宅门口，将手一招，说了一声："王老爹，大爷叫你进去呢。"王六答应着，走了进来，站在房门外。秋霞复又进房与广武说道："王六进来了。"广武睡在床上，即问道："王六，外面是哪个要会我，是熟客是生客？"王六道："两个皆不曾见过，总是生客。却有一个姓雷，名唤大春，说是与大爷姑表兄弟，方从南康而来。那一个不曾说出姓名，据雷大春说，也与大爷是要好的朋友。因叫小人进来通报。大爷可有这么个姓雷的表兄弟，还是会他不会？候大爷示下。"洪广武听说，想了半刻，说道："我晓得了，那姓雷的是我表弟，你且请他进来，我去会他。"王六答应，即忙转身出去。

　　洪广武复自暗说道:雷大春现在南康,随着那宁王宸濠,已经作了大将。闻得他颇为信任,何以忽到此地? 难道他前来因我从前有要与他同去的这句话,他此时见我母亲已死,他来招我不成? 若果有此事,他可将我看错了。我从前不过是句戏言,岂真有此事。我放着如此家产,不在家守田园之乐,反去投效他做一员将官,跟着他做走狗,而况宁王也不正道,我又何必去到那里受罪,被他拘束得紧。且等他进来,看他如何说项,我再以言辞他便了。因又道:他同来的这个人是谁呢? 莫非是他的同伴不成? 自己暗想了一会,也就坐起来穿好衣服。

　　他的妻子方氏因也说道:"你这表兄可算是冒失鬼,怎么这大早跑来要会人,难道他连夜走来的么?"洪广武听了这句话,忽觉心中一动,暗道:真个为什么如此大早就跑了来,其中必有缘故。

　　欲知洪广武能否收留宸濠,且听下回分解。

# 第一百七十四回

## 雷大春诚心投表弟　洪广武设计绊奸王

　　话说洪广武被他妻子一句话提醒,暗道:这其中定有缘故,为何如此大早就来。他妻子见他那里出神,也就说道:"你的表兄既然这绝早到此,你可快些儿出去见他便了,为何在此出神,难道你不愿见他么?"洪广武道:"有什么不愿见他,只因他此来颇令我疑惑。"他妻子道:"莫非你怕他前来与你借贷么?"洪广武道:"即使前来借贷,况亲戚之谊,有什么不可?"他妻子又道:"既非如此,又有什么疑惑呢?"洪广武道:"你不知道,且待我见了他,看他说出什么话来,我再告诉你便了。"当下又将衣服穿好,有丫环打进面水,他就在房里梳洗好,去会雷大春。

　　再说宸濠与雷大春二人站在庄门外,等了好一会,才见那庄丁从里面走出,向他二人说道:"有累二位立等了,我家主人现已起来,请二位里面坐吧。"雷大春当即与宸濠随着庄丁进去,过了两重门,是一座院落,上面就是一进明三暗五朝南的大厅,二人步上厅房,分上下首坐定。那庄丁又走进去,一会子捧出两碗茶来,给他二人献上,复又走去。又停了一会,这才引出一个人来,便是洪广武。宸濠瞥眼看见,但见洪广武生得身高七尺向开,白净净的一副方面孔,两道浓眉,一双环眼,大鼻梁,阔口,约有三十岁上下年纪,仪表非俗,颇具英雄气概。

　　宸濠正在凝神观看,只听洪广武先向雷大春说道:"表兄一别七八年,今日是甚风吹到。为何如此绝早,敢是从南康连夜走来的么?"雷大春道:"正是愚兄思慕贤弟,久欲前来奉候。只因那里的事摆脱不开,所及连姑母去世,愚兄也不曾到来祭奠一番,甚是抱愧。如今贤弟应该娶了弟媳了。"洪广武道:"承兄顾念小弟,于家母未经去世的前两年,就受室了。如今已托庇,生了两个孩子,等一会儿叫两个孩子出来拜见表伯。"雷大春道:"可喜,可喜。还是贤弟的福气,不像愚兄,十年来东征西讨,到至今还一事无成。"洪广武道:"这是表兄过谦之处。"一面说,一面两只眼睛只管向宸濠这边溜来。因即问道:"这位尊姓大名,还未请教。"雷大春便先向四面一看,见无旁人,因抢着代答道:"贤弟,你怎么知道,这就是宁王千岁的龙驾!"

洪广武一闻此言,好生惊讶,当下便向宸濠跪下,说道:"山野小民,不知千岁驾到,有失迎迓,死罪,死罪。"宸濠见他如此,恐怕为外人看见,当下急将他扶起,口中称道:"足下切勿如此,孤今前来特有所求,足下若如此称呼,恐属耳垣墙,多有未便。"洪广武听了此话,愈加疑惑,因又道:"堂堂千岁,某敢不恪恭,今既蒙面论,某当遵命。不过有亵虎驾,更觉抱罪不安。"说着便让宸濠升位坐定,自己在下面相陪。只见雷大春又向广武道:"愚兄此来一为看视贤弟,二为有事相求,贤弟素称肝胆英雄,当可从而见允。"广武道:"不知大哥有何见委?敢请说明。只要小弟才力能到的,未有不先从之理。"雷大春道:"此事若贤弟肯为之助,才力绰乎有余,特恐贤弟故意推托,那就无可奈何了。"广武道:"但请说明,好待商议。"大春道:"此事并非愚兄之事。"广武道:"然则是小弟之事么?"大春道:"亦非贤弟之事,只要贤弟允从之后,却就是贤弟之事了。"广武道:"表兄这半吞半吐,好叫人甚不明白。怎么又非小弟之事,到底是与小弟有无关切?"雷大春道:"此话甚长,贤弟可有静室?须到那里,屏退众人,密告才好。"广武道:"此间亦可谈得,何须定要静室,方可说明呢?"大春道:"非静室不能与谈,贤弟从之,则请借静室一叙。不从,兄从此就走便了。"广武道:"表兄未免太性急耳!也罢,便请二位到静室而谈。"

当下广武便命人去开了内书房门,让宸濠、大春二人走出厅房,向内书房而去。不一刻,转了几弯已到,广武又让他二人先入内书房去。三人到了内书房,广武仍请宸濠升坑坐定。有庄丁复献上茶来,便命庄丁退出,并招呼道:"尔等非唤不要进来,我们有要话相商呢?"庄丁唯唯退下。洪广武便问道:"表兄有何见谕?"雷大春道:"只因宁王千岁,前者曾闻愚兄说及贤弟英雄,专好结交天下豪杰,当时便拟着令愚兄前来奉约,共图大事。彼时愚兄以姑母尚在,贤弟固不便远离膝下,姑母亦未必让贤弟远出,所以未及前来。这七八年内,又因千岁方整顿戎师,东征西讨,又无暇及此。不意初起大意,已得了几座城池,眼见得要长驱大进。哪里知道忽然出了一个王守仁,又收服了徐鸣皋这一班逆贼,竟自率兵前来与千岁做对,把已得城池全行夺去,又将南昌宫室悉数毁灭,弄得千岁已是兵败将亡,然犹可勉强支持,与王守仁对敌。不意王守仁顿生奸计,十日前千岁兵屯樵舍,又立水师,共计水陆两营也还有七八万人马,将士也有十数员,哪知被王守仁饬令他手下各将,暗暗带兵分头攻取,合用火攻,一把火将水陆两寨烧得干干净净。千岁正在水师方阵之中,见各处火起,正在无法可想,还是愚兄舍命将千岁爷从船上救出来,逃至岸上,打算收拾败残兵卒,还可与守仁支持。哪里知道,这一仗真算得是全军覆没,连一人一骑都不曾逃走出来,只落得千岁与愚兄两条性命。后来千岁因无处投奔,复又想起贤弟。所以愚兄特奉千岁的大驾,前来相访。我料贤弟平日那些草莽英雄还与他结识,岂有藩王千岁不殷勤相待之理,贤弟若肯殷勤相待,再能助千岁复图大举,将来千岁有日登了宝位,夺取江山,贤弟也是个开国元勋,荫子封妻,岂不耀荣!而况荣封祖宗,光耀门闾,何等威武。贤弟可乐从否?”洪广武正欲回答,只见宸濠又复说道:“卿家若能与孤相助为理,复图大事,孤定不忘卿家之功,将来托天成功,孤当于众人中更外加封荫以酬今日之劳。愿卿怜孤孑然只身,孤穷无靠,有以助之。”

洪广武听了他二人的话,心中暗想道:你这奸王,国家待你有何坏处。你不思尽忠报国,反思叛背朝廷,今已败得如此,还不思一死,犹想死灰复燃,岂不可笑!我这表兄也未免糊涂,到底良臣择主,他全不知道这个大义,反来叫我帮助他复仇。我不知他有何仇可复,眼见有灭族之祸,他还强称千岁,岂不知羞。我若回他不行,眼见这一件功劳不能到手了,我何不暂且答应,使他住下,然后再如此如此,有何不可。而况乱臣贼子,人人得而诛之,也不算是丧心。主意想定,便欣然应道:“千岁英明神威,天下共闻。今虽不利,亦时未及耳。此处尽可举事。倘千岁不以某为鄙陋,某当相助为理,虽毁家不顾也。千岁但请宽心,容一二日,某再亲自外出,先将某所有能共生死、久愿去投千岁的几个好朋友约来,与千岁共议报仇一事。但千岁平时万不可出门,以防耳目要紧。等到大家议定,然后就不怕人之多言了。”

宸濠大喜道:“卿能如此仗义,孤定当感谢不忘。”洪广武道:“千岁说哪里话来,良禽择木而栖,人臣择主而事。自古明哲,皆自为之。千岁若不到来,某还思前去报效。难得千岁不弃卑陋,惠然肯来,则是某之大幸也。千岁幸勿稍为客气,某当竭力图报便了。”说罢,便问道:“千岁与表兄如此早来,定皆未曾用过早膳的,此间山居市远,未能兼备盘餐,某当命家丁聊备粗膳,上呈千岁,稍当充饥。不堪适口,尚求勿罪。”宸濠道:“前来打搅已属殊难为情,而况后日方长,务望不必过谦。"洪广武答应,当下便喊了两个庄丁进来。此时庄丁见主人呼唤,也就应声而进。广武命他前去准备早膳。庄丁答应,即刻退出,去到厨房里招呼。

不一刻,早膳备好,端整出来,送进内书房。原来是三碗鸡汤面。宸濠、雷大春正是腹中饥饿,见了这鸡汤面,登时就大吃起来。顷刻用毕,庄丁撤去空碗,又打了两把手巾送上来,与他三人擦了脸,这才退出。洪广武也与宸濠、雷大春说道:"某暂且告退,料理一件正事,少顷就来。"宸濠道:"卿自请便了。"

毕竟洪广武去做何事,且听下回分解。

# 第一百七十五回

## 用反言喁喁试妾妇　明大义侃侃责夫君

话说洪广武出了内书房，到了里面，他妻子向他问道："你那表兄与你究竟有什么话说？曾与你谈过了不成？哪一个究竟是谁？"广武道："此事可真也笑话，你道我那表兄为着何事而来？那人是哪一个？打量①你再也猜不出。想不到真是出人意外之事。"他妻子道："有什么猜不出，我早猜着了，我从前曾听你说过，你那表兄不是现在宁王府里做了官了吗？他此来光景是约你一同前去到宁王驾前为官，可是这件事么？"广武道："虽不是这件事，却猜得有些影响儿。"他妻子又道："既不是这件事，何如又说我猜得有些影响呢？"广武道："这件事是一件极重极大的要事，你是个妇人家，何能使你知道？若被你知道，万一漏了风声，不但有杀身之祸，而且还有灭族之患。等到成功之后，却是一件极好的事，封妻荫子，显亲扬名，皆在这件事上。"

他妻子听说这话，好不明白，当下追问道："我与你夫妇，两人便是一人，你好便是我好，你有杀身之祸，我又岂可能免？你为什么不肯对我说？既不肯告诉我，必然是一件极好的事，不然，又何不来告诉我呢？而况你我平日哪件事不同商量，独有今日，你表兄前来这件事，就不肯告诉我，这是何意？难道将我不做人看么？"广武道："我非不告诉你，唯恐你漏出风声，关系甚大，所以不敢相告。"他妻子道："你尽管告诉我，我绝不说一句的，你放心吧。"广武道："你真个不说？"他妻子道："我又何必骗你呢？"广武便附着他妻子耳畔，低低说道："你道我表兄同来的那人是什么人？原来就是宁王。只因他被守仁带兵将他打败，现在正德皇帝又御驾亲征，他南昌基业全行败坏，现在与雷大春逃在我处。因为我平日仗义疏财，专好结交天下英雄好汉，因此他来投我，欲我此后相助，帮他前去报仇。将来他得了江山，登了大宝，允我封个王位。我想宁王虽然叛背朝廷，有心

---

① 打量——估量，估计。

夺取正德的基业,他到底是个藩王,与别人不同。今虽被王师打败,我看他仪表非俗,真是帝王之相。我想身居山麓,虽守得些先人余业,终久是个山野村夫,既不能显亲扬名,又不能封妻荫子,碌碌一身,不过与草木同腐而已。难得有此机会,宁王到了我家,约我与他共图大事。将来事成,他还封我一个王位。如此好机会,做梦也想不到。我所以已经答应于他,情愿帮他招军买马,积草屯粮,共图大事,夺取武王天下。将来我做他一个开国元勋,何等光辉荣耀,不但我自家荣显,而且祖有追赠,妻子有封荫,真是平地封王,显荣之至。若是稍不机密,圣驾现在南昌,离此能有多少远?倘露了风声,被武王知道了,立刻派人前来将我捉去,说我藏匿反王,潜谋不轨。那时,不但我有杀身之祸,连你们大家皆不免身首异处。而况王守仁那里,手下的人个个本领高强,武艺出众,我一个人岂是他们的对手。若不去做这件事,眼见得王位可封,又不忍将他抛去,过此以往,再没有这样的好机会了。所以务要机密,不能为一个人知道。我所以不肯告诉你,怕你们妇人家不知厉害,一听我说有王位可封,你便自命是个王妃,不知不觉泄漏出去,那时画虎不成反受犬害,岂不可惜?我现在虽然通告诉了你,你若将来要做王妃,却万万不可泄漏。你若要灭族之祸,你便泄漏出来。"

广武说了这番话,只见他妻子急急走开,抢到房门口,将房门关好,又用门闩闩起来。然后复走到洪广武面前,双膝朝下一跪,眼中流泪,哀哀哭道:"妾与你做了八九年的夫妻,也给你生下两个孩儿,妾也算对得起你了。今者妾闻君言,妾如做梦方醒。在平时以为君是识胆兼优之辈,哪里知道是个不知大义的匹夫。宁王既是反王,而又为王师征讨,御驾亲征,将他逼得穷无所之,逃遁到此。不必说他恶贯满盈,罪在不赦;就使他谋臣如雨,猛将如云,贼子乱臣,人人得有可诛之义。君乃不察此中之理,而反误为反王所愚,背义贪功,不顾厉害。幸而君为妾道出,设若竟背妾而行,不使妾知道,不但妾为君所累,即祖宗也不免为君所累了!而况君上承祖宗之业,虽不能称家财百万,就你我一身也断用不了,在家安居乐业,做一个承平世界的农夫,何等不好?何等不乐?反要去佐助奸王,甘心助逆,不成则家亡族灭,即使可成,下落得万世唾骂。虽我辈不能为官做府,碌碌一生,与草木同腐也,还不失为安分良民。君如鉴妾之言,即早回心转意,速速将他二人放走,任其所之。若固执不从,定要助奸王造反,随后之封王封侯,妾皆不愿过问。妾唯有请君即刻将妾置之死地,妾不忍见将来有灭族之虞。"说罢,痛哭不已,拜伏在地。

洪广武见他妻子这番话实在可感可敬,暗道:我哪里真要佐助反王,不过以言相试,看你究竟能明白这个大义。今既如此,可真也明白了。因即将方氏扶起,说道:"卿真不受人骗,我所以如此说者,特试卿之言也。我正因此而来与你商量个善处之法。今奸王既在我家,我想御驾既为他亲征,今见他逃走,不曾获到,必然各处访拿。我若隐藏,众目昭彰,又何瞒得? 我若将他放走,外面人虽不认识他是反王,将来必然知道,若不去南昌呈报,我将来仍不免有个隐匿不报的罪名。若将他二人擒获,送往南昌,我这又何必下此毒手。而况还有我个表兄在内,看母亲的面上,仍是不可。我所以各种犹疑,欲报不行,不报不可;放他又不能,不放他又不得。你看还有什么主意? 我与你商量定了,便去行事,免得将他二人留在我家,贻害非浅。"

方氏道:"你果真不助反王,前言实来戏我么?"广武道:"若有虚言,神灵共殛。"方氏道:"既如此,真是我家之幸,君之明也。据妾看来,不如还是将他二人放走,也不去呈报。谅这村中所有的人家皆是我们的佃户,也未必乱说。而况他们也不认识,不如早早将他们二人放走,免贻后患。但不知君之意何如?"洪广武道:"我却有个主意,照乱臣贼子人人得而诛之之意,就将他缚绑起来,送往南昌,也不为过。若照省事无事的办法,就将他二人放走,然却不能保无后患。不如我先去南昌呈报,就说现在已经设法拘住,请他派人来拿。我一面赶回家中,再将他二人放走,这不是两全其美。我既免了后患,他二人逃走之后,若再被捉住,也不能见怪我了。你道如何呢?"方氏道:"此计虽好,究竟不妙。你去呈报说已被你拘住,请官兵来拿,即至官兵前来,你倒又将他放走,这不是出乎尔、反乎尔者么? 若官兵不认他二人逃走的话说,反责成你交人,你那时又到何处将人交出? 反致受累无穷,此一不妥也。或者官兵不责成你交人,竟在别处将他二人擒获,将来拷问出来,他二人说是始则留容,继且放走,再扳定了你,你又何法与他辩白? 那不是还要得个罪名,此又一不妥也。依妾愚见,或者就照乱臣贼子、人人可诛之义,当将他二人绑缚到官;或者就将他二人拘禁家中,飞速饬令心腹去往南昌,请官兵前来捉获。若谓你碍着母亲的份上,不忍使你表兄身首异处,我看这件事倒也不必过于拘泥。即使母亲尚在,他老人家也未必能容。谁不思顾大义,保全身家。若只图徇私,终久是个后患。古人所谓大义灭亲,便是这个道理。妾虽女流,不谙时事,然以理度事,还是这两层最为妥当。君请择而行之。"

广武听罢这番说话,觉得甚是有理,而且直截爽快。因道:"卿言甚善,我当照你说的第二层办理便了。"方氏听罢,这才把心放下来,不似前者那般惊慌无措了。

毕竟后事如何,且听下回分解。

# 第一百七十六回

## 殷勤款待假意留宾　激烈陈辞真心劝主

话说洪广武与他妻子方氏商议已毕，又向方氏说道："我可要出去了，免得他们疑心。你可招呼厨房里，备一桌上等酒肴，中晚要一样，使他二人毫不疑惑。我晚间回来再与你定计，派何人前去送信。"方氏答应。

洪广武即便抽身出来，仍到了内书房，向宸濠、雷大春二人说道："失陪千岁，待臣将些琐事料理清楚。"雷大春道："贤弟能者多劳，自是不得不然。"广武道："只因秋租登场，各佃户完纳的租米，不得不彻底算一算，有那亏欠的，要使他们补足；有那应赏的，要赏把他们，虽然皆是些佃户，也要赏罚分明，他们才敬服你，不敢刁顽拖欠。本来这些账目预备今日饭后再算，只因千岁与表兄到此，趁此会儿将这一件琐屑事弄毕了，便可与千岁、表兄闲谈，或者就论及各事。不然，心中觉得都有件事摆脱不开，而况有数十个佃户在这里候着，所以急急将这件事办完了，也落得清闲。"

少许，雷大春又道："贤弟，你既添了两个儿子，愚兄却不曾见过，可使我那两个侄儿出来见一见，就是弟媳也得要见见，行个礼儿才好。"广武道："这是礼当。但贱内近日偶患风寒，尚未痊愈，不便冒风，请改异日再令他出来拜见。稍停片刻，小弟当率领大小儿出来叩见千岁与表兄便了。二小儿去岁方生，尚在乳抱，片刻不能离娘，偶一离娘，便自哭闹不已，甚是讨厌。"宸濠道："乳抱之子，大半如斯，这也怪不得他哭闹。"雷大春又道："贤弟，我那大侄儿今年几岁了？"广武道："今年六岁，憨钝异常，而且喜弄枪棒。"雷大春道："这才是有其父必有其子呢！贤弟，你不记得，你那幼时，也是专喜耍枪舞棒。我那姑母因你顽皮太甚，怕你闯出祸来，不知教训你多少、责备你多少。哪知你到了十四五岁上，忽然弄起文墨来，也就使你早半日习文，晚半日习武，到如今居然成了个文武全才，愚兄真是惭愧。"广武道："这是吾兄过誉，小弟又哪里能文，又哪里能武，不过粗识之乎，略知枪棒而已。外间那些朋友，以为小弟尚能结识他们，便代小弟布散谣言，说是小弟能武能文，若照小弟这样文武全才，贡才又不知有多少！而况文如千岁,武如表兄,小弟又何敢言及文武两字。"

三个人谈了一会,却好已有午刻,庄丁已将酒筵摆好了,来请三人到厅上午饭。广武当下便请宸濠、大春二人出了内书房,来到大厅,让宸濠居中坐定,雷大春坐在上首,广武主席相陪。庄丁斟上酒来,广武又给宸濠送了酒,还要给大春送酒,大春再三拦住,这才各依坐位坐定。广武举杯在手,向宸濠说道:"山肴野蔌,简慢异常,水酒一杯,恐不适千岁之口,当求千岁包涵。"宸濠又谦让了一会,于是三人痛饮起来。

不一会,午饭已毕,庄丁撤去残肴,广武仍将宸濠让至内书房坐下,广武又叫庄丁将他的大儿子带出来,给宸濠与雷大春二人拜见。流光迅速,不觉又是金乌西坠,到了上灯时分,又将晚膳端整出来。三人用过晚膳,广武即命庄丁铺好床帐,请他二人安歇,自己便进入里间,当下有方氏接入。

到了房内,方氏说道:"事宜速办,不宜迟缓。我看李祥为人精细,或即命他前往南昌。你看此人尚可成得么?"广武道:"此人可以差得,我想作封书交他带去,你看这封书信如何写法?"方氏道:"在妾之意,可以不必作书,免得留下痕迹,但叫李祥明白呈说便了。"广武道:"恐他说不清楚。"方氏道:"这也没有难说的话,但叫他前去便了。"广武道:"既如此,即叫他进来,将话告诉他明白。"因即着小丫环到外面将李祥喊进。

李祥到了里间,广武把他领到一所小书房内,低低与他说道:"你可知道今日来的哪两个人? 那雷大爷是我表兄,哪一个你晓得他是谁呀?"李祥此时见广武将他领到小书房内,又低低问他这两人可知道不知道,他心中早有些疑惑,暗道:为何如此机密? 因答道:"小人却不知那人是谁,难道那人不是好人么?"广武道:"那人到不是坏人,却是个极尊重的人,现在却变成一个罪恶滔天的人,连当今皇上都亲来捉他。你想想看,他是谁么?"李祥道:"照主人这般说,莫非就是宁王不成么?"广武道:"居然被你猜着了。你知道他前来做什么的?"李祥道:"小人可不知道了。"广武道:"正为因此事喊你进来,同你商量。他此来要请我帮助他复仇。他允我将来如果登了大宝,夺得当今皇帝的江山,他便封我一个王位。我看他虽然罪恶滔天,究竟是一家藩王,这件事尽可做得。将来事成,还有王位可封,这好机会,从哪里得! 我已答应下他了,不过这兵马难筹。我想你也是个极能干的人,拟将派你出去到各处先将马匹取回。然后暗暗招集人马,广罗天下豪杰,共图大事,将来你也可得个一官半爵,总比这里好得多了。却不可稍露风声,万一泄漏出去,定是灭族之祸。因你为人精细,所以才将这件重大事托付于你。我明日先将三千银子与你,你即日动身出去买马……"

广武话犹未完,只见李祥说道:"非是小人触忤主人,小人却有句放肆的话要说,主人即掌小人两个嘴巴,小人也是要说的。"广武道:"你说什么?"李祥道:"主人难道得了疯癫不成么?"广武道:"我怎么得了疯癫?"李祥道:"放着如此家产,官不差,民不扰,安居乐业,还不快活? 反欲去寻罪恶滔天的事故,要想封什么王位,这不是主人得了疯癫症么!"广武道:"你哪里知道,我虽放着有如此家产,终不过是个田舍翁,无声无息过了一世,过到一百岁也不过与草木同腐,哪里能留名万古,使后世人人知道我这个人很做了一番事业。而况宁王得了天下,我便是个开国元勋,再封我一个王位,上能显亲扬名,下能封妻荫子,何等不荣耀? 何等不光辉? 你怎么说我得了疯癫的病症,这可也真奇怪了。你平时是个极有干办之人,怎么今日也学着那妇人一派,毫无知识、不明时事呢?"李祥道:"主人究竟真有此心,还是戏言么?"广武道:"我同你有什么戏言,你几曾见我有过戏言? 自然是真心真意,决计如此。"李祥道:"若是主人定要为此罪恶滔天的大事,小人也无法想。只有保全全家的性命,可不能顾及主人,小人便去首告,或尚不致有灭族之患。主人也不想想,但知在利这一边,将害这一边全个儿抛撇。不必说宁王是个叛逆奸王,终久难成大事;就使他成了大事,主人得有王位可封,也要跟着他东战西征,拿着自己性命去做伴,将来才可有王位。还要命长寿大,万一在半途死了,或是阵亡下来,哪还不是个白死吗? 这是在利这边说。若是在害这边说,那更可怕。一经败露,首先主人就有隐匿不报,通同谋为不轨的罪名。还不但在主人一身,定要累及家属。那时一家大小,就连小人们恐也不免。这可不是因主人一念之动,便连累了这许多人,波及无辜。小人不知主人是何用意,放着福不享,反去寻罪受。若说草木同腐,不能千古留名,在小人看起来,这虚名又有何用? 就便留得个万古留名,当那盖棺论定的时节,上自君王,下至乞丐,也还不是一抔黄土,白杨衰草一任他雨打风吹么? 总之两句话,听主人择善而从:主人若有回心,小人当设法将他二人弄去,免贻后患;若意不然,小人唯有保全全家性命,免得将来同受诛戮之惨。小人言尽于此,愿主人自择便了。"

广武听了这番话,暗道:人说李祥忠直精细,果然不差,但听他这侃侃数言,已于这四个字不愧。我洪广武何幸而得此贤妻、义仆么!暗暗赞叹不已。因又说道:"据你说来,这是害多利少,万万做不得的了。"李祥道:"这乱臣贼子之事,虽三尺童子也知道是做不得的,何况主人是个极明大义、极知忠孝的人呢。在小人看来,实在万万做不得。"

毕竟洪广武还说出什么话来,且听下回分解。

# 第一百七十七回

## 投机密义仆奔驰　入网罗奸王就擒

　　话说李祥说了一番话,洪广武又问道:"据你说来,这件事既做不得,你又有什么主意将他二人弄出去呢?"李祥道:"小人别无主意,唯有将他二人捆缚起来,押送到王元帅营里去,听王元帅照例惩办。"洪广武道:"怎么,有我表兄在内,如何使得呢?"李祥道:"主人岂不闻大义灭亲的这句话么? 此时可顾不得主人的表兄了。"广武道:"我却另有个主意。这件事既不能做,我想使你去到王元帅营内送个信,请他那里派几个人前来捉拿,免得我将他二人绑了送去。如此办法,也可于我表兄面上稍过得去。但不知拟遣谁人去才好,此事却也要机密。"李祥道:"主人既决意回心不做此事,若欲往王元帅营内送信,小人愿当此任,前去一行。主人仍宜殷勤将他二人藏在这里,却不可使他知道消息,让他二人逃走。万一被他脱逃,那时主人又要得个放纵的罪名了。"洪广武听了他这些话,这才将真话与他说道:"我哪里是真要与反王共做此事,我岂不知道有灭族之患。只因我欲去王元帅那里送信,恐怕无人前去,要使你去,又恐你做事不密,反露了风声,今既据你如此说法,我可放心了。"当下又谆嘱了一番。李祥道:"主人无庸谆嘱,小人岂不知道厉害,包管主人将事办到。明日一早,便悄悄前去便了。"洪广武大喜。当下李祥出了书房,洪广武也就进去。一宿无话。

　　次日天明,李祥即起来带了几两银子作盘川,便悄悄的出了庄。直往南昌趱赶前去。不一日,已到南昌,当时问明了王元帅的住处,知道王元帅住在南昌府衙门,便即到了署前。走到大堂,见有两个亲兵站在那里,李祥便上前问道:"请问今日那位值日,我有机密话要面禀王元帅,敢烦进去通报一声。"只见那亲兵问道:"你是从哪里来的? 姓什么?"李祥道:"我从饶州府德兴县来的,我名唤李祥,要见元帅面禀机密。"那亲兵见他口口声声说有机密面禀,却不敢拦阻,只得进去通报。

　　等了一会,见那亲兵出来,后面又随着一个差官模样,向他说道:"你有什么机密,元帅唤你进去。"李祥答应,即刻随着那差官进了暖阁,到了二堂,差官又将他引入书房,便指他说道:"这就是元帅,你有什么机密,向元帅面禀罢。"

李祥当下就向元帅跪下,先磕了一个头。王元帅也就随问道:"你唤什么?"李祥道:"小人名唤李祥。"王元帅道:"你是哪里人?"有什么机密事?"李祥道:"小人的主人姓洪名广武,家住饶州府德兴县小安山,只因前五日天明时节,小人的主人尚未起来,就有主人的一个表兄名唤雷大春……"王元帅听说雷大春三字,便作惊道:"雷大春怎样?"李祥道:"雷大春还同着一个人去寻小人的主人。彼时主人听说是他的表兄前去,亲戚之道,不便不出来会他,当下就将他请进去。哪知雷大春同来的那人也就跟了进去,及至主人出来见了面,问起那人,才知是宁王。"王元帅道:"现在宁王还在你主人家么?"李祥道:"主人知道宁王是个反王,又知道万岁与元帅正在各处捉拿他。当时主人就不敢惊动他,便将他留下。及至与他闲话起来,他还说是要报仇雪恨,要使主人帮助他共图大事。"王元帅道:"你主人曾答应他么?他又何以去寻你主人呢?"李祥道:"这总是主人的表兄雷大春的主谋,以为小人的家主人家资甚富,又有一身的好武艺,他便将宁王带了去,打算用甘言去惑主人。哪知主人是个极明大义、极知王法的人,何能为他所惑,而又有不便辞绝他,恐防他走了。现在元帅方各路拿获他二人,岂有见着他二人,反去放他逃走之理?因此就假竟允他,答应他共图大事,将他匿在那里,终日殷勤相待,使他毫不疑心。本来拟想将他二人设计擒获,捆绑起来送往大营,又恐沿途多有不便。因此,主人特差小人星夜到此,与元帅送信,请元帅即速派人去捉,以便乱臣贼子一起就擒。所以小人不敢怠慢,火速至此报与元帅知道。"

王元帅听罢大喜,当下就道:"你可赶速回去,密告你家主人知悉,就说本帅即刻差人前来捉拿,务使你家主人妥为看守,不可使那两个奸贼知道消息,再行脱逃。本帅这里人不过两日,便可到你庄上了。"李祥道:"既如此,元帅何不就派这里的将军与小人同去呢?"王元帅道:"同去未尝不可,恐防他两个奸贼知道这里有人去捉,又要闹出别样事来,代累你家主人,反为不美。你现在先回,与你主人说明,今日是十月十六,定于十八夜三更,本帅这里有人前到你庄上拿捉,最好叫你家主人于十八晚间设计将他灌醉。我这里的人一到,他二人便可成擒了。不然,又要大杀一阵方可将他二人捉住,那时你家主人也就因此不安了。"李祥唯唯答应,也就即刻退出,趱赶回庄。这里王元帅一面派令焦大鹏、伍天熊、王能、徐寿四人前去拿捉,一面进去行宫,奏知武宗。

且说李祥沿途趱赶,星夜兼行,却好十八这日赶到。当下就将王元帅的话密告了洪广武,叫他设计灌醉,洪广武也甚以为然。到了晚间,便殷勤劝酒,居然把宸濠、雷大春灌得酩酊大醉,仍在内书房安歇。又命是夜全家人等概不能睡觉,等候王元帅那里的人来。

看看到了三更,并无人到。洪广武正在盼望,忽见从厅堂院落内,一个黑影子由半空中落下来。洪广武到吓了一跳,断不料就是王元帅那里来的人。再一细看,见当面已立着一人。洪广武便问道:"来者何人?"一声未完,只听那个人低声说道:"我乃奉元帅之命,特来捉拿反王并雷大春这两个贼子的,我即焦大鹏是也。"洪广武正欲下问,又见半空中一起又落下三个人来。广武此时也不惊恐,知道是他们一起的了。当下焦大鹏又向广武问道:"元帅的话想已照办了么?"广武道:"敢不遵办。"焦大鹏道:"现在哪里?"广武道:"现在内书房里。"因即用手指了所在,又向大鹏说道:"烦将军将他二人拿住之后,必得还要做作。要将小人带至元帅营内审问,方好遮他二人的眼目,使他二人疑惑不出是小人前去报信。只因小人有个表兄在内,不得不姑事做作,将军也能曲谅的。"焦大鹏也就答应。

彼此说罢,焦大鹏抽出一口宝剑。伍天熊、徐寿、王能三个人见焦大鹏将宝剑抽出,他们三人也亮出刀来。焦大鹏复又说道:"徐贤弟与伍贤弟仍然上屋,以防他们窜逃,在屋面上好有个接应。"伍天熊、徐寿答应,当即又跳上屋去,以便接应。这里焦大鹏与王能大踏步直朝内书房而去。顷刻间进了内书房,见桌上还有一盏半明半灭的灯。焦大鹏将灯光剔亮,四面一看,见上首一张铺睡着宸濠,下首一张铺却是雷大春睡在那里。焦大鹏与王能便一起上前,先去捉拿雷大春,只要将雷大春捉住,不患宸濠逃走。于是大踏步走到雷大春床前,一声大喝道:"雷大春,你这贼子助纣为虐,今日看你是恶贯满盈,本将军特来捉你。"

一声未完,雷大春已从床上惊觉,一睁眼见床前站着两人,一执宝剑,一执单刀,恶狠狠便欲动手的光景。他知道不好,一翻身便欲窜下床来。焦大鹏一见,如何肯再放他逃脱,说时迟,那时快,早已手起剑落,向他腿上砍来,接着王能一刀,又向他臂上砍下。任他雷大春本领高强,此时已中了一刀一剑,再也逃走不脱。当下,焦大鹏说道:"贤弟,这里交与把我罢,不怕他再逃脱了。你可赶紧去捉奸王罢。"王能答应一声,一个箭步早跳到宸濠床面前。

此时宸濠已早惊醒,只吓得在床上乱抖,浑身就如冷水浇的一般,再也爬不起来。知道不能逃脱,又见雷大春已被捉住,只得束手就缚。王能当下就拿出一条粗麻绳,将宸濠绑缚起来,抛在铺上。又到雷大春床前同焦大鹏将雷大春绑好,也抛在那里。然后便招呼伍天熊、徐寿下来,专等天明,好押往南昌,听候武宗发落。

欲知后事如何,且听下回分解。

# 第一百七十八回

## 朱宸濠割舌敲牙　明武宗散财发粟

　　话说焦大鹏、徐寿、伍天熊、王能四人在洪广武家将宸濠、雷大春二人捉住,等到天明,又将洪广武一起带了押往南昌府而来。不一日,到了南昌,由伍天熊等先行到王元帅那里报知。王元帅闻报,即命将宸濠、雷大春二人先行寄监,一面去行宫奏报。当下武宗听说逆王与贼将均已就获,龙颜大悦,即传旨命王守仁于次日亲身率同将士,将宸濠押赴便殿,听候亲审。

　　王守仁遵旨出来,到了衙门,便将洪广武传进,先问他一番。王元帅见洪广武生得仪表非俗,心中甚为喜悦,因问他道:"你是祖居德兴县小安山么?"洪广武道:"小人祖居德兴县。"王守仁道:"宁王与贼将雷大春逃遁尔处,尔能不避亲谊,心向朝廷,实可嘉之至。本帅明日当面奏圣上,赏你个一官半爵,以酬其劳。"洪广武道:"小人毫无德能,何敢妄邀上赏。至于奸王、贼将,因小人延留因而就获,这不过是遵那叛臣贼子人人可诛之义,亦臣下所应为之事。何敢以此等细故,上思朝廷恩泽。而况借此博取功名,亦复心有不忍。请元帅原谅,非小人故为矫情,实不敢受朝廷雨露之恩,而甘愿为朝廷一个安分的愚民罢了。"王元帅道:"本帅观尔仪表非俗,可为朝廷栋梁之臣。本帅不忍见贤故遗,有负国家尊贤之意,本帅明日定代面奏,且看圣意何如便了。"洪广武此时也不便再说,只得唯唯退下。

　　到了次日天明,王守仁仍即上朝。武宗升殿之后,各大臣朝参已毕,王守仁便跪奏道:"宁王得以就获,皆民人洪广武之力。臣昨日细察洪广武一表非俗,而且武艺精通,堪为国家栋梁之选,拟请皇恩加奖,以示鼓舞,尚乞圣裁。"武宗道:"据卿所奏的洪广武,朕随后再有旨嘉奖便了。午朝后,卿即押解宸濠在便殿,候朕钦审。"王守仁遵旨,武宗退朝,各官皆散。

　　到了午后,即由王守仁将宸濠换上刑具,带入行宫。宸濠进了自己的府第,也不免多所感叹,悔也无及,只得在宫外候旨。不一刻,值殿官传出旨来,命带宁王听审。王守仁哪敢怠慢,即将宁王带赴便殿。王守仁先又向武宗三呼毕,然后跪下奏道:"宁王叛臣,也已带到,请旨示下。"武宗便命带上。王守仁退下金阶,将宁王带上便殿。宁王在阶下跪倒,也不称臣,也不三呼,只有低头不语。武宗怒问道:"尔受祖宗恩泽,朕又广加恩赐,复尔父的护卫,尔就应该力图报效,以固朕之疆宇,才是人臣之分。尔乃不思报效,反要叛背朝廷,蹂躏生灵百姓。及至王师所指,你尚敢听信妖道邪术,抗拒天兵,夺取城池,劫掠钱粮国课。尔以为有那一班狐群狗党助尔为虐,尔就可以从此得志,纵横寰区,夺取朕之宝位。此等罪恶滔天,不但朕有所从容,即薄海臣民,亦皆切齿痛恨。今你既被获,你尚有何说? 你可实实招来。"

只见宸濠亦怒目而视道:"昏王,你今虽将我擒住,这也是我误中诡计,为我的臣子所误。虽然如此,我看你亦不久于人世的。你但知朝欢暮乐,宠嬖阉官;巡幸不时,政事不理。可知变起宫墙,祸生肘腋。你今日在此,尚不知你回京的时节还有命无命! 昏王! 昏王,我死不足惜,如你这般昏聩,恐将来尚不能如我这样收拾结果呢! 我只恨王守仁这匹夫,与孤作对,孤又恨不能于半途将你刺死。不然你何能到此,任你作福作威么! 我死之后,阴魂也不容你安富尊荣,总要将今日的仇报复过了,孤方才瞑目。"

武宗被他这一番大骂,天颜不禁,即命左右先将他的舌头割断,牙齿敲下,随后再将他凌迟处死。话犹未毕,早已走过几个力士,即将宸濠翻转身躯,一人按着头,把他仰面朝天,一人将他两只膀臂拘定,又一个人将他的嘴撬开来,拿了一把小尖刀,将他舌头擒住,用刀一割,割了半截。复又取过一个小铁锤,一把小铁錾,就在满嘴里将上下牙齿一阵乱敲,早见那满口的齿牙敲落下来。宸濠至此才算不骂。武宗怒犹未息,即命王守仁率同各将,先将宸濠押赴市曹,凌迟处死。王守仁遵旨,即刻将宸濠押出衙门,一面绑缚起来,一面传齐众将士押赴市曹,遵旨凌迟处死后,王守仁便去复命。

当下武宗又传出旨来,着令王守仁将宜春王拱樤及雷大春二人照例正法外,所有其余三百余口,上自王妃、下自宫女等,着令讯明,分别照例惩办。其实在无辜,并未附和者,一概豁免。娄妃着加恩免死。王守仁奉到这道谕旨,也就遵旨先将那宜春王、雷大春二人正法,其余讯得实在附从者,得四十二人,亦即分别照例处死,其余悉予豁免。复命之后,武宗又命将娄妃好生看待,俟班师时一同带回京师,再行安置。

　　过了两日,武宗忽然想起,南昌各属在先既遭宸濠苛刻,在后又遇兵灾,因此失产抛田,夫离妻散,老弱转乎沟壑,壮夫逃散四方,荡产倾家,不可胜数。念彼小民,何堪遇此奇难,因思赈济穷黎,惠及民庶。这日早朝与王守仁说:"朕愍南昌所属各州县,自从宸濠起意后,兵戎迭见,民不聊生,朕心甚悯之。卿有何良策赈济穷民,可即奏来,以便朕酌察施行。"王守仁便跪下奏道:"现在圣恩顾惜穷黎,臣甚为斯民感戴。唯兵荒之后,国币空虚,何有款项施惠穷黎。唯有一法,宁王府内所有查抄各物,为数甚巨,陛下若欲施惠穷黎,将此项贪婪之物分散百姓,所谓苛敛于民者,仍还至于民间。则百姓不但感戴圣德,而且亦可借此聊生,再将仓储发给,百姓更加感戴。唯陛下察之。"武宗见奏,当下说道:"卿所见,甚合朕意。卿可一面张挂榜文,晓谕百姓,悉令于五日后亲赴南昌府,按名给发。一面将查抄各物,开单呈览。"王守仁又奏道:"臣意以为先派妥当员弁,先就□城百姓,查明户口,按户施发,以冀均平,毫无偏重。外府州县,可即着本地方官,克日清查,造册呈送,再由臣着派委员,分别前往,督同该府州县,按户给发。在官既无中饱之弊,在百姓亦可实惠可沾,不知圣意以为然否?"武宗大喜道:"据卿所奏,实属井井有条,即着卿火速照此办法,使黎民均沾实惠。一经厘定,便即发给,朕好班师。"

　　王守仁遵旨退下,也回到南昌府,即命伍定谋带同焦大鹏、伍天熊等人分别在本城城乡内外挨户确查。又即发了文书差往九江、南康、安庆等府,饬令该管知府克日确查。一面将宁王离宫内所有查抄封固,各物逐件开单,并将仓储粮米查明实数,奏报上去。

　　不一日,伍定谋已将南昌一府所有灾黎查明清楚,分别轻重,极贫、次贫两等,造具清册。先行呈送王守仁阅看,复由王守仁进呈御览。武宗览后,即照灾民册上所著的户口,仍旧令王守仁将离宫内所抄各物,发出一半,并仓储粮米,也发一半,以便按户施发。王守仁遵旨后,即写了数十张榜文,晓谕百姓,限期听候给发。这榜文一出,那城乡内外的百姓,真个欢声雷动,只待给发,共沾圣泽。却好外省各府亦将清册造送前来,王守仁复又奏明武宗,通盘核算,按户均分,将所有金银宝器、仓储粮米一起发出,分饬员弁施发。那些百姓前来领赈的,扶老携幼,个个欢声雷动,感颂圣明。足足施放了十日,才算将南昌一府给发清楚。又过了有十日光景,方据分委九江、南康、安庆三府的委员来呈报,一律竣事。王守仁又去复奏。当下武宗览奏已毕,即命伍定谋仍回吉安府署,并着赏给爵职。伍定谋奉到谕旨,便即进朝谢恩,武宗又嘉奖两句,伍定谋即便仍回吉安去了。这里武宗就预备择日班师。

毕竟圣驾何日回京,且听下回分解。

# 第一百七十九回
## 明武宗西山看剑术　众英雄黑店灭强人

话说武宗散赈施惠穷黎之后,便思拟往鄱阳湖一游,借看樵舍火烧贼寨。这日传出旨来,命大小官员随驾前往鄱阳湖游览。此旨一下,当由地方官雇就大船,以便武宗前往游览。这日武宗率领文武百官、大小将士,出了南昌,乘坐龙舟前往鄱阳湖而去,不一日已到。果然天子圣明,百神护驾,是日湖中风平浪静。武宗便令各船在湖面上飞荡一回,又往樵舍观览一番,见樵舍这个地方果然形势极好,而且山色撑空,湖光如练,龙心甚悦。饱览已毕,便舍舟登岸,率同各官,驾幸西山,一尽远眺之乐。各官遵旨,随驾前往。

到了西山,武宗步上峰巅,凭高眺远。正在远观之际,忽见半空中有一队人,个个羽衣翩跹,临风而下。武宗道:"这是何说? 难道朕在此山中遇仙不成?"正看之间,已见一队队落下,挨次向武宗面前跪下,口中称道:"臣等乃世外闲民,特来见驾,愿吾皇万岁、万万岁。"武宗惊异不已。只见王守仁向前跪下奏道:"陛下勿疑,这就是臣所奏的七子十三生:玄贞子、一尘子、海鸥子、霓裳子、飞云子、默存子、山中子;凌云生、御风生、云阳生、傀儡生、独孤生、卧云生、罗浮生、一瓢生、梦觉生、漱石生、鹪寄生、河海生、自全生。这七子十三生,皆是有功社稷、定乱匡时的,愿陛下善视之。"武宗闻奏,这才明白,即将七子十三生逐细问明姓氏,七子十三生也就一一奏明。当下武宗说道:"朕闻卿等皆善剑术,此时空山无人,可能一逞妙技,与朕一观否?"玄贞子道:"臣等当谨遵圣命。"武宗大喜。

于是七子十三生便站起来,先是玄贞子面向西北将口一张,只见一道白光从口中飞出,迎风飞舞,犹如一条白练盘绕空中。接着一尘子、海鸥子、霓裳子、飞云子、默存子、山中子、凌云生、御风生、云阳生、傀儡生、独孤生、卧云生、一瓢生、自全生、河海生、漱石生、罗浮生、梦觉生、鹪寄生一起吐出剑来,在半空中来击。只见那二十口飞剑盘旋上下,或高或低,或前或后,真如万道长虹,横亘不断。到了酣斗之时,结在一起,真有"霍各一射九日落,矫如群帝骖龙翔,来如雷霆收震怒,罢如江海凝清光"之妙。武宗顾览大喜,正是看得不厌不倦。忽见白光一散,顷刻全无。

武宗方在惊讶,只见七子十三生一起跪下,奏道:"臣等击剑已毕,特来复命。"武宗也就喜道:"卿等剑术高明,可敬可佩。有此奇术,无怪制敌图功,易如反掌了。宸濠显叛朝廷,妄施妖术,今得以成擒正法,皆卿等相助之力也。俟朕班师后,当再封赏,以酬厥功。"玄贞子道:"臣等野鹤闲云,无意于功名久矣,何敢妄邀恩赏,封号频加。"武宗道:"卿等虽不愿于功名,萦情泉石;朕岂可不加封号,用赐奇功。"王守仁复又奏道:"臣尚有一事,因军务倥偬,有疏上奏。前者陛下驾幸荆紫关,偶遇刺客,若非玄贞子法师预先送信,使臣饬令焦大鹏赶往救驾,臣固不知前途有此奇凶,即陛下亦不免为其所算。是七子十三生,不但有功于国,即以玄贞子一人而论,陛下龙体实为玄贞子预保无虞。愿陛下勿以固辞,便收成命为幸。"

武宗道:"原来朕前遇刺客,还是玄贞子卿家暗暗保护,非卿所言,朕岂可知道。别事休论,即以救驾一事,其功即属异常。朕定照卿家所言,俟回朝后,即荣加封号便了。"玄贞子听说,不敢再却,只得率众谢恩毕,因又奏道:"臣等尚有一事未办,暂且乞退。俟圣上班师后,臣等当在午门恭迎圣驾,上沐君恩便了。"武宗道:"卿等何以来去急急,朕颇愿与卿等同行。"玄贞子等齐道:"陛下前途安稳,无事过虑。而且臣等不必同行,随时可以保护。今所以前来者,非为他故,殆欲一仰圣颜,借申鄙悃①耳。臣就此请辞,当于出月午门候驾便了。"武宗道:"既是卿等有事,朕亦不便强行。到京后,卿等务来受封,幸勿观望,有负朕意。"玄贞子道:"臣等当谨遵圣旨,上沐圣恩便了。"说着,就掉转身来,御风而去。

武宗再一看时,已不见七子十三生的踪迹,不免赞叹不已。当下也就下山,仍回龙舟渡湖,直朝南昌进发,仍就宁王府住下。这日传出旨意,谕令各官及大小三军,于十月十五日由南昌班师。这道旨意传出,随扈诸臣、文武各官、三军将士、皆预备随驾班师,不表。

再说徐鸣皋、一枝梅等四人,自从樵舍奉命前往,各处寻访宸濠、雷大春二人的踪迹,已有多日,并无影响。及至宸濠、雷大春均已就擒伏法之

---

① 鄙悃(kǔn)——谦词,自己至诚。悃,真心诚意。

后,这风声传至远近,各处皆知,徐鸣皋等四人也就知道。于是四人会集一处,仍回南昌。这日徐鸣皋四人走至安徽、江西交界之处,唤作殷家汇。这殷家汇却是个小小村落,并无多人家居住,此时却已天黑,徐鸣皋瞥见山凹内有个客店,他便与一枝梅等说道:"我们何不就在前面那客店住一宿,明日再走呢?"一枝梅等答应,于是四人直向那客店而来。走进店来,见上坐着一个妇人,约有三十岁上下年纪,生得粗眉大眼,满脸的凶恶之状。只见那妇人问道:"客人敢是投宿么? 里面有极洁净的房间,请进去歇罢。"徐鸣皋答应着,走了进去,便向那妇人问道:"房间在哪里? 烦你带我们前去。"只见那妇人一声应道:"客官,且少待,我去唤小二前来伺候。"说着便大声喊道:"王二你快出来接客,躲在里面干什么? 有客人来了。"只听里面答应道:"来了。"说着又从里间走出一个店伙来。但见那王二生得兔耳鹰腮,满脸不正之状。徐鸣皋正在细看,那王二已走到面前,说道:"就是这四位客人么?"那妇人道:"就是四位,你赶快儿将后进那间单房收拾干净,请这四位客官进去安歇。"王二答应着,即刻转身进去。

不一刻,出来请徐鸣皋等四人到了里面,果然是一个大房间。四人进了房坐下,王二复走出来,打了面水,送进去。又问徐鸣皋等道:"你老想当未曾用过晚膳,我们这里鸡、鱼、肉、蛋、米饭、饽饽皆有,还有自酿的好酒,你老用什么请即吩咐,好使小人去备。"徐鸣皋道:"你只管将现成的送进来便了。"王二答应,转身出去,一会儿送进一盘饽饽、一盘肥鸡、一盘炒蛋、一盘白切肉、两壶酒、四双杯箸,摆在桌上。徐鸣皋当下向王二说道:"你不要在此处伺候了,我们要什么再喊你。"王二答应着也就走了出去。

这里徐鸣皋向一枝梅等三人说道:"老弟,你看客店如何呢?"一枝梅道:"恐是那一伙。"徐鸣皋道:"我们可要防备些方好。"一枝梅道:"我们还怕不成么!"徐鸣皋道:"怕虽不怕他,恐这酒内有药,我们若被他迷住了,有些不妙。"一枝梅道:"小弟倒有个主意,让我此时出去,且看一看动静如何呢? 看他们有什么话讲,再作道理。"徐鸣皋道:"我们且先吃些菜,把这酒摆在一旁,把肚子吃饱了,再去看他动静。若果无事的,我们再来饮酒。若有什么可疑之处,先结果了他店内的人,然后我们再来大吃。"一枝梅等答应。当下便不敢饮酒,将一盘肥鸡、白切肉,夹着饽饽,四人狼吞虎咽,吃了一饱。

一枝梅便悄悄出了房门,却不走屋内,反跳上屋面,直至后进,去听消息。穿房越屋,即刻到了后面,伏身屋上,听了一回,并不闻有人说话。复又飞身来到前进,只听那妇人说道:"你去到房里看看,瞧他们才吃完了不成? 如果要添酒,给他们添上些好的,时候也不早,让他们早些儿睡下,我们还要去干那件事呢。"一枝梅在屋上听得清楚,暗暗说道:我到要看你干出什么事来?

毕竟后事如何,且听下回分解。

# 第一百八十回

## 大奸已殪①御驾班师　丑虏悉平功臣受赏

话说一枝梅在屋上听得清楚，又听一个男子的声音说道："奶奶放心罢，不须添酒，已够那四个肥羊的了。"一枝梅听了这肥羊两字，早已明白，也就不往下再听，便一转身跳下房来，走到自己房内，向徐鸣皋等说明。徐鸣皋道："我们何不就去结果了他性命呢！"一枝梅道："依小弟的愚见，我们大家且装醉倒，各自睡下，他等一会儿必然进来，那时叫他死而无怨。此时就去杀他，他必有所抵赖。好在我们四人皆未饮酒，不曾上了当，还怕他两个么。不必说是两个，就便有十数个，也非我们的对手。"当下徐鸣皋也就答应，于是四人暗藏利刃，一起假装睡在铺上，个个又打起呼来，却暗暗看着外面动静。

约有二更过后，只见从房外走进三个人来，两个便是那妇人、小二，一个却是彪形大汉，手执板斧。那妇人手中也执着单刀，那小二却拿着一捆粗麻绳，一起到了房内。又见那妇人口中说道："老娘有半个月不做买卖，正是没有使用，今日也算是好日子。"说着，就喝令小二道："王二，你还不给老娘绑起来。"又向那彪形大汉道："当家的，你做这个，我做那个。"说罢，那大汉便向徐鸣皋、那妇人便向一枝梅二人而去。

此时徐鸣皋、一枝梅二人不慌不忙，等到贼人逼近床前，只见一枝梅一个鹞子翻身，直竖起来，一声大喝道："好大胆的贼妇，你将老爷们当作何人？敢在此开黑店，伤害来往客商性命，今日活该你恶贯满盈，遇着老爷了！"一面说，一面飞舞单刀，直向那妇人搠去。贼妇初未防备，一见一枝梅着力来搠，说声"不好"，也就持刀迎敌。哪知一枝梅刀法纯熟，手法精快，怎容得贼妇还手，早已一刀向贼妇胸膛刺进，趁势就望下一按，顷刻间将贼妇肚腹划开，一直划到那儿为止。只听咕咚一声，跌倒在地，早已呜呼哀哉。

———————————

① 殪(jì)——杀死。

那里徐鸣皋等三人也是同一枝梅一般光景,也将那大汉及店小二一起杀死在地。当下众人鼓掌大笑道:"这样经不起杀的,也要开黑店,断劫客商。"一枝梅道:"我们何不再到后进,搜寻搜寻看,有余党,爽性结果个干净,好代来往客商除害。"说着四人就同跳出来,直朝后面寻找。正走之间,忽见迎面来了三个人,也执着兵器。徐鸣皋等也不答话,便即上前杀死了两个,还有一个并不动手,不曾送命,跪下哀求说道:"小人瞎眼,误犯虎威,求爷爷饶命。"徐鸣皋问道:"你这店内姓甚名谁?还有几个贼囚?快快言来。"只见那人说道:"小人姓张,名唤张三,是这里的店伙。店主人姓陆,名唤陆豹,夫妻两个,他妻子扈氏,用着四个伙计,专在此间打劫客商。"徐鸣皋道:"在此有了几年,共害客商多少,你可从实说来。"张三道:"前年才到此间,共害客商也不过十数个。"徐鸣皋道:"害了这许多客商的性命,无怪他恶贯满盈,今日死在老爷们手里。这东西也不是个安分的,若不将你一起结果了,你后来还要作此勾当。"说着手起一刀,又将张三结果了性命。这店本来只有六个人,如今被徐鸣皋等四人杀了个尽绝。

此时不过三更时分,徐鸣皋等四人复行进房,酒也不吃了,大家睡了一回,将次天明,便即起来,放了一把火,将店房烧毁。所有这被杀的六个贼人,一起葬身火窟。徐鸣皋等也不待火熄,便自大踏步向南昌赶回。

在路行程非止一日,这日到了南昌,却好离班师只一日,正值十月十四,当下去见了王元帅,又将在殷家汇除了黑店的话说了一遍。王元帅便命他四人出去安歇,次日又去奏明武宗说:"徐鸣皋等业已回来,到了十五日天明,各军均已预备停妥,专待旨意一下,即便拔队起程。"到了晨牌时分,武宗已传出旨意,令各营拔队。当下各营遵旨,放了三声大炮,一起拔队。武宗也乘坐龙舆,文武各官骑马护送,城中百姓家家排列香案,跪送圣驾。不一会出了南昌,也不耽搁,只见王师遍野,如火如荼,一路上水陆并进,浩浩荡荡,真个是鞭敲金蹬响,人唱凯歌还。在路行程不止一日。闲话休表。

这日已到北通州,那京里王公大臣,文武百官,早已接着班师的确信,已在通州来接圣驾。武宗也不耽搁,即日进京。不过两日,已抵京都,各官跪接已毕,王元帅部下即在外城一带安下营寨,王元帅也随驾入朝。圣驾到了午门,果见七子十三生已在那里跪接,武宗大喜,随即入宫。当日未及登殿,只传出一道旨意,命随征文武各官及七子十三生,均于次日五鼓上朝,听候封赏。

到了次日五鼓,各官皆朝衣朝服上朝,只听静鞭三响,武宗登殿,各官趋赴丹墀,三呼已毕,分班站立两旁,只听武宗在龙案上望下说道:"江西巡抚兼都察院御史王守仁,督师有功,戡定大乱,着特授武英殿大学士,即日入阁。先锋徐鸣皋,奉命随征,身先士卒,不避艰险,卒能匡定大乱,着加提督衔,遇缺即补。慕容贞、徐庆、周湘帆、包行恭、王能、李武、杨小舫、伍天熊、徐寿、狄洪道与罗秀芳等,随征有功,各着勤劳,实属异常出力,均着赏加总镇。卜大武能改邪归正,报效心诚,随征数年,亦复屡有劳绩,着赏加副将。焦大鹏救驾有功,既呈明不愿为官,着加恩赏给封号,可为护驾陆地真人。其妻孙大娘、王凤姑,破阵有功,着赏给总兵诰命二轴。余秀英力任破阵,矢志归诚,既为徐鸣皋之妻,仍加恩着赏给忠武猛勇女将军之职。伍天熊之妻鲍氏,以产妇而立奇功,陷阵冲锋,洵属异常出力,亦着加恩赏给毅勇女将军之职。吉安府知府伍定谋,晓畅戎机,深知谋略,着传旨升授江西按察使之职。玄贞子可封为护国神武真人。海鸥子、一尘子、飞云子、山中子、默存子,可封为保国真人。霓裳子可封为卫国女真人。傀儡生可封为神武大法师。凌云生、御风生、卧云生、一瓢生、独孤生、云阳生、河海生、自全生、梦觉生、罗浮生、漱石生、鹪寄生,皆封为威武大法师。其余随征各员,着就本职均加一级。又着赐宴三日,同庆太平。"面谕已皆,自王元帅以下均各叩头谢恩。武宗退朝,百官朝散。

到了次日,武宗又传出旨意,命随征各官均于武英殿筵宴三日,各官也就遵旨,大宴了三日,这才各就本职。王守仁即日也就入阁办事。七子十三生并焦大鹏,隔了一日,又上朝面辞了武宗,云游而去。自此以后,真个是风调雨顺,国泰民安。万邦有协和之体,四海庆升平之乐。

设当日无七子十三生这一班剑仙剑客,徐鸣皋等这一班烈士英雄,嫉恶锄奸,公忠体国,保护大明的天下,即使武宗英明威武,也说不定故为宁王宸濠所夺,几府卒为徐鸣皋等克复,以致武宗安然无恙,仍做一个太平天子、有道君王。大功告成,封官锡①爵,这也是国体万不可缺者。

一部《七剑十三侠》奇奇怪怪之事,至此方终。

---

① 锡——赐给。锡,同赐。